सूफ़ी : अंडरवर्ल्ड का ग़ायब इनसान

सूफ़ी

अंडरवर्ल्ड का ग़ायब इनसान

आबिद सुरती

वाणी प्रकाशन

वाणी प्रकाशन
4695, 21-ए, दरियागंज, नयी दिल्ली 110 002
शाखा
अशोक राजपथ, पटना 800 004
फ़ोन : +91 11 23273167 फ़ैक्स : +91 11 23275710
www.vaniprakashan.in
vaniprakashan@gmail.com
SOOFI : UNDERWORLD KA GHAYAB INSAAN
by Aabid Surti
ISBN : 978-93-5072-886-4
Novel

प्रथम (वाणी) संस्करण
मूल्य : ₹ 695

हर्ष प्रिंटर्स, दिल्ली-110 093 में मुद्रित
वाणी प्रकाशन का लोगो मक़बूल फ़िदा हुसेन की कूची से

हे राम, तेरे कितने नाम!

यह उपन्यास अस्सी के दशक में मूलतः गुजराती में लिखा गया था और 'सन्देश' अख़बार (गुजराती) के रविवारीय परिशिष्ट में 'सूफी-अंधारी आलमनो अदृश्य मानवी' टाइटल के तहत धारावाहिक छपा था।

नब्बे के दशक में इसका हिन्दी अनुवाद दोपहर के अख़बार 'हमारा महानगर' (मुम्बई) में धारावाहिक प्रकाशित हुआ, तब सम्पादक महोदय ने इसका टाइटल 'डोंगरी की भूलभुलैया' रखा था और जब 1995 में इस उपन्यास का पहला हिन्दी संस्करण छपा तब टाइटल बदलकर 'मुसलमान' हो गया था। लेकिन इसके अँग्रेज़ी, कन्नड़, मराठी के अनुवादकों ने मूल शीर्षक नहीं बदला। मैं भी यही चाहता था। इसलिए इस दूसरे हिन्दी संस्करण में तकरीबन मूल टाइटल 'सूफ़ी : अंडरवर्ल्ड का ग़ायब इनसान' रखा गया है।

अब थोड़ी स्पष्टता अनुवाद के बारे में करना आवश्यक है। जब यह उपन्यास 'हमारा महानगर' में धारावाहिक छप रहा था, तब पहले अनुवादक त्रिवेणीप्रसाद शुक्ला के छोड़ जाने के कारण एक के बाद एक चार अनुवादकों के नाम जुड़े थे (शिल्पा सोनटक्के, राजू पटेल, नून जाफ़री, अमित जांगिड़) और अनुवाद चूंचूं का मुरब्बा बन गया था। इसका एक कारण यह भी था कि प्रूफ की सैंकड़ों गलतियों के अलावा बीच-बीच से कई जुम्ले और पैरा भी गायब थे।

आखिरकार नये सिरे से यह मुझे ही लिखना पड़ा। उम्मीद करता हूँ, इस नये संस्करण की रवानी आपको पसन्द आयेगी।

आबिद सुरती

मई 2014

aabidssurti@gmail.com

1

बम्बई शहर की बदनाम बस्ती डोंगरी की गलियों में दो बच्चे पलकर बड़े होते हैं। दोनों की परिस्थितियाँ समान हैं। परिवेश समान हैं, फिर भी एक को उजाले आकर्षित करते हैं, तो दूसरे को अँधेरे घेर लेते हैं। एक बतौर रचनाकार के अपना मुकाम बनाता है, तो दूसरा अंडरवर्ल्ड का गायब इनसान बन कर।

एक का नाम है : आबिद सुरती, दूसरे का : इक़बाल रूपाणी 'सूफ़ी'।

डोंगरी की उस समय की प्रतिष्ठित पाठशाला 'हबीब हाईस्कूल' में दोनों ने शिक्षा हासिल की। पद्मश्री शेख़ हसन जैसे समर्पित शिक्षक के दोनों प्रिय शिष्य थे। पढ़-लिखकर आगे बढ़ने की लगन दोनों में थी।

समानताएँ यहीं पूरी नहीं होतीं। दोनों जवान होते हैं। दोनों की शादी में दिलचस्पी नहीं है। वे जानते हैं कि संघर्ष करते हुए आगे बढ़ने वाले युवक शादी की ज़िम्मेदारियाँ ईमानदारी से नहीं निभा सकते। फिर भी संयोग से उन दोनों को शादी करनी पड़ती है। दोनों की पत्नियों के नाम भी एक हैं। कुल भी एक हैं।

एक ही मुहल्ले में रहते हुए हम एक-दूसरे से कभी मिले हों, ऐसा मुझे याद नहीं। मार्च 1989 में अचानक हमारी मुलाकात हुई। मैंने उसकी तरफ़ गौर से देखा। देखने में मुझे वह एकदम साधारण लगा, भीड़ में खड़ा हो तो भीड़ का एक हिस्सा दिखाई पड़े, ऐसा।

घुँघराले बाल, कंचों जैसी आँखों पर चाँदी की कमानी वाली ऐनक, सफ़ाई से तराशी हुई मूँछें और होंठों पर हल्की-सी मुस्कान। पोशाक उजली, सफ़ेद शर्ट-पैंट और चमकते जूते।

पहली नज़र में वह मुझे किसी कार्यालय में काम करने वाला बाबू लगा। पर उसकी आँखें कुछ और ही बताती थीं। वे बहुत कुछ कहती थीं। मैंने उससे दुबारा मिलने की इच्छा व्यक्त की। उसने मुझे अपने घर बुलाया और हमारी मुलाक़ातों का सिलसिला शुरू हो गया।

संक्षेप में मुहल्ला एक, स्कूल एक, मस्जिद एक होने के बावजूद सालों तक हम अजनबी बने रहे। इसे आप क्या कहेंगे? किस्मत का खेल? अपनी खुली छत

पर आरामकुर्सी पर बैठे-बैठे अपना चेहरा आसमान की ओर उठाकर सूफ़ी ने तो यही कहा था–

"आबिद भाई, क़ुरान मजीद में ख़ुदा ने स्पष्ट कहा है: उसकी मर्जी के बिना पेड़ का पत्ता भी नहीं हिलता। उसने हर इनसान के लिए एक राह मुक़र्रर की है। किसी की राह में उसने गुलाब की चादरें बिछायी हैं, तो किसी की राह में काँटे बोये हैं। इनसान अपना तयशुदा रास्ता छोड़कर नयी राह बनाने के लिए जितना हाथ-पाँव मारे, उसे उसी रास्ते पर चलना होगा, जो उसके नसीब में लिखा है।"

'रविवार' के संवाददाता द्वारा लिये गये हाजी मस्तान के साक्षात्कार (1986) में सूफ़ी के विचारों की अनुगूँज है–"अल्लाह जिसको बढ़ाना चाहे, बढ़ा देगा, जिसको घटाना चाहे, घटा देगा, जिसको ज़लील करना चाहे, ज़लील कर देगा, जिसको ऊँचाइयों तक ले जाना चाहे, ले जायेगा।"

'सूफ़ी' की जिन्दगी में झाँकने के पहले उसके घर, उसके परिवार और उसके मुहल्ले में झाँक लिया जाये। अलबत्ता, यह मुहल्ला मेरा भी था। आज हम दोनों बम्बई के श्रेष्ठ कहे जाने वाले उपनगर बान्द्रा में रहते हैं। उन दिनों हम भिण्डी बाज़ार के करीब डोंगरी चारनल के इलाक़े में रहते थे।

'सूफ़ी' के जन्म के पहले ही डोंगरी में तस्करी और अपराध का ज़हर प्रवेश कर चुका था। गली-कूचों में शराब के अड्डे खुल गये थे। साथ-साथ चरस और गाँजे का व्यसन भी फैल रहा था।

यह वही इलाका था, जहाँ से आज़ादी के पहले ख़िलाफ़त आन्दोलन शुरू हुआ था। मौलाना मोहम्मद अली और मौलाना शौक़त अली के साथ कई अन्य कांग्रेसी नेताओं ने यहीं से आन्दोलन की बागडोर सँभाली थी। आज भी डोंगरी के बुजुर्ग गवाह बन कर खड़े इब्राहीम, सुल्तान, शरीफ़ तथा कल्याण मेंशन–इन चार मकानों को ख़िलाफ़त मंजिल के नाम से पहचानते हैं। मुसलमानों के इस आन्दोलन को गाँधी जी का समर्थन था।

इन चार मकानों के पीछे क़ैसरबाग नामक प्रसिद्ध सभागृह है। जिन्ना, पटेल, नेहरू तथा अन्य कई धुरंधर नेताओं ने इसके मंच से समय-समय पर एकता का संदेश दिया था। डोंगरी उस समय स्वतन्त्रता आन्दोलन का भी एक केन्द्र था।

वही पवित्र स्थान गाँधी जी की जन्मभूमि पोरबन्दर की तरह समय के साथ संसार की सारी बुराइयों का केन्द्र बन गया। गुण्डों की छोटी-बड़ी अनगिनत टोलियाँ कुकुरमुत्तों की तरह उग आयीं। अज़ीज़ दिलीप (जो हिन्दू से मुसलमान बना था और अपने दोनों नामों से जाना जाता था) दिखावे के लिए तो साइकिल की दुकान और ट्रांसपोर्ट का धन्धा चलाता था, पर हक़ीक़त में शराब के तीन अड्डों का मालिक था। अय्यूब लाला भिंडी बाज़ार के क़रीब फ़ारस रोड का दादा था। वह चरस पीने

वालों के लिए चंडूखाने चलाता था। दूसरी ओर मझगाँव इलाके में शंकर मराठा नामक एक कुख्यात दादा की धाक थी। वह भी शराब के अड्डे की आमदनी पर ऐश करता था।

सूफ़ी के जन्म से पहले उसके पिता हुसेनअली भी इस ज़हर से अपने को नहीं बचा सके थे। कारण? शराब की नागिन गलियों में से फुँफकारती हुई घरों में प्रवेश करने लगी थी। इसका पहला शिकार बने हुसेनअली। सुबह उठकर सबसे पहले एक पेग न पी लें, तो सुबह की चाय भी कड़वी लगती थी। दिन-भर में उन्हें कम-से-कम एक बोतल तो चाहिए ही थी।

हुसेनअली स्वभाव से नेक इनसान थे। नमाज़, कुरान तथा इबादत में उन्हें पूरा यक़ीन था। वे खुद शराब को हाथ नहीं लगाना चाहते थे, पर शराब उनकी रग-रग में प्रवेश कर चुकी थी, लहू बनकर नस-नस में बहने लगी थी, आग बनकर आँखों में से झाँकने लगी थी।

उनकी पीड़ा क्या थी?

सूफ़ी बताता है, "घड़ियाल गोदी में मेरे पापा हुसेनअली एक एजेंट के मातहत क्लर्क का काम करते थे। इसमें कई प्रलोभन थे। दूर-दराज़ के देशों से आने वाले ख़जूर के टोकरों की संख्या कम दिखाकर ऊपर की कमाई की जा सकती थी। कभी-कभी ख़जूर के नीचे तस्करी का माल भरा रहता था। पार्टी कस्टम ऑफिसर को नोटों के बंडल थमा देती और माल पास हो जाता था। पर मेरे पापा के लिए हेराफेरी का काम करना मुश्किल था और मेरी मम्मी तपेदिक की शिकर हो गयीं।"

उन दिनों टी.बी. का मतलब मृत्यु होता था। जो भय आज कैंसर शब्द पैदा करता है, वही भय उन दिनों टी.बी. का था। उस पर 'महारोग' का लेबल लगा था। हुसेनअली से यह बर्दाश्त न हुआ। उन्होंने शराब का सहारा लिया। सोचा था शराब के नशे में उनके सारे ग़म, सारी पीड़ाएँ डूब जायेंगी। पर न उनका दुःख दूर हुआ, न उनकी समस्या में कोई अन्तर ही आया।

इस महारोग का इलाज क्लर्क की मामूली आमदनी से नहीं हो सकता, यह स्पष्ट था। जो जमा पूँजी थी, वह डॉक्टरों के बिल भरने में कब की ख़त्म हो चुकी थी। अब उनके सामने केवल दो रास्ते थे। ईमानदार बने रहकर पत्नी के प्राण से हाथ धोना या बदलते समय के मूल्यों को स्वीकार कर लेना।

इसी के समानान्तर परिस्थिति खुद मेरे परिवार में पैदा हुई थी। मेरे पिता गुलामहुसेन, जो करोड़ों में खेले थे, जहाज़ के व्यवसाय में दादाजी के तबाह हो जाने पर, पाई-पाई के मोहताज हो गये। जो आदमी कभी टाटा या बिड़ला की पंक्ति में खड़ा रहा हो, युवा बुद्ध की तरह जिसे दुःख की परछाई भी स्पर्श न कर पायी हो, जिसका जीवन महल जैसी हवेली में बीता हो, वही जब फुटपाथ पर जा गिरे तो

उसके मन पर क्या बीती होगी, इसकी कल्पना की जा सकती है।

उन्होंने नौकरी स्वीकार कर ली। नहीं जमी, छोड़ दी। नयी नौकरी में लगे। नौकरी करना उनके स्वभाव में नहीं था। फलतः फिर नौकरी छोड़ी। परिवार को टिकाए रखने का उनका संघर्ष जारी था और उन्हें एक टोटका सूझा। हक़ीक़त में वह टोटका नहीं, 'विनाश काले विपरीत बुद्धि' थी।

सूफ़ी अपनी आत्मकथा आगे बढ़ाते हुए कहता है, वह रात बरसात की रात थी। मूसलाधार बारिश हो रही थी। 180 वर्ग फुट की अपनी कोठरी में हुसेनअली जागते हुए बैठे थे। जब तक उनकी दुविधा का अन्त न हो, उन्हें नींद नहीं आने वाली थी, यन्त्रणा से मुक्ति नहीं मिलने वाली थी।

हुसेनअली ने टी.बी. में घुलती पत्नी गुलबानु की ओर देखा। पत्नी उन्हीं को देख रही थी। उसी समय गड़गड़ाहट के साथ बिजली चमकी। हुसेनअली को मौत दिखायी दी। पत्नी की दोनों आँखों के कोनों में मौत के दो फ़रिश्ते दिखायी पड़े। नेकी और बदी का हिसाब लेने के लिए मानो वे दोनों अधीर होकर क़ब्रिस्तान से यहाँ दौड़े चले आये हों।

हुसेनअली ने निर्णय ले लिया। बिजली के एक कड़ाके की चमक में मानो उनके सामने सब कुछ स्पष्ट हो गया। साँप की केंचुल की तरह उन्होंने पुराने मूल्यों का चोला उतारकर नये मूल्यों को स्वीकार कर लिया।

कस्टम के अधिकारी उनके परिचित थे। ज़कात-शुल्क भरे बिना कस्टम से माल कैसे बाहर निकाला जा सकता है, इसकी युक्ति वे जानते थे, पर इसका इस्तेमाल उन्होंने पहले कभी नहीं किया था। अब वे खुलकर करने लगे।

"अर्थात्", स्पष्ट करने के लिए मैंने सूफ़ी से कहा, "तुम्हारे पापा खुद ही तस्करी के चक्कर में फँस गये।"

"बिल्कुल सही।"

"क्या उनको तस्कर की श्रेणी में रखा जा सकता है?"

सूफ़ी मूँछों में मुस्कुराया। वह मूँछों में मुस्कुराता है, तो उसकी मुस्कान धारदार हो जाती हे। बोला, "आबिद भाई!" एक बिल्कुल सीधा सवाल उसने मेरे आगे रखा, "आप स्मगलर किसे कहते हैं?"

हिन्दी फिल्मों में देखे हुए तीस से भी अधिक खलनायकों के चेहरे मेरी आँखों के सामने से गुज़र गये। ये चेहरे लहू-सने थे, डरावने थे, घावों के निशानवाले थे, डॉक्टरी टाँकों वाले थे। कुछ समुद्री लुटेरों जैसे लगते थे, तो कुछ रामसे ब्रदर्स की 'हॉरर' फिल्मों के किरदारों जैसे। कुल मिलाकर हर एक चेहरा भय, आतंक और क्रूरता का प्रतीक था।

उत्तर के बजाय चेहरे देख मैं सहज ही घबरा गया। फिर भी मैंने जवाब दिया,

"स्मगलर माने तस्कर।"

"और तस्कर माने?"

"जो शख़्स तस्करी का माल लाये, उसे तस्कर कहा जाता है।"

सूफ़ी ने मेरा भ्रम तोड़ा। क़ानून की नज़रों में तस्करी का अर्थ है 'इवेज़न ऑफ ड्यूटी' यानी आयात या निर्यात किये गये माल पर ज़कात-शुल्क न भरना।

"यानी कि जो शख़्स कर-चोरी करे वह तस्कर कहलाता है", सूफ़ी ने बात आगे बढ़ायी, "अब यह बताओ कि दुनिया में कोई ऐसा व्यापारी है, जो कर-चोरी न करता हो? अगर आप मेरे सवाल से सहमत हों तो हर व्यापारी तस्कर है। और मेरे पापा में भी व्यापारी का लहू था। उन्होंने सीमा-शुल्क या नूर भरे बिना माल की हेरा-फेरी की थी। अब आप उन्हें तस्कर कहें या किसी और नाम से पुकारें, क्या फ़र्क पड़ता है?"

तीन साल के अल्प समय में ही हुसेनअली ने लाखों रुपये अन्दर कर लिये। उनका सीना चौड़ा हो गया। पत्नी गुलबानु की सेहत ठीक हो गयी। यही नहीं, उसका पाँव भी भारी था।

एक सौ अस्सी वर्गफुट की वह कोठरी पति-पत्नी के लिए स्वर्ग बन गयी। जैसे-जैसे प्रसव का दिन क़रीब आता गया, हुसेनअली की इबादत बढ़ती गयी। उसके साथ शराब की आदत भी।

शुरुआत उन्होंने एक पेग से की थी। रोज़ शाम को बन्दरगाह से जब वे थके-माँदे लौटते, तब व्हिस्की का एक पेग लेते, भरपेट खाना खाते और चैन की नींद सो जाते थे। पहले एक बोतल लगभग तेरह दिन चलती थी, पर अब एक दिन में एक बोतल भी कम पड़ने लगी।

गुलबानु का दिल अन्दर-ही-अन्दर घुटता था। पर पति से कुछ कहने की हिम्मत उसमें नहीं थी। कहे भी तो क्या कहे? यही न कि इस्लाम ने शराब को हराम क़रार दिया है? शराब और नमाज़ का रिश्ता नहीं होता? क्या ऐसी बुनियादी बातें उसका पति नहीं जानता कि उसे समझानी पड़ें?

"इसका नतीजा क्या निकला?" मैंने बीच में पूछा।

सूफ़ी ने एक ही शब्द में उत्तर दिया, "कलह!"

सूफ़ी की माँ गुलबानु पूर्णशिक्षित नहीं थी। धर्म की शिक्षा उसे घर के बड़ों और मुल्लाओं से मिली थी। उसका इस्लाम हराम और हलाल, इन दो हिस्सों में बँटा था। नेकी और बदी, सत्य और असत्य, काला और सफ़ेद—जीवन के हर पहलू को वह इसी नज़रिये से देखती थी।

पलभर के लिए भी उसने यदि इन सीमाओं की सतह से ऊपर उठकर पति के भीतर झाँकने की कोशिश की होती तो शायद उसकी अपनी पीड़ा कम हो जाती

और वह खुद को पति के ज़्यादा क़रीब पाती।

तेल ख़त्म होने पर दीये की फीकी पड़ती ज्योति भभकारा मारती है और बुझ जाती है। हुसेनअली के व्यसन की यह अन्तिम भभक थी। शराब छोड़ने का विचार वह जैसे-जैसे दृढ़ करते जा रहे थे, शराब अधिक पीते जा रहे थे। ऐक्शन और रिऐक्शन, क्रिया तथा प्रतिक्रिया समान और विरोधी होती हैं।

जीवन से हारे हुए मेरे पिता गुलाम हुसेन ने भी जान की बाज़ी लगाकर एक अन्तिम प्रयास किया। सूफ़ी के पिता पत्नी के महारोग से परेशान होकर तस्करी की ओर मुड़े, तो मेरे पिता ने भूख और नौकरी से तंग आकर मन्त्र-तन्त्र की दिशा में रुख़ किया।

अन्त में उन्होंने चालीस दिन का 'चिल्ला' खींचने का टोटका अमल में लाने का निश्चय किया। चिल्ला अर्थात् चालीस दिन तथा रात इबादत में बिताकर मुवक्क़िलों (प्रेतात्माओं) को वश में करना।

कहा जाता है कि जिसके वश में प्रेत-सृष्टि आ जाती है, उसके स्पर्श में चमत्कार आ जाता है। हाथ में ज़रा-सी धूल लेकर फूँक मारे तो वह सोना बन जाये। मृत्युशैया पर पड़े रोगी के सिर पर हाथ रख दे, तो वह उठकर बैठ जाये।

तान्त्रिकों की तरह मेरे पिता ने इस्लामिक मन्त्र-तन्त्र का जाप शुरू कर दिया। दिन-रात वे नमाज़ पढ़ते, दुआएँ पढ़ते और कुरान की चुनी हुई आयतें दोहराते। इन्हीं दिनों मेरी माँ का भी पाँव भारी था। मेरे जन्म और पिताजी की सफलता के बीच अब थोड़े ही दिन बचे थे। माँ की चिन्ता बढ़ती जा रही थी।

सूफ़ी की माँ की चिन्ता भी कोई कम न थी। रोज़ की तरह उस दिन हुसेनअली सुबह से पी रहे थे। दोपहर तक एक बोतल ख़ाली की थी। उन्होंने दूसरी बोतल उठायी और उसी समय गुलबानू को प्रसव पीड़ा उठी।

शराब की इस नयी बोतल का ढक्कन फँस गया था। एक ओर पत्नी की कराह थी, दूसरी ओर हुसेनअली बोतल का ढक्कन खोलने के लिए परेशान थे। उधर गुलबानू की पीड़ा क्रमशः बढ़ती जा रही थी। अब वह कराह नहीं रही थी, बल्कि चिल्ला रही थी।

पलभर हुसेनअली ने पत्नी की ओर देखा, गुब्बारे की तरह फूला हुआ उसका पेट देखा। साँस लेने के लिए जूझती पत्नी का चेहरा देखा और बोतल को गर्दन से पकड़कर दीवार पर दे मारा। हाथ में गर्दन रह गयी। बोतल चूर-चूर हो गयी। शराब दीवार से बहकर फ़र्श पर फैल गयी।

21 नवम्बर, 1949 में सूफ़ी का जन्म हुआ। उन्हीं पलों में हुसेनअली व्यसन-मुक्त हो गये। शराब को कभी हाथ न लगाने की उन्होंने क़सम खा ली, नये सिरे से जीवन शुरू करने का इरादा अटल था।

मेरे पिता इतने खुशकिस्मत नहीं थे। 'चिल्ले' का चालीसवाँ दिन कसौटी का होता है। कहा जाता है, उस दिन रात को प्रेतात्माएँ बिफ़रती हैं और जो शख़्स उन पर क़ाबू पाने के लिए मैदा़न में उतरा होता है, उस पर पूरी ताक़त लगाकर धावा बोल देती हैं। अलबत्ता यह हमला शारीरिक नहीं, मानसिक होता है।

भूतों का पूरा संसार आँखों के सामने आ जाये, भयानक चीख़ों के साथ बिना सिरवाले ख़बीसों की सिसकियाँ सुनायी दें और पोपले मुँह वाली चुड़ैलें सीना पीट-पीटकर मातम करें तो कमज़ोर दिल का आदमी टिक नहीं सकता। मेरे पिता का दिल ज़रूरत से कुछ ज़्यादा ही मुलायम था।

उस दिन आधी रात को एक साथ दो चीख़ें सुनायी पड़ीं। एक चीख थी मेरी माँ की। मेरा जन्म हुआ था। दूसरी चीख़ थी मेरे पिता की। वे अपना मानसिक सन्तुलन खो बैठे थे। मेरे भाग्य में एक पागल पिता आये तो सूफ़ी को एक स्नेहिल पिता मिले थे। हुसेनअली ने उसका नाम इक़बाल रखा।

इक़बाल के जन्म के बाद उसके पिता ने न केवल शराब की लत छोड़ी थी, बल्कि क्लीयरिंग एजेंट के मातहत वह जहाँ नौकरी करते थे, वहाँ से भी छुट्टी ले ली। उस पेशे में तनख़्वाह ज़्यादा नहीं थी, पर ऊपर की कमाई अधिक थी। ख़ासतौर से वहाँ से तस्करी का कारोबार धुआँधार चलाया जा सकता था। इन सारे प्रलोभनों से बचने का एक ही उपाय था–प्रलोभन की भूमि को छोड़ दिया जाये। कीचड़ में जायेंगे तो पैर मैले होंगे ही। उनका फैसला अटल था। पर अब क्या? भविष्य का क्या?

कुछ हद तक यही समस्या बम्बई के आज के डॉन दाऊद इब्राहीम के पिता इब्राहीम कासकर की भी थी। हुसेनअली की तरह उसने भी क़रीब एक लाख रुपये अन्दर कर लिये थे। नयी जिन्दगी शुरू करने का उसका भी इरादा पक्का था।

पाँचवें दशक में शेख़ इब्राहीम क्राइम ब्रांच का तेज़-तर्रार कांस्टेबल था। ये वे वर्ष थे, जब मुसलमान पुलिस अधिकारियों ने अपराध-अन्वेषण में अच्छा-ख़ासा नाम कमाया था। कांस्टेबल ख़ान (जो नं. 303 से जाना जाता था) तथा कांस्टेबल इज़राईल भी उसमें शामिल थे।

केवल डोंगरी में ही नहीं, बल्कि पूरी बम्बई में इन तीनों पुलिसकर्मियों की ऐसी ज़बरदस्त धाक थी कि दूर से ही उनके दर्शन होने पर गुंडों के होश फाख़्ता हो जाते थे। फिर भी एक टोली ने फोर्ट मार्केट के पास स्थित 'लोइड बैंक' लूटने का साहस कर डाला।

बम्बई शहर के इतिहास में इसके पहले इस तरह की सुनियोजित और इतनी बड़ी लूट न किसी ने जानी थी, न सुनी थी। सुबह के सभी अख़बारों ने यह समाचार मोटे टाइप में सुर्ख़ियाँ बाँधकर पहले सफ़े पर छापा। पूरे शहर में सनसनी फैल गयी थी।

क्राइम ब्रांच के जिस अधिकारी को यह मामला सौंपा गया, उसने इब्राहीम कासकर, इज़राईल तथा ख़ान-303 को अपने साथ लिया। इस त्रिमूर्ति ने असम्भव लगते इस मामले के लुटेरों का सुराग एक सप्ताह में लगाकर उन्हें गिरफ़्तार कर लिया।

इब्राहीम शेख़ को अब नौकरी करने की ज़रूरत नहीं लगी। इतने वर्षों की नौकरी में उसने करीब एक लाख रुपये इकट्ठे कर लिये थे। दूसरे, पुलिस विभाग में मुसलमान अफ़सरों का असन्तोष अब साफ़ दिखाई देने लगा था।

हुसेनअली ने डॉक की नौकरी से इस्तीफ़ा दे दिया। इब्राहीम कासकर ने भी अब पुलिस विभाग से छुट्टी ले ली (न कि सस्पैंण्ड हुआ था)। उसने एक दुकान ख़रीद कर 'हेअर कटिंग सैलून' खोल लिया। हुसेनअली ने स्वतन्त्र रूप से धन्धे में अपना सब कुछ दाँव पर लगाने का फ़ैसला किया।

उन दिनों कॉटन (रुई) के सट्टे का व्यापार चरमोत्कर्ष पर था। इसमें लोगों ने हज़ारों के लाखों बनाये थे और लखपति रातों-रात करोड़पति बन बैठे थे।

"करोड़पति बनकर क्या करेंगे?" उसका विचार जानकर गुलबानू ने प्रश्न किया, "सुख से जीने के लिए क्या लाख काफ़ी नहीं है?"

"नहीं", वे बोल उठे, "ये रुपये आज हैं, कल न भी रहें। दूसरे, मुझे बेटे को पढ़ाना है और इसे ज़्यादा पढ़ाने के लिए ज़्यादा रुपये चाहिए। बेटा बड़ा होकर आगे की पढ़ाई के लिए विदेश जायेगा, तब क्या ज़्यादा रुपयों की जरूरत नहीं पड़ेगी?"

किसी ने यदि हुसेनअली को सट्टे का कमज़ोर पहलू दिखाकर उन्हें बताया होता कि इसमें न जाने कितने करोड़पति एक ही रात में कंगले भी बन चुके हैं तो मुमकिन है उन्होंने अपनी जमा पूँजी किसी और धन्धे में लगाई होती।

इब्राहीम कासकर भी लाख रुपये 'हेयर कटिंग सैलून' में लगाकर सुखी नहीं था। पर सबसे ज़्यादा खस्ता हालत हमारे घर की थी। मेरे पिता लम्बी बीमारी की चपेट में आकर खाट पकड़ चुके थे। दिन-रात वे बिस्तर पर लेटे रहते। न कुछ बोलते, न कहते। मेरी माँ खाना परोस देती तो चुपचाप खा लेते। पूरे घर का बोझ भी अब करीब-करीब माँ के सिर पर आ पड़ा था।

कुल मिलाकर हमारे परिवार में छह सदस्य थे। हम तीनों के अलावा मेरी दादी माँ तथा मेरे दो चाचा भी हमारे साथ रहते थे। बड़े चाचा को नौकरी में दिलचस्पी नहीं थी। छोटे चाचा मोहम्मद हुसेन की नौकरी करने की अभी उमर नहीं थी।

मेरी माँ जो करोड़पति की बहू बनकर आयी थी, उसने अपनी सोने की आख़िरी दो चूड़ियाँ भी बेच डालीं। इन पैसों के ख़त्म होने से पहले कोई काम खोज लेना ज़रूरी था। घूँघट की मर्यादा को ताक पर चढ़ाकर उसने पास-पड़ोस की औरतों के

छोटे-मोटे काम करना स्वीकार कर लिया।

मेरे छोटे चाचा मोहम्मद हुसेन से यह न देखा गया। उन्होंने सोलह साल की उम्र में ही नौकरी की तलाश में भटकना शुरू कर दिया। अन्त में उसी बन्दरगाह की नौकरी उन्होंने स्वीकार कर ली, जो भ्रष्टाचार का केन्द्र था।

कुछ ही सालों में बतौर एक ईमानदार और भरोसेमन्द इंसान के रूप में उनकी शोहरत चारों तरफ फैल गयी। इसके अलावा समाज-सेवा का भी काम उन्होंने अपना लिया। उनकी ख़्याति और फैली, पर आर्थिक दृष्टि से हम जहाँ थे वहीं रहे। सुल्तान मेंशन के एक कमरे में हम रहते थे। हमारी इज़्ज़त बढ़ी थी, आमदनी नहीं। फिर भी एक लाभ ज़रूर हुआ। करीम लाला जैसे डोंगरी के नामी डॉन और पुलिस के अधिकारी मोहम्मद हुसेन को इज़्ज़त की नज़र से देखने लगे।

"मोहम्मद भाई," एक शाम इब्राहीम कासकर ने हमारे घर आकर अपनी परेशानी उन्हें बतायी, "पुलिस महकमे की नौकरी छोड़कर 'हेयर कटिंग सैलून' खोला। सोचा था, घर बैठे सुख से रोटियाँ तोड़ूँगा।"

"ठीक नहीं चल रहा है?"

"नौकरों की तनख़्वाह तक अपने पास से देनी पड़ती है।"

"आपके पास जगह है।" मेरे चाचा ने उन्हें सलाह दी, "कोई दूसरा कारोबार सोचिए।"

काफ़ी देर तक वह हमारे घर बैठा रहा। बातें करता रहा। उसकी समस्या यह थी कि कौन-सा नया कारोबार किया जाये? और करीम लाला ने उसकी उलझन पलक झपकते दूर कर दी। उसे अपनी छत्रछाया में ले लिया। इब्राहीम कासकर करीम लाला और पुलिस के बीच कड़ी बन गया। करीम लाला के पुलिस केस निपटाने का काम अब इब्राहीम शेख़ के ज़िम्मे था, और यह काम उसके बायें हाथ का खेल था। पुलिस स्टेशन के चपरासी से लेकर चीफ इंस्पेक्टर तक के दाम वह जानता था।

अब्बासी मंज़िल के पहले मंजले की अपनी कोठरी से बाहर निकल हुसेनअली सीढ़ियों से नीचे उतर गये। उस इमारत के एक ओर गार्डिया स्कूल थी, तो दूसरी ओर ख़ोजा मस्जिद का पिछवाड़ा। नमाज़ के समय वे मस्जिद में बिना नाग़ा पहुँच जाते थे।

आज शुक्रवार था। जुम्मे की नमाज छोड़ने का सवाल ही नहीं था। सफ़ेद बुश्शर्ट के नीचे सफ़ेद पैंट पहने वे हौले-हौले कदम बढ़ाते मुंडागली पार कर पालागली में आये और उनकी नज़र अपने पुराने मालिक पर पड़ी।

"हुसेन," वे कुछ कहें, इसके पहले मालिक ने कह दिया, "तुम्हारी इच्छा हो तो तुम दोबारा बन्दरगाह की नौकरी में लग सकते हो। तुम्हें नौकरी देकर मुझे ही खुशी होगी।"

हुसेनअली हैरत से उसके सामने देखते रहे। एक बात का उन्हें यक़ीन हो गया, उनकी कंगाली हालत का पता सेठ को चल गया था। उन्होंने कोई उत्तर नहीं दिया। मालिक को भी और कुछ कहने की ज़रूरत नहीं पड़ी। समझदार के लिए इशारा काफ़ी होता है।

हुसेनअली के दिमाग़ में बवंडर उठने लगा। लाखों रुपये आसानी से कमाने का रास्ता एक बार फिर उनके सामने खुल रहा था। वे एक बार फिर लखपति बन सकते थे।

वे जुम्मे की नमाज़ पढते जा रहे थे और बेचैन करने वाले विचारों को परे धकेलते जा रहे थे। नमाज़ पूरी होने पर जब उन्होंने दुआ के लिए अपने दोनों हाथ ऊपर उठाये, तो उनके कानों में ये शब्द गूँज उठे :

"समय-समय पर खुदा अपने बन्दों का इम्तिहान लेता है। वह बन्दा चाहे अदना इंसान हो या शहंशाह, पैग़म्बर हो या इमाम, जो आदमी इस इम्तिहान में कामयाब हो जाता है, वही फ़ख़्र के साथ खुद को खुदा का नेक बन्दा कह सकता है।"

जुम्मे की नमाज़ के बाद नमाज़ियों को सम्बोधित करते समय पेशइमाम द्वारा बोले गये इन शब्दों ने मानसिक रूप से डाँवाडोल हुसेनअली की कमर एक बार फिर सीधी कर दी। उन्होंने नौकरी करने का फ़ैसला कर लिया। बन्दरगाह में नहीं, एक डिपार्टमेंट स्टोर में।

जुम्मे की नमाज़ में ही उन्हें पता चला कि बम्बई के क़रीब के उपनगर बान्द्रा के 'लिंक बाज़ार' में एक जगह ख़ाली है। दूसरे दिन उन्होंने मालिक से मुलाक़ात की और माहवार तीन सौ रुपये की तनख़्वाह पर उनकी नौकरी पक्की हो गयी। साठ के दशक में तीन सौ रुपये, आज (1989) के लगभग तीन हज़ार रुपये के बराबर थे।

यह दशक सोने की तस्करी का स्वर्णयुग था। तत्कालीन वित्तमन्त्री मोरारजी देसाई के 'गोल्ड कंट्रोल ऐक्ट' (स्वर्ण नियन्त्रण अधिनियम) की कृपा से सोने के दाम जेट विमान की गति से बढ़ रहे थे। 'अन्तर्राष्ट्रीय सोना बाज़ार' की अपेक्षा भारत में सोने के दाम लगभग चार गुना हो गये थे। भारत में सोने का अकाल पड़ा।

बम्बई बुलियन एसोसिएशन के आँकड़ों के अनुसार देश में लाइसेंस-शुदा दस हज़ार सोने के व्यापारी तथा ढाई लाख सर्टिफाइड सुनार हैं। वर्ष-भर में वे सौ टन सोने का, अर्थात् दो हज़ार करोड़ रुपये का व्यापार करते हैं। इसमें से 50 प्रतिशत सोना वे पुराने गहनों को पिघलाकर प्राप्त करते हैं, जबकि सरकार की सोने की खानों से उन्हें सिर्फ 25 टन सोना मिलता है, वह भी कारखानों के इस्तेमाल के लिए।

बाज़ार की माँग पूरी करने के लिए व्यापारियों के पास तस्करों को दाना डालने के सिवा और कोई चारा नहीं था। हाजी मस्तान ने यह मौक़ा हथिया लिया। अथवा

ऐसा भी कहा जा सकता है कि गुजराती और मारवाड़ी व्यापारियों ने मिलकर उसे सोने की तस्करी का जरिया बना लिया। संक्षेप में :

सोने की तस्करी के स्वर्णयुग का आरम्भ हुआ। हाजी मस्तान की टोली में शामिल होने के लिए डोंगरी के बेरोज़गार लड़कों में होड़ लग गयी। हुसेनअली अपनी नौकरी से चिपके रहे।

उनका अनुमान ग़लत नहीं था। तनख़्वाह के तीन सौ रुपयों में से सौ रुपयों में घर चलाना और बाक़ी दो सौ रुपये इक़बाल (बाल सूफ़ी) के भविष्य के लिए अलग रखना। इसके बावजूद उन्हें कहीं कोई भूल लग रही थी। उनकी छठी इन्द्रिय कह रही थी कि खुदा का हिसाब कुछ और है।

क्या अभी भी मेरे इम्तिहान के दिन खत्म नहीं हुए? वे यह सब सोच रहे थे कि गली के तीन लड़के आकर उनकी चौखट पर खड़े हो गये। बीच के लड़के का चेहरा लहूलुहान था।

"क्या हुआ?" हैरत से देखते हुए हुसेनअली ने पूछा।

"इक़बाल ने इसकी नाक पर फैंट मारी।"

अब उसे सचमुच आश्चर्य हुआ। अली नाम के जिस लड़के की नाक फूट जाने के कारण उसके चेहरे के साथ-साथ कमीज़ का ऊपरी हिस्सा भी लाल हो गया था, उसकी उमर सात वर्ष थी, जबकि इकबाल ने अभी पाँचवाँ साल भी पूरा नहीं किया था।

"कहाँ है वह हरामी?"

"भाग गया।" दूसरे ने जवाब दिया।

उसी समय उन तीनों लड़कों के पीछे से आवाज़ उठी—"पापा, मैं नहीं भागा। भागकर यही तीनों शिक़ायत करने यहाँ आ गये।"

"मेरे सामने आ।"

इक़बाल उन तीनों को एक ओर कर रूबरू हुआ।

"तुम्हें बाहर खेलने के लिए भेजा था या लड़ाई करने के लिए?" मन-ही-मन बेचैन होते हुए हुसेनअली ने उसकी कलाई थाम एक थप्पड़ रसीद किया, "बोल, जवाब दे!"

वह ज़रा भी नहीं डिगा, बल्कि हिम्मत से बोला, "मैं अकेला भँवरा फिरा रहा था। ये तीनों मेरे साथ खेलने आये। खेल में मेरे भँवरे ने अली के भँवरे को बीच से फाड़ दिया। फिर सब एक साथ मुझ पर टूट पड़े।"

"तो उसकी नाक फोड़ डालने की...?" कहते हुए उसे दूसरा थप्पड़ जमाया, ''चल, अली से माफी माँग।''

''नहीं!'' इक़बाल चिल्ला उठा। हुसेन अली ने उसे तीनों बच्चों के सामने धुन डाला।

"यह आपने ठीक नहीं किया।" रात में पत्नी ने नाराज़गी जताते हुए कहा,

"बिना ग़लती के आपने लड़के को पीट डाला।"

"मैं जानता हूँ, हमारे बेटे की कोई गलती नहीं थी।" उन्होंने स्वीकार किया, "पर मैं यह भी नहीं चाहता कि वह अपनी समस्याओं का समाधान हिंसा में खोजे।"

"तीन लोग आपको घेरकर आप पर हमला करें, तो आप क्या करेंगे? गुलबानू से खामोश नहीं रहा गया, "हमारा बेटा गाँधी नहीं है, और जिस गली में हम रहते हैं, उसमें सच की लड़ाई नहीं लड़ी जाती। वजूद टिकाये रखने के लिए यहाँ हर रोज़ एक ज़िन्दगी और मौत का खेल खेला जाता है। जिसकी लाठी उसकी भैंस। इस मुहल्ले में केवल घाघ लोग जिन्दा रह सकते हैं और आप बेटे को बुज़दिल बनाने की तालीम दे रहे हैं?"

पत्नी की बात में सच्चाई थी, पर इस सच को कुबूल करना हुसेनअली के लिए मुमकिन नहीं था। इक़बाल का भावी चित्र उनकी आँखों के सामने था, पढ़े-लिखे सुसंस्कृत, सभ्य समाज का एक आज्ञापालक सदस्य के रूप में। और सभ्य समाज के लोग किसी का थोबड़ा नहीं रँगा करते।

'इस कच्ची उमर में अगर उसे लगाम नहीं लगाई गई तो वह कल हाथ में डंडा लेकर लड़ने जायेगा, किसी का सिर फोड़ आयेगा। आगे चलकर उसके हाथ में चाकू आ जाये, तो कोई ताज्जुब नहीं।' कुछ सोचते हुए उन्होंने जमीन पर सोये इक़बाल की तरफ़ देखा।

"नहीं छोड़ूँगा..." वह नींद में बड़बड़ा रहा था, "नहीं छोड़ूँगा! ढिशुम... नहीं छोड़ूँगा..."

जिन तीन लड़कों ने उसके पिता से शिकायत की थी, उनसे वैर निकालने का फ़ैसला इक़बाल ने कर लिया था। उसका अचेतन मन इस समय इसी को बार-बार दुहरा रहा था।

उस उमर में कुछ ऐसी ही गूँज मेरे भीतर भी उठ रही थी। पर किसी से वैर निकालने के लिए न मुझमें ताकत थी, न इक़बाल जैसा कलेजा था।

2

मेरी माँ को दो भय हमेशा सताया करते थे। एक, पानी का और दूसरा, वर्जिश का। उन्हें यक़ीन था कि वर्जिश करने से हड्डियाँ टूटती हैं और पानी में तैरने वाले बच्चे अकसर डूब जाते हैं। ये भ्रम उनके मन में कैसे घुस गये होंगे, यह मैं आज तक नहीं समझ पाया।

पर इतना ज़रूर समझ में आता है कि समन्दर से मुझे दूर रखने के लिए माँ ने जितनी ज़्यादा कोशिश की, पानी के प्रति मैं उतना ही अधिक आकर्षित होता गया।

एक दिन सुबह तड़के अपने लँगोटिए दोस्तों के साथ चौपाटी पहुँचा। हम सभी ने अपने कपड़े उतारकर किनारे की रेत पर रखे और छपाक-छपाक पानी में कूद पड़े।

दोस्त लगभग एक घंटे में थककर पानी से बाहर निकल गये। मैं आधा घंटा और रुका रहा। सामने से उछल-उछलकर आती लहरों में कूदने का लुत्फ़ ही कुछ और होता है। गहरे पानी में डुबकियाँ लगाने का अवसर भी मैं खोना नहीं चाहता था।

अन्त में किनारे आकर सूखी रेत में मैंने पाँव रखे, और मेरे सिर पर मानो आसमान टूट पड़ा। मेरे दोस्त खुद तो चले गये, साथ मेरी नेकर और कमीज़ भी लेते गये थे।

मेरी परेशानी की सीमा न रही। बिना कपड़ों के चौपाटी से डोंगरी कैसे पहुँचा जाये? कोई तरकीब लगाकर घर पहुँच भी जाऊँ तो माँ को क्या जवाब दूँगा? मैं रो पड़ूँ , इसके पहले कहीं से उड़कर आता हुआ अख़बार का दोहरा पन्ना मेरे पास आकर रुक गया। मेरी आँखें चमक उठीं। मैंने फ़ौरन उसे उठा लिया और तहमद की तरह कमर पर लपेट लिया।

एक समस्या क़रीब-क़रीब हल हो गयी थी। अख़बार से मैं अपनी इज़्ज़त बचाकर सही-सलामत घर पहुँच सकता था। सावधानीपूर्वक रेत पर क़दम रखते, दोनों हाथों से अख़बार की तहमद पकड़े हुए मैं घर की ओर आगे बढ़ा, पर ज्यादा दूर नहीं जा सका।

'ऑपेरा हाउस' थियेटर तक पहुँचते ही कहीं से एक आवारा कुत्ता आकर मेरे पीछे भौंकने लगा। मेरे हाथ से काग़ज़ की तहमद छूट गयी। मैं भागा। कुत्ते के डर से दौड़ता-दौड़ता मैं सीधे डोंगरी आ पहुँचा। मेरे दोस्त मेरा इन्तज़ार करते चौक के पास खड़े थे। मुझे नंगा देखकर किलकारियाँ मारकर हँस रहे थे। मेरे कपड़े दूर से दिखाकर मुझे चिढ़ा रहे थे। मुझसे उनका यह सताना बर्दाश्त नहीं हुआ। मैं सचमुच रो पड़ा। अन्त में मुझ पर जैसे उपकार कर रहे हों, ऐसे मेरी नेकर और कमीज़ मेरे मुँह पर फेंककर वे चले गये। मैं ठिठक कर रह गया।

इक़बाल की शरारतें दिन-ब-दिन बढ़ती जा रही थीं। स्कूल जाता तो वहाँ भी वह चैन से नहीं बैठ सकता था। अभी तक उसने अली और उसके दोनों साथियों से बदला नहीं लिया था। ये तीनों बदमाश उसी के साथ हबीब हाईस्कूल में पढ़ते थे। इक़बाल मन-ही-मन उन तीनों को अपने शिकंजे में लेने का उपाय सोच रहा था और...

एक दिन रिसेस में उसे अवसर मिल गया। इक़बाल की कक्षा के ही एक विद्यार्थी की पेंसिल उन्होंने छीन ली थी। इक़बाल छलांग मारकर उन तीनों के रास्ते में खड़ा हो गया।

"पेंसिल वापस दे दो।"

"तेरी नहीं है।" अली बोला।

इक़बाल ने चेतावनी दी। आसपास खेल रहे बच्चे दायरा बनाकर खड़े हो गये। तीनों बदमाशों के लिए अब इज़्ज़त का सवाल पैदा हो गया। बित्ते भर के इक़बाल से घबराकर पेन्सिल वापस दे दें तो उनकी धाक ही उठ जाये। उन्होंने टकराने का फैसला किया।

पहला वार इक़बाल ने किया और थोड़े फासले से गुज़रते हुए एक मास्टर ने उसे साफ देखा। तीनों बदमाशों को इक़बाल सबक सिखाये, इसके पहले ही उसके शरीर पर सटासट छड़ी पड़ने लगी। वह स्तब्ध रह गया। उसने पलटकर पीछे देखा। सामने संसार के गोले जैसे भूगोल के शिक्षक खड़े थे।

स्कूल से छूटकर वह शाम को घर लौटा। उसके पहले उसकी शिकायत आ पहुँची थी। फिर भी हुसेनअली ने उसकी ओर देखा तक नहीं। उसे अजीब लगा। पप्पा कुछ बोलते क्यों नहीं? चुपचाप पलँग पर क्यों पड़े हैं?

वह मन-ही-मन प्रश्नों के जंगल में भटक रहा था। तभी गुलबानू डॉक्टर खीमाणी के साथ कमरे में दाख़िल हुई। इक़बाल एक कोने में खड़ा हो गया।

"चिन्ता करने की कोई जरूरत नहीं।" हुसेनअली की जाँच कर डॉक्टर ने बताया, "लड़के को मेरे दवाख़ाने भेजिए। मैं दवाई तथा गोलियाँ लिख दूँगा।"

सप्ताह बाद डॉक्टर खीमाणी ने गुलबानू को विश्वास के साथ बताया, "देखिए बहन, आपके पति को डायबिटीज (मधुमेह) और रुमेटिज्म (गठिया) पहले से ही थे। यह हृदय रोग है। तेल, मीठा, मिर्च, चरबी तथा मसाले वाली तरकारियाँ सब बन्द करनी होंगी।" कैमिस्ट की दुकान से खरीदने के लिए नयी दवाइयाँ लिख देते हुए उन्होंने चेतावनी भी दी, "खाने में अब परहेज नहीं करेंगी तो इनकी तबीयत और भी बिगड़ेगी।"

इक़बाल की उम्र हृदय रोग का मतलब समझने के लिए बहुत कम थी। फिर भी माँ की आँखों में तैरते चिन्ता के बादल उसने देख लिये थे। रोग की गम्भीरता का अन्दाज़ा उसे हो गया। उसके नन्हे मन पर इसका गहरा असर पड़ा।

पिता का किसी और तरीक़े से वह सहायक नहीं हो सकता था, लेकिन इतना वह ज़रूर कर सकता था। पिता का दिल न दुखे, इसका ध्यान रख सकता था। उसकी शरारतों से पिता दुःखी न हों, यह देखना उसका फ़र्ज़ था।

उसकी शैतानी की के पारे का टेम्प्रेचर नीचे आ गया। पिछले एक महीने से

हुसेनअली बिस्तर पर थे। बेटे की हर हरकत का वे चुपचाप निरीक्षण करते थे। इक़बाल में आया बदलाव उनसे छिपा न रहा।

पिछले कुछ महीनों से उन्होंने यह उम्मीद छोड़ दी थी कि बेटा पढ़-लिख कर ग्रेजुएट होगा। अब इस आशा ने जैसे करवट ली थी। दूसरे महीने से हुसेनअली ने फिर से काम पर जाना शुरू किया।

हुसेनअली रहते थे डोंगरी मुहल्ले की मुंडागली में और उनकी नौकरी थी बान्द्रा के 'लिंक बाजार' में। अर्थात् घर से चलकर सैंडहर्स्ट रोड स्टेशन पहुँचना, ट्रेन पकड़कर उपनगर बान्द्रा जाना, फिर स्टेशन से बाहर निकलकर दस मिनट का पैदल सफ़र।

इस दौड़धूप से वह हाँफ जाते, थक जाते, पर कोई दूसरा उपाय नहीं था। एक सपना साकार करना था। घर का चूल्हा भी जलता रखना था। किन्तु इसी चूल्हे को उन्होंने ठण्डा पाया। सुनहरा सपना भी टुकड़े-टुकड़े होकर बिखरते देखा। 'लिंक बाज़ार' स्टोर उन्हें घूमता हुआ नज़र आ रहा था। पैर के नीचे से ज़मीन खिसकती जा रही थी। वे गश खाकर डिपार्टमेंट स्टोर की चौखट पर ही ढेर हो गये।

दिल के दौरे का यह हलका-सा झटका था। धुँधले भविष्य की लाल बत्ती थी। फिर भी—'लिंक बाज़ार' की नौकरी छोड़ने से काम नहीं चलने वाला था। पर हुसेनअली को नौकरी से छुट्टी मिल गयी।

इक़बाल खूब मन लगाकर पढ़ रहा था। जीवन में आगे बढ़ने के सारे लक्षण अभी से उसमें दिखायी दे रहे थे। 'केवल धन की कमी के कारण उसकी पढ़ाई में रुकावट आयेगी, तो खुदा भी उन्हें माफ़ नहीं करेगा।' इसी विचार ने हुसेनअली को एक नयी नौकरी तलाशने पर मजबूर कर दिया।

कुछ दिनों के परिश्रम के बाद ऑटोपार्ट्स की एक दुकान में उन्हें नौकरी मिली। दुकान क़रीब में थी। पर तनख़्वाह कम थी। सन्तोष सिर्फ इतना था कि किसी तरह गुज़ारा होता रहेगा। कम-से-कम एस.एस.सी. तक बेटे की पढ़ाई में बाधा नहीं आयेगी।

यह नौकरी भी ज़्यादा दिन नहीं टिकी। नया मालिक स्वभाव का तीखा निकला। छोटी-छोटी ग़लतियों पर भी बहुत डाँट-डपट करता था। कभी-कभी बेवजह बुरी तरह फटकारने से भी नहीं चूकता था। आख़िर हुसेनअली से सहा नहीं गया। उन्होंने इस्तीफ़ा दे दिया।

इक़बाल की स्कूल-फीस पहले नियमित भरी जाती थी, अब उसमें दो-दो, तीन-तीन महीनों की ढील होने लगी।

"इक़बाल!" एक दिन उसे उदास देख, अली ने पूछा, "क्या हुआ?"

इक़बाल ने उसके सामने देखा। यह वही अली था, जिसकी नाक घूँसा मारकर उसने फोड़ दी थी। लेकिन वह घटना अब भूली-बिसरी हो चुकी थी। अली और

उसके दोनों साथियों के साथ उसने सुलह कर ली थी।

"कुछ नहीं।" अली के प्रश्न का उसने सही उत्तर नहीं दिया।

"तुम्हारे चेहरे पर मक्खियाँ क्यों उड़ रही हैं?"

"ईद सिर पर आ रही है और पहनने के लिए नये कपड़े...।" बाकी का आधा जुमला उसने हवा में तैरता हुआ छोड़ दिया।

"बस...?" अली ने हँसकर कहा। फिर उसने उपाय भी सुझाया।

उन दिनों तस्करी के धन्धे में पहल करते नौसिखियों के लिए डॉक में लंगर डालते विदेशी जहाज़ों के डेक प्रयोग-भूमि के समान थे। जहाज़ से लड़के एकाध इम्पोर्टेड घड़ी, सिगरेट की डिबिया, स्कॉच की बोतल या ट्रांजिस्टर रेडियो ख़रीदकर लाते और डोंगरी के मारवाड़ियों को बेच देते थे।

धन्धे की शुरुआत करने के लिए अली ने उसे पच्चीस रुपये का क़र्ज भी दिया। पर थोड़े दिनों तक यह काम करने के बाद इक़बाल को लगा कि इसमें मुश्किलें ज़्यादा और आमदनी कम है। दूसरे, जहाज़ आज हैं कल न भी हों। कभी-कभी तो पूरे सप्ताह एक भी जहाज़ बन्दरगाह में लंगर न डालता।

उसने एक बार फिर अली की सलाह ली। अली ने नया धन्धा सुझाया। "काम बिल्कुल आसान है।" इक़बाल को उसने बताया, "तुम्हें बस एक जगह से बोतलें लेकर दूसरी जगह पहुँचानी हैं। एक बोतल पर तुम्हें एक रुपया मिलेगा। पाँच बोतलों पर पाँच और सौ बोतलों पर सौ रुपये।"

"बोतलें काहे की हैं?"

"दवाई की।"

सूफ़ी की ज़बानी मैं उसके बचपन और उसकी परवरिश के बारे में एक ध्यान होकर सुन रहा था। हम उसके बान्द्रा के फ़्लैट के टेरेस पर बैठे थे। अचानक मुझे ख़याल आया, "दवाई माने क्या?"

वह कुछ उत्तर दे, इसके पहले उसकी पत्नी मासूमा मेरे लिए शरबत का गिलास लिये मुस्कुराती हुई आयी। थोड़ी देर के लिए हमारे बीच ख़ामोशी छा गयी।

सूफ़ी से मुलाक़ात के लिए मैंने सप्ताह का एक दिन तय किया है। हर गुरुवार की शाम में उसकी खुली छत पर हम कुर्सियाँ डालकर बैठते हैं। सामान्यतः वह बोलता है, मैं सुनता हूँ, नोट करता जाता हूँ।

शबरत पीकर मैंने बीच में पड़ी तिपाई पर गिलास रखा। सूफ़ी ने मेरे अंतिम प्रश्न के उत्तर से फिर बात की शुरुआत की, "दवाई यानी कि ऐथिल अल्कोहल, जिसका उपयोग सेंट आदि बनाने में होता है, पर अंडरवर्ल्ड में इसका उपयोग अलग ढंग से किया जाता है।"

"कैसे?"

"शराब यानी ब्रांडी बनाने में।"

"उस समय आपकी उम्र क्या थी।"

"मैं छठी में पढ़ता था।"

मेरे लिए यह मुद्दा महत्त्वपूर्ण था। इसलिए उसे पिन-पॉइंट करते हुए मैंने कहा, "शायद ईद का अवसर बीच में न आया होता तो आपकी ज़िन्दगी ने अपना रुख भी न बदला होता।"

"ना", सूफ़ी तुरन्त बोल उठा, "यह तो एक बहाना था। सच यह है कि मुझे स्कूल की फीस भरनी थी, पढ़ाई जारी रखनी थी। दूसरे, मैं बताना भूल गया, मेरे जन्म के बाद मेरी मम्मी ने और दो बच्चों को जन्म दिया था। वे दोनों मुझसे छोटे थे और ईद उन दोनों के लिए अहमियत रखती थी।"

एक बोतल पर एक रुपया कमाने में एक मुश्किल थी। उन दिनों मोगल मस्जिद के पास मोगल नाम का एक ठग ऐथिल अल्कोहल की एक बोतल छह रुपये में बेचता था। माल नकद देकर ख़रीदता था और इक़बाल (बाल सूफ़ी) के पास एक बोतल भी ख़रीदने के लिए पैसे नहीं थे।

अली ने इसका भी बन्दोबस्त कर दिया। इक़बाल को लेकर वह मारवाड़ी की एक दुकान पर गया। उमर में अली इक़बाल से तीन साल बड़ा था। क़रीब पिछले चार सालों से वह इस मारवाड़ी के सम्पर्क में था। अपनी ज़िम्मेदारी पर एक दिन के दस प्रतिशत ब्याज पर उसने इक़बाल को दस बोतलें ख़रीदने के लिए साठ रुपये दिला दिये।

वहाँ से आगे बढ़कर 'चिल्ड्रेंस होम' (बाल-सुधार गृह) के पीछे की गलियों से होता हुआ अली उसे साथ लेकर एक मकान के तल-मंज़िल की अँधेरी खोली में दाख़िल हुआ। इक़बाल ने देखा तो सिर के ऊपर नाइट लैम्प जैसा एक बल्ब मद्धिम प्रकाश फैला रहा था।

कोठरी में बोतलें ज़्यादा थीं और सामान में एक झिलंगी खाट, एक अलमारी तथा दीवार पर लगी कीलों से झूलते रोज के इस्तेमाल के कुछ वस्त्र थे। मोगल एक पाँव घुटने से मोड़कर बीड़ी पीता खाट पर बैठा था।

"चाचा," अली ने अपने दोस्त का परिचय देते हुए अपनी बात शुरू की, "मेरा यह भीडू (साथी) पढ़ने में अव्वल है, और मार-पीट में भी।"

"ऐसा!"

"अरे, एक दिन तो मुझे ही ऐसा घूँसा मारा कि मेरा थोबड़ा लाल हो गया था।"

अब मोगल ने इक़बाल की ओर देखने की ज़रूरत महसूस की। आधी खाकी चड्ढी और उसमें ठूँसी हुई आधी बाँह की सफ़ेद शर्ट पहने वह ख़ामोश खड़ा था।

बाल छोटे, आँखें बेधक और कल्ले बैठे हुए थे। डोंगरी में जिसे 'सिंगल पसली' कहा जाता है, ऐसा ही छरहरा उसका शरीर था। पैरों में कैनवास के जूते थे।

"पैसा लाये हो?" नख-शिख निरीक्षण करने के बाद मोगल ने अपने होंठ खोले।

चड्ढी की जेब से दस-दस के छह नोट निकालकर इक़बाल ने उसकी ओर बढ़ा दिये। नये धन्धे की यह शुरुआत थी। उसे अली का पूरा सहयोग मिला। माल बेचने के लिए अली ने उसे शराब के दो अड्डों के पते भी दिये थे। एक डोंगरी पर था, दूसरा मझगाँव में।

"अली!" एक झोले में बोतलें भरकर उसके साथ बाहर निकलते हुए इक़बाल ने कहा, "अपना धन्धा तुमने मुझे सौंप दिया। अब तुम क्या करोगे?"

वह थोड़ा मुस्कुराया, फिर कहा, "मैं खुद ही यह धन्धा छोड़ने की सोच रहा था।"

"क्यों?"

"मैं मस्तान की गैंग में शामिल हो गया हूँ।"

पाँच-पाँच बोतलें इक़बाल ने शराब के दोनों अड्डों पर दीं। दस रुपयों का फ़ायदा हुआ। उसमें से एक दिन का ब्याज़ यानी कि छह रुपये मारवाड़ी को चुकाये। बाकी बचे चार। यह उसका चोखा मुनाफ़ा था। दिन के चार रुपये के हिसाब से महीने के एक सौ बीस हुए।

दूसरे महीने इक़बाल ने मारवाड़ी से लिये हुए क़र्ज की रक़म लौटा दी। लगभग बीस रुपये उसने अपने दोनों भाइयों पर ख़र्च किये। उनके पास पहनने के लिए न ढंग के कपड़े थे, न जूते।

"आप..." सूफ़ी को रोककर मैंने पूछा, "पाँचवें दर्जे में पढ़ाई भी करते थे और धन्धा भी, सही?"

उसने "हाँ" कहा।

"स्कूल का समय क्या था?"

"सुबह दस से पाँच।"

"तब बोतलों की डिलीवरी के लिए आपको वक़्त कब मिलता था?"

"स्कूल से छूटने के बाद।"

स्कूल से छूटकर इक़बाल सीधे घर आता। शाम की चाय के साथ थोड़ा नाश्ता करके खेलने जाने के बहाने घर से बाहर निकलता और मुंडागली से दौड़ते हुए सीधे मोगल की कोठरी पर पहुँच जाता।

मोगल उस पर प्रसन्न था। रोज़ की दस बोतलों की हेराफेरी करने वाला लड़का अब दिन के दो फेरों में चालीस बोतलें उठाने लगा था। पहले बीस बोतलें भरकर

झोला कन्धे पर डालता और डोंगरी स्थित अज़ीज़ दिलीप के अड्डे पर दे आता।

दूसरे फेरे में और बीस बोतलें लेकर मझगांव की ओर चल देता। वहाँ के शंकर मराठा नाम के दादा को डिलीवरी देकर घर वापस लौटते उसे आठ बज जाते।

संक्षेप में, इक़बाल की रोज़ की आमदनी अब चालीस रुपये हो गयी थी, लेकिन अभी तक उसने जमा पूँजी का सार्वजनिक प्रदर्शन नहीं किया था। घर में पिता को इसकी भनक भी नहीं पड़ने दी थी। अलबत्ता, ईद के दिन जब उसने दोनों छोटे भाइयों को नये कपड़े सिलवा दिये, तब हुसेनअली को थोड़ी शंका ज़रूर हुई थी।

"इतने पैसे तुम्हारे पास आये कहाँ से?" उसने पूछा था।

इक़बाल ने भी सच्ची बात बता दी, "एक दोस्त ने मुझे बोतलें बेचने का काम सिखाया है।"

"कैसी बोतलें!"

"दवाई की।"

"शराब की नहीं है न?"

उसने 'ना' में सिर हिलाया।

बात यहीं खत्म हो गयी। पर जब हुसेनअली को पता चला कि बेटे ने अपने दोनों भाइयों का पूरा ज़िम्मा उठा लिया है, वह अवाक् रह गया।

"गुलबानू!" इस बार उसने अपनी पत्नी से पूछा, "क्या यह सही है?"

"हाँ, क्यों?"

"क्यों क्या? यह धन्धा दवाई का नहीं हो सकता।"

"है!" गुलबानू ने ज़ोर देकर कहा।

"तुम्हें कैसे पता चला?"

"एक दिन मुझे भी शक हुआ था। दूसरे दिन इक़बाल ने एक बोतल लाकर मुझे दिखाई। मैंने सूँघकर भी देखा था।"

"ठीक है। एक बोतल मैं भी सूँघकर देखूँगा।"

पत्नी झटका खा गयी, "क्या आपको मेरी बात पर भरोसा नहीं?"

हुसेनअली ने प्रश्न पर प्रश्न किया, "क्या तुम्हें कोई डर है?"

"हाँ", वह फुँफकारकर बोली, "पिछले छह महीनों से आप घर पर बेकार बैठे हैं। फूटी कौड़ी की आमदनी नहीं और मेरा बेटा कमरतोड़ मेहनत कर दो पैसे कमा लाता है, तो उसे भी चैन से काम नहीं करने देना। आख़िर यह घर चलेगा कैसे?"

गुलबानू का आख़िरी जुमला मायने रखता था। हुसेनअली की सोच के दायरे से बाहर था। यह घर भी बेटे की कमाई पर चल रहा था, यह जानकर उनकी आँखें स्थिर हो गयीं।

देर शाम को थकान से चूर-चूर इक़बाल घर लौटा और खाना खाकर एक कोने

में बैठ होमवर्क करने लगा। गुलबानू पानी भरने के लिए तल-मंज़िल पर गयी थी। दबाव कम होने के कारण अकसर रोज़ शाम को पानी का हंडा लेकर नीचे जाना पड़ता था।

हुसेनअली ने बेटे को अपने पास बुलाया। प्रेम से उसके सिर पर हाथ रखकर धीरे से कहा, "बेटा, पैसा बनाने के दो तरीके हैं, एक जो खुदा को पसन्द है। दूसरा, जिसे खुदा पसन्द नहीं करता। मैं बन्दरगाह में था, तब वही काम करता था, जो खुदा को नापसन्द था और उसकी सज़ा आज दिन तक भुगत रहा हूँ।"

"मैं क्या करूँ पापा?" इक़बाल ने अपना चेहरा उठा कर सीधे उनकी आँखों में देखा। इस एक ही प्रश्न के पीछे सौ भूखे सवाल सिर उठा रहे थे—पापा, मेरा क्या? मेरी पढ़ाई का क्या? मेरे भाइयों का क्या?

हुसेनअली ने उत्तर नहीं दिया। उत्तर उसे स्वयं खोजना था।

इक़बाल ने वही उत्तर खोजा, जो उसकी उम्र में मैंने खोजा था। वह अब्बासी मंज़िल की एक कोठरी में रहता था। मैं सुल्तान मेंशन के एक कमरे में रहता था। दोनों मकान डोंगरी इलाक़े में थे, एक ही स्थिति में थे, कई छेदों वाली नावों की तरह थे। कब डूब जायेंगे, कोई कह नहीं सकता था।

अपना मानसिक सन्तुलन खोकर मेरे पिता ने खाट पकड़ ली थी। उनके इलाज में मेरे चाचा मोहम्मद हुसेन की लगभग पूरी कमाई खर्च हो जाती थी।

कई डॉक्टर बदलने के बाद भी जब उनकी स्थिति में कोई अन्तर न आया तो हमने दरगाहों की मदद ली। कोई कहता कि फलां पीर की दरगाह पर जाने से आख़िरी स्टेज पर पहुँचे पागल भी ठीक हो जाते हैं, तो मेरी माँ मेरे पिता को लेकर वहाँ पहुँच जाती। कोई कहता कि किसी गाँव में किसी औलिया की दरगाह है, जो चमत्कारों के लिए मशहूर है, तो पिताजी को ट्रेन में चढ़ाकर हम वहाँ ले जाते। अन्त में हम रतलाम के समीप जावरा तक का चक्कर लगा आये।

इस दौड़-धूप में, ख़ासकर आबो-हवा बदलने से मेरे पिता की हालत में थोड़ा सुधार आता, थोड़ी आशा बँधती, लेकिन सिर्फ़ थोड़े दिनों के लिए। फिर वही खाट, वही कमरा, वही दीवारें। कभी वे छत को घूरते नज़र आते तो कभी दीवारों को।

मेरी माँ ने कुछ और घरों का काम सँभाल लिया। उसकी दिनचर्या हमारे परिवार में सबसे ज़्यादा कठोर थी। तड़के घर का सारा काम निपटाकर वह अड़ोस-पड़ोस के घरों के काम में व्यस्त हो जाती। किसी के बरतन माँजती तो किसी का मसाला पीसती। किसी के घर के मैले कपड़ों का गट्ठर लेकर चाली के नल के नीचे धोने बैठ जाती तो किसी के घर राशन का दूध पहुँचाती। दिन भर की इस कड़ी मेहनत के बाद वह पाँच रुपये कमा लेती थी।

प्रश्न मेरी पढ़ाई का भी था। प्रश्न मेरे छोटे भाई की पढ़ाई का भी था। मैंने

चिकी, पिपरमिंट, तथा खट्टी-मीटी गोलियाँ बेचनी शुरू कर दीं। मैं डोंगरी के मुख्य मार्ग पर कोई सुरक्षित ओटला ढूँढ़कर बैठ जाता।

इक़बाल मुंडागली से निकलकर पाला गली में आता और ख़ोजा मस्जिद के पास बैठ जाता। उसके खोमचे में चिकी, पिपरमिंट तथा खट्टी-मीठी गोलियों के साथ सफ़ेद इमली, बेर और आँवले भी रहते थे। सालों बीत गये इस बात को, पर सूफ़ी संघर्ष के उन दिनों को, उन दिनों में साथ रहने वाले बचपन के दोस्तों को आज भी नहीं भूला—खासतौर से रास्ते पर खोमचा लगाने का विचार सुझाने वाले क़ादर को।

पिछले बीस वर्षों में सूफ़ी ने करोड़ों की हेराफेरी की है, हरे नोटों के बंडल एक हाथ से आये हैं, दूसरे हाथ से गये हैं। आज वह बान्द्रा स्थित 'ज़रीन लॉज' नामक मकान के टेरेस वाले फ्लैट में सभी आवश्यक सुविधाओं के साथ जी रहा है और आज भी (1989) क़ादर पाला गली में वहीं खोमचा लगाकर बैठता है।

"जब कभी मैं डोंगरी जाता हूँ तो योंही मुझे उसकी याद आ जाती है," सूफ़ी ने कहा, "मैं दो घड़ी उसके साथ बैठ गप्पे लगा लेता हूँ।"

"आप चाहें तो उसे झोंपड़ी से उठाकर महल में बैठा सकते हैं।" मैंने उसे याद दिलाया।

"सहीं," उसने बताया, "कभी-कभी मेरी भी यही इच्छा होती है, जाने कितनों की मैंने खुले हाथ से मदद की है।"

मैं धैर्य खोकर बीच में ही बोल उठा, "तो इस ग़रीब क़ादर की मदद करने में आप अपना हाथ क्यों खींच लेते हैं?"

"उसके जिस्म पर सुखी आदमी की कमीज़ है," कहते हुए सूफ़ी ने स्पष्ट किया, "दिन भर वह अपनी मस्ती में रास्ते पर बैठा रहता है। ज़रूरत भर की कमाई करके शाम को घर लौटता है। खाना खाकर चैन से सो जाता है। आज भी उसके जीवन को दुःख नहीं छू पाया। और मैं उसे निन्यानबे के चक्कर में डालकर दुःखी नहीं करना चाहता।"

हाजी मस्तान के जीवन में अगर हम झाँककर देखें तो पता चलेगा कि वह भी समानान्तर परिस्थितियों से होकर गुज़रा है। उसने भी अपने जीवन की शुरुआत चिकी तथा खट्टी-मीठी गोलियाँ बेचकर की थी।

एक तरह से देखें तो इक़बाल और मैं ज़्यादा भाग्यशाली थे। रहने के लिये हमारे पास घर था, मस्तान मुसाफ़िरख़ाने के पास एक झोंपड़े में रहता था। क्रॉफर्ड मार्केट के पास वह फातेमाबाई स्कूल में पढ़ता था। वह मूलतः रामेश्वर का रहने वाला था। हमारी मातृभाषा गुजराती थी, उसकी तमिल।

अपनी आमदनी में थोड़ा इज़ाफ़ा करने के लिए मैंने रद्दी में से गुजराती के जानेमाने पत्रकार-व्यंग्यकार गोलीबार की पुस्तिकाएँ तथा दर्जन-भर बाल-पुस्तकें खरीदी

थीं। स्कूल जाता तो पाठ्य-पुस्तकों के साथ अपना पुस्तकालय भी ले जाता, एक-एक पैसा लेकर एक-एक दिन के लिए अपनी कक्षा के छात्रों को पढ़ने के लिए देता।

आमदनी पैदा करने के लिए मस्तान चाय की गुमटी चलाने वाले एक मलबारी की नौकरी में लगा था। उसका काम 'बाहरवाले' का था। आसपास की दुकानों, दफ़्तरों से ऑर्डर आये तो चाय के प्याले लेकर वहाँ पहुँच जाना और फुरसत के समय उसी गुमटी पर बैठकर सपने देखना।

जब भी सामने से गुज़रती किसी कार को मस्तान देखता, उसकी आँखें ठहर जातीं। उसकी एकमात्र इच्छा अपनी खुद की कार में बैठकर शहर में घूमने की थी। तब वह खुले पाँव भटक रहा था। चाय की गुमटी पर काम ज़्यादा था, आमदनी कम।

उसने स्कूल छोड़ा, चाय की गुमटी छोड़ी और बन्दरगाह पहुँच गया। यहाँ जहाज़ों के बॉयलरों में घुसकर ज़ंग साफ करने तथा रँगने का काम सिर्फ़ बच्चे करते थे। बॉयलर का साइज़ इतना छोटा रहता था कि बड़ों के लिए उसके अन्दर जाकर काम करना मुश्किल था। मस्तान को यह काम रास आ गया।

धीरे-धीरे उसकी उम्र बढ़ती गयी, शरीर भी बढ़ता गया। पर बॉयलर का साइज़ वही रहा। नया काम खोजने की आवश्यकता पड़ी, पर इसके लिए उसे डॉक से बाहर नहीं जाना पड़ा। वहीं वह कुली बन गया। कस्टम से उसे एक बिल्ला मिला, नम्बर था तेईस। (न कि 786)

जिन दिनों इक़बाल रास्ते पर बैठकर चिकी बेचता था। मस्तान सोने की तस्करी में लग चुका था। कार में बैठकर बम्बई शहर में घूमने की उसकी इच्छा कब की पूरी हो चुकी थी।

अपनी आमदनी में थोड़ी बढ़ोतरी करने के लिए इक़बाल ने भी भरसक कोशिशें कीं। अब्बासी मंज़िल नाम के जिस मकान में वह रहता था, वह तीन मंज़िला था। इसमें पानी का दबाव हमेशा कम रहता था, इसलिए ऊपरी दोनों मंज़िलों की कोठरियों के नल लगभग सूखे रहते थे।

इन दोनों मंज़िलों के किरायेदारों के लिये इक़बाल ने रात को पानी भरना शुरू कर दिया। उसका दिन तीन हिस्सों में बँट गया। सुबह स्कूल, शाम को रास्ते पर खोमचा लेकर बैठना और रात में पानी के फेरे।

तल-मंज़िल की चौकी के नल में से हंडा भरकर सीढ़ियाँ चढ़ता और दूसरी तथा तीसरी मंज़िल के किरायेदारों की टंकियों में डालकर वह फिर नीचे आता। रोज़ तीस से चालीस हंडे पानी भरता और रोज़ तीनेक रुपये कमा लेता।

"सूफ़ी," मन में एक विचार उठा तो मैंने पूछा, "आपके पापा हार्ट-पेशेंट थे। वे आपकी मदद नहीं कर सकते थे, यह तो समझा जा सकता है, पर आपकी अम्मी..."

"वह एक बार तपेदिक का शिकार हो चुकी थी," सूफ़ी ने स्पष्ट किया, "दूसरे, अब उसकी सेहत पहले जैसी नहीं रही थी। पानी भरने जैसे मुश्किल कामों से पापा उसे दूर रखते थे।"

इक़बाल को सिर पर हंडे उठाकर सीढ़ियाँ चढ़ते-उतरते देख उसकी माँ और पिता दोनों के हृदय में हूक उठती थी। दोनों सब कुछ समझते थे, फिर भी ख़ामोश थे। कोई उपाय सूझता नहीं था। ख़ासकर हुसेनअली की ख़ामोशी और भी गहरा रही थी। प्रश्न कर रही थी। नापसन्द रास्ते से उठाकर खुदा की पसन्दीदा राह पर बेटे को डाल उसने कोई भूल तो नहीं की?

थककर चूर इक़बाल कोठरी में बैठा था। अभी होमवर्क करना बाक़ी था। दोनों छोटे भाइयों को अभी लेसन (पाठ) करवाना था कि खुले दरवाज़े पर अली और मोगल दिखायी दिये।

3

हुसेनअली ने अली की तरफ़ देखा। उसके साथ आये अजनबी पर आँखें टिकाईं। लम्बोतरे चेहरे पर छोटे बाल, खिचड़ी दाढ़ी तथा बड़ी-बड़ी आँखें, जो ख़ासतौर से ध्यान खींच रही थीं। नाक चपटी थी। दोनों होंठों के बीच से सोने का एक दाँत साफ दिखाई दे रहा था। (हाजी मस्तान हँसता है तो सोने के उसके दो दाँत दिखायी देते हैं।) पोशाक में उसने आधी बाँह की लम्बी कमीज़ और धारदार तहमद पहनी थी।

हुसेन अली मोगल के नाम से परिचित थे, चेहरे से नहीं। उन्होंने सोचा अली के साथ आया शख़्स उसका बाप या रिश्तेदार होगा।

"आइए।" उन दोनों का स्वागत करते हुए वह खाट पर से उठकर बैठ गये। पैर दबाती पत्नी खड़ी हो गयी।

मोगल ने दोनों छोटे भाइयों के साथ 'होमवर्क' कर रहे इक़बाल की तरफ़ देखा, एक कुर्सी खींची और हुसेनअली के सामने बैठ गया। अली उसके पीछे खड़ा रहा। गुलबानू एक कोने में, जहाँ छोटा-सा रसोईघर तथा चौका था, बैठकर प्राइमस फेंटाने लगी।

"इक़बाल को देखने आया हूँ।" मोगल ने शुरुआत की, "कई दिनों से दिखायी नहीं पड़ा। मैंने सोचा कि शायद..."

"आप?"

"मेहनती लड़का है।" हुसेनअली को बोलने का मौका न देते हुए, इक़बाल पर

एक नज़र डाल मोगल ने आगे कहा, "रोज़ के चालीस-पचास कमा लेता था और एकाएक ग़ायब हो गया। मैंने अली से पूछा तो उसने बताया कि वह भला-चंगा है। मुझे भरोसा नहीं हुआ।"

आप कौन? अब परिचय पूछने की ज़रूरत नहीं थी। हुसेनअली समझ गया, उसके सामने मोगल बैठा था। जिस दलदल में बेटा उतरे, इसके पहले उन्होंने बाहर खींच निकाला था, वही दलदल आज घर में आ पहुँचा था। वही पाप घर की चहारदीवारी के भीतर घुस आया था और संसार में पुण्य से अधिक आकर्षक पाप होता है।

हुसेनअली की स्थिति विकट हो गयी। गुलबानू द्वारा जलाये गये स्टोव की कर्कश आवाज़ कोठरी की ख़ामोशी में स्पष्ट सुनायी पड़ रही थी। मेहमान के लिए चाय का भगौना चढ़ाकर वह तिरछी आँखों से पति की ओर देखती रही। निर्णय हुसेनअली को लेना था।

अचानक मौन धारण कर आकाश की ओर देखते हुए सूफ़ी से मैंने पूछा, "फिर आपके पापा ने क्या निर्णय लिया?"

"हक़ीक़त में उनके लिए निर्णय लेने का सवाल ही नहीं था।"

मैं चौंका, "परिवार के बुजुर्ग वही थे। उनके ख़िलाफ़ जाकर आपकी अम्मी कुछ नहीं कर सकती थीं।"

"सही है। उस समय वे खुद हिल गये थे, फिर भी उन्होंने मोगल को हाँ या ना में जवाब नहीं दिया।"

"कारण?"

"जो इंसान सिर्फ़ एक ही दिन और जीने वाला हो, वह सुख और दुःख से ऊपर उठ जाता है।"

मैं सूफ़ी के चेहरे को देखता रहा।

"आपके पापा की मौत का दिन तय था, इसका पता आपको कैसे चला?"

"मोगल के चले जाने के बाद उन्होंने बताया था।"

"क्या कहा था?"

"यही कि अब उनका दाना-पानी ख़त्म हुआ।" वह कह रहा था, "मैं कुछ नहीं समझा। उस समय मेरी उम्र ही क्या थी?"

1966 का साल था। सूफ़ी दसवीं कक्षा में था। ख़ासतौर से उसका पूरा ध्यान पढ़ाई में था।

हुसेनअली की तरह मेरे पापा गुलाम हुसेन ने भी अपने अन्तिम दिन की घोषणा कर दी थी। उन्होंने 'दाना-पानी ख़त्म हुआ' जैसे अस्पष्ट शब्दों का इस्तेमान न कर सीधे-सीधे बता दिया था, "कल कोई बाहर नहीं जायेगा, वरना मेरा मुँह नहीं देखेगा।"

वह दिन मंगलवार का था। इसके साथ ही उन्होंने यह भी बताया था कि बुधवार को उनका देहान्त नहीं हुआ तो एक दिन बाद यानी कि शुक्रवार को वे निश्चित रूप से संसार छोड़कर चले जायेंगे।

आज तक मनुष्य जीवन और उसके रहस्यों को नहीं जान पाया। मृत्यु को समझने का प्रश्न ही नहीं पैदा होता। किसने हमारे पिताओं के कान में फूँक मारकर कहा होगा कि उनकी घड़ियाँ गिनी जा रही हैं? किसने उनको अन्तिम यात्रा के लिए सावधान किया होगा?

मेरे पिता ने जिस तरह स्वस्थतापूर्वक अपने देहान्त का ऐलान किया था, उसे देखकर हम सब दंग रह गये थे। हमें उन पर यकीन ही नहीं हुआ, क्योंकि उनकी बीमारी सामान्य नहीं थी।

डॉक्टरों के कहने के अनुसार उनके नाखून में भी रोग नहीं था। दूसरे, डॉक्टर यह भी स्वीकार करने के लिए राज़ी नहीं थे कि उन्हें कोई प्रेत-बाधा है। उनके अनुसार मेरे पिता मानसिक रोग के शिकार थे। पर यह मानसिक रोग क्या था? उसकी जड़ें कहाँ थीं? इस बारे में एक भी डॉक्टर सही निष्कर्ष नहीं निकाल पाया था। पर हम जानते थे कि मेरे पिता चालीस दिन का 'चिल्ला' खींचकर प्रेतात्माओं को अपने वश में करते-करते खुद उन्हीं के वश में हो गये थे।

वे रात-दिन चुपचाप अपनी चारपाई पर पड़े रहते। कभी-कभी उनकी बड़बड़ाहट सुनायी पड़ती। मानो किसी अदृश्य मानव से बात कर रहे हों, ऐसे उनके हाथ हरकत करते और थोड़ी देर चुप रहकर फिर एक बार दीवार को ताकने लगते। इसी कारण पूरे होशोहवास के साथ जब उन्होंने अपनी मृत्यु, तिथि के बारे में सूचना दी तो हमें शंका हुई कि हमने जो कुछ सुना था, वह हमारा भ्रम था, मनोरोगी की बड़बड़ाहट थी।

मेरी माँ, दादी और चाचा मोहम्मद हुसेन ने साथ बैठकर इस पर गम्भीर विचार किया। वे तीनों इस बात से सहमत थे कि एक दिन सावधान रहने में कोई हर्ज नहीं।

दूसरे दिन दोपहर से पहले पिताजी को दौरा पड़ा। यह दिल का दौरा था या कुछ और, कोई नहीं समझ सका। वे पीड़ा के कारण तड़फड़ाने लगे। एक तरफ़ से मेरी माँ तवे पर से रोटी उतारकर दौड़ी, दूसरी तरफ से मेरे चाचा और दादी।

हम कुछ समझ पायें, इसके पहले मानो कोई चक्रवात उठकर शान्त हो गया। मेरे पिताजी लेटे हुए थे, उठकर बैठ गये। फिर बारी-बारी से हमारे चेहरे देखकर उन्होंने कहा, "जाओ, तुम लोग अपना काम करो, अब शुक्रवार तक मुझे कुछ नहीं होगा।"

मेरे पिताजी को दौरा पड़ा था। इससे हमें शत-प्रतिशत यकीन हो गया कि

शुक्रवार का दिन उनका अन्तिम दिन होगा और वह सचमुच उनका अन्तिम दिन सिद्ध हुआ।

सूफ़ी कहता है—विधाता के लेख में मीन-मेख नहीं होता है। एक ज्योतिषी ने उसका हाथ देखकर भविष्य बताया था—"मैं अरबपति बनूँगा, पर मेरा जीवन सन्तों जैसा सादा होगा। मैं सीधे मार्ग पर क़दम रखने की कोशिश करूँगा, पर मेरे पैर दो नम्बर के धन्धे की दिशा में आगे बढ़ेंगे। इस महीने मैंने अपनी उमर का चालीसवाँ साल पूरा किया है। इन चालीस वर्षों में मैंने ईमानदारी से जीने के लिये कितने पापड़ बेले हैं, यह मेरा दिल जानता है।"

"जैसे?"

1980 में वह पोल्ट्री फार्म के पेशे में लग गया। नहीं जँचा तो झींगा मछली के होलसेल व्यापार में अपने पाँव जमाये। उसमें भी रुकावटें आयीं। अभी हाल में उसने एक बार फिर नया काम शुरू किया है। वह पुरानी कारें खरीदकर उनकी मरम्मत करवा के बेचता है।

सूफ़ी की कई बातें मेरे गले से नहीं उतरतीं। मसलन, वह कहता है, हर इंसान की राह तय होती है, यानी आदमी कमज़ोर है, लाचार है। वह अपनी मर्ज़ी से नहीं चल सकता। तब भविष्यवाणियों का क्या मतलब?

मैंने पूछा, "मेरे भाग्य में यदि निश्चित दिन और निश्चित समय पर कार-दुर्घटना लिखी हो और मैं पहले से ही यह जान जाऊँ तो घर से बाहर निकलूँ ही क्यूँ?"

"अगर सचमुच आपके नसीब में यह लिखा होगा तो ऐसी हालत जरूर पैदा होगी कि आपको घर से निकलना पड़ेगा।"

उसने अपने पिता का उदाहरण दिया। हुसेनअली की मृत्यु का दिन तय था। किस दिन उसकी मौत होगी, इसका पता उन्हें चल गया था।

"कैसे?"

"उनकी कुंडली से।"

"क्या उन्होंने अपनी जन्म-पत्रिका बनवाई थी?"

"नहीं, नहीं। असल में उन्हें भी एक ज्योतिषी मिल गया था। उनका हाथ देखकर ज्योतिषी ने कुंडली तैयार की थी। उस कुंडली के मुताबिक उनकी शादी पैंतीस साल की उम्र में होनी थी, हुई। इसके अलावा कई दूसरी बातें भी सही निकलीं। उनमें से एक उनकी मृत्यु के बारे में भी थी।"

मौत क़रीब आयी, तब हुसेनअली बिल्कुल दुरुस्त थे। अपनी मौत के एक दिन पहले उन्होंने पत्नी को धुँधले शब्दों में चेतावनी दी थी, पर दूसरे दिन उन्होंने पूरी स्वस्थता और स्पष्टता से बता दिया था, "कहा-सुना माफ़ करना।"

स्कूल जाने की तैयारी कर रहे इक़बाल (बाल सूफ़ी) की आँखें स्थिर हो गयीं।

पत्नी गुलबानू ने पूछा, "आज आप ऐसा क्यों बोल रहे हैं?"

"बुलावा आ गया है।"

माँ-बेटे दोनों की आँखों में आँसू छलक आये। इक़बाल ने पाठ्यपुस्तकें वापस रख दीं। आज स्कूल जाने की ज़रूरत नहीं थी।

"सुनो बेटे!" हुसेनअली ने उसे समझाया, "तुम्हारे यहाँ बैठने से मौत वापस थोड़े चली जायेगी? जाओ, तुम्हारी टर्मिनल एक्ज़ाम आ रही है।"

बाप-बेटे के बीच थोड़ी बहस हुई। अन्त में छोटे भाइयों को साथ लेकर स्कूल जाने से पहले इक़बाल ने माँ से कहा, "पापा को आज घर से बाहर नहीं जाने देना।"

हुसेनअली दोपहर तक घर में बैठे रहे, क़ुरान की तिलावत करते रहे। दोपहर के खाने के बाद उन्होंने पत्नी से कहा, "नुक्कड़ का एक चक्कर लगाकर आता हूँ। दो-पाँच मिनट में लौट आऊँगा।"

गुलबानू ने सोचा कि पाँच मिनट में क्या फ़र्क़ पड़ेगा? हुसेनअली अब्बासी मंज़िल में से निकलकर पाला गली में आये। थोड़ी देर मस्ज़िद और उसके मीनारों को निहारते खड़े रहे। यह वही खोजा मस्जिद थी, जिसमें उन्होंने वर्षों नमाज़ पढ़ी थी, दुआएँ माँगी थीं, पेशइमाम की दीनी तक़रीरें सुनी थीं, मजलिसें सुनी थीं। यह मस्जिद 'खुदा का घर' भी थी और उनकी ज़िन्दगी का एक हिस्सा भी।

यहाँ से टहलते हुए वे पाला गली में आये और जे.जे. हॉस्पिटल की ओर आगे बढ़े। जैसे मौत ने उन्हें समय दिया हो, ठीक जगह, ठीक समय पर वे हाज़िरी देने जा रहे थे।

इस मौक़े पर एक ईरानी बोध-कथा याद आती है। एक शेख़ ने दूर से मौत को अपने घर की दिशा में आते हुए देखा और वह पिछले दरवाज़े से सटक गया। सारा दिन वह भागता रहा। अन्त में जब उसे पूरा यक़ीन हो गया कि मौत अब उसके पास नहीं फटक सकती तो रात बिताने के लिए वह एक सराय में दाख़िल हुआ।

जैसे ही उसने अपने कमरे में कदम रखा, उसकी नज़र मौत पर पड़ी। मौत एक क़ुर्सी पर बैठी थी। उसने शेख़ से कहा, "भाई शेख़, मुझे यहाँ देखकर तुम्हें ताज्जुब हो रहा है न? पर तुम्हें यहाँ देखकर मुझे ज़रा भी हैरत नहीं होती। दरअसल मैं तुम्हारे घर तो तुम्हें यह बताने आयी थी कि तुम्हारी मौत इस सराय के इस कमरे में इस समय लिखी है।"

हुसेनअली की मौत जे.जे. अस्पताल के गेट नम्बर बारह के पास लिखी थी। पोस्ट मार्टम रिपोर्ट के मुताबिक़ मौत का कारण 'हार्टअटैक' बताया गया था।

"भविष्य जानने का लाभ यह है कि..." सूफ़ी ने अपनी बात पूरी की, "इंसान अच्छी और बुरी दोनों घड़ियों के लिए तैयार रहे। मौत का दिन पता हो तो इंसान उसका स्वागत करने के लिये तैयारी कर सके।"

घर की स्थिति पहले से ही जर्जर थी, हुसेनअली की मौत ने इक़बाल को ढहाकर चूर-चूर कर डाला। भूख, दुःख—ये दोनों शत्रु फौजें लेकर चढ़ आये। दुःख का मुक़ाबिला किया जा सकता है, पर भूख का क्या? दोनों छोटे भाइयों का क्या? अपनी पढ़ाई का क्या? कोठरी का किराया, दाने वाले वाले का बिल, स्कूल की फीस—ये सब कौन भरेगा? इक़बाल परेशान हो उठा।

हुसेनअली की अन्तिम इच्छा पुत्र को ग्रेजुएट बनाकर सभ्य-समाज में प्रतिष्ठित हुआ देखने की थी। इस इच्छा को पूर्ण करने का एक भी सीधा मार्ग इक़बाल के सामने नहीं था। उसने टेढ़ा रास्ता अपनाया। उसके क़दम मुंडागली में से निकलकर मोगल मस्ज़िद की तरफ आगे बढ़ गये। मोगल यहीं रहता था।

इक़बाल को उसकी खोली में जाने की ज़रूरत नहीं पड़ी। वह अपने मकान के बाहर एक सरदारजी के साथ गप्पे लगाता चाय की गुमटी पर बैठा था। इक़बाल सामने आकर खड़ा हो गया।

"चाचा," उसने धीरे से कहा, "काम मिलेगा?"

मोगल ने हाथ हिलाकर 'ना' कह दिया।

वह फिर से होंठ खोलने लगा तो मोगल ने उसे रोकते हुए कहा, "तुम्हारी ज़रूरत थी, तब मैं खुद तुम्हारे घर आया था, अब नहीं है।"

मोगल के सामने बैठा सरदार दोनों की बातें चुपचाप सुन रहा था।

इक़बाल ने हालात का सहारा लिया, "चाचा, मेरे अब्बा गुज़र गये।"

"तो मैं क्या करूँ?" वह भड़क उठा, "मैंने बम्बई के अनाथों का ठेका नहीं ले रखा है। रास्ता नाप, ज़रूरत पड़ेगी तो बुलवा लूँगा।"

इक़बाल जहाँ था, चुपचाप वहीं खड़ा रहा। अन्त में जब सारी उम्मीदें डूब गयीं तो वह धीरे-धीरे वापस लौटने लगा।

"लड़का कौन है?" सरदारजी ने, जो अब तक ख़ामोश बैठा था, पूछा।

"क्यों?" मोगल ने उसके चेहरे पर सवालिया नज़र डाली, "तुम्हें ज़रूरत है?"

"हमारी लाइन का उसे कोई अनुभव है?"

मोगल ने 'हाँ' कहते हुए बताया, "मेहनती है।"

"मेहनत-मजदूरी तो गधे भी करते हैं, थोड़ी अक्ल होनी चाहिए।"

"उसमें अक़्ल भी है और ईमानदारी भी।"

"उसे वापस बुला लो।"

मोगल ने पलटकर देखा तो इक़बाल कहीं नज़र नहीं आया। फिर भी उसने यह अन्दाज़ा लगा लिया, इक़बाल अधिक दूर नहीं गया होगा। फ़ौरन उसने चाय की गुमटी पर काम करने वाले एक लड़के को उसके पीछे दौड़ाया।

इक़बाल वापस आकर मोगल के सामने खड़ा हुआ तो इस बार उसके चेहरे

पर नयी उम्मीद की झलक थी।

"इन साहब को पहचानते हो?" सरदारजी की दिशा में इशारा करते हुए मोगल ने नये सिरे से शुरुआत की।

इक़बाल ने सरदारजी पर एक नज़र डालकर 'ना' में सिर हिला दिया।

"इनका नाम जसबीर सिंह है।"

इक़बाल ने फिर उसकी ओर देखा।

सरदारजी ने खुद ही उससे प्रश्न किया, "मेरे साथ काम करोगे?"

इक़बाल ने सही जवाब देने से पहले सवाल किया, "काम क्या है?"

"स्टोरिंग का।"

"मेरे पास जगह नहीं।"

"घर तो है न!"

उसने कहा, "हाँ, पर छोटा, बहुत छोटा। क्या स्टोर करना है?"

"शराब की बोतलें।"

वह काँप उठा, "नहीं, यह मुमकिन नहीं।"

"क्यों?"

"बोतलें देखकर कोई पड़ोसी पुलिस में ख़बर कर देगा तो मेरी छुट्टी हो जायेगी।"

जसबीर सिंह हँसने लगा। काली घनी दाढ़ी-मूँछों के बीच उसके सफ़ेद दांत चमक उठे। फिर स्पष्ट करते हुए बताया, "बोतलें खुली नहीं होंगी।"

"तो?"

"बोरियों में बन्द रहेंगी।" उसे अधिक स्पष्ट करने की ज़रूरत लगी, "अनाज की बोरियाँ कैसी होती हैं? बिल्कुल वैसे।"

सब कुछ तय हो गया। एक बोरी के उसे पाँच रुपये मिलने वाले थे। क़रीब पचास से साठ बोरियाँ घर में रखने का इन्तज़ाम करना था। दो से तीन दिन के अन्दर जसबीर सिंह का आदेश मिलते ही पूरा माल रफ़ा-दफ़ा करके नया माल लेना था। मतलब कि महीने में लगभग दो हज़ार की आमदनी होनी थी। पर सवाल यह था कि अपनी छोटी कोठरी में बोरियाँ रखी कहाँ जायें।

घर आकर इक़बाल अपनी दीवारों को नये किरायेदार की नयी नज़र से देखने लगा। लगभग आधा खोली पलँग ने घेर रखी थी। बीच में थोड़ी जगह छोड़कर कोठरी के बाक़ी हिस्से में एक अलमारी, दो कुर्सियाँ थीं। एक कोने में रसोई और चौका था।

"क्या ढूँढ़ रहे हो?" खोली की हर चीज़ को नज़रों से टटोलते हुए बेटे को देखा तो गुलबानू से बिना पूछे नहीं रहा गया।

"रास्ता।" माँ की ओर देखे बिना ही उसने जवाब दिया।

गुलबानू हँस पड़ी। फिर उसने कहा, "पागल तो नहीं हो गया? रास्ता बाहर होता है, घर में नहीं।"

उसने स्पष्ट किया, "घर में पचासेक बोरियाँ कैसे रखी जायें, इसी का रास्ता यानी उपाय खोज रहा हूँ, ताकि महीने में दो हज़ार रुपये कमा सकूँ।"

गुलबानू का चेहरा खिल उठा। अब वह भी बेटे के साथ सोचने लगी। अलमारी बेचकर जगह बनाई जा सकती है? कुर्सियाँ निकाल दें तो? पलँग को खिड़की के पास से खिसकाकर दाहिनी तरफ़ की दीवार के पास लिया जा सकता है...

अन्त में इक़बाल ने ही तरकीब निकाली। पलँग ही खोल डाला जाये। फौरन वह काम में जुट गया। सबसे पहले उसने पलँग पर की सारी फल्लियाँ निकालकर एक तरफ़ रख दीं। फिर पाना लाकर उसके पाँवों के मिजागरों को ढीला किया। पलँग के हिस्से एक-एक करके अलग होते गये। आख़िर में उसने सभी हिस्सों को इकट्ठा किया और फल्लियों के पास रख दिया। पलँग खुल जाने के बाद वह छोटी कोठरी जैसे बड़ा कमरा बन गयी।

ये बोरियाँ कैसे और कहाँ से आने वाली थीं?

सन् 1947 में यानी कि आज़ादी के बाद से नशाबन्दी क़ानून लगाया गया। साथ ही टैक्सटाइल, ट्रांजिस्टर, सिगरेट जैसी विदेशी चीज़ों पर अन्धाधुन्ध कर लगाये गये। नतीजतन तस्करी के धन्धे की कोंपलें फूटीं। पचासवें दशक में इन कोंपलों में से पौधा उगा और साठ के दशक में यह नन्हा पौधा तनावर पेड़ बन गया।

इन वर्षों में विदेशी शराब की तस्करी का सीधा मार्ग 'बॉम्बे टु गोवा' था। इसके अलावा ग़रीबों और मज़दूरों के लिए देशी शराब की भट्ठियाँ घर-घर खुल गयी थीं। सायन-कोलीवाड़ा उसका मुख्य केन्द्र था। रामास्वामी वहाँ का दादा था।

डोंगरी इलाक़े में करीम लाला और हाजी मस्तान का राज था, तो सायन-कोलीवाड़ा में रामास्वामी की धाक थी। इस दादा को वरदराज मुदालियर ने चुनौती दी। रामास्वामी के छक्के छूट गये और इसकी वजह थी।

वरदराजन मुदालियर उर्फ वरदा भाई ने भी अपने जीवन की शुरुआत बन्दरगाह से ही की थी। उसका जन्म बम्बई के निकट कल्याण में 9 अक्टूबर के दिन हुआ था। उस समय उसका बाप रेलवे में फिटर था। तनख़्वाह थी माहवार बारह रुपये अठारह पैसे।

वरदा और मस्तान के जीवन में बहुत समानताएँ हैं। मस्तान ने ग़रीबी के कारण अपनी पढ़ाई अधूरी छोड़ी थी। वरदा ने भी इसी कारण कोलीवाड़ा में म्युनिसिपल स्कूल छोड़ा था। बचपन में मस्तान चाय की गुमटी पर काम करता था, तो वरदा एक गैरेज में।

इसके बाद दोनों बन्दरगाह में आये। सबसे पहले दोनों ने रंगरेज का काम किया और जवान होने पर ही वहीं कुली बने। उसी समय वे एक-दूसरे के सम्पर्क में आये। इस सम्पर्क का लाभ वरदा ने उठाया, क्योंकि कुलीगीरी की आड़ में मस्तान ने तस्करी का काम कभी का शुरू कर दिया था। उसके मातहत लगभग पन्द्रह लड़के काम करते थे। उसके सिर पर शहर के हाकिमों की छत्रछाया थी।

इसी समर्थन के बल पर वरदराजन ने रामास्वामी के गढ़ पर हमला कर दिया। यह हमला दुश्मन की छावनी पर धावा बोलते सैनिकों के हमले की मानिन्द सुनियोजित था। रामास्वामी की शराब की भट्ठियाँ तहस-नहस हो गयीं, उसके जुआख़ाने का छपरा उड़ गया। फर्नीचर का कचूमर निकल गया। उसके जितने आदमी सामने आये, सभी की हड्डी-पसली एक कर दी गयी। जो बाक़ी बचे, उन्होंने वरदा के चरणों में हथियार डाल दिये।

रामास्वामी सकपका गया। वह कुछ सोचे-विचारे, इसके पहले ही उसका राज-पाट लुट गया। महीनों की लाखों की आमदनी पर पूर्ण-विराम लग गया। अब उसकी धाक का भी प्रश्न नहीं था। उसने तुरन्त निर्णय लिया और चौबीस घंटे के भीतर विमान में बैठा और मद्रास चला गया।

वरदराजन मुदालियर की सायन-कोलीवाड़ा के दादा 'वरदाभाई' के रूप में स्थापना हो गयी। अब उसने खुद शराब की भट्ठियाँ शुरू कीं। लोग निश्चिन्त होकर पी सकें, इसके लिए उसने पन्द्रह 'बार' खोले, जो रात-दिन खुले रहते थे।

वरदाभाई की भट्ठियों में तैयार होती शराब लगभग पूरी बम्बई में सप्लाई की जाती थी। पर वह तो सस्ती 'ठर्रा' थी। मजदूरों के लिए थी। बम्बई के सेठों, पढ़े-लिखे मध्यम वर्ग के लोगों को 'स्कॉच' चाहिए थी। बम्बई और गोवा के बीच आवागमन बढ़ गया।

बम्बई में गोवा की शराब 'फेनी' के साथ स्कॉच, रम तथा ब्रांडी की माँग भी उतनी ही थी। जसबीर सिंह की गाड़ियाँ गोवा और बम्बई के बीच दौड़ती थीं। ग़ैरक़ानूनी ढंग से शराब आयात करने का उसका धन्धा धुआँधार चल रहा था।

गोवा से आने वाले ट्रकों में अधिक से अधिक बोरियाँ लदी रहती थीं। इनमें ऊपर रखी पचासेक बोरियों में नारियल भरे रहते थे और शेष नीचे की बोरियों में दारू की बोतलें। आधी रात के बाद ऐसा ट्रक मुंडागली के बाहर आकर खड़ा हो जाता था। बाहर यानी कि पालखी मुहल्ले में...

यह रास्ता तथा पाला गली के नाम से पहचाना जाने वाला दूसरा रास्ता डोंगरी चारनल से शुरू होकर 'खड़क' की दिशा में समानान्तर चले जाते हैं। मुण्डागली इन दोनों रास्तों को बीच से जोड़ती हुई बरसाती कीड़े की तरह टेढ़ी-मेढ़ी पड़ी है। इसमें तीन प्रवेश हैं—एक, पालागली की ओर से और बाक़ी दो पालखी मुहल्ले की ओर से। (इसी मुण्डागली में अज़ीज दिलीप के तीन शराब के अड्डों में से एक था।)

मैंने पूछा, "आपके कहने के अनुसार लॉरी मुण्डागली के मुहाने पर खड़ी रहती

थी, तो आधी रात को उसमें से बोरियाँ उतारकर मकान में ऊपर कैसे चढ़ाई जाती थीं?"

सूफ़ी ने मुस्कुराते हुए उत्तर दिया, "अब मैं अकेला नहीं था, मेरा भी एक गिरोह बन गया था। मेरे मातहत क़रीब एक दर्जन मलबारी लड़के काम करते थे। मेरे इशारे पर वे किसी भी समय ख़तरा मोल लेने के लिए तैयार रहते थे। मैं उन्हें शाम को सूचना देता और आधी रात के बाद वे गली के बाहर आ खड़े हो जाते।"

ट्रक आने पर यही लड़के एक-एक बोरी पीठ पर डालकर गली में घुस जाते। गली में से तेज़ी से क़दम बढ़ाते अब्बासी मंज़िल में प्रवेश करते और सीढ़ियाँ चढ़कर पहली मंज़िल पर इक़बाल की खोली में बोरियाँ पटक आते।

बोरियों को ठीक ढंग से रखकर इक़बाल उसी का पलँग बना लेता और उस पर चादर बिछाकर सो जाता।

यह काम कई दिनों तक बिना किसी बाधा के चलता रहा। सभी क़र्जे चुका दिये गये। घर की हालत सुधरने लगी। आर्थिक तंगी अतीत की याद बन गयी। अब इक़बाल को पानी के हंडे उठाकर ऊपर ले जाने की ज़रूरत नहीं थी। अब उसे पालागली में बैठकर चिक्की और खट्टी-मीठी गोलियाँ बेचने की ज़रूरत नहीं थी। उसकी पढ़ाई भी ठीक ढंग से चल रही थी।

उसकी ख़्वाहिश इस साल यानी कि दसवीं कक्षा में पहले नम्बर से पास होने की थी, तभी क्राइम-ब्रांच (अपराध शाखा) के अफसर भेसाड़िया को भनक लग गयी। भेसाड़िया इक़बाल की जिन्दगी में एक अहम भूमिका निभाने वाला था। उसे बाल-अपराधी से शातिर बनाने वाला था।

इसी उमर में मेरे (कथाकार के) जीवन में डॉ. आर. जे. चीनवाला ने प्रवेश किया। मनोविज्ञान के यह डॉक्टर तथा लेखक-फोटोग्राफर मुझे उन्नति और प्रगति की दिशा में प्रेरित करने वाले थे।

4

मेरे पिता गुलामहुसेन के इन्तकाल के बाद मैं मानसिक रूप से हिल गया था। इसकी वजह क्या हो सकती है, यह मैं सोच नहीं सका। कारण? बचपन में मुझे मेरी माँ का स्नेह मिला था, पिता का नहीं।

वे दिन आज भी मेरी आँखों में तैरते हैं। पिता की गोद में बैठने के लिए मैं उनके पास दौड़ जाता था और वे मुझे पीछे धकेल देते थे। फिर मेरी माँ को चेतावनी

देते थे, "कितनी बार तुमसे कहा है कि बच्चों को मेरे पास मत आने दो!"

माँ मुझे सीने से लगाकर पति की ओर विवश होकर देखती रहती। उसमें इतनी हिम्मत नहीं थी कि पति के सामने एक भी शब्द बोल सके। फिर भी कभी बर्दाश्त न होने पर वह सारा साहस जुटाकर बोल उठती, "दो घड़ी बच्चे को प्यार कर लोगे तो कोई आसमान नहीं टूट पड़ेगा!" ये शब्द उनसे सहन नहीं होते। वे चीख़-चीख़कर पूरा घर सिर पर उठा लेते।

पर इसका मतलब यह नहीं है कि हमारे पिता हमसे प्यार नहीं करते थे। सच बात यह थी कि वे खुद चाहते थे कि हम दोनों भाइयों को गोद में बैठाकर प्यार-दुलार करें, हमारी भोली-भाली अंटसंट बातें सुनें और हमें परियों की कहानियाँ सुनाएँ, लेकिन उनकी मानसिक उलझनें उन्हें ऐसा करने से रोकती थीं।

अपनी चारपाई के चारों ओर उन्होंने एक काल्पनिक घेरा खड़ा कर रखा था। उन्हें वहम था कि हम बच्चे उस घेरे में प्रवेश करेंगे तो उनके अपने शरीर में डेरा डाले बैठी प्रेतात्माएँ हमारे कोमल शरीर में भी दाख़िल हो जायेंगी।

यह सब समझने की तब मेरी उम्र नहीं थी, इसके कारण पिता के प्रति मेरे मन में कोई ममता नहीं पैदा हो सकी; बल्कि मन के किसी अनजाने कोने से नफ़रत का भाव पैदा हो गया था। फिर भी उनकी मौत के बाद मेरे मन में यह परिवर्तन कैसे आया? जिन बच्चों से मुझे दूर रहना चाहिए था, वही मेरे मित्र कैसे बन गये?

घर से किताबें लेकर मैं स्कूल के लिए निकलता, पर चला जाता नये दोस्तों के साथ भटकने। कभी उपनगरीय लोकल गाड़ियों में बैठकर हम पूरे दिन घूमते रहते, तो कभी बन्दरगाह में चले जाते। दूसरे विश्व-युद्ध से लौटे सैनिकों से भरी गाड़ियों के साथ हम भिखारियों की तरह दौड़ते। (ये गाड़ियाँ बन्दरगाह से जुड़ी हुई थीं और उनकी रफ़्तार भी धीमी रहती थी।) गोरे सैनिक गाड़ी की खिड़कियों से चॉकलेट का टुकड़ा, एकाध विदेशी सिक्का या सिगरेट का पैकेट फेंकते। धुआँ उगलती ट्रेन दूर-दूर चली जाती। हम सभी दोस्त वहीं रेल की पटरी पर बैठकर भीख का बँटवारा करते, ठाट से सिगरेट पीते और मुँह की गन्ध छिपाने के लिए चॉकलेट का एक-एक टुकड़ा खा लेते।

एक महीने बाद मेरी आवारागर्दी का पता मेरी माँ को चला। पहले तो उसने मेरी खूब धुनाई की। फिर खुद ही रो पड़ीं, "तुम्हें पढ़ाने के लिए मैं दिन-रात मज़दूरी करती हूँ।" रोते-बिलखते हुए माँ ने मुझे याद दिलाया, "पड़ोसियों के बरतन माँजती हूँ, कपड़े धोती हूँ, मसाले पीसती हूँ। यहाँ मेरे सीने में आग लगती है और तुम स्कूल जाने के बजाय आवारा कुत्ते की तरह सारे शहर में भटकते हो?"

मेरा दिल भर आया। दूसरे दिन से मैंने नियमित स्कूल जाने की शुरुआत की। मेरे हाथ में पाठ्य-पुस्तकों के अलावा एक फटा हुआ कॉमिक भी था। कहा जाये

तो किसी गोरे सैनिक ने मुझे भीख में दिया था। उसने ट्रेन में से फेंका था और मैंने कैच कर लिया था।

उन दिनों आज की तरह कॉमिक्स प्रकाशनों की भरमार नहीं थी। कभी-कभी किसी दुर्लभ पक्षी की तरह विदेशी कॉमिक कहीं दिखाई पड़ जाता। तब मैंने पहली बार कॉमिक देखा था, वह भी फटेहाल स्थिति में।

उस दिन रिसेस में मैं उसी फटे कॉमिक में से कार्टूनों की नक़ल कर रहा था। मेरी बगल में बैठे एक छात्र ने मुझे बताया कि उसके पड़ोस में एक 'बड़ा' चित्रकार रहता है। बड़े-बड़े चित्र बनाता है। मैंने पूछा, "कितने बड़े?" उसने दोनों हाथ फैलाकर बताया, "इतने बड़े।"

उसी दिन शाम को मैं स्कूल से छूटकर घर न जाकर उसके साथ गया। उसके पड़ोस में डॉ. आर. जे. चीनवाला रहते थे। उनका घर रचनाकारों के लिए स्वर्ग था। छायाकार, चित्रकार तथा साहित्यकार वहाँ प्रायः रोज़ एकत्र होते थे और विभिन्न विषयों पर चर्चा करते थे। महीने में एकाध बार किसी नये कवि की कविताओं का पाठ भी आयोजित किया जाता था।

इतना ही नहीं, फिल्म लाइन में अपना नसीब आज़माने हैदराबाद से फरार हो कर आये उर्दू के एक लेखक तथा काम के लिए जगह तलाशते गुजरात के एक चित्रकार को उन्होंने अपने फ्लैट में आश्रय दिया था। उर्दू के लेखक थे मुश्ताक़ जलीली ('एक फूल दो माली,' 'अवतार' आदि फिल्मों के लेखक) और चित्रकार थे यूसुफ धाला।

मैं जब वहाँ गया तो उस समय यूसुफ धाला सचमुच मिनिएचर शैली का विशाल चित्र तैयार कर रहे थे। मैं आश्चर्य-मुग्ध होकर देखता रहा। मेरे साथ आया छात्र मुझे अकेला छोड़कर कब खिसक गया, इसका भी होश मुझे नहीं रहा। जब होश आया तो डॉ. चीनवाला मेरी बगल में खड़े थे। पूछा, "चित्र अच्छा लगा?"

मैंने 'हाँ' कहते हुए जोड़ा, "मैं कल भी यह चित्र देखने आ सकता हूँ?"

"आबिद!" उन्होंने मेरा नाम लेकर मुझे पुकारा। शायद जाने के पहले मेरे छात्र मित्र ने उन्हें मेरा परिचय दे दिया था, "तुम यहाँ रोज़ आ सकते हो।"

और उस घर में मेरा आना-जाना शुरू हो गया। मैं चीनवाला के महापरिवार का एक सदस्य बन गया। आगे चलकर यूसुफ धाला मेरे लिए कला के क्षेत्र में प्रेरणा बनने वाले थे तो मुश्ताक़ जलीली से मैं साहित्य की सूझबूझ प्राप्त करने वाला था। डॉ. चीनवाला माध्यम बनकर मेरे जीवन-निर्माण में महत्त्वपूर्ण भूमिका निभाने वाले थे। मेरे भटके हुए जीवन को एक नयी दिशा मिलने वाली थी।

नयी दिशा तो इंस्पेक्टर भेसाड़िया इक़बाल को भी दिखाने वाला था। पर दिशा-दिशा में फ़र्क़ होता है। एक सकारात्मक थी, दूसरी नकारात्मक। एक प्रगति

की ओर जाती थी, दूसरी पतन की ओर।

यहाँ फिर वही सवाल खड़ा होता है कि इन दिशाओं को किसने निश्चित किया? मैं डॉ. चीनवाला के सम्पर्क में क्यों आया और इक़बाल भेसाड़िया के क़रीब क्यों गया? किस्मत का खेल? संयोग?

सूफ़ी के जीवन का उजला पक्ष देखें तो वह साधु-सन्तों जैसा है। दिन में वह पाँचों वक़्त की नमाज़ पढ़ता है। रमज़ान के पवित्र महीने में वह तीस दिन के रोज़े रखता है। साधारण मुसलमान और सूफ़ी में फ़र्क़ सिर्फ़ इतना है कि वह जो कुछ करता है इस्लाम धर्म को समझकर, विचारकर करता है; न कि मुल्ला कहते हैं इसलिए।

एक दिन सूफ़ी से उसकी बीवी मासूमा ने विनती की, "इक़बाल, हमारी क़ौम के क़ब्रिस्तान की हालत ख़स्ता है। दीवारें टूट रही हैं। अन्दर का रास्ता चलने के क़ाबिल नहीं। जहाँ फूलों की क्यारियाँ होनी चाहिए, वहाँ झाड़-झंखाड़ उग आये हैं। आप पचासेक हज़ार रुपये खर्च करके उसे ठीक-ठाक करा दें तो पूरी क़ौम आपको दुआ देगी।"

"मैं तैयार हूँ," सूफ़ी ने उत्तर दिया, "पचास हज़ार नहीं, लाख रुपये ख़र्च कर सकता हूँ, पर वह क़ब्रिस्तान इस्लामी होना चाहिए।"

मासूमा नहीं समझी, "मुर्दों को दफ़नाने में इस्लाम बीच में कहाँ से घुस आया?"

"सुनो," उसने अपनी बात स्पष्ट की, "इस्लाम ने पक्की क़ब्रें बनाने की इजाज़त नहीं दी है। इसलिए सबसे पहले क़ब्रिस्तान में जितनी संगमरमर की क़ब्रें हैं, उन पर बुल्डोजर चलवाकर चौपट कर डालूँगा। अमीर क़ब्र और ग़रीब क़ब्र के फासले को मिटा दूँगा। जाओ, क़ौम से इजाजत ले आओ।"

मासूमा ख़ामोश हो गयी।

"आबिद भाई!" सूफ़ी ने मुझे बताया, "कब्रिस्तान मक़बरे बनवाने के लिए नहीं होते, वे इनसान को यह याद दिलाने के लिए होते हैं कि देखो! यहाँ बड़े-बड़े सिकन्दर और शहंशाह दबे हैं। कोई यहाँ लाफानी बन कर नहीं आया। सब का अंजाम यहीं, मिट्टी में होना है, इसलिए चेतो और नेक राह पर चलो।"

सूफ़ी के कमज़ोर पहलू को देखें तो उसकी तेज बुद्धि के सामने इस देश का कोई भी माफ़िया बौना दिखाई पड़े। उसने वह सब कुछ किया है, जो एक डॉन कर सकता है। पर उसके काम में सूझ होती है, सफ़ाई होती है। वह चाकू की भाषा समझता है, बोलता नहीं। जो काम दो मीठे बोलों से किए जा सकते हों, उनके लिए वह रिवाल्वर का इस्तेमाल नहीं करता। पुलिस को चुनौती देने के बजाय पुलिस को जेब में रखने से ज़्यादा फ़ायदा होता है, ऐसा वह मानता है। यह सब उसने वर्षों

के अनुभव से सीखा है।

इतनी सफ़ाई और समझदारी के बावजूद उसके व्यक्तित्व का यह कमज़ोर पहलू है, और इसे वह नसीब के रूप में स्वीकार करता है, क्योंकि वह खुद ऐसे काम नहीं करना चाहता, जो खुदा को नापसन्द हों। संयोग आ जाने के कारण लाचार होकर उसे ऐसे काम करने पड़ते हैं, "क्योंकि यह मेरी किस्मत में लिखा है।"

"मेरी अपनी मान्यता यह है कि इनसान अपने अच्छे-बुरे कर्मों के लिए खुद जिम्मेदार होता है।"

"अगर ऐसा ही है, तब तो ज्योतिषशास्त्र एकदम ग़लत सिद्ध होगा।" वह तर्क देता है।

यहाँ मुझे औरंगज़ेब के दरबार में हुई एक कथित घटना याद आती है। इस मुग़ल बादशाह को अल्लाह और क़ुरान में सम्पूर्ण श्रद्धा थी, पर नजूमियों और उनकी विद्या में तनिक भी नहीं। उसके विश्वास के अनुसार सिर्फ़ अल्लाह ही भविष्य का जानने वाला है। (क़ुरान भी यही कहता है) अल्लाह के सिवा आने वाले कल को जानने का दावा कोई नहीं कर सकता। और औरंगज़ेब का दीवान एक विद्वान पंडित को लेकर एक दिन दरबार में हाज़िर हुआ। औरंगज़ेब ने उससे सिर्फ़ दो सवाल पूछे। पहला था, "मेरी ज़िन्दगी कितने साल है?"

विद्वान पंडित ने गणना करके उसे अमुक वर्ष बताये। औरंगज़ेब ने अब दूसरा और आख़िरी प्रश्न पूछा, "पंडितजी, आपकी आयु कितनी है?"

अपनी आयु वह जानता था, इसलिए उसने गर्व से कहा, "जहाँपनाह! इस समय मैं साठ वर्ष का हूँ और मेरे भाग्य में पिचानबे दीवालियाँ देखनी लिखी हैं।"

उसी पल औरंगज़ेब ने तलवार निकाली और उसका सिर धड़ से अलग कर दिया।

मैंने मूल विषय का सूत्र हाथ में लेते हुए सूफ़ी से पूछा, "इंस्पेक्टर भेसाड़िया को कैसे भनक लगी?"

उसने थोड़ी देर सोचने के बाद अपनी जीवनी आगे बढ़ाई। उन दिनों इक़बाल के ही एक रिश्तेदार जाफ़र 'टाइट' की डोंगरी क्षेत्र में खासी धाक थी। उसके साथ टकराने का मतलब अब्दुल रहमान काफ़रिया को ललकारना होता था; क्योंकि उस दादा का उसे समर्थन था। आज भी उस दादा का नाम सुनकर यहाँ के पुराने किरायेदार थर्रा उठते हैं।

बुजुर्ग लोग बताते हैं कि अब्दुल रहमान काफ़रिया का पंजा फौलाद की तरह मज़बूत था। किसी जबड़े पर एक हाथ पड़ जाता तो वह आदमी पानी तक नहीं माँगता। एक ही घूँसे में सामने वाले का सिर फट जाता था।

ये दिन वे भी थे, जब अज़ीज़ दिलीप छोटे पिल्ले से बढ़कर ख़ूँख्वार कुत्ता बन

रहा था। जाफ़र टाइट के कान खड़े हो गये। दोनों के बीच चिनगारियाँ झड़ने की शुरुआत हो चुकी थी। अज़ीज़ दिलीप ने उसी मकान में घर लिया, जिसमें जाफ़र टाइट रहता था।

यह मकान 'वेलसी लालजी बिल्डिंग' मुंडागली जैसा ही अतरंगी है। मुंडागली में तीन प्रवेश हैं, तो इसमें दो। एक प्रवेश ख़ोजा मसज़िद वाले रास्ते पालागली में से है, तो दूसरा प्रवेश उसी के समानान्तर जाते हुए भीमपुरा में से। ठगों के लिये यह मकान वरदान है।

न जाने कितने टैक्सी ड्राइवर यहाँ लुटे हैं। उनको लूटने का तरीका एकदम सरल है। 'मीटर चुकाने के पूरे पैसे नहीं हैं। अभी ऊपर से ला देता हूँ।' टैक्सी ड्राइवर से भोलेपन के साथ कहकर मकान के एक प्रवेशद्वार में से दाख़िल होना और दूसरे प्रवेश से निकल शराफ़त से चलते बनना।

अज़ीज़ दिलीप ने सब कुछ विचारकर ही इसमें घर लिया था। उसे इस इलाक़े में जीना था। यहीं उसे अपने साम्राज्य की नींव डालनी थी। अपने अस्तित्व को भी टिकाये रखना था। अभी तक वह जाफ़र टाइट को ललकारने जितनी ताक़त नहीं जुटा पाया था।

कभी वह पीकर आता और जाफ़र टाइट से सामना हो जाता, तो वह अज़ीज़ दिलीप को सीढ़ियों पर ही फटकारने लगता, "साले! फिर कभी पीकर रात में शोर मचाया है, तो तेरी टाँग तोड़कर हाथ में रख दूँगा।" वह चुपचाप सह लेता, मार भी और धमकी भी।

कुछ सालों तक यह क्रम चला और फिर अब्दुल रहमान काफ़रिया की मृत्यु हो गयी। अब अज़ीज़ दिलीप की जाँघों में ज़ोर आया। अब तक उसने अपनी जड़ें काफ़ी गहराई तक उतार ली थीं, अपनी नींव मज़बूत कर ली थी। शराब के तीन-तीन अड्डों का वह मालिक बन गया था।

उसका एक अड्डा मुंडागली में था, तो दूसरा भीमपुरा, न्यू मॉडल हाई स्कूल के पीछे के मैदान में, तीसरा डोंगरी मार्केट की चिन्दीगली में था। उसके अधीन बीस छोकरे (सोलह वर्ष के आसपास की उम्र के) काम करते थे।

जाफ़र टाइट समझ गया कि अब उसके दिन लद गये हैं। अज़ीज़ दिलीप की गर्दन पकड़कर उसे झकझोरना तो दूर रहा, अब उसके रास्ते में खड़ा होना भी सुरक्षित नहीं था। इसलिए वह शत्रु पर वार करने का मौक़ा तलाशने लगा।

उसे मालूम हुआ कि आधी रात के बाद शराब की बोतलों से भरा एक ट्रक आता है और मुंडागली में माल उतारता है। उसने सोच लिया कि यह माल अज़ीज़ दिलीप का होगा।

उसी दिन उसने शिकायत लिखकर सीधे गृह-विभाग को भेजी। गृह-विभाग ने

यह शिकायत बोरीबन्दर स्थित ए. सी. बी. के मुख्यालय को सौंप कर ए.सी.बी. के चीफ भेसाड़िया की मेज़ पर पहुँचा दी। भेसाड़िया ने यह शिकायत पढ़ी और अपने तीन चुनिंदा आदमियों को मुंडागली के तीनों मुहानों पर तैनात कर दिया।

रात के दस बजे थे। इक़बाल दसवीं कक्षा की परीक्षा की तैयारी कर रहा था। वह इतिहास के प्रश्नोत्तर रट रहा था। कल से परीक्षा शुरू होने वाली थी। उसके दोनों भाई ब्यालू कर सो गये थे। माँ अभी भी जागती बैठी थी। सोने से पहले वह दुआओं का मजमुआ पढ़ रही थी। करीब एक घंटे के बाद वह भी सो गयी।

इक़बाल ने दीवार-घड़ी में देखा। रात के सवा ग्यारह हुए थे। उसकी एक आँख किताब पर थी, दूसरी समय पर। आधी रात के बाद ट्रक माल लेकर आने वाला था। शाम को उसने अपनी गैंग के छोकरों को सूचना दे दी थी। आधी रात को वे मुंडागली मुहाने पर हाज़िर होने वाले थे।

रात के बारह बजे। मुंडागली स्थित अज़ीज़ दिलीप के अड्डे में लोगों की भीड़ बढ़ रही थी। रात के सन्नाटे में उसमें से उठती ठहाकों की आवाज़ें इक़बाल तक पहुँचते-पहुँचते दब जाती थीं। गली के तीनों मुहानों पर मुफ्ती (सिविल ड्रेस) में चौकन्नी नज़र रखते सी.आई.डी. के आदमी माहौल में ऐसे घुल-मिल गये थे, जैसे अँधेरे में हब्शी छिपे हों। केवल उनकी आँखें चमक रही थीं।

दूर से आते ट्रक के हॉर्न की आवाज़ कान से टकराते ही इक़बाल ने आख़िरी बार घड़ी की ओर देखा। रात के दो बजे थे। इतिहास की पुस्तक बस्ते में डालकर उसने बस्ता बन्द किया और खड़ा हो गया। उसे नीचे जाने की ज़रूरत नहीं थी। उसके छोकरे मँजे हुए थे। (सूफ़ी इन लड़कों के लिए 'टपोरी' शब्द का इस्तेमाल करता है।)

ट्रक पालखी मुहल्ले में आगे बढ़ा और मुंडागली के पहले मोड़ पर आकर खड़ा हो गया। सी.आई.डी. के आदमी सावधान हो गये। उन्होंने देखा कि ट्रक में से बोरियाँ फटाफट उतर रही थीं। पन्द्रह-सोलह वर्ष के छरहरे, किन्तु मज़बूत काठी के लड़के कन्धे पर बोरियाँ लादकर मुंडागली के अँधेरे में ग़ायब हो जाते थे। वापस लौटते थे, फिर बोरियाँ उठाते थे और एक-एक करके गली में दौड़ जाते थे।

गली में माल कहाँ उतारा जा रहा है, यह जानना सी.आई.डी. वालों के लिये सचमुच मुश्किल काम था। बिना पूर्व तैयारी के गली में दाख़िल होना मुमकिन नहीं था। यदि पहचान लिये जायें तो जान का ख़तरा था।

वेलसी लालजी बिल्डिंग ठगों के लिए वरदान थी, तो मुंडागली अपराधियों के लिए। किसी को ठिकाने लगाकर हत्यारा इस गली की भूल-भुलैया में घुस जाये तो उसे खोज पाना पुलिसवालों के लिए भी मुश्किल है।

दूसरे दिन तीनों सी.आई.डी. इंस्पेक्टर भेसाड़िया के केबिन में हाज़िर हुए।

"ट्रक आया था क्या?" उसने पहला प्रश्न किया।

तीनों ने 'हाँ' में सिर हिलाया।

"कितनी बोरियाँ उतरीं?"

"पचास से अधिक।" एक ने उत्तर दिया।

"किसका माल था?"

"अज़ीज़ दिलीप का।"

"यह मुमकिन नहीं।" तीनों सी.आई.डी. के चेहरों पर सरसरी नज़र डालते हुए इंस्पेक्टर भेसाड़िया बोल उठा।

"साहब, शिकायत में यही बताया गया है।"

भेसाड़िया बेहूदी दलील सुनकर गरजा।

"और तुम लोगों ने मान लिया?"

"पर हमने अपनी नज़रों से बोरियाँ अज़ीज़ दिलीप के अड्डे की ओर जाते हुए देखीं।"

वह मूँछों में हँसा, "बेटा," फिर नरम आवाज़ में बोला, "तुम लोगों ने बोरियाँ अड्डे की ओर जाती हुई देखीं, उन्हें अड्डे में जाते हुए नहीं देखा है, सही?"

दूसरे सी.आई.डी. ने भूल स्वीकारते हुए पूछा, "साहब आपको क्यों शंका हुई?"

"शराब के उस अड्डे को मैंने देखा है। उसमें पचास तो क्या, पाँच-दस बोरियाँ भी मुश्किल से आ सकती हैं।"

दूसरे दिन से फिर तीनों मुहानों पर पहरे लगा दिये गये। जब तक यक़ीन न हो जाये, तब तक भेसाड़िया कोई क़दम नहीं उठाना चाहता था। दूसरे, उसे 'माल' पकड़ने के बजाय मालिक को गिरफ़्तार करने में ज़्यादा दिलचस्पी थी। इसके लिए धैर्य चाहिए और इंस्पेक्टर भेसाड़िया में धैर्य की कमी नहीं थी।

5

दो रातें सी.आई.डी. वालों ने उबासियाँ लेते हुए गुज़ारीं और तीसरी रात को उनके जागरण का फल मिला। फिर एक बार माल लेकर ट्रक पालखी मुहल्ले में दाख़िल हुआ। वही आधी रात के बाद का समय। वही मुंडागली का नाका। वही क्रम।

इक़बाल पसोपेश में था। उसकी परेशानी यह थी कि दो दिन पहले आया माल रफा-दफा नहीं हुआ था। पचास बोरियाँ अभी भी जैसी की तैसी पड़ी थीं और दूसरी

पचास बोरियाँ लेकर ट्रक आ पहुँचा था।

वह फ़ौरन अँधेरी गली में उतर आया। बोरियाँ उठाये आ रहे लड़कों को उसने मकान के प्रवेशद्वार पर रोका और ख़ुद चन्दू के पास गया।

चौड़ी छाती और पहलवानों जैसा जिस्म रखने वाला चन्दू दिलीप अज़ीज़ का दाहिना हाथ था, मुंडागली के शराबख़ाने की देख-रेख की जिम्मेदारी उसी की थी। इक़बाल उसके सम्पर्क में मोगल के ज़रिए आया था। (उन दिनों इक़बाल मोगल की बोतलों की डिलीवरी का काम करता था।) इक़बाल का वह दोस्त बन गया। इक़बाल के लिए उसके दिल में हमदर्दी भी थी।

"यार चन्दू!" इक़बाल ने उससे मिन्नत की, "मेरा माल आया है। बोरियाँ घर में उतारूँगा तो हम सभी को बाहर गलियारे में सोना पड़ेगा।"

"कितना माल है?"

"कम से कम पचास बोरियाँ तो होंगी ही।"

"किस शराब की?"

"दस बोरियाँ फेनी की..."

उसको रोककर चन्दू बीच में बोला, "फेनी की मुझे यहीं ज़रूरत है। वह मैं रख लेता हूँ।"

"और बाक़ी स्कॉच, रम, और बॉडका है।" इक़बाल ने अपना अधूरा वाक्य पूरा किया।

"उसे मैं भीमपुरा के अड्डे पर भिजवा देता हूँ। जसबीर सिंह से कहना, दो दिन बाद आकर अपना हिसाब ले जाये। और कुछ?"

समस्या का समाधान हो गया। अब्बासी मंज़िल के नीचे कँधों पर बोरियाँ लादे कतारबद्ध खड़े लड़कों को उसने नया आदेश दिया, "चौकड़ी के निशान वाली दस बोरियाँ अड्डे के बाहर खड़े ठेले पर चढ़ाओ।"

थोड़ी देर के लिए रुकी हुई कार्यवाही फिर शुरू हो गयी। ट्रक में से बोरियाँ उतरने लगीं। फिर एक बार सी.आई.डी. वालों के लिए समस्या खड़ी हो गयी—गली में घुसा जाये कि नहीं? न घुसें तो आज का फेरा भी बेकार जायेगा।

अन्त में एक सी.आई.डी. इंस्पेक्टर ने बीड़ा उठाया और साहस कर गली में घुस गया। परछाई की तरह सरकता हुआ वह अँधेरे की आड़ में अड्डे से कुछ फ़ासले पर आ खड़ा हुआ। यहाँ से वह सब कुछ देख सकता था। पहली नज़र में उसने जो कुछ देखा, उसी को उसने सच मान लिया। उस समय फैनी की दस बोरियाँ शराब के अड्डे में रखी जा रही थीं। ज़्यादा देर वहाँ रुकने का मतलब नहीं था। ज़रूरत भी नहीं थी। वह वापस सही सलामत बाहर निकल आया।

इंस्पेक्टर भेसाड़िया गच्चा खा गया। सामने खड़े तीन सी.आई.डी. में से एक

ने विश्वास के साथ बताया था, "साहब, इस बार मैंने खुद अपनी आँखों से देखा है। मलबारी लड़के बोरियाँ ला रहे थे और चन्दू अपने शराब के अड्डे में उन्हें रखवा रहा था।"

इंस्पेक्टर भेसाड़िया को इस मसले पर इत्मीनान से सोचना ज़रूरी लगा। गहराई से विचारने के बाद उसने निष्कर्ष निकाला। उसने जो कुछ सुना था, अगर वह सच है, तो इसका अर्थ यह हुआ कि शराब के अड्डे के नीचे माल रखने के लिए कोई तहख़ाना हो तो आश्चर्य नहीं। उसने अज़ीज़ दिलीप के अड्डे पर छापा मारने का फैसला किया।

बीच में दो दिन का अन्तर रख रात में दो बजे के पहले वह लिबर्टी हाउस के अपने मकान से जीप से निकला। (वहाँ से वाहन द्वारा डोंगरी पहुँचने में ज़्यादा से ज़्यादा दस मिनट का समय लगता है।)

लगभग उसी समय ट्रक आकर मुंडागली के मुहाने पर रुका। लड़के तैयार खड़े थे। ट्रक के अगले हिस्से से बाहर कूदकर ड्राइवर पिछले हिस्से में आया और ऊपर चढ़ गया।

इक़बाल परेशान हो उठा। एक ओर उसकी दसवीं कक्षा की परीक्षाएँ शुरू हो चुकी थीं, दूसरी ओर सप्ताह में दो बार आने वाला ट्रक अब नियमित रूप से हर दूसरे दिन आने लगा था। एक तरफ़ पढ़ाई की चिन्ता थी तो दूसरी ओर ज़ोरों से चल रहे धन्धे को सँभालना था।

इंस्पेक्टर भेसाड़िया की जीप मेट्रो सिनेमा के पास से दायीं ओर मुड़ गयी। एक मिनट में वह ए.सी.बी. के मुख्यालय बोरीबन्दर पहुँचा। तीनों सी.आई.डी. उसकी बाट जोहते मुख्यालय के प्रवेशद्वार पर खड़े थे।

जीप रुकते ही तीनों अन्दर चढ़े। एक सी.आई.डी. इंस्पेक्टर भेसाड़िया की बगल में बैठा। दूसरे दोनों पीछे के हिस्से में बैठ गये। जीप फिर स्टार्ट हुई।

उधर मुंडागली में ट्रक ख़ाली करने की शुरुआत हो चुकी थी। ट्रक के ऊपर चढ़ा ड्राइवर एक-एक बोरी खींचकर नीचे खड़े लड़के को थमाता था। मलबारी लड़के पीठ पर बोरियाँ लादकर चूहों की तरह अँधेरी गली में दौड़ जाते थे।

बोरियों का ढेर इक़बाल की कोठरी में जमा हो रहा था। पूरा ट्रक ख़ाली करने में कम से कम दो घंटे लगने वाले थे। और अभी तो पाँच मिनट भी नहीं बीते थे।

जीप बोरीबन्दर से आगे बढ़कर मोहम्मद अली रोड पर आयी और रात के सन्नाटे में एक धमाका हुआ। इंस्पेक्टर भेसाड़िया के साथ तीनों सी.आई.डी. बाहर कूद पड़े। उन्होंने देखा कि जीप का पिछला एक टायर पंक्चर हो गया था। फ़ौरन एक सी.आई.डी. मैकेनिक की खोज में दौड़ा

लगभग एक घंटा बीत चुका था। ट्रक आधा खाला हो चुका था। अभी आधा

बाक़ी था।

मैकेनिक की खोज में गया सी.आई.डी. यहाँ-वहाँ भटककर अकेला वापस आ गया। रात के समय मैकेनिक मिलना मुश्किल था। सुबह होने का इन्तज़ार नहीं किया जा सकता था। अन्त में भेसाड़िया ने खुद ही मैकेनिक बनने का फैसला किया।

आस्तीनें चढ़ाकर उसने जीप के पिछले हिस्से में रखा स्पेयर टायर निकाला और जैक लगाकर टायर बदलने के काम में जुट गया।

हक़ीक़त में मोहम्मद अली रोड से पैदल चलकर पाँच-सात मिनट में मुंडागली पहुँचा जा सकता है। इसके बजाय उन्होंने मैकेनिक तलाशने और टायर बदलने में दो घंटे ज़ाया कर दिये।

नया टायर लगाकर जब उनकी जीप पालखी मुहल्ले में दाख़िल हुई तो उस समय ट्रक बाहर निकल रहा था।

"साहब!" एक सी.आई.डी. वाले ने उसे देखकर कहा, "ट्रक वापस जा रहा है।"

इंस्पेक्टर भेसाड़िया को इस समय उस ट्रक में दिलचस्पी नहीं थी। वह मुंडागली के मुहाने पर आया और जीप एक तरफ़ पार्क कर तीनों सी.आई.डी. के साथ अज़ीज़ दिलीप के अड्डे पर पहुँचा। अब तक शराबियों की भीड़ छँट चुकी थी। अड्डा क़रीब-क़रीब .खाली था।

एक लड़का शीशे के गिलासों और प्लेटों को पानी से भरे कनस्तर में डुबोकर पोंछने में व्यस्त था। घर जाने के पहले चन्दू आज की आमदनी का हिसाब जोड़ रहा था। उसकी उँगलियाँ तेज़ी से नोट गिन रही थीं।

अचानक भेसाड़िया को सामने खड़ा देख वह भौचक रह गया। उसका पहलवानों जैसा सीना बैठ गया। एक सी.आई.डी. दरवाज़े में खड़ा था, बाक़ी दो अड्डे की तलाशी ले रहे थे।

"बैठिए साहब!" पहले झटके से उभरकर उसने सारे नोट मेज के दराज़ में सरका दिये, "क्या लोगे? व्हिस्की, रम, ब्रांडी या फैनी। माल आज ही आया है।"

"कितना?"

"बस, ज़रूरत भर का।"

"कितना।"

"आप देख सकते हैं।" चन्दू ने फैनी की बोतलों की ओर इशारा किया। "यहाँ पर एक दर्जन क्रेट से ज़्यादा माल रखने की गुंजाइश ही नहीं है।"

"बाक़ी माल कहाँ गया?"

वह चौंका, "क्या कहते हैं साहब?"

बीच का टेबल एक तरफ़ खिसकाकर इंस्पेक्टर भेसाड़िया ने उसके गिरेबान पर अपना पंजा जमाया, "बोल, हर सप्ताह जो दो से तीन ट्रक माल यहाँ उतरता

है, वह कहाँ जाता है?"

अब चन्दू की समझ में सब कुछ आ गया। इक़बाल के बारे में पुलिस वालों को ज़रूर किसी ने ख़बर दी होगी। उन्होंने कड़ी नज़र रखी होगी और अन्दाज़ा लगा लिया होगा कि माल इक़बाल का नहीं, बल्कि अज़ीज़ दिलीप के अड्डे का है। अब उसके सीने में ज़ोर आया, क्योंकि इसमें उसकी कोई ग़लती नहीं थी।

"साहब, क़सम खाकर कहता हूँ, हमारे यहाँ कुछ क्रेटों से अधिक माल कभी नहीं आता।"

"तुम ऐसे नहीं मानोगे..." कहते हुए इंस्पेक्टर भेसाड़िया ने चाँटा रसीद करने के लिए हाथ उठाया।

उसी समय अड्डे की तलाशी ले रहा एक सी.आई.डी. बोल उठा, "साहब, यहाँ एक तलवार और गुप्ती भी है।"

"देख बेटा!" भेसाड़िया का हाथ झुक गया, "अब तुम्हारा गुनाह डबल हो गया है, सच-सच नहीं बतायेगा तो पूरे एक साल के लिए अन्दर हो जायेगा।"

"मैंने सच ही कहा है साहब... मैं कुछ नहीं जानता।"

अचानक भेसाड़िया ने चन्दू के एक झापड़ रसीद कर दिया। चन्दू पर इसका तनिक भी असर न हुआ। ऐसे दो-पाँच घूसे भी उसके कसे हुए जिस्म के लिए फूल बराबर थे।

उलटे-सीधे पाँच-छह झापड़ मारने के बाद भेसाड़िया समझ गया कि उसके सामने खड़ा पहलवान इतनी आसानी से अपना मुँह नहीं खोलने वाला है, लॉकअप में डालकर उसकी अच्छी तरह से मरम्मत करनी होगी।

चन्दू के हाथों में हथकड़ी पड़ गयी। थोड़ी दूर पर गिलासों और प्लेटों के ढेर के पास काँपते लड़के को भी कलाई पकड़कर एक सी.आई.डी. वाले ने खींच लिया। शराब के अड्डे से बाहर निकलने के पहले भेसाड़िया को ख़याल आया। यहाँ मुंडागली की भूल-भुलैया में कुछ गटरें और दो मकान हैं—एक गर्डिया स्कूल, दूसरा अब्बासी मंज़िल। एक नज़र उन्हें भी देख लेने में क्या हर्ज़ है?

उसने चन्दू और उस लड़के को अन्दर ही बैठाकर बाहर से दरवाज़ा बन्द कर दिया।

रात ढल चुकी थी। क़रीब की ख़ोजा मस्ज़िद से बांगी (मुअज़्ज़िन) अज़ान दे रहा था। उसकी सुरीली आवाज़ भोर के नीम अँधेरे में मीठी लग रही थी। मीठी नींद में सोये पक्के नमाज़ी आँखें मलते हुए जग रहे थे। इक़बाल की भी आँखें खुल गयीं।

रात के दो बजे तक उसने पढ़ाई की थी। दो से चार तक घर में माल उतारा था। चार बजे के बाद बस थोड़ी देर के लिए उसकी आँखें लगी थीं। और एक घंटे

में ही वह फिर उठ बैठा था। वास्तव में उसका यह रोज़ के जगने का समय था।

फ़ौरन उसने नमक से दाँत माँजकर कुल्ला किया और फिर नमाज़ पढ़ने के लिए नीचे उतरा। उसने देखा कि दो सी.आई.डी. वालों के साथ एक इंस्पेक्टर मुंडागली की गटरों में कुछ खोज रहा है। वह चौंक उठा। वे क्या ढूँढ़ रहे हैं, यह समझने में उसे ज़्यादा देर नहीं लगी। उसकी इच्छा हुई कि वह उलटे पाँव लौट जाये, पर ऐसा करने से नमाज़ का वक्त निकल जाता और यह उसे गवारा नहीं था।

मुंडागली से निकलकर वह पालागली में आया और मस्ज़िद में दाख़िल होकर वज़ू किया : पाँव धोए, कुहनी तक हाथ धोए, मुँह धोया और जमात के साथ नमाज़ पढ़कर दस मिनट में फिर लौट आया।

अब तक गटर के एक-एक कोने को छानकर भेसाड़िया दो सी.आई.डी. के साथ अब्बासी मंज़िल में दाख़िल हो चुका था। तीसरा सी.आई.डी. दारू के अड्डे पर खड़े होकर सतर्कता से पहरा दे रहा था। तल-मंज़िल के कमरों की तलाशी ली जा रही थी। चाली में लोगों की काफ़ी भीड़ इकट्ठी हो गयी थी।

भीड़ में से रास्ता बनाते हुए इक़बाल पहली मंज़िल पर आया। यह तय था, घर में रखी बोरियों को जल्द से जल्द रफ़ा-दफ़ा करने की ज़रूरत थी। लेकिन बोरियाँ डाले कहाँ? खिड़की से पीछे की गटर में फेंके तो धमाका होगा। बोतलें ख़ाली कर शराब मोरी में बहा देने का भी समय नहीं था। एक-एक बोरी में तीन-तीन दर्जन बोतलें थी। कुल मिलाकर डेढ़ या दो हज़ार बोतलें गटर में बहा देने से उसके बारह बज जाने का ख़तरा था।

तल-मंज़िल के घरों की तलाशी पूरी कर पुलिसवाले ऊपर आने वाले थे। इक़बाल की कोठरी पहली मंज़िल पर थी। अगर घर में से तस्करी की शराब बरामद हो, तो न सिर्फ़ उसके बल्कि उसकी माँ गुलबानू के हाथों में भी हथकड़ियाँ पड़ जायें और वह माँ को सुरक्षित रखना चाहता था।

"अम्मी!" आख़िर उसने कह दिया, "तुम बाहर चली जाओ, यह मकान छोड़कर निकल जाओ।"

गुलबानू अभी तक पुलिस की तलाशी से अनजान थी। इसलिए पूछा, "क्यों?"

इक़बाल ने संक्षेप में सारी बातें समझाकर कहा, "जल्दी करो अम्मी! अब तक तल मंज़िल की तलाशी पूरी हो चुकी होगी! पुलिस ऊपर आने ही वाली है।"

गुलबानू ने बेटे की ओर ग़ौर से देखा। सी.आई.डी. नीचे के आख़िरी दो घरों की तलाशी ले रहे थे। उनकी आवाज़ अब स्पष्ट होती जा रही थी। कच्ची नींद से जगे किरायेदार पुलिस पर लानतें बरसा रहे थे।

"अम्मी! अब सोचने का वक़्त नहीं है।" इक़बाल अधीर हो उठा।

गुलबानू जस की तस स्थिर खड़ी रही। फिर धीरे से पूछा, "यह काला लिबास तुझे दिखाई देता है?"

पति के इन्तकाल के बाद गुलबानू काले कपड़े पहनने लगी थी—काला लम्बा फ्रॉक और काली ओढ़नी।

"कल तेरे पापा का चालीसवाँ है।" इक़बाल के चेहरे पर उलझन देखकर गुलबानू ने स्पष्ट किया, "और जब तक चालीसवाँ पूरा नहीं होता, मैं इस चौखट से बाहर क़दम नहीं रख सकती।"

इक़बाल काँप उठा, "लेकिन अम्मी!"

वह कुछ कहे इससे पहले गुलबानू बोल उठी, "भले मेरे हाथ में हथकड़ियाँ पड़ें, इस घर को छोड़कर मैं कहीं नहीं जाऊँगी।"

इंस्पेक्टर भेसाड़िया सी.आई.डी. वालों के साथ पहली मंज़िल पर आया और सीढ़ियों के पास की दोनों कोठरियों के दरवाज़े खड़खड़ा उठे। जैसे ही दरवाज़े खुले कि एक-एक कोठरी में एक-एक सी.आई.डी. दाख़िल हो गया।

तीसरी कोठरी इक़बाल की थी। अन्दर से दरवाज़ा बन्द कर अपने दोनों छोटे भाइयों को बगल में लेकर वह बैठ गया। उसकी साँस अधर में अटकी थी। कभी वह चौके के पास हाथ में तस्बीह (माला) लिये बैठी माँ को निहारता था तो कभी दरवाज़े को। इसके पहले ऐसा कभी नहीं हुआ था। कभी भी पुलिस से साबक़ा नहीं पड़ा था।

ज़ीने के पीछे की दोनों कोठरियों की तलाशी पूरी कर दोनों सी.आई.डी. आगे बढ़े। एक सी.आई.डी. इक़बाल के कमरे की कुंडी खटखटाने गया तो भेसाड़िया ने उसे रोका।

"क्यों साहब?" उसने आश्चर्य व्यक्त किया।

"यह काला पर्दा देख रहे हो?"

बन्द दरवाज़े के बाहर झूलते पर्दे पर उसने एक नज़र डाली और फिर भेसाड़िया की ओर देखने लगा।

"इसका मतलब जानते हो?" इस बार प्रश्न के साथ भेसाड़िया ने उत्तर भी दिया, "इस घर में किसी की मौत हुई है। घर में शोक है और हमें उसकी मर्यादा का पालन करना चाहिये।"

बन्द दरवाज़े के पीछे इक़बाल ने ये शब्द सुने और अपने माथे का पसीना पोंछा। वह बाल-बाल बचा था। उसने माँ को देखा। चौके के पास बैठकर वह अभी भी 'तस्बीह' के दाने फिरा रही थी।

इंस्पेक्टर भेसाड़िया वापस जाते समय चन्दू के शराब के अड्डे में काम करने वाले लड़के को भी लेता गया। अब उसने उन दोनों पर दबाव डालना शुरू किया,

ख़ासतौर से लड़के पर।

"कान खोलकर सुन ले बेटा।" मेज पर पड़े पेपरवेट से खेलते हुए भेसाड़िया ने कहा, "चन्दू को ज़मानत पर छुड़ाने के लिए दस लोग आगे आयेंगे, पर तेरा हाल कोई नहीं पूछने वाला। हाँ, अगर तू सच-सच बता देगा तो मैं खुद तुझे छोड़ दूँगा।"

लड़का उसके सामने चुपचाप देखता रहा।

"बोल, रात दो ट्रक भरकर जो बोरियाँ आती हैं वे कहाँ जाती हैं?"

लड़का अब भी ख़ामोश था। इंस्पेक्टर भेसाड़िया खड़ा होकर उसके सामने आया। उसके सिर के बाल पकड़कर सख़्ती की और अपनी आवाज़ कड़ी करके फिर वही प्रश्न दुहराया, "अगर तू मुँह नहीं खोलेगा तो मुँह खुलवाना भी जानता हूँ।" अपनी भौंहें तंग कर उसने बाल खींचे। लड़के का चेहरा ऊपर हो गया। उसकी आँखों के सामने भेसाड़िया के बड़े-बड़े दीदे आये, नाक से नाक का स्पर्श हुआ, वह डर गया। इक़बाल का नाम उगलते उसे देर नहीं लगी। इंस्पेक्टर भेसाड़िया सिर पकड़कर बैठ गया।

दसवीं जमात में पढ़ने वाला कोई विद्यार्थी तस्करी के दलदल में घुटनों तक उतर सकता है, इस बात पर उसे यक़ीन नहीं हो रहा था।

अब उसने चन्दू को बुलाकर नये सिरे से पूछताछ शुरू की।

"इक़बाल कौन है?"

वह झेंप गया। जिस राज़ को छिपाने के लिए उसने लॉकअप के बाहर तमाचे और अन्दर घूँसे खाये थे, वही रहस्य आज खुल गया था। फिर भी उसने तेल और तेल की धार देखने का फ़ैसला किया।

"कौन इक़बाल साहब!"

अचानक भेसाड़िया ने काँच का पेपरवेट उठाकर दे मारा। चन्दू ने झुकना चाहा और पेपरवेट उसके कन्धे से टकराया। उसके मुँह से आह निकल गयी। पेपरवेट नीचे गिर गया। दूसरे ही क्षण उसने अपने मांसल कँधे को एक हाथ से पकड़ लिया—जैसे हाथ रखने से कन्धे में उठ रही पीड़ा शान्त हो जायेगी।

घंटे-भर तक भेसाड़िया ने उसे धमकाया, डराया, फटकारा; पर उसने अपना मुँह न खोला तो न ही खोला। अन्त में भेसाड़िया ने लड़के को छोड़ दिया और अज़ीज़ दिलीप को सन्देश भिजवाया।

शाम को पाँच बजे भूगोल का पेपर पूरा करके इक़बाल स्कूल से बाहर निकला तो उसकी नज़र अज़ीज़ दिलीप पर पड़ी। इक़बाल का इन्तज़ार करते हुए वह भीमपुरा में स्कूल की इमारत के सामने खड़ा था।

"बच्चू!" उसने विनती की, "तुझे भेसाड़िया साहब से जाकर मिलना पड़ेगा।"

जवाब देने से पहले इक़बाल ने पल-भर सोचा, फिर बोला, "मेरी परीक्षा चल रही हैं।"

"तू नहीं जायेगा तो चन्दू की ज़मानत भी नहीं होगी।" उसने फिर कहा, "भेसाड़िया ने सख़्त चेतावनी दी है। ज़मानत के लिए मैंने अपने आदमी को दो बार भेजा। पर दोनों बार भेसाड़िया ने उसे दरवाज़ा दिखा दिया।"

इक़बाल ने डरते-डरते सही बात बता दी, "मुझे कुछ करेंगे तो नहीं न?"

"मैं हूँ न!" उसने आश्वासन दिया।

दूसरे दिन आधे दिन का पेपर था। दोपहर के बाद छुट्टी थी। स्कूल से छूटकर इक़बाल पैदल बोरीबन्दर पहुँचा। ए.सी.बी. के प्रधान कार्यालय की इमारत पर एक नज़र डाली तो उसका दिल दो धड़कनें चुक गया।

किसी तरह दिल थामकर वह इमारत के प्रवेशद्वार से आगे बढ़ा और पूछताछ करते हुए इंस्पेक्टर भेसाड़िया के केबिन तक आ पहुँचा। दरवाज़े पर भेसाड़िया के नाम की तख़्ती देखकर तसल्ली कर ली। फिर जैसे धीरे से दरवाज़ा धकेलकर शेर की माँद में नज़र डाली।

भेसाड़िया ने सिर ऊपर उठाया, "कौन?"

"जी... मैं इक़बाल।" कहते हुए उसने अन्दर क़दम रखा और आँखें झुकाकर दरवाज़े के पास खड़ा हो गया।

6

पल-भर भेसाड़िया उसे एकटक देखता रहा। सामान्यतः उसके सामने शातिर बदमाश, ख़तरनाक ़ख़ूनी, किराये के हत्यारे, डाकू और लुटेरे खड़े होते थे। उनकी जगह सफ़ेद कमीज़ और खाकी निकर पहने एक भोला-भाला छात्र खड़ा था। हाथ में किताबें-कॉपियाँ थीं। कमीज़ में स्याही-पेन लगा हुआ था, सीने पर स्कूल का बैज चमक रहा था।

"बैठ।" मेज पर पड़ी फ़ाइल बन्द करते हुए उसने सामने की कुर्सी की ओर इशारा किया।

आगे बढ़कर इक़बाल चुपचाप कुर्सी पर बैठा और सोच-विचारकर अपनी पाठ्य-पुस्तकें मेज पर रखीं।

"बेटा, तेरा नाम क्या है?"

"इक़बाल।"

"क्या करता है?"

"पढ़ता हूँ साब।"

"मेरा नाम जानता है?"

“दरवाज़े पर पढ़ा।”

“कभी अख़बार में भी पढ़ा है?”

“कई बार साब।” और यह सच था। इंस्पेक्टर भेसाड़िया की हिम्मत और बहादुरी के कारनामे उन दिनों अख़बारों की सुर्खियों में रहते थे।

“मैं वही भेसाड़िया हूँ।” गर्व से कहते हुए उसने पाठ्य-पुस्तकों के ऊपर रखी ‘प्रोग्रेस-बुक’ (प्रगति-पुस्तिका) उठा ली। कुछ पन्ने पलटे। साल-भर के तीन टर्मिनल परीक्षाओं के नतीजे देखे। मानो आँखों को धोखा हुआ हो, ऐसे अपनी तसल्ली के लिए उसने इक़बाल को नये सिरे से देखा और एक बार फिर तीनों परीक्षाओं के नतीजों पर नज़रें झुकाईं।

पहली परीक्षा में इक़बाल पहले नम्बर पर आया था, दूसरी दो में क्रमशः तीसरे और दूसरे नम्बर पर था। ख़ासतौर से गणित और विज्ञान में उसे सबसे अधिक नम्बर मिले थे।

प्रोग्रेस-बुक बन्द कर उसे पाठ्य-पुस्तकों के ढेर पर वापस रखते हुए, जैसे मन-ही-मन बड़बड़ाता हो ऐसे कहा, “पढ़ने में अव्वल है, फिर भी...”

“फिर भी क्या साब?” इक़बाल से बिना पूछे नहीं रहा गया।

एकाएक उसकी आवाज़ सख़्त हो गयी, “बेटा, मेरे ये बाल धूप में नहीं सफ़ेद हुए, क्या समझा? तेरी चालाकी यहाँ नहीं चलेगी। ज़्यादा होशियारी दिखाई तो मार-मारकर चमड़ी उधेड़ दूँगा।” दाँत पीसकर कहते हुए उसने ज़ोर से अपना हाथ भी टेबल पर पछाड़ा। उस पर रखा पेपरवेट उछलकर फिर अपनी जगह बैठ गया।

इक़बाल रो पड़ा। रोते-रोते घुमा-फिराकर उसने अपना गुनाह क़बूल कर लिया, “साहब, मेरे पापा हयात नहीं। घर का ख़र्च, दो छोटे भाइयों का ख़र्च, स्कूल की फीस—ये सारी ज़िम्मेदारियाँ मुझ पर हैं।”

“तो क्या ट्रक भर-भरकर तस्करी का माल उतारने का?”

“तब क्या करूँ?”

“हूँ...” कुछ देर सोचने के बाद भेसाड़िया ने पूछा, “यल्लो-गेट देखा है?”

यल्लो गेट पुलिस स्टेशन के अन्तर्गत घड़ियाल गोदी, भाऊचा धक्का आदि क्षेत्र आते हैं। अली नामक लड़के के साथ इक़बाल ने तस्करी के धन्धे की शुरुआत यहीं से की थी। (हाजी मस्तान और माटुंगा व सायन-कोलीवाड़ा के दादा वरदराजन की परवरिश भी यहीं से हुई थी।)

भेसाड़िया के प्रश्न का उत्तर देते हुए इक़बाल ने झूठ बोला, “नहीं साब।”

“गोवा से आने वाले पैसेंजर जहाज़ वहीं लंगर डालते हैं।”

“ऐसा मैंने सुना है।” वह अच्छी तरह जानता था कि इन जहाज़ों में यात्रियों के साथ तस्करी का माल भी आता था।

"वहाँ से दो-तीन बोरियाँ ख़रीदकर घर का खर्च चलाने का।" भेसाड़िया असली बात पर आया, "पूरा का पूरा ट्रक घर में नहीं उँडेलना चाहिए, समझे न बेटा?"

"जी साब, पर...!"

"पर क्या?"

"वहाँ पुलिस चौकी है।"

इक़बाल का इशारा यल्लो गेट पुलिस-स्टेशन की ओर था। वहाँ बिना पुलिस की मदद के बन्दरगाह से माल की हेराफेरी करना ख़तरे से ख़ाली नहीं था।

"दाभोलकर साहब को मेरा नाम देना।" भेसाड़िया ने उसकी यह समस्या भी हल कर दी, "वे वहाँ के डिप्टी हैं।"

"अब मुझे इजाज़त है साहब?"

उसका पूरा पता और उसके पड़ोसी का रिक्वेस्ट नम्बर नोट कर भेसाड़िया ने मुस्कुराकर उसे विदा किया।

घर लौटकर इक़बाल ने पहला काम यह किया कि जितनी बोरियाँ भरी थीं, वे सब जसबीर सिंह के ग्राहकों को पहुँचा दीं। फिर पाना लाकर खुले पलँग के सभी हिस्से फिट करके पलँग को उसकी असली जगह पर खड़ा कर दिया। अब घर में जोखिम उठाने की ज़रूरत नहीं थी। भेसाड़िया के दिखाये रास्ते पर चलकर उसे अपनी ज़रूरत भर की रोज़ी-रोटी मिल जाने वाली थी।

डॉ. चीनवाला द्वारा दिखाये गये मार्ग पर चलने में मुझे (कथाकार को) भी अपनी ज़रूरत भर की आमदनी होने की उम्मीद थी। फ़ुरसत के समय में मैं कार्टून बनाता। मार्गदर्शन के लिये वाल्ट डिज़्नी के फटे कॉमिक्स के सिवा मेरे पास दूसरा कुछ नहीं था। अपने बनाये कार्टूनों को लेकर मैं सप्ताह में एक दिन डॉ. चीनवाला के घर जाता। वे और चित्रकार यूसुफ धाला, दोनों रुचि लेकर मेरा काम देखते, दोनों मेरी रेखाओं पर चर्चा करते और मुझे प्रोत्साहन देते।

कला के क्षेत्र में मेरा उत्साह देख युसूफ धाला ने मुझे 'कुमार' (साहित्य और कला की गुजराती पत्रिका) की पुरानी प्रतियों की एक फ़ाइल दी। एक ही महीने में इस फ़ाइल के एक-एक चित्र की दस-दस नकलों के ढेर मेरे पास तैयार हो गये। यही नहीं, अब मैं नकल की ज़मीन से उठकर मौलिक रेखाचित्र और कार्टून बनाने लगा था।

"आबिद!" मेरे नये कार्टूनों को देख प्रसन्न होते हुए डॉ. चीनवाला ने कहा, "रेखाचित्र बेचना मुश्किल होता है, पर तुम्हारे ये कार्टून आसानी से बिक सकते हैं।"

मेरे मौलिक कार्टूनों में से सर्वश्रेष्ठ दो कार्टून उन्होंने अलग किये। मैंने अपना शक़ ज़ाहिर करते हुए पूछा, "कौन खरीदेगा?"

"किसी अख़बार के सम्पादक को दिखाओगे तो वह खुशी से इन्हें स्वीकार कर लेगा।"

उन्होंने मुझे दो नाम भी सुझाये—एक दैनिक था और दूसरा साप्ताहिक। दैनिक अख़बार था 'टाइम्स ऑफ इंडिया' और साप्ताहिक पत्रिका का नाम था 'चित्रलेखा' (गुजराती)।

मुझमें न किसी अख़बार के दफ़्तर में झाँकने की हिम्मत थी, न किसी सम्पादक के रूबरू होने का आत्मविश्वास था। डॉ. चीनवाला के साथ हुई बातें आयी-गयी हो गयीं।

उसी वर्ष मैं स्काउट में भर्ती हुआ था। हर साल बम्बई के स्काउट 'खरी कमाई दिवस' मनाते थे। उस दिन हम लोग स्काउट की पोशाक पहनकर मेहनत की कमाई जुटाने निकल पड़ते। कोई छात्र बूट-पॉलिश का सामान लेकर फुटपाथ पर बैठता तो कोई मोटरें धोने का काम करता। किसी के हाथ में अपने हाथों बनाये हुए सैंडविच की ट्रे रहती तो कोई घर-घर दस्तक देकर अपने हाथों बनाये हुए काग़ज़ के फूल बेचता।

मुझे लगा अपने कार्टूनों को बेचने का इससे बढ़िया मौका फिर हाथ नहीं आयेगा। थोड़ा साहस जुटाकर आज भी अगर मैं किसी सम्पादक से रूबरू नहीं हुआ, तो मेरा भय और संकोच कभी दूर नहीं होगा।

डॉ. चीनवाला द्वारा चुने गये दोनों कार्टूनों को मैंने अलग-अलग पोस्टर पेपर पर सफ़ाई से चिपकाया और स्काउट की पोशाक पहनकर घर से चल पड़ा। डोंगरी से फोर्ट मार्केट, 'चित्रलेखा' के दफ़्तर तक पहुँचने का शॉर्ट-कट मुझे मालूम था। वहाँ तक पहुँचने में मुझे मुश्किल से बीसेक मिनट लगे होंगे। पर 'चित्रलेखा' कार्यालय के सामने खड़ा हुआ तो लगा जैसे मेरे पैर ज़मीन में गड़ गये हों... जिस उत्साह से मैं यहाँ तक आया था, वह कपूर की तरह हवा में उड़ गया। घबराहट से मेरे माथे पर पसीने की बूँदें उभर आयीं।

मैं वहाँ से उलटे पाँव लौटने ही वाला था कि चपरासी की नज़र मुझ पर पड़ी। उसने पूछा, "किससे मिलना है?"

"जी..." मैंने झिझकते हुए उसे बताया, "सम्पादक जी से। अभी आये नहीं होंगे।"

"आ गये हैं।" कहते हुए उसने अन्दर के ज़ीने की ओर उँगली उठाई, "ऊपर चले जाओ।"

किसी मकान में सेंध लगाने कोई चोर जा रहा हो, ऐसे मैं दाख़िल हुआ।

धीरे-धीरे सीढ़ियाँ चढ़कर मैं ऊपर आया तो सबसे पहले मेरी निगाह लकड़ी के टेबल-कुर्सी पर बैठे एक युवक (गुजराती के प्रसिद्ध कथाकार-पत्रकार हरकिशन

मेहता पर पड़ी। सिर झुकाकर वह एक लेख लिखने में व्यस्त था। मैंने सोचा वही सम्पादक होंगे।

मैं चुपचाप उसके आगे खड़ा हो गया।

कुछ देर बाद पन्ना पलटते हुए उसने सिर उठाकर मेरी ओर देखा। मैं अपने कार्टूनों की फ़ाइल उसके सामने बढ़ाने लगा तो उसने पास की केबिन की ओर इशारा किया। मैं कुछ समझ पाऊँ, इसके पहले उसकी क़लम फिर से क़ागज पर दौड़ने लगी। अब मेरे लिए केबिन में जाने के सिवा और कोई चारा नहीं था।

धीरे से दरवाज़ा खिसकाकर मैं केबिन में दाख़िल हुआ। 'चित्रलेखा' के संस्थापक-सम्पादक श्री वजु कोटक ने अपना चेहरा घुमाकर मेरी ओर देखा। अपने सामने स्काउट की पोशाक में खड़े विद्यार्थी को देखकर उनके चेहरे पर विस्मय उभर आया।

शायद उन्होंने सोचा होगा कि मैं उनसे चन्दा-वन्दा माँगने आया था। लेकिन मेरे हाथ में न कोई डिब्बा था, न रसीद-बुक, बल्कि एक फ़ाइल थी। एक-दो पल मेरी ओर देखकर उन्होंने हाथ के इशारे से मुझे बैठने को कहा।

कुछ कहते या बोलते समय जुबान लड़खड़ाने का डर था। चुपचाप मैंने अपनी फ़ाइल से एक कार्टून निकालकर उनके सामने मेज़ पर रखा। अब उनकी समझ में आया कि मैं एक उभरता हुआ चित्रकार था। कार्टून उठाकर उन्होंने अपनी पीठ टिकाई और एकाग्र होकर उसे देखने लगे। बेताबी से परीक्षा के परिणाम की प्रतीक्षा कर रहा होऊँ, ऐसे मैं मौन रहा।

जो कार्टून वजु कोटक देख रहे थे, वह तीन चौकोर हिस्सों में बँटी एक चित्रपट्टी थी। पहले हिस्से में रास्ते पर खड़े एक पुलिसवाले को दिखाया गया था और पास के मकान से उठ रही चीखों के शब्द थे, "मदद, मदद! ख़ून, ख़ून!"

दूसरे हिस्से में वही पुलिसवाला तेज़ी से मकान की सीढ़ियाँ चढ़ रहा था। आख़िरी हिस्से में वह भौचक खड़ा रेडियो-नाटक सुनती महिला को फटी आँखों से देख रहा था। असल में जो चीखें उसने सुनी थीं, वह रेडियो-नाटक का संवाद था।

तीन हिस्सों वाली उस चित्रपट्टी को देखने में बमुश्किल पाँच सेकंड लग सकते हैं, पर ये चन्द पल मेरे लिए युग हो गये। मेरी साँसें थम गयी थीं। ऐसे लगा जैसे अभी सम्पादक महोदय कह देंगे कि मेरी चित्रपट्टी उनके किसी काम की नहीं। मुझ जैसे नौसिखियों को उन जैसे धुरन्धर पत्रकार का समय नष्ट नहीं करना चाहिए।

अचानक वे ठठाकर हँस पड़े। मेरी आँखें फैल गयीं।

"बस!" चित्रपट्टी अपने पास रख लेते हुए उन्होंने पूछा, "यह एक ही कार्टून लाये हो?" मैंने सिर हिलाकर 'हाँ' कहा और खड़ा हो गया। वे और कुछ कहें, इसके पहले मैं बाहर भी निकल गया था।

मेरा पहला तीर ठीक निशाने पर बैठा था। मेरा रोम-रोम झनझना उठा। आत्मविश्वास की स्थापना हुई। गर्व से मेरा सीना फूल गया था। फोर्ट मार्केट से 'टाइम्स ऑफ इंडिया' कार्यालय पहुँचने में मुझे अधिक समय नहीं लगा।

वास्तव में घर से मैं दो कार्टून लेकर चला था, और दूसरा 'टाइम्स ऑफ इंडिया' को देने का मन-ही-मन मैंने तय किया था। यह कार्टून मौन था यानी कि बिना शब्दों का।

इसमें एक जेबकतरा किसी आदमी को उँगली के इशारे से सूचनापट्टी दिखाता है—'जेबकतरों से सावधान' और इस तरह उस आदमी का ध्यान दूसरी तरफ मोड़ वह अपने दूसरे हाथ से उसकी जेब हलकी करता है।

यह पॉकेट-कार्टून प्रकाशित होने के बाद इतना लोकप्रिय हुआ कि कई पेशेवर व्यंग्य चित्रकारों ने उसकी अलग-अलग ढंग से नकलें की थीं।

'टाइम्स ऑफ इंडिया' के विशाल भवन में प्रवेश करते समय मेरी चाल एक के बाद एक कई देशों पर विजय-पताका फहराते नेपोलियन बोनापार्ट जैसी थी। 'चित्रलेखा' में अपना कार्टून स्वीकृत होने पर मैंने आधी दुनिया जीत ली थी, बाक़ी आधी 'टाइम्स ऑफ इंडिया' में दूसरे कार्टून के स्वीकृत होने पर जीती गयी।

यह दिन मेरे जीवन का अनोखा दिन था। पत्रकारिता के जगत् में मैंने पहला क़दम रखा था। थोड़े महीनों में मैं इस क्षेत्र में दौड़ लगाने वाला था। साहित्य और कला-जगत् में मैं मीलों का सफ़र तय करने वाला था।

सफलता के नशे में चूर मैं अपने घर न जाकर डॉ. चीनवाला के मकान की सीढ़ियाँ चढ़ गया। गर्व से मैंने उन्हें शुभ समाचार सुनाया। उनकी पत्नी रहमत मेरे लिए फ्रूट सलाद से छलकता हुआ प्याला ले आयीं। देखने में वह स्वीट-डिश फलों के टुकड़ों से छलकती आइसक्रीम जैसी लग रही थी। मैंने वह प्यार सधन्यवाद स्वीकार किया। डॉ. चीनवाला ने नाज़ भरे व्यंग्य से कहा, "हम जानते थे कि आज तुम कोई ख़ुशख़बरी ज़रूर लाओगे।"

उसी दिन डॉ. चीनवाला ने जवाहरलाल नेहरू की तरह अपनी निजी पंचवर्षीय योजना की घोषणा की। उनकी इस योजना के तहत चित्रकार यूसुफ धाला को अपने चित्रों की दो प्रदर्शनियाँ करनी थीं, मुश्ताक़ जलीली को फ़िल्म की कम-से-कम एक कहानी बेचनी थी और मुझे 'जे.जे. स्कूल ऑफ आर्ट्स' में दाख़िला लेकर पाँच साल का पाठ्यक्रम पूरा करना था। डॉ. चीनवाला ने अपनी उन्नति के लिए भी एक 'टारगेट' निश्चित किया था।

आज मुझे सहज ही यह ख़याल आता है—सूफ़ी को ऐसा माहौल मिला होता तो? यदि उसके जीवन में इन सज्जनों ने प्रवेश किया होता तो क्या उसने इन बुज़ुर्गों का मार्गदर्शन स्वीकार किया होता? क्या उसकी जीवनधारा में कोई अन्तर

आया होता?

मैंने कहीं एक लेख पढ़ा था। उसमें वैज्ञानिकों ने यह सिद्ध किया था कि गन्दे नाले पर घर बनाकर रहने वाले किसी कंगाल की सन्तान को उठाकर किसी सम्पन्न परिवार में रख दिया जाये, उसे स्वस्थ वातावरण और उचित अवसर दिये जायें, तो वह बच्चा बड़ा होकर जीवन के किसी भी क्षेत्र में टक्कर ले सकता है।

सूफ़ी कहता है, यह सब नसीब का खेल है। उसकी अपनी क़िस्मत अच्छी होती तो उसके दादा जुआरी न होते (दादा 'रुई' का सट्टा खेलते थे), पिता तस्करी न करते और उसका जन्म भी मुंडागली में न हुआ होता।

सुख और दुःख सूफ़ी के अपने हैं। न सुख में वह सुन्दरियों का सहवास ढूँढ़ता है, न दुःख में शराब की बोतल। वह करोड़ों में खेलता हो, तब भी उसके चेहरे पर कोई फ़र्क़ नहीं पड़ता। पस्ती के दिन आते हैं, तब भी उसका रोयां नहीं हिलता। वह अपनी मस्ती में रहता है और उस मस्ती में जीना जानता है।

जीने की यह कला उसने अनुभव से सीखी है। यह अनुभव उसके बचपन से जवानी तक पसरा है, पतन से उन्नति और उन्नति से पतन तक लम्बा है, सीधे मार्ग से दो नम्बर के मार्ग और दो नम्बर के मार्ग से नेकी की राह तक फैला है।

इंस्पेक्टर भेसाड़िया ने उसे दो नम्बर के रास्ते से हटा लेने के बजाय उसके लिए वही रास्ता आसान कर दिया। अब इक़बाल (बाल सूफ़ी) को किसी का डर नहीं था। कोई उसका कुछ नहीं बिगाड़ सकता था। यल्लो गेट पुलिस स्टेशन को फ़ोन लगाकर भेसाड़िया ने वहाँ के डिप्टी दाभोलकर को सूचना दे दी थी।

"इसका पता आपको कैसे चला?" सूफ़ी से मैंने पूछा।

"नया काम शुरू करने से पहले मैं दाभोलकर साब से मिला था। उन्होंने मेरा नाम लेकर मुझे पुकारा और बैठने के लिए कुर्सी दी थी। इसके अलावा ज़ोर देकर उन्होंने मुझे बेफ़िक्र रहने के लिए कहा था।"

"एक बात अभी भी समझ में नहीं आती," मैंने फिर कहा, "इंस्पेक्टर भेसाड़िया ने ऐसा क्यों किया? किसलिए उसने आपको सहयोग दिया?"

"आगे चलकर अपने फ़ायदे में वह मेरा इस्तेमाल कर सके, इसलिए।"

"कैसे?"

हँसते हुए उसने प्रतिप्रश्न किया, "क्या सब कुछ आज की बैठक में ही जान लेना है?"

मैं चुप हो गया।

उसने अपनी कहानी आगे बढ़ाई।

इक़बाल जब ग्यारहवीं कक्षा में पढ़ता था, बम्बई-गोवा के बीच पैसेंजर बोट चलती थीं। जो यात्री रेलमार्ग से यात्रा नहीं करना चाहते थे, उनके लिए ये

लाभदायक भी थीं। तुलना में इसके टिकट सस्ते होते थे। (कोंकण-सेवक ऐसा ही एक जहाज़ था।)

ये जहाज़ सप्ताह में दो बार आता और घड़ियाल गोदी के घाट पर लंगर डालता। इसमें यात्रियों के साथ शराब भी आती। 'फेनी' (नारियल से बनी शराब) तथा 'काजू' वहाँ घर-घर में तैयार की जाती थी। गोवा का वह गृह-उद्योग था। इसके अतिरिक्त उस समय की वहाँ की मशहूर 'कोडाक' कम्पनी की ब्रांडी, व्हिस्की तथा रम की भी बम्बई में बड़ी माँग थी।

भेसाड़िया के आदेश के अनुसार इक़बाल सिर्फ़ दो या तीन बोरियाँ ख़रीदता। एक-एक बोरी में फेनी तथा काजू की शराब की दो-दो दर्जन बोतलें होती थीं तो कोडाक कम्पनी की बोरी में तीन दर्जन बोतलें समा जातीं।

फेनी-काजू की एक बोतल इक़बाल को ग्यारह रुपये में पड़ती, जबकि उसका बाज़ार दाम चौदह रुपये था। यानी एक बोतल पर उसे तीन रुपये का मुनाफ़ा होता। कोडाक कम्पनी के माल पर उसे एक बोतल पर पाँच रुपये मिलते। सब मिलाकर तीन बोरियों (दो काजू-फेनी की और एक कोडाक कम्पनी की) पर उसे क़रीब तीन सौ रुपये मिल जाते। इस तरह ख़र्चा निकाल कर उसे सप्ताह में छह सौ रुपये का मुनाफ़ा होता।

इक़बाल खुश था, हालाँकि इस काम में थोड़ी मुश्किल भी थी। जिस दिन जहाज़ लंगर डालता, उस दिन उसे स्कूल से छुट्टी लेनी पड़ती। सुबह तड़के ही जाकर उसे बन्दरगाह में खड़ा हो जाना पड़ता। वहाँ से टैक्सी में माल लेकर शराब के अलग-अलग अड्डों पर पहुँचाना पड़ता। इसमें कभी पूरा दिन शहीद हो जाता, पर उसे इसकी चिन्ता नहीं थी। दूसरे दिन किसी छात्र से नोट्स लेकर वह हो चुके पाठ की नकल कर लेता था।

यह काम कुछ महीनों चला और उसके पराक्रम का पता उसके रिश्तेदारों को चल गया। उन्होंने दाँतों तले उँगलियाँ दबा लीं। क्या यह सही हो सकता है? हुसेनअली का बेटा और वह भी तस्करी के धन्धे में? वह भी इस छोटी-सी उम्र में?

जुम्मे की नमाज़ पढ़ने इक़बाल मस्जिद गया, तो उसे बू आ ही गयी। जो बुजुर्ग पहले उसके सामने देखकर स्नेह से मुस्कान फैलाते थे, वे आज जैसे उसे पहचानते न हों, ऐसे मुँह फेरकर मस्ज़िद में दाख़िल हो गये और जिन्होंने उसकी ओर देखा उनके चेहरों पर स्नेह नहीं था।

नमाज़ पूरी होने पर वहीं मस्जिद के सहन में एक के बाद एक आकर बुजुर्गों ने उसे घेर लिया। कुछ नमाज़ी घर जाने से पहले तमाशा देखने के लिए रुक गये।

"क्या यह तुझे शोभा देता है?" एक बुजुर्ग ने उसे सबके बीच लताड़ना शुरू किया, "अपने ख़ानदान की बदनामी हो रही है, इसका भी तुझे ख़याल है?"

इक़बाल चुपचाप सुनता रहा।

"हमारी इज़्ज़त का फालूदा हो गया," दूसरे बुजुर्ग कह रहे थे, "लोग आकर हमारे मुँह पर थूकते हैं।"

तीसरे ने धमकी दी, "कल से गोदी (बन्दरगाह) में गया है तो याद रहे, तेरे घर आकर तेरी माँ के सामने तेरी हजामत बना डालूँगा। हाँ... किसी का लिहाज नहीं करूँगा।"

"नहीं जाऊँगा," संक्षेप में इक़बाल ने अपना फ़ैसला सुना दिया, "पर हमारा घर कैसे चलेगा?"

"भीख माँग, भीख!" पहले बुजुर्ग गुर्राये।

दूसरे ने थोड़ी नरमी से पूछा, "क्या ग़रीबी का एक ही इलाज है–गुनाहख़ोरी? अपनी क़ौम में सैकड़ों ग़रीब हैं, क्या वे सभी तस्करी कर अपना गुज़ारा करते हैं?"

दो नम्बर के मार्ग से फिसलकर इक़बाल फिर एक बार खुदा की पसन्दीदा राह पर आ गया। फिर संघर्ष शुरू हुआ। स्कूल का अन्तिम वर्ष था। एस.एस.सी. में फर्स्ट क्लास लेकर उसे कॉलेज जाना था। पिता की आख़िरी ख़्वाहिश उसे पूरी करनी थी।

मुझे (कथाकार को) एस.एस.सी. पास करने की जरूरत नहीं थी। मेरे लिए एस.एस.सी. के प्रमाणपत्र का कोई महत्त्व नहीं था। दूसरे जे.जे. स्कूल ऑफ आर्ट्स में नाम दर्ज करवाने के लिए उन दिनों (1954) एस.एस.सी. के सर्टिफिकेट की ज़रूरत नहीं होती थी।

इस विषय में मैंने डॉ. चीनवाला से सलाह की। (जाने-अनजाने उन्होंने मेरे स्वर्गीय पिता का स्थान ले लिया था।) उन्होंने ज़ोर देकर कहा कि स्कूल की पढ़ाई अधूरी छोड़कर जे. जे. में दाखिला लेना उचित नहीं।

"एस.एस.सी. के इम्तेहान के आड़े अब कितने दिन बचे हैं?" प्रश्न के साथ-साथ उन्होंने उत्तर भी दिया, "सिर्फ पाँच महीने।"

इक़बाल मन लगाकर परीक्षा की तैयारी कर रहा था।

मैं बेमन से, जबरन। मेरी हालत उस कुली जैसी थी, जो गधे की तरह बोझा उठाकर पर्वतारोहियों के साथ शिखर की ओर आगे बढ़ता है। दूसरे, घर में पढ़ाई करने की सुविधा न थी। न दिन में, न रात में। मैंने अपने कमरे के बाहर गलियारे के फीके बल्ब की फीकी रोशनी में बैठकर पढ़ाई करनी शुरू कर दी।

आर्थिक दृष्टि से हमारे घर की हालत थोड़ी सुधरी थी। मेरे चाचा मोहम्मद हुसेन की मेहनत और प्रामाणिकता के कारण उनकी बन्दरगाह की नौकरी की तनख़्वाह में थोड़ा इज़ाफ़ा हुआ था। फिर भी घर का खर्च चलाने के लिए मेरी माँ को अभी

भी पड़ोसियों के बरतन माँजने पड़ते थे। इसके अलावा मैं कार्टून बनाकर अपनी ज़रूरत-भर का कमा लेता था। उसी वर्ष 'चैत मछन्दर' (गुजराती) के सम्पादक शनि ने हर सप्ताह मेरी कार्टून-पट्टी 'बटुक भाई' प्रकाशित करनी शुरू की (जिसे आज 'धर्मयुग' के हिन्दी पाठक 'ढब्बूजी' के नाम से जानते हैं।)

इक़बाल की हालत दिनोंदिन पतली होती जा रही थी। तस्करी के धन्धे से जुटाई हुई पूँजी धीरे-धीरे खत्म हो रही थी। एस.एस.सी. परीक्षाएँ शुरू होने से पहले उसके घर की हालत सचमुच भिखमंगों जैसी हो गयी और क्लास-टीचर ने चेतावनी दी, "कल जो कोई छात्र परीक्षा-शुल्क नहीं भरेगा, उसे बोर्ड की परीक्षा में बैठने को नहीं मिलेगा।"

फीस सिर्फ सोलह रुपये थी। फीस भरने का कल आख़िरी दिन था। इक़बाल के पास सिर्फ बारह रुपये थे। बाक़ी चार का क्या? वह तेज़ी से सोच रहा था। इन चार रुपयों की कमी पूरी करने के लिए वह कुछ भी कर सकता था। पर किसी के आगे हाथ पसारना उसके स्वभाव में नहीं था।

स्कूल से छूटकर वह पालागली आया। वहाँ ख़ोजा मस्जिद के सामने एक फूलवाले की दुकान है। उसने देखा तो एक लड़का फूलों का ऑर्डर लिखवा रहा था। फूलवाले ने हिसाब जोड़कर पेशगी के पैसे लिये और पाँच का नोट लड़के को वापस लौटाया।

नोट और रसीद जेब में डालकर वह लड़का आगे बढ़ा। थोड़ी दूर जाने पर इक़बाल ने उसे घेरा और दो झापड़ रसीद कर पाँच रुपये का नोट उसकी जेब से निकाल लिया। वह हक्का-बक्का रह गया। पर कुछ समझे इसके पहले तो इक़बाल मुंडागली की भूलभुलैया में ग़ायब हो चुका था।

7

एस.एस.सी. का परीक्षाफल घोषित होने पर मुझे केवल इतना आनन्द हुआ कि चलो, सिर से मुसीबत टली। क्योंकि लगभग हर विषय में मुझे 35 प्रतिशत या उससे थोड़े अधिक अंक मिले थे। पर ड्राइंग मैं मैंने छक्का मारा था, जबकि इक़बाल ने हर विषय में चौके और छक्के मारे थे।

वह अव्वल आया था। गणित में उसे 91 अंक मिले थे तो फिजिक्स में 69 और केमिस्ट्री में 71 अंक थे। ये परीक्षाएँ उसने किन परिस्थितियों में दी थीं, यह हम जानते हैं। उसकी आर्थिक समस्याएँ अभी तक हल नहीं हुई थीं। दिन-प्रतिदिन उस पर दबाव बढ़ता जा रहा था और अभी तो उसे कॉलेज में भर्ती होना था।

उपाय क्या था?

खोमचा लेकर खट्टी-मीठी गोलियाँ बेची जायें?

पानी के हंडे उठाये जायें?

नहीं, इससे कमर टूट जायेगी और किसी तरह घर-खर्च निकलेगा, कॉलेज का खर्च नहीं। इस बार उसने नया नुस्ख़ा आज़माया। स्वतन्त्र रूप से उसने शराब की भट्ठी चलाने का तय किया।

"आबिद भाई," सूफ़ी ने मुझे नोट्स लिखने से रोका, "शराब की भट्ठी नहीं, टिंक्चर आयोडीन से अल्कोहल बनाने का काम।"

"यानी कि शराब बनाने का पेशा, ठीक?"

उसने 'हाँ' कहा।

"यह आपने कहाँ सीखा?"

"मोगल यही करता था।"

टिंक्चर आयोडीन अर्थात् ऐथिल अल्कोहल और आयोडीन। उसका असली रंग भूरा होता है। यह टिंक्चर आयोडीन इक़बाल एक पीपे में भरता। पीपे के ऊपर के हिस्से में, मगर ढक्कन से चार इंच नीचे लोहे की नली के सहारे एक थाली तैरती रहती। यह नली थाली के किनारे को भेदती हुई पीपे से तीन इंच के क़रीब बाहर आती। इस दूसरे सिरे के साथ रबर की एक ट्यूब जुड़ी रहती। पीपे को ढाँपने से पहले पचास पाउंड टिंक्चर आयोडीन में एक पाउंड हाईपो मिलाकर उसके नीचे स्टोव जला दिया जाता।

"यह हाईपो वही तो नहीं, जिसका इस्तेमाल फोटोग्राफर डार्क-रूम में करते हैं?" मैंने थोड़ी स्पष्टता चाही।

"हाँ," कहते हुए उसने अधिक जानकारी दी, "हाईपो मिलाने से दो लाभ होते हैं। भूरे रंग के टिंक्चर आयोडीन को रंगहीन करने और वाष्पीकरण की क्रिया को अधिक गतिशील बनाने में।"

टिंक्चर आयोडीन के उबलने पर उसकी भाप बनती, भाप ऊपर चढ़ती, परन्तु पीपा ऊपर से ढका होने के कारण भाप छत से टकराकर पानी के रूप में थाली में इकट्ठा होती। थाली में से लोहे की नली द्वारा पीपे में से बाहर आकर, रबर की ट्यूब से गुज़रते हुए नीचे रखे बरतन में शुद्ध अल्कोहल बनकर टपकती। फिर उसे बोतलों में भरकर शराब के अड्डों पर बेचा जाता।

इक़बाल कुल मिलाकर एक दिन में सौ बोतलें तैयार करता था। एक बोतल घर में साढ़े चार से पाँच रुपये में पड़ती और उसकी सेल प्राइज थी सात रुपये। बिक्री अधिक नहीं थी। फिर भी वह रोज की पैंतीस से अस्सी बोतलें बेचकर लगभग अस्सी रुपये कमा लेता था।

उसकी यह कमाई मोगल को अखर गयी। असल में यह धँधा उसी का था। उसी के ग्राहकों को इक़बाल माल सप्लाई करता था। अपने ग्राहकों के टूटने पर वह भड़क उठे, यह भी स्वाभाविक था। उसने इक़बाल को दो चेतावनी दीं। तीसरी देने में वह यकीन नहीं करता था। इक़बाल ने उसे महत्त्व नहीं दिया, जैसे मोगल के अस्तित्व से अनजान हो। इस तरह वह अपने धँधे का विस्तार करता रहा।

मोगल और इक़बाल की तुलना करें तो एक को 'हाथी' कहा जा सकता है और दूसरे को 'मच्छर'। चुटकी में इक़बाल को मसल डालने जितनी ताक़त मोगल में थी। पर द्वन्द्व के लिए सिर्फ़ ताक़त नहीं, आत्मविश्वास भी ज़रूरी होता है (इक़बाल में यह भरपूर था)। आत्मविश्वास हो तो बाल कृष्ण काली नाग जैसे विषधर को पछाड़ सकता है।

रात नौ बजे के बाद शंकर मराठा के मजगाँव के अड्डे पर माल पहुँचाकर इक़बाल अकेला लौट रहा था। नूरबाग़ तक आते वह हाँफने लगा। वह थोड़ी देर के लिए रुक गया। उसे लगा, शायद वह थक गया होगा। पर थकान से वह परिचित नहीं था। पैदल उसने सारा शहर छान मारा था। साँस की गति कभी तेज़ नहीं हुई थी।

बिजली के खम्भे तले वह सोचता हुआ खड़ा था। नूरबाग में किसी की शादी थी। बैंड-बाजे की आवाज़ें वह स्पष्ट सुन सकता था। चारों ओर लगभग अँधेरा था। बीच में शादी का मंडप प्रकाश से जगमगा रहा था। बाहर कारों की भीड़ थी।

थोड़ी देर के बाद साँस संयत होने पर वह आगे बढ़ने लगा और एक दुकान की बगल में से परछाई की तरह सरककर मोगल उसके सामने आ गया। इक़बाल को लगा अचानक उसके सामने दीवार आ गयी। उसका आगे बढ़ा क़दम पीछे खिंच गया था।

दोनों एक-दूसरे से अन्तर रखकर आमने-सामने खड़े थे। किसी को कुछ कहने की ज़रूरत नहीं थी। प्रश्न दोनों के लिए अस्तित्व का था। समय बलवान के साथ था। जिसके बाजुओं में ज़ोर हो, वह यहाँ टिक सकता था। वर्ना बड़ी मछली छोटी मछली को निगल जाती थी।

मोगल का अनुमान था कि उसे देखकर 'मच्छर' भागने का रास्ता ढूँढ़ेगा। शायद भाग निकलने की कोशिश करेगा। नहीं, वह स्थिर दृष्टि से 'हाथी' को देख रहा था। हमला करने के लिए दाँव-पेंच सोच रहा था।

मोगल एक क़दम आगे बढ़ा। इक़बाल तैयार ही था। उसकी नज़रों ने पास में पड़े बाँस के एक टुकड़े को देख लिया था। अगर बाँस का यह टुकड़ा उठा लेने का मौक़ा मिल जाये तो आसानी से मोगल को छठी का दूध याद दिलाया जा सके।

मोगल दो क़दम और आगे बढ़ा। अब उनके बीच सिर्फ़ तीन क़दम की दूरी थी। मोगल हमला करने की तैयारी में था। हुआ भी यही। बिजली की तरह वह

इक़बाल पर टूट पड़ा।

उसी पल छलाँग मारकर इक़बाल ने बाँस का टुकड़ा उठा लिया और दूसरे पल मोगल की पीठ पर जमाया। इसका उस पर कोई ख़ास असर नहीं हुआ। इक़बाल ने फिर बाँस उठाया और मोगल ने उसका हाथ रोककर हाथ में से बाँस खींच लिया।

अब बाँस मोगल के हाथ में था। इक़बाल को वह बेरहमी से पीट रहा था। इक़बाल ने अपने दोनों हाथ सिर पर रख लिए थे, जिससे कान, आँख अथवा सिर के नाजुक हिस्सों को चोट न पहुँचे। साथ ही मौक़ा मिलने पर वह मोगल के मुँह पर मुक्का भी लगाता जाता था।

उसका एक मुक्का ठीक निशाने पर लगा, पर मोगल के नथुने नहीं फूटे, ख़ून नहीं निकला। साथ ही बाँस का अन्धाधुन्ध हमला इक़बाल पर निरन्तर जारी था।

नूरबाग़ के मंडप में बजते बैंड-बाजे की आवाज़ें बढ़ रही थीं। मंडप के बाहर भिखारियों की भीड़ भी बढ़ रही थी। ये कंगाल रईसों के तमाशे देखने बिला नागा हाज़िर हो जाते थे। यहाँ अँधेरे में इक़बाल की दयनीय स्थिति देखने वाला सिर्फ़ एक कुत्ता था, जो दुम हिलाता थोड़े अन्तर पर खड़ा था।

इक़बाल की साँसें फिर तेज़ हो गयीं। किसलिए? मुक्के क्यों कमज़ोर पड़ते जा रहे थे?

डोंगरी के तब के दादा अब्दुल रहमान काफरिया का एक घूँसा दुश्मन की खोपड़ी नारियल की तरह फोड़ डालता था। इक़बाल का मुक्का कम से कम नथुने जरूर फोड़ता था।

अब तक वह बाँस के कई फटके खा चुका था। और ज़्यादा मार खाने की उसमें अब शक्ति नहीं थी। वह लुढ़क जाये, इसके पहले क़रीब के डोंगरी पुलिस-स्टेशन से निकली जीप मोगल ने दूर से आती देखी। जैसे कुछ हुआ न हो, वह बाँस फेंककर चलता बना।

इक़बाल पास के मकान के प्रवेश में घुस गया। पुलिस जीप रुटीन राउंड पर निकली थी, गुज़र गयी। इक़बाल ने बाहर निकलने की कोशिश की, पर वह लड़खड़ाकर गिर पड़ा।

अब उसे ख़याल आया। उसने गहरी मार सहन की थी, हड्डी-पसली हिल गयी थीं, पीठ सूज गयी थी, सिर में दर्द उठ रहा था।

उसने दीवार का सहारा लिया। बाक़ी बची सारी ताक़त इकट्ठी कर वह फिर खड़ा हुआ। यहाँ से डोंगरी पहुँचने में उसने आधा घण्टा लिया, जबकि अन्तर पाँच मिनट का भी नहीं था।

सीधे घर न जाकर वह पालखी मुहल्ले में दाख़िल हुआ। यहाँ प्रवेश में डॉ.

खीमाणी का दवाखाना है। उसके बन्द होने का समय उनके मरीज़ों की संख्या पर निर्भर करता है।

इक़बाल दवाखाने में दाख़िल हुआ और एक बेंच पर बैठ गया। वह बुरी तरह हाँफ रहा था। दूसरी ओर पूरे शरीर में पीड़ा उठ रही थी।

उसने देखा तो मरीज़ों में उसके सिवा दूसरा कोई नहीं था। वह फिर खड़ा हुआ और अन्दर केबिन में चला गया।

इक़बाल का चेहरा देखते ही डॉक्टर समझ गया, कहीं से पिटकर आया होगा और डोंगरी के डॉक्टरों के लिए यह कोई नयी बात नहीं थी। फ़ौरन उसने नाक जाँची, आँखें देखकर जीभ पर बैटरी का प्रकाश डाला, गला देखा, स्टेथेस्कोप छाती पर रख भीतर की हरकत जानी।

"तू हुसेनअली का बेटा है न?" एक बोतल में से पेन-किलर (दर्दनाशक दवा) निकाल उसे पानी के साथ वहीं निगल जाने के लिए देते हुए डॉक्टर ने सवाल किया।

इक़बाल ने इशारे से 'हाँ' कहा।

"क्या काम करता है?"

टिकिया गले से नीचे उतारते हुए उसे थोड़ा सोचना पड़ा।

"देख बेटा," डॉक्टर ने उसे स्नेहभरे शब्दों में समझाया, "दाई से पेट नहीं छिपाया जाता। किसी ने तेरी जमकर पिटाई की है, यह तो साफ़ ज़ाहिर है, पर तुझे अस्थमा कैसे हुआ, यह अभी भी समझ में नहीं आता।"

इक़बाल समझ गया, वह हाँफने क्यों लगा था। उसके मुक्के कमज़ोर क्यों पड़ गये थे। उसे अस्थमा कैसे हुआ, इसका उत्तर भी उसे मिल गया। पर डॉक्टर को यह बताना उसे ठीक नहीं लगा। डॉ. खीमाणी भला आदमी था। उसने भी दोबारा नहीं पूछा।

उस रात गोली का असर होने पर उसे नींद आ गयी, पर उसे मीठी नींद नहीं कहा जा सकता। उसका अजाग्रत मन उसे चेता रहा था। खुदा नहीं चाहता कि वह शराब उतारने का काम करे। शायद इसी नासमझी की उसे सज़ा मिली थी। उसे अस्थमा हो गया था।

ख़ुदा ख़ुद चाहता है कि वह नेक राह पर आगे बढ़े। क्या दो नम्बर का पेशा इतना ज़रूरी है? इसके अलावा उसका सीना खोखला हो गया था और खोखले सीने के साथ अंडरवर्ल्ड में ज़िन्दा नहीं रहा जा सकता। जीने के लिए कोई नया मार्ग ढूँढ़ना ज़रूरी था।

भवंस कॉलेज में उसने दाख़िला लिया, उस समय उसके घर की हालत फुल स्पीड में दौड़ती कार लुढ़क कर उलट जाये, ऐसी थी। यह आर्थिक साँप-सीढ़ी का

खेल उसे सालों तक खेलना था। जीवन के उतार-चढ़ाव उसके साथ-साथ यात्रा करने वाले थे। एक पल वह शिखर पर जाकर बैठने वाला था, दूसरे क्षण खाई में गिरने वाला था।

जे. जे. स्कूल ऑफ आर्ट्स में प्रवेश मिलने पर मेरी ख़ुशी की सीमा न रही, पर मेरी माँ सोच में पड़ गयी। उसकी इच्छा थी कि मैं किसी कॉलेज में दाख़िल होकर डॉक्टर या वकील बनूँ, ताकि कॉलेज छोड़ने के बाद मुझे माहवार हज़ारेक रुपये तनख़्वाह की नौकरी मिल सके।

"तुम्हारे इस जे.जे. में पाँच वर्ष निकालने के बाद तुम्हें क्या मिलेगा?" उसने आशाभरे स्वर में पूछा।

इसका जवाब मेरे पास नहीं था। था उत्साह, थी उमंग, थे सपने और ये सब मेरी माँ के लिए बेमानी थे।

वह हताश हो, इसके पहले मैंने उसे आश्वासन देने के लिए बताया कि किसी 'एड एजेन्सी' में मैं कला-निर्देशक बनकर उसकी कल्पना से भी अधिक कमाऊँगा। न जाने क्यों उसे भरोसा नहीं हुआ। मेरे शब्दों में सच्चाई नहीं थी। शायद उसका मुलम्मा भी न हो!

वह सिर्फ़ मेरा चेहरा देखती रही। मेरा भविष्य धुँधला रहा था, यह उसने मेरे आर-पार देख लिया हो तो ताज्जुब नहीं। सही मानों में मेरे जीवन का संघर्ष कॉलेज में पाँच वर्ष बिताने के बाद शुरू होने वाला था। साँप-सीढ़ी के खेल में मैं कहीं अटक जाने वाला था।

मेरे चाचा मोहम्मद हुसेन को जब मालूम हुआ कि जे. जे. में मुझे प्रवेश मिल गया है, तो उनके गोल चेहरे के साथ उनकी भूरी आँखें भी चमक उठीं। फिर इन्हीं आँखों द्वारा उन्होंने मेरा नखशिख निरीक्षण किया और जेब से सौ-सौ के तीन नोट निकालकर मेरे सामने धर दिये।

मुझे अचरज हो यह बिल्कुल स्वाभाविक था, क्योंकि इतने सारे रुपये एक साथ मैंने पहले कभी नहीं देखे थे। (उस समय इक़बाल हज़ारों में खेल चुका था।) दूसरा यह कि इन तीन सौ रुपयों का मैं करूँ क्या?

"ऐसे फटे-पुराने चीकट कपड़े पहनकर तू कॉलेज जायेगा?" चाचा का प्रश्न सुनाई पड़ते ही मुझे अपने सवाल का जवाब मिल गया, "जा, अपने मनपसन्द कपड़े रेडीमेड से खरीद ले। और हाँ, बारिश शुरू होने वाली है। रेनकोट और गमबूट लेना भी नहीं भूलना।"

शायद कुछ रुपये घटें, यह सोचकर उन्होंने सौ का एक नोट और बढ़ा दिया, "सुरती ख़ानदान का पहला लड़का कॉलेज जा रहा है, कोई मज़ाक नहीं। सब कुछ टिप-टॉप होना चाहिए।"

इससे कोई शायद यह सोचे कि मेरे चाचा को जैकपॉट लगा होगा। बारह सौ रुपये माहवार उनकी तनख़्वाह थी और स्वभाव था हातिमताई का। इसी कारण कभी-कभी उनकी तनख़्वाह घड़ियाल गोदी से घर तक पहुँचते आधी हो जाती थी। इसके बावजूद हम सुखी थे।

अब मेरी माँ को पड़ोसियों के काम करने की ज़रूरत नहीं रही। हमारे घर की गाड़ी पटरी पर चढ़ गयी थी। हम दाल-रोटी खा सकते थे। चैन की नींद सो सकते थे। इक़बाल के भाग्य में यह भी नहीं लिखा था।

साँप-सीढ़ी के खेल में आप पासा फेंकिये और सीढ़ी आये तो ऊपर चढ़ जाइये। इक़बाल ने पिछली बार पासा फेंका था तो उसे एक छोटी सीढ़ी मिली थी। कुछ दिनों तक उसने यह सुख भोगा था। यहाँ से आगे बढ़ने पर वह जबड़ा फैलाकर बैठे साँप के मुँह में फँस गया था। वह नीचे धकेल दिया गया था। वह फिर वहीं आ पहुँचा था, जहाँ से उसने शुरुआत की थी।

अलबत्ता, अब वह बालक नहीं रहा था। खाकी आधी चड्ढी तथा सफ़ेद शर्ट, स्कूल की उसकी यह पोशाक स्कूल के साथ छूट गयी थी। वह जवान हो गया था और जवानों को शोभा दे, ऐसे उजले वस्त्र पहनता था। लम्बी बाँह की सफ़ेद शर्ट और पैंट उसकी पसन्दीदा पोशाक थी।

देखने में भले वह पहलवान जैसा न हो, किसी भी रुस्तम को ललकारने जितनी ताक़त वह रखता था। उसका बदन इकहरा पर ठोस था, स्नायु कसे हुए थे, रगों में गरम लहू बह रहा था।

उसका अस्थमा का रोग भी अतीत बन गया था। (शराब उतारने का काम उसने तुरन्त बन्द किया न होता तो निश्चित रूप से यह रोग तम्बू तान कर बैठ जाता)। स्कूली-जीवन यादें बन गया था। खट्टी-मीठी गोलियाँ तथा लाल बेर बेचने के उसके दिन पीछे छूट गये थे। उन दिनों की छाया के रूप में कुछ बचा हो तो वह थी भूख।

कॉलेज के पहले महीने उसके पास डोंगरी से चौपाटी तक जाने के लिए बस का किराया भी नहीं था। (हजारीमल सोमानी कॉलेज ऑफ आर्ट्स एंड साइंस यानी कि भवंस कॉलेज चौपाटी के पास है) वह रोज़ घर से पैदल जाता और पैदल ही वापस आता।

"एक दिन मैं कॉलेज से भूखा-प्यासा घर लौटा..." सूफ़ी कह रहा था, "और मुझे मालूम हुआ, मेरे घर चूल्हा नहीं जला था। मेरे दोनों छोटे भाई, जो अभी स्कूल में पढ़ते थे, भूखे सो गये थे। माँ सूनी-सूनी आँखों से मुझे देख रही थी।"

इक़बाल (सूफ़ी) को आश्चर्य नहीं हुआ। वह जानता था, देर-सबेर घर में अकाल की परिस्थिति पैदा होने वाली है। पर इतनी जल्द पैदा होगी, इसकी कल्पना

उसे नहीं थी।

कॉलेज की पुस्तकें रखकर उसने सुराही में से पानी पिया और वापस नीचे आकर नमाज़ पढ़ने मस्जिद चला गया। ख़ोजा मस्जिद घर के बगल में होने के कारण वह वहीं नमाज़ पढ़ना पसन्द करता था। दूसरे, मस्जिद का पवित्र वातावरण मन की शान्ति के लिए उत्तम स्थान था। (हुसेनअली भी जब कोई उलझन महसूस करते तो यहीं आकर बैठते।) इस बात में इक़बाल पिता के नक़्शे-क़दम पर चला था।

इशा की नमाज़ के बाद वह लम्बे समय तक मस्जिद के खुले सेहन में बैठा रहा, भूखे पेट भविष्य के विषय में सोचता रहा।

रात के दस बजे। उसने लगभग दो घंटे यहाँ बिताये थे। अभी तक उसे दिशा नहीं सूझी थी। वह खड़ा होकर बाहर आया। रशीद परकार, जो सामने फूलवाले की दुकान पर खड़ा था, दौड़ आया।

"क्या साले! मुल्ला बनने का ख़याल है?" इक़बाल की ओर देखकर उसने मज़ाक़ किया, फिर बताया, "तेरे घर गया तो तेरी माँ ने बताया कि तू मस्जिद में होगा। अन्दर देखा तो तू नमाज़ पढ़ रहा था। तभी से तेरी राह देखता यहीं रुका हूँ।"

(समानान्तर परिस्थिति में हुसेनअली की मुलाक़ात एक परिचित से हुई थी, जिसने लिंक-बाज़ार की नौकरी के बारे में बताया था और दूसरे दिन उन्हें वह नौकरी मिल गयी थी।)

इक़बाल रशीद परकार से परिचित था। वे पाँच भाई थे। रशीद उनमें सबसे बड़ा था। वहीं पालागली स्थित रणमल बिल्डिंग में वे पाँचों भाई एक साथ रहते थे और तस्करी के धन्धे में इक़बाल से मीलों आगे निकल चुके थे।

रशीद से उसने मुद्दे का सवाल किया, "काम क्या है?"

"पानी लाना है।"

अंडरवर्ल्ड की भाषा में 'पानी' माने शराब। शराब की बड़े पैमाने पर तस्करी के लिए रशीद को एक और भरोसेमन्द आदमी की ज़रूरत थी। काम था 'हेल्पर' का। (कहा जा सके तो कुली का।) जरूरत थी थोड़ी बुद्धि की। इक़बाल ने अब तक अपनी विश्वसनीयता और साहस का सिक्का डोंगरी इलाक़े में जमा दिया था, वर्ना रशीद खुद चलकर उससे सम्पर्क न साधता।

"कितना मिलेगा?" इक़बाल ने दूसरा प्रश्न किया।

"एक फेरे के दो सौ रुपये।"

उसे घर याद आया। भूखी बैठी माँ याद आयी। भूखे सो गये दोनों भाई याद आये और उसने कह दिया, "आधे पैसे एडवांस लूँगा।"

आप किसी कुली को रोकें और वह आपसे कहे कि "आधा पैसा पेशगी लूँगा" तो आपको शायद ताज्जुब होगा।

या आप इसे मज़ाक़ समझकर हँस देंगे।

रशीद ठठाकर हँस पड़ा।

"काइकू मज़ाक़ करता है साले!" कहते हुए उसने इक़बाल को धौल जमाई, "सुन, कल रात में आना।"

"एडवांस लिये बिना मैं नहीं आऊँगा।"

"यार, तू जानता है कि अपुन के धन्धे में..."

"ठीक है," उसने थोड़ी छूट दी, "सौ नहीं तो पचहत्तर दे दे।"

अन्त में पचास रुपये पर समझौता हुआ। रशीद ने उसे दस-दस के पाँच नोट थमा दिये।

वह अपने रास्ते चला गया। इक़बाल क़रीब के होटल में गया, वहाँ से बिरयानी के चार पैकेट बँधवाये और घर आया। उसने देखा तो पूरे दिन की भूखी माँ भी सो गयी थी।

एक बड़े थाल में बिरयानी के पैकेट खाली कर उसने एक-एक करके सबको जगाया और सबके साथ वह भी खाने बैठा। देखते-देखते बिरयानी का थाल सफ़ाचट हो गया।

चौके में हाथ-मुँह धोकर पोंछा और माँ के हाथ में उसने बाक़ी तीस रुपये रख दिये, "कल के खर्च के लिए।" बस, उसने आगे कुछ नहीं कहा।

उसकी माँ को पूछना था, ये रुपये कहाँ से आये? पर उसने होंठ न खोले। अब तक उसने वास्तविकता को उसके नग्न रूप में स्वीकार कर लिया था। मुंडागली की गटर में रहते कीड़ों को दुर्गन्ध से निजात की फ़रियाद करने का अधिकार नहीं होता।

दूसरे दिन रात नौ बजे इक़बाल घर से निकलकर पालागली के मुहाने पर आया। दो एम्बेसेडर कारें उसकी राह देखती वहाँ खड़ी थीं। पहली में ड्राइवर सहित छह आदमी बैठे थे, दूसरी में पाँच। रशीद ड्राइवर के पास बैठा था। उसने कार का दरवाज़ा खोला। रशीद की बगल में वह अगली सीट पर बैठ गया।

दोनों कारें तुरन्त शुरू होकर घड़ियाल गोदी की ओर आगे बढ़ीं। रात के इस समय ट्रैफिक कम होने के कारण बन्दरगाह पहुँचने में सिर्फ़ सात मिनट लगे। ड्राइवर को छोड़कर बाक़ी दस लोग बाहर निकल गये। दोनों कारें समय पर वापस हाज़िर होने वाली थीं।

इक़बाल के लिए यह नया अनुभव था। इस तरह सुनियोजित ढंग से होने वाले काम का 'नेटवर्क' वह यहाँ समझने वाला था। तस्करी की दुनिया में वह एक क़दम और आगे बढ़ने वाला था। दलदल में वह कमर तक उतरने वाला था। घुटनों तक तो पहले ही फँस चुका था।

बन्दरगाह में किनारे पर नावें तथा स्टीम लांच लंगर डाले थीं। समुद्र शान्त था। जहाज़ों में जलती लालटेनों के प्रतिबिम्ब पानी में डोल रहे थे। माहौल में अँधेरा था। बरसात की शुरुआत के दिन थे। करवटें बदलते घने बादल आकाश में दौड़ रहे थे।

रशीद आगे बढ़ा, पीछे गैंग चली (इसमें चार भाई भी शामिल थे।) कुछ क़दम चलकर सब जेट्टी (पोतघाट) तक पहुँचे। नीचे पानी था, नौकाएँ थीं, पानी की मन्द-मन्द थपकियों में डोल रही थीं।

एक स्टीम लांच में से लकड़ी की फल्ली सरककर ऊपर आयी। रशीद एक तरफ़ खड़ा हो गया। एक के पीछे एक गैंग के सदस्य सावधानी से फल्ली पर क़दम रखते लांच में उतर गये। अन्त में रशीद आया और फल्ली खींच ली गयी। घरघराहट के साथ लांच शुरू होकर अँधेरे में आगे बढ़ गयी।

घिरते बादलों के पीछे से चन्द्रमा कुछ मिनटों के लिए दिखायी दिया और फिर छिप गया। मन्द-मन्द बहती हवा गति पकड़ रही थी। पानी को चीरती लांच आगे बढ़ रही थी। लाइटहाउस क़रीब आया। उससे दूर खड़े एक जहाज़ की धुँधली आकृति स्पष्ट होने लगी। इक़बाल फैली आँखों से देखता रहा।

अब तक उसने इतना समझ लिया था : 'पानी' की डिलीवरी लेने के लिए वे 'बारापानी' जा रहे थे। (जैसे शराब के लिए 'पानी' शब्द इस्तेमाल किया जाता है, उसी तरह जो जहाज़ घाट पर लंगर नहीं डालते या स्थान के अभाव में घाट से दूर लंगर डालते हैं, उस स्थान को 'बारापानी' कहा जाता है।)

ठीक एक घंटे के सफ़र के बाद स्टीम लांच विशालकाय शिप के बिल्कुल क़रीब आकर खड़ी हुई। शिप हांगकांग की थी। उसका चीनी कैप्टन सम्पर्क की राह देखता डेक पर खड़ा था। मुलाक़ात का समय निश्चित था।

यह समय किसने तय किया? कहाँ तय हुआ होगा? ये प्रश्न इक़बाल के लिए अनुत्तरित थे। अभी इस धन्धे में उसे बहुत कुछ सीखना था, बहुत जानना था। कॉलेज में नहीं, वह अंडरवर्ल्ड में डिग्री प्राप्त करने वाला था।

शिप में से डोरियों की सीढ़ी फेंकी जाने पर रशीद ने इक़बाल के हाथ में दस रुपये के आधे नोट का टुकड़ा रखा। फिर कहा, "कैप्टन को यह टुकड़ा देकर कहना कि माल तैयार रखे। रात में एक बजे डिलीवरी के लिए हम वापस आयेंगे।"

इक़बाल ने नोट का टुकड़ा जेब में डाला और हाथ बढ़ाकर रस्सी की सीढ़ी पर पकड़ जमाई। सँभलकर वह लगभग दोमंज़िल जितना अन्तर चढ़कर डेक तक आया। चीनी कैप्टन ने उसे हाथ दिया। इक़बाल एक पाँव मुंडेर पर रखकर शिप में कूद पड़ा।

जहाज़ काफ़ी बड़ा था, मालवाहक था। तीनेक ख़लासी भी डेक पर दिखायी

पड़ रहे थे। वे सब कैप्टन के जातभाई यानी कि चीनी ही थे।

इक़बाल ने जेब से नोट का टुकड़ा निकालकर कैप्टन के आगे बढ़ाया। कैप्टन ने अपना बटवा खोला। उसमें सँभालकर रखे उसी नोट के दूसरे टुकड़े को निकाला और दोनों टुकड़ों को मिलाकर देखा। उसे तसल्ली हो गयी, दोनों टुकड़े बीच में से फाड़े गये एक ही नोट के दो भाग थे।

उसने इक़बाल की ओर देखकर मुस्कान बिखेरी। इक़बाल ने उसे रशीद का सन्देश भी दिया, "वी विल बी बैक बाइ वन ए एम। ओके फॉर यू?"

उसने 'हाँ' में सिर हिलाया।

इक़बाल फिर शिप की मुंडेर पर चढ़ गया। रस्सी की सीढ़ी से नीचे जाते समय उसके मन में कुछ प्रश्न उठे। दस रुपये के भारतीय नोट के दो टुकड़े करके किसने एक टुकड़ा कैप्टन को दिया होगा? कब और कहाँ दिया होगा? दूसरा टुकड़ा रशीद के पास कहाँ से आया होगा?

आख़िरी सीढ़ी पर पहुँचकर वह स्टीम लांच के छप्पर पर उतरा। वहाँ से सरककर वह नीचे आया।

"सब पट गया?" उसके सामने खड़े रशीद परकार ने पूछा।

उसने 'हाँ' कहा।

लांच फिर चलने लगी। एक बजे वापस यहीं आना था। तीन घंटे बिताने थे, वह भी अँधेरे समुद्र पर।

लांच किनारे की तरफ न जाकर किसी उलटी दिशा में जा रही थी। इक़बाल ख़ामोश बैठा था। पानी के साथ-साथ अँधेरों को भी चीरती लांच की घरघराहट साफ सुनाई दे रही थी। उसमें समुद्र की आवाज़ मिल जाने से वातावरण डरावना लग रहा था।

अब पानी भी पहले की तरह शान्त नहीं रह गया था। समुद्र की लहरें तड़पती हुई आकर लांच की बाहरी दीवार पर थपेड़े मार रही थीं। आकाश पहले से अधिक काला हो गया था। थोड़ी देर में तूफ़ान आने के आसार थे।

8

स्टीम लांच में धुँधला प्रकाश फैलाती लालटेन डोलने लगी। इक़बाल और रशीद परकार के साथ उसमें आठ और साथी बैठे हुए थे। डोलती लालटेन के साथ उनकी परछाइयाँ भी नाचने लगीं।

दूर से किनारे की रोशनी दिखायी दी तो इक़बाल को ख़याल आया कि 'भाऊचा

धक्का' (घड़ियाल गोदी) से वे 'बारापानी' गये थे और वहाँ से वापस लौटकर उरण टापू के क़रीब आ पहुँचे थे। एक घंटा और सफ़र में बीत गया था।

जैसे-जैसे लांच क़रीब आती गयी, उरण का किनारा स्पष्ट होता गया। घाट पर छह-सात स्टीम लांच लंगर डाले खड़ी थीं। इन जहाज़ों के बीच ख़ाली जगह खोजकर रशीद की लांच ने एक घंटे के लिए पड़ाव डाला। लालटेन इसके पहले ही बुझा दी गयी थी। सभी सदस्यों के चारों ओर जैसे काल-कोठरी का निर्माण हो गया था।

कुछ पलों के बाद उरण टापू की दूर की लाइटों का प्रकाश धीरे-धीरे स्पष्ट होने लगा। गैंग के सभी सदस्य छायाचित्र बनकर उभर आये।

यह लांच रशीद की अपनी थी। उसमें काम करने वाले तीनों टंडेल (खिवैये) उसके अपने आदमी थे। अँधेरे के वे अभ्यस्त थे। लांच खड़ी होते ही वे अपने काम में जुट गये। उनकी ज़िम्मेदारी केवल लांच की देखरेख करने और उसे चलाने की ही नहीं थी, बल्कि रसोई बनाकर मेहमानों को खिलाने की भी थी।

लगभग आधे घंटे के बाद गरम-गरम मछली और चावल परोसा गया। समुद्र की हवा के कारण सबको बड़ी भूख लगी थी। चुपचाप सबने खाना खाया और सफर के लिए फिर तैयार हो गये। यहाँ एक घंटा और बीता था।

तीसरे घंटे में लांच वापस जहाज़ के पास आ गयी। हांगकांग के इस जंगी जहाज़ की तुलना में लांच व्हेल मछली के पास तैरती शार्क जैसी लग रही थी।

इक़बाल ने समय देखने के लिए कलाई को आँख तक ऊपर उठाया। उसी समय कड़ाके के साथ बिजली चमकी। एक पल के लिए लांच भी जगमगाकर अँधेरे में खो गयी। इस समय रात का एक बजा था।

कैप्टन डेक पर तैयार खड़ा था। आख़िरी तीन घंटों में उसने स्टोर-रूम में से शराब की बोतलों की 175 पेटियाँ निकलवाकर डेक पर एक के ऊपर एक रखवा दी थीं। एक-एक पेटी में विदेशी शराब (कॉमन ब्रांड) की बारह-बारह बोतलें थीं।

सूफ़ी अपने जीवन की कथा सुना रहा था। आज की महफ़िल उसके टेरेस पर नहीं, उसके बैडरूम में जमी थी। वह घुटनों से अपने पैर मोड़कर तकिये की टेक लगाकर बैठा था। मैंने डाइनिंग-रूम में से एक कुर्सी खींच ली थी।

"आगे बढ़ने के पहले खुलासा कर लिया जाये?" बात का प्रवाह रोकते हुए मैंने पूछा।

उसने इशारे से 'हाँ' कहा।

"मुझे यह जानना है कि हांगकांग के जिस कार्गोशिप का जिक्र आपने किया, क्या वह सचमुच मालवाहक जहाज़ था?"

"बिल्कुल।" उसने बताया, "ये जहाज़ हक़ीक़त में हांगकांग से माल लेकर निकलते हैं। साथ में तस्करी का माल भी रखते हैं।"

"जहाज़ मालवाहक था तो घाट पर लंगर क्यों नहीं डाला?"

"क्योंकि उसमें बम्बई का माल नहीं था।"

"यानी अगर माल होता तो वह किनारे पर लगता।"

"ज़रूर।"

"तब कैप्टन के मैनिफेस्ट का क्या?" मैंने फिर सवाल उछाला।

'मैनिफेस्ट' का मतलब है—एक प्रकार की तालिका, जिसे हर कैप्टन को शिप के घाट में दाख़िल होने पर कस्टम के अधिकारियों के सामने पेश करना होता है। इस तालिका में जहाज़ में भरे तमाम माल-असबाब का विवरण होता है। स्वाभाविक था कि उसमें तस्करी के माल का उल्लेख न हो। यदि मेरी धारणा सही है तो तालिका के अनुसार कस्टम के अधिकारी माल की ग़ौर से छानबीन करें तो दो नम्बर का माल उनके हाथ चढ़े बिना नहीं रह सकता।

मेरी धारणा को ग़लत साबित करते हुए सूफ़ी ने बताया, "हांगकांग की शिप के चीनी कैप्टन ने तस्करी का माल भी चतुराई से शामिल किया था। इसमें शराब की 175 पेटियाँ थीं। ये पेटियाँ उसने ख़लासियों के खाने-पीने के खाते में दर्ज कर दी थीं। इसके लिए किसी कस्टम अधिकारी को आपत्ति नहीं हो सकती।"

"बोतलों के ढेर देखकर किसी को शंका भी नहीं होती?"

"शंका का प्रश्न ही नहीं खड़ा होता, क्योंकि जहाज़ अलग-अलग बन्दरगाहों पर रुकता हुआ दो-चार अथवा छह महीनों में अपने देश वापस लौटता है। हांगकांग के जहाज़ में शराब की बोतलों के जो क्रेट थे, वे उसके ख़लासियों के लिए समुद्र की लम्बी यात्रा के लिए पर्याप्त थे।"

सूफ़ी का तर्क मेरे पल्ले पड़ा तो मैंने एक अन्य प्रश्न का उत्तर जानने की इच्छा प्रकट की, "शिप का कैप्टन तस्करी में लिप्त था। इस बारे में उसके ख़लासी अनजान नहीं थे। उनमें से अगर कोई पुलिस को सूचना दे तो क्या कैप्टन की नौकरी को ख़तरा न पैदा हो जाये?"

स्पष्ट 'ना' कहते हुए उसने चौंका देने वाला सत्य उजागर किया, "जिस तरह रशीद परकार की गैंग खुश्की पर धन्धा करती थी, उसी तरह कैप्टन की गैंग ने पानी पर व्यपार शुरू किया था। हक़ीक़त में कैप्टन और उसके कर्मचारी इसमें पार्टनर थे। मुनाफ़े का पचास प्रतिशत अपने पास रखकर बाक़ी के रुपये वह ख़लासियों में बराबर-बराबर बाँट देता। इसके अलावा यह धन्धा बिना पूँजी-निवेश का था।"

(तस्करी का कारोबार आज भी ज़बान पर चलता है। इसमें न कोई लिखा-पढ़ी होती है, न कोई गारंटी। फिर भी भूले-भटके किसी साथी की नीयत बिगड़ जाये और वह दग़ा करे तो उसे मुँह छिपाने के लिए जगह तक न मिले। वह पाताल में भी दुबका हो तो वहाँ से उसे खोज कर उड़ा दिया जाता है।)

हांगकांग के शिप का चीनी कैप्टन शराब की 175 पेटियाँ इसी विश्वास पर लेकर बम्बई आया था। यहाँ शराब की पेटियाँ उतारकर वह चाँदी की ईंटें लेगा। इन चाँदी की ईंटों को वह भारी मुनाफ़े के साथ दुबई में बेचेगा और वहाँ से वह जापानी कपड़ा ख़रीदेगा।

शिप फिर आगे बढ़ेगा। मोम्बासा या दारेसलाम उसका अगला स्टॉप होगा। यहाँ वह जापानी कपड़ा बेचकर लौंग उठाएगा। उसका मुनाफ़ा फिर बढ़ेगा। वहाँ से वापस लौटते समय वह बम्बई के घाट पर एक मुक़ाम और करेगा। यहाँ लौंग का माल उतारकर उसके बदले अफ़ीम लेगा।

हांगकांग में अफ़ीम की माँग बहुत है। वहाँ अफ़ीम बेचकर बिना पूँजी के इस धन्धे में वह कितना कमाएगा, इसकी कल्पना इसी से की जा सकती है कि दो महीने के एक फेरे में शिप का कप्तान दो वर्ष का अपना वेतन निकाल चुका होता है। कैप्टन का एक महीने का वेतन लगभग पच्चीस हजार रुपये होता है। इस हिसाब से उसकी कमाई छह लाख रुपये हुई।

"एक अन्तिम प्रश्न।" अन्त में मैंने पूछा, "शुरुआत में आपने बताया कि हांगकांग के शिप पर लदे माल में कॉमन-ब्रांड की बोतलें थीं। मैं जानना चाहता हूँ कि यह कॉमन-ब्रांड क्या होता है?"

"इसमें एक ही ग्रेड और एक ही भाव का माल होता है," सूफ़ी कह रहा था, "इस सौदे में रेड लेबल, जॉनी वाकर, व्हाइट हॉर्स, ब्लैक एंड व्हाइट और वेट सिक्सटी नाइन नाम की व्हिस्की की बोतलें थीं।"

मेरे सवाल पूरे होने पर उसने अपनी जीवन-कथा आगे बढ़ाई। कैप्टन की देख-रेख में शिप के ख़लासी मछेरों के जाल जैसे विशाल थैले में एक दर्जन पेटियाँ भरकर डोरी के साथ नीचे सरकाने लगे।

स्टीम लांच शिप से सटकर खड़ी थी। रशीद परकार के साथ इक़बाल लांच के छप्पर पर खड़ा था। बाक़ी के लोग नीचे तैनात थे। काम तेज़ी से और फुर्ती के साथ अदा करना था।

जैसे ही जाल सिर पर आया, इक़बाल और रशीद ने उसे खींचकर छप्पर पर ले लिया। तुरन्त दोनों काम में जुट गये। दोनों ने एक-एक पेटी उठाकर नीचे खड़े आदमियों को थमाई। उन्होंने दूसरे दो साथियों को दी। इस तरह शराब की बोतलों से भरी पेटियाँ अलग-अलग हाथों से गुजरती हुई तहख़ाने में खड़े अन्तिम दो साथी तक पहुँचीं, जिन्हें उन दोनों ने सलीक़े से रख दिया।

पहला 'लॉट' पूरा होते ही रशीद ने पहले से तैयार रखी पेटी जाल पर रखी (इस पेटी में चाँदी की ईंटें थीं)। इक़बाल ने डोरी हिलाई। थोड़ी ही देर में जाल ऊपर खींच लिया गया।

माल के साथ जाल नीचे आये, इससे पहले कड़ाके के साथ फिर बिजली चमकी और वर्षा शुरू हो गयी।

शहर की वर्षा तथा खुले समुद्र की वर्षा में बड़ा फर्क होता है। शहर में वर्षा का हमला रोकने के लिए आसपास ऊँचे-ऊँचे मकान होते हैं, जिससे पानी का आधा ज़ोर टूट जाता है। यहाँ बीच समुद्र में न पवन को रोकने वाला कोई था, न बारिश को। अलबत्ता लांच की तरफ़ दीवार बनकर शिप खड़ा था। पर तूफ़ान का ज़ोर उससे उलटी दिशा में था।

लांच डाँवाडोल होने लगी। तीनों टंडेल (खिवैये) शिप की बाहरी दीवार पर बाँस दबाकर लांच को सुरक्षित रखने का पूरा प्रयास कर रहे थे। छप्पर पर खड़े इक़बाल और रशीद बुरी तरह भीग रहे थे। शरीर का सन्तुलन बनाये रखने के लिए भरसक कोशिश कर रहे थे। उसी समय दूसरे लॉट के साथ जाल नीचे आया। पेटियाँ निकालने और उन्हें नीचे खड़े आदमियों को 'पास' करने का क्रम फिर शुरू हुआ। पर अब यह काम उतना सरल नहीं था।

प्रचंड वेग से चलती हवा के साथ आने वाली वर्षा की बौछारों में खुली छतरी की तरह उड़ कर समुद्र में फिंका जाने का भय बढ़ता जा रहा था। दोनों मानो कुदरत से टक्कर ले रहे थे, पूरी सावधानी से काम निपटा रहे थे।

पाँचवाँ 'लॉट' आने पर रशीद को छींकें शुरू हो गयीं। छप्पर पर ही घुटनों के बल बैठ जाते हुए उसने एक पेटी खोली। अन्दर से जो बोतल हाथ लगी, उसे निकालकर खोल डाला। एक चौथाई बोतल 'नीट' गटक लेने के बाद उसके शरीर में थोड़ी देर के लिए चुस्ती आ गयी।

"ले!" फिर खड़े होते हुए उसने बोतल इक़बाल की ओर बढ़ा दी। "दो घूँट तू भी पी ले।"

इक़बाल ने स्वीकार नहीं किया।

वह दहाड़ा, "साले! मैं बोलता हूँ। पी ले वरना यहीं मर जायेगा।"

अपने पानी चूते बालों को आँखों के सामने से हटाते हुए इक़बाल ने उत्तर दिया, "इस्लाम ने शराब को हराम ठहराया है।"

"तो दवा समझकर पी ले, यार!"

इक़बाल टस से मस न हुआ। रशीद ने भी ज़िद नहीं की। उसने और दो घूँट ली और खुली पेटी साथियों को नीचे भेंट दे दी। वे खुशी से झूम उठे।

वर्षा तथा हवाओं के इस तूफ़ान में टिके रहने के लिए एक-एक आदमी के लिए एक-एक बोतल काफ़ी थी। दो से तीन घंटे तक काम आने वाली थी। रात एक बजे शुरू हुआ काम लगभग सूर्योदय तक चलने वाला था। अभी रात के सिर्फ़ दो बजे थे।

तूफ़ान को चुनौती देते इक़बाल तथा रशीद शिप के छप्पर पर व्यस्त थे। रशीद अब काम कम कर रहा था और पी अधिक रहा था। उसकी छीकें थोड़े समय पहले बन्द हो गयी थीं। इक़बाल को कँपकँपी शुरू हुई।

एक घंटे तक लगातार वह भीगा था, अभी भी बर्फ के तीरों-सी हवा और वर्षा के चाँटे खा रहा था। साथ ही खुद को सौंपे हुए काम को निष्ठापूर्वक करता जा रहा था।

जाल ख़ाली होने पर उसने डोरी हिलाई। डोरी के साथ जाल ऊपर चला गया। वह चेहरा उठाकर ऊपर देखने लगा और नशे में चूर रशीद अपना सन्तुलन खोकर अचानक उस पर चढ़ आया। लांच के छप्पर पर वह चित ढह गया। उसके ऊपर रशीद गिरा। अभी भी उसने एक हाथ में बोतल जकड़ रखी थी।

जैसे कुछ हुआ न हो, इस तरह उसने बोतल इक़बाल के मुँह पर झुकाई, "मैंने बोला पी यानी पीने का।" नशे में वह ज़िद करने लगा।

इक़बाल ने पड़े-पड़े ही दाहिने हाथ से झटका मारकर बोतल उड़ा दी। रशीद तिलमिला उठा, पर दूसरे ही क्षण वह शान्त हो गया। धीरे-धीरे दोनों फिर खड़े हो गये।

डावाँडोल होती नाव पर सन्तुलन रखकर खड़ा रहना, अब रशीद के लिए सम्भव नहीं था। जैसे अभी थोड़ा होश बचा हो, उसने क़बूल कर लिया, "यार, मेरेकू चढ़ गयी है।"

जाल नये लॉट के साथ फिर नीचे आया। इक़बाल ने फौरन हाथ बढ़ाकर छप्पर पर ले लिया। इस बीच रशीद नीचे चला गया था।

दूसरे दो घंटे तक इक़बाल निपट अकेला लांच के छपरे पर तूफ़ान से जूझता रहा, भीगकर काँपता रहा, लगातार बरसते पानी में भीगता रहा। माल उतारता रहा। आख़िरी लॉट उसने छप्पर पर लिया तब चार बज चुके थे।

काम पूरा होने पर वह छप्पर पर से सरककर नीचे आया और वहीं ढेर हो गया।

इस बीच नीबू पानी का एक गिलास पीकर रशीद ने अपने नशे को क़ाबू में कर लिया था। इसके बाद दो घंटे की नींद भी उसने ले ली थी। अब वह इक़बाल की ओर देख रहा था। बाक़ी आठों साथी दायरा बनाकर खड़े थे। लांच बम्बई के किनारे की तरफ़ आगे बढ़ रही थी।

रशीद को शंका हुई—कहीं वह मर तो नहीं गया? उसने इक़बाल के होंठ पर हाथ धरा। गर्म उच्छ्वास का स्पर्श हुआ। फिर भी उसे यकीन नहीं हुआ। उसने इक़बाल की कलाई अपने हाथ में ली और वह चौंक उठा, "इसको तो बुख़ार है!" साथियों की ओर देखते हुए उसने ज़ाहिर किया।

लांच घड़ियाल गोदी के पोत घाट में प्रवेश करे, इसके पहले रशीद की दोनों अम्बेसेडर कारों के साथ एक ट्रक भी आकर डॉक में तैयार खडा था। फौरन सभी लोग फिर काम में लग गये।

स्टीम लांच में से टंडेल माल उठाकर देते गये। कतारबद्ध खड़े आदमी एक-दूसरे को 'पास' करते गये। पेटियाँ ट्रक पर चढ़ाई जाती रहीं। अन्त में बेहोश इक़बाल का शरीर भी पेटी की तरह बाहर आया।

कार में इतनी जगह नहीं थी कि उसे लिटाया जा सके, इसलिए रशीद ने उसे पेटियों के ऊपर ट्रक में ही सुला दिया। सावधानी के लिए दो आदमी उसके पास बैठा दिये।

तीनों गाड़ियों का क़ाफ़िला बन्दरगाह से निकलकर डोंगरी की दिशा में आगे बढ़ा तो भोर हो चुकी थी। हवा और पानी का तूफ़ान थम गया था। पर अभी सूर्य नहीं दिखाई दे रहा था। मकानों, वृक्षों से अभी भी बूँदें टपक रही थीं। गटरों में पानी बह रहा था।

गाड़ियों का क़ाफ़िला बाड़ीबन्दर से डोंगरी की तरफ़ मुड़ा और इक़बाल जाग उठा। सिर के ऊपर दौड़ते मैले बादल थे। शरीर तप रहा था। कँपकँपी के साथ अब ऐंठन भी शुरू हो गयी थी।

साथ में सफ़र कर रहे रशीद के दो आदमियों ने उसे तालपत्री ओढ़ा दी। इससे कोई ख़ास फ़र्क नहीं पड़ा। उसके काँपते शरीर के साथ तालपत्री भी काँपने लगी।

डोंगरी चारनल आकर क़ाफ़िले ने फिर मोड़ लिया। आगे ट्रक था। उससे थोड़ा अन्तर रखकर दोनों एम्बेसेडर कारें आ रही थीं। पालागली में दाख़िल होकर क़ाफ़िला रुक गया। यहीं रशीद का घर था और गोदाम भी।

कार से निकलकर रशीद ने ट्रक तक दौड़कर आते हुए पूछा, "इक़बाल को होश आया?"

ऊपर बैठे दोनों साथियों में से एक ने 'हाँ' में जवाब दिया। फिर जोड़ा, "लेकिन हालत पतली है।"

साथियों को माल उतारने का आदेश देकर वह डॉक्टर की खोज में दौड़ गया। लगभग आधे घंटे बाद वह किसी डॉक्टर को कच्ची नींद में से जगाकर यहाँ तक लाने में कामयाब हुआ था।

अब तक ट्रक ख़ाली हो चुका था। विदेशी शराब की 175 पेटियाँ गोदाम में पहुँच चुकी थीं। इक़बाल को उठाकर रशीद परकार के घर में सुला दिया गया था।

डॉक्टर ने इक़बाल की जाँच कर बताया, "न्यूमोनिया है।" (मैं टाइफाइड का शिकार होने वाला था।)

स्कूल लाइफ़ पूरी कर कॉलेज में प्रवेश करना एक अनोखा आनन्द होता है, जिसे भोगना सभी छात्रों के लिए सम्भव नहीं होता। इसके अनेक कारण गिनाये जा सकते हैं। पर इसका एक मुख्य कारण ग़रीबी है।

उस समय हमारे विद्यालय 'हबीब हाईस्कूल' के लगभग सभी विद्यार्थी मध्यम-वर्ग और उससे निम्न तबके के, यानी कँगाल थे। उन्हें प्रोत्साहन देने में हमारे हेडमास्टर शेख़ हसन ने पूरा जीवन दाँव पर लगा दिया। शिक्षा और भूख इन दोनों मोर्चों पर वे सतत लड़ते रहे, लेकिन मुसलमानों की ग़रीबी के सामने वे प्रभावशाली टक्कर नहीं ले सके। अलबत्ता यह उनका क्षेत्र भी नहीं था।

हबीब हाईस्कूल का इतिहास देखें तो पता चलेगा कि यहाँ के छात्र आज टॉप के इंजीनियर हैं, तो टॉप के तस्कर भी। टॉप के वकील, डॉक्टर, कलाकार हैं, तो टॉप के गुंडे भी। टॉप के व्यापारी हैं, तो बेजोड़ जेबकतरे भी।

ऐसा स्पष्ट विरोधाभास आपको शायद किसी दूसरे स्कूल के भूतपूर्व छात्रों में देखने को न मिले। स्वर्गवासी शेख़ हसन जैसे शिक्षक भी लाखों में एक होते हैं (इक़बाल उनके आख़िरी बैच में था।)

कॉलेज में पहला क़दम रखना यानी बचपन से जवानी में छलाँग लगाना। जे. जे. स्कूल ऑफ ऑर्ट्स में प्रवेश के समय मुझे लगा कि मेरा बचपन मुझसे छूटकर कहीं पीछे रह गया है। मेरे सामने मेरी जवानी का फूलों से गमकता हरियाला मार्ग है। नयी दुनिया है, नये चेहरे, नयी जान-पहचान है।

न मैं किसी फिल्म स्टार-सा खूबसूरत था, न मि. यूनिवर्स-सा हृष्ट-पुष्ट। इक़बाल की तरह मेरा भी हुलिया एक साधारण युवक जैसा था। छोटे-छोटे बाल, तीखी नाक, आँखों पर मोटे फ्रेम का चश्मा, उठी हुई चिक-बोन, लम्बी गर्दन और पतली काया। फिर भी मेरी लोकप्रियता बढ़ती गयी। युवकों की अपेक्षा युवतियाँ मेरे प्रति आकर्षित होती गयीं। कारण?

कॉलेज के पहले वर्ष में ही मैंने पढ़ाई और खेलकूद में अपना सिक्का जमा दिया था। टेबल-टेनिस की वार्षिक प्रतियोगिता में मैं हर वर्ष एक कप जीतने वाला था। हर वर्ष प्रथम पाँच में स्थान प्राप्त करने के कारण मुझे छात्र-वृत्ति भी मिलने वाली थी। पाँचों साल के अभ्यास-क्रम के लिए मेरी फीस माफ़ हो जाने वाली थी। इसके अलावा अन्तर-कॉलेज हिन्दी नाट्य-स्पर्धा में श्रेष्ठ अभिनय के लिए मैं पुरस्कार भी जीतने वाला था।

कॉलेज के पहले वर्ष में एक साथ चार दिनों की छुट्टियाँ आयीं। मेरी कक्षा की एक ईरानी लड़की ने तीन दिन की एक ट्रिप रखने का निश्चय किया। दहाणू में उसकी चीकू की बाड़ी और बंगला था। इस ट्रिप के बारे में उसने मेरा विचार पूछा। मुझे क्या एतराज़ होता?

फ़ौरन हम दोनों ने साथ बैठकर लगभग दर्जन भर छात्रों के नामों की एक सूची तैयार कर डाली (छह युवक और छह युवतियाँ)। जाने के लिए गुरुवार का दिन तय हुआ। शुक्रवार और शनिवार वहाँ बिताकर रविवार को हम वापस लौटने वाले थे।

गुरुवार आये, इसके पहले ही मेरे सिर में दर्द शुरू हो गया। एकाएक ऐसा कैसे हुआ होगा, यह मैं नहीं समझ पाया। मैंने सिर-दर्द की दो गोलियाँ लीं और दर्द रुक गया।

ट्रिप के दिन सुबह मैं अपना बैग तैयार कर रहा था और सिर में फिर से दर्द कुलबुलाने लगा। कुछ समय तक मैं दुविधा में खड़ा रहा–ट्रिप में जाऊँ कि नहीं? कॉलेज का मेरा यह पहला वर्ष और पहली ट्रिप थी। इस उत्साह के कारण सिर के दर्द को अहमियत न देते हुए मैंने दो और गोलियाँ लीं और घर से निकल पड़ा। दादर स्टेशन पर चार मित्र रंग-बिरंगे लिबास में मेरा इंतज़ार कर रहे थे। एक मित्र स्ट्रो-हैट भी पहनकर आया था। लड़कियाँ जम्पसूट, जीन्स तथा स्कर्ट-ब्लाउज़ में थीं। मेरे शरीर पर हैंडलूम का गुलाबी शर्ट तथा गहरे रंग की पैंट थी। वातावरण हँसी और मुस्कानों से छलक रहा था। टिकिया के असर से मेरा सिर-दर्द ग़ायब हो गया था।

प्लेटफॉर्म पर गाड़ी के आते ही हम डिब्बे में घुसे। शान्त कम्पार्टमेंट होहल्ले से भर गया। गीत गाते, मौज-मज़ा करते हम दो घंटे में दहाणू पहुँच गये।

स्टेशन से चीकू की बाड़ी ज्यादा दूर नहीं थी। मौसम खुशनुमा था। दिन बरसात के थे। सड़क कहीं-कहीं टुकड़े-टुकड़े में भीगी थी। शायद रात में यहाँ थोड़ी बरसात हुई होगी। खुली हवा में क़दम बढ़ाते, पानी के चहबच्चों में पाँव पछाड़ते हम बाड़ी पार करके बंगले पर पहुँचे तो उस समय सुबह के दस बजे थे। बंगले के पीछे कहीं समुद्र गुर्रा रहा था।

मैं वहाँ सिर्फ़ सैर करने के लिए नहीं आया था। अपने साथ मैंने स्केच-बुक तथा रंग का डिब्बा भी ले लिया था। मेरी योजना आधा समय दहाणू के रेखाचित्र खींचने तथा बाक़ी आधा समय मित्रों के साथ बिताने की थी।

न मैं मौज-मज़ा कर सका, न चित्रकाम। बंगले में पाँव रखते ही मेरे सिर में नगाड़ा बजने लगा। साथ बुख़ार भी शुरू हुआ। बाहर खुले आँगन में दोस्त म्यूजिकल चेयर का खेल खेलने के लिए कुर्सियाँ लगा रहे थे। खिड़की के क़रीब बैठकर मैं सब कुछ देख रहा था।

एकाएक ईरानी लड़की को याद आया, "सुरती कहाँ?" वह अचानक बोल उठी।

मैं खिड़की से खिसक गया। उनके रंग में भंग डालने की मेरी इच्छा न थी।

अपनी पीड़ा ज़ाहिर करके मैं उन्हें चिन्ता में नहीं डालना चाहता था।

मुझे खोजती हुई ईरानी लड़की मेरे कमरे में आयी तब तक मैं बुख़ार की गिरफ्त में आ चुका था और मेरा बुख़ार भी कोई मामूली नहीं था, टाइफाइड था।

ट्रिप के दिनों दहाणू के स्थानीय डॉक्टर की दवा और सुइयों पर टिका रहकर मैं बम्बई बापस आया और अपने फेमिली डॉक्टर दस्तूर से सलाह ली। उन्होंने फ़ौरन अस्पताल में भरती हो जाने की सलाह दी।

एक महीना और दस दिन मैंने 'हबीब हॉस्पिटल' में बिताये।

इक़बाल क़रीब दस दिन न्यूमोनिया से जूझकर फिर खड़ा हो गया। अब उसका सीना पहले जैसा ठोस नहीं रहा था। उसकी आँखें धँस गयी थीं। उस एक दिन का हम्माली-काम उसे सचमुच भारी पड़ा था।

इतना सन्तोष ज़रूर था : उसकी निष्ठा और ईमानदारी से प्रसन्न होकर रशीद परकार ने उसे तय किये हुए दो सौ रुपयों के अलावा सौ-सौ रुपयों के तीन नोट बतौर बख़्शीश दिये थे। घर-खर्च और दवा-दारू का बिल भरने में ये रुपये हवा हो गये।

बीमारी से उठकर उसने सबसे पहले रशीद से सम्पर्क किया। डोंगरी के टैक्सी स्टैण्ड के पास वह खड़ा था।

"कोई काम मिलेगा?" इक़बाल ने उसके सामने खड़े होकर पूछा।

"तेरेकू मैं बोला था न?" उसके दिमाग़ में अभी भी उस दिन की घटना घूम रही थी, "थोड़ी-सी पी ली होती तो आज तेरी ये हालत नहीं होती।"

"रशीद..."

"तब तो साला इस्लाम की फेंकने लगा। बोला, शराब हराम है। अबे ये तो सोच, अगर शराब हराम है तो खुदा ने उसको बनाया कायकू?"

इक़बाल को इस समय बहस में दिलचस्पी नहीं थी। उसने फिर अपना सवाल दोहराया, "रशीद, मैं तुम्हारे पास काम माँगने आया हूँ।"

"देख भीडू!" इस बार उसने इक़बाल के चेहरे को ग़ौर से देखते हुए मित्रभाव से कहा, "अब थोड़े दिन तेरे से काम नहीं होगा। सच्ची बात ये है कि तेरेकू अभी भी आराम की ज़रूरत है। दूसरा ये कि जिसकी जगे (जगह) पर तेरेकू एक दिन के लिए रखा था, वो वापस आ गया है।"

इक़बाल निराश हो गया। निराशा में ही ग़ोता खाता वह हाजी अली आया और दरगाह की तरफ पीठ करके समुद्र के किनारे बैठ गया। सूर्य अस्त होने की तैयारी में था। इक़बाल की परछाई लम्बी होकर रास्ते पर फैली थी। शहर के उपनगरों की तरफ़ जाते वाहन मानो उसकी परछाई कुचलते हुए दौड़ रहे थे। फिर भी वह सुरक्षित थी।

वाहन क़रीब आते ही छाया छलाँग मारकर उन पर चढ़ जाती थी। वाहनों के चले जाने पर वह फिर से सड़क पर बिछ जाती थी।

कुछ अलग तरह से वह सांप-सीढ़ी का खेल खेल रहा था। उसी समय उसकी नज़र शहर की ओर जा रही इंस्पेक्टर भेसाड़िया की जीप पर पड़ी।

उसकी आँखें चमक उठीं। वह फ़ौरन उठकर जीप के समानान्तर दौड़ने लगा। जीप सामने की सड़क पर थी। वह इस तरफ़ फुटपाथ पर था। बीच में दौड़ते जा रहे वाहनों की भीड़ थी।

9

कुछ क़दम दौड़कर इक़बाल पेट्रोल पम्प तक आया और रुक गया। एकाएक उसे ख़याल आया, अपनी मूर्खता पर हँसी भी आयी। जीप के साथ दौड़ना सम्भव नहीं था। दूसरे, जीप को रोककर उसे कौन-सा लाभ होने वाला था। इंस्पेक्टर भेसाड़िया से वह क्या उम्मीद रखता था?

शान्तिपूर्वक सोचने पर उसे लगा, जीप को देखकर उसके मन में उम्मीद बँधी थी, शायद इंस्पेक्टर भेसाड़िया उसे कोई राह सुझाएँ। उसकी बेकारी दूर करें।

हताश नज़रों से वह दौड़ती जा रही जीप को देख रहा था। और उसके आश्चर्य के बीच कैडबरी हाउस तक जाकर जीप ने यू-टर्न लिया। अब जीप उसकी दिशा में आ रही थी।

फिर उम्मीद बँधी। फिर एक बार उसकी आँखों में चमक पैदा हुई। जीप उसके क़रीब से गुज़रकर पेट्रोल पम्प पर खड़ी हो गयी। भेसाड़िया जीप से बाहर निकलकर पारदर्शक काँचवाले केबिन में दाख़िल हो गया।

ऐसा कैसे हुआ? उसे देखकर भेसाड़िया को तो मुस्कान बिखेरनी चाहिए थी। जैसे इक़बाल का कोई अस्तित्व ही न हो, ऐसे उसने मुँह मोड़ लिया था।

इक़बाल ने फुटपाथ पर से देखा, उस केबिन में दो पुरुष बैठे हुए थे। मालिक की कुर्सी पर बैठा युवक पेट्रोल पम्प का मैनेजर हो सकता है। दूसरा पंजाबी था। सामने की कुर्सी पर बैठा था। वह कौन होगा? इक़बाल अंदाजा नहीं लगा सका।

संकोच अनुभव करते हुए वह केबिन के पास आया और बिना कुछ बोले खड़ा हो गया। भेसाड़िया पंजाबी पुरुष से बातें कर रहा था। इक़बाल ने समझ लिया, पंजाबी भेसाड़िया का मित्र था। उससे मिलने भेसाड़िया यहाँ आया था। दोनों कुछ बातें कर रहे थे। इक़बाल सब कुछ देख रहा था, सुन नहीं सकता था।

थोड़ी देर बाद भेसाड़िया की नज़र इक़बाल पर पड़ी। पलभर के लिए उसे शंका हुई—सामने खड़ा युवक कौन होगा? फिर कुछ समझ में आने पर अचानक उसका चेहरा खिल उठा। वह तुरन्त बाहर भी दौड़ आया।

"बेटा!" क़रीब से इक़बाल को नख-शिख देखते हुए भेसाड़िया ने कहा, "पिछली बार तुझे देखा था, तब तू पॉनी (बछड़े) जैसा था और आज? घोड़े जैसा, पर रेस का नहीं, विक्टोरिया का। विक्टोरिया के घोड़े तेरे जैसे ही ढीले-ढाले होते हैं। तबीयत तो ठीक है न?"

इक़बाल ने इशारे से 'हाँ' कहा।

"तो कमर सीधी कर।" भेसाड़िया ने उसकी पीठ पर धौल जमाते हुए कहा, "सिर ऊँचा रख। अब बोल, काम-काज कैसा चल रहा है?"

"एकदम ठंडा।"

"क्या सारे जहाज़ डूब गये?"

भेसाड़िया इसी भ्रम में था कि वह अब भी घड़ियाल गोदी में शराब की बोतलों की तस्करी करता होगा।

"नहीं साब!" इक़बाल ने उत्तर दिया।

"तो?"

"उसमें गुज़र-बसर नहीं होता।"

"बेटे! फिर लोभ जागा क्या?" मज़ाक़ कर भेसाड़िया गिलहरी की तरह खी-खी-खी कर हँसा, "वह कहावत याद है न—लोभ से लच्छन जाये।"

"जी, साब।"

"तो?"

"घर-खर्च निकलता है, कॉलेज का खर्च नहीं निकलता।"

भेसाड़िया की आँखें कुछ पलों के लिए उसके चेहरे पर स्थिर हो गयीं। इक़बाल स्कूल छोड़कर कॉलेज में दाख़िल हुआ था, यह उसके लिए समाचार था।

"एस.एस.सी. में कितने पर्सेंट मिले?"

"फर्स्ट क्लास आया हूँ साब।" उसने गर्व से बताया।

"शाबाश!" थोड़ा सोचकर भेसाड़िया ने फिर पूछा, "कौन-सा कॉलेज ज्वाइन किया है?"

"भवंस।"

"क्या बनना है?"

"डॉक्टर।"

"इसमें तो बहुत पैसा लगेगा!"

"इसीलिए तो आपके पास आया हूँ।"

"हूँ..." थोड़ी देर ख़ामोश रहकर उसने एक नया सवाल किया, "गाड़ी चलानी आती है?"

"जी।"

"मैं घोड़ागाड़ी की बात नहीं करता।"

"जी साब।"

"कार, मोटरकार की बात कर रहा हूँ।" स्पष्ट करते हुए उसने अपना प्रश्न रेखांकित कर दोहराया, "कार चलाना आता है?"

"उड़ाना आता है, और कार से उड़ा देना भी आता है।"

उसका इशारा समझकर भेसाड़िया मूँछों में मुस्कुराया, "कल घर पर रहना, मैं कान्टैक्ट करूँगा।" अन्त में उसने कहा।

इक़बाल कुछ पूछने जा रहा था कि उसे याद आ गया, जब वह पहली बार भेसाड़िया से मिलने क्राइम-ब्रांच (अपराधा शाखा) के मुख्य कार्यालय में गया था, तो उसने इक़बाल के पते के साथ-साथ उसका कान्टैक्ट नम्बर भी नोट कर लिया था।

"सूफ़ी!" उसे अपनी आत्मकथा कहने से रोकते हुए मैंने पूछा, "आपने कार चलाना कब सीखा?"

"घड़ियाल गोदी से तस्करी का माल टैक्सी में रखकर ले जाना पड़ता था," उसने जवाब दिया, "टैक्सी ड्राइवर अपना न हो तो काम न चले। जब भी हम बन्दरगाह से माल लेकर निकलते, मैं उसकी बगल में बैठता और ध्यान से उसे ड्राइव करते हुए देखता। धीरे-धीरे मैंने खुद ड्राइवर के मातहत टैक्सी चलानी शुरू की। अलबत्ता उस समय मैं सिर्फ़ शौक़ के लिए चलाता था।"

दूसरे दिन इक़बाल 'सूफ़ी' सुबह से शाम तक घर बैठा रहा। दिन छुट्टी का था। पूरे दिन कोई काम नहीं था। बेकार बैठे-बैठे आख़िर वह ऊब गया। उसने अन्तिम बार घड़ी की ओर देखा। (सुबह से अब तक वह कई बार देख चुका था।)

शाम के पाँच बजे थे। बाहर एक चक्कर लगा आने की अपनी तीव्र इच्छा वह रोक नहीं सका। वह खड़ा हो गया। अभी उसने चौखट के बाहर पहला क़दम रखा था कि उसकी नज़र सामने से आते हुए पड़ोसी पर पड़ी। गलियारे के बीच रुक जाते हुए उसने इक़बाल को बताया, "तुम्हारा फोन है।"

फौरन पड़ोसी के घर जाकर उसने रिसीवर उठाया।

"क्या कर रहा है बेटा?" आवाज़ भेसाड़िया की थी।

"कुछ नहीं।"

"इस तरह बेकार नहीं बैठना चाहिए।" वह कह रहा था, "कॉलेज का लेसन

करना चाहिए।"

"अभी शुरुआत के दिन हैं साब। लेक्चर शुरू नहीं हुए।"

"कॉलेज में भी टॉप क्लास आना चाहिए।"

"जी साब।"

अब भेसाड़िया ने पते की बात की, "छह बजे पेट्रोल पम्प पर हाज़िर हो जाना।"

घूमने जाने के बजाय इक़बाल दो बसें बदलकर (हाजी अली जाने के लिए डोंगरी से सीधी बस नहीं है।) उसी पेट्रोल पम्प पर पहुँचा। भेसाड़िया केबिन में बैठा था। उसे देखकर खड़ा हो गया।

"यहीं बैठ, बेटा।" अपनी कुर्सी की ओर इशारा करते हुए वह केबिन के दरवाज़े तक आया और बाहर निकलने से पहले कह दिया, "मैं फिर फोन लगाऊँगा।"

इक़बाल ने उसे जीप में बैठकर दौड़ा जाते हुए दूर तक देखा और अपना चेहरा घुमाया। सामने बैठा मैनेजर अपने काम में व्यस्त था, शायद वह पूरे दिन का हिसाब जोड़ रहा था।

इक़बाल ने फिर अपना चेहरा घुमाया। उसकी निगाह शर्ट-पैंट पहनकर बायीं और बैठे पंजाबी पर पड़ी। कल भी वह यहाँ मौजूद था। हो सकता है वह भेसाड़िया का आदमी हो। पर देखने में वह पुलिस का आदमी नहीं लगता था।

इक़बाल का उससे परिचय नहीं था, इसलिए उसने तुरन्त अपनी नज़र हटा ली।

केबिन के बाहर ग्राहकों की कार में पेट्रोल भरने का काम हमेशा की तरह जारी था। कारें-टैक्सियाँ आती थीं, थोड़ी देर रुकती थीं और टंकी में पेट्रोल भर जाने पर चली जाती थीं। केबिन के पारदर्शक काँच में से इक़बाल सब कुछ स्पष्ट देख सकता था। समय बिताने का दूसरा कोई साधन भी उसके पास नहीं था।

रात नौ बजने पर पंजाबी कहीं से दो बड़ी-बड़ी क्लब सैंडविच ले आया। एक उसने इक़बाल को दी और दूसरी वह खुद चबा गया।

"पानी मिलेगा?" इक़बाल ने अपनी सैंडविच खत्म कर उसके सामने देखा।

वह खड़ा होकर केबिन के बाहर रखे 'फिल्टर' तक गया और इक़बाल के लिए एक गिलास भर लाया।

इक़बाल पानी पीकर ख़ाली गिलास के साथ खड़ा हुआ। उसने इक़बाल के साथ खड़े होकर उसके हाथ से गिलास ले लिया। इक़बाल वापस बैठ गया। उसे यह पंजाबी कुछ अजीब लगा। इक़बाल को वह अपनी जगह से हिलने नहीं देना चाहता था। क्या इंस्पेक्टर भेसाड़िया ने उसे ऐसा निर्देश दिया होगा? अभी वह यह भी नहीं जानता था कि भेसाड़िया ने उसे यहाँ किसलिए बैठा रखा होगा?

रात के दस बजे। उसका धीरज छूट गया, "अभी कितनी देर लगेगी?" उसने पंजाबी को सम्बोधित कर पूछा।

जवाब में पंजाबी ने अपने कन्धे उचका दिये।

ग्यारह बजे। वह घर जाने के लिए खड़ा हो गया, "अब मैं चलूँगा। मेरे ख़याल से साब कहीं रुक गये होंगे।"

पंजाबी ने उसे वापस बैठाते हुए बताया, "ऐसा होता तो वे फ़ोन पर हमें बता देते।"

"आपको पूरा भरोसा है?"

पंजाबी ने इशारे से सिर्फ़ सिर हिलाकर 'हाँ' कहा।

इक़बाल ने अब उसके सामने ग़ौर से देखकर पूछा, "क्या नाम है आपका?"

"बाली।

इक़बाल ने इतना सोच लिया—बाली जानता है कि इस समय इंस्पेक्टर भेसाड़िया कहाँ होगा? यानी बाली अंडरवर्ल्ड का आदमी होना चाहिए या भेदिया या दोनों।

रात के ठीक डेढ़ बजे टेलीफोन की घंटी बजी। इक़बाल ने तुरन्त हाथ बढ़ाकर रिसीवर उठाया। रात की ख़ामोशी में भेसाड़िया की आवाज़ स्पष्ट सुनाई दी, "सो रहा है कि जाग रहा है?"

"जागता ही बैठा हूँ साब।" उसने कहा, "पर आपका आदमी मीठी नींद में सो रहा है।"

"क्या कहता है?"

रिसीवर कान के पास से हटाकर इक़बाल ने बाली की नाक के पास धर दिया। कुर्सी पर बैठे-बैठे उसकी आँख लग गयी थी। सिर पीछे की ओर लुढ़क गया था। नाक बज रही थी।

"अब यकीन आया?" रिसीवर फिर कान से लगाते हुए इक़बाल ने पूछा।

"जगा साले को और कह कि तुझे लेकर मेरे पास आये।"

"कहाँ साब?"

"वह जानता है।"

लाइन कट जाने के कारण इक़बाल ने रिसीवर क्रेडिल पर रख दिया। फिर बाली के कन्धे झिंझोड़े। वह चौंककर खड़ा हो गया।

हाजी अली से टैक्सी कर बाली उसे वरली-स्थित लोटस थियेटर ले आया। (यह थियेटर अब नहीं रहा।) सड़कें सूनी थीं। आख़िरी शो की भीड़ रात बारह बजे के बाद बिखर गयी। इस समय सन्नाटा था। थोड़े-थोड़े अन्तर पर गैस लाइट के गोले सीमित क्षेत्र में प्रकाश फैला रहे थे। बाकी भाग अँधेरे में डूबा हुआ था।

इंस्पेक्टर भेसाड़िया की जीप थियेटर से थोड़ी दूर पार्क थी। पर वह खुद पास

खड़ी एक फिएट की टेक लेकर खड़ा था।

दोनों जब करीब आये तो उसने इक़बाल से कहा, “यह गाड़ी पसन्द है?”

इक़बाल ने बॉडी पर हाथ फेरकर देखा। ऊपर थोड़ी धूल जमी थी। नीचे का रंग नीला था। कार भी नयी जैसी थी, “बढ़िया है!” कहते हुए उसने सोचा, क्या इतने घंटे यह कार दिखाने के लिए बैठा रखा था? या फिर यह कार चोरी की है?

“अन्दर बैठकर देखो।”

वह दरवाज़ा खोल अन्दर गया। और उसकी नज़र सीट पर पड़ी दो जॉकिटों पर पड़ी। उसने एक जॉकिट की सिलाई पर उँगली दबाकर देखा। वह फौरन समझ गया कि अन्दर सोने के बिस्कुट थे। एक जॉकिट में सामान्यतः सौ टुकड़े होते हैं।

अब उसने चेहरा घुमाकर कार की खिड़की से बाहर देखा। भेसाड़िया मन्द-मन्द मुस्कुरा रहा था। इक़बाल ने भी सामने देखकर मुस्कान बिखेरी।

“जॉकिट का क्या करना है?”

भेसाड़िया ने उसके हाथ में काग़ज़ की एक पर्ची थमा दी, “पायधुनी पुलिस स्टेशन के पास दवा की एक दुकान है,” वह ध्यान से सुन रहा था, “कल सुबह ग्यारह बजे वहाँ पहुँच जाना। एक जौहरी तेरा इन्तजार करता वहाँ खड़ा होगा। ये दोनों जॉकिट उसे देनी हैं।”

इक़बाल की बुद्धि का कम्प्यूटर शुरू हो गया। उसने मन-ही-मन हिसाब लगाया। पेट्रोल पम्प में साढ़े सात घंटे उसे जो इन्तज़ार करना पड़ा था, उसका रहस्य अब खुल गया।

शाम को छह बजे उसे पेट्रोल पम्प पर बिठाकर भेसाड़िया किसी तस्कर पर छापा मारने गया होगा। वहाँ जॉकिटों का जत्था हाथ लगा होगा। उसमें से उसने दो अलग करके बाक़ी को पंचनामे में दर्ज किया होगा।

“उस जौहरी की पहचान क्या है?”

“वह तुझे पहचान लेगा।”

“मुझे कैसे भरोसा होगा कि सही आदमी वही है?”

“वह तुम्हें एक रुपये का नोट देगा,” इंस्पेक्टर भेसाड़िया ने बताया, “इस नोट का नम्बर ग़ौर से देखकर मिला लेना, तुम्हारी पर्ची पर लिखा नम्बर वही है।”

इक़बाल ने जेब में से पर्ची निकालकर देखी, उस पर लम्बा अंक लिखा हुआ था।

“और कुछ पूछना है?”

“यह कार...”

“कुछ दिनों तक तुम इसमें ऐश करो,” भेसाड़िया ने उदारतापूर्वक कहा, “ज़रूरत होगी तो मँगा लूँगा।”

कार स्टार्ट कर इक़बाल डोंगरी की दिशा में दौड़ा गया।

दूसरे दिन सुबह अख़बार देखा तो इक़बाल ने मन-ही-मन अपनी पीठ थपथपायी। उसकी गणना एकदम सही निकली थी। इंस्पेक्टर भेसाड़िया के साहस का क़िस्सा अख़बार के पहले पन्ने पर चमका था।

जुहू के सागर-तट के पास भेसाड़िया ने एक टैक्सी रुकवाई थी। (बाली उस इलाके का ख़बरी था।) अख़बार की रिपोर्ट के अनुसार टैक्सी में से तेरह जॉकिटों के साथ (जॉकिटें कुल पन्द्रह थीं) तस्करी के दूसरे सामान भी हाथ लगे थे। जापान की कलाईघड़ियाँ तथा ट्रांजिस्टर-रेडियो उनमें मुख्य थे।

अख़बार फेंककर उसने घड़ी में देखा। ग्यारह बजे उसे दोनों जॉकिटों की डिलीवरी देने जाना था। अभी सुबह के सात बजे थे। उसने आमलेट तथा ब्रेड का नाश्ता किया और चाय पीते-पीते सोचने लगा। कॉलेज में पन्द्रह दिन का नागा हो गया है। किसी छात्र से कॉपियाँ लेकर पन्द्रह दिन के नोट्स उतारने पड़ेंगे। पढ़ाई में पूरा ध्यान देना होगा, वर्ना भविष्य में डॉक्टर बनने का सपना, सपना ही रह जायेगा।

सुबह आठ बजने से पहले उसके दोनों छोटे भाई रज़्ज़ाक़ और फीरोज़ जागे। दोनों अभी अपनी आँखें मल रहे थे कि इक़बाल ने उन्हें फटाफट तैयार होने के लिए कहा। दोनों ने उसके सामने देखा। स्कूल का समय होने में अभी दो घंटे की देर थी।

दोनों ने दैनिक क्रियाएँ निपटाकर चाय-नाश्ता किया और बस्ते दोनों कन्धों में फँसाकर पीठ पर लिये, तब तक नौ बज चुके थे।

अभी तक गुलबानू की समझ में भी कुछ नहीं आया था। उसने पूछा, "इक़बाल! आज इतनी जल्दी क्या है?"

"दोनों को थोड़ी ताज़ी हवा की ज़रूरत है," उसने दरवाज़े में खड़े रज़्ज़ाक तथा फीरोज़ की ओर देखकर उत्तर दिया।

"घुमाने ले जाओगे?"

"कार में।"

"कार?" गुलबानू की आँखें चौड़ी हो गयीं।

''चौपाटी तक एक चक्कर लगाकर दस बजे के पहले उन्हें स्कूल छोड़ दूँगा।''

"पर तेरे पास कार कहाँ से आयी?"

"एक दोस्त की है अम्मी!" उसने आगे बढ़कर दोनों छोटे भाइयों का हाथ थामते हुए कहा, "अगले सप्ताह लौटानी है।"

फिएट कार मुंडागली के बाहर पालखी मुहल्ले के मुहाने पर पार्क होकर खड़ी थी। दरवाज़ा खोलकर इक़बाल ने दोनों को अन्दर बैठने के लिए कहा और खुद ड्राइवर की सीट पर बैठ गया।

दोनों भाई अभी बाहर खड़े थे। टुकुर-टुकुर कार को देख रहे थे। रज़्ज़ाक कार की बॉडी पर इस तरह हाथ फेर रहा था, जैसे वह पालतू पिल्ला हो।

इक़बाल ने चाबी घुमाकर कार स्टार्ट की। मशीन की घरघराहट सुनते ही दोनों भाई तुरन्त कार में घुसकर उसकी बगल में बैठ गये। कार पालखी मुहल्ला पार कर बायीं ओर मुड़ गयी।

सुबह के इस समय अधिक ट्रैफिक नहीं था। इसलिए कार फर्राटे भरती भिंडी बाज़ार, नल बाज़ार, गोल देवल, प्रार्थना समाज पार कर चौपाटी आ पहुँची।

समुद्र में भाटा होने के कारण पानी बहुत दूर चला गया था। किनारे की रेत पर, उँगलियों पर गिने जा सकें, उतने आदमी दिखाई पड़ते थे। उनमें से कुछ टहल रहे थे, कुछ कोमल धूप का लुत्फ़ ले रहे थे।

यहाँ कार न रोककर इक़बाल ने हैंगिंग गार्डन की तरफ बढ़ा दी। पहाड़ी का घुमावदार चक्कर लेकर थोड़ी देर में वह ऊपर आ पहुँचा। कार पार्क कर उसने दोनों भाइयों को साथ लिया। यहाँ पहाड़ी के किनारे मुंडेर के पास खड़े होकर पूरी बम्बई देखी जा सकती थी।

दोनों भाई लोहे का जंगला पकड़कर देखते रहे। उनके चेहरों पर विस्मय तैर रहा था। शहर पर तैरती धुन्ध लगभग बिखर गयी थी, सूर्य की किरणों में थोड़ी कोमलता अभी भी शेष थी। यहाँ से मकान खिलौनों जैसे लगते थे, धीरे-धीरे धुआँ उगलती मिल की चिमनियों के ऊपर बनते बादल स्पष्ट देखे जा सकते थे।

इक़बाल ने पास में खड़े कुल्फी वाले से दो कुल्फी खरीदकर दोनों भाइयों के हाथ में एक-एक थमा दी। प्रसन्नता से उनके चेहरे चमकने लगे। इक़बाल का मन अपने बचपन में दौड़ गया।

वह अनाथ नहीं था, फिर भी उसका हाथ पकड़कर इस तरह कोई कभी उसे घुमाने नहीं ले आया था। किसी ने कुल्फी ख़रीदकर उसके हाथ में नहीं दी थी। उसके अम्मी-पापा का लगभग पूरा जीवन संघर्ष करते बीता था।

सुबह के साढ़े नौ बजे उसने दोनों भाइयों को फिर कार में बैठाया। वापस जाने के लिए इस बार उसने नया रास्ता चुना था। कार माउंट प्लेजेंट रोड से नीचे उतरकर नेपियनसी रोड के समुद्र के समानान्तर दौड़ रही थी।

ठीक नौ बजकर चालीस मिनट पर उसने कार हबीब हाईस्कूल के फाटक पर रोकी। दोनों छोटे भाई गर्वपूर्वक बाहर निकलकर उसे मुस्कुराहट देते हुए स्कूल के अन्दर दौड़ गये। वह कार स्टार्ट कर पायधुनी की ओर दौड़ा गया।

भेसाड़िया द्वारा सौंपी गयी दोनों जॉकिटों की डिलीवरी किसी अजनबी को वहीं देनी थी और वह समय से पहले वहाँ आ पहुँचा था। कार पायधुनी पुलिस स्टेशन के पास दवा की दुकान के क़रीब रोककर वह सड़क पार कर गया।

वहाँ सामने के फुटपाथ पर खड़ा रहकर वह डिलीवरी लेने के लिए आने वाले जौहरी को देख सकता था। जौहरी उसको पहचाने, इसके पहले वह खुद जौहरी को पहचान लेना चाहता था।

लगभग ग्यारह बज रहे थे। सुबह नौ बजे के पहले ही यहाँ भीड़ इकट्ठा होना शुरू हो जाती थी। इस समय तो लोगों का आना-जाना देखकर ऐसा लगता था, मानो शहर पर बम गिरने वाला हो। लोग अपनी-अपनी धुन में अलग-अलग दिशाओं में दौड़ रहे थे। दवा की दुकान पर भी काफ़ी भीड़ थी।

इक़बाल सरसरी निगाह में सब कुछ देख रहा था और उसे ख़याल आया। दवा की दुकान के बाहर धोती-कोट पहने एक आदमी आकर रुक गया था। सिर पर गाँधी टोपी थी। आँखों पर तार की कमानी वाला चश्मा था। इक़बाल की तरह वह भी चुपचाप खड़ा होकर लोगों के चेहरे टटोल रहा था।

इक़बाल को तसल्ली हो गयी। रास्ता पार कर वह जौहरी के पीछे आया और धीरे से उसके कन्धे पर हाथ रखा। चौंककर जौहरी ने पीछे देखा और देखता ही रह गया।

इक़बाल को कुछ कहने की ज़रूरत नहीं थी। वह कार की ओर बढ़ा। जौहरी उसके पीछे चला। थोड़ी देर बाद दोनों कार के पास आये और अगली सीट पर बैठ गये। इक़बाल ने कार स्टार्ट की।

जौहरी अभी भी उधेड़-बुन में था कि कार चलाने वाले इस लड़के ने उसे कैसे पहचाना होगा। आख़िर जिज्ञासा शान्त करने के लिए उसने पूछ लिया। इक़बाल ने उसके प्रश्न की उपेक्षा करते हुए कहा, "नोट कहाँ है?"

जौहरी ने तुरन्त अपने कोट में हाथ डालकर नोट निकाला और उसके सामने धर दिया। अब तक कार मोहम्मद अली रोड पार कर फ्लोरा फाउंटेन (आज के हुतात्मा चौक) तक पहुँच गयी थी। यहाँ से उसने कार गेटवे ऑफ इंडिया पर ली और पार्क की।

अब उसने एक रुपये पर छपे नम्बर को इंस्पेक्टर द्वारा पर्ची पर लिखे नम्बर के साथ मिलाकर देखा। दोनों नम्बर एक थे।

डिलीवरी के सबूत के तौर पर नोट अपने पास रखकर उसने सीट के नीचे से ब्राउन पेपर के पैकेट में लिपटी दोनों जॉकिटें निकालीं और जौहरी को सौंप दीं। फिर उसने पूछा,"आपको कहाँ छोड़ूँ?"

दोपहर एक बजे से पहले इक़बाल जौहरी को प्रिंसेस स्ट्रीट के पास छोड़कर हाजी अली आया। इंस्पेक्टर भेसाड़िया उसी के इन्तज़ार में पेट्रोल पम्प की केबिन में बैठा था।

कार पार्क कर इक़बाल केबिन में दाख़िल हुआ।

"सब कुछ ठीक-ठाक निपट गया न, बेटे?"

इक़बाल ने जेब से एक रुपये का नोट निकाल कर उसकी ओर बढ़ाया। भेसाड़िया ने दोनों नम्बर पर एक नज़र डालकर मुस्कान फैलाई। फिर अपनी जेब से सौ-सौ रुपये के दस नोट निकालकर उस पर एक रुपये का नोट भी रख दिया।

"यह तुम्हारा कमीशन।"

नोट जेब में रखकर इक़बाल खड़ा हो गया।

"जल्दी है?" भेसाड़िया ने पूछा।

उसने 'हाँ' कहते हुए बताया, "दोपहर के बाद कॉलेज में हाज़िरी लगवानी है।"

भेसाड़िया ने भी खड़े होकर उसकी पीठ थपथपाई, "शाबाश।" फिर आगे कहा, "एक दिन तुम ज़रूर अपने खानदान का नाम रोशन करोगे।"

कार में बैठते हुए इक़बाल सोचने लगा कि भेसाड़िया ने उसे किस बात की शाबाशी दी होगी? उसकी पढ़ाई की लगन देखकर या दोनों जॉकिटों की सफल डिलीवरी के कारण? वह तय नहीं कर पाया।

अलबत्ता इतना निश्चित था, एक ईमानदार युवक के रूप में इक़बाल का नाम भेसाड़िया की डायरी में दर्ज हो गया था। भेसाड़िया की उँगली पकड़कर वह भविष्य में सोने की तस्करी में लाखों की हेराफेरी करने वाला था।

"आबिद भाई!" एकाएक अपनी बात बीच में रोककर उसने वही पुराना प्रश्न दोहराया, "तस्करी किसे कहते हैं?"

जवाब मैं जानता था, ''एक्सपोर्ट या इम्पोर्ट होने वाले माल पर अगर ड्यूटी न भरी जाये तो उसे तस्करी कहते हैं।''

"अब यह बताइए कि आप तस्कर किसे कहेंगे?" कहते हुए उसने प्रश्नों की झड़ी लगा दी, "उस आदमी को जो दुबई से क़ानूनन सोना भारत भेजता है? उन टंडेलों को जो अपने जहाज़ में सोना लेकर भारत आते हैं? उस गैंग को जो रात के अँधेरे में जहाज़ पर सोने की डिलीवरी लेती है? उस जौहरी को जिसके यहाँ गैंग सोना पहुँचाती है? या उस रूपोश माफ़िया को, जिसे जौहरी पैसा चुकाता है? और याद रहे, उस पर्दापोश इनसान ने स्मगलिंग के काम में कहीं भी सक्रिय भाग नहीं लिया है। बोलिए, इन सबमें तस्कर कौन है? आप किस पर उँगली उठाएँगे?"

10

टाइफाइड में एक महीना हबीब हॉस्पिटल में बिताकर जब मैं बाहर आया तो लगा जैसे मेरा शरीर अतीत में कहीं रह गया था। जो कुछ घर लौटा था, वह मेरा अस्थिपंजर था। दूसरे का सहारा लिये बिना घूमना-फिरना तो दरकिनार, मेरे लिए

खड़ा रहना भी मुश्किल था।

इक़बाल भाग्यशाली था, जो न्यूमोनिया से दो हफ़्ते के भीतर ही चंगा होकर फिर से सक्रिय हो गया था।

और पन्द्रह दिन मैंने घर पर बिताये। इन पन्द्रह दिनों में मुझे अस्पताल का मेरा कमरा बराबर याद आता रहा। वहाँ पश्चिम की ओर खुलती अपनी खिड़की में से मैं प्रकाश देखता। डूबते सूरज की लाली अपनी आँखों में लगाता, कभी-कभी एक ही दिशा में पंक्तिबद्ध यात्रा करते पक्षियों को देखता, तकिए के सहारे बैठकर अनाथाश्रम 'चिल्ड्रेंस होम' के बच्चों की दिनचर्या में दिलचस्पी लेता और इस तरह मेरा समय बीत जाता।

यहाँ 'सुल्तान मेन्शन' की पहली मंज़िल की मेरी अँधेरी कोठरी में सिर्फ़ एक खिड़की थी। उसमें जड़ी हुई खड़ी सलाख़ें जेल के प्रतीक समान थीं।

दूसरे, वह खिड़की गटर की ओर खुलती थी। कभी-कभी जब गटर भर जाती तो उसमें से सिर फट जाये, ऐसी दुर्गन्ध निकलती थी। हालाँकि गटर के कीड़ों की तरह हम इस दुर्गन्ध के आदी हो गये थे। पर एक महीना अस्पताल में रहने के बाद मेरी कुछ आदतें छूट गयी थीं। विशेष में, वहाँ से कुछ नयी आदतें भी ले आया था।

वहाँ खिड़की में से आती धूप से मेरी यारी हो गयी थी। दोपहर के बाद धूप मेरी चारपाई पर किसी अरब के तम्बू में घुसते ऊँट की तरह आती थी। मुझे अच्छी लगती थी। हम दोनों साथ बैठकर खेलते थे।

मैं अपने दोनों हाथों की उँगलियाँ एक-दूसरे में डालकर धूप में रखता। मेरी चारपाई पर बिछी उजली चादर पर एक छायाचित्र निर्मित हो जाता। कुछ ही दिनों में मैंने बीसेक प्राणियों के छायाचित्र बनाने में सफलता प्राप्त की।

परन्तु यहाँ, मेरे अँधेरे कमरे में, धूप की आमद की गुँजाइश नहीं थी। सूर्य का दर्शन करने के लिए नीचे जाकर फुटपाथ पर खड़ा रह सकूँ, मुझमें इतनी शक्ति नहीं थी। कोई उपाय नहीं था। बिना कोई उद्यम किये शान्त पड़े रहना मेरा स्वभाव भी नहीं था।

मैंने बाल-कहानियों के विषयों पर सोचना शुरू किया। ये कथाएँ मैं कार्टून कॉमिक्स को ध्यान में रखकर सोचता था। ('रमकडुं' गुजराती बाल मासिक में लोकप्रिय मेरे तीन शरारती पात्र—सोनू, भगु और लखुड़ी की टोली का जन्म इन्हीं दिनों हुआ था।)

इसके पहले मैंने न कुछ रचनात्मक लिखा था, न लिखने के विषय में सोचा था। अलबत्ता पॉकिट-कार्टून और छोटी चित्रपट्टी के लिए आइडिया ज़रूर खोजता था, पर चार पन्नों की चित्रकथा के लिये अच्छी-खासी बालकथा तैयार करनी पड़ती थी।

मैंने आधा दर्जन कहानियाँ तैयार कीं और स्वस्थ होते ही एक शाम अपनी

फाइल लेकर डॉ. आर. जे. चीनवाला के घर पहुँचा। वे घर पर नहीं थे, पर उनके फ्लैट में आबाद उर्दू के लेखक मुश्ताक़ जलीली 'इब्राहीम जलीस' की कोई पुस्तक पढ़ते हुए बैठे थे। हक़ीक़त में मैं उन्हीं से मिलने के उद्देश्य से वहाँ गया था।

उनकी प्रतिक्रिया जानने के लिए मैंने अपनी बाल-कथाओं के आइडियाज उन्हें हिन्दुस्तानी में कह सुनाये। पलभर वे मेरे सामने देखते रहे। फिर कहा, "आबिद, मेरे साथ काम करना पसन्द करोगे?"

मेरी आँखें स्थिर हो गयीं, "कौन-सा काम?"

"फिल्मों के लिए जो कहानियाँ मैं लिख रहा हूँ, उनके लिए मुझे एक सहायक की ज़रूरत है।"

"पर..." मैंने कहा, "मैंने कभी कुछ लिखा नहीं है।"

उन्होंने हँसकर पूछा, "ये बाल-कहानियाँ किसने लिखी हैं?"

"मैंने," कहते हुए मुझे अनोखा आनन्द हुआ। मेरी कहानियों में ज़रूर कोई ख़ास बात होगी, नहीं तो यह लेखक मुझे अपना सहायक बनाने का प्रस्ताव न रखता। दूसरे, उनके साथ उनकी कहानियों पर काम करते-करते मैं उनकी टेकनीक भी जान सकता था।

हर लेखक की विचार-पद्धति और शैली अलग-अलग होती है। मुश्ताक़ जलीली की भी अपनी विशिष्ट शैली थी। कहानी गढ़ने का उनका अपना गणित था। इस गणित को समझने और सीखने का अवसर मैं गँवा नहीं सकता था। मैंने उनका प्रस्ताव बखुशी स्वीकार कर लिया।

डॉ. चीनवाला का घर मुझे फला था। यहाँ एक साथ मुझे दो-दो गुरु मिले थे–चित्रकाम के लिए यूसुफ धाला और लेखन के लिए मुश्ताक़ जलीली।

कहा जाये तो इंस्पेक्टर भेसाड़िया की छत्रछाया इक़बाल को भी फली थी। दोनों जॉकिटों को डिलीवर करने का भेसाड़िया का काम उसने सरलता से अंजाम दिया था। इसके लिए उसे एक जॉकिट के 500 रुपये के हिसाब से 1000 रुपये कमीशन मिला था। (शगुन का एक रुपया अलग)।

इसमें से लगभग आधे रुपये कर्ज चुकाने में निकल गये। बाक़ी के रुपये ख़त्म होने से पहले ही भेसाड़िया ने उसे एक और जॉकिट डिलीवर करने का काम सौंपा। इसके बाद दो महीनों तक भेसाड़िया का फोन नहीं आया।

घर की हालत फिर डाँवाडोल होने लगी। इक़बाल की साँस अधर में अटक गयी। उसे लगा भेसाड़िया का 'कैरियर' (माल एक स्थान से दूसरे स्थान पर ले जाने वाला) बनकर जीना कठिन है, क्योंकि इस अनिश्चितता का असर उसकी पढ़ाई पर भी होने लगा था।

कॉलेज के पहले वर्ष की परीक्षाएँ क़रीब आ रही थीं। उसकी चिन्ता यह नहीं थी कि वह पास होगा कि फेल। परीक्षा के एकाध सप्ताह पहले 'नोट्स' पर एक बार

सरसरी नजर डाल ले तो भी वह सफल हो सकता था। पर वह केवल सफल नहीं होना चाहता था, बल्कि उसे विशेष योग्यता के साथ फर्स्ट क्लास भी लाना था।

वह जबरदस्ती पढ़ाई में अपना ध्यान लगाने का प्रयास कर रहा था कि पड़ोसी ने उसके घर का दरवाज़ा खटखटाया। इसके साथ ही बन्द दरवाज़े के बाहर से आवाज़ भी उठी, "इक़बाल! तुम्हारा फोन है।" पुस्तक औंधी रखकर वह फ़ौरन उठ खड़ा हुआ।

जल्दी से वह पड़ोसी के घर में दाख़िल हुआ और रिसीवर में कहा, "हैलो!"

फोन भेसाड़िया का था। कल दोपहर को उसे भवंस कॉलेज की गली में एक गैराज के पास मिलने को कहा था। समय एक तथा दो के बीच तय हुआ था।

आधा दिन कॉलेज में बिताकर वह दोपहर में बाहर निकला और ठीक एक बजकर सात मिनट पर गैराज पहुँच गया। भेसाड़िया वहाँ पहले से ही मौजूद था। उसकी जीप में कोई ख़राबी आ गयी थी और वह उसी की मरम्मत करवाने यहाँ आया हुआ था।

इक़बाल को देखकर उसने दाँत चमकाकर मुस्कुराहट बिखेरी। इक़बाल के चेहरे पर इसकी कोई प्रतिक्रिया न देख उसने पूछा, "बेटा, आज इतना ढीला-ढाला क्यों लग रहा है?"

"इम्तिहान सिर पर आ रहे हैं।"

"तेरे जैसे होनहार लड़के भी परीक्षा की चिन्ता करेंगे तो बाकी लड़कों का क्या होगा?"

इक़बाल ने साफ़-साफ़ बता दिया, "आपके दिये हुए आख़िरी पाँच सौ रुपये कब के खर्च हो गये। मुझे ज़रूरत के मुताबिक काम नहीं मिलेगा तो मैं मन लगाकर पढ़ाई कैसे करूँगा?"

"हूँ... बात तो सही है," भेसाड़िया ने थोड़ा सोचकर कहा, "ठीक है, मैं कोई बन्दोबस्त करूँगा। आज शाम को कोई प्रोग्राम है?"

उसने 'ना' कहा।

"छह बजे पेट्रोल पम्प पर आ जाना।"

वह समझ गया। फिर वही चक्कर, इंस्पेक्टर भेसाड़िया कहीं से एक-दो जॉकिटों का जुगाड़ करके उसे सौंपने वाला था। 'कैरियर' के रूप में ये जॉकिटें किसी जौहरी को देकर वह एक बार फिर पाँच सौ-हजार कमाने वाला था। उसकी गुज़र-बसर इसी तरह चलने वाली थी।

कॉलेज की परीक्षाएँ पूरी होते-होते भेसाड़िया ने और दो बार उसे काम सौंपा। दोनों बार उसे डिलीवरी के लिए एक-एक जॉकिट दी गयी थी।

"देखो बेटा," आख़िर भेसाड़िया ने उसे एक दिन समझाया, "तेरी समस्या मैं समझता हूँ, पर तुझे नियमित काम दे सकूँ, ऐसी मेरी स्थिति नहीं है। जो कुछ मैं

कर रहा हूँ, वह मेरा धन्धा नहीं है। थोड़ी ऊपर की कमाई हो जाये, इससे ज़्यादा इसमें मेरी दिलचस्पी भी नहीं है। पर चिन्ता मत कर, तेरी नैया मैं डूबने नहीं दूँगा। तू ईमानदार और भरोसेमन्द है, तुझे जीने और जीवन में आगे बढ़ने का पूरा हक है।"

नारंगी का रस पीते हुए दोनों हाजी अली के समुद्र के किनारे खड़े थे। सामने समुद्र लहरा रहा था। समुद्र में होकर दरगाह तक जाती कंक्रीट की सँकरी सड़क पर ज्वार का पानी फिर लौट आया था।

"तूने गेलार्ड रेस्तरां देखा है?" अन्त में भेसाड़िया ने पूछा।

उसने 'हाँ' कहा।

"वहाँ जाकर काउंटर पर मिस्टर सिंघ को पूछना। वह अन्दर कहीं बैठा होगा।"

"उससे क्या कहूँ?"

"मेरा नाम लेना, वह समझ जायेगा।"

"उससे मिलने का समय?"

"शाम को पाँच से सात।"

इक़बाल ने कलाईघड़ी देखी। चार बज गये थे। उसने एक बार फिर अपने गॉडफादर की ओर देखा।

"जा बेटा, फतह कर।"

इतनी बातें हो जाने के बाद सूफ़ी को रोककर मैंने पूछा, "इंस्पेक्टर भेसाड़िया के बारे में आज आपकी क्या राय है?"

उसने प्रतिप्रश्न किया, "क्या जानना चाहते हैं आप?"

"जब भी आपके जीवन में आर्थिक संकट आया, उन्होंने आपको सहारा दिया।" मैंने कहा, "माना कि मदद करने का उनका तरीक़ा वाजिब नहीं था, फिर भी वे आपके गॉडफादर बने थे। सिर्फ़ अपना ही नहीं, वे आपका भी भला चाहते थे।"

"अगर वे सचमुच मेरा भला चाहते होते तो पहली मुलाक़ात में ही उन्होंने मुझे जेल के सीखचों के पीछे धकेल दिया होता।"

"तो आपका घर कैसे चलता? आपकी पढ़ाई कैसे होती?"

मेरे शब्दों को जैसे सुना ही न हो, ऐसे सूफ़ी आकाश की ओर देख रहा था। उसका संकेत शायद ऊपरवाले की ओर था। शायद यही उसका जवाब भी था। हम उसके मकान के टेरेस पर कुर्सियाँ डाले बैठे थे।

"मैं बाल अपराधी था।" थोड़ी देर बाद उसने बात आगे बढ़ाई, "भेसाड़िया ने मुझे गड्ढे में से निकालकर कुएँ में डाला था। अब कुएँ में से निकालकर वह मुझे तालाब में फेंक रहा था। इस तालाब में से निकलकर मैं अपराध के समन्दर में कूदने वाला था।" एक गहरी साँस लेकर उसने जोड़ा, "जैसी अल्लाह की मर्जी, अगर उसकी इच्छा होती तो मेरे जीवन में भी कोई फ़रिश्ते जैसा आदमी क़दम रखता।

आपके हमदर्द डॉ. चीनवाला की तरह वह मेरा रहनुमा बनता। ख़ैर, जाने दीजिए इन बातों को, मेरे हाथ की रेखाओं में मेरी राह पहले से ही कुरेदी जा चुकी है। किसी को दोष देने से क्या फ़ायदा?"

उसने चश्मा उतारकर कुर्ते के छोर से काँच पोंछे और अपनी अधूरी कहानी आगे बढ़ाई।

इक़बाल ने रास्ता पार कर सामने से चर्च-गेट की बस पकड़ी। गेलॉर्ड रेस्तराँ वहीं था। बस के सफ़र के दौरान उसे ख़याल आया—जिस आदमी से वह मिलने जा रहा था, वह सिख होगा। यह उसने उसके नाम के आधार पर अनुमान किया था।

वह कौन होगा? क्या होगा? कैसा होगा? माफ़ियाओं की दुनिया में उसका क्या स्थान होगा? इन सारे सवालों में से एक का भी जवाब उसके पास नहीं था। फिर भी उसे इतना विश्वास था, इंस्पेक्टर भेसाड़िया का सम्पर्क कम से कम घटिया तो नहीं होगा।

चर्चगेट उतरकर उसने फिर कलाईघड़ी देखी। वह दस मिनट जल्दी आया था। थोड़ा समय उसने पास के 'इरोज' थियेटर के बाहर लगे 'चेज अ क्रूकेड शैडो' के पोस्टर तथा स्टिल फोटोग्राफ्स देखते हुए बिताये।

क़रीब सवा चार बजे सड़क पार कर उसने गेलॉर्ड रेस्तराँ के काउंटर पर बैठे सज्जन से मि. सिंघ के बारे में पूछा, जवाब में उसने उँगली दिखायी। इक़बाल ने अपना चेहरा घुमाया।

उसने देखा कि चौड़े कन्धों और मज़बूत काठी का एक पुरुष हल्के तपकीरी रंग का सफ़ारी सूट पहने कुछ सोचता हुआ बैठा था। पर उसके सिर पर सरदारों जैसी पगड़ी नहीं थी। उसने बाल सज्जनों को शोभा दें, इस तरह सँवारे थे।

इक़बाल धीरे-धीरे आगे बढ़कर उसके सामने आया। वह किसी गहरी चिन्ता में है, यह समझने में इक़बाल को समय नहीं लगा।

"मि. सिंघ?"

उसने चेहरा उठाकर सफ़ेद शर्ट और पैंट पहने सामने खड़े इक़बाल को देखा।

"भेसाड़िया साहब ने मुझे भेजा है।" कहते हुए इक़बाल उसके सामने की कुर्सी खींचकर बैठ गया। बीच में मेज थी। कॉफी का अधूरा कप उस पर पड़ा हुआ था। पास ही पड़ी ऐश-ट्रे में सिगरेट के तीनेक टोटे स्पष्ट दिखायी पड़ रहे थे। एक सिगरेट सिंघ की उँगलियों में भी फँसी हुई थी।

सामान्यतः सिख सिगरेट नहीं पीते, इक़बाल के दिमाग़ में कम्प्यूटर शुरू हो गया था, वह पी रहा था। दूसरे सरदारों की तरह उसके दाढ़ी-मूँछ भी नहीं थीं, बल्कि उसका चेहरा सफाचट था। नाक चौड़ी थी।

"क्या पियोगे?" थोड़ी देर बाद उसने होंठ खोले।

"मैं पीता नहीं।"

सिगरेट का कश लेते हुए सिंघ को व्यंग्य सूझा, "मैंने चाय-कॉफी के बारे में पूछा है।"

''मैंने भी उसी बारे में बताया है।''

अब उसे थोड़ा अचरज हुआ, "सुबह पीते हो या नहीं?"

"दो कप।"

"तो इस वक्त पीने में क्या हर्ज़ है?"

"मुझे आदत नहीं।"

दोनों के बीच कुछ पलों के लिए ख़ामोशी उतर आयी। इस बार इक़बाल ने पहल की, "उम्मीद करता हूँ, भेसाड़िया साहब ने मेरे बारे में सब कुछ बता दिया होगा।"

"सही," उसने स्वीकार किया, "पर मैं अपने खुद के तजुर्बे में यक़ीन रखता हूँ।"

"आज़माकर देख लो।"

"उनके कहने के मुताबिक़ तुम्हारी ईमानदारी में शक की कोई गुँजाइश नहीं।" इस बार उसने कॉफ़ी का घूँट भरकर सिगरेट राखदान में दबा दी। "उन्होंने यह भी बताया कि तुम गाड़ी चलाना जानते हो और गाड़ी से उड़ाना भी जानते हो।"

सिंघ की आँखों में वह देखता रहा। ये शब्द उसने भेसाड़िया से कहे थे।

"अब ये बताओ कि अब तक तुमने कितनों को उड़ाया है?"

"एक को भी नहीं।"

"तो मैं यह मान लूँ कि तुमने शेख़ी बघारी थी।"

इक़बाल ने सिर हिला दिया।

उत्तर 'ना' में मिलने पर सिंघ चौंका।

"मैं वजह जान सकता हूँ?"

"ज़रूर, भेसाड़िया साहब को मुझ पर पूरा यकीन है और मेरे शब्द पत्थर की लक़ीर हैं। अभी भी भरोसा न बैठता हो तो मैं फिर कहूँगा कि आज़माकर देख लो। कहो, किसे उड़ाना है?"

"किसी आदमी को नहीं," टेबल पर पड़ा सिगरेट का पैकेट उठाकर सिंघ ने एक सिगरेट अलग करते हुए जोड़ा, "दो जॉकिटें उड़ानी हैं।"

"क्या मतलब?"

"एक मकान की तीसरी मंज़िल के फ्लैट में दो जॉकिटें पड़ी हैं। उन जॉकिटों को वहाँ से उठाकर पीछे के उसी मकान के कम्पाउंड में फेंक देना है।"

इक़बाल ने तेज़ी से सोचा, एक जॉकिट की सिलाई में सोने के एक सौ बिस्कुट छिपे होते हैं। एक बिस्कुट का वजन 116 ग्राम अर्थात् एक सौ बिस्कुटों का वज़न 11 किलो 600 ग्राम हुआ। 1966-67 में सोने का दाम प्रति तोला (11.5 ग्राम) 180 रुपये था। इस हिसाब से एक जॉकिट की क़ीमत 1,80,000 रुपये हुई। फिर वह बोला, "इन दोनों जॉकिटों को फेंकने की नौबत कैसे आयी? सिर्फ़ उन्हें खिड़की से फेंकने की ही बात है, तो यह काम तो कोई बच्चा भी कर सकता है।"

"नहीं।" सिंघ बोला, "क्योंकि पिछले तीन दिनों से सी.आई.डी. के आदमी उस मकान को घेरा डाले खड़े हैं।" लाइटर क्लिक कर होंठों में दबी सिगरेट सुलगाते हुए उसने अपनी नज़र इक़बाल के चेहरे पर स्थिर की।

इक़बाल की कल्पना में पूरा चित्र आ गया। जिस फ्लैट का सिंघ ने जिक्र किया था, वह उसके किसी साथी का था। उसका उपयोग तस्करी का माल भरने के लिए किया जाता था। पिछली खेप में पच्चीसेक जॉकिटें आयी थीं। इस बीच किसी ने पुलिस को ख़बर कर दी। पुलिस के आने के पहले ही लगभग सभी जॉकिटों की डिलीवरी हो चुकी थी। दो बाक़ी रह गयीं। पर उस समय फ्लैट में कोई मौजूद नहीं था।

अड़ोस-पड़ोस में पूछताछ करने पर पुलिस को इतनी जानकारी मिली कि अन्दर कोई किरायेदार नहीं रहता। कभी-कभार एक-दो सज्जन सूटकेस या ब्रीफकेस लेकर आते और एकाध घंटे में वापस चले जाते।

पुलिस की शंका और दृढ़ हुई। वे यह नहीं जानते थे कि अन्दर तस्करी का कितना माल पड़ा होगा! उम्मीद बहुत बड़ा हाथ मारने की थी। अख़बारों में सुर्ख़ियाँ मिलें, तो कोई आश्चर्य नहीं।

सवाल यह था कि दरवाज़ा तोड़कर अन्दर घुसें कि नहीं? यह काम उनके लिए एकदम सरल था, पर ऐसा करने पर उन्हें सिर्फ़ तस्करी का माल मिलता, तस्कर नहीं। इसलिए उन्होंने मकान पर कड़ी नज़र रखने का निश्चय किया।

"वहाँ कितने सी.आई.डी. ड्यूटी पर हैं?"

"छह।"

"सादे कपड़ों में होंगे!"

"सही।" कहते हुए सिंघ ने विस्तार से समझाया, "छह में से एक तीसरी मंज़िल पर कहीं तैनात है। दो मकान के गेट पर नज़र रखे हुए हैं। किसी भी नये आदमी के दिखायी पड़ने पर वे उसकी जाँच-पड़ताल करते हैं। बाक़ी तीन मकान के दायें, बायें और पीछे की ओर तैनात हैं।"

हैरत जताते हुए इक़बाल के होंठों के बीच से सीटी निकल गयी। मकान चारों ओर से घिरा हुआ था। तिस पर सी.आई.डी. का एक आदमी बन्द फ्लैट के बाहर

ऊपर कहीं पहरा दे रहा था। ऐसे में कोई मूर्ख भी दरवाज़ा खोलने की हिमाक़त नहीं कर सकता।

"बोलो, हिम्मत होती है?" उसे ख़ामोश देख धुएँ का छल्ला हवा में तैराते हुए सिंघ ने व्यंग्यात्मक लहजे में सवाल किया।

इक़बाल ने उसके शब्दों को नज़रअन्दाज़ करते हुए कहा, "मुझे फ्लैट का नक्शा जानना है।"

उसने आँखों के साथ भवों को तिरछी करके इक़बाल की तरफ़ देखा, "दो बेडरूम, एक हॉल, किचन और साथ दो बाथरूम।"

"ऐसे नहीं, काग़ज पर खाक़ा बनाकर दिखाओ।"

उसने तुरन्त फिल्टर-टिपवाला पेन निकाला और काँच की मेज पर से उजला सफ़ेद कवर थोड़ा उलटकर काँच पर रेखांकित करने की शुरुआत की। "तीसरी मंज़िल पर लिफ्ट में से तुम यहाँ बाहर निकलोगे। यहाँ से सीधे आगे बढ़ने पर, दो दरवाज़े पार कर इस तीसरे दरवाज़े के पास आ पहुँचोगे।"

वह प्लान बनाता जा रहा था और साथ-साथ समझाता भी जा रहा था, "दरवाज़ा खोलकर तुम अन्दर दाख़िल होगे तो पहले बड़ा दीवानखाना है, उसकी दाहिनी तरफ़ के इस गलियारे में तुम्हें प्रवेश करना है। यहाँ बायीं तरफ़ सबसे पहले बेडरूम का दरवाज़ा आयेगा। इसी बेडरूम के पलँग के गद्दे के नीचे दो जॉकिटें पड़ी हैं। तुम्हें सिर्फ़ इन दोनों को निकालकर बाथरूम में से बाहर फेंक देना है।"

"बाथरूम में खिड़की होगी?"

"नहीं, लेकिन रोशनदान है, इसमें सिर्फ़ काँच के तिरछे टुकड़े लगे हैं।"

"यानी, जॉकिटों को फेंकने से पहले मुझे ये काँच निकालने पड़ेंगे।"

"निकालने की ज़रूरत है?" प्रश्न के साथ सिंघ ने आसान तरकीब बताई, "तोड़ डालना।"

"ऐसी मूर्खता मैं नहीं कर सकता।"

"क्यों?"

"काँच टूटकर नीचे गिरने पर आवाज़ होगी।"

"क्या जॉकिटें फेंकने पर धमाका नहीं होगा?"

"नहीं," इक़बाल ने कहा, "जॉकिटें कपड़े की हैं, उसमें सोने के बिस्किट होने की वजह से आवाज उठने की सम्भावना रहेगी, पर वह आवाज़ ऐसी नहीं होगी कि किसी का ध्यान खिंचे। दूसरे, ये क़ीमती जॉकिटें मैं फेंकना नहीं चाहता।"

"तो?"

"वहाँ से सही-सलामत निकालकर तुम्हें लौटाना चाहता हूँ।"

सिंघ की आँखें फैल गयीं। चौड़ी पलकें ऊपर जाकर स्थिर हो गयीं। उँगलियों

के बीच दबी सिगरेट में से उठते धुएँ की लड़ियाँ ऊपर जाते हुए बीच में थोड़ा बल खा रही थीं।

"देखो इक़बाल!" प्रथम बार उसका नाम लेते हुए सिंघ ने स्पष्ट किया, "इसमें सिर्फ़ जेल जाने का ही ख़तरा नहीं, जान जाने का भी डर है। और तुम्हारे होंठों पर अभी मसें भी नहीं फूटीं।"

वह ख़ामोश बैठा रहा।

"इस मजबूरी की वजह से अगर तुम ख़तरा मोल लेने के लिए तैयार हुए हो कि तुम्हारा भविष्य इस पर निर्भर करता है तो इतना जान लो। तुम भेसाड़िया साहब की सिफ़ारिश पर मेरे यहाँ आये हो। सच कहूँ तो उनके शब्दों पर मुझे पूरा भरोसा है।"

शान्तिपूर्वक उसकी याचना सुनने के बाद इक़बाल ने याद दिलाया, "अभी आपने मकान का नाम और उसका पक्का पता नहीं दिया।"

सिंघ समझ गया। उसके सामने बैठा रंगरूट अड़ियल टट्टू है। जान-बूझ कर आग में कूदना चाहता है। कोई आदमी आत्महत्या करना चाहता हो तो उसे ईश्वर भी नहीं रोक सकता।

फ्लैट की चाबी सौंपते हुए सिंघ ने उसे पूरा पता दिया। उस पाँच-मंज़िले मकान का नाम था—सागरदर्शन। वॉर्डन रोड के आलीशान इलाक़े में वह आज भी खड़ा है।

"आखिरी सवाल," नाम तथा पता दिमाग़ के कम्प्यूटर में दर्ज कर इक़बाल ने कहा, "जिस फ्लैट में मुझे दाख़िल होना है, उसके अड़ोस-पड़ोस में कौन-कौन रहता है?"

"दाहिनी ओर एक विदेशी जोड़ा है, नाम है सूज़ी और जॉन लैंग्डन। बायीं ओर कोई पारसी साहब है। नाम मैं नहीं जानता, पर वे ईरानी कहलाते हैं।" अभी भी सिंघ के मन के किसी अज्ञात कोने में शंका रह गयी हो, इस तरह उसने पूछ लिया, "कब जाओगे?"

"कल।"

"रात में?"

"रात में चोर-उचक्के निकलते हैं, मैं साहूकार हूँ।" व्यंग्य के साथ वह खड़ा हो गया, "कल इसी समय यहाँ मिलूँगा।"

"एक मिनट।" उसे जाने से रोककर सिंघ ने कहा, "जॉकिटें साथ में हों तो यहाँ नहीं, मरीन ड्राइव पर नटराज होटल में मेरा एक कमरा है, वहाँ मिलना और पुलिस पीछे लगी हो तो इतना याद रखना कि आज हम यहाँ नहीं मिले।"

चाबी की रिंग उँगली में डालकर गोल-गोल घुमाते हुए इक़बाल बाहर निकल गया।

गेलॉर्ड रेस्तरां के अँधियारे वातावरण से बाहर खुली सड़क पर क़दम रखा तो उसे समय का खयाल आया। सूर्य कब का ढल चुका था। अँधेरा उतर रहा था।

कुछ क्षणों तक वह जहाँ का तहाँ सोचता खड़ा रहा। सिंघ के साथ हुई बातों के दौरान उसके दिमाग़ में एक ठोस योजना ने आकार लिया था। अब उसे बस इतना तय करना था—मकान में घुसने के लिए कौन-सा समय ठीक रहेगा?

फिर वह आगे बढ़ा। सीधे घर न जाकर वह ताजमहल होटल की तरफ़ मुड़ गया। यहाँ से वह ओवल मैदान पार कर 'काला-घोड़ा' के पास निकलना चाहता था। वहाँ से सिर्फ़ पाँच मिनट का पैदल रास्ता था।

मैदान की नर्म घास पर क़दम रखते हुए उसने दिन के डेढ़ और दो बजे का समय चुना। दोपहर के भोजन का समय होने के कारण उस बीच पहरे में थोड़ी सुस्ती आ जायेगी, ऐसा उसका मानना था।

ताज होटल में दाख़िल होकर वह फ्लोरिस्ट के काउंटर पर गया और सौ रुपये का नोट रखते हुए फूलों के एक बूके का ऑर्डर लिखवाया।

"कहाँ भेजना है?" फ्लोरिस्ट ने रसीद-बुक खोलते हुए पूछा।

"मैं खुद आकर कल सुबह ले जाऊँगा।"

"बूके में कोई कार्ड रखना है?"

"जी, बर्थ-डे कार्ड।"

"किसके नाम से?"

"मिसेज़ सूज़ी लैंग्डन।"

"आपके साहब को मेरा सलाम!" इक़बाल की ओर देखते हुए वह मुस्कुराया, "जब भी कोई मर्द अपनी वाइफ का जन्मदिन याद रखकर उसे फूल भेजता है, मुझे सचमुच खुशी होती है। कल सुबह ग्यारह बजे के बाद कभी भी आकर बूके ले जाना।"

उसे धन्यवाद देकर इक़बाल बाहर निकल गया।

11

टैक्सी तेज रफ़्तार से आगे बढ़ रही थी।

दोपहर में, एक बजकर पाँच मिनट पर इक़बाल ने ताज होटल से फूलों के बूके की डिलीवरी ली थी। वहीं से टैक्सी पकड़कर वह वॉर्डन रोड जा रहा था। फूलों का फैंसी बूके उसने सावधानीपूर्वक अपनी बगल में सीट पर रख लिया था।

उसने बूके पर एक नज़र डाली और उसे लगा कि कीमत सौ रुपये उचित थी। ताज़े गुलाब के तीसेक फूलों के साथ उसमें सिंगापुर में होने वाले 'टाइगर लिली' नाम के अलभ्य फूलों की चार डालियाँ भी थीं। इस गुच्छे पर चाँदी के बारीक तार जोड़कर सिरामिक के गमले में उसे सजाया गया था।

टैक्सी मरीन ड्राइव के समुद्र के समानान्तर दौड़ रही थी। यह अक्तूबर की धूप मई महीने की गर्मी को भुला दे, ऐसी थी। मरीन ड्राइव का तट एकदम सूना था, सड़क पर यातायात भी अधिक नहीं था।

हवा के थपेड़े खा रहे इक़बाल को अचानक ख़याल आया, फूलों का बूके 'सागरदर्शन' नामक मकान में प्रवेश का सिर्फ़ बहाना था, इसलिए उसने बन्द फ्लैट के पड़ोस में रहती मिसेज लैंग्डन के नाम से तैयार करवाया था।

हैरान कर देने वाला विचार यह था कि यदि वह सन्नारी बम्बई में न हुई तो सी.आई.डी. को उस पर शक हो जायेगा। शायद मिसेज और मिस्टर लैंग्डन बम्बई में मौजूद हों और उनसे प्रवेश में ही सामना हो जाये तो? ताज फ्लोरिस्ट से उसने जो बूके तैयार करवाया था, उसमें भेजने वाले का नाम मि. जॉन लैंग्डन था।

टैक्सी चौपाटी पार कर कैम्प कॉर्नर आयी और बायीं तरफ़ मुड़ गयी। थोड़ी देर में ब्रीच कैंडी की तरफ़ एक ओर मोड़ लेकर टैक्सी 'सागरदर्शन' इमारत के सामने वाले फुटपाथ पर आकर खड़ी हो गयी।

इक़बाल यहाँ उतरकर सड़क पार करना नहीं चाहता था। "ड्राइवर!" उसने तत्काल निर्देश दिया, "यू-टर्न लेकर टैक्सी सामने सागरदर्शन के प्रवेशद्वार में लेनी है।"

मुँह बिचकाकर ड्राइवर ने यू-टर्न लिया। टैक्सी कम्पाउंड में दाख़िल होकर सदर दरवाजे के समीप खड़ी हो गयी। अन्दर बैठे-बैठे ही इक़बाल ने किराया चुकाया और रेजगारी वापस न लेने की उदारता दिखाते हुए फूलों के बूके के साथ बाहर निकला। सादे पैंट-बुशर्ट में दो सी.आई.डी. सामने खड़े थे।

इक़बाल ने देखा तो एक थोड़ा नाटा और गठीला था, दूसरा कसे हुए जिस्मवाला। उसकी आँखों पर काला चश्मा भी था।

वे कोई प्रश्न करें, इससे पहले इक़बाल ने ताज फ्लोरिस्ट का कार्ड उनके सामने धर दिया, "इस मेम साहब का पता बताएँगे?"

उसने यह प्रश्न इतनी मासूमियत से पूछा था कि दोनों सी.आई.डी. ने एक-दूसरे की ओर देखा, इक़बाल की ओर देखा और फिर उसके हाथ से कार्ड लेकर नाटे सी.आई.डी. ने उस पर एक नज़र डाली। काले चश्मे वाले सी.आई.डी. ने भी उसके सिर पर से अपनी गरदन लम्बी की।

कार्ड पर मिसेज़ सूज़ी लैंग्डन का नाम स्वच्छ अक्षरों में लिखा था। उसके नीचे बधाई सन्देश अंग्रेजी में छपा था—'मेनी हैप्पी रिटर्न्स ऑफ द डे।' अन्त में मरोड़दार

अक्षरों में बूके भेजने वाले अर्थात् सूज़ी के पति का नाम लिखा गया था और आख़िर में ताज फ्लोरिस्ट के ठप्पे के साथ 'विद बेस्ट कम्प्लीमेंट्स' छपा हुआ था।

शक की कोई गुंजाइश नहीं थी। सब कुछ दीए की तरह साफ़ था, फिर भी काले चश्मे वाले ने पूछ लिया, "नाम?"

इक़बाल ने झूठ बोला, "माइकल।"

"तुम्हें कहीं देखा हो, ऐसा लगता है।"

इक़बाल भी यही सोच रहा था—काले चश्मे वाले को उसने कहीं देखा है। पर वह निश्चय नहीं कर सका। काले चश्मे वाले ने जैसे ही शंका व्यक्त की, उसे याद आ गया, उसके पैर हिल गये।

यह वही सी.आई.डी. वाला था, जिसने तीनेक वर्ष पहले भेसाड़िया की देख-रेख में अज़ीज़ दिलीप के मुंडागली के अड्डे पर छापा मारने में हिस्सा लिया था। समय भोर का था, इक़बाल नमाज़ पढ़ने जाने के लिए घर से बाहर निकला था और दोनों आमने-सामने हो गये थे। उस समय इक़बाल स्कूल में पढ़ता था। आधी चड्ढी पर आधी बाँह की सफ़ेद कमीज़ पहनता था और आज? टॉप-टू-बॉटम उजला था। लम्बी बाँह की सफ़ेद कमीज़, लम्बा सफ़ेद पैंट, पैरों में जूते भी सफ़ेद थे।

"साब," इक़बाल ने सोचकर तुरन्त कहा, "हमारा तो काम ही बूके लेकर शहर में भटकना है। शायद कभी आपके मकान में भी आया होऊँगा।"

काले चश्मे वाला कुछ और सोचे, इसके पहले आया जैसी लग रही एक लड़की शॉपिंग-बैग लिये इमारत से बाहर निकली। ताजे महकते फूलों को देखकर वह पलभर रुकी, "किसके यहाँ देना है?"

नाटे सी.आई.डी. ने एक और नज़र कार्ड पर डालकर बताया, "मिसेज सूज़ी लैंग्डन।"

"वह तो हमारी मेमसाब है," वह बोल उठी, "लाइये, दे आऊँ।"

इक़बाल का दिल दो धड़कनें चुक गया। तीसरी धड़कन पर उसके दिमाग़ का कम्प्यूटर हवा की रफ्तार से उड़ने लगा। "वैरी सॉरी," आया मुस्कुराते हुए उसके हाथ से बूके ले, इसके पहले ही उसने बताया, "डिलीवरी देकर मुझे प्राप्ति पर मेम साहब के दस्तख़त लेने हैं।"

वह निराश हो गयी, "अच्छा," वह बोली, "तीसरी मंज़िल पर जाइये, वहाँ लिफ्ट की बायीं तरफ़ का आख़िरी दरवाज़ा है।"

उसे धन्यवाद देकर इक़बाल नाटे सी.आई.डी के हाथ से कार्ड लेकर आगे बढ़ने जा रहा था कि आया की सहानुभूति फिर जाग उठी।

"चलो, मैं आपके साथ चलती हूँ।"

इक़बाल फँस गया।

वह आगे चली, बूके के साथ इक़बाल उसके पीछे चला। दोनों कुछ क़दम चलकर लिफ्ट तक आये और रुक गये। आया ने लिफ्ट बुलाने के लिए बटन दबाया।

"नाहक़ की तकलीफ़..." लिफ्ट का इन्तजार करते हुए इक़बाल ने उसे झाँसा देने की कोशिश की।

"इसमें तकलीफ़ कैसी? यह तो हमारी मेमसाब के लिए है, किसी दूसरे किरायेदार के लिए होता तो भी मैं मदद करती," कहते हुए उसने इक़बाल से वही प्रश्न पूछा, जिसका उसे भय था, "किसने भेजा है?"

लिफ्ट आने पर वह एक हाथ से दरवाज़ा खोलकर चुपचाप दाख़िल हो गया। आया उसके पीछे दाख़िल हुई और लिफ्ट का दरवाजा बन्द किया। "आज न हमारी मेमसाब की सालगिरह है, न कोई त्योहार!" बटन दबाते हुए उसने फिर एक बार अपना सवाल दोहराया, "किसने भेजा है?"

इक़बाल को उत्तर देना पड़ा, "मिस्टर लैंग्डन ने।"

वह चौंकी।

"इसमें हैरत की क्या बात है?"

"पर..."

"शौहर अपनी बीवी पर खुश हो तो क्या फूल नहीं भेजता?"

"सही है," उसका चेहरा ध्यानपूर्वक देखते हुए आया ने बताया, "पर हमारे साब यहाँ नहीं, एक महीने से अमरीका में हैं।"

लिफ्ट धीरे-धीरे ऊपर सरक रही थी। पहली मंज़िल पार करते समय इक़बाल ने एक सन्तोषजनक उत्तर खोज लिया था, "इस बूके का ऑर्डर भी अमरीका से आया है।"

"वह कैसे?"

"जैसे एक देश से दूसरे देश में तार भेजने का इन्तजाम है, उसी तरह का इन्तजाम फूलवालों ने भी किया है।" किसी बच्चे को समझा रहा हो, ऐसे वह आया से कह रहा था, "आपकी मेमसाब अपने साब को अमरीका फूल भेजना चाहें तो 'ताज' की हमारी दुकान पर ऑर्डर लिखवा सकती हैं। वह जो दिन और वक्त बताएँगी, उसी दिन उसी वक्त आपके साहब को फूल वहाँ मिल जायेंगे।"

यह कोरी गप्प नहीं, बिल्कुल सच बात थी और सत्य का असर आया पर पड़ा। वह प्रसन्न हो गयी। उसके साहब स्वभाव से प्रेमालु थे। अमरीका से याद करके मेम साहब को फूल भेजें, इसमें हैरत कैसी?

तीसरा एक सी.आई.डी. तीसरी मंज़िल पर छिपकर कहाँ बैठा होगा, यह इक़बाल नहीं जानता था। वह बन्द फ्लैट के बाहर पहरा दे रहा होगा तो? इसका उत्तर उसके पास नहीं था। दूसरे, आया उसके साथ स्टिकर की तरह चिपकी थी।

फूलों का बूके उसने किसी को भेंट देने के लिये साथ नहीं लिया था, सिर्फ़ मकान में प्रवेश करने के बहाने के तौर पर लिया था। तीसरी मंज़िल पर आने के बाद वह बन्द फ्लैट का दरवाज़ा खोल फूलों को कचरे की टोकरी में डाल देने वाला था।

आया की मौजूदगी ने उसकी इस योजना पर पानी फेर दिया। बूके डिलीवर कर काठ के उल्लू की तरह वापस लौटने के आसार उसे अभी से नज़र आ रहे थे।

आया के साथ तीसरी मंज़िल पर लिफ्ट से बाहर निकलते ही तीसरा सी.आई.डी. अलादीन के जिन की तरह सामने खड़ा हो गया।

"मेरे साथ आये हैं।" यकायक आया फुदकती हुई बोली, "हमारे साब ने ये फूल अमरीका से भेजे हैं।"

पलभर इक़बाल की ओर देख वह जहाँ से आया था, वहाँ वापस चला गया। असल में यह स्थान उसने सूझपूर्वक चुना था। चौथी मंज़िल पर जाने वाले ज़ीने पर बैठने के कारण नीचे से कोई अचानक चढ़ आये तो वह खुद उसको देख सके, पर आने वाला व्यक्ति उसकी मौजूदगी से बेख़बर रहे। दूसरे, इस स्थान से वह लिफ्ट पर भी नज़र रख सकता था।

आया फिर आगे बढ़ी। मन-ही-मन परेशान होता इक़बाल उसके पीछे चला। गलियारे में चन्द कदम चलकर वह रुक गयी। "वह चौथा... आख़िरी दरवाज़ा दिखाई पड़ रहा है?"

इक़बाल ने 'हाँ' कहा।

"वही हमारी मेम साब का फ्लैट है।"

उसने दिल से उसका शुक्रिया अदा किया। वह फिर लिफ्ट में प्रवेश कर नीचे चली गयी। इक़बाल तीसरे फ्लैट तक बढ़ा और एक नज़र लिफ्ट की दिशा में डाली। दीवार की आड़ में सीढ़ियों पर बैठा सी.आई.डी. न उसे देख सकता था, न वह सी.आई.डी. को।

फौरन उसने बूके नीचे रखकर जेब से चाबी निकाली और बन्द फ्लैट के 'लॉक' में डाली। लॉक खुलने पर 'खट' की आवाज़ हुई।

सी.आई.डी. के कान खड़े हो गये। उसका आधा ध्यान लंच में मिले पूड़ी-भाजी का पैकेट खोलने में था और आधा आवाज़ की तरफ। उसने समझा मिसेज सूज़ी ने अपना दरवाज़ा खोला होगा।

इक़बाल ने फौरन फ्लैट में दाख़िल होकर अन्दर से लॉक किया और कुंडी भी चढ़ा दी। दरवाज़ा मज़बूती से बन्द हो गया। अब जो कुछ करना था, तेज़ी से करना था। एक-एक पल कीमती था।

दीवानख़ाने के दरवाज़े की टेक लगाकर वह खड़ा था। एक नज़र में उसकी आँखें सभी कुछ समेट रही थीं। यहाँ कोई परिवार नहीं रहता था, फिर भी सजावट

में कोई कमी नहीं थी। सोफासेट, सेंटर-टेबल, साइडबोर्ड, छत से झूलते शेंडेलियर, पैरों के नीचे वॉल-टू-वॉल कार्पेट, वी.सी.आर. के साथ टी.वी. सेट और शराब की बोतलों से छलकता बार। खिड़कियों को ढँकते हुए प्रिंटेड पर्दे और दीवारों पर सुशोभित तैलचित्रों पर से फिसलती हुई उसकी नज़र दायीं तरफ मुड़ी।

सिंघ द्वारा समझाये प्लान के मुताबिक़ वहाँ पैसेज था। कुछ क़दम चलकर वह पहले बेडरूम के दरवाज़े तक आ पहुँचा। धीरे से डोरनॉब घुमाने पर वह खुल भी गया। इसकी सजावट में भी उतनी ही सावधानी बरती गयी थी।

गोलाकार डबल-बेड, साइड-टेबल, ड्रेसिंग टेबल तथा इंडोर-प्लांट्स वातावरण के रंगों में मिलकर एकाकार हो गये थे। इन सबके बीच डबल-बेड पर सजाया गया 'न्यूड' चित्र वाला कैनवस रंगों की पिचकारी जैसा लग रहा था।

उसने डबल-बेड का डनलप उठाया, नीचे दो जाकिटें पड़ी हुई थीं। फ़ौरन उसने अपनी क़मीज उतारकर साइड-टेबल पर फेंकी और एक जाकिट उठा ली। लोहे के बख़्तर से भी ज्यादा भारी थी। ठीक-ठीक वज़न इक़बाल जानता था।

जाकिट की सिलाई में छिपाये गये एक बिस्कुट का वज़न 116 ग्राम था। एक जाकिट में ऐसे सौ बिस्कुट थे। उन सबको मिलाकर कुल वज़न 11 किलो 600 ग्राम होता था। तिस पर 150 ग्राम जाकिट के कपड़े का अलग।

लिफ्ट के सामने ज़ीने पर बैठकर क़ागज की ट्रे में पूड़ी-भाजी खाते सी.आई. डी. को सहज ही ख़याल आया। उसने दरवाज़ा खुलने की 'खट' आवाज़ सुनी थी, पर उसके बाद पूरी शान्ति छा गयी थी।

ऐसा कैसे हो सकता है? कोई कुछ तो बोले? मिसेज़ सूज़ी लैंग्डन को तो होंठ खोलना चाहिए! भोजन पूरा कर उसने कागज़ की ट्रे का गोला बनाया और उसे एक तरफ़ रखते हुए खड़ा हो गया। उसकी नज़र गलियारे में लम्बी होकर दूर तक दौड़ गयी।

आख़िरी फ्लैट मिसेज़ लैंग्डन का था। उसका दरवाज़ा भी बन्द था। सहज ही उसे शंका हुई। आया नीचे गयी थी। युवक कहाँ? वह आगे बढ़ा।

पहली जाकिट इक़बाल ने जैसे छाती पर बख़्तर लगाया जाता है, उस तरह पहनी। दूसरी पीठ पर चढ़ाई। अन्त में ऊपर से शर्ट पहनते हुए उसे अपनी बेवकूफ़ी का ख़याल आया। उसने सभी अनुमान ठीक किये थे, पर ऊपर कमीज़ पहनने के बाद उसका सीना दारासिंह की तरह चौड़ा हो जायेगा, इसकी कल्पना उसे नहीं थी।

ड्रेसिंग टेबल के आईने के सामने खड़े होकर उसने एक नज़र डाली तो उसे खुद को ही चक्कर आ गया। कोई बूढ़ी औरत ब्यूटी पार्लर में जाये और जवान बनकर बाहर निकले तो किसी को आश्चर्य न हो, पर कोई मच्छर घर में प्रवेश करे और हाथी बाहर निकले तो कौन मानेगा?

बिना आस्तीन की टी शर्ट और केवल आधी जाँघों को ढाँकती आधी जीन्स में मिसेज़ सूज़ी लैंग्डन ने दरवाज़ा खोला तो सामने सी.आई.डी. खड़ा था। चेहरा लम्बोतरा, बाल छोटे और खड़े थे, उम्र पैंतीस से ज़्यादा नहीं थी।

पिछले तीन दिनों से यहाँ ड्यूटी पर होने के कारण सभी किरायेदार उससे परिचित थे।

"यस?" मिसेज़ लैंग्डन ने सिर्फ़ एक शब्द में पूछा।

"एक जवान आपके नाम फूलों का बूके लेकर आया था।"

"कहाँ है?"

"मुझे भी यही जानना है।"

"क्या जानना है?"

"वह गया कहाँ?"

"यहाँ नहीं है।"

"श्योर?"

"तो क्या मैंने उसे अपने घर में रख लिया है?" मिसेज़ लैंग्डन ने हँसते-हँसते मज़ाक़ किया।

सी.आई.डी. ने सोचा, यह स्त्री विदेशी है और खूबसूरत भी। उसका पति विदेश-यात्राओं में व्यस्त रहता है। जो युवक फूलों का बूके लेकर आया था, था तो बांका। कुछ मिनटों की ऐयाशी के लिए उसे रख लिया हो तो ताज्जुब नहीं।

इसका यक़ीन कैसे हो? किसी किरायेदार के निजी जीवन में दख़ल देने का उसे अधिकार नहीं था। और जब तक उसे भरोसा न हो जाये कि युवक उस विदेशी स्त्री के फ्लैट में है कि नहीं, वह यह भी जान नहीं सकता था कि वह युवक बगल वाले फ्लैट में छिपा होगा या नहीं।

वह दुविधा में खड़ा था और मिसेज लैंग्डन दरवाजे की आड़ में मुस्कराते हुए हट गयी, "अन्दर तलाशी लेनी हो तो मुझे कोई एतराज़ नहीं।"

सी.आई.डी. को विश्वास हो गया। तत्काल वह लम्बे डग भरता लिफ्ट तक आया और लिफ्ट बुलाने की घंटी तीन-तीन सेकंड के अन्तर पर तीन बार बजाई। नीचे खड़े सी.आई.डी. वालों के लिए वह सिग्नल था।

प्रवेश में खड़े दोनों सी.आई.डी. में से नाटा सी.आई.डी. लिफ्ट की तरफ़ दौड़ा और काले चश्मे वाला बिल्डिंग पर चौकन्नी नज़र रखते बाक़ी तीन साथियों को बुलाने के लिए दौड़ा।

इक़बाल दीवानखाने के सोफ़े पर बैठा था। उसके दिमाग़ का कम्प्यूटर आज फेल हो गया था। यहाँ से जाकिट के साथ निकलने के जितने उपाय उसे सूझे, उन सभी में उसे कोई-न-कोई नुक्स दिखायी देता था।

अलबत्ता, जाकिटें नीचे फेंककर दरवाज़े से साहूकार की तरह निकल जाना उसके लिए सरल था। सबूत के बिना क़ानून उसका कुछ नहीं बिगाड़ सकता था, पर सिंघ के सामने उसने पूरे भरोसे के सथ जाकिटें ले आने का बीड़ा उठाया था, उसका क्या?

अन्त में उसे एक उपाय सूझा। वह भी लूला था, फिर भी उसने अमल में लाने का निश्चय किया। तीसरी मंज़िल पर पहरा दे रहा सी.आई.डी. दीवार की आड़ में और चौथी मंज़िल की तरफ़ जाते ज़ीने पर बैठा था। (ऐसा वह मानता था।) यानी वह लिफ्ट के दरवाज़े को नहीं देख सकता था। और लिफ्ट से नौ दो ग्यारह हो जाना मुश्किल नहीं था।

फिर तल मंज़िल पर पहुँचकर तुरन्त बाहर नहीं निकलना, लिफ्ट में से तीन-चार किरायेदार साथ में निकलें, तब उन्हीं के साथ मिलकर बाहर सरक जाना, क्योंकि सी.आई.डी. केवल बिल्डिंग में प्रवेश करते लोगों पर नज़र रखते थे।

सोफे से उठकर वह दरवाज़े तक आया और जैसे ही दरवाज़ा खोलने गया कि दरवाज़े की घंटी गूँज उठी। उसका हाथ स्थिर हो गया। मन में प्रश्नों की झड़ी शुरू हो गयी। घंटी किसने बजाई होगी? किसी पड़ोसी ने? पर पड़ोसी किसलिए बजाएगा? वह किसी से परिचित नहीं था। कोई जानता भी नहीं था कि वह यहाँ मौजूद है।

दरवाज़े की घंटी फिर बजी। वह सतर्क हो गया। ज़रूर सी.आई.डी. को बू लग गयी होगी। वह समझ गया। दरवाज़ा खोलते ही वह सीधे पुलिस के फन्दे में फँसने वाला था। उसी समय उसके हाथ में हथकड़ियाँ पड़ जाने वाली थीं।

घंटी लगातार बजने लगी। वह दौड़कर वापस बेडरूम में आया। इस बार उसने बेडरूम का दरवाज़ा अन्दर से लॉक कर गोलाकार डबल-बेड खिसकाया और दरवाज़े से सटा दिया।

मुख्य प्रवेश के दरवाज़े पर हथौड़ी से प्रहार होने लगे। उसे टूटने में थोड़ा समय लगने वाला था। उसके बाद सी.आई.डी. को यह दरवाज़ा भी तोड़ना पड़ेगा। खुद को अधिक समय मिल सके, ऐसी इक़बाल ने गिनती की थी।

यहाँ से आगे बढ़कर वह बाथरूम में आया और उसका दरवाज़ा भी उसने अन्दर से लॉक कर लिया। मुख्य प्रवेश के दरवाज़े के लॉक पर होने वाले प्रहार इतने ऊँचे थे कि उसे यहाँ तक सुनाई पड़ते थे।

उसे परवाह नहीं थी। वह तेज़ी से सोच रहा था। बाथरूम संगमरमर का था। इक़बाल की कोठरी जितना बड़ा था। दूधिया था, सब कुछ झकाझक सफ़ेद था। नहाने के लिए उसमें जो टब था, वह भी संगमरमर पत्थर से तराश कर बनाया गया था। उजले सफ़ेद वस्त्रों में इक़बाल संगमरमर के बुत की तरह खड़ा था। उसकी नज़र सामने के रोशनदान पर स्थिर थी।

मुख्य प्रवेश का लॉक टूट गया। दरवाज़ा खुल गया। दो सी.आई.डी. खुले रिवॉल्वर के साथ अन्दर घुस आये। उनको कवर किये हुए दूसरे चार ने थोड़ी देर के बाद प्रवेश किया।

बाहर पड़ोसियों की भीड़ जमा हो गयी थी। उनमें मिसेज़ सूज़ी लैंग्डन, श्रीमती ईरानी के साथ पाँच और किरायेदार थे। बाहर से वे झाँक रहे थे।

"यू सी..." मिसेज़ लैंग्डन श्रीमती ईरानी से कह रही थी, "सेंटर-टेबल पर वह बूके दिखाई देता है न... उसे मेरे नाम लेकर कोई जवान आया था।"

रोशनदान में लगे काँच की तिरछी पट्टियाँ हलके हाथ से खींच-खींचकर इक़बाल कोमोड पर रखता जा रहा था। यहाँ से पाइप द्वारा नीचे सरक जाने की उसकी योजना थी।

उसे सिर्फ़ एक भय था—नीचे पहरा दे रहे सी.आई.डी. का। उसे यह नहीं मालूम था कि इमारत को घेरकर खड़े सारे पुलिस वाले दौड़कर ऊपर आ गये थे। दूसरा डर था, आसपास के मकान में से कोई किरायेदार उसे पाइप द्वारा उतरता देख शोर न मचा दे। पर इसकी सम्भावना कम थी।

उसकी धारणा के अनुसार दोपहर के इस वक़्त खिड़की के पास शायद ही कोई खड़ा हो। दूसरे, दो मकानों के बीच का अन्तर पचास फुट से अधिक था। बीच में सात फुट ऊँची कम्पाउंड की दीवार लगी थी। तीसरे, रोशनदान के सामने वह एक पेड़ का घटाटोप देख रहा था। इस पेड़ की आड़ उसे मिलने वाली थी।

बेडरूम के दरवाज़े का ताला टूटकर धड़ाम से नीचे गिरा, पर दरवाजा तनिक भी नहीं हिला। सी.आई.डी. समझ गये, दरवाज़े के आगे कोई रुकावट होगी।

चारों ने मिलकर दरवाज़े पर ज़ोर लगाया। बाक़ी दो किसी अप्रत्याशित हमले के लिये उनके पीछे तैयार खड़े थे। धीरे-धीरे दरवाज़ा खिसकने लगा।

इक़बाल बड़ी मुश्किल से रोशनदान से होकर बाहर निकलने में सफल हुआ था। उसका शरीर पसीने से तर हो गया था। इसके कारण थे। एक, दो जाकिटों के कारण सीने का बढ़ा हुआ घेरा और रोशनदान एकदम संकरा था। दूसरे जाकिटों का लगभग बारह किलो वज़न था। इतना वज़न शरीर पर लेकर रोशनदान से होकर बाहर निकलना, सुई के छेद में से ऊँट निकालने वाली बात थी।

रोशनदान के बाहर, मकान के पीछे के भाग में वह पाइप पकड़कर खड़ा था। पहले उसने नीचे देखा। कोई नहीं था, सामने देखा और वह चौंक गया।

उसने आँखें झपकाकर फिर सामने की इमारत की तरफ़ देखा तो चौथी मंज़िल की बालकनी में खड़ी एक युवती उसे दिखाई पड़ी। वह युवती भी उसे टकटकी बाँध देख रही थी। उसके पाँव काँपने लगे। उसे लगा, चक्कर खाकर वह नीचे गिर पड़ेगा और तीसरी मंज़िल से पत्थर की ज़मीन पर गिरने के बाद कोई नसीब वाला

ही खड़ा हो सकता है।

कौन थी वह लड़की?

वह चीख़ती क्यों नहीं?

नीचे सरकने की शुरुआत करने के पहले उसे एक और तरकीब सूझी। रोशनदान में से हाथ डालकर उसने कोमोड पर रखी काँच की पट्टियाँ लीं और एक-एक कर फिर से उनके अपने खाँचों में लगाने लगा। शुरुआत उसने ऊपर की पट्टी से की थी।

चारों सी.आई.डी. बेडरूम का दरवाज़ा खोलने में सफल हो गये थे। दरवाज़े की आड़ में रखा डबल बेड दीवार की तरफ़ खिसक गया था। सभी सी.आई.डी. अन्दर घुस आये थे।

यहाँ भी कोई न था। बाथरूम का दरवाज़ा बन्द था। वे अपने नसीब को कोसने लगे। आज से पहले किसी बदमाश ने उन्हें दिन के उजाले में इस तरह चकमा नहीं दिया था, इस तरह नाक में दम नहीं किया था और एक लौंडे ने उन्हें चक्कर पर चक्कर दिया था।

फ़ौरन उन्होंने पूरी ताक़त के साथ बाथरूम के दरवाज़े पर धावा बोल दिया। उनकी हालत इस समय बिफरे बाघ जैसी थी। इक़बाल उनके हाथ में आ जाये तो सबसे पहले वे सब मिलकर उसकी हड्डी-पसली एक करने वाले थे, मार-मारकर उसे अधमरा करने वाले थे, नियम-क़ानून भुलाकर पूरा गुस्सा उस पर उतारने वाले थे।

इस फ्लैट के दरवाज़े तोड़ने का काम सरल न था, क्योंकि फ्लैट तस्करों का था। ख़ासकर मुख्य प्रवेश का दरवाज़ा तोड़ने के लिए सी.आई.डी. को बारी लगानी पड़ी थी। पूरा ज़ोर लगाकर दस-दस हथौड़ियाँ सबने मारी थीं।

इक़बाल पाइप से धीरे-धीरे सरकता पहली मंज़िल तक आया और पेड़ की मजबूत डाल पर कूद गया। उसका काम सरल हो गया। दो मकानों के बीच के कम्पाउंड की दीवार क़रीब में थी। पेड़ की डालियों के बीच से रास्ता बनाता हुआ वह दीवार पर आया और बगल की इमारत के कम्पाउंड में कूद गया।

इधर बाथरूम के दरवाज़े का लॉक भी टूटा। सी.आई.डी. को एक बात का पूरा यक़ीन था। यह आख़िरी दरवाज़ा था। अब और कोई दरवाज़ा उन्हें नहीं तोड़ना था। चूहेदानी में फँसे चूहे की तरह युवक अन्दर छिपा होगा।

नाटे सी.आई.डी. ने जेम्स बांड स्टाइल में रिवॉल्वर हाथ में लिया और दरवाज़े को कन्धे से धकेलकर अन्दर धँस गया। उसके पीछे दूसरे दो गये, बाकी के तीन बाथरूम के दरवाज़े से देखते रहे।

संगमरमर की दीवारें सूनी थीं। संगमरमर का टब ख़ाली था। कोमोड पर ढक्कन पड़ा था। रोशनदान में काँच की हर पट्टी अपनी सही जगह सलामत थी। तब वह युवक गया कहाँ? मक्खी बनकर उड़ गया?

कुछ पलों के लिये वे मुँह बाए एक-दूसरे के चेहरे देखते रहे।

बगल के कम्पाउंड से बाहर निकलने से पहले इक़बाल को युवती याद आयी। उसने फिर एक बार ऊपर देखा। चौथी मंज़िल की बालकनी में वह अभी भी खड़ी थी। कछुए की गर्दन लम्बी कर उसे ही देख रही थी।

इक़बाल को यक़ीन हो गया। वह युवती उसके कॉलेज में उसके साथ पढ़ती थी। फर्स्ट ईयर के एक्ज़ाम्स दोनों ने साथ दिये थे। क्या नाम था उसका? उसे ठीक याद नहीं आया।

वह दौड़ा। अब वह पूरी तरह सुरक्षित था (ऐसा उसका ख़याल था।) कम्पाउंड के बाहर आने पर उसकी नज़र एक टैक्सी पर पड़ी। जैसे उसका इन्तज़ार हो इस तरह पार्क होकर खड़ी थी।

वह टैक्सी के पास आया कि भीतर पीछली सीट पर बैठे, इंस्पेक्टर भेसाड़िया ने दरवाज़ा खोलते हुए कहा, "बैठ जा बेटा..."

वह स्तब्ध होकर देखता रहा।

12

टैक्सी के बाहर इक़बाल को दुविधा में खड़ा देख इंस्पेक्टर भेसाड़िया को शंका हुई—कहीं यह शिष्य गुरु को चकमा देकर नदारद न हो जाये।

उन दोनों का सम्बन्ध गुरु-चेले का था। इक़बाल ने जो कुछ भी प्रगति की थी, वह भेसाड़िया के कारण थी। मोगल, रशीद पारकर जैसे छोटे ठगों को पीछे छोड़कर वह सिंघ की अन्तरराष्ट्रीय गैंग में शामिल हो गया था।

भेसाड़िया ने टैक्सी में से हाथ बढ़ाकर उसकी कलाई थामी और कलाई के साथ उसे भी अन्दर खींच लिया। टैक्सी शुरू होकर तेज़ रफ़्तार से आगे बढ़ गयी।

पिछली सीट पर दोनों अगल-बगल ख़ामोश बैठे थे। टैक्सी ड्राइवर की मौजूदगी में कुछ कहना, कुछ बोलना उचित नहीं था। दोनों अपने-अपने विचारों में खोये हुए थे। भेसाड़िया को किसने सूचना दी, इक़बाल सोच रहा था। उसे कैसे मालूम हुआ कि सिंघ के फ्लैट से दो जाकिटें लेकर इक़बाल निश्चित समय पर निकलेगा? इतना ही नहीं, उसे सही स्थान की भी जानकारी थी। इसीलिए तो वह इक़बाल की राह तकता टैक्सी में इत्मीनान से बैठा था।

थोड़ी देर में धुन्ध छँटने लगी। जिस समय वह फूलों का बूके लेकर बिल्डिंग में प्रवेश कर रहा था, काले चश्मे वाले एक सी.आई.डी. ने उससे कहा था—तुम्हें कहीं

देखा हो, ऐसा लगता है! यह सी.आई.डी. भेसाड़िया का डिप्टी था।

उसका अनुमान एकदम सही था।

इंस्पेक्टर भेसाड़िया को उसके ख़बरी बाली ने सूचना दी थी। वॉर्डन रोड पर 'सागरदर्शन' नाम के मकान में पच्चीस जाकिटें उतरी हैं। वह नहीं जानता था कि यह फ्लैट किस गैंग के क़ब्जे में होगा! (जानता होता कि आवास सिंघ का है, तब भी फ़र्क़ नहीं पड़ता। पुलिस थाने में फ़रियाद दर्ज होने पर रिश्ते लगभग भुला दिये जाते हैं।)

भेसाड़िया सक्रिय हो, इसके पहले क़रीबन सभी जाकिटों की डिलीवरी दी जा चुकी थी। सिर्फ़ दो बची थीं और भेसाड़िया के आदमियों ने आकर मकान घेर लिया था।

इक़बाल को अपने बाक़ी प्रश्नों के उत्तर भी जल्दी ही मिल गये। फ्लैट के प्रवेश द्वार का लॉक तोड़ने के पहले पुलिस द्वारा भेसाड़िया को युवक के बारे में हुलिये के साथ सूचना दी गयी होगी। वह जान गया होगा कि वह युवक मतलब इक़बाल। वह फ़ौरन टैक्सी में बैठकर आया होगा और उसने सागरदर्शन पर कड़ी नज़र रखी होगी। शायद इक़बाल को पाइप द्वारा उतरता देख वह पूरा खेल समझ गया हो, यह मुमकिन था।

कैम्प्स कॉर्नर पार कर टैक्सी बाबुलनाथ की ओर मुड़ी और उसकी दूसरी पहेली भी सुलझ गयी। जिस युवती को उसने सामने के मकान की बालकनी में खड़ी देखा था, उसका नाम उसे तब नहीं सूझा था, अब एकबारगी याद आ गया।

"क्या बोला?"

भेसाड़िया का सवाल कान से टकराने पर उसने चेहरा घुमाया, "मैं तो कुछ नहीं बोला।"

"कुसुम कौन है?"

वह चौंका। युवती का नाम यही था। उसके होंठों के बीच से अनजाने फिसल गया था।

"मेरे कॉलेज की एक स्टूडेंट है।" उसने सही-सही बता दिया।

"ऐसा?"

"जी..."

"कब पटाया?"

"क्या कहते हैं साब!" वह बोल उठा, "मैं तो उसे जानता भी नहीं।"

टैक्सी-ड्राइवर ने रिअर-व्यू काँच में से पीछे देखकर मुस्कान बिखेरी। उसने सोच लिया, ये दोनों पैसेंजर बाप-बेटे हैं।

"झूठ बोला तो चमड़ी उधेड़ कर भूसा भर दूँगा।"

"मैंने सच ही कहा है साब।"

"तो उसका नाम तुम्हारी ज़बान पर कैसे आया?"

"साहब, कभी-कभी मैं ऊँची आवाज़ में सोचता हूँ।"

टैक्सी भवंस कॉलेज की गली में मुड़कर गैरेज के पास आकर रुक गयी। यहाँ भेसाड़िया की जीप रिपेयर में थी। वह मीटर चुकाकर बाहर निकला। इक़बाल उसके पीछे चला।

गैरेज के प्रवेश में मैनेजर खड़ा था। कहा, "जीप तैयार है।"

"मैं तैयार नहीं।" व्यंग्य करते हुए भेसाड़िया ने पूछ लिया, "गैरेज के पीछे के हिस्से में कोई है।"

"एक मैकेनिक सो रहा है।"

"उसे वहाँ से बाहर निकालो।"

मैनेजर आगे बढ़ा। अब दोनों उसके पीछे चले। इक़बाल ने देखा कि बन्द टेलिस्कोप जैसा लगता गैरेज खुलते हुए टेलिस्कोप की तरह लम्बा होता जा रहा था। शोर-शराबा काफ़ी था।

कोई मैकेनिक कार का रंग उखाड़ रहा था, तो कहीं ऊबड़-खाबड़ भाग ठोंक कर बराबर किये जा रहे थे। किसी प्रकार की मशीन खुली पड़ी थी, तो कोई कार लावारिस की तरह भी लेटी थी। ज़मीन पर तेल के दाग़ और डोरे के मैले चिथड़े नजर आ रहे थे।

इन सबके बीच से रास्ता बनाते, पानी के गड्ढों पर रखी लकड़ी की फल्लियों पर से क़दम बढ़ाते हुए तीनों गैरेज के पिछले भाग में आये। यहाँ खड़े पतरे लगाकर एक कमरा बना दिया गया था।

मैनेजर अकेले अन्दर जाकर, अन्दर सोये लड़के को जगाकर अपने साथ बाहर आया।

"बेटा!" भेसाड़िया ने इक़बाल को आदेश दिया, "अन्दर चलो।"

वह समझ गया, अग्नि-परीक्षा का वक़्त क़रीब आ पहुँचा है। गुरु उसे यहाँ से दुरुस्त जाने दें तो नसीब, क्योंकि उसने गुरु के केस में दखलंदाज़ी की थी। सिंघ के फ्लैट में से दो जाकिटों के साथ वह छिटक गया, इस कारण गुरु की आबरू में चिंदिया उड़ने वाली थीं।

उसके पीछे भेसाड़िया दाख़िल हुआ। बैठने के लिए यहाँ दो बेंच और दो-दो, तीन-तीन टायरों के ढेर थे। चारेक ख़ाली ड्रम भी एक तरफ़ रखे नज़र आ रहे थे। दूसरी तरफ़ टिन की दीवार पर मैकेनिकों के कपड़े झूल रहे थे।

भेसाड़िया ने उसे बैठने के लिए एक टायर के ढेर की ओर इशारा किया। वह चुपचाप बैठ गया। पर भेसाड़िया ने कुछ कहने से पहले एक दीवार से दूसरी दीवार तक दो चक्कर काटे और उसके सामने खड़े होकर शुरुआत की, "जानता है, तूने

कैसी बेवकूफी की है?"

इक़बाल को कुछ कहने का मौक़ा मिले, इसके पहले उसने फिर दो चक्कर मारे, "तू जानता है, इसका नतीजा क्या होगा?"

उसने मासूमियत से पूछा, "किसका साब?"

उसी क्षण भेसाड़िया ने उसके गाल पर एक थप्पड़ लगा दिया, "साले, हरामी! सब कुछ समझकर नासमझ बनता है!" अभी तक भीतर उबलता हुआ क्रोध अब उसकी आँखों, उसके चेहरे, उसकी उँगलियों से प्रकट हो रहा था। "कल के अख़बारों में मेरे नाम की नीलामी होगी। मेरे आका लोग मुझसे सवाल करेंगे, छह-छह सी.आई.डी. वालों को मैंने घेरा डालने के लिए भेजा था या डिस्को-डांडिया खेलने?"

बोलते-बोलते वह इक़बाल के पीछे आया और पूरी ताक़त का इस्तेमाल कर उसकी पीठ पर घूँसा जमाया। और उसके खुद के गले से चीख़ निकल गयी। इक़बाल की कमीज़ के नीचे सोने के बिस्कुटों वाली दो जॉकिटें थीं, यह हक़ीक़त गुस्से के कारण नज़रअन्दाज़ हो गयी थी।

इक़बाल मौन बैठा था। गुरु के सामने इस समय मुँह खोलने का परिणाम और भी बुरा होने वाला था। वह और भी भड़कने वाला था।

कुछ मिनटों तक भेसाड़िया बड़बड़ाता रहा, बार-बार उसे फटकारता रहा। अन्त में सामने आकर उसके सिर के बाल पकड़े और दाँत पीसकर पूछा, "बोल, तुझे जेल में डालूँ या जहन्नुम पहुँचाऊँ?"

"साब!" इक़बाल ने यह मौक़ा हाथ से नहीं जाने दिया, "जेल में तो मुझे तभी डालना चाहिए था, जब मैं पहली बार आपसे मिलने आपके दफ़्तर आया था।"

इस जवाब की उम्मीद भेसाड़िया ने नहीं की थी। इक़बाल के सिर पर से उसकी पकड़ ढीली पड़ गयी। पलभर वह हैरत से उसे देखता रहा।

"मैंने तेरे पर दया की, क्या वह मेरी भूल थी? भुखमरी के तेरे उन दिनों में मैं तेरे क़रीब खड़ा रहा, क्या वह मेरा दोष था? तुझे कॉलेज में जाने का अवसर दिया, इसे तू क्या कहेगा? मेरा गुनाह?"

एक ही साथ अनेक प्रश्न उछालकर उसने इक़बाल को फटकारा, "नामुराद! जवाब दे।"

"यह मैं यक़ीन के साथ नहीं कर सकता कि मुझ पर रहम कर आपने मेरी भलाई की है या नहीं, पर इतना तय है कि मुझे प्रामाणिकता का सबक़ सिखाकर आपने अपने पैरों पर कुल्हाड़ी मारी है।"

वह और हैरान हुआ, "यानी?"

अब इक़बाल खड़ा हुआ और उसकी आँखों में आँखें गड़ाकर कहा, "आपने मेरा परिचय सिंघ से करवाया, सिंघ ने मुझे पहला काम सौंपा। यह काम मैंने पूरी

ईमानदारी से निभाया। वजह? आप। आपने मेरी गारंटी सिंघ को दी थी, ईमानदारी का प्रमाण-पत्र दिया था। और इस ईमानदारी के बदले मुझे क्या मिला? तीन थप्पड़, दो लात और एक घूँसा। इसके अलावा आपने मेरे बाल खींचे, मेरे कान उमेठे, मेरी गरदन मरोड़ी...”

“बस, बस, बस!” भेसाड़िया उसे रोकते हुए बोला, “क्या तेरा फ़र्ज़ नहीं था कि मेरे केस में टाँग अड़ाने से पहले मुझसे पूछ लेता?”

“मैं जानता होता तो आपको ज़रूर सूचना देता।”

इक़बाल का सत्य उसे छू गया, “हूँ...” कुछ सोचते हुए उसने दो क़दम भरे और पास की बेंच पर बैठ गया। “बात अब समझ में आती है। अनजाने ही तूने मेरा केस बिगाड़ा है और क़ानून की निगाहों में असमानता के लिए जगह नहीं।”

इक़बाल कुछ नहीं समझा, इसलिए भेसाड़िया ने थोड़ी स्पष्टता की, “मसलन कोई व्यक्ति गाँव में मुर्गी को उठाकर अपने घर ले जाये और उस पर चोरी का इल्ज़ाम लगे, तब वह यह कहे कि मैंने सोचा था, मुर्गी का मालिक कोई नहीं होगा तो क़ानून उसकी अज्ञानता नहीं स्वीकार करता।”

“इससे मुझे क्या लेना-देना है?”

“तुझे अपनी अज्ञानता का प्रायश्चित्त करना होगा।” कहते हुए भेसाड़िया ने बेंच पर से ही आदेश दिया, “बेटे! दोनों जाकिटें उतारकर रख दे।”

शाम को इक़बाल जब होटल नटराज पहुँचा तो सिंघ ने ‘व्हाइट हॉर्स’ की बोतल खोलकर पीने की शुरुआत कर दी थी। उसका यह नियम था। सूर्यास्त के बाद यहाँ अपने रूम पर आकर वह पीना शुरू करता और रात के बारह बजने से पहले ज़्यादा नहीं तो कम-से-कम एक बोतल ज़रूर ख़त्म करता। कभी उसके साथ मित्र रहते तो कभी वह उन लोगों को न्योता देता, जिनको बोतल में उतारना होता। ख़ासकर नेता, सचिवालय के उच्च अधिकारी, पुलिस ऑफिसर आदि।

आज उसके साथ एक कॉल-गर्ल थी। दरवाज़ा भी कॉलगर्ल ने ही खोला था। डबल-बेड पर पैर फैला सिंघ तकिये की टेक लगाकर बैठा था। हाथ में गिलास था। शामी क़बाब की एक प्लेट उजली चादर पर पड़ी थी।

इक़बाल के अन्दर आ जाने पर कॉल-गर्ल दरवाजा बन्द कर खिड़की के पास पीठ कर खड़ी हो गयी। सामने मरीन ड्राइव का सागर अपनी मस्ती में थिरक रहा था। मिनी-स्कर्ट से कॉल-गर्ल का रूप महक रहा था। इक़बाल को लगा, इस धन्धे में वह नयी होगी।

उसने चेहरा घुमाकर सिंघ की ओर देखा। सिंघ उसी की ओर देख रहा था। धीरे-धीरे उसकी नज़र फिसलती हुई इक़बाल के सीने पर आयी और टिक गयी। दरअसल उसे उम्मीद नहीं थी कि उसके सामने खड़ा युवक अपने अभियान में

सफल होगा।

शायद क़िस्मत तेज़ हो और वह सफल हो भी जाये, तो जाकिटों के साथ बाहर निकलना असम्भव था। इक़बाल के सीने का घेरा देखने से ऐसा लगता था कि वह एक जाकिट पहन कर आया है। (दूसरी कहाँ?)

सिंघ कुछ कहे, इसके पहले वह बाथरूम में गया और जाकिट उतारकर वापस लौटा, "सॉरी, सिंघ।" जाकिट तह करके उसके सामने डबल-बेड पर रखते हुए बोला, "मैं अपना वादा नहीं निभा सका।"

उसे अचरज हुआ। यह युवक उसके दूसरे आदमियों से एकदम अलग फ़ितरत का था। दो जाकिटों में से एक वह नहीं ला सका, इसका अफसोस जता रहा था।

वह यह एक जाकिट भी न लाया होता तो कौन उससे पूछने वाला था? कौन जानने वाला था? उसने खुद इक़बाल से स्पष्ट शब्दों में कहा था कि जाकिटें बाथरूम से बाहर फेंककर ख़ाली हाथ लौटना है।

सिंघ यह भी जानता था, एक जाकिट का मूल्य 1,80,000 रुपये था। ऐसी दो जाकिटों का घाटा सहा जा सकता है, पुलिस के चक्कर नहीं। दूसरे, करोड़ों की हेराफेरी करने वाले तस्करों के लिए यह रक़म मामूली थी।

सिंघ ने उसे बैठने का इशारा करते हुए पूछा, "दूसरी जाकिट का क्या हुआ?"

"गुरु-दक्षिणा में देनी पड़ी।" डबल-बेड के किनारे पर बैठते हुए उसने संक्षेप में पूरी घटना कह सुनाई। अन्त में जोड़ा, "भेसाड़िया साहब की इच्छा दोनों जाकिटें हड़प लेने की थी। क़रीब एक घंटे तक उनसे माथापच्ची करने के बाद सौदा एक में पटाया।"

सिंघ की नज़र में इक़बाल बालिश्त-भर और बढ़ गया था। "किरण?" उत्साह में आकर उसने खिड़की के पास खड़ी कॉल-गर्ल को पुकारा, "एक गिलास और चाहिए।"

वह आगे बढ़े, इसके पहले इक़बाल ने कह दिया, "मैं नहीं पीता।"

सिंघ को सचमुच आश्चर्य हुआ। उसकी भौंहें ऊँची हुईं। यह कैसा जवान है? न बीड़ी, न सिगरेट, न चाय की आदत, न शराब की लत!

"तकल्लुफ तो नहीं कर रहे हो?"

उसने हँसकर कहा, "व्हाइट हॉर्स की यह बोतल इस वक्त सबसे महँगी शराबों में से एक है। तकल्लुफ करके उसे कोई यूँ ही जाने नहीं देगा।"

यह भी सच था। "देखो इक़बाल, मैं तुम पर बहुत खुश हूँ। इस वक़्त तुम जो भी माँगोगे..." कहते हुए उसने किरण की दिशा में एक नज़र डाली, "तुम्हें मिल जाएगा।"

उसका संकेत स्पष्ट था। एक रात के अढ़ाई हज़ार रुपये वसूलने वाली सोलह वर्ष की इस सुन्दरी को वह माँग सकता था। अथवा सामने पड़ी एक लाख अस्सी हज़ार की जाकिट उठा लेने पर उसका जीवन फटीचरों की श्रेणी से निकलकर लखपतियों में शामिल हो सकता था।

"बोलो, क्या चाहते हो?"

जेब में से उसने ताज फ्लोरिस्ट का बिल निकालकर धर दिया।

"क्या है?" सिंघ की समझ में कुछ नहीं आया। वह उल्लू की भाँति इक़बाल की तरफ़ देखता रहा।

"सौ रुपये के फूलों का बिल। अठारह रुपये पचास पैसे टैक्सी का भाड़ा उसमें और जोड़ना है।"

पटाखा फूटे, इस तरह सिंघ आवाज़ के साथ हँस पड़ा। किरण कभी उसकी ओर देखती थी, तो कभी इक़बाल की ओर। अन्ततः उसने इक़बाल के चेहरे पर नज़र केन्द्रित की और उसे अहसास हुआ—उसका अपना रूप, अपनी जवानी इस युवक के आगे एकदम बेकार है। युवक ने उसे मुफ़्त में भी नहीं स्वीकारा। सिंघ हँसता-हँसता दोहरा हो गया था।

मेरे व्यंग्य-चित्र पाठकों को भले ही हँसी से लोट-पोट न करते हों, उन्हें गुदगुदाते ज़रूर थे।

'चित्रलेखा' (गुजराती) से मैंने शुभारम्भ किया। 'टाइम्स ऑफ इंडिया' में मेरे कार्टून प्रकाशित हुए थे। 'चेत मछन्दर' (गुजराती) में 'बटुक भाई' की चित्रपट्टी बन्द कर मैंने एक पृष्ठ का कार्टून फीचर 'प्रो. छेलबटाऊ' पेश किया। उसे ज़बरदस्त सफलता मिली। 'रमकडुं' (बाल पत्रिका गुजराती) में भी मेरे तीन पात्रों की शरारती टोली 'सोनु, भगु और लखड़ी' ने तहलका मचाने की शुरुआत कर दी थी।

चित्रकला के क्षेत्र में पहले वर्ष दूसरे नम्बर पर आने के कारण मेरी कॉलेज की फीस माफ़ हो गयी। इसके अतिरिक्त छात्रवृत्ति भी मिली। परन्तु कला-सामग्री का ख़र्च इतना अधिक था कि पार्टटाइम नौकरी खोजने की मुझे ज़रूरत पड़ी। मैंने उर्दू के लेखक मुश्ताक़ जलीली के मित्र मोहन बरोडिया के आगे अपनी समस्या रखी।

उन दिनों मोहन, जो मेरा भी अन्तरंग मित्र बन गया था, शक्ति सामन्त का सहायक निर्देशक था। "आबिद!" उसने सोच-विचार कर कहा, "तुम्हारी समस्या का सिर्फ़ एक ही हल मेरे सामने है और वह है फिल्म-लाइन। मैं तुम्हें नौकरी दिला सकता हूँ, पर काम कमरतोड़ करना होगा।"

मैंने सोचने के लिए एक रात का समय माँगा। शान्तिपूर्वक इस बारे में मनन करते हुए मुझे लगा, मेरी इच्छा को सन्तुष्ट कर सके, ऐसा यही एक क्षेत्र था। क्योंकि फिल्म-निर्माण अनेक कलाओं का संगम होता है। दूसरे, मैं दस से पाँच की नौकरी

स्वीकार करने की स्थिति में नहीं था, जबकि फिल्म-लाइन में मुझे सिर्फ़ शूटिंग के दौरान हाज़िरी देनी थी।

मैं शक्ति सामन्त की टीम में शामिल हो गया। फिल्म थी 'सिंगापुर'। मोहन वहाँ चीफ था। उसके मातहत दो और सहायक थे। तीसरे नम्बर पर मुझे स्थान मिला। जैसे सरकारी दफ्तरों में चपरासी को मज़ाक़ में 'थर्ड-ग्रेड' ऑफिसर कहा जाता है, उसी तरह मैं थर्ड असिस्टेंट बना था। पर मेरा काम घरेलू नौकर से किसी माने में बेहतर नहीं था।

शॉट तैयार हो जाये तो फर्श पर झाड़-बुहार करना, गीला फटका मारकर उसे चमकाना मेरा काम था। कभी हीरोइन के सैंडल उठाकर प्रॉपर्टी-रूम की तरफ़ लपकना तो कभी हीरो के लिए चाय का कप लेकर मेक-अप रूम में जाना, ऐसे छोटे कामों के बीच मुझे ज़िम्मेदारी का भी एक काम सौंपा गया था और वह था 'क्लैप' देना।

मैं प्रसन्न था। यहाँ मेरे लिए जानने, समझने और सीखने के लिए बहुत कुछ था।

शूटिंग के दौरान दो शॉट्स के बीच लाइटें बदलने में दो से तीन घंटे लग जाते। फ़ुरसत के इस समय में मैंने शरत् बाबू के उपन्यास 'देवदास' से साहित्य पढ़ने का मुहूर्त किया। (मुश्ताक़ जलीली के वे प्रिय लेखक थे और मुझे भी उनकी पुस्तकें पढ़नी चाहिए, ऐसा उनका आग्रह था।)

लगभग डेढ़ वर्ष में शूटिंग पूरी हुई, तब तक मैंने शरत् बाबू का सम्पूर्ण सेट पढ़ डाला। एक नयी सृष्टि मेरी आँखों में फैल गयी। सशक्त बंगाली पात्र मेरी आँखों में खेलने लगे। पहली बार मुझे अंतःप्रेरणा हुई। शरत् बाबू उपन्यास लिख सकते हैं, तो मैं क्यों नहीं लिख सकता?

जीवन में हर क़दम पर मैं अपने आपसे इस तरह प्रश्न करने वाला था और प्रगति के शिखर सर करते जाने वाला था। व्यंग्य-चित्र के क्षेत्र में मेरा टार्गेट वॉल्ट डिज़ने था तो चित्रकला के क्षेत्र में डच चित्रकार वान गॉग। साहित्य के क्षेत्र में मैंने शरत् बाबू को अपना आदर्श माना था।

इक़बाल का टार्गेट सिंघ था। जैसे-जैसे वह सिंघ के निकट आता गया, उसका इरादा अटल होता गया। सिंघ को भी वह जँच गया था। ऐसा युवक किसे प्यारा नहीं लगेगा, जो पाँच वक्त की नमाज़ पढ़ता हो, जिसमें एक भी बुरी आदत न हो, सुशिक्षित हो, साहसी हो और साथ-साथ बुद्धिमान भी।

जैसे मुझे गढ़ने के लिए मोहन ने मेरे नये जीवन की शुरुआत बुनियादी तजुर्बों से की थी, सिंघ ने भी इक़बाल के लिए कुछ ऐसा ही किया था। नये खिलाड़ी की तरह वह 'कैरियर' बन गया था। पर ऐसे कामों में अब उसे तनिक भी रुचि नहीं

थी। फिर भी वह चुप रहा। कुछ कहने के लिए अभी वक़्त नहीं था। वैकेशन ख़त्म हो गया था, कॉलेज खुल गये थे। फर्स्ट ईयर से इक़बाल इंटर में आया था। इस वर्ष सफल होकर उसे मेडिकल में जाना था। इसके लिए मन लगाकर अध्ययन करने की ज़रूरत थी, उसने 'भोला क्लासेस' ज्वाइन करने का निश्चय किया।

कॉलेज की इमारत में पहला क़दम रखते ही उसे आज कुसुम याद आयी। पलभर के लिए वह रुक गया। आख़िर वह युवती कौन थी? उसके वर्ग में जैसे दूसरे छात्र थे, वैसे वह भी एक थी। कभी-कभार रूबरू हो जाने पर दोनों औपचारिक मुस्कान बिखेरकर अपने-अपने रास्ते बढ़ जाते थे।

वह यह भी जानता था, कुसुम एक युवक के प्रेम में थी। उस युवक की कार में दोनों को साथ जाते उसने कई बार देखा था, फिर भी उसे बेचैनी क्यों हो रही थी? सवाल क्यों उठते थे?

कुसुम ने उसे पाइप से उतरते हुए देख क्या सोचा होगा? एक सज्जन के रूप में उसकी तस्वीर कुसुम के मन से मिट गयी होगी? दूसरे ही क्षण उसे उत्तर सूझा और उसके रुके हुए क़दम लिफ्ट की ओर बढ़ गये।

तस्वीर मिटे या रहे, इससे क्या फ़र्क़ पड़ने वाला था? इस घटना को हुए लगभग दो महीने बीत चुके थे। शायद छुट्टियों में सब कुछ भुला भी दिया हो!

पहला पीरियड उसका ख़ाली था। लिफ्ट में चौथी मंज़िल पर आकर वह पुस्तकालय में बैठ गया। 'बाबरनामा' पुस्तक उसके सामने थी। उसे साहित्य में रुचि नहीं थी। लेकिन उन ग्रन्थों को पढ़ना उसे पसन्द था, जिनमें अलग-अलग धर्मों के बारे में कुछ नया जानने को मिले। अलबत्ता, इस्लाम धर्म का अध्ययन उसका मुख्य विषय था।

उसे जानना था, मनुष्य की तरह धर्मों को भी वृद्धावस्था क्यों नहीं आती है? अन्त में जैसे काया में से प्राण निकलता है, उसी तरह धर्म में से सत्त्व निकलकर क्यों अलग हो जाता है? अन्धे भक्त सड़े हुए मुर्दे से क्यों लिपटे रहते हैं?

क़रीब एक घंटे के बाद पुस्तक वापस करने के लिए वह खड़ा हुआ। कुछ दूरी की मेज़ पर 'कुमार' (गुजराती कला और साहित्य की पत्रिका) के पन्ने पलटती कुसुम भी खड़ी हुई। उसका ध्यान पहली बार उस दिशा में गया। आँखें चार हुईं। कुसुम ने मुस्कान बिखेरी। यह मुस्कान औपचारिक नहीं थी। दोनों एक साथ बाहर निकले।

"आज तुम मेरी मुस्कान का जवाब देना भूल गये।" कुसुम ने उसके साथ क़दम उठाते हुए उसे याद दिलाया।

"मुस्कान फार्मल होती तो ज़रूर जवाब देता।"

"तुम्हें खास लगी, इसकी कोई वजह भी तो होगी!"

"हो तो मैं नहीं जानता।"

"तुम अजीब लड़के हो।"

"मुझे आज पता चला।"

"सच बताऊँ तो मैंने तुम्हें पहली बार देखा, तब से मेरे मन में प्रश्न उठते आ रहे हैं।"

उसके साथ क़दम बढ़ाते हुए इक़बाल सुनता रहा।

''मैंने तुम्हारे हाथ में कभी भी कॉमिक्स या जेम्स हैडली चैज़ जैसी चीप पुस्तकें नहीं देखीं। आज भी तुम एक ऐतिहासिक किताब 'बाबरनामा' का तर्जुमा पढ़ रहे थे।''

इक़बाल के होंठ खुल गये। वह सब कुछ भूलकर बोल उठा, ''जानती हो, सबसे पहले गाय के क़त्ल पर रोक लगाने का ख़याल किसे आया?''

''बाबर को?''

''यू आर राइट।'' कहते हुए उसने जोड़ा, ''हमारा पुस्तकालय ज्ञान का भंडार है। उसकी खिड़की में से हम दुनिया को देख सकते हैं।''

''तुम्हारी बात शायद सही होगी।'' लिफ्ट के पास रुकते हुए वह बोली, ''लेकिन संसार को मैं अपने झरोखे से देखना ज़्यादा पसन्द करती हूँ।''

इक़बाल को उसका यह जुमला अखर गया। अन्दर से वह तड़प उठा। क्यों?

क्योंकि वह सच बोली?

क्योंकि उसने चतुराई से वार किया?

आख़िर उसका इरादा क्या था? उसने जो कुछ अपनी बालकनी में से देखा था, उससे वह प्रसन्न थी? नाराज़ थी? इतना तय था कि वह इक़बाल का हित चाहती थी, वर्ना उसने उसके सामने देखने की दरकार ही न की होती। 'तुम्हें पहली बार देखा, तभी से मेरे मन में सवाल उठते रहे हैं'—कुसुम के इन शब्दों पर यक़ीन किया जाये तो फर्स्ट ईयर से ही उसकी नज़रें इक़बाल का निरीक्षण करती रही थीं।

लिफ्ट आने पर दोनों चुपचाप अन्दर गये। कुछ ही क्षण पहले गहरे मित्रों की भाँति बातें करते दो युवा हृदय अजनबी बन गये। कुसुम तिरछी नज़रों से उसके चेहरे के बदलते रंग देख रही थी। वह समझ गयी थी कि उसका तीर निशाने पर बैठा था।

''मेरी बात ग़लत थी?''

एकाएक पूछे गये प्रश्न के उत्तर में वह बोल गया, ''ना-ना।''

''तब चुप क्यों हो गये?''

''सोच रहा था...खिड़की में से दिखती दुनिया और झरोखे में से दिखती दुनिया के बीच क्या फर्क होता है।''

लिफ्ट रुकने पर कुसुम ने दरवाज़ा खोला, ''कुछ जवाब मिला?''

''पहले में फ्रेम का ढाँचा बीच में होने के कारण हमें दुनिया सीमित दिखायी देती है, जबकि दूसरे में सामने कोई रुकावट न होने की वजह से जरूरत से ज्यादा आँखों में समा जाती है।'' कहते हुए उसने जोड़ा, ''और मनुष्य अपनी हद में रहकर सब कुछ देखे, बोले, सुने तो वह कभी दुःखी नहीं होता।''

तीखे वार का तल्ख़ जवाब देकर वह लिफ्ट से बाहर निकला और पलटकर देखे बिना अपनी कक्षा की दिशा में आगे बढ़ गया।

उस शाम वह 'भोला क्लासेस' में नाम दर्ज कराकर नटराज होटल पहुँचा। इस बीच कुसुम उसके विचारों में उलझती रही।

ईंट का जवाब पत्थर से देना क्या आवश्यक था?

जवाब 'ना' में मिला। पर वह लाचार था। यह उसका स्वभाव था। गुनाहख़ोरी की जिस दुनिया में वह साँस ले रहा था, वहाँ ईंट का जवाब बन्दूक की गोली से दिया जाता था।

सिंघ को देखकर उसने कुसुम-अध्याय बन्द कर नया विषय छेड़ा। आज उसने मन-ही-मन तय कर लिया था। 'कैरियर' के नाम पर पूर्ण विराम लगाने का समय आ पहुँचा था।

''देखो सिंघ'', इक़बाल ने डबल-बेड पर उसके सामने बैठकर समझाने का प्रयास किया, ''ग्रेजुएट को कोई चपरासी नहीं बनाता और मेरी हालत इस समय ऐसी ही है। एक ठिकाने से जाकिटें लेकर दूसरे ठिकाने डिलीवर करना, यह काम बच्चों का है। मैं नया रंगरूट नहीं हूँ, इसका यक़ीन तुम्हें अब तक हो गया होगा।''

सिंघ ने गौर से उसकी बान सुनी, 'व्हाइट हॉर्स' का एक घूँट लिया, ''क्या चाहते हो?''

''क्रासिंग।''

क्रासिंग यानी बीच समन्दर में, आधी रात में जहाज़ आमने-सामने मिलें और एक में से तस्करी का माल निकालकर दूसरे में चढ़ाया जाये। इस काम के लिए रशीद परकार के साथ वह एक बार गया था, लेकिन हम्माल बनकर।

दूसरे, वह हुक्म लेने के लिए नहीं, हुक्म देने के लिए पैदा हुआ था। इस लक्ष्य तक पहुँचने के लिए तलहटी से निकलकर शिखर की ओर आगे बढ़ना जरूरी था।

''थोड़ा धीरज रखो।'' सिंघ ने उसे समझाया, ''वक्त आने पर तुम्हारी तरक्की ज़रूर होगी।''

''मुझे यही जानना है कि वह वक़्त कब आयेगा?''

''बहुत जल्द, बॉस तुम पर प्रसन्न हैं।''

''बॉस!'' वह चौंका।

"मेरे सिर पर भी कोई हाकिम बैठा है।"

पहली बार उसे ख़याल आया कि उसका टार्गेट गलत था। जिसे उसने निशाना बनाया था, वह तो शतरंज का सिर्फ़ एक मोहरा था।

13

शक्ति सामन्त की फिल्म पूरी हुई और साथ ही मेरी नौकरी भी। मैं बेकारी का अनुभव करूँ, इसके पहले उर्दू के लेखक मुश्ताक़ जलीली निर्माता-निर्देशक सदाशिव राव कवि को अपनी एक कहानी 'बेगाना' बेचने में सफल हो गये।

जीवन में मिली अनेक विफलताओं के बाद उनकी कहानी पर फिल्म का निर्माण होने जा रहा था। इस नये ग्रुप में उन्होंने सहायक निर्देशक के रूप में मेरा परिचय दिया और मेरी नयी नौकरी पक्की हो गयी।

उन दिनों धर्मेन्द्र अपना नसीब आज़माने नया-नया बम्बई आया था। उसने 'दिल भी तेरा हम भी तेरे' जैसी एक-दो सी-ग्रेड की फिल्में साइन की थीं। यह उसकी पहली सामाजिक फिल्म थी। बलराज साहनी तथा मीना कुमारी के साथ 'भाभी की चूड़ियाँ' बना चुके सदाशिव राव कवि जैसे सफल निर्देशक के साथ काम करने का उसे बढ़िया अवसर मिला था। हीरोइन की भूमिका के लिए बंगाल की खूबसूरत अभिनेत्री सुप्रिया चौधरी को चुना गया।

यूनिट में प्रेम कुमार नाम का केवल एक सहायक निर्देशक था और तीन सहायकों का काम वह बन्दा खुद अकेला सँभालता था। मैं उसके मातहत दूसरे नम्बर पर था। अब काम का बोझ मेरे सिर पर बढ़ा। साथ ही अनुभव प्राप्त करने के अवसर भी बढ़े। गीत रिकॉर्डिंग, एडिटिंग, लैब वगैरह नये-नये विभागों में मैंने पांव पसारे।

'सिंगापुर' फिल्म की शूटिंग के दौरान मेरा काम सिर्फ़ बम्बई तक सीमित था। आउटडोर शूटिंग के लिए यूनिट के विदेश जाते समय मुझे छाँट दिया गया था। यहाँ दूसरे नम्बर पर होने के कारण मेरा पहली बार बम्बई से बाहर जाना हुआ। स्थल था आगरा। एक गीत ताजमहल के बग़ीचे में फिल्माना था।

मुझे याद है, आगरा का फाइव स्टार होटल 'क्लार्क सिराज' उन्हीं दिनों खुला था। हमारी बुकिंग उसी में थी। धर्मेन्द्र मेरे बगलवाले कमरे में था। स्वभाव से हँसमुख और मिलनसार होने के कारण मुझे उसका साथ रास आ गया। उसे भी मेरा शान्त स्वभाव पसन्द था।

धर्मेन्द्र में एक खूबी थी। चाय में शक्कर घुले, इस तरह वह नये लोगों में घुल-मिल जाना जानता था। हमारी यूनिट के छोटे-से कर्मचारी के साथ भी वह गले में हाथ डालकर बात करता। उसकी सफलता की शायद यह एक मुख्य वजह थी।

मुझे उसके जीवन में, उसकी बातों में रुचि थी। लगभग वह बोलता और मैं सुनता। शाम को शूटिंग पूरी होने पर हम होटल में आते। बोतल खोलकर वह शुरू करता। जैसे-जैसे उसे नशा चढ़ता जाता, महफ़िल का रंग जमता जाता।

''आबिद! तुझे जीवन में सफल होना है?'' आधी बोतल पीने के बाद यह सवाल वह जरूर पूछता और मैं भी उसे एक ही उत्तर देता, ''सफलता कौन नहीं चाहता?''

''तो तू भी पीना शुरू कर दे।'' कहते हुए वह बोतल मेरे सामने रखता, ''आज कर दे मुहूर्त, बन जा महान!''

उसके हाथ से बोतल लेकर मैं बात को दूसरी ओर मोड़ देता। कुछ दिनों इस तरह चला। और एक दिन उसे पता चल गया। इस बार बोतल मेरे हाथ में न सौंप उसने खाली गिलास में एक और पेग तैयार किया।

''पी!''

मैंने कभी शराब नहीं पी थी। कभी भी मुझे उसके प्रति आकर्षण नहीं हुआ था। बचपन में कुछ दिनों सिगरेट फूँकी थी, उसकी लत भी मुझे नहीं लगी थी। परन्तु शराब...यह मेरा संस्कार नहीं था। घुट्टी में ही मुझे सिखाया गया था कि शराब हराम है।

''पी!'' उसने फिर कहा।

मैंने पहली बार शराब चखी। अच्छी लगी। पूरे दिन की शूटिंग की थकान उतर गयी। उस रात नींद भी अच्छी आयी। सुबह मन प्रफुल्लित था।

बाक़ी जितने दिन आगरा में रहा, धर्मेन्द के साथ रोज़ रात में एक पेग पी। यही मेरी सीमा थी। मुझे बहकना नहीं था, होश नहीं खोना था। मुझे सिर्फ़ तन और मन प्रसन्न रखना था।

शराब के मामले में मैंने कुछ नियम अपना लिये हैं। दूसरा यह कि कठिनाइयों और दुखों में कभी नहीं छूना चाहिए। दुख में एक पेग पीने के बाद दूसरे की इच्छा होती है। 'देवदास' की त्रासदी यही थी। पहले उसने शराब पी, फिर शराब उसे पी गयी।

यह सही है कि शराब का ऐब नाग की तरह विषैला है, परन्तु जो व्यक्ति इस नाग पर क़ाबू पा ले, उसके लिए अमृत बन जाता है। उसका चेहरा दप-दप होने लगता है।

इक़बाल के चेहरे की रौनक़ उड़ गयी। एक साथ वह कई समस्याओं का सामना

कर रहा था। सिंघ की गैंग में भर्ती होकर मानो वह पहली सीढ़ी पर ही स्थिर हो गया था। डिलीवरी का जो काम उसे सौंपा गया था, इसमें उसे दिलचस्पी नहीं थी। जमीन पर से सफ़र शुरू कर वह आकाश को छूना चाहता था।

दूसरी समस्या कॉलेज में खड़ी हुई। कुसुम के बॉयफ्रेंड शरद को उस पर शक हो गया। कुसुम अब उसे देखकर विशेष मुस्कान बिखेरती थी। और शरद से यह छिपा नहीं था। उसने मान लिया कि इक़बाल ने दाने डालकर उसकी प्रेमिका को जाल मे फँसाने की शुरुआत की है।

इक़बाल की तीसरी समस्या एकदम अप्रत्याशित आ पड़ी थी। रज़्ज़ाक़ तथा फीरोज़, उसके दोनों छोटे भाई अभी स्कूल में पढ़ते थे। फीरोज़ उसकी तरह लगन से पढ़ाई कर रहा था, पर रज़्ज़ाक़ की रुचि उठ गयी। उसके मार्क्स दिनोंदिन कम होते जा रहे थे। पिछले टर्मिनल में वह तीन विषयों में फेल हुआ था। बाक़ी विषयों में भी उसके अंक गर्व करने जैसे नहीं थे।

इस बात से इक़बाल अनजान नहीं था। और एक दिन गली के लड़के उसके घर चढ़ आये। इक़बाल कॉलेज जाने के लिए घर से निकल रहा था कि लड़के उसका रास्ता रोककर खड़े हो गये। उसने देखा तो बीच में खड़े एक लड़के का चेहरा लहूलुहान था।

इक़बाल को वह दिन याद आया, जब उसने अली नाम के एक लड़के को घूंसा मारकर उसकी नाक तोड़ डाली थी। उस समय भी गली के लड़के फ़रियाद लेकर उसके पिता के सामने हाज़िर हुए थे। तब हुसेनअली ने उसे बुरी तरह पीटा था।

आज वह खुद पिता के स्थान पर था। इतिहास का पुनरावर्तन हो रहा था। वही समस्या उसके सामने खड़ी थी और उसके पास कोई हल नहीं था। रज़्ज़ाक़ को सज़ा देने से वह सुधरने वाला नहीं था। शायद प्यार-दुलार से समझाने पर कुछ नतीजा निकले, ऐसा उसका अनुमान था।

गली के लड़कों को आश्वासन देकर वह कॉलेज आया और उसकी नज़र शरद पर पड़ी। अपने चार-पाँच मित्रों की टोली के साथ वह इक़बाल का इन्तजार करता कार की टेक लिये खड़ा था।

इक़बाल ने जैसे उसे देखा न हो, आगे बढ़ने लगा। शरद ने अचानक हाथ बढ़ाकर उसे रोका, "जल्दी है?"

इक़बाल ने उसे सामने देखकर खौलता हुआ जवाब दिया, "मैं यहाँ पढ़ाई करने आता हूँ, बाप की कमाई पर मौज़ उड़ाने नहीं।"

शरद ने दोनों हाथ से उसके शर्ट का कॉलर पकड़कर उसका चेहरा अपने चेहरे के करीब लिया, "मैं भी यही समझता था कि तुम यहाँ पढ़ाई करने आते हो, रोमांस लड़ाने नहीं। याद रहे, फिर भी कुसुम को फुसलाने की कोशिश की तो घर

सही-सलामत नहीं लौटोगे।''

इक़बाल को कुछ कहने, कुछ स्पष्टीकरण देने की ज़रूरत नहीं थी। वह जानता था, शरद को अपनी ताकत पर घमंड है। दूसरे, उसे मित्रों का सहारा भी था। उन सबको ललकार कर सुपरमैन बनने की इच्छा इक़बाल की नहीं थी। कम-से-कम कॉलेज में उसे अपनी छवि एक सुसंस्कृत छात्र की रखनी थी।

शरद ने उसका कॉलर छोड़ते समय धक्का भी दिया। दो क़दम पीछे हटकर उसने शर्ट ठीक की और कॉलेज में दाख़िल हो गया।

आज प्रैक्टिकल का दिन था। पहली बार मेढक पर होने वाला चीरफाड़ का प्रयोग देखकर छात्र उसका अध्ययन करने वाले थे। एक-एक लम्बी मेज पर सात-सात छात्रों के बीच एक-एक मेढक चित लिटा दिया गया था। मेढक के हाथ-पैर फैले थे, धागे से बँधे थे।

जो मेज़ इक़बाल की थी, वह कुसुम की भी थी। शरद ने यह दूर से देखा और उसकी भौंहें तन गयीं। पर वह लाचार था। वह यह भी जानता था कि इसमें इक़बाल का कोई दोष नहीं।

कक्षा के रजिस्टर में दर्ज नाम तथा नम्बरों के अनुसार छात्रों के ग्रुप बनाये गये थे। कुसुम तथा इक़बाल का आखिरी नाम अँग्रेजी के अक्षर 'आर' से शुरू होता था, इसलिए दोनों के नाम अगल-बगल थे।

इक़बाल ने तिरछी आँखों से शरद की ओर देखा और थोड़ी बेचैनी अनुभव की। उसकी लाचारी भी यही थी। वह मेज़ नहीं बदल सकता था, नहीं तो उसने ऐसा ही किया होता। बिलावजह वह किसी का मन दुखाना नहीं चाहता था। लड़ाई-झगड़े में पड़ने की उसकी इच्छा नहीं थी।

अन्ततः परिस्थिति स्वीकार कर उसने सामने खड़े प्राध्यापक से विनती की, ''सर, आपकी इजाजत हो तो इस मेढक पर मैं प्रयोग करूँ।''

प्राध्यापक को आनन्द के साथ आश्चर्य भी हुआ। प्रैक्टिकल का आज पहला दिन था। आज वे पहली बार मेढक को चीरना सिखाने वाले थे। परन्तु वे यह नहीं जानते थे कि इक़बाल पहले से इसके लिए तैयार होकर आया था।

उसने 'भोला क्लासेस' ज्वाइन की थी। वहाँ उसने मेढक की चीरफाड़ देखी थी। घर आकर उसने अपने हाथों से मेढक पर प्रयोग कर देखा था। उसके लिए अब यह दायें हाथ का खेल था।

कुसुम मन-ही-मन काँप उठी। इक़बाल तथा कुसुम के संस्कारों में ख़ासा अन्तर था। वह मांसाहारी था, कुसुम शाकाहारी थी, जैन थी। जिन्दा मेढक को काटना दूर रहा, नजरों के सामने कटते हुए कैसे देखा जाये, यह उसकी समस्या थी। मन-ही-मन वह अकुलाहट महसूस कर रही थी।

कक्षा में से भाग जाने की उसकी इच्छा हुई। यह भी सम्भव नहीं था। उसे मेडिकल में जाना था, डॉक्टर बनना था। मेढक का कटना नहीं देख सकेगी तो काट कैसे सकेगी? मेढक की चीरफाड़ नहीं कर पायेगी तो भविष्य में ईश्वर के अनमोल सर्जन मनुष्य के शरीर पर कैसे चीरा लगा सकेगी?

मन मसोसकर उसने डरते-डरते मेढक पर नजर डाली। इक़बाल के हाथ में छुरी थी। ऑपरेशन कर रहे सर्जन की भाँति मेढक के गले पर नोक स्थिर रख, थोड़ा दबाकर वह धीरे-धीरे नीचे की तरफ सरकाने लगा। मेढक का पेट चिरता गया, बाकी विद्यार्थी कौतूहल से देख रहे थे।

कुसुम की आँखें चौड़ी हो गयीं। मुँह खुल गया। उसे लगा कि वह उलटी कर देगी। तुरन्त उसने मुँह पर हाथ दबा दिया। इससे कुछ ज़्यादा फ़र्क़ नहीं पड़ा। उसकी आँखों में अँधेरा उतरने लगा था।

अचानक वह गश खाकर इक़बाल पर ढह गयी। मेज पर छुरी फेंक इक़बाल ने उसे अपने दोनों हाथों में सँभाल लिया। वह बेहोश हो गयी थी।

सामने की ओर से प्राध्यापक दौड़ आये तो बायीं ओर से शरद आया। प्राध्यापक ने आँखों से घुड़ककर शरद को वापस अपनी जगह खदेड़ दिया। इकबाल अभी भी दोनों हाथों से कुसुम को उठाकर जहाँ का तहाँ खड़ा था। उसकी दुविधा साँप-छछून्दर जैसी थी।

प्राध्यापक ने उसे इशारा किया और वह कुसुम को लेकर उनके पीछे-पीछे चला। दोनों गलियारा पार कर स्टाफ-रूम में आये। इक़बाल ने कुसुम के निश्चेष्ट शरीर को एक लम्बी मेज़ पर लिटा दिया। प्राध्यापक ने पंखें का बटन दबा दिया।

चर...चर...चर करते हुए पंखा चलने लगा। कुसुम होश में आयी। पलभर वह खुली आँखों से छत पर घूमते पंखे की ब्लेड देखती रही। एकाएक सबकुछ याद आने पर वह तुरन्त बैठी भी हो गयी।

"आई एम सॉरी, सर!" प्राध्यापक की ओर देख वह बोल उठी। फिर इक़बाल की ओर देखा और लज्जा से नज़रें झुका लीं।

"सर..." इक़बाल ने कहा, "मेरा प्रयोग अधूरा है। इजाज़त हो तो मैं वापस कक्षा में जाकर..."

"श्योर..."

कुसुम तुरन्त मेज पर से सरककर नीचे आयी, "इक़बाल! मैं भी तुम्हारे साथ चलूँगी।"

इक़बाल के आगे बढ़े हुए क़दम स्टाफ-रूम की चौखट पर रुक गये। कुसुम को खड़ी देख जितना आश्चर्य उसे हो रहा था, उतना प्राध्यापक को भी हुआ था।

"इच्छा न हो तो जबरन जाने की ज़रूरत नहीं।" उन्होंने कहा।

"सर," वह दृढ़ता से बोली, "यह घिन, यह भय मन से न निकला तो मैं जीवन में आगे कैसे बढ़ूँगी?"

दोनों छात्र वर्ग की ओर आगे बढ़े।

"क्या हुआ था?" उसके साथ क़दम बढ़ाते हुए कुसुम ने पूछा।

"मुझे लगा तुम सब कुछ जानती होगी।"

"सिर्फ़ इतना जानती हूँ, मेरी आँखों में अँधेरा छा गया था और मैं गिर पड़ी थी।"

"तुम और कहीं नहीं, मेरे सीने पर गिरी थीं।" इक़बाल ने हँसते हुए कहा, "और तुम्हें दोनों हाथों में उठाकर मैं यहाँ ले आया था।"

"सच!"

"इसमें ताज्जुब की क्या बात है?"

"मेरा बोझ अधिक नहीं लगा होगा!"

इक़बाल ने रुककर उसकी तरफ़ देखा। कुसुम ने आँखें नहीं झुकायीं। स्थिर दृष्टि से दोनों एक-दूसरे को देखते रहे। इन क्षणों में इक़बाल की समझ में आ गया कि कुसुम उसे अन्तर्मन से चाहती है।

शाम को वह होटल नटराज पहुँचा, तो सिंघ वहाँ मौजूद नहीं था, पर किरण थी। उसी ने कमरे का दरवाज़ा खोलकर इक़बाल का स्वागत किया। उसे सहज ही ख़याल आया। शाम सात बजे के पहले बिला-नागा यहाँ आकर पीना शुरू करने वाला सिंघ आज कहाँ गायब हो गया होगा?

अन्दर दाखिल होने के पहले उसने किरण से पूछा, "कब आयेंगे?"

"मैं नहीं जानती।"

वह वापस लौटने ही वाला था कि किरण ने आगे कहा, "तुम्हें बैठने को कहा है।"

इक़बाल अन्दर दाख़िल हुआ। किरण ने दरवाज़ा बन्द किया। वह चौंका, हालाँकि चौंकने के लिए उसके पास कोई वजह नहीं थी। होटल के कमरे का दरवाज़ा कोई खुला नहीं छोड़ता, यह स्वाभाविक था। जब वह कमरा तस्करों का हो तो दरवाज़ा खुला रखने का प्रश्न ही नहीं उठता।

डबल-बेड पार कर एक कुर्सी पर बैठते हुए उसने किरण की ओर देखा। किरण दरवाज़े के पास से आगे बढ़कर खिड़की तक चली गयी थी। वहीं से उसने वार किया, "मुझसे डर लगता है?"

इस प्रश्न की आशा इक़बाल ने उससे नहीं की थी। हक़ीक़त में वह थोड़ा बौखलाया हुआ ज़रूर था। इस तरह एक बन्द कमरे में अकेली लड़की के साथ बैठते हुए उसके दिल की धड़कनें भी तेज हो गयी थीं। किरण ने उसके भीतर की

बेचैनी भाँप ली।

उसके सवाल का जवाब देते हुए इक़बाल ने सिर्फ़ इशारे से 'ना' कहा।

"तो इस तरह तन कर क्यों बैठे हो?" मुस्कान फेंकते हुए उसने फिर कहा, "टेक लगाकर आराम से बैठो।"

यह भी सही था कि कुर्सी के किनारे पर वह तनकर बैठा था, जैसे कोई अचानक हमला करने वाला हो और वह बचकर भाग जाने के लिए तैयार हो।

किरण खिड़की से चलकर सामने आयी और अपने दोनों हाथ उसके कँधों पर रखकर धीरे से उसकी पीठ टिका दी। फिर खुद भी उसके सामने पलँग पर बैठ गयी।

अब तक इक़बाल ने उसके चेहरे में सीधे देखने की दरकार नहीं की थी। अब उसके सामने देखे बिना उपाय भी नहीं था। न देखने से अपनी कमज़ोरी सतह पर आ जाने का डर था।

"मैं खूबसूरत नहीं?"

इस बार उसने सीधे आँखों में देखा। किरण ने गुलाबी टी-शर्ट के नीचे जींस का मिनी-स्कर्ट पहना था। कमर में मगर के चमड़े का मोटा पट्टा था। पैर पर पैर चढ़ाकर बैठी होने के कारण उसकी जाँघें स्पष्ट देखी जा सकती थीं।

"मैं सुन्दर नहीं?"

"हो।" उसने स्वीकारा।

"मैं जवान नहीं?"

उसने 'हाँ' कहा।

"मेरी उमर क्या होगी?"

"सत्रह साल।"

"बिल्कुल सही," वह बोली, "फिर भी मुझसे मुँह चुराते हो?"

इक़बाल के भीतर सवाल उठा—आख़िर इस लड़की के मन में कुलबुला क्या रहा है?

"ताक-झाँक करने की मुझे आदत नहीं।"

"सुन्दर लड़की की ओर कोई ग़ौर से न देखे तो वह उसकी सुन्दरता का अपमान होता है।"

"मेरा मज़हब ऐसा नहीं मानता।"

"क्या मानता है?"

"औरतों के आगे नीची नज़र रखना, यह उनका सम्मान है।"

"मैं औरत नहीं, लड़की हूँ।"

"क्या चाहती हो?" उसने सीधे सवाल किया।

"एक दोस्त की तरह दो घड़ी बात करना।"

इक़बाल को विश्वास नहीं हुआ।

"तुमने क्या सोचा था?" कहते हुए किरण के होंठों पर शरारत भरी मुस्कान खेल गयी।

साँप की तरह वह चिमटे में फँस गया। इस लड़की को पहली मुलाकात में उसने जितनी नादान समझा था, उतनी नासमझ वह नहीं थी, बल्कि चालाक थी। मित्र बनाने के क़ाबिल भी थी।

"मैंने क्या सोचा होगा?" सवाल पर सवाल फेंक कर वह चिमटे की गिरफ़्त से बाहर निकल गया।

किरण हँस पड़ी। लिपिस्टिक लगे होंठों के बीच से उसके सफ़ेद दाँतों की पंक्तियाँ चमक उठीं।

"इक़बाल!" पहली बार उसका नाम लेते हुए वह बोली, "तुम्हारे सवाल का सही जवाब दूँ या गलत?"

"तुम्हें जो ठीक लगे वह दो।"

"मेरे बारे में तुमने वही सोचा, जो दूसरे मर्द सोचते हैं।" कहते हुए उसने जोड़ा, "तुमने सोचा, अकेलेपन का फायदा उठाकर मैं तुम्हें फँसा लूँगी, है ना?"

इक़बाल ने इल्ज़ाम स्वीकार कर लिया।

"पर तुम एक बात भूल गये, मेरे साथ एक शाम गुज़ारने की क़ीमत अढ़ाई हज़ार रुपये है।"

"किसलिए?"

अब चौंकने की बारी उसकी थी, "क्या?"

"इस उम्र में तुम्हें धन्धा करने की ज़रूरत क्यों पड़ी?"

"यही सवाल मैं तुमसे पूछूँ तो?"

इक़बाल हिल गया।

किरण शरीर का सौदा करती थी, ज़रूर उसकी कोई लाचारी होगी! इक़बाल तस्करी में आधा डूबा हुआ था। उसकी अपनी क्या मजबूरी थी? अब तक उसने पाँचेक लाख रुपये इकट्ठा कर लिये थे। उसके पास क्या बहाना था? डिलीवरी-बॉय से वह बॉस बनना चाहता था। किसलिए? क्योंकि तस्करी का धन्धा लहू बनकर उसकी रगों में दौड़ने लगा था, ज़हर बनकर उसके शरीर में फैल गया था।

वह खड़ा हो गया।

किरण समझ गयी। उसके सवाल की सच्चाई इक़बाल का हृदय बींध कर गहराई तक उतर गयी थी। उसकी अन्तरात्मा तड़प उठी थी।

किरण ने उसे नहीं रोका। वह दरवाज़ा खोलकर बाहर निकलने लगा और सिंघ उसके सामने खड़ा था। एक दीवार उसके सामने खड़ी थी। उसे लाँघकर भाग

निकलना उसके लिए सम्भव नहीं था। उसमें सेंध लगाकर निकल पाना भी अब कठिन था।

सिंघ ने उसके गले में बाँह डाली और अपने साथ वापस कमरे में ले आया। किरण डबल-बेड से खड़ी हो, अलमारी तक गयी और अन्दर से 'व्हाइट हॉर्स' व्हिस्की की बोतल लेकर वापस आयी।

सिंघ तकिये की टेक लगाकर डबल-बेड पर बैठ गया था। अभी तक वह ख़ामोश था। चेहरा गम्भीर था। कहीं से वह सिर पर बोझ लेकर आया था, इस बोझ की चिन्ता उसकी आँखों से स्पष्ट झलकती थी।

इक़बाल उसकी बायीं ओर कुर्सी पर बैठा था। दोनों के बीच आकर इंटरकाम का रिसीवर किरण ने उठाया और आइस-क्यूब के साथ स्नैक्स का ऑर्डर लिखवाया। वह वापस खिड़की के पास आकर खड़ी रही। तब किनारे के टेट्रापॉड के साथ टकराकर मौजें वापस लौट रही थीं।

थोड़ी देर बाद बेयरा ट्रे में एक गिलास के साथ आइस-क्यूब, बिसलेरी की बोतल और पिस्ता की कटोरी ले आया। सबसे पहले सिंघ एक पेग तैयार करके एक ही साँस में गटक गया। जैसे उसके शरीर में चेतना आयी हो, उसने इक़बाल की ओर देखते हुए मुस्कान बिखेरी।

"बोलो," दूसरा पेग बनाते हुए उसने मुँह खोला, "पहले अच्छी ख़बर सुनाऊँ या बुरी?"

इक़बाल के दिमाग़ में उथल-पुथल चल रही थी। किरण के शब्द अभी भी उसके कानों में गूँज रहे थे। उसके पिता हुसेनअली ने तस्करी से लगभग तीन लाख रुपये कमाकर इस धन्धे को हमेशा के लिए छोड़ दिया था। इस समय वह भी इसी दिशा में सोच रहा था।

घर में इकट्ठे हुए पाँच लाख रुपयों की पूँजी ब्याज पर देकर वह घर-खर्च के साथ-साथ अपना कॉलेज खर्च भी बेफिक्री से चला सकता था।

अब क्या ज़रूरत थी दलदल में गहरे उतरने की?

"इकबाल!" उसे चुप देख सिंघ को अचरज हुआ, "क्या हुआ?"

"कुछ नहीं।"

"किरण ने कुछ कहा?"

अपना नाम कानों में पड़ते ही किरण ने पलटकर देखा। सिंघ ने उसकी ओर सवालिया निगाह फेंकी। किरण ने कन्धे उचकाकर मौन उत्तर दिया और पीठ फेरकर फिर खिड़की से बाहर देखने लगी।

दूसरे पेग का पहला घूँट भरते हुए सिंध ने इक़बाल को सम्बोधित कर कहा, "खैर, पहले मैं खुशखबरी सुनाऊँगा, तुम्हारा मूड कमरे से उछलकर सीधे छत पर जा लगेगा।"

इक़बाल ने उसकी ओर ग़ौर से देखा, "समझो," वह कह रहा था, "अगले महीने से तुम्हें क्रासिंग पर जाना है।"

14

तस्करी के धन्धे में प्रगति प्राप्त करने की इक़बाल की मनोकामना फलीभूत हुई थी। डिलीवरी-ब्वॉय का काम छोड़कर अब वह क्रासिंग पर जाने वाला था, पहली सीढ़ी पार कर दूसरी सीढ़ी पर जाने वाला था। अब उसका क्षेत्र खुश्की नहीं, समुद्र था।

उसने थोड़ा सोच कर प्रश्न किया, "एकाएक बॉस की मेहरबानी मुझ पर कैसे हुई?"

"क्योंकि तुम्हारा नसीब उजला है।" सिंघ ने प्रसन्नता अनुभव करते हुए बताया, "वैसे तुम्हारे जैसे कितने लौंडों की पूरी जिन्दगी ही डिलीवरी में खप जाती है।"

अभी तक इक़बाल असली कारण नहीं जान सका था। उसकी छठी इन्द्रिय कहती थी कि ज़रूर कोई घटना घटी होनी चाहिए।

"अब बुरी खबर," दूसरा पेग पूरा करते हुए सिंघ ने आगे बताया, "पिछले हफ्ते हमारी एक लांच कस्टमवालों के जाल में फँस गयी।"

"कितना माल था?"

"दो करोड़ का।"

इक़बाल के मस्तिष्क के कम्प्यूटर ने गणना शुरू कर दी। लांच किनारे से चलकर लाइट हाउस के पार चालीस बाम पानी में क्रासिंग के लिए गयी थी। वहाँ बीच समन्दर में दुबई के जहाज़ से माल लेकर लौटते समय कस्टम्स की मोटरबोट ने उसे घेरा था।

"हमारे कितने आदमी पकड़े गये?"

"आठ थे," सिंघ ने कहा, "सात समन्दर में कूदकर निकल गये, एक रह गया।"

"रह गया?"

"कैप्टन जहाज़ के साथ डूबता है, यह तुमने सुना होगा!" सिंघ ने व्यंग्य किया, "हमीद कैप्टन था। सालों से क्रासिंग के लिए टीम लेकर वही जाता था।"

सब कुछ स्पष्ट हो गया। हमीद की जगह ख़ाली हुई थी। वह स्थान लेने के लिये इक़बाल में सभी गुण थे।

"मैंने सोचा, कस्टम्स के आदमी आपकी जेब में होंगे!"

"एकदम सही।"

“तो...?”

“यह क़दम मरीन गार्ड ने उठाया था।”

देश की समुद्री सीमाओं की रक्षा करते हुए हमारे नौका-दल के जहाज़ कड़ी नज़र रखते हैं। समुद्र में तस्कर दिखायी पड़ने पर नेवी शिप का कैप्टन वायरलेस द्वारा कोस्ट-गार्ड (कस्टम्स) को उसी समय सूचना देता है और कस्टम अधिकारियों के लिए छापा मारना अनिवार्य हो जाता है।

कभी ऐसा भी होता है कि नौकादल स्वयं समुद्री लुटेरों को गिरफ़्तार कर कस्टमवालों को सौंप दे। सिंघ की लांच के साथ वैसा ही हुआ था। कलेक्टर को फ़ोन पर सूचना मिलते ही फ़ौरन क़दम उठाये गये थे।

थोड़ी देर बाद इक़बाल ने फिर पूछा, “हमीद का क्या होगा?”

“फाँसी।”

“वह कैसे?” वह बोल उठा, “तस्करी में किसी को सज़ा होना तो दूर रहा, फाँसी की सज़ा हुई हो, ऐसा न मैंने कहीं सुना है, न पढ़ा है।”

सिंघ ने उसे समझाया, “तुम्हारी बात ग़लत नहीं है। हमीद ने कस्टम्स के एक अधिकारी को चाकू घोंप दिया। वह वहीं खत्म हो गया।”

“लेकिन किसलिए?”

“दोनों के बीच कुछ तू तू-मैं मैं हुई थी। वैसे भी हमीद तुनुक मिज़ाज था। उससे सहा नहीं गया होगा।”

सामान्यतः गैंग के किसी सदस्य के गिरफ्तार होने पर श्रेष्ठ वकील रोककर उसको बचा लिया जाता है। हमीद ने मूर्खता न की होती तो उसे भी गैंग का पूरा सहयोग मिलता। ज़ब्त हुआ माल वापस न मिलता, पर हमीद एक दिन की भी सज़ा काटे बिना ज़मानत पर बाहर निकलकर फिर काम पर लग जाता।

इक़बाल सोच रहा था। उसके विचार फिर घूमने लगे थे। उसके सामने दो मार्ग थे–एक साहस का, दूसरा नीरस। एक में थरथराहट, सनसनी थी। दूसरे में परम्परा के साँचे में ढला हुआ जीवन था। टेढ़े मार्ग पर क़दम रखने पर पल-पल चुनौती थी, सीधा मार्ग उबाऊ था।

स्वेच्छा से उसने साहस का मार्ग अपना लिया, क्योंकि ऊपर की सारी दलीलों में से एक उसने जाने-अनजाने नज़रअन्दाज़ की थी और वह थी–नेक राह और वह राह जो खुदा पसन्द नहीं करता। हुसेनअली ने यही दलील अपने सामने रखी थी और वह नेक राह पर आ गया था। अलबत्ता उस समय हुसेनअली की उमर पैंतालीस के ऊपर थी, परिपक्व थी। जीवन के अनुभवों से उन्होंने बहुत कुछ सीखा था।

इक़बाल को अभी ये अनुभव प्राप्त करने बाक़ी थे। अभी उसने बमुश्किल बीस साल पूरे किये थे। उसमें जवानी थी, जोश था, ताक़त थी। कुछ असम्भव,

कुछ अकल्पित करने को उसका मन मचल रहा था। क्रासिंग पर जाने का मौक़ा वह गँवा नहीं सका।

अब वह शान्तिपूर्वक आकलन करने लगा, नये साहस में आने वाली जोखिम का अन्दाज़ा लगाने लगा। जिसे वह साहस समझ रहा था, इसमें जान का जोखिम भी था। बीच समन्दर में लूटे जाने का ख़तरा भी रहता था।

सोने की तस्करी की शुरुआत के ये दिन थे। कठिन थे। दुबई से जाकिटें लेकर आता अरबों का बजरा कभी दरियाई लुटेरे लूट लेते तो कभी कोस्ट-गार्ड्स यानी कस्टम के अधिकारी। वे माल को ज़ब्त करने के बजाय खुद ही लूटकर बजरा डुबो देते। फिर भी साठ के दशक को तस्करी का स्वर्णयुग कहा जा सकता है। क्योंकि 300 से 400 करोड़ के काले धन की छप्पर-फाड़ हेराफेरी इसी दशक में हुई थी।

जीवनी के सिलसिले को यहीं रोककर मैंने थोड़ी स्पष्टता चाही, "सूफी, अभी तक तस्करी शब्द का मतलब ठीक से समझ में नहीं आया।"

"इस बारे में हम खुलकर चर्चा कर चुके हैं।" उसने याद दिलाया।

"अगर यह सही है कि स्मगलिंग माने आयात या निर्यात होने वाले माल पर ज़कात न भरना, तो तस्करों पर केस किस दफ़ा के तहत हो सकता है?" मैंने पूछा, "मसलन, कोई तस्कर सोने के साथ पकड़ा जाये तो वह ज़कात के साथ दंड भरकर छूट नहीं सकता?"

"बिल्कुल ठीक।" मुझसे सहमत होते हुए उसने कटाक्ष किया, "इतनी आसानी से सब कुछ हो जाये तो फिर वकीलों का पेट कैसे भरे? मजिस्ट्रेटों की गाड़ी कैसे चले?"

उसने विस्तार से समझाया, आज तक कोर्ट में दिये गये अनेक फ़ैसलों में स्मग. लिंग (तस्करी) शब्द का इस्तेमाल हुआ है, लेकिन उसकी परिभाषा की अवहेलना की गयी है।

एक तस्कर पुलिस के हाथों फँस जाये, तो आज भी उस पर सेक्शन 165 (1-ए) तथा 165(1-बी) कस्टम ऐक्ट की धाराएँ लगायी जाती हैं (यानी तस्करी का माल जमा करना तथा आयात-निर्यात होने वाले माल पर ज़कात न भरना।)

तस्कर एक से अधिक हों तो उन पर ऊपर की धाराओं के बजाय 120 (बी) इंडियन पेनल कोड लगायी जाती है। यानी दो या उससे अधिक व्यक्तियों द्वारा मिलकर अपराध करने के लिए षड्यन्त्र रचना।

षड्यन्त्र (कॉन्सपीरेसी) की इस धारा का स्पष्टीकरण ब्रिटिश काल में साफ़ तौर से दर्ज है। प्रिवी काउंसिल के फ़ैसलों के ग्रन्थ के पृष्ठ 259 पर मिर्ज़ा अकबर के मामले में जज ने फ़ैसला सुनाते हुए दर्ज किया था कि, "माल ज़ब्त हो जाने पर षड्यन्त्र का अन्त हो जाता है।"

'किस्सा कुर्सी का' फिल्म के ग़ायब डिब्बों के मामले में संजय गाँधी पर डिब्बों को रफ़ा-दफ़ा करने के लिए यही षड्यन्त्र (कॉन्सपीरेसी) की दफ़ा लगायी गयी थी और डिब्बे किसी गोदाम से बरामद होने पर प्रिवी काउंसिल के फैसले के मुताबिक वे निर्दोष छूट गये थे।

संक्षेप में, षड्यन्त्र की धारा भी उतनी ही लूली है, जितनी कि तस्करी की। क़ानून तस्करों का बाल भी बाँका नहीं कर सकता, इसमें आश्चर्य कैसा?

सिंघ से मिलकर इक़बाल रात को घर लौटा तो घर की समस्या सामने आ गयी। फीरोज़ कोठरी के एक कोने में बैठकर सबक़ याद कर रहा था, यह देखकर उसे गर्व हुआ। मँझले भाई फीरोज में पढ़ाई के लिए उतनी ही लगन थी, जितनी कि इकबाल में थी। एस.एस.सी. में अच्छे अंक प्राप्त कर कॉलेज में जाने का उत्साह अभी से उसके चेहरे पर झलकता था।

. पर रज़्ज़ाक़ का क्या? छुटका अभी घर नहीं लौटा था। इक़बाल ने दीवारघड़ी की ओर देखा। रात के नौ बजे थे। उसने माँ की ओर देखा। गुलबानू थाली परोसने में व्यस्त थी।

"रज़्ज़ाक कहाँ गया है?" उसने पूछ लिया।

"भटक रहा होगा कहीं।" उसके सामने बिना देखे गुलबानू ने जवाब दिया।

"उसे पढ़ाई करने के लिए तुम्हें बैठाना तो चाहिए न?"

"मेरी माने तब न!"

इक़बाल कपड़े बदलकर बनियान और पाजामे में चौके के पास पालथी मारकर ब्यालू करने बैठ गया। हर कौर पर उसे छोटा भाई याद आता था। इस समय उसका सारा ध्यान रज़्ज़ाक़ पर केन्द्रित था।

रज़्ज़ाक़ को उसने समझाया था, धमकाया था। पर उस पर तनिक भी असर नहीं हुआ था, बल्कि दिनोंदिन उसकी गाड़ी पटरी पर से उतर रही थी। दिनोंदिन उसकी शरारतें बढ़ती जा रही थीं।

कभी वह किसी को पीट आता तो कभी खुद ही पिटकर आता।

"स्कूल से छूटकर वह घर आया था?" इक़बाल ने फिर सवाल किया।

गुलबानू के कुछ कहने से पहले ही फीरोज़ ने पढ़ाई की पुस्तकें वापस बस्ते में रखते हुए बताया, "चाय पीकर वह वापस खेलने दौड़ गया।" पलभर रुककर उसने जोड़ा, "भाईजान, उसे न पढ़ने में दिलचस्पी है, न स्कूल जाने में। मैंने कहा, मेरे साथ लेसन करने बैठ, तो उसने मुझे भी उलटे-सुलटे जवाब दिये।"

"क्या कहा?"

"पढ़-लिखकर उसे बैरिस्टर नहीं बनना।"

"क्या बनना है उसे?"

"डोंगरी का दादा।"

इक़बाल झेंप गया, "ऐसा कहा उसने?"

"ना, पर कभी-कभी गली में खेलते समय वह सीना ठोंककर ऐसा बोलता है।"

इक़बाल समझ गया, पानी सिर से ऊपर चढ़ गया था। रज़्ज़ाक़ हद के बाहर निकल गया था। अब उस पर शब्द असर नहीं करते थे। भोजन समाप्त कर इक़बाल ने हाथ धोये और अलमारी के पीछे से छड़ी निकाली।

गुलबानू की आँखें तिरछी हुयीं, "तू उसे मारेगा?" जूठे बरतनों को चौके में रखते हुए बोली।

"ऐसा पीटूँगा कि आवारागर्दी भूल जायेगा!"

"तू भला था क्या?"

"क्या?"

"तेरे पापा तुझे इतना मारते थे," गुलबानू उसके सामने आकर खड़ी हो गयी, "तेरी शरारतें बन्द हुई थीं?"

इक़बाल को नये सिरे से सोचना पड़ा। वह किसी की हड्डी-पसली एक कर आता और उसके पापा उसे बुरी तरह पीटते। दूसरे दिन वह शिकायत करने वाले लड़के को ढूँढ़कर बदला लेता। उसने लकड़ी फेंक दी। गुलबानू ने उसे तुरन्त उठाकर वापस अलमारी के पीछे रख दी। माँ की इस हरकत से उसे ध्यान आया, घर में रज़्ज़ाक़ सबसे छोटा होने के कारण गुलबानू उसे ज़रूरत से ज्यादा लाड़ करती थी।

रात के ठीक दस बजकर तीस मिनट पर रज़्ज़ाक़ दरवाज़े में दिखायी दिया। उसके दोनों हाथ पीठ पीछे थे। आँखें चौकन्नी थीं। शायद उसने उम्मीद नहीं की थी कि इक़बाल उसकी राह तकता तैयार खड़ा होगा।

धीरे-धीरे वह पीछे खिसकने लगा। वह भाग निकलने की फिराक में था कि इक़बाल ने छलाँग लगाकर उसकी गरदन पकड़ ली।

"हाथ में क्या छिपाया है?" उसे खींचकर अन्दर लाते हुए इक़बाल ने पूछा।

वह चुप रहा। कोठरी के कोने में ख़ामोश बैठा फीरोज़ उसे देखता रहा। गुलबानू को भी चुप रहना उचित लगा।

"दिखा, हाथ में क्या है?" इस बार इक़बाल चिल्लाया।

"नहीं दिखाता।" एकाएक रज़्ज़ाक़ ने तल्ख जवाब दिया।

इक़बाल का हाथ उठ गया। रज़्ज़ाक़ के गाल पर पाँचों उँगलियों का निशान उभर आया। रज़्ज़ाक़ खुद दीवार से टकराकर नीचे जा गिरा। उसके हाथ में चीनी काँच की तीन प्लेटें थीं, वे गिरकर टुकड़े-टुकड़े हो गयीं।

इक़बाल आँखें फैलाये देखता रहा। यह समझ लेने में उसे समय न लगा कि माल चोरी का था। रज़्ज़ाक़ की कलाई पकड़कर उसे जमीन से उठाकर खड़ा किया

और दो थप्पड़ और मारे।

"ये प्लेटें कहाँ से चुरायीं?"

रज़्ज़ाक़ ने उतनी ही ऊँची आवाज़ में जवाब दिया, "मैंने नहीं चुरायीं।"

"तेरे पास कहाँ से आयीं?"

"नुक्कड़ पर बोरियों से भरा एक ट्रक खड़ा था। सभी लड़के उसमें से प्लेटें निकाल रहे थे। मैंने भी निकालीं।"

"तुझे शर्म नहीं आयी?" फिर उसने चाँटा रसीद करने के लिए हाथ उठाया। गुलबानू ने एक क़दम आगे बढ़कर उसका हाथ थाम लिया।

"बस, बस कर।" रज़्ज़ाक़ को अपनी ओर खींचकर वह बोली, "मार डालना है मेरे बेटे को?"

"माँ!" वह गुलबानू की ओर घूमा, "इसे तूने अभी से क़ाबू में नहीं रखा तो कल पूरा खटारा लूट आयेगा।"

उस रात इक़बाल चैन से सो नहीं सका। देर रात तक वह बिछौने पर छटपटाता रहा। वह नहीं चाहता था कि जिस राह पर वह खुद आगे बढ़ा था, वही राह उसके भाई चुनें। बल्कि उसके अन्तर्मन की इच्छा थी कि उसके दोनों छोटे भाई पढ़-लिखकर जीवन में आगे बढ़ें, कॉलेज जायें और अधिक पढ़ने की इच्छा हो तो विदेश जायें। अच्छी नौकरी पाकर सुन्दर लड़की से शादी करें, घर बसायें और उन्हें सुख से रोटी मिले।

(सूफ़ी के लिए हुसेनअली ने भी यही सपना सँजोया था।)

इक़बाल पलँग पर लेटा था। पिता की जगह उसने ले ली थी। दोनों भाई ज़मीन पर बिछौना लगाकर माँ के साथ सोये थे। वह एकटक रज़्ज़ाक़ को देख रहा था, देखते-देखते उसकी आँखें लग गयीं।

सुबह नींद खुली तो दोनों भाई स्कूल जाने के लिए तैयार हो रहे थे। साढ़े नौ बजे थे। उसे अचरज हुआ। इतनी देर वह कभी नहीं सोया था। मस्जिद से बांगी की अज़ान की आवाज़ उठे, इसके पहले वह नियमित जागकर उठ बैठता था। दातौन-पानी कर वह सुबह की नमाज़ मस्जिद में पढ़ता था। आज यह क्रम भी टूट गया था।

उसने मुस्कुराते हुए इशारा कर रज़्जाक को पास बुलाया। उसके सिर पर प्रेम से हाथ फेरकर इक़बाल उससे क्षमा माँगना चाहता था। दो घड़ी मीठी बातें कर रात की घटना भूलना चाहता था।

बस्ता कन्धे पर से पीठ पर लेकर रज़्ज़ाक दो क़दम उसकी दिशा में आगे बढ़ा और अचानक मुँह फेरकर दरवाज़े से बाहर निकल गया। फीरोज़ उसकी राह देखता ज़ीने के पास खड़ा था। दोनों भाई साथ ही सीढ़ियाँ उतर गये।

इक़बाल को बुरा न लगा। छोटा भाई नादान था, अभी नाराज़ था। एक-दो दिनों में सब कुछ भूल जायेगा। उसकी गाड़ी फिर पटरी पर चढ़ जायेगी। फिर वह आज्ञापालक बालक बन जायेगा।

मन को इतना सारा आश्वासन देने के बावजूद अन्दर कुछ कचोट क्यों रहा था? अपने शब्दों पर उसे खुद भरोसा क्यों नहीं हो रहा था? क्या वह उन लुभावने शब्दों से स्वयं को धोखा दे रहा था?

दुःखी और बेचैन होता हुआ वह कॉलेज पहुँचा और दूर से उसकी नज़र शरद पर पड़ी। अपनी गैंग के साथ वह इक़बाल के इन्तजार में कार की आड़ में खड़ा था।

इक़बाल सावधान हो गया, पर डिगा नहीं। रुक जाने का मतलब यहाँ कमज़ोरी थी। पीठ दिखाने का मतलब कायरता थी और वह कायर नहीं था। कुसुम बेहोश होकर उस पर गिर पड़ी, यह उसका अपराध नहीं था। कुसुम को दोनों हाथों में उठाकर प्राध्यापक के आदेशानुसार स्टाफ-रूम में ले जाना कोई गुनाह नहीं था। फिर डर किस बात का?

वह सीधा घेरे के बीच आया और बेझिझक शरद की गर्दन पकड़ ली, ''देख!'' फिर कहा, ''तू अगर यही समझता है कि तेरे इन पिल्लों से मैं डर जाऊँगा तो यह तेरी खुशफ़हमी है।''

शरद हतप्रभ हो गया। मुश्किल से वह सिर्फ़ एक जुमला बोल सका। ''हम...हम यहाँ ऐसे ही खड़े हैं।''

''फिर एक बार कहता हूँ...'' उसकी गर्दन छोड़ते हुए इक़बाल ने कहा, ''मुझे न तेरी कुसुम में दिलचस्पी है, न किसी दूसरी लड़की में। फिर कभी भी मेरे सामने चूँ-चपड़ की तो तेरी इस कार के साथ तेरी भी हड्डी-पसली बजा डालूँगा, समझा?''

''यार तू...तू...बेकार ही गुस्सा होता है!''

''क्या तुम लोग मुझे सज़ा देने के लिए मेरी राह नहीं तक रहे थे?''

''नहीं रे!'' अब तब शरद स्वस्थ हो गया था, ''बल्कि हम तो तुझे अपनी बर्थ-डे पार्टी में इन्वाइट करने की सोच रहे थे।''

इक़बाल जानता था कि वह झूठ बोल रहा है। उसके आक्रामक व्यवहार के कारण बाज़ी पलट गयी थी। शरद ने दोस्ती का हाथ बढ़ाया था। इक़बाल ने न्योता स्वीकार कर लिया।

कक्षा में लेक्चर शुरू हो गया। इक़बाल चुपचाप अपनी जगह पर आकर बैठ गया। उसकी बग़ल में कुसुम की 'सीट' थी। आँखें तिरछी कर उसने इक़बाल को देखा।

इक़बाल का पूरा ध्यान लेक्चर में था। इंटर का वर्ष उसके लिए ख़ास महत्त्व

रखता था। इस वर्ष अच्छे अंक पाकर मेडिकल में जाने वाला था। इस वर्ष सिर्फ़ पास होने का प्रश्न नहीं था, बल्कि हर हालत में उसे अच्छे अंक प्राप्त करने थे। इसी कारण उसने शाम की 'भोला क्लासेस' ज्वाइन की थी।

दोपहर की रिसेस में कुसुम ने कैंटीन में लंच लिया और इक़बाल को खोजती कॉलेज के साथ जुड़े भवंस थियेटर के बैक-स्टेज में आ पहुँची। उस समय इक़बाल विंग के पीछे नमाज़ पढ़ रहा था।

वह चुपचाप देखती रही। थियेटर ख़ाली था। विंग में एक फीका बल्ब जल रहा था। उसके पीले प्रकाश में इक़बाल की आकृति छायाचित्र-सी लग रही थी। वह कभी सीधे खड़े होकर दोनों हाथ दुआ के लिए फैलाता तो कभी हाथ घुटनों पर रखकर कमर से नीचे झुक जाता था।

नमाज़ पूरी होने पर वह घुटने मोड़कर मन-ही-मन अन्तिम दुआ पढ़ता हुआ वहीं बैठ गया। धीरे-धीरे आगे बढ़कर कुसुम उसके क़रीब आयी। उसने इशारे से उसे चुप रहने के लिए कहकर अन्तिम दुआ पूरी की और खड़ा हो गया।

"रोज़ नमाज़ पढ़ने के लिए तुम यहीं आते हो?" कुसुम ने कुछ कहने के लिए सवाल किया।

"यहाँ, इस वक्त पूरी शान्ति रहती है।" उसने कहा, "दूसरा, कोई डिस्टर्ब नहीं करता।"

कुसुम उसका संकेत समझ गयी, "मैंने डिस्टर्ब किया?"

"नहीं, पर तुम्हारा ब्वॉयफ्रेंड ज़रूर डिस्टर्ब हुआ है।"

"तुमसे किसने कहा कि वह मेरा ब्वॉयफ्रेंड है?"

जवाब देने से पहले इक़बाल को थोड़ा सोचना पड़ा, "जो लड़का तुम्हें अपनी मिल्कियत समझता हो, उसे क्या कहा जाये?"

"पागलपन, मैडनेस, एकतरफा प्रेम।"

"सचमुच ऐसा हो तो...मैं समझता हूँ कि तुम्हें उसके साथ खुलासा कर लेना चाहिए।"

"मैंने एक कोशिश की थी।"

"फिर भी वह नहीं माना?"

"पूछा मेरी जिन्दगी में वह खुद नहीं तो दूसरा कौन है?" कहते हुए उसने इक़बाल की आँखों में देखा।

"तुमने क्या जवाब दिया?"

"अभी जवाब देना बाक़ी है।"

"और जवाब देने के लिए तुम बँधी नहीं हो," इक़बाल ने कहा, "फिर भी तुम्हारे मन में कोई बसा हो तो उसका नाम तुम बता सकती हो!"

कुसुम ने दोनों बाँहें उसके गले में डाल दीं, "इक़बाल!" फिर ज़ाहिर किया, "मेरे मन में, मेरी आँखों में, मेरे अंग-अंग में तुम ही बसे हो।"

धीरे से इक़बाल ने उसके हाथों की माला दूर करते हुए कहा, "इसे एकतरफ़ा प्यार कहते हैं।"

कुसुम तड़प उठी। उसे लगा, उसके सपने को किसी ने सिगरेट के टोटे की तरह जूते से कुचल डाला था।

"कुसुम!" उसकी व्यथा समझकर इक़बाल ने आगे कहा, "मैं जानता हूँ, मेरे जवाब से तुम्हें दुख पहुँचा है, पर यह हक़ीकत है। न मैं किसी लड़की से प्यार करता हूँ, न मेरे पास प्यार करने के लिए वक़्त है। तुम क्या जानती नहीं मेरी ज़िन्दगी को?"

कुसुम की आँखों के सामने 'सागरदर्शन' बिल्डिंग के पीछे के पाइप से उतरते हुए इक़बाल का चित्र खड़ा हो गया। उसमें घंटी बजने की आवाज मिलते ही उसे ध्यान आया, रिसेस का समय पूरा हो चुका था। कुछ कहने, कोई दलील देने की अब गुंजाइश नहीं थी।

इक़बाल ने कॉलेज के प्रेम की रेशमी डोर काट डाली। फूल आयें, इसके पहले स्नेह के बिरवे को उखाड़ फेंका और उसी वर्ष मेरे जीवन में प्रेम की पहली कोंपल फूटी। लगन से उसकी परवरिश, उसकी देखभाल करने के लिए मेरे पास काफ़ी समय था। जीवन में सम्पूर्ण शान्ति थी।

मेरी अपनी आय के दो ज़रिये थे। पत्रकारिता और फिल्म लाइन। मेरे कार्टून अलग-अलग पत्रिकाओं में छपने लगे थे। 'रमकडुं' (गुजराती) मासिक में चार रंगीन पन्ने शुरू होने के बाद हिन्दी 'पराग' में दो पृष्ठ की चित्रकथा 'डॉ. चिंचू के चमत्कार' भी शुरू हो गयी थी। फिल्म लाइन की आय अलग थी। सोने पर सुहागा, आर्ट-स्कूल की तरफ़ से मुझे छात्रवृत्ति भी मिलती थी।

उस दिन हम 'स्टिल-लाइफ' खींच रहे थे। कमरे के बीचोबीच लकड़ी के चौखंटे रखकर उस पर जामुनी रंग की चादर बिछाई गयी थी। उस पर एक पारदर्शक गमले में सूरजमुखी का फूल सजाया गया था। फूल के पीछे चीनी काँच की एक सफ़ेद प्लेट थी।

हम छात्र अर्धगोलाकार में अपने डांकी (ऊँचा आसन) पर बैठकर उसे चारकोल से कागज पर उतार रहे थे। मेरा दायाँ हाथ चित्र खींचने में व्यस्त था, बायाँ हाथ रबर खोजते हुए भटक रहा था।

रबर न मिलने पर मैंने चित्र-काम से ध्यान हटाकर बैठक के नीचे देखा, बायीं तरफ़ देखा, दाहिनी तरफ़ देखा और देखता रह गया। सुरैया मेरे सामने बैठी थी।

कॉलेज में हमारा यह दूसरा साल था। हम दोनों जाने कितनी बार जीने पर या

क्लास में एक-दूसरे के सामने से गुज़रे होंगे, पर कभी भी एक-दूसरे की ओर देखने की दरकार नहीं की थी। आज जैसे हम पहली बार मिले हों, ऐसे आँखों में आँखें पिरोकर देखते रहे। इन कुछ पलों में हमारे बीच बिजली कौंध गयी।

सुरैया अप्सरा जैसी सुन्दर नहीं थी, कवि की कल्पना-सी नाजुक नहीं थी, छायाकार की मॉडल जैसी आकर्षक नहीं थी। उसका रंग गेहुँआ था, उसका स्वभाव शान्त था, शरीर सुडौल था, आँखें ज़रूर आकर्षक लगती थीं।

मैं प्रेम में पड़ा नहीं था, प्रेम में उछला था। एक-एक क़दम प्रगति के नये शिखर सर करने वाला था। मेरा पहला उपन्यास 'तूटेला फरिश्ता' (टूटे हुए फरिश्ते) इस प्रेम के रौंदे जाने पर जन्म लेने वाला था।

अंडरवर्ल्ड में इक़बाल ने भी प्रगति साधी थी। वह एक सीढ़ी चढ़ा था। वह बॉस, जिसका अभी तक उसे दर्शन नहीं हुआ था, उस पर प्रसन्न था। उसी ने सिंघ द्वारा इक़बाल को दौड़ने के लिए ढलान दी थी।

इक़बाल होटल के कमरे के दरवाज़े में खड़ा था। डबल-बेड के बीचोबीच मस्ती से बैठकर सिंघ अकेला पी रहा था। इक़बाल की आँखें बन्द कमरे का सफ़र पूरा कर सिंघ के चेहरे पर ठहर गयीं।

"बैठो!" सिंघ ने उसे अपनी बगल में बैठाकर बीच से फाड़े हुए पाँच रुपये का आधा नोट दिया।

वह कुछ समझे, इसके पहले सिंघ ने बता दिया, "सनीचर की रात में तुम्हें क्रासिंग पर जाना है।"

खिड़की खुली थी। समुद्र की ओर से हवा चल रही थी, खिड़की के पर्दे लहरा रहे थे। किरण वहाँ खड़ी होती तो उसके बाल भी लहराते।

"माल कितने का है?"

"पाँच करोड़ का।" कहते हुए उसने स्पष्ट किया, "अपना माल सिर्फ़ डेढ़ करोड़ का है, बाकी सारा सिंडीकेट का है।"

सिंडीकेट का मतलब है छोटे-बड़े चार-पाँच तस्करों की मंडली। वे दुबई से आते बड़े तस्करों के जहाज़ों में कमीशन देकर अपना भी माल चढ़ा देते हैं।

इक़बाल की आँखें एक बार फिर खिड़की तक जाकर स्थिर हो गयीं। दरवाज़ा वही था, दीवारें वही थीं, पर्दे वही थे, फिर भी उसे कुछ कमी हो; ऐसा बार-बार महसूस हो रहा था।

"आज किरण नहीं आयी।" सिंघ ने उसका मनोभाव ताड़ लेते हुए सपाट शब्दों में कहा।

वह सिंघ के सामने देखता रहा। उसे जो कमी महसूस हो रही थी, क्या वह किरण की थी?

15

प्रकृति का एक रहस्य मैं आज तक नहीं समझ पाया। मेरे जीवन में पुरुषों की अपेक्षा स्त्रियाँ अधिक क्यों आयीं? आज भी मेरे अन्तरंग मित्रों में स्त्रियाँ हैं, तब भी थीं। आज भी समाज इस मित्रता पर लेबल लगाने की चेष्टा करता है, पहले भी करता था।

क्या वह स्त्री मेरी बहन होती है? गर्ल फ्रेंड होती है? कुछ न कुछ तो होनी चाहिए न! समाज की आँखों से झाँकते ये सवाल जब होंठों पर आते हैं, तो मेरे लिए जवाब देना जरूरी हो जाता है। मैं कहता हूँ, दो पुरुष मित्र हो सकते हैं, दो स्त्रियाँ जीवन पर्यन्त सहेलियाँ रह सकती हैं, उसी तरह क्या एक पुरुष तथा एक स्त्री मित्रता नहीं निभा सकते?

मेरे इस उत्तर से उस समय भी किसी को सन्तोष नहीं हुआ था, आज भी परिचितों को इसमें गन्ध आती है, पर मुझे इसकी परवाह नहीं। मैं जानता हूँ, समाज की दृष्टि सब कुछ श्वेत-श्याम में देखने की अभ्यस्त है। बिना लेबल का रिश्ता उनके लिए चिन्ता और भय का कारण बन जाता है।

सुरैया की बात और थी। मेरे साथ जे.जे. स्कूल ऑफ आर्ट्स के दूसरे वर्ष में होने के बावजूद न कोई युवक उसके जीवन में आया था, न किसी लड़के में उसने दिलचस्पी दिखायी थी और अचानक हमारे बीच प्रेम के चश्मे फूट निकले।

चुम्बक के दो विपरीत ध्रुवों की तरह हम एक-दूसरे की ओर खिंच आये थे, फिर भी मुझे हिम्मत नहीं होती थी कि मैं उसे फिल्म या नाटक देखने के बहाने आमन्त्रित करता। अभी तक मैं उसे किसी होटल के फेमिली-रूम में चाय पीने के लिए ले जाने का साहस भी नहीं कर सका था।

इस विषय में देर रात तक सोच-विचारकर मैंने मन-ही-मन तय कर लिया, हमारी दोस्ती के दो महीने पंख लगाकर उड़ गये थे। मैं पहल न करूँ तो जवानी भी बीत जायेगी।

"सुरैया!" दूसरे दिन मैंने कह दिया, "इस सनीचर को मेरे साथ आ सकती हो?"

"कहाँ?"

जवाब में मुझे कहना था—पिकनिक पर, पर मेरे होंठों पर शब्द ही नहीं आये—"चिड़ियाघर?" मैं बोल उठा।

"चिड़ियाघर?"

"परिन्दों के थोड़े रेखाचित्र खींचने हैं।"

उसने 'ना' नहीं कहा।

मेरी खुशी का ठिकाना नहीं था। मैंने तैयारियाँ शुरू कर दीं। सनीचर आने में अभी तीन दिन बाकी थे। टेरिकॉट की मैंने एक नयी शर्ट खरीदी। जूत जाने कितने दिनों से पॉलिश नहीं किये थे। पॉलिश की एक डिबिया और ब्रश भी खरीदा। एक महँगी पैंट प्रेस कर पलँग के गद्दे के नीचे रख दी।

सनीचर को, जनवरी की कोमल धूप में मैं आधे घंटे पहले आकर विक्टोरिया गार्डन के गेट के पास खड़ा हो गया। हमारी मुलाक़ात का समय सुबह नौ बजे का था।

सुरैया का मुझे ज़्यादा इन्तजार नहीं करना पड़ा। वह पन्द्रह मिनट जल्दी आयी और मैं उसे देखता रह गया। वह एकदम नया चूड़ीदार पहने थी। सिर के बाल गर्दन पर बाँधकर उसने पॉनीटेल पर रिबन बाँधी थी। उसके एक हाथ में स्केच-बुक थी, दूसरे में बेंत की बनी बॉस्केट। बॉस्केट पर सफ़ाई से एक नैपकिन ढँकी होने के कारण मैं अनुमान नहीं लगा सका कि उसमें क्या होगा! मैंने पूछ लिया।

"थोड़ी सैंडविच और फल साथ लायी हूँ।" उसने बताया।

मैंने एक मीठी झनझनाहट अनुभव की। हम वहाँ पूरा दिन गुज़ारने वाले थे, पर दोपहर के भोजन के बारे में मुझे तनिक भी ख़याल नहीं आया था। सुरैया ने इस पहली 'डेट' से मेरी ज़िम्मेदारी स्वीकार ली थी।

हम चिड़ियाघर में दाख़िल हुए और विशाल हरे लॉन को पार कर बन्दरों के पिंजरों के पास आ पहुँचे। यहाँ देशी बन्दर भी थे और विदेशी लंगूर भी। हमने अलग-अलग मुद्राओं में बन्दरों के रेखाचित्र खींचने की शुरुआत की।

पिछले दो महीनों में मैंने सुरैया के बारे में इतनी जानकारी इकट्ठी की थी, वह मरीन ड्राइव स्थित गर्ल्स हॉस्टल में रहती थी। यानी वह बम्बई की नहीं थी। बम्बई के बाहर कहीं से वह आगे पढ़ने के लिए आयी थी।

"सुरैया!" मैंने धीरे से पूछा, "तुम्हारे पापा क्या करते हैं?"

"उनका इन्तकाल मैं छोटी थी तभी हो गया।"

मैंने सहज अफसोस ज़ाहिर किया।

उसने आगे कहा, "अम्मी और दो बड़े भाई हयात हैं।"

हम चित्र भी खींचते जा रहे थे और बातें भी करते जा रहे थे।

"भाई नौकरी करते होंगे!"

"नहीं, मोम्बासा में हमारा अपना बिजनेस है।"

सुरैया विदेश से आयी थी, यह उसके जवाब से मालूम हुआ। साथ यह भी समझ में आया कि वह सम्पन्न कुल की थी।

"तुम्हारे पापा...?" अब उसने प्रश्न किया।

"मेरे पापा की मौत भी मैं छोटा था तभी हो गयी।" कहते हुए कुछ अधिक जानकारियाँ देनी मुझे जरूरी लगीं, जिससे वह धोखे में न रहे कि मैं भी उसकी तरह रईस हूँ।

"मेरे चाचा बन्दरगाह में नौकरी करते हैं," मैंने बताया, "उनकी आमदनी पर हमारा घर चलता है।"

बन्दरों के पिंजरों के पास से आगे बढ़कर हम रंग-बिरंगी चिड़ियों के पिंजरों के पास आये और कुछ समय के लिए वहीं रुक गये।

"हर महीने तुम कुछ दिनों के लिए ग़ायब हो जाते हो," पैर के पास बॉस्केट रखकर सुरैया ने चिड़ियाएँ खींचनी शुरू कीं, "कहाँ जाते हो उन दिनों?"

मुझे ध्यान आया, मैं पिछले दो महीनों से उसमें दिलचस्पी ले रहा था, लेकिन मुझ पर इसकी नज़र कई महीनों से थी।

"फिल्म शूटिंग में।" उसके सवाल का जवाब देते हुए मैंने कहा, "मेरी अपनी आय का यह एक साधन है।"

"और दूसरा?"

"पत्रकारिता।"

स्केच-बुक से चेहरा उठाकर उसने मेरी ओर देखा। उन आँखों में मेरे लिए आदर था।

दोपहर में हमने विक्टोरिया गार्डन में हरियाले लॉन पर बैठकर सैंडविच तथा सेब खाये और कैंटीन की बेंच पर बैठकर चाय पी। जाड़े के दिन थे। सूर्य कब ढल गया, इसका भी हमें ख़याल नहीं रहा।

देर शाम को सुरैया को मैं उसके हॉस्टल पर छोड़कर घर लौटा तो मेरे अंग-अंग से आनन्द फूट रहा था। मेरी स्केच बुक रेखाचित्रों से छलक उठी थी। उसमें मैंने चोरी छिपे सुरैया के भी कुछ रेखाचित्र खींच लिये थे।

देर रात तक मैं उन चित्रों को देखता रहा। रात के बारह की टंकारें मैंने स्पष्ट सुनीं। इसके बाद साढ़े बारह की एक और टंकार हुई और मेरी आँखें लग गयीं।

इक़बाल जाग रहा था। सनीचर की रात उसके लिए भारी थी। पहली बार वह गैंग की टीम का कैप्टन बनकर क्रासिंग के लिए जा रहा था। दो एम्बेसेडर कार का क़ाफ़िला 'भाऊचा धक्का' आकर रुक गया।

रात अँधेरी थी। दूर खड़े समुद्री सीमाओं पर नज़रें घुमाते नेवीशिप 'विक्रांत' की आकृति किनारे से ही देखी जा सकती थी। उसमें जलती लाइट का प्रकाश मद्धि म होने के कारण वह छाया-सा लगता था।

यहाँ घाट पर लंगर डाले खड़ी आधे दर्जन लांचों की लालटेनें पानी की लहरों

की मन्द थपकियों के साथ हिल रही थीं। साथ ही पानी में तैरते उनके प्रतिबिम्ब भी थिरक रहे थे। इन स्टीम लांचों के बीच की एक 'अल कबीर' गैंग की मिल्कियत थी।

दिन में 'अल कबीर' दिखावे के लिए पैसेंजर लेकर बम्बई और उसके पास के उरण टापू के बीच चक्कर लगाती। रात में तस्करों को लेकर क्रासिंग के लिए जाती थी और यही उसका मुख्य काम भी था।

इक़बाल के साथ दोनों कारों से उतरे साथियों के लांच में जगह लेते ही टंडेल ने लालटेन बुझाकर धीरे से लांच को बाहर सरकाया और लाइट-हाउस की दिशा में आगे बढ़ा।

इक़बाल लांच के ऊपरी हिस्से में खड़ा था। पूरी बाँह की सफ़ेद कमीज़ पर उसने आसमानी रंग का स्वेटर पहन रखा था। कमर में पट्टा बाँधा था। उसके पैरों पर सफ़ेद पैंट और सफ़ेद जूते चमक रहे थे।

इस सफ़ेदी को टिकाये रखने के लिए उसे सजग रहना पड़ता था, पर इस समय उसे इसकी चिन्ता नहीं थी। उसकी आँखें अँधेरे को भेदने की कोशिश कर रही थीं। लाइट हाउस और धुँधली शिप के सिवा अगर वह कुछ देख सकता था तो वह था मैला आकाश। उसमें टिमटिमाते थोड़े तारे।

वह अपने स्थान से चलकर गैंग के सदस्यों के बीच आया और एक बेंच पर बैठ गया। उसने देखा तो सब ठंड में काँपते हुए खामोश बैठे थे। स्टीम लांच की मशीनों की घरघराहट और लहरों के थपेड़ों की आवाज़ें इस शान्ति में लगातार ख़लल डाल रही थीं।

अपने सात साथियों की टोली पर एक सरसरी निगाह डालते हुए इक़बाल को हमीद याद आया। आखिरी बार इन आदमियों को लेकर क्रासिंग के लिए वही आया था।

"हमीद ने क्रासिंग का काम कितने साल किया था?" पास बैठे एक साथी, दगडू से उसने पूछा।

दगडू महाराष्ट्रियन था। अपने जीवन की शुरुआत उसने वी.टी. स्टेशन से सफ़ेद कमीज़ और पाजामे पर कुली की लाल टोपी पहनकर की थी। वहाँ से प्रगति कर वह गैंग में भर्ती हुआ था।

"छह साल तो मैंने उसके साथ काम किया है।" इक़बाल को उसने जवाब दिया।

दूसरे ने बताया, "कम-से-कम आठेक साल हुए होंगे।"

तीसरे को भी कुछ कहने की प्रेरणा हुई, "हमीद था राजा आदमी, पर साले में एक ऐब था। वह भड़कू था। कब उसका पारा चढ़ जायेगा, कोई कह नहीं सकता

था।''

उसके सामने बैठे माइकल ने गवाही दी, ''इसलिए तो हम सभी उसे आपस में हमीद 'भड़क' कहते थे। मज़े की बात यह है, जब उसे अपने नये नाम का पता चला तो वह खुलकर हँसा था।''

''इतना ही नहीं,'' दगडू उत्साह में आकर बीच में बोला, ''घर जाकर उस ऐड़े ने अपनी बीवी को भी अपना नया नाम गर्व से बताया था।''

''वह शादीशुदा था?''

''सात बच्चे भी हैं उसके। उसका सबसे बड़ा लड़का कॉलेज में है।''

''तब उसकी उम्र कितनी थी?''

''पचास के ऊपर तो होगी ही।''

दगडू ने पलटकर सवाल किया, ''पर बॉस! ये सारे सवाल तू क्यों पूछता है?''

'बॉस' शब्द का प्रयोग इक़बाल को अच्छा लगा। आज पहली बार किसी ने उसे ऊँची नज़र से देखा था।

''शायद मैं उसकी कुछ मदद कर सकूँ।'' उसने बताया।

''उसे भूल जा इक़बाल।'' माइकल की बगल में अब तक खामोश बैठे अलताफ़ ने होंठ खोले, ''मदद की हद से वह बाहर है।''

लाइट हाउस आते ही इक़बाल खड़ा हो गया। फिर वह लांच के ऊपरी भाग पर आकर रुक गया। उसकी छोटी-छोटी कंचों जैसी आँखें ख़तरे की बू परखने का प्रयास करती दूर तक भटकने लगीं।

थोड़ी देर बाद सब सलामत का साइरन मन में गूँज उठने पर उसने नमकीन हवा की एक गहरी साँस ली। 'अल कबीर' लाइट हाउस पार कर थोड़े अन्तर पर खड़ी हो गयी। मुलाक़ात का स्थान भी यहीं कहीं था, क्योंकि पानी यहाँ से चालीस बाम गहरा था (एक बाम बराबर छः फुट)।

क्रासिंग के लिए यही सीमा पसन्द की गयी थी। यहीं-कहीं पाँच करोड़ रुपये का सोना लेकर दुबई से आने वाले जहाज़ से उसकी भेंट होने वाली थी और घने अँधेरे के कारण कुछ भी सूझता नहीं था।

पीछे खड़े टंडेल के पास से उसने माचिस ली और एक दियासलाई जलाकर हाथ में पकड़ रखी। कुछ पलों में वह जलकर बुझ गयी। मिनट भर खामोश खड़ा रहकर उसने दूसरी दियासलाई जलाई। हवा नहीं थी। पर ठंड कड़ाके की थी। हाथ काँप रहे थे।

अभी कुछ मिनट पहले यहाँ 'न्यू-ईयर' की रात मनायी गयी थी। नेवीशिप 'विक्रान्त' तथा 'शिवाजी' के साथ छोटे-बड़े अनेक पोत बल्ब के तोरणों में जगमगा

उठे थे। मध्यरात्रि में भी समुद्र में मानो दिन उतर आया था। इसके अतिरिक्त रोशनी की लकीरें आकाश में छोड़ी गयी थीं।

इक़बाल ने तीसरी और अन्तिम सलाई जलाई और वह भी पूरी जल जाने पर आँखें फैलाकर अँधेरे में टटोलता रहा। उसने अपना फर्ज़ अदा किया था। तीन दियासलाइयों के संकेत से अपनी उपस्थिति और 'अल कबीर' के स्थान की जानकारी अँधेरे में कहीं छिपी दुबई की लांच को उसने दी थी। अब उस अदृश्य लांच की बारी थी।

पाँचेक मिनट इन्तज़ार करने के बाद कुछ दूर अँधेरे में जैसे कोई नन्हा तारा चमका हो, ऐसे पहली दियासलाई जली। इक़बाल की नज़र उस दिशा में ठहर गयी। पीछे खड़ा टंडेल दो क़दम बढ़ाकर उसके क़रीब आ गया। दोनों चुपचाप देखते रहे।

जैसे इक़बाल ने एक-एक मिनट के अन्तर पर एक-एक दियासलाई जलाई थी, वैसे ही सामने के जहाज़ में से भी तीन सलाइयाँ जलकर बुझ गयीं। इक़बाल ने टंडेल की ओर देखा।

टंडेल ने लांच शुरू की और थोड़ी देर में दुबई के बजरे के करीब आ पहुँचा। मशीन बन्द होते ही उसने बाँस बढ़ाकर सामने के जहाज में हुक फँसाया और दोनों जहाज़ों को करीब किया, उसके सहायक ने लांच के निचले भाग से दूसरा हुक लगाया था।

इक़बाल ने देखा तो सामने के बजरे में पाँच से अधिक आदमी नहीं थे। उनमें भी दो भारतीय या पाकिस्तानी लगते थे। बाक़ी के तीन अरब थे। उनमें से एक अरब सबका मुखिया था।

सावधानी से पैंट की जेब में रखे पाँच रुपये के नोट का आधा टुकड़ा इक़बाल ने हाथ बढ़ाकर मुखिया के सामने बढ़ाया। उसने तुरन्त लेकर छोटी टार्च की रोशनी में अपने पास के आधे टुकड़े के साथ मिलाकर देखा।

बीच समुद्र में, रात के दो बजे घने अँधेरे में और खुले आकाश तले पाँच करोड़ के सोने के बिस्कुटों की हेराफेरी शुरू होने वाली थी। दोनों पक्षों में अभी से उत्तेजना फैली थी। किस क्षण क्या होगा, यह कोई नहीं जानता था। पर इन सभी को यह भरोसा ज़रूर था कि अभियान सफल होने पर हर एक के हिस्से में पच्चीस हजार रुपये आने वाले थे।

दोनों टुकड़े एक ही नोट के दो हिस्से हैं, इसकी तसल्ली हो जाने पर मुखिया ने टार्च बन्द कर उसके सामने देखा था। आज से पहले क्रासिंग पर उसने इक़बाल को कभी नहीं देखा था। स्वाभाविक था कि उसे जब तक पूरा यक़ीन न हो जाये, माल न दे।

"कितना माल है?"

इक़बाल विवरण जानता था। उसने बताया, "पाँच करोड़ का।"

"किसका है?"

"डेढ़ करोड़ का हमारा और बाक़ी सिंडीकेट का।"

अरब मुखिया को अब पूरी तसल्ली हो गयी। तुरन्त उसने अपने आदमियों को इशारा किया। इधर इक़बाल के सातों साथी भी तीन सौ जाकिटों की डिलीवरी लेने के लिए अपनी-अपनी जगह पर तैनात होने लगे।

एक-एक आदमी लांच के ऊपरी और निचले भाग में खड़ा हो गया। उनका काम समुद्र पर कड़ी नज़र रखना था। शायद अप्रत्याशित हमला हो तो पानी में छलांग लगाकर भागा जा सके। (क्रासिंग के समय सबसे बड़ा भय तटरक्षकों का होता है।)

और दो आदमी तहख़ाने में उतर गये। बाक़ी तीन इक़बाल और तहख़ाने के बीच थोड़े-थोड़े फ़ासले पर खड़े थे।

सबसे पहले बजरे में से एक डोरी आयी। इक़बाल ने डोरी का छोर पकड़कर अपने पीछे खड़े दगडू को थमा दिया। उसने थोड़ी दूरी पर खड़े अलताफ़ को सौंपा। इक़बाल डोरी खींचता गया। डोरी का सिरा आख़िर में तहख़ाने तक पहुँचा।

यह काम पतंग कट जाने के बाद माँझा खींचने जैसा था, पर यहाँ रुकता नहीं था।

हैंगर में लटकती कमीज़ की तरह अब डोरी के साथ बँधी जाकिटें आने लगीं। (जाकिट की सिलाई में सोने के सौ बिस्कुट होते हैं)। इक़बाल गिनती भी कर रहा था और डोरी भी खींचता जा रहा था। जाकिटों का तोरण एक जहाज़ में से दूसरे में प्रवेश करता, अलग-अलग हाथों से गुज़रता तहख़ाने में उतर जाता था।

तहख़ाने में खड़े दो आदमियों में से एक, माइकल डोरी के साथ जाकिटें खींचता था, दूसरा डोरी में से जाकिटें निकालकर बोरियों में ठूँस-ठूँसकर भरता जाता था। पाँच बोरियाँ भरी जा चुकी थी।

अभी तो शुरुआत थी। काम लगातार चल रहा था, तेज़ी से चल रहा था। जब तक सभी जाकिटें सुरक्षित न आ जायें, विश्राम लेने का प्रश्न नहीं था।

इक़बाल की गिनती ने डेढ़ सौ का अंक पार किया और समन्दर पर से फिसलती प्रकाश की एक लकीर बिजली की गति से आकर गुजर गयी। साथ ही दोनों जहाज़ पलभर के लए प्रकाशित होकर अँधेरे में डूब गए।

इक़बाल रुक गया। बजरे में से डोरी के साथ जाकिटें छोड़ते अरब के हाथ भी थम गये। रोशनी की यह लकीर शक्तिशाली नेवी लाइट की थी। दूर लंगर डाले खड़े नेवी शिप विक्रान्त से छोड़ी गयी थी।

क्या उन्हें कोई शंका हुई होगी? क्रासिंग करते दोनों जहाज़ों को उन्होंने देख

लिया होगा? प्रश्न कई थे, उत्तर एक भी नहीं था, फिर भी सावधानी बरतने की ज़रूरत थी। अगर पहली खेप में ही सिर पर गाज टूटी तो इक़बाल का भविष्य ख़तरे में पड़ सकता था।

फिर डोरी खींची जाने लगी। फिर तैरती हुई जाकिटें एक जहाज़ में से दूसरे में आने लगीं। गिनती दो सौ पैंसठ के ऊपर पहुँची और एक बार फिर नेवी शिप में से उछली प्रकाश की लकीर अँधेरे को चीरती हुई आयी। परन्तु इस बार न हटकर दोनों जहाज़ों पर स्थिर हो गयी। दोनों जहाज दीवाली हो, ऐसे जगमगा उठे।

एक लम्बी कँपकँपी इक़बाल के शरीर को चीरती हुई ऊपर से नीचे तक दौड़ गयी। उसे यक़ीन हो गया, हमीद की बदक़िस्मती उसके अपने माथे पर लिखी थी। शक की अब गुंजाइश नहीं थी। शिप की निगाह में वे आ गये थे। नेवी शिप का कैप्टन कस्टम्स कलेक्टर को अभी फोन लगाने वाला था। थोड़ी देर में तट-रक्षकों की लांच छापा मारने के लिए चढ़ जायेगी। हमीद की आख़िरी खेप में ऐसा ही हुआ था।

इस बार प्रकाश की लकीर कुछ पलों तक स्थिर रही और एकाएक ग़ायब हो जाने पर दोनों जहाज़ अँधेरे में डूब गये। प्रकाश का स्थान सन्नाटे ने लिया। हर एक साथी के पेट में अब मरोड़ होने लगी।

"बॉस!" दगड़ू से नहीं रहा गया, "जेल की हवा न खानी हो तो समन्दर में कूद पड़ो।"

उसने हौसला बढ़ाया, "अब सिर्फ़ पैंतीस जाकिटें बची हैं।"

"उस पैंतीस की लालच में हम सब एक साथ कस्टम्स वालों के फन्दे में फँस जायेंगे।" माइकल ने दलील दी।

अलताफ़ ने भी अपनी राय दी, "बेहतर यही है कि माल छोड़कर यहाँ से भाग निकला जाये।"

"यह मत भूलो कि माल पाँच करोड़ का है।" इक़बाल ने अरब की ओर रुख किया, "डोरी आने दो।"

जैसे ही सामने से ढील दी गयी, इक़बाल ने डोरी खींचनी शुरू कर दी। जॉकिटें उसके पैरों के पास जमा होने लगीं। साथी उलझन में पड़ गये। इस मौक़े का लाभ उठाकर इक़बाल ने उन्हें समझाने की कोशिश की, "इसमें सिर्फ अपनी गैंग का नहीं, सिंडिकेट का भी माल है.....हमारा फ़र्ज़ है कि जान की बाज़ी लगाकर इसकी हिफ़ाज़त करें।"

"लेकिन बॉस!" दगड़ू बोल उठा, "हम सबके एक साथ गिरफ्तार होने पर गैंग का सारा काम ठप्प हो जायेगा, उसका क्या?"

"यह ज़िम्मेदारी मेरी।"

"मतलब?"

"तुम सबको मैं सही-सलामत किनारे पर पहुँचाऊँगा।" आखिरी जॉकिट खींचकर उसने टंडेल को आवाज़ दी, "लांच चलाओ।"

बजरे में हुक भिड़ाकर दोनों जहाज़ों को सटाकर रखे खड़े टंडेलों ने बाँस की पकड़ ढीली कर हुक खींच लिये। फिर जहाज़ की बाहरी दीवार पर बाँस दबाकर अपनी लांच 'अल कबीर' को दूर लिया और मशीन चालू की।

इस बीच अलताफ़ तथा दगड़ू नीचे लांच के किनारे तक पहुँच गये थे। उनके हिसाब से रास्ते में ही कहीं छापा पड़ने वाला था। इसी वजह से लांच के साथ सफ़र करने का ज़ोखिम वे नहीं उठा सकते थे।

इक़बाल की समस्या यह थी कि अगर वे दोनों समन्दर में कूद पड़े तो दूसरों को प्रोत्साहन मिलेगा। हिम्मत हारकर वे भी उन दोनों के पीछे छलाँग लगा दें।

तेज़ी से आगे बढ़कर उसने दोनों को गर्दन से पकड़ा और पीछे की ओर खींच लिया। दगड़ू मन मसोस कर रह गया। अलताफ़ उत्तेजित हो उठा। उसने इक़बाल पर वार करना चाहा। उसका मुक्का बाएँ हाथ पर झेलकर इक़बाल ने एक ही तगड़ा घूँसा उसकी नाक पर जमाया। वह नीचे गिर पड़ा। उसकी नाक फूट गई। चेहरा लहूलुहान हो गया। यह अपमान वह भूलने वाला नहीं था।

"किसी और को कूदना है?" घूँसेबाज की तरह दोनों हाथ तैयार रखते हुए उसने बाकी छहों को ललकारा। किसी में इतनी हिम्मत बाक़ी नहीं थी कि उसकी सुर्ख आँखों में देख सके।

'अल कबीर' चलनी शुरू हुई। इक़बाल अब टंडेल की ओर घूमा, "लांच भाऊचा धक्का ले जाने की ज़रूरत नहीं।"

टंडेल समझदार था। 'अल कबीर' का रुख़ उसने उरण टापू की ओर मोड़ दिया। इक़बाल नीचे पड़े अलताफ़ के पास आया और मित्रभाव से हाथ बढ़ाते हुए कहा, "चल, उठ।"

एक हाथ से नाक सहलाता अलताफ़ उसका हाथ थामकर खड़ा हो गया।

"तू बेकार डर गया।" उसके गले में हाथ डालकर इक़बाल उसे बेंच तक ले आया, "बैठ! एक पेग मारेगा तो तेरी नाक के साथ तेरा भेजा भी ठीक हो जायेगा।"

टंडेल के पास से कंट्री लिकर की एक बोतल निकलवाकर उसने अलताफ़ को भेंट की और लांच के छप्पर पर खड़ा हो गया। उरण टापू के किनारे जलती गैस लाइट वह यहीं से देख सकता था। जैसे-जैसे किनारा क़रीब आता जा रहा था, रोशनी और चटक होती जा रही थी।

उसे सहज ही ध्यान आया। नेवी-शिप के कैप्टन ने कस्टम्स कलेक्टर को फ़ोन किया हो तो अभी तक कॉस्ट-गार्ड्स की लांच क्यों नहीं दिखाई दी?

लांच के छप्पर पर से डग भरता हुआ वह निचले भाग में आया और दूर अँधेरों में नज़र फैलाकर कान सतर्क किये। न उसकी नज़र में कस्टम्स की लांच की लाइट पड़ी, न कानों में मशीनों की आवाज़ सुनाई दी।

उसने मान लिया, शायद आने में उन्हें देर हुई होगी। शायद 'भाऊचा धक्का' के पोत घाट पर 'अल कबीर' के आगमन की राह देखते मोरचाबन्दी करके बैठे हों! उरण टापू के किनारे पर लांच के सही-सलामत लंगर डालने पर इक़बाल निश्चिन्त हो गया, क्योंकि उसे नहीं पता था कि इस बार दुश्मन नयी चाल चला था।

16

पन्द्रह बोरियाँ माल था। एक-एक बोरी में बीस-बीस जॉकिटें ठूँस-ठूँसकर भरी थीं। एक-एक जाकिट में सोने के सौ-सौ बिस्कुट थे। कुल मिलाकर माल पाँच करोड़ का था, उरण टापू के तट पर उतरा था।

यहाँ से माल बम्बई पहुँचाने के लिए मोटर मार्ग में जाने के सिवाय कोई चारा नहीं था। जल-मार्ग से सिर्फ़ एक घंटा लगता था, जबकि मोटर-मार्ग से दो से अधिक। सफ़र उबाऊ भी उतना ही था।

''दगडू!'' इक़बाल ने उसे अपने पास बुलाते हुए कहा, ''यहाँ से हमें एक ट्रक का इन्तज़ाम करना होगा।''

दगडू गैंग का पुराना सदस्य था, ''बॉस, यहाँ एक ट्रांसपोर्ट वाले को मैं जानता हूँ।'' थोड़ा सोचकर उसने अपनी शंका व्यक्त की, ''पर इस वक़्त वह आने के लिए राज़ी होगा कि नहीं, कहा नहीं जा सकता।''

''चूँ-चपड़ करे तो मुझे बुला लेना।''

दगडू भोर के धुँधलके में ओझल हो गया।

इक़बाल ने देखा तो उसके बाकी के छह साथी बोरियों का आसन बनाकर ठंड में थरथराते सिकुड़कर बैठे थे। कोई बीड़ी फूँक रहा था तो कोई सिगरेट। अलताफ़ के हाथ में अभी भी कंट्री-लिकर की बोतल थी और वह आख़िरी घूँट का मज़ा ले रहा था।

इक़बाल ने आँखें उठायीं। सिर पर आकाश था और नीचे मिट्टी। आकाश धीरे-धीरे रंग बदल रहा था। बादलों की कोरें चमकने लगी थीं। दूर-दूर फैले समुद्र के पार क्षितिज-रेखा पर उजाले ने सिर उठाया और दगडू एक टेम्पो के साथ आ पहुँचा।

इक़बाल ने देखा तो टेंपो के पीछे दो टैक्सियाँ भी थीं। दगडू की समझदारी पर इक़बाल को नाज़ हुआ। इस उजाड़ टापू में टैक्सियों का भी इन्तज़ाम करके उसने अपनी काबिलियत का सबूत दिया था।

"बॉस!" टेंपों से नीचे कूदकर उसने बताया, "आज अपना नसीब सचमुच मेहरबान है। इन टैक्सियों में बैठकर पर्यटन विभाग के कुछ अधिकारी रात में ही यहाँ आये थे।"

"टेंपो कितने में रोका?"

"हज़ार में।"

"इतना ज्यादा?"

करोड़ों के खेल में हज़ार कोई अहमियत नहीं रखते। इक़बाल ने अगर ग़रीबी और भूख क़रीब से न देखी होती तो इस समय उसे इसका तनिक भी झटका न लगता।

दगडू ने हँसकर जोड़ा, "रुपये एडवांस देने होंगे।"

"ठीक है।" उसने ख़र्च के लिए मिली रक़म में से सौ-सौ के दस नोट अलग कर दगडू के हाथ में थमा दिये।

"माल कहाँ पहुँचाना है?"

"अपने मझगाँव के गोदाम पर।"

कार्यवाही पूरी हो गयी। माल टेम्पो में चढ़ गया। टेम्पो शुरू हो इसके पहले इक़बाल तथा उसके साथी दोनों टैक्सियों में बैठ गये। काफ़िला उरण टापू से जब चला तो उस समय प्रभात की प्रथम किरणें धरती पर दिन बिताने उतर रही थीं।

ऊबड़-खाबड़ रास्ते पर से टेम्पो उछलता-कूदता जा रहा था। उससे थोड़ा फ़ासला रखकर दोनों टैक्सियाँ दौड़ रही थीं। रातभर कोई सोया नहीं था। सफ़र शुरू होते ही लगभग सभी साथियों के सिर पीछे की ओर लुढ़क गये। किसी की नाक भी बजने लगी।

इक़बाल सजग बैठा था। टैक्सी में झपकी ले पाना उसके लिए मुमकिन नहीं था। जब तक बोझ हलका न हो, तब तक वह सतर्क बैठने वाला था। उसका पहला फर्ज टेम्पो पर कड़ी नज़र रखना था, इसलिए नहीं कि टेम्पो वाला कोई दग़ा करे। इस बारे में वह बेफिक्र था। वह चौकन्ना इसलिए था शायद किसी पुलिस वाले की नज़र टेम्पो पर पड़े और शक होने पर चेकिंग हो तो सब पर आ बने। एक साथ सभी बेहोशी के आलम में गिरफ़्तार हो जायें।

तीनों वाहनों के काफ़िले ने पुल पार कर पनवेल में क़दम रखा और बम्बई की ओर मुड़ गया। वहाँ चाय की एक गुमटी पर मुफ्ती में इन्तज़ार करते बैठे एक कस्टम अधिकारी ने तीनों वाहनों के नम्बर नोट किये और मन-ही-मन खुश होता

हुआ क़रीब के टेलीफ़ोन की ओर बढ़ गया।

अभी डेढ़ घंटे का सफ़र बाक़ी था। इक़बाल अगली टैक्सी में ड्राइवर की बगल में बैठा था। तस्करी के कामों का तरीक़ा वर्षों पुराना था। इसलिए इसमें जोखिम भी उतना ही था। इस जोखिम की मात्रा कम की जा सके तो काम की रफ़्तार तेज़ और आसान हो जाये। मसलन, क्रासिंग के समय माल की डिलीवरी लेना। पुराने तरीक़े के मुताबिक़ दुबई की बोट में से आदमी एक-एक जाकिट उठाकर डिलीवरी लेने आयी बोट के आदमियों को सौंपता था। इसकी जगह डोरी के साथ बाँधकर जाकिटें पहले से ही तैयार रखने की तरकीब इक़बाल ने ही एक दिन सिंघ को बताई थी।

सिंघ जट था। उसके बंजर दिमाग़ में तब यह बात नहीं उतरी थी। इसका कारण भी था, आइडिया किसको सूझा? इक़बाल को। इक़बाल कौन था? तस्करी के पेशे में नया रंगरूट, क्रासिंग का उसका तजुर्बा कितना? सिफ़र।

दूसरे, डोरी के साथ बँधी जाकिटें एक लांच से दूसरी लांच में बेशक तेजी से जा सकती हैं, पर इस रफ़्तार के कारण गिनती में गड़बड़ी या धोखाधड़ी होने की सम्भावना भी रहती है।

"सिंघ," इक़बाल ने दलील दी थी, "आज तक तुम्हारे साथ कभी ऐसा हुआ है कि जाकिटों में से बिस्कुट कम निकले हों? हमारे धन्धें की नींव में ईमानदारी है। जिस दिन भरोसा नहीं रहेगा, तस्करी का धन्धा भी नहीं रहेगा।"

सिंघ सोच में पड़ गया। बात ग़लत नहीं थी। आज के कलियुग में भी इस पेशे में सौ नहीं तो निन्यानबे फीसदी ईमानदारी बरकरार थी, जबकि लगभग सभी व्यापारी अपना धर्म भूल चुके थे।

इक़बाल की बात में मौजूद सत्य अन्ततः उसे छू गया। उसने एक प्रयोग करने का फ़ैसला किया। इक़बाल के आश्चर्य के बीच उसकी पहली खेप में ही जाकिटें डोरी के साथ बँधी आयी थीं।

काफ़िला चेम्बूर में दाख़िल हुआ और सुबह से सिगरेट फूँकते कस्टम्स के दूसरे अधिकारी ने फ़ोन पर मिले वाहन के तीनों नम्बर जाँच कर देखे। कुछ देर पहले उसके सामने से गुज़रे एक टेम्पो और दो टैक्सियों के नम्बर यही थे।

इक़बाल अपने विचारों में खोया था। बम्बई पूर्व के उपनगरों को पार कर टैक्सी में पश्चिम की ओर जाते हुए उसे लगा, इस धन्धे में अभी काफ़ी परिवर्तन की आवश्यकता है। समस्त पद्धति को जड़-मूल से बदलने की ज़रूरत है और वह सिर्फ़ इक़बाल कर सकता था।

वह सुशिक्षित था। कॉलेज के दूसरे वर्ष में था। तस्करी में क़दम-क़दम पर आने वाली समस्याओं पर वह नये सिरे से सोचकर उनका हल खोज सकता था।

धन्धे में बाक़ी लगभग गँवार लोग थे। जो थोड़े सुशिक्षित थे वे भी तस्करी के पुराने तौर-तरीकों से इस क़दर चिपके थे, जैसे बन्दरिया अपने मुर्दा बच्चे को जिन्दा समझकर छाती से चिपकाये रखती है।

गम्भीरतापूर्वक सोचने के बाद इक़बाल इस नतीज़े पर पहुँचा कि सबसे पहले क्रासिंग की पद्धति में आमूल परिवर्तन की आवश्यकता है, क्योंकि असली ख़तरा वहीं था।

बीच समन्दर में दो जहाज़ मिलें और दो प्रेमियों की तरह, एक-दूसरे से सटकर घंटों खड़े रहें तो किसी को भी शक हो सकता है। अलबत्ता यह काम रात के अँधेरे में होता था, फिर भी खतरे की मात्रा में ज़रा भी फ़र्क़ नहीं पड़ता था। जैसे दीवारों के कान होते हैं, वैसे अँधेरों की भी आँखें होती हैं।

क्या कोई ऐसी तरकीब नहीं सोची जा सकती, जिसमें दुबई से माल लाने वाले बजरे तथा डिलीवरी लेने जाने वाली लांच एक-दूसरे से मिलें नहीं, फिर भी माल की हेराफेरी हो जाये?

प्रश्न के साथ ही उसके मन में गूँज उठी, 'भैया इक़बाल, तू अगर जादूगर होता तो यह मुमकिन था। तू छूमन्तर बोलता और दुबई के लांच का माल आसमान से उड़ता हुआ आकर सीधा तेरी लांच में आ पड़ता। भैये, तू तो कॉलेज में पढ़ता है और इतनी सीधी-सादी बात भी नहीं समझता? एक जहाज़ में से दूसरे में माल लेने के लिए दोनों जहाज़ की मौजूदगी ज़रूरी है।'

"नहीं!" उसके होंठ फड़फड़ाए। तस्करी का यही काम खुश्की पर किया जाए तो यह बिल्कुल सम्भव था। मसलन, एक वाहन माल लेकर बम्बई की सीमा तक आये और निर्धारित स्थान पर माल उतारकर वापस चला जाये। कुछ देर बाद उसी गुप्त स्थान पर दूसरा वाहन आये और माल उठा ले।

क्या यह तरकीब समन्दर में नहीं आज़माई जा सकती? और उसके दिमाग़ के कम्प्यूटर में बिजली कौंधी। एक ठोस विचार ने उसके ज़हन में शक्ल अख़्तियार कर ली थी। यह ख़याल क्रासिंग के तौर-तरीकों में क्रान्तिकारी साबित होने वाला था।

काफ़िला बम्बई पश्चिम के उपनगर अँधेरी में दाखिल हुआ और इक़बाल ने टैक्सी-ड्राइवर को रुकने का आदेश दिया। टैक्सी-ड्राइवर ने आगे दौड़ते टेम्पो को संकेत दिया, जिसे उसके ड्राइवर ने रिअरव्यू काँच में से देखा। तीनों गाड़ियाँ एक मद्रासी रेस्तराँ के क़रीब आकर खड़ी हो गयीं।

टैक्सी में झपकियाँ लेते साथी जाग उठे। पहले उनको लगा कि वे गोदाम आ पहुँचे। पर बाहर नज़र फैलाने पर उन्हें वास्तविकता का अहसास हुआ। अब वे एक-दूसरे की ओर देखने लगे। सबके चेहरे पर एक ही प्रश्न था। यहाँ रुकने का क्या मतलब? अँधेरी से मझगाँव का गोदाम सिर्फ़ चालीस मिनट के फ़ासले पर था।

''दगडू!'' टैक्सी का मीटर चुकाते हुए इक़बाल बोला, ''यहाँ से दूसरे टेम्पो का इन्तज़ाम करना पड़ेगा।''

इक़बाल पर उसे पहली बार सख़्त गुस्सा आया। वे शहर में दाखिल हो चुके थे। थोड़ी ही देर में गोदाम पहुँचने वाले थे और इक़बाल टेम्पो बदलने की बात कर रहा था।

''बॉस.....'' वह अपना विरोध ज़ाहिर करने गया और इक़बाल आगे बढ़कर दूसरी टैक्सी तक आया। उसके ड्राइवर को भी मीटर चुकाकर उसने दूसरी टैक्सी भी छोड़ दी।

''माइकल!'' अलताफ़ के साथ जम्हाइयाँ लेते हुए बाहर निकलने पर इक़बाल ने उसे काम सौंपा, ''दगडू/दूसरे टेम्पो का इन्तज़ाम करे, तब तक तू यहाँ नज़र रख। मैं बाक़ी लोगों को चाय-नाश्ते के लिए ले जा रहा हूँ।''

''क्या टेम्पो बदलना जरूरी है?'' वह आगे बढ़े, इसके पहले माइकल ने पूछ लिया।

सिर्फ़ इशारे से 'हाँ' कह वह पाँच साथियों को लेकर मद्रासी होटल में चला गया।

''सूफी!'' मैंने उसे अपनी जीवनी आगे बढ़ाने से रोककर थोड़ी स्पष्टता चाही, ''गाड़ियों को बदलने का ख़याल तुम्हें एकाएक कैसे आया?''

''इल्हाम (आकाशवाणी)।''

''यानी तुम नहीं जानते थे कि तुम्हारी गाड़ियों पर कस्टम्स वालों की नज़र है।''

''यह जाना होता तो शहर में घुसने की बेवकूफी न करता, बल्कि बम्बई ही न आता, वापी या सूरत चला जाता।'' थोड़ा रुककर उसने जोड़ा, ''समन्दर में हम नज़र में आ गये थे, फिर भी अँधेरी तक हम पर छापा नहीं पड़ा। यह हक़ीक़त मुझे बार-बार खल रही थी। शायद इसी वजह से मेरे भीतर आवाज़ उठी हो।''

पच्चीस मिनट के बाद काफ़िला फिर आगे बढ़ा। माइकल तथा दगडू के लिए टोस्ट-सैंडविच के दो पैकेट इक़बाल बँधवाता लाया था। वे दोनों टैक्सी में नाश्ता कर रहे थे। नया टेम्पो आगे-आगे दौड़ रहा था।

दिन इतवार का था। अभी सुबह के आठ बजे थे। उपनगरों में से होकर शहर की ओर जाती ट्रेनों में थोड़ी भीड़ नज़र आने लगी थी। यातायात का आवागमन भी बढ़ा था, पर आज इतना नहीं बढ़ने वाला था कि घोंघे की तरह रेंगना पड़े।

घोड़बन्दर रोड पूरा कर बम्बई शहर के आलीशान उपनगर बान्द्रा में पहुँचने पर यह भ्रम भी टूट गया। सबकी साँसें गले में अटक गयीं। उपनगर से शहर में दाख़िल होते वाहनों की लम्बी कतारें यहीं तक दिखाई पड़ती थीं।

इक़बाल समझ गया। थोड़ी दूर माहिम की खाड़ी के पास कस्टम्स अधिकारियों और पुलिसवालों ने साथ मिलकर नाकेबन्दी की थी। वाहनों के मार्ग के बीच ख़ाली पीपों का सर्पाकार अवरोध खड़ा किया गया था, ताकि हर एक वाहन को मजबूरन रफ़्तार घटानी पड़े।

धीरे-धीरे पीपों के अवरोध के बीच से गुज़रकर वाहनों को शहर में दाख़िल होना पड़ रहा था। ख़ासकर लम्बा सफ़र तय करके आती टैक्सियों तथा माल ढोने वाले वाहनों को सर्पाकार में से अलग करके उनकी तलाशी ली जा रही थी।

इसका कारण था कि घाटकोपर के बाद तीन वाहनों के काफ़िले की कड़ी टूट गयी थी। कस्टम्स के पाँचवें अधिकारी ने फोन द्वारा सूचना दी थी कि उसके सामने से एक टेम्पो और दो टैक्सियाँ गुज़री थीं, पर उनके नम्बर अलग थे। दूसरे, उसने टेम्पो का नम्बर नोट किया था पर टैक्सियों के नम्बर वह चूक गया था।

टैक्सी की पिछली सीट पर बैठा दगडू कभी वाहनों के रेले पर नज़र डालता तो कभी ड्राइवर की बगल में बैठे इक़बाल को देखता था। थोड़ी देर पहले जिस बॉस पर उसने मन-ही-मन गालियों की बौछार की थी, उसकी दूरअंदेशी पर आफ़रीन होकर अब वह मन-ही-मन उस पर फूल बरसा रहा था।

अँधेरी में उन्होंने वाहनों को न बदला होता तो निश्चित ही उनकी नम्बर प्लेट देखकर पुलिसवालों ने उनका टेम्पो और टैक्सियाँ अलग करके उनकी तलाशी ली होती। नतीजा? पाँच करोड़ के माल के साथ सब जेल के सीखचों के पीछे धकेल दिये जाते।

टैक्सी-ड्राइवर को संकेत देकर इक़बाल ने अपनी टैक्सी पीछे से सरका कर पहली कतार में ली। दूसरी टैक्सी में से माइकल ने देखा और उसने भी लाइन बदली। काफ़िला बिखर गया, वाहनों की भीड़ के बीच बँट गया।

सबसे पहले टेम्पो सर्पाकार व्यूह रचना में दाख़िल हुआ और कस्टम्स के एक अधिकारी ख़ान ने उसके ड्राइवर को बगल में पार्क करने का इशारा किया। टेम्पो के पीछे कुछ कारें थीं। कारों के पीछे इक़बाल की टैक्सी थी।

इक़बाल ने टेम्पो को भीड़ में से अलग होते हुए देखा तो उसे चक्कर आ गया। बाक़ी साथियों की हालत भी पतली थी। उनकी पूरी रात की मेहनत पर घड़ों पानी फिरने वाला था। सबके हिस्से में आने वाले मज़दूरी के पच्चीस हज़ार रुपये मानो डूब गये थे।

इक़बाल की टैक्सी की बारी सर्पाकार व्यूह रचना में प्रवेश करने की आयी। बीच में दो कारें थीं। उनके पीछे धीरे-धीरे टैक्सी दाख़िल हुई। कस्टम्स का दूसरा अधिकारी पुलिस के साथ मुस्तैदी से नज़र रखता खड़ा था।

इक़बाल ने टैक्सी की खिड़की में से सिर बाहर निकाल मासूमियत से पूछा,

''साहिब कुछ लफड़ा है?'' अधिकारी ने उसकी ओर आँखें घुड़काईं। कछुए की मानिन्द सिर वापस अन्दर लेते हुए उसने 'सॉरी' कह दिया। फिर ड्राइवर को सम्बोधित कर फिक्रा कसा, ''कमाल है! जनता को सवाल पूछने का भी अधिकार नहीं।''

सर्पाकार बाधा पार कर उसकी टैक्सी बाहर निकल गयी। अब इक़बाल ने अपने माथे पर आये पसीने को पोंछा। बाक़ी साथियों की रुकी हुई साँसें फिर शुरू हुई।

माइकल की टैक्सी उनसे पहले बाहर निकलकर माहिम चर्च के पास खड़ी थी। वह एकटक देख रहा था। कस्टम्स अधिकारी ख़ान टेम्पो ड्राइवर का लाइसेन्स जाँच रहा था।

इक़बाल की टैक्सी क़रीब आने पर माइकल ने अपनी टैक्सी में से पूछ लिया, ''अब?''

''यहाँ रुकने का कोई मतलब नहीं।'' इक़बाल ने कहा, ''जो होगा सो देखा जायेगा। हम लोग मझगाँव पहुँचकर टेम्पो का इन्तजार करेंगे।'' कुछ याद आते ही वह पिछली सीट पर बैठे दगडू की ओर मुड़ा, ''टेम्पो ड्राइवर को तूने पक्का पता दिया है न?''

दगडू ने सिर हिलाते हुए चेतावनी भी दी, ''लेकिन बॉस, टेम्पो पकड़ा गया तो धावा सीधे गोदाम पर बोला जायेगा।''

इसमें शक की गुंजाइश नहीं थी।

दोनों टैक्सियाँ फिर चलने लगीं। आधे घंटे के बाद उन्होंने भायखला पार कर मझगाँव जाने के लिए मोड़ लिया और गोदाम के पास आकर रुक गये। दोनों टैक्सियों का मीटर चुकाकर इक़बाल सबके साथ ईरानी होटल में दाख़िल हुआ। आठ कप चाय का आर्डर देते समय उसे ख़याल आया, आज की नाकामी का समाचार सिंघ को देना ज़रूरी है।

सिंघ अभी थोड़ी देर पहले जगा था। 'टाइम्स ऑफ इंडिया' की सुर्खियों पर नज़र फेरते हुए वह चिन्तित चेहरे से सोच रहा था।

क्रासिंग के लिए इक़बाल दो एम्बेसेडर कारें ले गया था। ये दोनों कारें भोर होने से पहले लौटने वाली थीं। इसके बजाय रात के तीन बजे ही उनके वापस आने पर वह हैरत में पड़ गया था।

कार के दोनों ड्राइवरों से पूछताछ करने पर उसे हक़ीक़त का पता लगा था। नेवी-शिप 'विक्रान्त' से फेंकी गयी सर्च-लाइट के दायरे में लांच आ गयी थी। फिर भी दोनों ड्राइवरों ने 'भाऊचा धक्का' पर क़रीब एक घंटे तक इन्तज़ार किया था। उनका अनुमान था, गैंग की लांच 'अल कबीर' बम्बई की तरफ़ न आकर उरण टापू की तरफ़ गयी थी।

इस खबर में सिंघ के लिए इतना आश्वासन था कि बीच समुद्र में छापा नहीं

पड़ा। आशा और निराशा के बीच झूलता वह और चार घंटे सोया।

इस समय अखबार पढ़ते हुए उसके माथे पर चिन्ता की स्पष्ट रेखाएँ खिंच आयी थीं। उसकी मोटी भौंहें बार-बार आकार बदल रही थीं। अभी तक इक़बाल की तरफ़ से कोई ख़बर नहीं थी। पाँच करोड़ के माल का क्या हुआ? कहीं वे रास्ते में न फँस गये हों?

वह मन-ही-मन परेशान हो रहा था और बच्चों को बगीचे में ले जाने के लिए तैयार कर रही उसकी पत्नी आँखों से उसके चेहरे पर नज़रों के वार कर रही थी।

सिंघ की तीन सन्तानें थीं–एक बेटा और दो बेटियाँ। बेटा अभी पहली जमात में पढ़ता था। दोनों बेटियाँ क्रमशः तीसरी और पाँचवीं कक्षा में थीं।

तैयार होकर खेल-कूद के साधनों के साथ तीनों बच्चे उसके पास आये। कुछ क्षणों के लिए उसके चेहरे पर मुस्कान तैर आयी। तीनों ने बारी-बारी से उसके गाल पर एक-एक चुम्मी दी और आया के साथ बाहर निकल गये। उसका चेहरा फिर चिन्ता में डूब गया।

पत्नी चाय का प्याला लेकर उसके सामने आयी और तिपाई पर पड़े खाली कप-सासर उठाकर गरम प्याला रखा।

सिंघ ने अख़बार की तह कर पत्नी की ओर देखा, "अभी कितने प्याले चाय पिलाओगी?" अब तक वह चार प्याले पी चुका था।

"आपके माथे की तनी हुई नसें ढीली नहीं होंगी, तब तक पिलाती रहूँगी।"

वह समझ गया, घुमा-फिराकर पत्नी उसकी चिन्ता का कारण जानना चाहती थी और वह नहीं चाहता था कि पत्नी और बच्चे उसके दो नम्बर के धन्धे के बारे में कुछ भी जानें।

वह जवाब सोच रहा था, तभी टेलीफ़ोन की घंटी घनघनाई। फौरन उसने रिसीवर उठाया और इक़बाल के शब्द उसके कान में गूँज उठे, "बैड न्यूज सिंघ, समन्दर पार कर हम किनारे पर डूब मरे।"

सिंघ नहीं समझा। सिर खुजाते हुए वह रसोई की तरफ जाती हुई पत्नी को देखता रहा। उसकी अदा सिंघ को पसन्द आयी। लगा पत्नी की चाल में अभी लचक थी, खुमारी थी। बालों की चोटी कमर तक झूलती थी।

इक़बाल ने फ़ोन पर विस्तारपूर्वक बताते हुए आगे कहा, "माहिम के पहले टेम्पो पकड़ा गया, पर हम सभी सही-सलामत गोदाम पर आ पहुँचे हैं।"

सिंघ ने धीरे से सवाल किया, "तुम्हें यकीन है कि टेम्पो पकड़ा गया?"

"पुलिस ने पूछताछ कर ड्राइवर को छोड़ दिया होता तो वह अब तक माल लेकर आ पहुँचता।"

इक़बाल ने ईरानी होटल के दरवाज़े पर लगे पब्लिक फ़ोन से नम्बर मिलाया

था। सिंघ के साथ वह बात कर रहा था और रास्ते के उस पार गोदाम पर नज़र भी रखे था।

अचानक उसने टेम्पो की मशीन की घरघराहट सुनी। गर्दन ऊँची कर उसने देखा तो टेम्पो गोदाम की तरफ़ आ रहा था।

"गुड न्यूज सिंघ!" उत्साह में आकर वह रिसीवर में बोल उठा, "टेम्पो आ पहुँचा है।"

अभी वह रिसीवर क्रेडिल पर रखने जा ही रहा था कि सिंघ बोल पड़ा, "इक़बाल!"

"जी!"

"टेम्पो के पीछे पुलिस की गाड़ी तो नहीं?"

उसने सड़क के मोड़ पर नज़र दौड़ाई, "ना।"

सिंघ ने होशियार किया, "कस्टम वालों ने कोई जाल न बिछाया हो।"

तजुर्बेकार सिंघ की बात एकदम सही थी।

कस्टम्स अधिकारियों ने टेम्पो ड्राइवर को सर्पाकार व्यूह के बाहर ले जाकर उससे पूछताछ की थी। वह जो कुछ जानता था, उसने सच-सच बता दिया था। उरण टापू से माल टेम्पो में आया था। अँधेरे में टेम्पो बदला गया। माल एक टेम्पो में से दूसरे में चढ़ाया गया।

"साथ में कितने लोग थे?"

"मैंने गिने नहीं थे, मगर दो टैक्सियाँ मेरे साथ-साथ आयी थीं।"

"वे टैक्सियाँ कहाँ हैं?"

"भीड़ में कहीं निकल गयी होंगी।"

दो अधिकारी ड्राइवर से पूछताछ कर रहे थे, तब एक अधिकारी टेम्पो की तलाशी ले रहा था। पाँच करोड़ की जाकिटें देखकर उसकी आँखें फट गयी थीं। तुरन्त उसने दो सहायकों को बुलाकर यथोचित गिनती शुरू करवा दी।

"माल कहाँ पहुँचाना था?"

"मझगाँव।" कहते हुए ड्राइवर ने पूरा पता दिया।

"जगह तू जानता है?"

"नहीं साहब, इसके पहले मैं कभी भी वहाँ नहीं गया।"

टेम्पो में गिनती पूरी होने पर वहीं पंचनामा हुआ और सारा माल पुलिस की एक बन्द गाड़ी में चढ़ा दिया गया।

खाली टेम्पो में कस्टम्स के दो अधिकारी ख़ान तथा रुस्तम जी बैठ गये। तीसरे ने ड्राइवर को सूचना दी, "गोदाम के पास तू टेम्पो रोकेगा, तब गैंग के लोग तेरे पास दौड़ आयेंगे। वे कुछ पूछें तो कह देना कि थोड़े सवाल पूछकर तुझे छोड़ दिया

गया। जैसे ही वे दरवाजा खोलेंगे, हम उन्हें धर दबोचेंगे।''

थोड़ा रुककर उन्होंने चेतावनी भी दी, ''पर इतना याद रहे, हमारे साथ चाल चलेगा तो कम-से-कम दस साल के लिए तू सीधा जेल की हवा खाने अन्दर चला जायेगा। और हमें आखिर तक सहयोग दिया तो यह हमारा वादा है कि इस केस में हम तुझे नहीं फँसायेंगे।''

टेम्पो ड्राइवर भोला था। राज़ी हो गया।

रिसीवर क्रेडिल पर रख इक़बाल वापस अपने साथियों के साथ होटल में बैठ गया। चाय का एक दौर पूरा होकर दूसरा शुरू हुआ था। अलताफ़ पिए हुए था। इसलिए उसे ज्यादा भूख लगी थी। उसने बन-मस्का का ऑर्डर दिया।

अब तक टेम्पो-ड्राइवर ने आस-पास की दुकानों में पता पूछ टेम्पो गोदाम के पास पार्क कर दिया था। वह खुद चालक की सीट पर से बाहर आकर टेम्पो के सहारे खड़ा हो गया। इक़बाल और उसके साथियों को वह देख नहीं सकता था, पर इक़बाल होटल में बैठे-बैठे उस पर नज़र रखे हुए था।

इक़बाल ने ग़ौर से देखा और वह समझ गया, दाल में कुछ काला है। ''दगड़ू!'' उसने सभी पर नज़र फैलाते हुए कहा, ''चाय पीकर तुम लोग सभी यहाँ से सटक जाओ।''

''और बॉस, तू!''

''चूहे-बिल्ली के इस खेल का अंजाम मुझे जानना है।'' कहते हुए उसने जोड़ा, ''जब तक खेल पूरा न हो, मैं यहीं बैठूँगा।''

पाँच-पाँच मिनट के अन्तर पर उसके साथी एक-एक कर ईरानी होटल से निकले और जिस दिशा में टेम्पो खड़ा था, उसकी उलटी दिशा में चले गये।

इक़बाल अकेला बैठा रहा। उसका चेहरा शान्त था, पर उसके सीने में आग लगी थी।

कस्टम्स वालों ने उसके पहले ही फेरे को नाकाम कर दिया था। इसका बदला लिये बिना उसे सन्तोष नहीं होने वाला था। भविष्य में वह कस्टम्स विभाग के अधिकारियों की नाक में दम करने वाला था। वे तौबा-तौबा पुकारने वाले थे।

17

समय के पंख फूटे थे। दिन आकाश में उड़ते पक्षियों के झुंड की तरह उड़ रहे थे। सब कुछ सपना लग रहा था। जवानी के, उमंगों के, तरंगों के, प्रेम के ये दिन थे।

कोई गरीब मछुआरा पानी में जाल डाले और अकस्मात उसमें जलपरी आ जाये, वैसा ही आनन्द मैं अनुभव कर रहा था। सुरैया मेरे लिए जलपरी से कम मूल्यवान नहीं थी।

फिल्म 'बेगाना' की शूटिंग पूरी हो चुकी थी। साथ ही मेरा कॉन्ट्रैक्ट भी ख़त्म हो गया था। अब मुझे सहायक निर्देशक का काम करने की जरूरत नहीं थी। बाल-पत्रिकाओं में प्रकाशित मेरी चित्रकथाओं की आय मेरी पढ़ाई तथा मेरे प्रेम को टिकाये रखने के लिए पर्याप्त थी।

दूसरे, फिल्म-लाइन से मेरा जी उचट गया था। शूटिंग के दौरान मैं कभी-कभी कई दिनों तक कॉलेज नहीं जा पाता था और सुरैया से एक दिन भी दूर रहना अब मेरे लिए सम्भव नहीं था।

काम का दिन हो या छुट्टी का, लगभग पूरा दिन हम साथ बिताते। शाम के पहले मैं उसे छोड़ने उसके हॉस्टल पहुँच जाता। गर्ल्स-हॉस्टल के फाटक के बाहर मुझ जैसे जाने कितने अपनी-अपनी प्रेमिकाओं के साथ आख़िरी क्षण तक इधर-उधर की बातें करते खड़े रहते। फाटक के सामने मरीन ड्राइव का समुद्र हिलोरें लेता रहता। नमकीन हवाएँ लहराती रहतीं।

सूर्यास्त बाद के अँधेरे-उजाले के बीच जैसे-जैसे हॉस्टल का फाटक बन्द होने का समय करीब आता, शब्दों का आदान-प्रदान बढ़ जाता। यह मंज़र लम्बे सफ़र पर जाती ट्रेन के छूटने के समय प्लेटफार्म पर खेले जा रहे भावनात्मक नाटक-सा रहता। जैसे हम एक रात के लिए नहीं, वर्षों के लिए जुदा होने वाले हों, ऐसे बार-बार एक-दूसरे को कुछ-न-कुछ याद दिलाते रहते।

गर्ल्स-होस्टल का फाटक बन्द होने की सूचना देती बेरहम बैरी घंटी बज उठती। सुरैया मुझे दिन का अन्तिम चुम्बन देकर धीरे-धीरे फाटक में प्रवेश कर जाती। मैं घर लौटता।

आज घर पहुँचने की जल्दी न मुझे थी, न सुरैया को। मेरा आग्रह स्वीकार कर उसने 'लेट पास' निकलवाया था। हम एक घंटा और एक साथ गुज़ार सकते थे।

गर्ल्स-हॉस्टल की बगल में पसरे 'मछलीघर' के बगीचे में हम शाम से बैठे थे। सुरैया आज सुबह से कुछ उदास लग रही थी। आधा दिन कॉलेज में साथ बिताकर दोपहर के बाद मैं उसे इरोज थिएटर में 'सधर्न यान्की' नाम की एक कॉमेडी फिल्म दिखाने ले गया।

पूरी फिल्म के दौरान मैं ठहाके मारकर हँसता रहा। वह मानो कि देवदास बनी देख रही हो, इस तरह गम्भीर बैठी रही।

''फिल्म कैसी लगी?'' जानकर अनजान होते हुए मैंने बाहर निकलते समय पूछा।

"अच्छी थी।"

"तब तुम एक बार भी हँसी क्यों नहीं?"

"मैं तो हँसी थी," उसने दलील दी, "अलबत्ता तुम्हारी तरह बत्तीसी दिखाकर नहीं हँसी थी।"

उसका जवाब सही था, पर सन्तोषजनक नहीं था। मैं जानता था, उसे कुछ अखर रहा है। मेरा मन कहता था कि पिछली रात ज़रूर कोई दुःखद घटना घटी होगी और वह मुझे अपनी वेदना का कारण बताने के लिए राज़ी नहीं थी।

शायद वह अपने मन का बोझ मुझ पर न डालना चाहती हो! उसे भय हो, हमारे सुख में ख़लल पहुँचेगा तो मेरा दिन बिगड़ेगा। यह संकोच वह अनुभव करती हो तो भी हैरत नहीं।

यहाँ बगीचे में मैं धीरज खो बैठा, "सुरैया!" मैंने कह दिया, "एक बात अच्छी तरह समझ लो। हमने केवल सुख बाँटने के लिए एक-दूसरे को नहीं चुना है! मेरा जितना हक़ तुम्हारी खुशी पर है, उतना ही तुम्हारे गमों पर भी है। बोलो, क्या हुआ?"

उसने सीधे मेरी तरफ देखा और उसकी आँखों में आँसू उभर आये। मेरी साँस रुक गयी। आज के पहले सुरैया को मैंने कभी भी रोते हुए नहीं देखा था। आज पहली बार उसकी आँखों से आँसू बह रहे थे।

मैंने उसे दोनों बाँहों में भर लिया। उसने अपना सिर मेरे कन्धों पर झुका दिया। मैं उसकी पीठ पर हाथ फेरते हुए उसे मौन आश्वासन देने लगा। थोड़ी देर बाद वह बोली, "मेरी रूम-मेट ने आत्महत्या कर ली।"

मैंने उसका चेहरा सामने लिया। सुरैया ने विस्तार से बताया: हॉस्टल के उसके कमरे में उसके साथ रहती अनसूया नाम की एक युवती पिछली रात हॉस्टल के टेरेस पर से कूद पड़ी। हॉस्टल पाँच मंज़िला था। नीचे पत्थर के फर्श पर गिरने के कारण उसका सिर फट गया।

"पर वह तो हँसी का फव्वारा थी।" रूमाल से उसके आँसू पोंछते हुए मैंने कहा, "उसके होंठों पर हर समय मुस्कान खेलती रहती थी। उस पर ऐसी कौन-सी आफत टूट पड़ी कि..."

"उसके प्रेमी ने उसे धोखा दिया।" कहते हुए सुरैया की आँखें फिर भर आयीं, "आबिद, तुम तो मुझे नहीं छोड़ोगे न?"

प्रसंग की गम्भीरता भुलाकर मैं हँस पड़ा, "बुद्धू!" फिर मैंने स्नेह-भरे शब्दों में कहा, "मैं तुम्हें क्यों छोड़ूँगा।"

"अभी भी कॉलेज में तुम्हारे आसपास लड़कियाँ मँडराती रहती हैं?"

"वे दोस्त हैं, तुम जीवनसाथी हो।" यथार्थ पेश करते हुए मैंने बताया, "वैसे

जुदाई का डर तुम्हें नहीं, मुझे होना चाहिए।"

वह चौंकी, "क्या तुम यह सोचते हो कि मैं तुम्हारे साथ दग़ा करूँगी?"

"नहीं, पर ऐसे हालात पैदा होने की सम्भावना है, जिसमें तुम लाचारी महसूस करो।"

"पर किसलिए?"

"हम दोनों के बीच चांदी की दीवार है।" मैंने स्पष्ट शब्दों में कहा, "मैं ग़रीब हूँ, तुम धनवान हो। यह सच्चाई झुठलाई नहीं जा सकती।"

"मैं नहीं मानती।"

"उम्मीद रखता हूँ कि तुम्हारे बुजुर्ग भी नहीं मानते होंगे।"

"मानते हों तो भी कोई फ़र्क़ नहीं पड़ने वाला।" उसने दृढ़ता से कहा, "वे मुझ पर दबाव डालेंगे तो मैं घर छोड़कर सिर्फ़ पहने हुए कपड़ों में तुम्हारे पास चली आऊँगी।"

मैंने उसे फिर एक बार दोनों हाथों में समेट लिया। उसके ये शब्द, उसका आत्मविश्वास मेरे लिए काफ़ी था।

रात के लगभग नौ बजने को थे। बग़ीचे में से धीरे-धीरे डग भरते हम हॉस्टल के फाटक तक आये। गोरखा वाचमैन ने बन्द फाटक को थोड़ा खोला। मैं सुरैया को भीतर दूर तक जाती देखता रहा।

इक़बाल भी एक-नज़र देख रहा था। ईरानी होटल में वह अकेला बैठा था। उसकी नज़र सड़क पार गोदाम के पास खड़े टेम्पो तथा ड्राइवर पर टिकी थी। दो घंटे बीत चुके थे।

इस बीच उसकी कल्पना चारों दिशाओं में दौड़ चुकी थी। बिना जवाब के कई सवाल वह खुद से पूछ चुका था। टेम्पो में पाँच करोड़ के सोने के बिस्कुट थे। (वह नहीं जानता था कि टेम्पो में कस्टम्स अधिकारी बैठे थे)। ड्राइवर बाहर खड़ा है। अर्थात् कस्टम्स के आदमी इसी इलाके में मौक़े की तलाश में छिपकर बैठे होंगे।

अगर यह अनुमान सही है तो ड्राइवर ने कम-से-कम एकाध बार तो नज़रों से उनसे सम्पर्क साधा होता! ऐसा नहीं हुआ था तो क्या सर्पाकार व्यूह के बाहर ड्राइवर से पूछताछ कर, उसे निर्दोष समझ छोड़ दिया था?

और आधा घंटा बीत गया। टेम्पो ड्राइवर तड़के काम पर चढ़ा था। न उसने नाश्ता किया था, न ही चाय पी थी। यहाँ खड़े-खड़े वह सचमुच बोर हो गया था।

वह अपनी जगह छोड़, चाय पीने के लिए ईरानी होटल की तरफ़ आगे बढ़ा। इक़बाल ने फ़ौरन अपना चेहरा घुमा लिया। अलबत्ता वह इक़बाल को जानता नहीं था। उरण टापू के टेम्पो में से दगडू तथा माइकल ने माल उतारकर इस टेम्पो में चढ़ाया था। उस समय इक़बाल बाक़ी साथियों के साथ चाय-नाश्ता करता क़रीब

के मद्रासी होटल में बैठा था।

फिर भी वह यह नहीं चाहता था कि गोदाम के पास टेम्पो ड्राइवर उसे देखे और उसके चेहरे से परिचित हो। ड्राइवर दरवाजे के पास की एक कुर्सी पर बैठ गया। एक प्याला चाय उसके सामने रखी गयी।

इक़बाल धीरे से खड़ा हुआ और ईरानी होटल का बिल चुकाकर बाहर निकला।

उसने मन-ही-मन तय कर लिया था, यही मौका है। ड्राइवर चाय पूरी करे, इसके पहले राहगीर की तरह टहलते जाना और टेम्पो का दरवाज़ा खोलकर अन्दर झाँक लेना। उसे इतना यक़ीन था, कस्टम अधिकारी कहीं बाहर नहीं छिपे थे। तो क्या छिपकर अन्दर बैठे होंगे? यह ख़याल आते ही उसके आगे बढ़ते हुए पाँव रुक गये।

ईरानी होटल में चाय पीते ड्राइवर तथा उसके बीच टेम्पो था। उसे सिर्फ़ दो क़दम चलकर टेम्पो का दरवाजा खोलना था। पर अन्तिम क्षण में उठे इस ख़तरनाक सवाल ने उसे काठ बना दिया।

उसने तेजी से सोचा, कस्टम्स अधिकारी अगर छिपकर अन्दर बैठे होते तो इतनी देर में अकुलाकर बाहर निकल आते, क्योंकि बन्द टेम्पो में हवा के आने-जाने का इन्तज़ाम नहीं था।

वह यह सोच ही रहा था कि धड़ाम से टेम्पो के पीछे से दोनों दरवाज़े खुल गये। इक़बाल की साँसें थोड़ी देर के लिए रुक गयीं। सौभाग्य से दरवाज़े बाहर की ओर खुले थे, एक दरवाज़े की आड़ उसे मिल गयी थी। तुरन्त वह विरुद्ध दिशा में चलता बना।

टेम्पो में से हताश चेहरे लिये बाहर निकले अधिकारी ख़ान और रुस्तम जी ने पहले तो अकड़े हुए अपने पैर सीधे किये, फिर ड्राइवर की सीट की ओर देखा। होटल में चाय पूरी कर ड्राइवर अपने नसीब को कोसता फ़ौरन दौड़ आया।

"साब!" उससे कुछ पूछा जाये, इसके पहले उसने खुलासा किया, "सुबह से एक कप चाय भी पीने का वक़्त नहीं मिला था। मैं होटल में गया और आप लोग बाहर निकले।"

दोनों अधिकारियों ने अब गोदाम के बन्द दरवाजे की ओर देखा। डिलीवरी लेने कोई नहीं आया था और गोदाम भी नहीं खुला था। इसका मतलब उनकी चाल की बू गैंग को लग गयी थी।

"इस गोदाम का मालिक कौन है?" कुछ सोचते हुए ख़ान ने टेंपो-ड्राइवर से प्रश्न किया।

"यह तो मैंने पहले ही बता दिया है साब, मैं कुछ भी नहीं जानता।" उसने

आगे कहा, "बल्कि इस इलाके में मैं पहले कभी भी माल लेकर नहीं आया।"

टेम्पो ड्राइवर की विश्वसनीयता के बारे में उन्हें कोई सन्देह नहीं था, इसलिए उसका नाम-पता नोट कर उसे छोड़ दिया। अब उन्होंने आसपास की दुकानों में जाँच शुरू की।

एक किराने की दुकान से उन्हें गोदाम के मालिक का नाम मालूम हुआ—अब्दुल सत्तार। पेशा : पुराने ज़माने के दरवाज़े, जालियाँ, काठ की मूर्तियाँ आदि एंटिक चीज़ें खरीद-फरोख़्त करना।

थोड़ी और पूछताछ करने पर उन्हें उसका पता भी मिल गया। गोदाम-मालिक का मकान ज़्यादा दूर नहीं था। टैक्सी कर वे तस्करों का सुराग लगाने भिंडी बाज़ार की दिशा में चल दिये।

छुट्टी का दिन होने के कारण वातावरण में उदासी थी। सिंघ से मिलने इक़बाल उसके होटल के कमरे पर पहुँचा, तो आज भी वह अकेला डबल-बेड पर पाँव फैलाकर शराब पीता बैठा था।

इक़बाल को सहज ही ख़याल आया—किरण को क्या उसने छुट्टी दे दी होगी? और उसे अपनी बेवकूफ़ी पर हँसी आ गयी। किरण किराये की लड़की थी। सिंघ एक शौक़ीन कीड़ा था। उसका मन भर गया होगा।

ख़यालों में चहलक़दमी करता हुआ वह डबल-बेड के सामने की कुर्सी पर बैठा कि बाथरूम में से एक नयी लड़की बाहर निकली। एक अजनबी को कमरे में बैठा देख वह थोड़ा रुकी और खिड़की के पास जाकर उसकी ओर पीठ करके खड़ी हो गयी।

"पसन्द आयी?" सिंघ ने घूँट भरते हुए तंज़ किया।

इक़बाल ने एक सरसरी निगाह लड़की पर डाली और सिंघ की ओर देखा, "कस्तूरी की गन्ध सौगन्ध की हाजत नहीं रखती।"

"नहीं अच्छी लगी?"

"सिंघ!" अब उसे कहना पड़ा, "पाँच करोड़ रुपये गुड़-गोबर हो गये और आपको मज़ाक़ सूझ रहा है?"

"रोने से कोई फ़र्क़ पड़ता हो तो चलो, मैं तुम्हारे साथ बैठकर सियापा करने को तैयार हूँ।"

"आपको नहीं लगता कि इस बारे में थोड़ी चर्चा करना जरूरी है?"

"कैसी चर्चा?"

"हमीद जेल की सलाखों के पीछे है और...."

"उसकी चिन्ता करने की तुम्हें ज़रूरत नहीं।" सिंघ ने टोका, "डी.के. ने उसके लिए श्रेष्ठ बैरिस्टर रोका है। ज़मानत पर छूटकर वह एक-दो दिनों में बाहर

आ जायेगा।''

''डी.के.?''

''अपना बॉस।''

पहली बार उसे सिंघ के सीनियर के नाम के पहले दो अक्षर जानने को मिले थे।

''इससे हालात में कोई फ़र्क़ नहीं पड़ता।'' उसने कहा, ''कुल मिलाकर साढ़े छह करोड़ रुपये का माल हमने इस एक हफ़्ते में खोया है।''

''क्या चर्चा करने से वह वापस आ जायेगा?''

''नहीं, पर थोड़ी सूझ-बूझ दिखाकर आइन्दा हम इन हादसों को टाल ज़रूर सकते हैं।''

सिंघ को अब दिलचस्पी हुई। कुछ मिनटों के लिए पीना भूलकर वह बोला, ''कैसे?''

''क्रासिंग बन्द करके।''

''तुम्हारा दिमाग़ तो ठिकाने है न?''

''पी आपने है, मैंने नहीं।''

''क्रासिंग बन्द करेंगे तो माल की हेराफेरी कैसे होगी?''

''यही मुझे आपके भेजे में उतारना है।''

उरण टापू से टैक्सी में बम्बई आते समय इक़बाल के दिमाग़ में एक ठोस योजना ने आकार लिया था। वही योजना उसने सिंघ को विस्तार से समझायी।

''निश्चित दिन दुबई का जहाज़ चालीस बाम पानी में आकर पूरे माल का एक गट्ठर बनाये और पानी में डाल दे।''

''क्या...क्या कहा?'' सिंध की चौड़ी आँखें और चौड़ी हो गयीं, ''फिर कहो तो!''

उसने अपना वाक्य दोहराया।

''चालीस बाम यानी कि दो सौ चालीस फुट पानी, सही?''

उसने 'हाँ' कहा।

''उसमें माल का गट्ठर डाल दे?''

''यह भी ठीक।''

''और फिर हम ग़ोताखोरों को भेजकर यह गट्ठर निकलवा लें।'' सिंघ ने तंज़ करते हुए मुस्कान बिखेरी, ''यही कहना है न तुम्हें?''

''नहीं।''

''तो?''

''गट्ठर के साथ दो सौ पचास फुट लम्बी नायलॉन की मज़बूत डोर बँधी रहेगी।''

वह कह रहा था, "इस डोर के ऊपरी सिरे पर थर्माकोल का एक सफ़ेद टुकड़ा रहेगा। गट्ठर तल में बैठ जायेगा, पर थर्माकोल का टुकड़ा वज़न में एकदम हलका होने के कारण सतह पर तैरता रहेगा। दूसरे दिन लाइट हाउस के आसपास इस टुकड़े को खोज लेने में हमारी लांच को ज़्यादा वक़्त नहीं लगेगा।"

भूला हुआ गिलास सिंघ ने होंठों तक लिया और एक ही घूँट में बाक़ी बची शराब गटक गया। अब उसने नयी नज़रों से इक़बाल की ओर देखा और देखता रह गया।

"मेरी बात समझ में आ रही है न?"

उसने इशारे से 'हाँ' कहा।

"अब आगे समझो।" अपना बुनियादी विचार कील की तरह सिंघ के भेजे में उतर जाने पर उसने योजना का दूसरा हिस्सा पेश किया, "हमें उसी जगह पर माल उठाने की ज़रूरत नहीं। क्योंकि इसमें किसी की नज़र में आ जाने का ख़तरा रहता है।"

"तो?"

"थर्माकोल वाला सिरा खोजकर हम अपनी लांच के साथ बाँध देंगे और लांच को वहाँ से किसी महफ़ूज़ जगह पर ले जायेंगे।"

"तुम्हें यक़ीन है कि गट्ठर लांच के साथ पानी में खिंचता चला जायेगा?"

"सैंट पर्सेंट।"

"कैसे?"

"पानी में ठोस पदार्थ का वज़न घट जाता है।"

सिंघ को ख़याल आया कि यह तरकीब काम कर जाये तो जोख़िम निन्यानबे फ़ीसदी से घटकर सीधे एक फीसदी पर आ जाये। लाइट हाउस के क़रीब से चली लांच को वर्सोवा या मड टापू के किनारे तक भी ले जाया जा सकता है, जो बम्बई के पश्चिम में है।

इसमें भी एक ख़तरा तो था ही। चली आ रही तस्करी के तहत, अब तक तस्करी के माल की हेराफेरी के लिए पाँच या दस रुपये के नोट के दो टुकड़े काम में लाये जाते थे, ताकि दोनों पक्षों को सन्तोष रहता था। दूसरे, धोखाधड़ी होने की सम्भावना भी नहीं रहती थी। इकबाल का खेल ब्लाइंड था, अन्धे कुएँ में छलाँग लगाने जैसा था।

अधिक विचार करने पर उसे इक़बाल के शब्द याद आये, "हमारे धँधे के मूल में ईमानदारी है। जिस दिन यह ईमानदारी नहीं रहेगी, तस्करी का धन्धा भी नहीं रहेगा।"

पिछले कितने वर्षों से सिंघ तस्करी का काम कर रहा था। यह सही ही था

कि आज दिन तक एक भी धोखाधड़ी नहीं हुई थी। वैसे धोखाधड़ी करने वाला ठग पुरानी पद्धति से भी सेंध लगा सकता था। जाकिट की सिलाई में सोने के बदले पीतल के बिस्कुट रख सकता था। क्रासिंग के तनाव में किस को पता चले कि अन्दर बिस्कुट किस चीज़ के हैं?

दूसरे, आज दिन तक किसी ने क्रासिंग के समय जाकिटें फाड़कर जाँच भी नहीं की थी, क्योंकि आज तक धोखाधड़ी भी नहीं हुई थी।

''यार इक़बाल!'' अपने ख़ाली गिलास में बोतल उँडेलते हुए उसने याराना लहजे में कहा, ''आज एक बार पी लो, फिर कभी नहीं पीना।''

वह खड़ा हो गया।

''अरे, अरे! बैठो तो सही। मैं जबरदस्ती नहीं करूँगा।''

''चौबीस घंटों से मैं घर नहीं गया,'' कहते हुए वह बाहर निकल गया।

चौबीस घंटों से वह सोया भी नहीं था। घर पहुँचकर उसने कपड़े भी नहीं बदले, सिर्फ आसमानी स्वेटर और जूते उतारकर पलँग पर पाँव फैलाये और फौरन उसे नींद आ गयी।

सोमवार की सुबह आँखें खुलीं तो दरवाज़े पर कस्टम्स का एक चपरासी सम्मन्स लेकर खड़ा था। उसने दस्तख़त करके वह लिया और दरवाज़े में खड़े-खड़े पढ़ गया। ग्यारह बजे उसे डी.आर.आई. के दफ्तर में हाज़िर होने का उसमें आदेश था। उसके हाथ काँप उठे। कस्टम्स के इस अपराध अन्वेषण विभाग का बुलावा आने पर बड़े-बड़े माफियाओं की सिट्टी-पिट्टी गुम हो जाती है।

सुबह के नौ बजे थे। दोनों छोटे भाई अभी सोये थे। गुलबानू चौके के पास बैठकर चाय-नाश्ते की तैयारी कर रही थी। वह तेज़ी से सोच रहा था। डी.आर. आई. के दफ़्तर में उसे जाना चाहिए या नहीं? वहाँ कहीं उसके हाथों में हथकड़ियाँ तो नहीं पड़ जायेंगी?

''इक़बाल!'' वह कुछ आगे सोचे, इसके पहले उसका पड़ोसी दिखायी दिया, ''तुम्हारा फोन है।''

डी.आर.आई. की तरफ से सम्मन सिर्फ़ इक़बाल को नहीं, सिंघ को भी मिला था। फोन भी उसी ने लगाया था।

''सिंघ!'' रिसीवर उठाकर वह बोल गया, ''मैं आपका नम्बर घुमाने की सोच रहा था कि...''

''मुझे शक था कि तुम्हें भी सम्मन्स मिला होगा।''

''ऐसा कैसे हुआ?''

''गोदाम का मालिक गिरफ्तार हो गया है। उसने हमारे नाम दिये होंगे।'' कहते हुए उसने जोड़ा, ''पर चिन्ता करने की कोई ज़रूरत नहीं। कस्टम्स अधिकारी

क़ानूनन हमारा बाल भी बाँका नहीं कर सकते।"

इक़बाल को कई सवाल पूछने थे, पर यहाँ पड़ोसी के घर वह स्पष्ट रूप से बात नहीं कर सकता था। अलबत्ता वह सिंघ की सलाह-सूचना बेफ़िक्री से सुन सकता था।

"अब समझो!" सिंघ अपने घर से रिसीवर में कह रहा था, "वहाँ तुम्हें धमकाएँगे, डराएँगे, तरह-तरह के झूठ का इस्तेमाल करेंगे; पर तुम्हें कुछ क़बूल नहीं करना है।"

"जी।"

"दूसरी बात, तुम्हारे पास सूट है?"

"नहीं, क्यों?"

"जाते समय कम से कम क़ीमती टाई ख़रीदकर गले में बाँध लेना। याद रहे, हम साहूकार हैं, चोर नहीं। और सामनेवाले पर रोब भी वैसा ही पड़ना चाहिए।"

इक़बाल ने रिसीवर रख दिया। वह अपनी खोली में लौटा, तब तक फ़ीरोज़ जाग उठा था। रज़्ज़ाक़, सबसे छोटा भाई अभी फ़र्श पर बिछी गुदड़ी में गाढ़ी नींद सो रहा था। नींद में निर्दोष लगते उसके चेहरे को वह पलँग की पाटी पर बैठ देखता रहा।

इक़बाल को चिन्ता एक नहीं थी।

रज़्ज़ाक घर पर न लेसन करता था, न होमवर्क। इसके लिए उसे लगभग रोज़ सज़ा मिलती थी। सज़ा की भी एक मर्यादा होती है। शिक्षक उसे पीट-पीटकर तंग आ गये थे। अब वे बतौर सज़ा उसे क्लास से बाहर निकाल देते थे। रज़्ज़ाक भी यही चाहता था। क्लास के बाहर जाने के बदले वह स्कूल से ही बाहर निकल जाता था।

इसके बारे में कई शिकायतें घर आ चुकी थीं। इक़बाल की लाचारी यह थी कि उसने छोटे भाई की गाड़ी फिर से पटरी पर चढ़ाने की हर मुमकिन कोशिश की थी और वह नाकामयाब रहा था। अब उसके पास एक ही उपाय बचा था।

रज़्ज़ाक़ छठी कक्षा में था। पिछले दो सालों से वह फेल हो रहा था। इस साल भी कामयाब होने के कोई आसार नज़र नहीं आ रहे थे। इक़बाल ने उसे स्कूल से छुड़ाकर किसी दुकान में नौकरी पर लगाने का फ़ैसला किया। कोई ऐसी दुकान, जहाँ वह कोई हुनर सीख सके। भविष्य में अपनी दुकान खोलकर धन्धा कर सके।

इक़बाल की दूसरी चिन्ता कॉलेज की परीक्षाएँ थीं। उसे मेडिकल में जाना था और इसका फ़ैसला इस वर्ष होने वाला था। किसी भी क़ीमत पर इस साल अस्सी प्रतिशत अंक प्राप्त करना उसके लिए ज़रूरी था। अगर ऐसा हो तो उसके पिता हुसेनअली का सपना साकार हो। भविष्य में वह डॉक्टर बन सके।

प्रश्न यह था, क्या....अब वह सचमुच डॉक्टर बनना चाहता था?

जवाब निराशाजनक नहीं था। एक धुन थी उसके मन में। बचपन में एक लकीर उसके भीतर अंकित हो गयी थी।

"मेरा बेटा बड़ा होकर डॉक्टर बनेगा।" हुसेनअली के ये शब्द अकसर उसके कानों में गूँज उठते थे।

पूरी ईमानदारी के साथ उसने पढ़ाई करने का निश्चय किया। अभी उसके पास दो महीने थे और परीक्षा में अच्छे नम्बर लाने के लिए इतने दिन काफ़ी थे।

उसने सामने की दीवार पर झूलते कैलेंडर के पन्ने पर नज़र डाली। आज सोमवार था। शुक्रवार को कुसुम के तथाकथित ब्वॉयफ्रेंड शरद के घर उसकी बर्थ-डे पार्टी थी। दोनों के बीच पैदा हुई कड़वाहट दूर हो जाने पर इक़बाल ने उसकी पार्टी में शामिल होने का निमन्त्रण स्वीकार कर लिया था। शनिवार का दिन उसने परीक्षा की तैयारी का मुहूर्त करने के लिए तय किया था।

ठीक साढ़े दस बजे सफ़ेद शर्ट पैंट, शूज में तैयार होकर वह नीचे उतरा और मुंडागली में से बाहर निकल पालखी मुहल्ले में आया। यहाँ से टैक्सी करके वह डी.आर. आई. के दफ़्तर में जाने के लिए निकला।

जैसे-जैसे टैक्सी आगे बढ़ती जाती थी, उसके हृदय की धड़कनें तेज़ होती जाती थीं। वह नहीं जानता था कि उसका आज का दिन कैसा बीतेगा?

रास्ते में, हैंडलूम हाउस पहुँचकर उसने टैक्सी रोकी। एकाएक उसे याद आ गया था, सिंघ ने उसे एक टाई ख़रीदकर गले में बाँधने की गुज़ारिश की थी।

वह अन्दर गया और टाई विभाग के पास खड़ा रहकर अलग-अलग रंगों की टाइयाँ देखने लगा। देखते-देखते उसे ख़याल आया, उसके ख़ानदान में किसी ने टाई नहीं बाँधी थी। स्वाभाविक था कि वह खुद भी टाई पहनना नहीं जानता था।

सफ़ेद लिबास के साथ शोभा दे ऐसी नीबू के रंग की एक टाई उसने पसन्द करके गले में डाली और पहनने का दिखावा करते हुए सेल्समैन की ओर देखा, "यहाँ आईना होगा?"

सेलसमैन ने थोड़ी दूरी पर बने ड्रेसिंग रूम की ओर संकेत किया। इक़बाल ने उस तरफ़ देखा। नसीब से ड्रेसिंग रूम का दरवाज़ा बन्द था। कोई ग्राहक अन्दर ट्रायल के लिए गया था।

उसने फिर सेल्समैन की ओर देखकर विनती की, "मैं ज़रा जल्दी में हूँ, आप मेरी मदद करेंगे?"

सेल्समैन ने काउंटर के पीछे से बाहर आकर टाई की गाँठ बाँध दी। वह बिल चुकाकर बाहर निकला। टैक्सी में बैठते हुए उसे लगा उसके गले में टाई नहीं, डी. आर. आई. का फन्दा था।

18

इक़बाल की टैक्सी 'इलेक्ट्रिक हाउस' पार कर कोलाबा में दाख़िल हुई। डी. आर. आई. (कस्टम) का दफ़्तर यहाँ के वालड्रोफ होटल के ऊपर था। ऊपर की पूरी मंज़िल कस्टम्स के अपराध-अन्वेषण विभाग ने घेर रखी थी।

ठीक ग्यारह बजे इक़बाल सम्मन्स का काग़ज़ लेकर एक क्लर्क के सामने खड़ा था। क्लर्क ने उंगली से इशारा किया। वह आगे बढ़कर एक केबिन में गया। यह कमरा डिप्टी कलेक्टर ख़ान का था। उमर पैंतालीस, शरीर कसा हुआ। सफ़ारी सूट में उसका चेहरा प्रभावशाली लगता था। सिर के सब बाल असमय पक जाने के कारण उनमें थोड़ी कोमलता भी आ गयी थी।

ख़ान ने उसके हाथ से सम्मन्स का काग़ज़ लेकर उस पर एक सरसरी निगाह डाली और उसके सामने देखकर मुस्कुराया, "बैठो।" इक़बाल को कुर्सी दिखाते हुए उसने थोड़ा समय सामने पड़ी फाइल को पूर्ण करने में लिया।

इक़बाल चुपचाप बैठा रहा। जीवन में पहली बार टाई पहने होने के कारण उसे थोड़ी बेचैनी हो रही थी। बार-बार उसका हाथ उठकर गले तक जाता और टाई की गाँठ को छूकर लौट आता था।

ख़ान ने फाइल के आख़िरी पन्ने पर कोई टिप्पणी अंकित की और खड़ा हो गया। इक़बाल को भी उसके साथ खड़ा होना पड़ा। बीच की मेज पार कर उसके क़रीब आते हुए ख़ान ने उसके गले में हाथ डाला और उसके साथ बातें करते हुए आगे बढ़ा।

"क्या करते हो?"

"कॉलेज के सेकंड ईयर में हूँ सर।"

"कॉलेज के लड़कों ने टाई पहननी कब से शुरू की?"

इक़बाल समझ गया। टाई के कारण उसे हो रही परेशानी ख़ान की पैनी नज़रों से छिपी नहीं रही थी। उसने सच-सच बता दिया, "आज पहली बार पहनी है।"

बाहर गलियारे में आकर चलते हुए ख़ान ने उसकी टाई की गाँठ थोड़ी ढीली की, "रंग अच्छा है। तुम्हारे सफ़ेद लिबास के साथ टाई मैच भी करती है। कहाँ से खरीदी।"

"हैंडलूम हाउस से।"

बातें करते हुए दोनों दुबारा आगे बढ़े। थोड़ी दूरी पर एक ख़ाली कमरा था।

उसे साथ ले ख़ान उसमें दाख़िल हुआ और दरवाजा बन्द कर दिया। इक़बाल ने देखा तो हल्के अँधेरे में सफ़ेद दीवारें उसे घूर रही थीं।

फर्नीचर में कमरे के बीचोबीच खाने की टेबल जैसी एक लम्बी मेज तथा बिना हत्थे की एक कुर्सी थी। कुर्सी के ऊपर सौ कैंडल पॉवर का नंगा बल्ब तार के सहारे झूल रहा था। पीछे की दीवार में खिड़कियाँ थीं, पर उन पर पर्दे गिरे हुए थे।

इक़बाल को कुर्सी पर बैठाकर खान ने बीच से मेज खिसकाकर खिड़की के करीब ली और खिड़की के पर्दे खिसकाये। अँधेरे कमरे में थोड़ी रोशनी उतर आयी। कुछ क़दम चलकर ख़ान वापस उसके सामने आया और ज़रूरी फ़ासला रखकर खड़ा हो गया।

"तुम जानते हो कि हमने तुम्हें यहाँ किसलिए बुलाया है," उसके साथ मित्रता स्थापित करने के बाद ख़ान ने शुरुआत की, "और..."

"सर..." उसने बीच में बोलना चाहा।

"मेरा नाम रहीम ख़ान पठान है।" कहते हुए उसने पूछ लिया, "तुम्हारी उम्र क्या है?"

"बाईसवाँ चल रहा है।"

"मैं तुम्हारे पिता की जगह हूँ, फिर भी तुम मुझे ख़ान कहकर पुकार सकते हो।"

"खान साब!" इक़बाल ने अपना अधूरा वाक्य अब पूरा किया, "अभी तक मैं यह नहीं समझ पाया कि मुझे यहाँ किसलिए बुलाया गया है!"

उसके शरीर का सिर से लेकर पाँव तक निरीक्षण करती हुई ख़ान की आँखें उसके चेहरे पर आकर ठहर गयीं। पहली बार उसे लगा, उसके सामने नरम जरदालू नहीं, सख़्त अखरोट है।

इक़बाल के सवाल का जवाब न देकर उसने पूछताछ की दिशा बदली, "तुमने बताया कि तुम कॉलेज में पढ़ते हो, सही है?"

"जी।"

"कॉलेज का नाम मैं जान सकता हूँ?"

"भवंस।"

"क्या समय है उसका?"

"नॉर्मल। सुबह नौ से शाम चार बजे तक।"

"तुम्हारी हाज़िरी कितनी?"

"लगभग रोज़ जाता हूँ सर।"

"आज..."

"आज की बात ओर है।"

“पिछले साल तुमने पैंतालीस दिन छुट्टी ली है।”

इक़बाल के पेट में कुलबुलाहट शुरू हो गयी। यह सही हो तो इसका मतलब यह हुआ कि पिछले दिनों से कस्टम्स अधिकारी उसके विषय में तहकीक़ात कर रहे थे, वर्ना यह सही आँकड़ा जिसे वह खुद भी नहीं जानता था, इस अधिकारी के पास कहाँ से आया?

“सर!” चेहरे को बर्फ़ की सिल्ली की तरह ठंडा रखते हुए उसने शब्दों के जाल में से बाहर निकलने के लिए मार्ग खोजने की शुरुआत कर दी, “लगता है आपकी कहीं कुछ भूल हो रही है।”

“भूल!” ख़ान के चेहरे पर अब कठोरता आने लगी। पैर पछाड़ते हुए वह कुर्सी के पीछे गया और उसकी पीठ की ओर देखते हुए कहा, “क्या कॉलेज का तुम्हारा रिकॉर्ड झूठा है?”

“मैंने ऐसा नहीं कहा सर!” पीछे देखे बिना वह बोला।

“तब कह दो, उन दिनों तुम कहाँ थे, वर्ना तुम्हारे एक-एक दिन का हिसाब अपनी फाइल से पढ़कर तुम्हें मैं सुनाऊँगा।”

इक़बाल के पाँव काँप उठे। इंटररॉगेशन का यह उसका पहला अनुभव था। उसे यह उम्मीद नहीं थी कि उस पर आँकड़ों और सबूतों के साथ इस क़दर हमला होगा! फिर भी वह हिम्मत नहीं हारा। सिंघ की एक सलाह उसके ज़हन में चिपक गयी थी। इक़बाल को उसने फ़ोन पर चेताया था, “वहाँ पर वे तुम्हें धमकायेंगे, डरायेंगे, तरह-तरह के झूठ का इस्तेमाल करेंगे; पर तुम्हें कुछ क़बूलना नहीं है।”

“पढ़कर सुना दीजिए साहब।”

“क्या?”

“मेरा एक-एक दिन का हिसाब।” उसने जवाब देते हुए चुनौती दी, “मुझे भी पता चले कि पैंतालिस दिन ग़ायब रहकर मैंने क्या-क्या किया?”

चूहेदानी तक आया चूहा उसे सूँघकर खिसक गया हो, ऐसा ख़ान की आँखें कह रही थीं। दरअसल वह खुद इक़बाल के बारे में कुछ नहीं जानता था। गोदाम के मालिक के पास से उसे सिर्फ़ दो नाम मिले थे, एक सिंघ, दूसरा इक़बाल।

उसके लिए इतना काफ़ी था। बाक़ी जानकारियाँ उगलवाने की क्षमता वह रखता था। अभी वह एक ही चाल चला था। इतना अनुमान उसने लगा लिया था कि इक़बाल तस्करी में लिप्त है तो निश्चित रूप से कॉलेज में उसकी हाज़िरी कम होगी! इसलिए उसने बम्पर-बॉल फेंका था, पर इक़बाल ने उसी बॉल को फटकार कर छक्का मारा। इक़बाल की चुनौती के कारण वह खुद उलटा फँस गया।

“इक़बाल!” शब्दों में चाशनी घोल उसको नाम से पुकारते हुए ख़ान कुछ क़दम चलकर सामने आया, “मैं तुम्हारा दुश्मन नहीं, दोस्त हूँ। तुम्हारी भलाई चाहता हूँ।

तुम सच बोलोगे, तो हमारा तुम्हें पूरा सहयोगा मिलेगा।"

इक़बाल को यक़ीन हो गया, ख़ान अब तक झूठ बोल रहा था। उसके पास सचमुच आँकड़े और सबूत होते तो इस तरह नरम न पड़ता, सहयोग की बात न करता।

"सर, मैं सच ही कह रहा हूँ।"

"क्या?"

"कॉलेज में थोड़े दिन ग़ैरहाज़िर ज़रूर था।"

"थोड़े यानी कितने?"

"मैंने गिनती नहीं रखी।"

"ग़ैरहाज़िर रहकर तुमने क्या किया?"

"आराम।"

"आराम?"

"बेड रेस्ट, डॉक्टर ने सिफ़ारिश की थी।"

"किसलिए?"

"मुझे अस्थमा है सर।"

इक़बाल को कुछ वर्ष पहले दमा हुआ था और उसका बहाना वह आज दिन तक चलाता आया था। कॉलेज में ग़ैरहाज़िर होने पर यही कारण बताता था।

"जब-जब मुझे अस्थमा का दौरा पड़ता है, मुझे कॉलेज से छुट्टी लेकर पूरा आराम लेना पड़ता है।" अन्त में उसने जोड़ा।

"हूँ..." कहते हुए ख़ान फिर चहलक़दमी करने लगा। उसे लगा, पट्ठा आसानी से गिरफ़्त में नहीं आने वाला, "यह बताओ कि तुम्हारे परिवार में कितने लोग हैं?" अब वह बात भी कर रहा था और कुर्सी पर बैठे इक़बाल के आसपास चहलक़दमी भी करता जा रहा था।

"मुझे मिलाकर चार सर।"

"बाक़ी तीन कौन हैं?"

"एक माँ और दो भाई।"

"भाई छोटे हैं या बड़े?"

"छोटे।"

"पढ़ रहे होंगे, सही?"

इस बार ख़ान अपनी चाल चले, इसके पहले उसका खेल इक़बाल समझ गया। अगला सवाल क्या आने वाला है, इसे मद्देनज़र रखकर उसने जवाब दिया, "एक एस.एस.सी में पढ़ता है और दूसरा नौकरी करता है।"

ख़ान फिर ग़ोता खा गया। इक़बाल ने यह कहा होता कि दोनों भाई स्कूल

में पढ़ते हैं, तो उसने निश्चित ही दूसरा सवाल यह पूछा होता कि घर-खर्च कहाँ से आता है?

अपने सवाल के काफूर हो जाने का अफ़सोस उसके चेहरे पर साफ़ दिखायी दे रहा था, पर तब वह इक़बाल की पीठ के पीछे था।

"कहाँ नौकरी करता है?"

"फुटवेयर में।"

आज सुबह ही इक़बाल ने तय किया था कि रज़्ज़ाक़ को स्कूल से निकालकर जूतों की दुकान पर बैठा दे। जिस पड़ोसी के यहाँ इक़बाल का फ़ोन आता है, उसका पेशा यही था। पायधुनी के पास जूतों की एक दुकान का वह मालिक था।

"दुकान कहाँ है?"

"पायधुनी के पास जाम्बली मुहल्ले में।"

"क्या तनख़्वाह मिलती है?"

"माहवार आठ सौ रुपये।"

"हूँ... छोटा भाई नौकरी करे और बड़ा भाई कॉलेज में पढ़े!" धीरे-धीरे डग भरते हुए वह सामने आया और बोलते-बोलते फिर पीछे चला गया। "किस हिन्दी फिल्म की कहानी है यह?"

"मैं फिल्म नहीं देखता सर।"

"तो यह कहानी कहाँ से मिली?"

"यह कहानी नहीं, मेरी ज़िन्दगी है, मेरी बेबसी है।"

"मतलब?"

"मेरा बहुत मन करता है, मैं कॉलेज छोड़कर नौकरी पर लग जाऊँ, पर ऐसा करके मैं अपने पापा की आख़िरी इच्छा पूरी नहीं कर पाऊँगा।" कहते हुए इक़बाल ने नाटकीय ढंग से बता दिया, "सर, मरने के पहले मेरे पापा ने मेरा हाथ अपने हाथ में लेकर मुझसे वचन लिया था कि बड़ा होकर मैं डॉक्टर बनूँ। अब आप ही बताइये, मैं कॉलेज कैसे छोड़ूँ?"

"मत छोड़ो।" कहते हुए वह इक़बाल के सामने आया और दोनों हाथ सफारी सूट की पैंट में डालकर खड़ा हो गया, "पर झूठ बोलना तुम छोड़ सकते हो।"

"झूठ?"

"तुम जानते हो और मैं भी जानता हूँ, तुम जो कह रहे हो वह सच्चाई से कोसों दूर है। इक़बाल, ये बाल धूप में सफ़ेद नहीं हुए, अभी भी समय है, सच-सच बता दो।"

उसने जवाब में प्रश्न छोड़ा, "सर, यह बताने की मेहरबानी करेंगे कि आपको मेरी बात पर यक़ीन क्यों नहीं आ रहा?"

"क्योंकि तुम्हारा मुँह मैला है?"

"हो नहीं सकता सर!" उसने गम्भीरता से मज़ाक़ किया, "मैं बिनाका टूथपेस्ट इस्तेमाल करता हूँ।"

"शटअप!" खान चिल्ला उठा।

वह चुप हो गया।

दोनों एक-दूसरे को देखते रहे। इक़बाल निर्दोष बच्चे की विस्मयकारी नज़र से देख रहा था, तो ख़ान सुर्ख आँखों से। वह बेवकूफ़ नहीं था। इक़बाल के चेहरे पर जगमगाते अभिनय के मुखौटे के आरपार वह स्पष्ट देख सकता था। पर इस मुखौटे को उखाड़ फेंक नहीं पा रहा था।

फिर भी उसे आशा थी, देर-सबेर वह अपने अभियान में ज़रूर सफल होगा। उसने कलाईघड़ी में देखा और कुछ कहे बिना दरवाज़ा खोलकर बाहर चला गया।

इक़बाल कुर्सी पर वहीं का वहीं बैठा रहा। अभी वह सोच ही रहा था कि ख़ान कहाँ गया होगा, एकाएक चपरासी उसके लिए थोड़े सैंडविच के साथ एक कप कॉफी ले आया।

अब उसे ध्यान आया, यह लंच का समय था। खाने के बाद फिर हमला होने वाला था। चूहे-बिल्ली का खेल फिर शुरू होने वाला था। यह खेल अभी कितने घंटे चलेगा, वह नहीं जानता था। इतना उसे सन्तोष ज़रूर था, यह खेल उसे रास आ गया था।

सैंडविच के साथ कॉफी का घूँट भरते हुए उसे सहज ही ख़याल आया, सिंघ कहाँ? आज सुबह डी.आर.आई. के यहाँ से सम्मन्स दोनों को मिले थे। दोनों को ग्यारह बजे यहाँ हाज़िर होने का आदेश था। क्या अलग-बगल वाले किसी कमरे में सिंघ से भी पूछताछ की जा रही होगी?

दोपहर ढाई बजे ख़ान फिर दाख़िल हुआ और मुस्कान के साथ उसने नये सिरे से शुरुआत की, "सैंडविच अच्छे लगे?"

"स्वादिष्ट थे।"

"कम-से-कम तुम एक बार तो सच बोले।"

ख़ान के व्यंग्य के जवाब में उसने धमाका किया, "सच कहूँ तो सर मैं इसी बार झूठ बोला हूँ।"

"व्हाट?"

"सैंडविच बासी थे।" कहते हुए उसने कुर्सी के नीचे रखे कप-सॉसर की आड़ से पाँव हटा लिये, "आप देख सकते हैं, दो टुकड़ों से.ज्यादा मैंने नहीं खाये।"

ख़ान का भेजा चकराने लगा। दूसरी पारी में पहली ही गेंद पर यह लड़का उसकी विकेट उड़ा देगा, इसकी उम्मीद उसे नहीं थी। वह सीधे अपने मुद्दे पर आया, "टेम्पो

ड्राइवर कहता है, अँधेरी से तुमने उसके टेम्पो में माल चढ़ाया था।"

"कौन टेम्पो ड्राइवर सर?" ख़ान को उस पर ऐसा गुस्सा आया कि उसकी बत्तीसी तोड़ दे। पर क़ानून को अपने हाथ में लेना उसने सीखा नहीं था। भीतर की झुँझलाहट को रौंदकर उसने स्वस्थतापूर्वक कहा, "वही, जो अँधेरी से माल चढ़ाकर मझगाँव के गोदाम तक लाया था।"

"पर उससे मेरा क्या मतलब।"

"वह कहता है, मतलब है।"

"यह मुमकिन नहीं," इक़बाल सोच-सोचकर लेकिन दृढ़ता से जवाब दे रहा था, "पिछले छह महीनों से मैं अँधेरी गया नहीं और आप कहते हैं, मैंने टेम्पो में माल चढ़ाया। कब सर?"

"कल सुबह।"

"कल तो रविवार था, मैंने पूरा दिन घर पर बिताया। अब अगर मैं घर पर हूँ तो अँधेरी में कैसे हो सकता हूँ?"

ख़ान एक बार फिर उसके आसपास दायरे में चहलक़दमी करने लगा, "तो तुम अपना खेल नहीं छोड़ोगे?"

"सर!" अब इक़बाल की आवाज़ थोड़ी ऊँची हुई, "आपने जितने सवाल पूछे, उनके मैंने पूरी ईमानदारी से जवाब दिये। जिस जगह मैं गया नहीं, जिस टेम्पो-ड्राइवर से मेरा कोई लेना-देना नहीं, उसके साथ मुझे घसीटने का क्या मतलब?"

"उसे तुम्हारा नाम किसने दिया?"

"इक़बाल नाम के सैकड़ों आदमी इस शहर में हैं।"

"पर इक़बाल रूपाणी तुम अकेले हो।"

"इससे यह साबित नहीं होता कि टेम्पो में माल मैंने चढ़ाया था।"

"और मैं साबित कर दूँ तो?"

"मैं फाँसी पर चढ़ने को तैयार हूँ।" टाई की गाँठ थोड़ी और ढीली करते हुए उसने बेझिझक दूसरी बार ख़ान को चुनौती दी।

उसे भरोसा था, बिना सबूत के कोई उसका कुछ भी नहीं बिगाड़ सकता था। आरोप तो प्रधानमन्त्री के ऊपर भी लगाया जा सकता है, पर उस आरोप का मतलब क्या; जिसे एक भी ठोस सबूत का सहारा न हो। (कस्टम्स अधिकारी यहाँ लाचार हो जाते हैं, जबकि पुलिसवाले धुनाई कर सच उगलवा लेते हैं या फिर झूठा आरोप गढ़कर एक बार तो जेल की सलाखों के पीछे धकेल देते हैं।) यहाँ इक़बाल के सामने कोई पुलिसिया नहीं, डी.आर.आई. का कस्टम अधिकारी खड़ा था।

"सिंघ कौन है?"

अचानक पीछे से सवाल उठने पर वह हिल गया। उसकी आक्रामकता में फिर

नरमी आयी, "किस सिंघ की बात करते हैं आप?"

"तुम कितने सिंघ को जानते हो?"

"दो।"

"क्या करते हैं वे?"

"मेरे साथ कॉलेज में पढ़ते हैं।"

"मैं स्टुडेंट की बात नहीं करता।"

"किसी तीसरे सिंघ को मैं नहीं जानता।"

"पर वह तुम्हें अच्छी तरह पहचानता है।"

"होगा।"

"होगा क्या?"

"वह मुझे जानता होगा?"

"और तुम उसे नहीं जानते?"

"सही।"

"मुझे क्या तुम बेवकूफ समझते हो?"

"सर..."

"आख़िर तुम कहना क्या चाहते हो? वह तुम्हें जानता है और तुम उसे नहीं जानते!"

"दिलीपकुमार को लाखों लोग जानते हैं। इसका मतलब यह तो नहीं होता कि वह खुद भी उन सबसे वाक़िफ़ हो।"

"तुम दिलीपकुमार नहीं।"

"आपके सिंघ के साथ मेरा कोई ताल्लुक़ नहीं।"

"श्योर?" पूरे विश्वास के साथ सवाल रखते हुए वह फिर सामने आकर खड़ा हो गया।

"सेंट परसेंट।"

"सोच लो।"

"इसमें सोचने का है ही क्या?"

"क्या उसके साथ तुम तस्करी का काम नहीं करते?"

"जिससे मैं वाकिफ़ नहीं, उसके साथ मैं काम कैसे कर सकता हूँ?"

"सनीचर की रात उसने तुम्हें क्रासिंग पर भेजा था, यह झूठ है?"

"सरासर झूठ।"

"वह माल उरण टापू पर उतरा, यह भी ग़लत?"

इक़बाल हँसा, "मेरे ख़याल से आप किसी दूसरे इक़बाल की तलाश में हैं और उसकी जगह मुझे बुला लिया गया है। "

"वहाँ से टेम्पो में माल चढ़ाकर तुम अँधेरी तक आये और..."

"सर!" वह बीच में बोल उठा, "मेहरबानी करके मेरा पीछा छोड़िये। मैं सचमुच ऊब गया हूँ।"

"ऐसा!" कलाईघड़ी पर नज़र डालते हुए ख़ान मूँछों में मुस्कुराया।

इक़बाल हैरत में पड़ गया। उसके दिमाग़ में स्थित कम्प्यूटर पूरी तेज़ी से काम कर रहा था। इतना तय था कि वह खुद किसी अनजाने फन्दे के द्वार तक आ पहुँचा था। पर फन्दा क्या था? क्या जवाब देने में उसने कहीं कोई भूल की थी? वह समझ नहीं पाया। मास्टर-कम्प्यूटर ने उसे ऐन वक्त पर धोखा दिया था, ऐसी विकट परिस्थिति में उसका साथ छोड़ा था।

"चुप क्यों हो गये?"

"सच कहूँ तो सर, मेरी अक़्ल पर पत्थर पड़ गया है।"

"तुम्हें अक़्ल होती तो तुमने हमें सहयोग दिया होता इकबाल। ख़ैर, जैसा तुम्हारा नसीब। तुम्हारी किस्मत में दस साल की कड़ी सज़ा लिखी हो तो कोई क्या करे?" बोलते-बोलते इस बार वह बिना वजह खिड़की तक गया और बोलते-बोलते ही वापस लौटा।

"मैंने तुम्हें कई मौक़े दिये। तुमने झूठ पर झूठ बोलकर ठुकरा दिये। सचमुच मुझे तुम पर रहम आता है। बिलीव मी, तुम्हारे जैसे होनहार जवान को जेल में डालकर मुझे ज़रा भी खुशी नहीं होगी। अफ़सोस... तुम्हारी जवानी तो धूल में मिलेगी, साथ ही तुम्हारे पापा की आख़िरी इच्छा भी अधूरी रह जायेगी। फिर यह नहीं कहना कि मैंने तुम पर तरस नहीं खाया।"

अब वह दरवाज़े की तरफ़ आगे बढ़ा और कुछ क़दम चलकर रुक गया, "अभी भी इक़रार करने की इच्छा होती है? या फिर तुम्हारे और सिंघ के रिश्ते की रिपोर्ट तुम दोनों के फोटो के साथ लाकर तुम्हारे सामने रखूँ?"

इक़बाल कुछ जवाब दे, इसके पहले दरवाज़ा खुल गया। उसने चौंककर देखा तो ख़ान का साथी रुस्तमजी दरवाज़े के बीच खड़ा था। इक़बाल उसके चेहरे से भी परिचित था। ये दोनों अधिकारी माहिम पर सर्पाकार व्यूह के समय ड्यूटी पर थे। टेम्पो में छिपकर गोदाम तक भी दोनों साथ आये थे।

"सिंघ ने सब कुछ क़बूल कर लिया।" रुस्तम जी ने इस तरह सहजता से कहा, जैसे वह मौसम की जानकारी दे रहा हो।

"रियली?" ख़ान ने विजयी मुस्कान बिखेरते हुए इक़बाल पर नज़र डाली। पहली बार उसे इक़बाल के माथे पर पसीना दिखायी दिया।

"यह है उसका इक़रारनामा," रुस्तम जी ने टाइप किये हुए चार फुल-स्केप पन्ने अपने साथी के सामने धर दिये। "दस्तखत के साथ।"

ख़ान ने टाइप किये हुए पन्नों पर एक उचटती-सी निगाह डालकर पूछा, "इसमें रिंग लीडर का नाम नहीं?"

"उसे डर है, वह नाम बनाएगा तो उसके परिवारवालों का जीवन ख़तरे में पड़ जायेगा।"

"उसके परिवार में कौन-कौन हैं?"

"एक पत्नी और तीन बच्चे।" कहते हुए रुस्तमजी ने जोड़ा, "सुरक्षा की हम गारंटी दें, तो वह नाम बताने के लिए भी तैयार है।"

"तुमने क्या कहा?"

"सोचकर बताऊँगा, कहकर जवाब टाल गया। सुरक्षा का मतलब ज़िन्दगी-भर उसके दरवाज़े पर सिक्योरिटी गार्ड्स बैठाना होगा। इसके अलावा उसके तीन बच्चे अभी छोटे हैं, स्कूल जाते हैं, उनकी सुरक्षा की ज़िम्मेदारी भी हमें लेनी पड़ेगी।"

"यह तो बताओ," ख़ान ने फिर एक बार इक़बाल पर नज़रें बिछायीं। तनकर बैठा वह एकाग्र भाव से दोनों अधिकारियों की बातें सुन रहा था, "तुमने तरकीब क्या आज़माई कि सिंघ ने सब कुछ उगल दिया?"

"उस पर मेरे दीदे पिछले दो साल से थे, उसकी कमज़ोरी मैं जान गया था।" रुस्तमजी कह रहे थे, "पत्नी की नज़र में वह मि. क्लीन बना रहना चाहता है। मैंने उसे यही धमकी दी। अगर वह नहीं क़बूलेगा तो मैं उसकी फाइल सीधे उसकी बीवी को सौंप दूँगा और वह पूरी तरह नंगा हो जायेगा।"

ख़ान ने मज़ाक़ किया, "वैसे बीवी के सामने मर्द नंगा ही होता है।" और ख़ुद अकेला हँस पड़ा।

"लगता है..." रुस्तम जी ने पहली बार इक़बाल की ओर देखा, "अभी तुम्हारा काम नहीं निपटा। सिंघ को भेजूँ?"

"अभी भी तुम्हारे कमरे में है?"

"मैंने उसे रोक रखा है।"

"एक मिनट," कहते हुए ख़ान दो क़दम चलकर इक़बाल के सामने आया। "बोलो, इक़रारनामा लिखते हो या तुम्हारे सामने उँगली उठाने के लिए तुम्हारे गुरुघंटाल को बुलाऊँ?"

"बुलाइये सर।" सारा साहस इकट्ठा कर उसने जवाब दिया और अकड़े हुए पैरों को ढीला करने के लिए बैठे-बैठे थोड़ा पसार कर समेट लिया। रुस्तम जी सिंघ को बुलाने के लिये तत्काल बाहर निकल गया।

इक़बाल हारा हुआ जुआरी था, और हारा हुआ जुआरी आख़िरी दाँव धड़ल्ले से लगाता है। यही उसने किया। इसमें उसे कुछ खोना नहीं था। सिंघ ने सब कुछ क़बूल लिया होगा तो उसे जेल होनी थी, क्योंकि सिंघ ने सबूत भी दिये होंगे।

नहीं क़बूला होगा तो? मकड़ी की लार के तार जैसी एक सूक्ष्म आशा अभी बाक़ी थी। अभी वह अपनी हार स्वीकार करने के लिए तैयार नहीं था। और यह उसका स्वभाव था।

रुस्तमजी सिंघ को लेकर रूम में दाख़िल हुआ तो ख़ान बोल उठा, "यह है तुम्हारा गुरु। बोलो, अब तुम्हें कुछ कहना है?"

इक़बाल ने रुस्तम की ओर देखा, सिंघ की ओर देखा। सिंघ का चेहरा सपाट था। इक़बाल ने ख़ान की ओर देखकर ऐलान कर दिया, "मैं नहीं पहचानता।"

"रुस्तम जी!" ख़ान उसकी तरफ मुड़ा, "इसे सिंघ का स्टेटमेंट पढ़कर सुनाओ।"

"मेरा स्टेटमेंट?" अब सिंघ ने होंठ खोले।

"चुप!" रुस्तम जी चिल्लाया।

"जब मैंने कुछ भी नहीं क़बूला तो मेरा स्टेटमेंट कहाँ से आया?"

बाज़ी खुल गयी। खेल ख़त्म हो गया। दोनों अधिकारियों ने अपनी हार स्वीकार कर ली। मुल्ज़िमों को रोक रखने का अब कोई मतलब नहीं था।

थोड़ी देर बाद दोनों अधिकारियों ने खिड़की से देखा तो इक़बाल और सिंघ एक दूसरे के गले में हाथ डालकर इमारत से बाहर निकले और टैक्सी रोककर जीत का जश्न मनाने होटल नटराज की ओर चल दिये।

"रुस्तमजी!" ख़ान ने तड़पकर कहा, "इन दोनों डामिसों को मैं जब तक जेल के सींखचों के पीछे नहीं देखूँगा, मेरी आत्मा को शान्ति नहीं होगी।"

19

शुक्रवार की शाम को शरद की बर्थ-डे पार्टी में जाने के पहले इक़बाल गेलॉर्ड रेस्तरां में सिंघ से मिला। (शाम को चार से छः के बीच उसकी बैठक वहीं थी।)

"इक़बाल!" उसने कहा, "क्रासिंग के तुम्हारे नये सुझावों के बारे में डी. के. से मैंने जिक्र किया था।"

"क्या कहा उन्होंने?" इक़बाल उसके सामने की कुर्सी पर बैठा था। थोड़े अन्तर पर पाजामे-कुर्ते में बैठे एक गैंडे जैसे गुजराती व्यापारी ने उसका ध्यान खींचा।

"तुम्हारे टोटके पर अमल करने से पहले उसे एक बार आज़मा लेने की उन्होंने सिफ़ारिश की है।"

"सच!"

"एक गट्ठर में सौ जाकिटों के वज़न के बराबर पत्थर भरकर नायलॉन की डोरी

के साथ हम चालीस बाम पानी में डालेंगे और तुम उसे स्टीम लांच के साथ खींचकर वर्सोवा के किनारे तक ले जाओगे।"

इक़बाल ने स्पष्ट शब्दों में इनकार कर दिया, "आज़माने की ज़रूरत नहीं।"

उसकी भौंहें तिरछी हुईं। इक़बाल की नज़र फिर एक बार सफ़ेद पाजामे-कुर्ते में बैठे गुजराती पर पड़ी। पिछली बार जब वह सिंघ से मिलने यहाँ आया था, तब भी वह यहाँ मौजूद था। कौन है यह शाह सौदागर?

"अपने सुझाव पर मुझे पूरा भरोसा है।" सिंघ की ओर देखते हुए उसने जोड़ा, "दूसरे, कल से मैं दो महीने की छुट्टी पर जा रहा हूँ।"

"क्यों? क्यों?"

"मुझे इम्तिहान की तैयारियाँ करनी हैं।"

सिंघ सोच में पड़ गया, "सवाल सिर्फ़ एक शाम का है।" धीरे से उसने विनती की, "क्या तुम वह भी नहीं दे सकते?"

"नहीं।"

"पर..."

"मेरे पास फालतू वक़्त नहीं है।" कहते हुए उसने आगे जोड़ा, "वैसे मेरे नुस्खे पर तुम्हें भरोसा न हो तो तुम दगडू या माइकल को साथ लेकर आज़मा सकते हो।"

सिंघ ने यह सुझाव स्वीकार कर लिया।

पाजामा-कुर्ते वाला गुजराती अब खड़ा होकर सिंघ के पास आया और उससे माचिस माँगी। सिंघ ने लाइटर का बटन दबाकर उसके आगे बढ़ा दिया। सिगरेट जलाकर वह वापस अपनी जगह बैठ गया। इक़बाल ने सोच लिया, सिंघ की तरह इस गैंडे का भी अड्डा यही रेस्तरां होना चाहिए।

देर शाम को सात बजे के बाद इक़बाल पता ढूँढ़ता हुआ शरद के कारमाइकल रोड के बंगले तक आ पहुँचा। फाटक में प्रवेश कर उसने देखा तो सदर दरवाज़ा हरियाले लॉन के उस पार था। बीच में सँकरी पगडंडी थी।

वह पार कर वह बंगले के दरवाज़े के पास आया और उसके पैरों से कोई चीज़ टकरायी। उसने देखा तो एक बिल्ली हिचकियाँ लेती तड़प रही थी।

थोड़ी देर बाद दरवाज़ा खुला और वह बिल्ली को भूल गया। उसकी आँखें चौंधिया गयीं। आलीशान बंगले का विशाल बैठक-खंड गुब्बारों और रंगीन काग़ज़ की पट्टियों से सजाया गया था। कैसेट-रेकॉर्डर में से 'रॉक एंड रोल' संगीत बज रहा था। विशेष रूप से 'लाइट-डिस्क' का इन्तजाम भी यहाँ किया गया था।

कॉलेज के युवक-युवतियाँ संगीत की ताल पर झूम रहे थे। प्रकाश के रंग-बिरंगे आकार उनके चेहरों पर से गुज़रकर दीवारों पर फैल जाते थे। वातावरण स्वप्न जैसा लग रहा था।

चुपचाप क़दम बढ़ाकर वह दीवार से सटकर रखे एक सोफ़े पर बैठ गया। शोर-शराबे से भरा संगीत उसके कानों से टकरा रहा था। अँधेरे में वह रंगीन प्रकाश का खेल देख सकता था। पर चेहरे साफ़ देख पाना सम्भव नहीं था।

चेहरे देखने में उसे दिलचस्पी भी नहीं थी। यहाँ वह रिश्ता निभाने के लिए आया था और इस विदेशी माहौल के बीच वह खुद अजनबी बन गया था। थोड़ी देर यहाँ बैठ शरद को मुबारकबाद देकर वह तुरन्त निकल जाने की फ़िराक़ में था।

संगीत का कैसेट पूरा होने पर इन्द्रधनुषी प्रकाश के साथ अँधेरा भी दौड़ गया। लाइट की मेन-स्विच ऑन हुई थी।

सभी चेहरे स्पष्ट सामने आ गये। उनमें से अधिकांश उसके परिचित थे, क्योंकि वे सभी उसके कॉलेज के छात्र थे। बाक़ी के शायद जेवियर या किसी दूसरे कॉलेज के हो सकते थे। पर लगभग हर विद्यार्थी बाप की कमाई पर मौज करता होगा, ऐसा अनुमान वह लगा सकता था।

डांस पूरा होने पर धीरे-धीरे सभी जोड़े दीवार के समानान्तर लगी सीटों पर बैठ गये। कुसुम उसके सामने की दीवार के पीछे कुर्सी पर बैठी थी। किसी युवक से वह गप्पे लड़ा रही थी।

अभी उसकी नज़र इक़बाल पर नहीं पड़ी थी और इक़बाल की आँखें शरद को ढूँढ़ रही थीं।

शरद कहाँ है?

क्या अभी-अभी ख़त्म हुए डांस में उसने हिस्सा नहीं लिया था? मेहमान हाज़िर हों और मेजबान ग़ायब।

वह खड़ा होकर बगल वाले कमरे में जाने के लिए आगे बढ़ा कि मित्रों की नज़र उस पर पड़ी, "हैलो इक़बाल!" कोई बोला, "हाई इक़बाल!" दूसरे ने कहा। कुसुम चुपचाप उसे देखती रही।

इक़बाल मित्रों पर मुस्कान बिखेरता कुसुम के पास आकर खड़ा हो गया।

"शरद कहाँ है?"

"किचन में होगा!" बैठे-बैठे जवाब देते हुए कुसुम ने बताया, "तुम्हें देर हुई।"

"पता खोजने में थोड़ा वक़्त लगा।" कलाईघड़ी पर नज़र डाल उसने स्वीकार किया, "बर्थ-डे केक कट चुका होगा!"

"पच भी गया।"

मित्रों की तरह दोनों बात कर रहे थे, फिर भी कुसुम के स्वर में घुली व्यग्रता इक़बाल से छिपी न रही।

"शरद को मैंने मुबारकबाद नहीं दी।"

वह खड़ी हो गयी, "चलो, मैं तुम्हारे साथ चलती हूँ।"

दोनों आगे बढ़े, इसके पहले बत्तियाँ बुझ गयीं। शोर-शराबे से भरे संगीत के साथ रंगीन रोशनी वातवावरण में तैरने लगी। थोड़ी देर विश्राम लेने के लिए बैठे युवक-युवतियाँ अपनी-अपनी जगह छोड़कर 'रॉक अराउंड द क्लॉक' के संगीत पर फिर झूमने लगे। इक़बाल और कुसुम के लिए बीच से रास्ता बनाकर आगे बढ़ना मुश्किल हो गया।

"कुसुम!" उसने कहा, "इस विदेशी माहौल में मेरा दम घुट रहा है।"

वह कुछ न बोली।

इक़बाल ने फिर कहा, "सच कहूँ तो मेरा इरादा शरद को विश कर यहाँ से खिसक जाने का है।"

"विश करना ज़रूरी है?"

"उसे बुरा नहीं लगेगा?"

"यहाँ तुम्हारी मौजूदगी से सब वाक़िफ़ हैं। तुम्हें जाना हो तो यह मौक़ा बुरा नहीं। निकल जाओ।"

वह पसोपेश में खड़ा रहा। संगीत उसके कानों में गूँजता रहा। रंगीन प्रकाश के चित्र-विचित्र आकार उसके चेहरे पर खेलते रहे।

"मेरी बात मानो इक़बाल!" कुसुम ने उसकी कलाई थामकर मुख्य प्रवेश-द्वार की ओर आगे बढ़ने का प्रयास किया, "यह अँधेरा तुम्हारे साथ है, किसी को पता नहीं चलेगा।"

"पर..."

"डांस लगभग पन्द्रह मिनट चलेगा और शरद तुम्हें यहाँ से भूखा नहीं लौटने देगा। वैसे तुम्हारा विचार यहाँ एक-दो घंटे शहीद करने का हो तो अलग बात है।"

भीड़ के बीच में रुकते, टकराते, धक्का खाते दोनों प्रवेश-द्वार तक आकर रुक गये। हक़ीक़त में कुसुम को रुकना पड़ा था।

इक़बाल के संस्कार कहते थे कि मेजबान के घर आकर उससे मिले बिना निकल जाना मेजबान का अपमान है। लेकिन कुसुम उस पर दबाव किसलिए डाल रही थी? इक़बाल यहाँ से जल्द-से-जल्द दफ़ा हो जाये, इसके लिए वह क्यों बेचैन थी? क्या कुसुम को अभी भी डर था कि उसकी वजह से यहाँ फिर तनाव पैदा होगा?

(इस प्रश्न का उत्तर इक़बाल को अगले दिन मिलने वाला था।)

थोड़ी देर बाद फिर लाइटें आयीं और साथ ही दोनों के सामने मुस्कुराहट बिखेरता शरद का चेहरा भी आया। शायद वह किचन से बाहर आकर बीच डांस में शरीक हो गया था।

"हाई इक़बाल!" दोनों की ओर बढ़ते हुए उसने व्यंग्य से कहा, "क्या खिसक

जाने का इरादा है?"

"हरगिज नहीं," उसने फ़ौरन कहा और अपराधी की तरह उसका मन कचोट उठा, "तुमसे बिना मिले यहाँ से जाना क्या मुमकिन है।"

"मिले बिना भी नहीं और डिनर लिये बिना भी नहीं। यह पार्टी तो अभी शुरू हुई है, आधी रात के बाद महफ़िल जमेगी। तुम चाहो तो यहीं सो जाना। सुबह का चाय-नाश्ता हम साथ लेंगे।" कहते हुए कुसुम की ओर घूमा, "तुम क्या कहती हो? वक़्त से पहले इक़बाल जा सकता है?"

"आधी रात के पहले तो हरगिज़ नहीं।"

कुसुम का जवाब सुनकर इक़बाल फिर चौंका। अभी कुछ ही मिनट पहले वह इक़बाल को दरवाज़े के बाहर खदेड़ने पर तुली थी। ऐसा क्यों? फिर एक सवाल उठा और जवाब की खोज में भटकता हुआ दौड़ गया।

उसने कुसुम के चेहरे पर से नज़र हटाकर शरद की ओर देखा, "नौ बजे तक सो जाने की मेरी आदत है। मुझे देर रात जागना पड़ता है तो सचमुच कोफ़्त होती है।" कहते हुए वह तनिक हँसा, "और आज के शुभ दिन तुम किसी को तकलीफ़ नहीं दोगे, इसका मुझे यक़ीन है।"

शरद ने सोचने का नाटक करते हुए कहा, "तुमने तो मुझे संकट में डाल दिया। अब मैं दबाव नहीं डालूँगा, सिर्फ़ गुज़ारिश करूँगा। यहाँ से तुम ख़ाली पेट नहीं जाओगे।"

"इसे गुज़ारिश नहीं कहते। यह तो हुक्म है।" वह फिर हँसा, "और मैं जानता हूँ, यहाँ आधी रात से पहले थाली नहीं परोसी जायेगी।"

"कम से कम मेरे जन्मदिन का केक तो तुम अभी चख सकते हो।"

इक़बाल ने इनकार नहीं किया।

शरद ने प्रसन्न होकर उसके गले में बाँह डाल कुसुम को सम्बोधित कर कहा, "तुम भी हमारे साथ चलो। तुम मौजूद रहोगी तो इक़बाल दो कौर और खायेगा।"

एकाएक रॉक संगीत शुरू हुआ और कुसुम को रुक जाने का बहाना मिल गया। इक़बाल को लेकर शरद अन्दर के हिस्से में आगे बढ़ा।

"कितने बेड-रूम हैं?" यों ही उसने शरद से पूछा।

"तीन।" कहते हुए शरद ने उसे थोड़ी अधिक जानकारी दी, "एक बेडरूम मेरे मम्मी-पापा इस्तेमाल करते हैं, एक मेरी बहन के लिये है। और यह..." क़रीब के एक दरवाज़े को उसने पाँव से धक्का दिया, "मेरा अपना बेडरूम है।"

इक़बाल ने चौखट पर से एक नज़र डाली। शरद का बेडरूम एअरकंडीशन था। सम्भव है सभी बेडरूम वातानुकूलित हों! सामने की दीवार पर बीटल्स का एक बहुत बड़ा पोस्टर सजाया गया था। इसके अलावा कमरे में रेकॉर्ड-प्लेयर, एम्प्लीफायर,

रेडियो तथा ककू-क्लॉक थे।

फर्नीचर में एक अलमारी थी, जो दीवार में फिट बैठी थी। खिड़कियों से झूलते पर्दों के नीचे कलात्मक पलँग भी था। उसकी बगल में साइनबोर्ड पर काँच के विदेशी खिलौने चमक रहे थे।

"कैसा लगा?" शरद ने गर्व से पूछा।

"ऐसा शानदार बेडरूम मेरे सपने में भी नहीं आता।"

दोनों बातें करते हुए गलियारा पार कर किचन में आये। तीन बेडरूम वाले इस बंगले का रसोईघर इक़बाल की खोली से काफ़ी बड़ा था। दीवारों में लगी टाइल्स बल्ब के प्रकाश में और भी उजली लग रही थीं।

इक़बाल ने देखा तो थाली जितने चौड़े और छः इंच ऊँचे केक में से सिर्फ़ तीन स्लाइसें किसी ने खायीं थी। एक टुकड़ा लेते हुए उसने पूछा, "यही तुम्हारा बर्थ-डे केक है?"

"नहीं, वह तो चटनी हो गया।"

"तो यह?"

"पापा के एक मित्र ने मुझे शुभेच्छाओं के साथ भेजा है।" उसने बताया, "और इसे तुम्हें ख़त्म करना होगा।"

"इतना सारा!"

"देखो इक़बाल," नाराज़ी में प्रेम जताते हुए वह बोला, "तुम डिनर नहीं लोगे, यह तुम्हारी गुज़ारिश मैंने मान ली है। इसके बदले में तुम्हें यह केक खाना ही पड़ेगा।"

इक़बाल ने पहली स्लाइस का एक टुकड़ा मुँह में रखा, "है स्वादिष्ट!"

"होगा क्यों नहीं? ताज होटल का है।"

स्लाइस खत्म होने पर इक़बाल को कुछ शक हुआ, "इसका नाम तुमने क्या बताया?"

"अभी तक मैंने नाम नहीं बताया। मैंने सोचा कि केक के राज़ से तुम वाक़िफ होगे।"

"ब्लैक-फॉरेस्ट के नाम से जाना जाता है, यह वही केक तो नहीं है न?"

"वही है।"

दूसरी स्लाइस लेते हुए उसका हाथ रुक गया, "सॉरी दोस्त, यह केक मैं नहीं खा सकता।"

"रस के चटखारे लेते हुए एक टुकड़ा तुम खा चुके हो।"

"मैंने पहले जाना होता तो चखता भी नहीं।"

"पर किसलिए?"

"इस केक को बनाने में शराब का इस्तेमाल होता है।"

शरद हँस पड़ा। फिर कहा, "मज़ाक़ मत करो। इसमें अल्कोहल का उतना ही हिस्सा होता है, जितना कि कुछ दवाइयों में इस्तेमाल होता है। क्या तुमने कभी टॉनिक नहीं पिया है?"

हाथ पोंछकर खड़े होते हुए वह बोला, "जानकर लिया हो, ऐसा मुझे याद नहीं।"

अब शरद को उसके शब्दों की गम्भीरता का ख़याल आया। उसकी समझ में नहीं आया कि वह क्या कहे। इसलिए उसने कह दिया, "सॉरी इक़बाल! यह मैंने पहले जाना होता तो..."

"फर्गेट इट।"

दोनों मित्र बातें करते हुए वापस लौटे।

"शराब को लेकर तुम इतने कट्टर होगे, इसका मुझे ज़रा भी ख़याल नहीं था।"

"कट्टर शब्द तुमने सही इस्तेमाल किया है।" इक़बाल ने कहा, "इस समय मेरी हालत उस हिन्दू जैसी है, जिसने ग़लती से गाय के मांस से बनी कोई डिश खा ली हो।"

शरद फैली आँखों से उसके चेहरे को देखता रहा। उस समय घड़ी में रात के साढ़े दस बजे हुए थे।

ग्यारह बजे उसने एक टैक्सी रोकी और घर जाने के लिए निकल पड़ा।

कारमाइकल रोड से टैक्सी से डोंगरी पहुँचने में रात के इस समय दस मिनट से अधिक समय नहीं लगता। पर रास्ते में ही उसे कँपकँपी शुरू होने के कारण जैसे समय लम्बा हो गया।

एक के बाद एक कँपकँपी पाँव से शुरू होकर पूरे शरीर को झकझोरते हुए सिर तक चढ़ जाती थी। सिर फटा जा रहा था। धीरे-धीरे बुखार भी चढ़ रहा था।

शराब में बना केक खाते ही वह मानसिक रूप से हिल गया। ठण्डी कँपकँपी ने उसके शरीर को भी डाँवाडोल कर डाला था। उसे लगा, घर पहुँचने से पहले वह लुढ़क जायेगा।

"ड्राइवर!" किटकिटाते दाँतों को क़ाबू में रखते हुए उसने कहा, "जल्दी करो।"

ड्राइवर को अचरज हुआ। सुनसान रास्तों पर पूरी रफ़्तार से वह टैक्सी दौड़ा रहा था। उसने फिक्रा कसा, "मुझे आपको घर पहुँचाना है, श्मशान घाट नहीं।"

इक़बाल मौन रहा। कुछ कहने जितनी ताक़त अब उसमें नहीं बची थी। टैक्सी की पिछली सीट पर वह बैठा था, वहीं सिकुड़कर लेट गया।

थोड़ी देर बाद मुंडागली के नुक्कड़ पर आकर टैक्सी रुकी तो ड्राइवर को परिस्थिति की गम्भीरता का ख़याल आया। उसने पीछे का दरवाज़ा खोल कर इक़बाल

को सहारा देकर बाहर निकाला।

अज़ीज़ दिलीप के शराब के अड्डे पर काम करने वाले लड़कों को ताज्जुब हुआ। उन्हें लगा, शराब को कभी न छूने वाला इक़बाल आज पीकर आया है।

टैक्सी ड्राइवर लड़खड़ाते हुए इक़बाल को साथ लेकर अब्बासी मंज़िल की पहली मंज़िल पर आया। घर में सब सो गये थे। ड्राइवर ने दो बार दरवाज़ा खटखटाया।

गुलबानू ने नींद से उठकर दरवाज़ा खोला और पलभर के लिए फटी आँखों से देखती रही। एक पल में उसने अपने ढंग से अनुमान लगा लिया, गैंगवार में बेटा ज़ख़्मी होकर आया होगा!

"माँ!" कहता हुआ इक़बाल टैक्सी ड्राइवर का सहारा छोड़कर घर में आने लगा और पहले ही क़दम पर गुलबानू के पैरों में ढह गया।

गुलबानू कुछ और सोचे, इसके पहले भले टैक्सी ड्राइवर ने बताया, "लड़के को सख़्त बुखार है। फ़ौरन किसी डॉक्टर को बुलाइये।" और बिना किराया लिये ही सीढ़ियाँ उतर गया।

तुरन्त गुलबानू ने घुटने के बल बैठकर बेटे की कलाई हाथ में ली और जैसे बिच्छू ने डंक मारा हो, हाथ वापस खींच गया। इक़बाल का शरीर बुख़ार में सचमुच धधक रहा था। सोचने का अब समय नहीं था।

उसने फ़ीरोज़ को जगाया और उसे ध्यान आया, इस समय आधी रात को कौन डॉक्टर मिलेगा? ग्यारह बजे के बाद डोंगरी मुहल्ले के सभी डॉक्टरों के दवाख़ानों में ताले लग जाते थे।

"भाईजान को क्या हुआ है?" फ़ीरोज़ ने आँखें मलते हुए माँ से पूछा।

"बुख़ार है," कहते हुए उसने निर्णय ले लिया, "एक बरतन में सुराही का पानी लेकर उसमें दो चम्मच नमक डाल। सिर पर पट्टियाँ रखनी पड़ेंगी।"

फीरोज़ नमक वाला पानी तैयार करके बर्तन दोनों हाथों में उठा लाया। इस बीच गुलबानू बड़ी मुश्किल से इक़बाल को खड़ा कर पलंग तक लायी और उस पर लिटा दिया, फिर एक स्टूल सिरहाने रखा।

फ़ीरोज़ ने हौले से बर्तन उस पर रख दिया। गुलबानू पलंग की पाटी (ईस) पर बैठी थी। उसने रूमाल को नमक वाले पानी में भिगोया और थोड़ा निचोड़कर इक़बाल के माथे पर रख दिया। फ़ीरोज़ स्थिर दृष्टि से देखता रहा। बड़े भाई की ऐसी करुण दशा उसने आज से पहले कभी नहीं देखी थी। वह फिर एक बार माँ से यह पूछने गया कि भाईजान ठीक तो हो जायेंगे? और इक़बाल के होंठ फड़फड़ाये, "माँ, पेट में... आग लगी है... पूरा जिस्म जल रहा है... यह आग नहीं बुझी तो मैं.. मैं..."

वह बेहोश हो गया। अब तक भावनाओं को दबाकर खड़ा फ़ीरोज़ रो पड़ा। गुलबानू का कलेजा मुँह को आ गया। उसे वहम हुआ, बेटे की साँसें ख़त्म हुई हैं।

वह व्याकुल होकर दौड़ी और दरवाज़े की चौखट के बाहर पैर रखे, इसके पहले किसी की दीवारघड़ी से रात की ख़ामोशी में दो की टंकार सुनायी दी। फिर एक बार उसे समय का ख़याल आया।

धीरे-धीरे वापस आकर उसने देखा तो इक़बाल को खाँसी शुरू हुई थी। खाँसी चेतना की निशानी थी। गुलबानू की अधर में अटकी सांस लौट आयी।

इक़बाल की आँखें मुँदी हुई थीं। थोड़ी-थोड़ी देर बाद सूखी खांसी आने पर उसका शरीर उछलकर फिर गिर जाता था।

फ़ीरोज़ की सिसकियों पर ध्यान न देकर गुलबानू ने फिर रूमाल लिया और नमक के पानी में उसे डुबोकर इस बार पेट पर रखा। इक़बाल के शरीर में इतनी अधिक गर्मी थी कि रूमाल का पानी तुरन्त सूख गया। उसने सूखा रूमाल फिर नमक के पानी में भिगोया।

मिनट-मिनट पर रूमाल बदलने से शरीर का तापमान थोड़ा घटा, लेकिन खाँसी अभी जारी थी। स्वाभाविक रूप से ही गुलबानू को शंका हुई, यह कैसा बुख़ार है! ऐसी खतरनाक खाँसी बुख़ार में नहीं होती।

पास की खोजा मस्जिद से बांगी (मुअज़्ज़िन) की अज़ान की आवाज़ उठी। सुबह होने वाली थी। रात लगभग बीत चुकी थी। फ़ीरोज़ रोते-रोते सो गया था। अज़ान के शब्द 'अल्लाहो-अकबर' कान में गूँज उठने पर गुलबानू को उम्मीद बँधी।

थोड़ी देर बाद पड़ोस का दरवाजा खुला। सिर पर टोपी लगाते हुए पड़ोसी इक़बाल के दरवाज़े तक आया और अन्दर का दृश्य देखकर उसके पाँव जहाँ के तहाँ रुक गये।

"क्या हुआ है बहन?" उसने दरवाज़े पर से पूछा। गुलबानू ने संक्षेप में सारी बात बताकर कहा, "खाँसी बन्द हुई, पर बुख़ार फिर बढ़ रहा है।"

अब वह अन्दर आया और इक़बाल की कलाई हाथ में लेते ही बोल उठा, "बुख़ार एक सौ चार से कम नहीं होगा! इससे ज़्यादा बढ़ेगा तो उसके दिमाग़ पर असर होगा।"

फ़ौरन दौड़कर बाहर जाते हुए उसने तसल्ली दी, "मैं अभी किसी डॉक्टर को खोज लेता हूँ।"

इक़बाल का यह पड़ोसी नूर मुहम्मद पचपन का था। भला था। जूतों के धन्धे में था। अभी पिछले महीने इक़बाल ने अपने भाई रज़्ज़ाक़ को स्कूल से निकालकर उसकी दुकान पर बैठाया था। इक़बाल के फ़ोन भी उसके यहाँ आते थे।

आधे घंटे में वह इक़बाल के फेमिली डॉक्टर खीमाणी को मीठी नींद से जगाकर विजिट पर ले आया। पहले डॉक्टर अन्दर आया, उसके पीछे उसका बैग लिये नूर मुहम्मद दाख़िल हुआ।

इक़बाल की कलाई हाथ में लेते हुए डॉक्टर खीमाणी ने गुलबानू से सारी हक़ीक़त जानी और वह चौंक उठा। जो लक्षण गुलबानू ने बताये, वे रोग के नहीं, ज़हर के थे।

"रात में उसने क्या खाया था?" बुख़ार नापने के लिए बैग से थर्मामीटर निकालकर इक़बाल की बगल में रखते हुए डॉक्टर ने पूछा।

"उसने घर पर नहीं खाया।" गुलबानू बोली, "कहीं बाहर पार्टी में गया था।"

डॉक्टर ने सोच लिया, फूड-पॉइजनिंग के कारण इक़बाल बीमार पड़ा था। खाने में कुछ सड़ा-गला आ गया होगा, जिसके कारण पूरे शरीर में विष फैल गया है। यह निदान सही हो तो जिस बानगी को खाने से इक़बाल को ज़हर चढ़ा था, उसका असर पार्टी में शरीक होने वाले अन्य मेहमानों पर भी होना चाहिए।

इस सम्बन्ध में डॉक्टर गारंटी से कुछ नहीं कह सकता था, क्योंकि उस पार्टी में कौन-कौन मौजूद थे, इस बारे में उसे जानकारी नहीं थी।

इक़बाल बेहोश पड़ा था। डॉक्टर ने तुरन्त उसे एक इंजेक्शन दिया और गुलबानू से कहा, "थोड़ी देर में वह आँखें खोलेगा तो उसे दो गोलियाँ देनी हैं। उन्हें खाते ही उसे उल्टी होगी। नहीं हुई तो उसे तुरन्त अस्पताल में भर्ती करना पड़ेगा।"

वह खड़ा हुआ। उसकी कुर्सी के पीछे खड़े नूर मुहम्मद ने फिर उसका बैग उठा लिया। दोनों साथ-साथ बाहर भी निकल गये।

इंजेक्शन का असर होने पर इक़बाल ने आँखें खोलीं और हैरत में सब कुछ देखने लगा। उसके सामने चेहरे नहीं थे, धुन्ध थी। उसे कुछ भी साफ़ नहीं दिखायी दे रहा था।

वह एकटक गुलबानू की ओर देखने लगा। यह औरत जानी-पहचानी लगती है! कहीं देखा हो, ऐसा लगता है! (थोड़ा अधिक प्रयास करने पर धुँधला चेहरा कुछ स्पष्ट हुआ।) "माँ!" उसने पूछा, "रज़्ज़ाक़ स्कूल गया?"

"नहीं बेटा।"

"क्यों?"

"अब वह नौकरी करता है।" कहते हुए गुलबानू ने उसे याद दिलाया, "उसे स्कूल से उठाकर तूने ही तो नौकरी पर लगाया है।"

एकाएक फिर धुन्ध उतर आयी। उसमें ग़ोता खाते हुए उसने फिर होंठ खोले, "माँ, रज़्ज़ाक़ स्कूल से वापस कब आयेगा?"

गुलबानू रुआँसी हो गयी। ज़हर का असर दिमाग़ पर चढ़ रहा था। इक़बाल एक ही बात बार-बार दोहरा रहा था।

थोड़ी देर बाद नूर मुहम्मद डॉक्टर के दवाख़ाने से वापस आया और फ़ौरन काम में जुट गया। "इक़बाल!" उसकी पीठ के नीचे हाथ डालकर उसे थोड़ा ऊपर

उठाते हुए वह बोला, "यह दो गोलियाँ निगल जा।"

कहाँ हैं गोलियाँ? यह कौन बोल रहा है? धुन्ध में आवाज़ उठकर डूब गयी थी। गुलबानू ने हाथ बढ़ाकर उसके मुँह में गोलियाँ डालीं। फिर उसका एक हाथ ऊँचा कर हाथ में पानी का गिलास थमाया। दो घूँट के साथ वह दोनों गोलियाँ निगल गया।

नूर मुहम्मद ने उसे वापस सुला दिया।

"भाई!" अब गुलबानू नूर मुहम्मद की ओर घूमी, "सवेरे से आप दौड़-धूप कर रहे हैं। नमाज़ पढ़ने भी नहीं जा सके।"

"मैंने अपना फ़र्ज़ बजाया है," डॉक्टर की ख़ाली कुर्सी पर वह बैठ गया, "रही बात नमाज़ की तो वह एक रोज़ थोड़ी देर बाद पढूँगा तो मेरा खुदा नाराज़ नहीं हो जायेगा।"

"पर आपको काम पर जाने में देर होगी।"

"अभी सुबह के आठ बजे हैं। क़रीब एक घंटा मैं यहाँ बैठूँगा। आप दुआ कीजिए कि इक़बाल को जल्द उल्टी हो जाये।"

पलँग की पाटी से उतरकर गुलबानू ने हाथ में तस्बीह (माला) ली और ज़मीन पर गुदड़ी बिछाकर सोये हुए दोनों बच्चों की बगल में बैठ गयी। नूर मुहम्मद भी तहेदिल से दुआ करने लगा।

दस मिनट बाद इक़बाल को उबकाइयाँ आनी शुरू हुईं। गुलबानू ने तस्बीह रखकर हाथ में थूकदानी ली और वापस पलंग की पाटी पर बैठ गयी।

पाँच मिनट और बीते और इक़बाल झटके के साथ उठकर बैठ गया। उसका मुँह थूकदानी में झुक गया। एकदम काले रंग की उसे उल्टी हुई। गुलबानू और नूर मुहम्मद हैरत से देखते रहे।

डॉक्टर ने पहले बता न दिया होता तो काले रंग की उल्टी देख गुलाबानू ने निश्चित रूप से मान लिया होता, बेटे पर किसी दुश्मन ने टोना करवाया है। और काले जादू के कारण ही उसे ऐसी उल्टी हुई है।

वह उठकर थूकदानी धोने के लिए चौके में बैठी। नूर मुहम्मद का चेहरा निश्चिन्त लगता था। अब उसकी यहाँ ज़रूरत नहीं थी। गुलबानू से इजाज़त लेकर वह बाहर निकल गया।

घंटे-भर बाद इक़बाल ने थोड़ी स्वस्थता अनुभव की।

अब वह स्वस्थतापूर्वक विचार कर सकता था। अर्ध-चेतनावस्था में उसने कुछ शब्द सुने थे। 'विष' शब्द इस समय उसके दिमाग़ के कम्प्यूटर में प्रोसेस हो रहा था।

क्या डॉक्टर का शक सही था? फूड-पॉइजनिंग की वजह से वह बीमार पड़ा था या फिर उसे सचमुच ज़हर दिया गया था?

20

इक़बाल लेटे-लेटे सोच रहा था। कल शाम के बाद की घटनाएँ उसकी आँखों के सामने से चलचित्र की तरह गुज़रने लगीं।

शरद की बर्थ-डे पार्टी में हाज़िरी देने वह कारमाइकल रोड के बंगले पर गया था। वहाँ किचन में उसने केक की सिर्फ़ एक स्लाइस खायी थी। क्या वह केक अन्दर से विषाक्त होगा कि उसके खाते ही ज़हर चढ़े?

अख़बारों में उसने ऐसे अनेक क़िस्से पढ़े थे, जिनमें भोज में खोये (मावे) की मिठाई खाने पर एक साथ कई मेहमानों को अस्पताल में भर्ती होना पड़ा था। पर शरद के यहाँ शायद ऐसा न हुआ होगा! उसने इक़बाल को केक का जो टुकड़ा खिलाया था, वह केक स्पेशल था।

बाक़ी मेहमानों ने जो केक खाया था, वह यह नहीं था। यह तो ताज होटल से लाया गया 'ब्लैक फॉरेस्ट' नाम का ख़ास केक था। बेशक, वह भी पूरा नहीं था। इक़बाल ने पहला टुकड़ा लिया, उस समय उसमें तीन टुकड़े कम थे।

वे टुकड़े किसने खाये?

शरद के बंगले के बाहर हिचकियाँ लेती बिल्ली याद आयी। बंगले में वह दाख़िल हुआ, तब बिल्ली दरवाज़े के पास तड़फड़ा रही थी। वह घर जाने के लिए निकला, तब तक बिल्ली के प्राण-पखेरू उड़ गये थे। क्या उस ख़ास केक पर बिल्ली ने पंजा मारा होगा?

धीरे-धीरे शंका के अंकुर फूटने लगे। फिर उसे कुसुम की याद आयी। पार्टी में कुसुम का सलूक उसे ख़ुफ़िया (रहस्यमय) लगा था। इक़बाल को वह जैसे कुछ भी चखे बिना बाहर धकेल देना चाहती हो, वैसे जल्दी कर रही थी। तब इक़बाल उसका रवैया समझ नहीं सका था। अब उसके सामने ज़्यादा नहीं तो थोड़ी गुत्थी सुलझ गयी थी।

शरद ने उसका कांटा निकाल फेंकने के लिए केक में ज़हर मिलाया था। उस केक पर सबसे पहले बिल्ली ने हमला किया था। केक से निकलती अंडे की बू उसने परखी होगी। वह ललचाकर चुपके से मुँह मार दे, यह भी समझा जा सकता था।

केक विषैला था, इस बारे में कुसुम अनजान नहीं थी। शायद इसी कारण उसका सलूक सन्दिग्ध था। फिर भी इतना तय था, कुसुम इस षड्यन्त्र का हिस्सा नहीं थी। उसे पहले से मालूम होता कि इक़बाल की जान को ख़तरा है तो फ़ोन से उसे ज़रूर चेता दिया होता।

अभी भी कुसुम के दिल में उसके लिए जगह थी। शरद की बात अलग थी। वह सिर्फ़ कायर ही नहीं, वैरीला भी था, ज़हरीला भी था। दोस्ती का हाथ बढ़ाकर दोस्त की पीठ में छुरा घोंपने का घृणित काम उसने किया था।

"सूफ़ी!" थोड़ी स्पष्टता के लिए मैंने बीच में पूछा, "जह्र यानी क्या?"

"केक में जो मिलाया गया था, उसे आर्सेनिक कहा जाता है।"

"आपको कैसे मालूम हुआ कि वह आर्सेनिक था।"

"जो लक्षण मेरे रोग के थे, वे सब आर्सेनिक के ही थे।" उसने बताया। "मसलन ठंड के साथ बुख़ार का तेज़ी से बढ़ना, सूखी खाँसी, आँखों में धुन्ध छा जाना, याददाश्त का आँख-मिचौली खेलना और अन्त में काले रंग की उल्टी—ये सब स्पष्ट लक्षण हैं।"

मुझे याद आया। किसी अनुसन्धान ग्रन्थ में मैंने पढ़ा था, नेपोलियन की मृत्यु आर्सेनिक देने से हुई थी और मृत्यु से पहले उसके भी यही लक्षण थे।

इस कायरतापूर्ण घटना ने इक़बाल को हिलाकर रख दिया। उल्टी करने से उसके शरीर से ज़हर तो निकल गया, पर उसका असर रह गया। वह स्पष्ट देख नहीं सकता था।

किसी चीज़ को वह जबरन देखने की कोशिश करता तो आँखों में अँधेरा उतरने लगता। इससे उसके दैनिक जीवन में विशेष अन्तर नहीं आया, क्योंकि उसमें एकाग्रता की ज़रूरत नहीं थी। पर पढ़ाई का क्या?

सनीचर से वह इम्तिहान की तैयारी का शुभारम्भ करने वाला था। उसके दुर्भाग्य से बुख़ार से आयी कमज़ोरी के कारण वह एक सप्ताह से बिस्तर पर था।

उसने लेटे-लेटे एक पाठ्य-पुस्तक हाथ में ली। जैसे ही उसने पढ़ने की शुरुआत की, काले अक्षर काले बादल बनकर आँखों के सामने से उड़ गये। उसके दिल की जैसे धड़कन ही रुक गयी।

दूसरे सप्ताह उसने डॉक्टर खीमाणी के दवाख़ाने जाकर अपनी समस्या बतायी, "मैं पढ़ाई न कर सका तो इम्तिहान में कैसे बैठ सकूँगा? और इम्तिहान में न बैठा तो मेरा पूरा साल बर्बाद हो जायेगा।"

डॉक्टर ने उसे ढ़ाढ़स बँधाते हुए कहा, "मायूस होने की ज़रूरत नहीं। एकाध महीने में तुम्हारी आँखों की शिकायत दूर हो जायेगी!"

"एक महीना!" वह परेशान हो उठा, "मेरे लिए तो एक-एक दिन क़ीमती है। डॉक्टर मुझे मेडिकल में जाना है और इसके लिए सिर्फ़ पासिंग मार्क नहीं चलेंगे।"

"आग लगे, तब कुआँ नहीं खोदा जाता है," कहते हुए उन्होंने सवाल किया, "सालभर क्या किया?"

इसका उत्तर इक़बाल ने नहीं दिया, अपने स्वभाव के अनुसार उसने सब कुछ

भाग्य पर छोड़ दिया। जो कुछ हुआ था, वह उसके अंकुश के बाहर था। जो कुछ हो रहा था, वह भी कहाँ उसके नियन्त्रण में था!

रोज़ सुबह उठकर सबसे पहले वह किताब खोलता और काले अक्षरों को बादल बनते देखकर रह जाता। उसी पल उसका चेहरा बुझ जाता।

मैं और सुरैया खिलखिलाकर हँसते बादलों पर तैर रहे थे। इम्तिहान की तैयारी करने का हमारे लिए प्रश्न नहीं था। हम जहाँ भी जाते, साथ में स्केच-बुक तथा रंगीन-पैंसिलें रखते। हमारी सीमा सीमाहीन थी।

बम्बई से कभी-कभी ट्रेन में बैठकर हम खंडाला तक पहुँच जाते और प्रकृति के रेखाचित्र उतारते उसी की गोद में सुख से लेट जाते। आकाश मुस्कान बिखेरता, पहाड़ गीत गाते। हरियाली पर मौन पड़े रहने का लुत्फ़ ही अनोखा होता है।

सुरैया ज़्यादा समय तक ख़ामोश न रह पाती। वह कहती, "जीवन ख़रगोश के रोयें जैसा मुलायम है।"

मैं कहता, "वियतनाम में सबसे ज्यादा निर्दोषों का कत्ल हुआ। एक पूरा गाँव तहस-नहस हो गया।"

कह कहती, "कभी-कभी ऐसा लगता है, जैसे मैं सपने में जी रही होऊँ!"

मैं कहता, "इस्राइलियों ने फिलिस्तीनियों पर हमला करके तीन सौ लोगों की जानें लीं।"

वह पूछती, "हमारे सपनों में इन्द्रधनुष के रंग कौन भरता होगा?"

मैं कहता, "भिवंडी के साम्प्रदायिक दंगे में लाशों की संख्या पाँच सौ पार कर चुकी है।"

इस बार उसने मेरे शब्द सुने हों, ऐसे वह उठकर बैठ गयी, "आबिद, तुम निराशावादी हो!"

"मैंने तो सिर्फ़ सच्चाई बयान की है।"

"इस सच्चाई से हमारा क्या लेना-देना है?"

"हमारी संवेदना सुन्न हो गयी हो तो कुछ भी नहीं।"

"क्या तुम यह कहना चाहते हो कि मैं संगदिल हूँ?"

प्रश्न के साथ वह बरस पड़ी, "यहाँ हरियाली है, फूल हैं, तितलियाँ हैं, कल-कल बहता झरना है, गुनगुनाती हवाएँ है, मैं हूँ, तुम हो। और कहीं दूर, मीलों दूर किसी आदमी की मौत होती है। उस आदमी को हमने कभी देखा नहीं, उसके साथ हमारा कोई रिश्ता नहीं, उसकी मौत पर अफ़सोस ज़ाहिर कर प्यार के इन महकते लम्हों को कुम्हलाना तुम्हें वाजिब लगता होगा, मुझे नहीं लगता।"

उठकर बैठते हुए मैंने दलील मान ली, "अब मुझे भी वाजिब नहीं लगता।"

"यह ख़त पढ़ो।"

उसने अपने पर्स से एक लिफ़ाफ़ा निकालकर मेरे आगे धर दिया। मैंने देखा तो उस पर मोम्बासा के टिकट लगे थे, ज़ाहिर था कि ख़त उसके घर से आया था।

फ़ौरन अन्दर से ख़त निकालकर मैं पढ़ गया। उसी क्षण मेरे चेहरे का रंग उड़ गया। बेशक समस्या कोई इतनी गम्भीर नहीं थी, सुरैया को सिर्फ़ छुट्टियाँ बिताने के लिए उसकी माँ ने उसे मोम्बासा बुलाया था।

"पिछले साल तुम गयी थीं?" मैंने पूछा।

इशारे से उसने 'हाँ' कहा।

"और इस साल?"

"तुम इजाज़त दोगे तो जाऊँगी।"

मैं पसोपेश में पड़ गया। साल में एक बार माँ से मिलने जाने का उसे अधिकार था और अपने स्वार्थ के लिए मैं उसे रोक नहीं सकता था।

मैंने कह दिया, "सुरैया, इसका फ़ैसला तुम्हें खुद करना है। इसमें मैं रुकावट नहीं बन सकता।"

"तो मैं इम्तिहान के बाद जाऊँ?"

"तुम्हें हक़ है।"

"तुम राज़ी-खुशी से मुझे इजाज़त देते हो न!"

"सच कहूँ तो दिल पर पत्थर रखकर इजाज़त दे रहा हूँ।"

"तो मैं नहीं जाऊँगी।"

मैंने कहा, "सुरैया, छुट्टियाँ शुरू होने में अभी डेढ़ महीना बाक़ी है। इस बारे में इस वक़्त चिन्ता कर प्यार के इन महकते पलों को मुरझाना तुम्हें वाजिब लगता है?"

वह हँस दी।

आँखों की तकलीफ़ दूर होने पर इक़बाल ने महीना भर दिन-रात मेहनत की और मेडिकल में जाने के लिए उसने 67 प्रतिशत अंक प्राप्त किये, जो अनिवार्य 65 से थोड़े अधिक थे।

मैं और सुरैया प्रथम पाँच में आये थे। हमारी खुशी दूनी करने के लिए सुरैया ने इस वर्ष अपने गाँव जाने का प्रोग्राम मुल्तवी रखा। मैंने उसे एक क़ीमती तोहफ़ा देने का निश्चय किया। मेरा बजट था सौ रुपये और समस्या थी अटपटी। सौ रुपये में क्या ख़रीदा जाये?

साड़ी?

साड़ियों का उसके पास ढेर था। बनारसी, सिल्क, काँजीवरम... कॉलेज में वह एकदम सादी साड़ियाँ पहनती थी, पर मेरे साथ फिल्म देखने जाते समय या किसी रेस्तरां में शाम गुज़ारते वक़्त उसके बदन पर सुन्दर साड़ी शोभा देती।

"सैंडिल?"

विचार उठते ही जवाब मिला, प्रेम में जूतों की सौग़ात नहीं दी जाती।

"परफ्यूम (इत्र)?"

मैंने दुनिया का सबसे बेहतरीन परफ्यूम 'शेनल-5' की एक शीशी ख़रीदी और उसे भेंट देने उसके होस्टल पर गया तो सुरैया ने उसे बखुशी स्वीकार कर मेरे सामने एक प्रस्ताव रखा :

"मेरे हॉस्टल की एक लड़की नैनीताल जा रही है। मेरी इच्छा है कि हम दोनों उसके साथ जायें।"

"पर तुम्हें इजाज़त मिलेगी?" मैंने पूछा।

"सहेली के साथ जाने से किसी को एतराज़ नहीं होगा, हमारी संचालिका को भी नहीं।"

"पर साथ मैं रहूँगा न!"

"यह राज़ सिर्फ़ मैं और मेरी सहेली जानती है।" कहते हुए उसने नटखट मुस्कान फेंकी, "यों समझो कि तुम भी नहीं जानते।"

मैं समझ गया।

मेरे दो दिन तैयारी में बीत गये। जाने से पहले मुझे यहाँ कई काम निपटाने थे। 'रमकडुं' (गुजराती) तथा 'पराग' (हिन्दी) में अगले महीने के लिए चित्र-कथाएँ देनी थीं।

'चेतमछन्दर' (गुजराती) में मेरी चित्रपट्टी 'बटुकभाई' नाकाम होने पर बन्द करनी पड़ी थी, लेकिन एक पन्ने की चित्र-कथा 'प्रो. छेलबटाऊ' सफल रही थी। इस बीच 'चेतमछन्दर' के सम्पादक शनि अपनी क़लम और ब्रश का दुरुपयोग करके पीत-पत्रकारिता में उतर गये थे। पर अभी उसके छींटे मुझ पर नहीं पड़े थे।

शनि की हालत देख मुझे कभी उनके प्रति घृणा पैदा होती तो कभी तरस आता। 'नथुभाई' जैसे अमर पात्र का जो सर्जक न केवल गुजरात का बल्कि समस्त भारत का वॉल्ट डिज़नी बनने की क्षमता रखता था, धीरे-धीरे अपनी करतूतों के दलदल में धसक रहा था। अब उन्होंने बेतहाशा पीना भी शुरू कर दिया था।

उनका पतन शुरू हुआ। गुजरात में उनके ख़िलाफ एक के बाद एक मामले दर्ज होने लगे। जिन लोगों को वे साप्ताहिक के ज़रिये ब्लैकमेल करते थे, वे मामूली नहीं थे। उस समय के ताक़तर राजनेता ढेबरभाई को भी उन्होंने नहीं बख़्शा था।

इसका नतीजा यह निकला कि अब उन पर जानलेवा हमले होने लगे। उन पर जो मुकदमे दायर किये जाते थे, वे तो सिर्फ़ बहाना थे–उन्हें तंग करने के तरीक़े, ताकि बम्बई छोड़कर उन्हें जूनागढ़ या राजकोट मजबूरन आना पड़े।

दुश्मन की सीमा में क़दम रखने पर उनकी हड्डी-पसली एक कर दी जाती। कभी वे स्ट्रेचर पर वापस लौटते तो कभी पट्टियों के साथ।

मैं अपनी चित्र-कथा 'छेलबटाऊ' बन्द करने की सोच रहा था कि शनि ने बम्बई में हमारी ख़ोजा क़ौम के मुखियाओं को शिकंजे में लिया। 'चेतमछन्दर' छोड़ने का मुझे ठोस कारण मिल गया।

उन्हीं दिनों डॉ. धर्मवीर भारती 'धर्मयुग' से बतौर सम्पादक जुड़े थे। उन्होंने धर्मयुग के आख़िरी पन्ने पर चित्रपट्टी के लिए ख़ास जगह बनायी और यह जगह वह किसी भारतीय कार्टूनिस्ट को सौंपना चाहते थे।

उन्होंने उस समय के धुरन्धर व्यंग्य-चित्रकारों को आज़मा कर देखा। कोई चित्रपट्टी कुछ सप्ताह चली तो कोई कुछ महीने चलकर ठप्प हो गयी। अब किसी उभरते व्यंग्य-चित्रकार को मौक़ा देने के सिवा चारा नहीं था, और मुझे बुलाया गया।

नैनीताल जाने के उत्साह में किसी नये पात्र के बारे में सोचने का न मेरे पास समय था न अवकाश। 'धर्मयुग' में पदार्पण करने का यह सुनहरा अवसर भी मैं गँवाना नहीं चाहता था।

नैनीताल जाने के पहले मैंने गुजराती पाठकों द्वारा ख़ारिज कर दी गयी 'बटुकभाई' की कुछ चित्रपट्टियाँ 'ढब्बूजी' के नये नाम से हिन्दीकरण के साथ सम्पादक को सौंप दीं।

हमारी ट्रेन पठानकोट तक की थी। वहाँ से नैनीताल के लिए हमें बस में जाना था। सफ़र पूरे दो दिन का था, लेकिन उबा देने वाला नहीं था।

बम्बई से हम ट्रेन पर चढ़े, तब सुरैया की सहेली लुबयना पहले ही आकर अपना सामान रख खिड़की के पास की सीट पर बैठ गयी थी। हमने अपना सामान रखा और उसके सामने बैठते हुए मेरे मन में पहला सवाल उठा :

लुबयना ज़ेवियर कॉलेज में पढ़ती थी। सुरैया के साथ होस्टल में रहती थी। वह जानती थी कि मैं और सुरैया प्यार करते हैं। स्वाभाविक था कि ज़्यादा समय हम एक-दूसरे के साथ बिताना पसन्द करें। प्रश्न यह था कि तब वह अकेली नहीं हो जायेगी?

"नैनीताल में तुम्हारा घर है?" गाड़ी चलने लगी तो मैंने पूछा।

जवाब सुरैया ने दिया, "लुबयना पूना की है।"

मुझे और भी ताज्जुब हुआ। अब तक मैं इसी मुग़ालते में था कि वह नैनीताल की होगी, इसलिए मुझे और सुरैया को अपने साथ चलने को कहा होगा।

मेरा मन पुकार उठा, यह ग़लत हुआ। इस सफ़र में मुझे शामिल नहीं होना चाहिए था। मुझे सुरैया को भी सँभालना होगा और बेमन लुबयना का भी ख़याल रखना पड़ेगा। दो प्रेमियों के बीच किसी तीसरे की मौजूदगी सुखद नहीं होती।

दसेक मिनट के बाद ट्रेन दादर स्टेशन पर रुकी और मेरे और सुरैया के आश्चर्य के बीच एक हँसमुख जवान हमारे डिब्बे में चढ़ा। वह था अनिल, लुबयना

का ब्वॉयफ्रेंड। मैंने लुबयना को चौड़ी आँखों से देखा। उसकी चाल अब मेरी समझ में आयी।

वह अपने ब्वॉयफ्रेंड के साथ छुट्टियाँ बिताने बम्बई से बाहर जाना चाहती थी और उसकी परेशानी यह थी कि हॉस्टल से इज़ाज़त कैसे मिले? इसलिए उसने सुरैया को तैयार किया। अनजाने में हम एक खूबसूरत साज़िश के शिकार हो गये थे।

अनिल के आने से मेरी एक बहुत बड़ी मुश्किल आसान हो गयी। अब हम सफ़र का मज़ा पूरी तरह उठा सकते थे। छुट्टियों का एक-एक दिन पलक झपकते उड़ने वाला था। सुरैया के शब्दों में कहूँ तो हम सपनों में जीने वाले थे।

हमारे पैरों के नीचे आसमान था तो इक़बाल के पैरों तले ज़मीन थी। उसके सामने ठोस हक़ीक़तें थीं। क्रासिंग पर जाने का वक़्त आ गया था।

"यार इक़बाल!" सिंघ ने उसे बहुत दिनों बाद आया देखकर कहा, "तुम्हारी नयी तरकीब सचमुच लाजवाब है।"

"आज़माकर देखा?"

उसने सहर्ष 'हाँ' कहते हुए जोड़ा, "दो गवाहों की मौजूदगी में।"

इक़बाल के दो साथी—दगडू और माइकल के साथ स्टीम लांच में जाकर उसने पत्थर से भरे एक बोरे को पानी में उतारा था। नाइलॉन की डोर से बँधे इस बोरे का दूसरा सिरा स्टीम लांच के निचले हिस्से में बाँध उसे इन्दिरा डॉक से उरण टापू तक ले जाया गया था। वहाँ पानी में से बोरा खींच लेने पर उसे पूरी तसल्ली हुई थी।

"फिर भी इसे सौ फ़ीसदी सेफ नहीं कहा जा सकता," अन्त में सिंघ ने बताया, "अलबत्ता पानी पर जोख़िम घटा है, पर ज़मीन पर इससे ज़रा भी फ़र्क नहीं पड़ता।"

यह भी सही था। समुद्र में से खींचे हुए माल को मड या वर्सोवा ले जाया जा सकता है, परन्तु वहाँ से कार में चढ़ाते समय किसी की नज़र में आ जाये तो...? शायद किसी भेदिये ने कस्टम को पहले ही सूचना दे रखी हो तो यह आफ़त कैसे टाली जा सके?

"इसका इलाज भी हम सोच सकते हैं।" आगे कहने के लिए इक़बाल ने थोड़ा वक़्त लिया, "कस्टम्स अधिकारियों में से अपनी जेब में कितने हैं?"

"पाँच।"

"भरोसेमन्द हैं?"

"कुत्ते से भी अधिक।"

"ठीक है।"

वह फिर चुप हो गया, इसलिए सिंघ ने पूछा, "ठीक है, यानी...?"

"पाँच में से एक को हमें काम पर लगाना होगा।"

"कहाँ?"

"जहाँ माल उतारना हो, उस जगह।"

"अगली खेप का माल तुम कहाँ उतारोगे?"

"वर्सोवा में।"

"तो वह अधिकारी वहाँ मौजूद रहकर क्या करेगा?" सिंघ का धीरज चुक रहा था।

इक़बाल ने उसे समझाया, "इस अधिकारी को हम पहले से ही सूचना दे देंगे।"

"किसकी?"

"माल की, पूरी रिपोर्ट के साथ, ताकि वह काग़ज़ तैयार कर अपने साथ रख सके।"

"काग़ज़?"

"पंचनामे के।"

"छापा मारे बिना?"

"सिंघ!" इक़बाल से हँसे बिना नहीं रहा गया, "लगता है, आज आप अपनी अक़्ल घर छोड़ आये हो। समझो! वह पंचनामा एक नाटक होगा, जिससे ख़ान या रुस्तमजी जैसे ईमानदार अफ़सर धावा बोलें तो अपना पालतू अधिकारी कह सके कि वह केस उसका अपना है।"

सिंघ की बुद्धि में प्रकाश हुआ। अगर सचमुच ऐसा हो तो छापा मारने आये अफ़सर दूसरे अफ़सरों के काम में चूँ-चपड़ न कर सकें। वे मुँह लटकाये वापस चले जायें। और इधर पालतू अफसर एक लूला केस तैयार कर गैंग के एक-दो आदमियों को मजिस्ट्रेट के सामने खड़ा कर दे। केस में दम न होने के कारण वे फ़ौरन छूट जायें।

"पर माल का क्या?" सिंघ ने फिर पूछा।

"माल तो हमारे पास ही रहेगा।"

"पंचनामे में पूरा माल दर्ज होगा, उसका क्या?"

"उसके कई रास्ते हैं। पंचनामा फाड़कर नया बनाये या कह दे, बाक़ी सारे आदमी माल लेकर भाग निकले।"

सिंघ हैरान रह गया। चोर और कोतवाल की जुगलबन्दी तस्करों की दुनिया में क्रान्ति ला सकती है, पर सिंघ के दंग होने का कारण यह नहीं था। जिस तेज़ी से इक़बाल का दिमाग़ काम कर रहा था, यह उसके लिए दुनिया का एक अजूबा था।

आज तो इक़बाल ने सोचने के लिए समय भी नहीं लिया था। सिंघ ने जैसे ही

समस्या रखी, मिनटों में उसने हल खोजा था। वक़्त आ गया था, पट्ठे की मुलाक़ात अब बॉस से करवानी पड़ेगी।

पिछले कुछ महीनों में इस बारे में इक़बाल ने इशारा किया था और उसने 'अभी वक़्त नहीं आया है' कहकर बात टाल दी थी। इसी कारण इक़बाल की उत्सुकता भी बढ़ी थी।

आख़िर यह डी. के. है कौन, जिसकी अदृश्य छत्रछाया में वह काम कर रहा था? जिसका हाथ क़ानून के हाथ से भी एक हाथ लम्बा था। जाने कितने पुलिस तथा कस्टम्स अधिकारी समय-समय पर उसके हुक्म पर अमल करते थे। छोटी तथा बड़ी अदालतों के न्यायाधीशों को भी वह हुक्म के इक्के की तरह जेब में रखता था।

बॉस से मिलने की उसकी यह इच्छा आज तक पूरी नहीं हुई थी। आज उसे लगा कि उसे खुद ही कोई ऐसी चाल चलनी पड़ेगी कि डी. के. को लाचार होकर सामने आना पड़े। परन्तु इसके लिए पहले सिंघ को पटाना ज़रूरी था।

सिंघ उसके चेहरे के उतार-चढ़ाव ग़ौर से देख रहा था। इक़बाल के दिमाग़ में उमड़ते विचारों की बू उसे लग गयी। वह समझ गया कि चिड़ी के बच्चे के पंख फूट रहे हैं।

डी. के. के साथ मन-ही-मन सोची गयी मुलाक़ात फिर एक बार उसने रद्द कर डाली। जाने-अनजाने उसका चेहरा दप-दप हो उठा। अभी तक उसने इक़बाल द्वारा सुझाये सुरक्षा के नये विचारों की तारीफ़ नहीं की थी।

"यार!" एकाएक याद आने पर उसने अपने ढंग से कहा, "तुम्हारी खोपड़ी में दिमाग़ है या कम्प्यूटर?"

इक़बाल ने भी, जैसे किसी ऐसे ही सवाल का इन्तजार कर रहा हो, बम फोड़ा, "इसका यक़ीन आपको तब होगा, जब मैं हमीद को फाँसी के तख़्ते से उतार लाऊँगा।"

सिंघ की बुद्धि इस बार चौपट हो गयी।

हमीद, जिसने क्रासिंग के समय कस्टम्स के एक अधिकारी को छुरा घोंपकर मार डाला था। उसे बचाने के लिए डी. के. ने बम्बई के श्रेष्ठ बैरिस्टर रोके थे। हमीद को उन्होंने ज़मानत पर छुड़ाया था, पर आख़िरी फ़ैसले के बारे में हाथ उठा दिये थे।

"मुझे यक़ीन नहीं आ रहा है!" झटके से उभरते हुए सिंघ ने कहा।

"क्योंकि आप सिर्फ़ सिंघ हो, डी. के. नहीं।"

"तुम समझाकर तो देखो!"

"इससे कोई फ़र्क नहीं पड़ेगा।"

"तो?"

"हत्या का केस लडने के लिए डी. के. अदालत में एक बार हाज़िरी की 50,000 रुपये बैरिस्टरों को फीस चुकाता है," इक़बाल ने खड़े होते हुए कह दिया, "उससे कहना कि हमीद को सिर्फ़ पाँच सौ में छुड़वाना हो तो मुझसे मिले।"

सिंघ फटी आँखों से देखता रहा।

21

इक़बाल के जाने के बाद सिंघ काफ़ी देर तक विचारों में ग़ोते लगाता रहा। क्या इक़बाल ने जो कुछ कहा, वह सही था? हमीद को वह मृत्युदंड से बचा सकता है? हमीद का केस लड़ने वाले बैरिस्टरों से क्या वह अधिक बुद्धिमान है?

इन सारे सवालों का उसे एक जवाब मिला... नहीं, कोर्ट में हाज़िर रहने की बैरिस्टरों की फीस 50,000 रुपये थी। हमीद के केस में अब तक लगभग छत्तीस लाख रुपये डूब चुके थे। परिणाम क्या निकला?

ज़ीरो।

अलबत्ता, केस स्वीकार करने के पहले बैरिस्टरों ने मिलकर बता दिया था–फिफ्टी-फिफ्टी चांस हैं। यानी शायद इसमें सफलता मिले, शायद न भी मिले। पर जैसे-जैसे हत्या का मुकदमा पूर्णता की दिशा में आगे बढ़ रहा था, पचास प्रतिशत की उम्मीद घटकर पाँच प्रतिशत पर आ गयी थी और इक़बाल कहता था कि सिर्फ़ 500 रुपये में वह हमीद को क़ानूनन...

सिंघ के विचारों में एकाएक ब्रेक लगा। इक़बाल ने उसे यह नहीं बताया था कि हमीद को वह वैध मुक्ति दिलवाएगा या फिर अवैध तरीक़े से?

यह भी मुमकिन था। हमीद को सीमा पार वह पाकिस्तान में घुसा दे। पर यह काम जोख़िम का था।

कहीं यह योजना नाकाम रही तो हमीद पर सौ फ़ीसदी बन आये। पूरा केस धुँधला जाये। जो पाँच प्रतिशत उम्मीद है, वह माइनस पाँच प्रतिशत हो जाये, अपील करने का मौक़ा हाथ से निकल जाये। अन्त में सरकार भी दया की अर्ज़ी ख़ारिज कर दे। डी.के. यह कभी नहीं चाहेगा।

डी.के. की यह विशेषता थी। गैंग के सदस्य जितने स्वामिभक्त थे, उतनी वफादारी वह खुद भी निभाता था। छोटे-से-छोटे साथी के संकट के समय वह उसकी बगल में अडिग खड़ा रहता था। वर्ना हमीद जैसे फटीचर के लिए वह लाखों रुपये न लुटाता।

सिंघ ने फिर विचारों का सूत्र पकड़ा। हमीद की मुक्ति के लिए इक़बाल ने पाँच सौ रुपये माँगे थे और विधिवत योजना बनाकर सीमा पार जाना हो तो इतने रुपयों से कुछ नहीं होता। सबसे पहले सीमा के दोनों ओर के सुरक्षा दल के रिश्वतख़ोर अफ़सरों की जेबें भरनी पड़ती हैं। इसमें कम-से-कम पाँच हज़ार तो चाहिए थे।

नहीं, इक़बाल की तरकीब कुछ और होनी चाहिये। उसके मन में गूँज उठी, पर क्या होगी, यह समझ पाना उसके लिए सम्भव न था। क्या इस बारे में डी. के. के साथ चर्चा की जा सकती है? उसकी मूल समस्या भी यही थी।

वह डी.के. के कान में बात डाले और डी. के. उसे मूर्ख समझकर हँस दे तो? ज़मीन फट जाये। चुल्लू-भर पानी में डूब मरने की नौबत आये। शायद डी. के. न हँसे तो दूसरा भय यह था :

इक़बाल की योजना वह खुद नहीं जानता था। इक़बाल उसे बताने वाला भी नहीं था। इक़बाल को वह डी. के. के पास ले जाये और पूरी योजना हास्यास्पद साबित हो तो डी. के. ज़रूर उसकी ओर एक बर्फीली नज़र डालेगा और डी. के. की बर्फीली नज़र छुरी जैसी होती थी।

नहीं, इक़बाल को वह डी. के. से रूबरू कराने का ख़तरा नहीं मोल ले सकता। फिर भी उसने मन-ही-मन तय कर लिया कि आने वाले दो-चार दिनों में मौक़ा देखकर इस बारे में ज़िक्र ज़रूर करना है। फिर तेल देखना, तेल की धार देखना और आगे क़दम उठाना था।

इक़बाल की तरकीब कारगर सिद्ध हो तो डी.के. की नज़र में सिंघ बालिश्त-भर ऊँचा हो जाये। इक़बाल जैसे होनहार लड़के को अपने मातहत तैयार करने का यश उसका था।

अन्त में उसने जेब में से डायरी निकाली। गुरुवार रात में सोना लेकर दुबई से जहाज़ आने वाला था। शुक्रवार को डिलीवरी लेने इक़बाल को सुबह तड़के स्टीमलांच में जाना था। शाम को बॉस से मिलना था। क्रासिंग की रिपोर्ट देनी थी।

उसी दिन इक़बाल का प्रस्ताव पेश करने का मौक़ा उसे मिलने वाला था। कम-से-कम वह घुमा-फिराकर तो ज़िक्र कर ही सकता है।

डायरी के शुक्रवार वाले पन्ने पर उसने एक निशान बनाया। महत्त्वपूर्ण बातों को याद रखने के लिए उसने यह आदत डाली थी।

शुक्रवार की सुबह की नमाज़ के बाद इक़बाल अपने साथियों को लेकर भाऊचा धक्का से निकला तो उस समय आकाश में जगमगाते तारे फीके पड़ रहे थे, हवा तेज़ गति से चल रही थी। वह 'अल कबीर' लांच के ऊपरी हिस्से में खड़ा था। उसने क्रासिंग के काम में जो नया नुस्खा सोचा था, उसकी आज कसौटी थी। फिर भी वह निश्चिन्त था। उसका आत्मविश्वास अडिग था। उसकी गणना सही थी,

इसका उसे यक़ीन था।

'अल कबीर' ने आधा मार्ग तय किया और आकाश तथा समुद्र के बीच की रेखा स्पष्ट होने लगी। तारे बुझ गये, धीरे-धीरे उजाला उतर आया। लाइट हाउस पार करने पर लांच की रफ़्तार घट गयी।

इक़बाल तथा उसके साथी लांच की मुंडेर पकड़कर पानी पर कहीं तैरते थर्माकोल के सफ़ेद टुकड़े को खोजने के लिए आँखें फैलाने लगे। इसके लिए उन्हें अधिक ज़हमत नहीं उठानी पड़ी।

थोड़ी देर में टंडेल के हुकवाले बाँस में वह टुकड़ा डोर के साथ फंसकर लांच में आ गया। फ़ौरन थर्माकोल के साथ डोर का यह छोर लांच के निचले भाग में कसकर बाँध लिया गया। डोर का दूसरा सिरा समुद्र के गर्भ में और 240 फुट नीचे बोरे के साथ बँधा था।

'अल कबीर' लांच बम्बई के पूर्व में थी। घरघराहट के साथ शुरू होकर पश्चिम की ओर बढ़ी। ढाई करोड़ के सोने के बिस्कुटों से भरा बोरा भी तैरता पीछे चला।

इक़बाल मुस्कुरा रहा था। उसकी इस नयी पद्धति के कारण भय की मात्रा घटी थी और छोटी-बड़ी कई समस्याओं का समाधान भी हो गया था।

क्रासिंग के समय पूरी-पूरी रात का जागरण होता, जाकिटों के आदान-प्रदान में घंटों बरबाद होते थे। इसके अलावा तनावपूर्ण वातावरण में आधी रात को कमरतोड़ काम करना पड़ता था।

इन सारी मुश्किलों की तुलना में आज ऐसा लगता था, जैसे वे सुबह तड़के एलिफंटा के टापू पर पिकनिक मनाने के लिए निकले हों। इक़बाल के साथ उसके सातों साथियों के चेहरों पर ताज़गी थी।

क़रीब एक घंटे में तो लांच अर्धगोलाकार घूमकर वर्सोवा के किनारे पर आ पहुँची। यहाँ पहले से ही दो एम्बेसेडर कारें और गैंग से मिला हुआ एक कस्टम अधिकारी भोंसले अपनी जीप के साथ उसका इन्तज़ार करता खड़ा था।

इस भोंसले को गैंग की तरफ़ से हर महीने हज़ार रुपये का हफ़्ता मिलता था। उसका काम 'देखे को अनदेखा' करना था। पर आज की बात और थी। आज वह तस्करों की सुरक्षा के लिए हाज़िर हुआ था। अचानक रेड पड़े तो उसे बस इतना ज़ाहिर करना था कि वह खुद रेड मार चुका है।

इतना ही नहीं, विशेष सुरक्षा को लक्ष्य में रखकर तस्करी के माल से भरे दोनों वाहनों के आगे-आगे थोड़ी दूर तक उसकी जीप दौड़ने वाली थी, जिससे मार्ग में भी कुछ अनहोनी न हो।

'अल कबीर' किनारे पर लंगर डाले, इसके पहले डोर के साथ बोरा ऊपर खींच लिया गया। इसके और दस मिनट बाद इक़बाल और उसके साथी दोनों एम्बेसेडर

में बैठ गये। बोरा ठूँसकर डिक्की में घुसाया गया था। भोंसले ने फ़ौरन अपनी जीप स्टार्ट की। दोनों कारें उसके पीछे चलीं।

इतनी सुरक्षा गैंग के सदस्यों ने आज से पहले न कभी जानी थी, न सोची थी। इक़बाल की बुद्धि पर सब फ़िदा हो गये थे। सिर्फ़ दगडू ने ही नहीं, अब सभी ने उसे बतौर बॉस स्वीकार कर लिया था।

"बॉस!" उसके पीछे कार में बैठे माइकल ने मज़ाक़ किया, "लगता है तुम्हारे कॉलेज में मुझे भी भर्ती होना पड़ेगा!"

"क्यों?" इक़बाल की नज़र सामने के काँच में से दिखती भोंसले की जीप पर स्थिर थी।

"ये नये सबक सीखने के लिए," कहते हुए माइकल ने अफ़सोस ज़ाहिर किया, "अपुन की खोपड़ी में तो साला भूसा भरा है। ऐसा कुछ सूझता ही नहीं।"

वर्सोवा से अँधेरी तक आने पर भोंसले ने मुड़कर पीछे देखा। इक़बाल निश्चिन्त था। रास्ते में कहीं डी. आर. आई. (कस्टम्स) के अधिकारी मोर्चा सँभाले बैठे होते तो अब तक सामने आ गये होते।

उसने भोंसले को संकेत दिया। यहाँ उसकी ड्यूटी खत्म होती थी। दूसरे, उसका घर भी यहीं अँधेरी में था। घर पहुँचकर चाय-नाश्ता निपटाकर उसे अभी सरकारी ड्यूटी पर जाना था।

रेलवे फाटक के पास मुड़कर भोंसले की जीप अँधेरी पूर्व में चली गयी। दोनों एम्बेसेडर कारें 'विले पार्ले' की तरफ आगे बढ़ीं। इक़बाल ने मुख्य घोड़बन्दर रोड न लेकर जुहू पार्ले रोड चुना।

इसके दो कारण थे। पहला, अभी यहाँ आबादी अधिक नहीं थी। थोड़े-बहुत बंगले तथा मकान नज़र आते थे, पर वे छिटपुट थे। बाक़ी ज़मीन को पाटने का काम चल रहा था।

दूसरा यह कि मुख्य मार्ग से जाने पर ट्रैफिक पुलिस या कोई दूसरे सरकारी अफ़सर की बाज़-नज़र में आ जाने की सम्भावना थी, ट्रैफिक में फँस जाने का भय था।

उसका अन्दाज़ बिल्कुल सही था, पर उसका नसीब टेढ़ा था। थोड़ी दूर जाकर इक़बाल की एम्बेसेडर झटके के साथ रुककर एक तरफ़ झुक गयी। उसके पीछे आती दूसरी कार को भी रुकना पड़ा। उसमें से दगडू निकलकर इक़बाल के पास दौड़ आया।

दोनों ने देखा तो कार का ड्राइवर, जिसे छिछले पानी का चहबच्चा समझा था, वह एक फुट से ज़्यादा गहरा गड्ढा था। कार का आगे का एक टायर आधा अन्दर धँस गया था।

फ़ौरन बाक़ी के साथी भी बाहर निकले और बड़ी मुश्किल से कार को उठाकर गड्ढे से बाहर निकाला। उसी समय पुलिस की एक जीप दूर से आती नज़र आई। सबकी साँस रुक गयी।

इक़बाल ने तत्काल निर्णय लेते हुए दगडू तथा उसके साथ दूसरी कार में से बाहर आये साथियों को अपनी कार में बैठ जाने को कहा। ढाई करोड़ का बोरा उसी में था।

जीप तेज़ी से दौड़ती हुई आयी और पहली कार के ठीक सामने रुकी।

"बेटे!" इंस्पेक्टर भेसाड़िया ने बाहर आकर इक़बाल के सामने आते हुए मुस्कुराकर कहा, "काफ़ी दिनों के बाद मुलाकात हो रही है, है न?"

वह हैरत से भेसाड़िया की ओर देखता रहा। वह समझ नहीं पाया कि सुबह के इस समय भेसाड़िया वहाँ अकस्मात् टपक पड़ा होगा या किसी ने उसे ख़बर दी होगी?

दूसरे ही पल इक़बाल को बाली याद आया। बाली भेसाड़िया का ख़ास खबरी था। जूहू-पार्ले उसका इलाक़ा था।

इक़बाल की कल्पना लगभग सही थी। बस वह यही नहीं जानता था कि बाली का फ्लैट वर्सोवा के समुद्र-तट पर था। शरीर को चुस्त रखने के लिए वह रोज़ सुबह जॉगिंग के लिए जाता था।

रोज़ की तरह आज भी वह सूर्योदय के समय जागा। ब्रश करते हुए वह अपने तीसरी मंज़िल के फ्लैट की बालकनी में खड़ा था कि उसकी नज़र में दो एम्बेसेडर कारें पड़ीं। (उस समय भोंसले की जीप आयी नहीं थी।)

वह समझ गया। जैसे समय के साथ गाँधी टोपी भ्रष्टाचार की प्रतीक बनी थी, उसी तरह एम्बेसेडर कार साठ के दशक में तस्करी का प्रतीक थी।

उसी समय उसने भेसाड़िया के घर फोन लगाकर उसे मीठी नींद से जगाया, "साब! छप्पर फटने के आसार नज़र आ रहे हैं।"

भेसाड़िया की कमर सीधी हो गयी, ''क्या?''

"मेरे मकान से थोड़ी दूर मछुआरों के झोंपड़ों के पास दो गाड़ियाँ खड़ी हैं। तस्करी का माल यहाँ उतरना चाहिए।"

तुरन्त तैयार होकर भेसाड़िया जीप में बैठा और रवाना हो गया। भोर का समय होने के कारण रास्ते लगभग सूने थे। फुटपाथ की गैस-लाइटें अभी बुझी नहीं थीं।

जो दूरी दिन में पार करने में घंटे-भर से अधिक समय लगता है, उसे उसने पैंतीस मिनट में तय की और माहिम पार कर उपनगरों को जोड़ते मुख्य मार्ग घोड़बन्दर रोड पर आया।

भेसाड़िया उसी मार्ग से वर्सोवा गया होता तो शायद दोनों पक्षों की मुलाक़ात न होती। समय बचाने के लिए मुख्य मार्ग छोड़कर उसने जीप को लिंकिंग रोड पर लिया और वहाँ से वह लीडो सिनेमा पार कर जुहू इलाके में दाख़िल हुआ था।

जुहू-पार्ले स्कीम तक आने पर उसकी नज़र दूर रास्ते के बीच खड़ी दोनों कारों पर पड़ी। पर उस समय वह नहीं जानता था कि उसकी मुलाक़ात किसी दूसरे से नहीं, अपने शिष्य से होगी।

स्वस्थ होने पर इक़बाल ने कहा, "मुलाक़ात लम्बे अर्से बाद हो रही है, यह बात सही है साब।"

"आख़िरी बार हम कब मिले थे?" प्रश्न के साथ इक़बाल तथा उसके चार साथियों के बीच से आगे बढ़ते हुए उसने पहली कार में झाँका, "कुछ याद आ रहा है?"

इक़बाल उसके पीछे चला। उसका सारा ध्यान भेसाड़िया की हरकतों पर टिका था।

"ख़ैर, मैं ही याद दिलाऊँगा।" इक़बाल की ओर से कोई जवाब न मिलने पर उसने आगे कहा, "आख़िरी बार हम दोनों 'सागरदर्शन' के पास वॉर्डन रोड पर मिले थे।"

पहली एम्बेसेडर के पीछे जाकर उसने डिक्की खोली। वह ख़ाली थी। तुरन्त बन्द करके वह पलट कर देखे बिना बोलता हुआ दूसरी कार की ओर बढ़ा, "पर बेटे, इतना याद रखना, आज की हमारी मुलाक़ात तुझे सालों याद रहेगी।"

चुपचाप डग भरते हुए इक़बाल फिर उसके पीछे-पीछे चला। भेसाड़िया के दूसरी कार के पास रुक जाने पर वह भी थम गया। अब उसने अन्दर बैठे साथियों की ओर देखकर इक़बाल से पूछा, "ये सब तेरे आदमी हैं?"

"जी साब।"

"हूँ... काफ़ी तरक्की की है। ज़रा इन सज्जनों से बोल कि बाहर आयें।"

इक़बाल ने इशारा किया। बाक़ी साथियों के साथ ड्राइवर भी बाहर आ गया। भेसाड़िया ने एक नज़र अन्दर डाली और डिक्की के पास आया।

"एक सवाल पूछना है बेटे?"

"पूछिए?"

"सही जवाब देगा?"

"झूठ बोलने की मेरी आदत नहीं।"

भेसाड़िया ठठाकर हँस पड़ा। फिर कहा, "इससे बड़ा झूठ मैंने आज तक नहीं सुना। फिर भी मैं सवाल करूँगा। बोल! क्रासिंग कहाँ की?"

"आप नहीं मानेंगे।"

"क्या?"

"मैं क्रासिंग नहीं करता।"

"तो क्या यह माल आसमान से टपका?" कहते हुए भेसाड़िया ने झटके के साथ डिक्की खोल डाली। अन्दर पड़े बोरे में सोने के बिस्कुटों से भरी जाकिटें थीं।

"मैंने पहले ही कहा कि मेरी बात पर आपको यक़ीन नहीं होगा।" उसने धीरे से डिक्की बन्द कर दी।

भेसाड़िया का चौंकना वाजिब था। उसने डिक्की फिर खोल डाली। "कितने का माल है?"

"ढाई करोड़ का।"

"अपने आदमियों से बोल कि यह गट्ठर उठाकर मेरी जीप में रखें।"

"अन्दर से दो जाकिटें निकाल देता हूँ।"

इक़बाल आगे बढ़ने लगा। भेसाड़िया ने अपना हाथ बढ़ाकर उसे रोका, "मैंने कहा, वह समझ में नहीं आया?"

"पर साब..."

"यह गट्ठर उठाकर मेरी जीप में रखना है।"

"ढाई करोड़ का माल है," थोड़ा रुककर उसने कहा, "आप पचा नहीं सकेंगे साब।"

"तेरी बात ग़लत नहीं। मेरा पेट चिड़िया-सा छोटा है, पर हमारी सरकार का पेट हाथी से भी बड़ा है, यह तू जानता होगा।"

"माल ज़ब्त करके आपको क्या मिलेगा।"

"यहाँ मैं ड्यूटी पर हूँ।"

"इसलिए तो दो जाकिटों का चढ़ावा दे रहा हूँ। दो जाकिटों का मतलब सोने के दो सौ बिस्कुट होता है, यह तो आप भी जानते होंगे।"

"तू मुझे समझता क्या है?" सवाल के साथ उसने इक़बाल को अचानक एक थप्पड़ रसीद कर दिया, "इस देश में सब तेरे जैसे भ्रष्ट हैं?"

इक़बाल सन्न रह गया। तमाचा उसे ज़ोरदार लगा था। चेहरा लाल हो गया। कान में झींगुर बोलने लगे। आँखों में लहू उतर आया। पीछे खड़े उसके साथी सन्न होकर देख रहे थे।

"गट्ठर जीप में रखवा दे!" भेसाड़िया ने इस बार सख़्ती से कहा।

"साब!" इक़बाल गाल सहला रहा था, "ताक़त का इस्तेमाल करना मुझे भी आता है।"

बिजली की त्वरा से एक ज़ोरदार मुक्का कनपटी से टकराया। चक्कर खाकर वह कार के बोनट पर गिरा। उसके जबड़े हिल गये। ऐसा ज़ोरदार घूँसा उसने आज

से पहले नहीं खाया था।

"साले हरामी!" उसके पीछे से उठते शब्द कोड़े की तरह लहरा रहे थे, "मुझे धमकी देता है! जानता है मैं कौन हूँ? तेरी खाल उधेड़कर जूते बनवाऊँगा।"

धीरे-धीरे पैरों पर खड़ा होकर वह भेसाड़िया की तरफ घूमा। उसका सिर फटने लगा। आँखों में अँधेरे छा रहे थे। गुरु का यह रूप उसने पहले कभी नहीं देखा था। ऐसा क्यों? जिस भेसाड़िया से वह परिचित था, वह कहाँ ग़ायब हो गया?

उसने आँखें मलकर देखा तो उसकी नज़र रिवाल्वर पर ठहरी। भेसाड़िया उसकी ओर नली करके खड़ा था। अब उसने अपने साथियों पर नज़र दौड़ाई। सबकी आँखें उस पर टिकी थीं।

"साब!" सुलह के लिए उसने अन्तिम प्रयास किया और उसके फटे हुए होंठ पर से गिरते लहू की एक बूँद सफ़ेद कमीज़ पर पड़ी, "मैं हिंसा में यक़ीन नहीं करता। दो जाकिटें कम लगती हों तो एक ओर ले लो।"

"अब एक भी शब्द बोला तो भून डालूँगा।" चेतावनी देते हुए भेसाड़िया ने आख़िरी बार कहा, "गट्टर निकाल!"

मुँह पोंछते हुए इक़बाल ने दगडू की ओर देखा। वह भेसाड़िया के थोड़ा पीछे और दाहिने खड़ा था। दूसरे ही क्षण वह चीते की तरह लपका। भेसाड़िया कुछ समझे, इसके पहले उसकी गर्दन दगडू के हाथ में थी और दगडू का चाकू उसकी गर्दन पर। इक़बाल का एक और संकेत मिलने पर चाकू गर्दन पर चलने वाला था।

आँख झपकते परिस्थिति बदल गयी। भेसाड़िया स्तब्ध खड़ा था। इक़बाल ने दो क़दम आगे बढ़कर पहले उसके हाथ से रिवॉल्वर छीन ली। फिर साथियों की ओर घूमा।

"डिक्की बन्द करो।"

माइकल ने दौड़कर उसके आदेश का पालन किया।

"नहीं छोड़ूँगा!" एकाएक होश में आया हो, ऐसे भेसाड़िया चिल्ला उठा, "किसी को भी नहीं छाड़ूँगा। पूरे खानदान को मैं जड़ से उखाड़ दूँगा।"

इक़बाल ने जैसे उसके शब्द सुने न हों, इस तरह दूसरा आदेश दिया। माइकल के साथ आधे साथी दूसरी कार में बैठ गये। ड्राइवर ने कार स्टार्ट की और पहली एम्बेसेडर के पीछे से थोड़ा रिवर्स में लेकर दौड़ा दी।

भेसाड़िया फटी आँखों से देखता रहा।

"दगडू...!" रिवॉल्वर की नली भेसाड़िया की छाती की तरफ़ घुमाते हुए इक़बाल ने कहा, "तुम लोग भी निकल जाओ।"

"और बॉस तू?"

"मेरी फ़िक्र तुझे नहीं, भेसाड़िया साब को करनी है," कहते हुए उसने मुस्कुराकर

जोड़ा, "उनका आज का फेरा ख़ाली नहीं जाना चाहिए। मैं उनके साथ पुलिस-स्टेशन जाऊँगा।"

दगड़ू की समझ में कुछ नहीं आया। पलभर के लिए वह बेवकूफ की तरह देखता रहा। बॉस के आदेश का पालन करना उसका फ़र्ज़ था। भेसाड़िया के गले में फँसाई गयी छुरी के साथ उसने धीरे से हाथ खींच लिया।

थोड़ी देर में दूसरी एम्बेसेडर भी धूल उड़ाती दौड़ने लगी। अब सुनसान रास्ते पर सिर्फ़ दो लोग आमने-सामने खड़े थे। दो में से एक था गुरु और दूसरा था चेला, पर उन दोनों में कौन गुरु था और कौन चेला, यह कहना अब ज़रा कठिन था।

दोनों कारों के आँखों से ओझल हो जाने के बाद इक़बाल ने रिवॉल्वर के घोड़े से उंगली हटाकर आगे बढ़ा दी, "साब, आपकी बन्दूक!"

उसके हाथ में से लगभग छीनते हुए भेसाड़िया ने रिवॉल्वर बेल्ट में डाली। वह कुछ कहे, इसके पहले इक़बाल ने कह दिया, "आप मुझे क़ानूनन गिरफ़्तार कर थाने ले जा सकते हैं।"

"तूने क्या यह समझा है कि मैं तुझे छोड़ दूँगा?" कहते हुए भेसाड़िया ने उसके बालों पर पकड़ जमायी और बालों के साथ घसीटते हुए जीप तक ले आया।

"कुत्ते! कमीने! मेरे सीने पर तूने मेरी ही बन्दूक तानी है।" एक लात जमाकर पहले इक़बाल को ऊपर चढ़ाया, "अब देखना, लॉक-अप में तेरी कैसे मरम्मत होती है।" फिर खुद भी ड्राइवर की सीट पर बैठ गया।

जीप स्टार्ट हुई, करीब के पुलिस-स्टेशन की दिशा में आगे बढ़ी। इक़बाल मौन बैठा रहा। वह जानता था कि भेसाड़िया इस समय क्रोध से आगबबूला हो रहा है। और जब आदमी का पारा ऊपर चढ़ता है तो वह दिमाग़ का सन्तुलन खो बैठता है, स्वस्थतापूर्वक वह सोच भी नहीं सकता।

पारा उतरने पर वास्तविकता भेसाड़िया के सामने आने वाली थी। अलबत्ता, वास्तविकता का बोध होने पर इक़बाल को वह एक-दो थप्पड़ और रसीद कर अपनी भावनाओं को सन्तोष दे, यह मुमकिन था और इसके लिए इक़बाल तैयार था। उसकी खाल मोटी थी।

पुलिस-चौकी कम्पाउंड में जीप रोककर भेसाड़िया फिर उसके बालों पर पकड़ जमाने लगा, "साहब!" इक़बाल ने उसके हाथ रोकते हुए कहा, "जब तक मेरा गुनाह साबित न हो, मेरे साथ सज्जनता से व्यवहार करना आपका फ़र्ज़ है।"

"पहले तू नीचे उतर!"

"साब, मैं अपनी मर्जी से आया हूँ।" जीप में से उतरते हुए उसने याद दिलाया।

भेसाड़िया उसकी कलाई पकड़कर ड्यूटी ऑफिसर डिप्टी रत्नाकर के सामने

हाज़िर हुआ। रत्नाकर हैरत से देखता रहा। भेसाड़िया से वह परिचित नहीं था, क्योंकि भेसाड़िया इस इलाक़े का नहीं था। फिर भी उसका चेहरा जाना-पहचाना लगता था।

भेसाड़िया ने सबसे पहले अपना संक्षिप्त परिचय दिया और डिप्टी रत्नाकर को याद आ गया, यह चेहरा उसने तस्करी के किसी केस के सन्दर्भ में अख़बार में देखा था। क्राइम ब्रांच के इस अधिकारी की उसमें भूरि-भूरि प्रशंसा की गयी थी।

"सर!" रत्नाकर ने उसे बैठने का इशारा करते हुए कहा, "मैं आपकी क्या सेवा कर सकता हूँ?"

वह नहीं बैठा। "कम्प्लेंट लिखो और इस लफ़ंगे को लॉक-अप में बन्द करो।"

"बोलिये सर।" उसने बॉलपेन उठायी।

"नाम इक़बाल रूपाणी। गुनाह पहला, ढाई करोड़ का सोना उसने तस्करी द्वारा बम्बई में घुसाया।"

इक़बाल ने कुर्सी पर बैठते हुए बीच में कहा, "सबूत?"

"शटअप!" चिल्लाकर वह आगे बढ़ा, "गुनाह दूसरा, मेरे गले पर चाकू रखकर मुझे अपना फ़र्ज़ निभाने से रोका।"

"किसने साब? मैंने या किसी दूसरे ने?"

डिप्टी रत्नाकर शिकायत दर्ज करना भूलकर दोनों की ओर देखने लगा।

"गुनाह तीसरा, मेरी रिवॉल्वर छीनकर मेरे ही सीने पर तानी।"

इक़बाल ख़ामोश रहा।

"गुनाह चौथा, मुझे रिश्वत देने की कोशिश की।" एकाएक ख़याल आने पर उसने पूछ लिया, "लिखा?"

"मैं सुन रहा हूँ सर।"

अब इक़बाल ने डिप्टी की ओर देखकर बोलना शुरू किया, "साब, ये सारे आरोप झूठे हैं। मैं बिल्कुल निर्दोष हूँ। भेसाड़िया साहब से पूछिये कि मैंने ढाई करोड़ का सोना बम्बई में घुसाया तो वह कहाँ है? मैंने उनके गले पर चाकू रखा तो वह चाकू कहाँ है? इनकी रिवॉल्वर मेरे हाथ में होती तो क्या मैं इसके हाथों फँसता? अगर आपको मेरी बात पर भरोसा न हो तो आप मुझे लॉक-अप में बन्द कर सकते हैं, पर इसके पहले एक नागरिक होने के नाते मुझे अपने अधिकारों का इस्तेमाल करने का हक़ है।"

अन्त में उसने ज़ोर देकर कहा, "मैं अपने वकील से बात करना चाहूँगा।"

रत्नाकर ने भेसाड़िया की ओर देखा, "आपको कुछ कहना है सर?"

वह चुपचाप देखता रहा, उसकी आँखों में वीरानी थी। उसके सामने दीवार थी, कठोर वास्तविकता थी।

"मिस्टर भेसाड़िया!" अन्त में रत्नाकर ने कहा, "आप मुझसे अधिक अनुभवी हैं। पुलिस केस में सिर्फ़ पुलिस के शब्दों की कोई क़ीमत नहीं होती, यह आप जानते होंगे। सॉरी, एक भी सबूत के बिना न मैं आपकी शिकायत दर्ज कर सकता हूँ, न इस लड़के को लॉक-अप में बन्द कर सकता हूँ।"

भेसाड़िया को अपनी मूर्खता का ख़याल आया। इक़बाल को समझने में उसने ज़बरदस्त धोखा खाया था। जैसे बाप की नज़रों में बेटा नादान होता है, उसी तरह भेसाड़िया की दृष्टि में इक़बाल बच्चा ही था।

इक़बाल का प्रथम परिचय उसके साथ तब हुआ था, जब इक़बाल स्कूल में पढ़ता था, आधी बाँह की सफ़ेद कमीज़ खाकी चड्ढी में खोंसकर वह भेसाड़िया के कार्यालय गया था।

इक़बाल की वह इमेज आज धुल गयी। गुरु-शिष्य के बीच एक नयी सीमा-रेखा खिंच गयी। शिष्य ने गुरु को पदभ्रष्ट कर मानो उसका स्थान ले लिया था।

इस कड़वे सत्य का ज्ञान होने पर भेसाड़िया ने कड़वा घूँट हलक से उतार लिया। उसकी तनी हुई कमर झुक गयी, कन्धे लटक गये। फिर एक बार उसने डिप्टी रत्नाकर की ओर देखा। एक नज़र इक़बाल पर डाली और धीरे-धीरे पुलिस चौकी से बाहर निकल गया।

इक़बाल कुर्सी से खड़ा होने को हुआ कि रत्नाकर ने उसे बैठने का इशारा करते हुए कहा, "तुम्हारे लिए एक सन्देश है।"

"सन्देश! मेरे लिए!" उसे ताज्जुब हुआ, "यह मुमकिन नहीं, मैं यहाँ हूँ, यह कोई नहीं जानता।"

"तुम्हारे आदमी भी नहीं?"

"कौन आदमी?" उसने अज्ञानता का ढोंग किया, "साब, मैं तो एक मामूली स्टूडेंट हूँ।"

थोड़ा हँसते हुए रत्नाकर ने आगे कहा, "उन लोगों ने यह सोच लिया होगा कि भेसाड़िया ने तुम्हें मेरे सेक्शन में गिरफ़्तार किया है, इसलिए तुम्हें लेकर वह यहीं आयेगा।"

पोल खुल गयी थी। रत्नाकर उसके विषय में ज़रूरत से ज़्यादा ही जानता था, "सन्देश किसका है?" धीरे से उसने पूछा।

"डी. के. ने तुम्हें फ़ोन करने के लिए कहा है।"

इक़बाल एकटक उसकी ओर देखता रहा।

22

डी.के. के साथ इक़बाल की पहली मुलाक़ात उसके फ्लैट पर हुई। सिंघ उसके साथ था। ड्राइंग-रूम के सोफ़ों पर तीनों त्रिभुज के तीन कोण की तरह अलग-अलग बैठे थे। इक़बाल डी. के. के बिल्कुल सामने था। बीच में शीशे का सेंटर-टेबल था।

बार-बार हो रही ठठाकर हँसने की इच्छा को इक़बाल ने बलात् दबा रखा था। इस समय उसकी ट्रेजेडी काफ़ी हद तक मेरी ट्रेजेडी जैसी थी। अपने इंटरव्यू के दौरान एक दिन इक़बाल ने मुझसे पूछा था, "तस्कर माने क्या?" और मेरी आँखों में हिन्दी फ़िल्मों के ख़तरनाक खलनायकों के डरावने चेहरे एक के बाद एक उभर आये थे।

डी. के. के बारे में इक़बाल ने भी कुछ ऐसा ही भ्रम पाल रखा था। जो आदमी करोड़ों की हेराफेरी करता हो, सी. एम. से लेकर नगरपालिका के सदस्यों तक जिसका प्रभाव हो, हाईकोर्ट के जजों से लेकर आई.जी.पी. तक जिसे आदर से देखते हों, कस्टम्स कलेक्टर से लेकर उसके मातहत अधिकारी भी शुभ प्रसंगों पर जिसके दरबार में उपस्थित होने में गर्व अनुभव करते हों, जो अपने आदेश पर सरकारी तन्त्र को कठपुतली की तरह नचाता हो, उसका व्यक्तित्व कैसा होगा?

हिटलर जैसा?

रासपुटीन जैसा?

कुबलाई ख़ान जैसा?

उत्तर में इक़बाल के सामने बिल्कुल साधारण-सा लगता एक गुजराती कुर्ते-पाजामे में बैठा था। चेहरा गोल, नाक चौड़ी, गर्दन छोटी, शरीर भरा हुआ, ऊँचाई पाँच फुट छः इंच के आसपास। इसी कारण उसका शरीर स्थूल नहीं लगता था।

दूसरे, इस चेहरे से इक़बाल परिचित था। अलबत्ता उसमें कोई ख़ास विशेषता नहीं थी। पाजामा-कुर्ता पहनकर वह भीड़ में चला जा रहा हो तो कोई दूसरी बार उसकी ओर देखने की दरकार भी न करे।

शायद इक़बाल का ध्यान भी उसके प्रति आकर्षित न होता, अगर उसने डी. के. को कई बार चर्चगेट के गेलॉर्ड रेस्तरां में तन्हा बैठ सिगरेट फूँकता देखा न होता!

पिछली बार वह सिंघ से मिलने गया था, तब वह भी किसी का इन्तजार करता अकेला बैठा था। इसी मुलाक़ात के बीच डी. के. एक बार उठकर सिंघ के पास माचिस माँगने आया था।

इक़बाल को तब भी शंका नहीं हुई थी। कहीं भी किसी स्थान पर कोई अजनबी क़रीब के व्यक्ति से अपनी सिगरेट या बीड़ी सुलगाने के लिए माचिस माँगे, इससे

कोई सम्बन्ध नहीं स्थापित हो जाता।

सिंघ ने अपना लाइटर क्लिक किया था, उसको धन्यवाद देते हुए डी. के. वापस जाकर अपनी कुर्सी पर बैठ गया था, जैसे सिंघ के साथ उसका कोई रिश्ता नहीं था।

इस समय इक़बाल के आगे इसका कारण भी स्पष्ट हुआ था। सार्वजनिक स्थलों पर ज़रूरत से अधिक बात न करना, यह अंडरवर्ल्ड का पहला नियम है। सिर्फ़ शिष्टाचार की ख़ातिर परिचय नहीं कराना चाहिए, यह दूसरा नियम है। गेलॉर्ड में डी.के. के क़रीब होने के बावजूद सिंघ ने इक़बाल का परिचय नहीं दिया था।

सूफ़ी आज भी इस नियम का पालन करता है। मैं उसके साथ बैठा होऊँ और उसके अतीत के साथी आर्थिक या दूसरी परेशानी से उलझकर हाथ पसारने आयें तो सूफ़ी न मेरा परिचय उनसे कराता है और न अपने उन साथियों का परिचय मुझे देता है।

हाल में ही हॉलैंड की जेल तोड़कर फरार हुए एक भारतीय कैदी ने बम्बई में सूफ़ी से सम्पर्क किया था। छः फुट ऊँचा, चौड़े कन्धे तथा गोरे रंग का वह पुरुष था। पोशाक में उसने टेरिलीन का बुशर्ट तथा पैंट पहना था। देखने में मुझे वह आज का युवा व्यापारी लगा।

उस समय मैं और सूफ़ी उसकी खुली छत पर डी. के. के साथ की उसकी पहली मुलाक़ात के इसी अध्याय के विषय में चर्चा करते हुए बैठे थे। सूफ़ी को मेरा परिचय उसे देने की ज़रूरत नहीं लगी थी, पर उस भगोड़े कैदी के चले जाने के बाद उसने संक्षेप में इतना बताया था, "ड्रग्स में पकड़ा गया था। हमारी पुलिस क़ानूनन उसे गिरफ़्तार नहीं कर सकती। चाहे तो पैसा उगलवाने के लिए परेशान कर सकती हैं। यही डर उसे सता रहा है।"

आज पहली बार परिचय होने के बावजूद डी. के. इक़बाल के बारे में सब कुछ जानता था। सिंघ द्वारा उसे समय-समय पर राई-रत्ती ख़बर मिलती रही थी। उसे मालूम था कि भेसाड़िया की सिफ़ारिश पर इक़बाल गैंग में शामिल हुआ था।

सबसे पहले अपने साहस का परिचय उसने 'सागर दर्शन' मकान के फ्लैट में से दो जाकिटों के साथ छिटक कर दिया था। इन दो जाकिटों में से एक भेसाड़िया को मजबूरन भेंट देनी पड़ी थी, पर आख़िरी साहस में उसने गुरु को दिन में तारे दिखाये थे।

इन दोनों साहसों के बीच तस्करी के वर्षों पुराने तरीक़ों को बदलने के बारे में इक़बाल की तरफ़ से मिलने वाले सुझावों से भी वह वाक़िफ़ था।

आज पहली बार दोनों आमने-सामने बैठे थे। चौथी मंज़िल पर स्थित इस विशाल फ्लैट में परिचय की औपचारिक रस्म पूरी हो चुकी थी। दूर-दूर लहराते समुद्र के

उस पार सूरज ढलने की तैयारी कर रहा था। आकाश रंग बदल रहा था। नारंगी तथा हल्के जामुनी रंग की रंगोली उभर रही थी।

डी. के. की पत्नी एक ट्रे में तीन प्याले कॉफ़ी लायी और बीच के पारदर्शक सेंटर-टेबल पर रखकर वापस चली गयी। इक़बाल को अधिक चाय-कॉफ़ी पीने की आदत नहीं थी, फिर भी डी. के. ने जब खुद एक प्याला उठाकर उसके आगे रखा तो उसने नज़रों से धन्यवाद दर्शाकर स्वीकार कर लिया। दूसरा प्याला सिंघ ने लिया।

कॉफ़ी का पहला घूँट लेने के बाद डी. के. सिंघ की ओर मुड़ा, "हमारे कोलाबा वाले फ्लैट की चाबी लाये हो?"

उसने कॉफ़ी का प्याला रखकर फ़ौरन जेब से चाबी निकाली और इक़बाल की ओर बढ़ा दी। इक़बाल कुछ नहीं समझा तो उसने स्वीकार करने से पहले बॉस की तरफ़ देखा।

"वह फ्लैट आज से तुम्हारा है।"

सिंघ ने चाबी सेंटर-टेबल पर रखकर उसकी ओर सरका दी। वह हैरत से देखता रहा। कभी नीचे पड़ी चाबी को तो कभी सामने बैठे डी. के. को।

"तुम डोंगरी पर रहते हो, सही?"

"जी।"

"एक कोठरी में?"

"जी।"

"कोलाबा वाला फ्लैट दो बेड-रूम का है।" कहते हुए डी. के. ने जोड़ा, "घर-गृहस्थी के सभी ज़रूरी सामान से सजा-सँवरा है। चाहो तो तुम ख़ाली हाथ भी जा सकते हो।"

इक़बाल को 'सागर-दर्शन' का शानदार फ्लैट याद आ गया। बम्बई शहर में ऐसे एक दर्जन के क़रीब फ्लैट डी. के. ने खरीद रखे थे। अलग-अलग नाम से थे। इनका उपयोग मुलाक़ात रखने तथा तस्करी का माल भरने के लिए बतौर गोदाम के किया जाता था।

इक़बाल का मन हुआ कि चाबी वापस सरका दे। जिस फ्लैट का उपयोग धन्धे के लिए होता हो, उसमें वह माँ और भाइयों के साथ नहीं रह सकता। पर चाबी वापस सौंपने का मतलब डी.के. का अपमान होता और पहली मुलाक़ात में वह बॉस को नाराज़ करने की बेवकूफी नहीं कर सकता था। कोई बहाना खोजकर दो-चार दिनों के बाद भी वह चाबी वापस लौटा सकता था।

कॉफ़ी का ख़ाली कप सेंटर-टेबल पर रखकर उसने चाबी उठा ली। अब उसे दूसरा ख़याल आया। वह क़ीमती फ्लैट उसे किस खुशी में दिया गया था? उसने तो अभी इस गैंग में इब्तिदा की है। कैरियर में वह क्रासिंग तक पहुँचा है।

अभी तो सोने के धन्धे में छलाँग लगाना बाक़ी था। तस्करी में आने वाला सोना भारत में कौन भेजता है? किस दाम से भेजता है? इसका व्यापारी कौन है? विदेशी मुद्रा का लेन-देन किस तरह होता है? दूसरे, भारत में इस सोने को ख़रीदने वाले उद्योगपति कौन हैं? कितने हैं? कहाँ हैं?

भेसाड़िया द्वारा मिले एक-दो जाकिटों को बेचकर इक़बाल ने सोने की तस्करी की शुरुआत की थी। पर यहाँ तो हर महीने करोड़ों का सोना आता था। यह करोड़ों का सोना कहाँ जाता है?

इन सभी 'कांटेक्ट' से भी वह वाक़िफ़ नहीं था। संक्षेप में तस्करी के महासागर में इक़बाल छोटी मछली के बराबर था। और इस छोटी मछली को कोई नीले जलवाला तालाब भेंट दे तो उसके मन में ये सवाल उठना भी स्वाभाविक था।

थोड़ा अधिक सोचने पर उसे लगा डी. के. उसे एक फ्लैट देकर कोई उपकार नहीं कर रहा है। आज दिन तक गैंग को उससे लाखों रुपयों का फ़ायदा हुआ था। मसलन 'सागर-दर्शन' मकान के फ्लैट में बची दो जाकिटें खिड़की से फेंक देने का उसे आदेश था, फिर भी उसने एक जाकिट बचा कर सिंघ को सौंपी थी।

एक जाकिट यानी सोने के सौ बिस्कुट और सौ बिस्कुटों की क़ीमत एक लाख अस्सी हज़ार रुपये होती है। अन्त में भेसाड़िया को चक्कर में डाल ढाई करोड़ का सोना सफलतापूर्वक उसने गोदाम में पहुँचाया था।

कोलाबा वाला जो फ्लैट उसे सारी सहूलियत के साथ भेंट दिया गया था, उसकी क़ीमत ज़्यादा से ज़्यादा दस लाख हो सकती थी। करोड़ों के खेल में दस लाख की रक़म कोई मायने नहीं रखती। डी. के. ने सोच-समझकर ही उसकी क़द्र की थी।

बॉस की मौजूदगी में उसने एक बात नोट की : आज दिन तक वह इसी भ्रम में था कि तस्करी के धन्धे में मुसलमानों का वर्चस्व है। उसकी यह धारणा सरासर ग़लत साबित हुई थी।

"सूफ़ी!" मैंने मौक़ा हथिया लिया, इस बारे में कुछ सवाल मुझे भी उससे करने थे, "तस्कर का मतलब मुसलमान। यह वहम आज भी पाठकों के एक ख़ास वर्ग के मन में घुस गया है। इसकी वजह क्या है?"

"मीडिया," उसने सरलता से बताया, "प्रचार! अख़बारों ने सारी रोशनी छोटे दर्जे के तस्करों पर डाली, उनके आक़ाओं पर नहीं।"

"वजह?"

"वजह कई हैं। उनमें से एक यह भी हो सकती है कि गद्दी पर बैठे हाकिम नहीं चाहते कि वे रोशनी में आयें।"

"पर पत्रकार तो उन्हें बेनक़ाब कर सकते हैं!"

"कैसे?" उसने प्रतिप्रश्न किया, "हाकिम पर्दे के पीछे बैठे हैं, सोसायटी में

उनकी इज़्ज़त है। और जब कोई इज़्ज़तदार शख़्स पत्रकार को अकेले में ख़बर दे कि मस्तान तस्कर है तो वह खुशी-खुशी यह ख़बर छापेगा।"

"क्या मस्तान तस्कर नहीं था?"

"था, पर दोयम दर्जे का। उसके बॉस थे मारवाड़ी उद्योगपति।" कहते हुए सूफ़ी ने थोड़ा प्रकाश डाला, "चोरारिया परिवार का नाम सबसे पहले 1962 में अख़बारों में चमका था।"

"मेरे ख़याल से तीन चोरारिया भाइयों को सोने की तस्करी के लिए सज़ा हुई थी, ऐसा मुझे याद है।"

इस मारवाड़ी परिवार में सात भाई थे—पूनमचन्द, लक्ष्मीपत, भूरामल, बालचन्द, ज्ञानचन्द, कुन्दनलाल और गिरधारी। सोने की तस्करी के लिए उन्होंने अलग-अलग देशों में तीन दफ़्तर खोल रखे थे। एक था लागोस में, दूसरा लन्दन में और तीसरा हांगकांग में।

सोने की तस्करी के अलावा विदेशी मुद्रा की हेराफेरी में भी वे लगे हुए थे। इसके लिए वे लागोस में खोली हुई ट्रेवल एजेंसी के ऑफिस का इस्तेमाल करते थे और एयरलाइंस के फ़र्जी टिकटों के ज़रिए उन्होंने नाइज़ीरिया से विदेशी मुद्रा का भरपूर गोलमाल किया था।

अगर इन हाकिमों ने अपने देश के मन्दिरों की ऐतिहासिक मूर्तियाँ चुराकर सरकारी तन्त्र की धर्मभावना को ठेस न पहुँचायी होती तो शायद वे हमारे सामने आये भी न होते।

दूसरे, पर्दे के पीछे रहकर काम करने वालों को लोगों की नज़रों में आने की बेवकूफी नहीं करनी चाहिए। चोरारिया भाइयों ने दूसरी बेवकूफी यही की थी।

"हाजी मस्तान इन भाइयों में से एक गिरधारीलाल के मातहत काम करता था, " सूफ़ी ने बताया, "दुबई से सोना आता, मस्तान की गैंग क्रासिंग करती और माल गिरधारी के पास पहुँचता।"

आज भी किसी पाठक से पूछा जाये कि वह कितने तस्करों के नाम जानता है, तो उसके होंठों पर दो-चार मुसलमानों के नाम आये बिना नहीं रहेंगे।

(सन्देश साप्ताहिक, गुजराती में प्रकाशित डिप्टी कस्टम्स कलेक्टर श्री दयाशंकर के गीता माणेक द्वारा लिये गये इंटरव्यू में सूफ़ी के विचारों की अनुगूंज थी—"तस्कर माने मुसलमान—यह धारणा एकदम ग़लत है।")

हक़ीक़त यह है कि दो नम्बर के इस काले धन्धे में भारत की बहुरंगी जनता का हर एक रंग मिला हुआ है। मिसाल के तौर पर डोंगरी इलाक़े में मुसलमान ज़्यादा हैं। ज़ाहिर है कि यहाँ के अपराधी भी उसी क़ौम के होंगे।

सायन-कोलीवाड़ा में दक्खन (साउथ) के लोगों की तादाद ज़्यादा है। वहाँ

वरदराजन मुदालियर (वरदाभाई) डॉन कहलाये तो इसमें ताज्जुब की बात नहीं। लालबाग़-परेल का इलाक़ा मराठों का है। वहाँ न कोई मुसलमान, न मद्रासी 'दादा' अपना रोब जमा सकता है।

यह क़ौमवादी नज़रिया भुलाकर हम ज़रा अलग से देखें तो सचुमच हैरत होगी। माफियाओं की दुनिया में क़ौमवाद का अस्तित्व नहीं के बराबर है, बल्कि यूँ कहूँ कि वे सहअस्तित्व में यकीन करते हैं तो यह भी ग़लत नहीं होगा।

डी. के. के ही गैंग का ढाँचा अगर हम नमूने के तौर पर लें तो वह खुद गुजराती बनिया था, पर उसका दाहिना हाथ इक़बाल मुसलमान। इक़बाल का साथी सिंघ पंजाबी जट था। उन दोनों के मातहत काम करने वाला दगडू मराठा, माइकल ईसाई और अलताफ़ मुसलमान था।

(सूफ़ी बताता है कि 'गर्व से कहो हम हिन्दू हैं' का नारा देने वाले शिवसेना-प्रमुख बाल ठाकरे का निजी अंगरक्षक इदरीस मुसलमान है।)

हर एक गैंग की रचना धर्म के आधार पर नहीं, बल्कि उसके सदस्यों की ताक़त और उपयोगिता के आधार पर होती है। चाहे वह गैंग डी. के. का हो या मारवाड़ियों का, हमें क़ौमी एकता वहाँ निश्चित रूप से देखने को मिलेगी। फिर भी कभी-कभी दो गिरोह के बीच जंग छिड़ जाती है, इस सच्चाई से इनकार नहीं किया जा सकता।

यह लड़ाई कभी धर्म का रूप भी ले लेती है, लेकिन बुनियादी तौर पर यह संग्राम अस्तित्व टिकाये रखने के लिए या सीमा-विस्तार के लिए होता है। और इस युद्ध में दोनों पक्षों से बहुरंगी योद्धा भाग लेते हैं।

थोड़ी अधिक स्पष्टता के लिए हम हतिहास में झाँककर देखें। शिवाजी महाराज आख़िर तक औरंगज़ेब से लड़ते रहे। क्या वह धर्म की लड़ाई थी? ऐसा होता तो शिवाजी महाराज की फ़ौज में मुसलमान सरदार कभी भी शामिल नहीं हुए होते।

टीपू सुलतान पड़ोसी हिन्दू राज्य पर फ़ौज लेकर गया था। यह इतिहास है। क्या वह मज़हब की लड़ाई थी? अगर ऐसा होता तो टीपू के दस हिन्दू सरदारों ने इसमें हिस्सा नहीं लिया होता।

फिर मूल विषय पर आयें तो एक और मुद्दा याद आता है। कल के कथित तस्कर 1978 में जयप्रकाश नारायण की मौजूदगी में सौगन्ध लेकर आज बिल्डर बन गये हैं, तब प्रश्न यह उठता है कि जो शपथ-विधि हुई थी, क्या वह नाटक था?

इस सौगन्ध-विधि में जिन कथित तस्करों ने भाग लिया था, उनमें पर्दे के पीछे रह कर काम करने वाले बेताज बादशाह कितने थे? एक भी नहीं। इस समारोह में केवल वे ही लोग आये थे, जिन पर अख़बारों ने प्रकाश डाला था। अँधेरे में मन-ही-मन मुस्काते बाक़ी गुमनाम चेहरे कहाँ हैं? कौन हैं? क्या हैं?

इस रहस्य को जानने वाले लोग उँगलियों पर गिने जा सकते हैं, क्योंकि वे गैंग और हाकिम के बीच की कड़ी होते हैं। मसलन, सिंघ जो डी. के. और गैंग के बीच की कड़ी है। इक़बाल यह कड़ी लाँघकर बॉस तक शायद ज़िन्दगी-भर नहीं पहुँच पाता, यदि उसने हमीद का पत्ता न फेंका होता।

यह रहस्य अगर कोई दूसरा जानता है तो वह हमारी सरकार है। (हर देश के गृह-सचिव के पास माफियाओं की सूची होती है। भारत सरकार भी अपवाद नहीं।) अब एक सामान्य पाठक के मन में यह सवाल उठ सकता है कि सब कुछ जानने के बावजूद सरकार अनजान क्यों बनती है? यह सवाल भी ग़लत नहीं।

इसका एक जवाब यह है कि समय-समय पर सरकार को इन हाकिमों की ज़रूरत पड़ती है, ख़ासकर चुनाव के समय। और वे भी खुले हाथों सरकार को दान देते हैं। (करीमलाला की संस्था 'जिगर-ए-पख्तून' में बड़ी-बड़ी चन्द तस्वीरें लगी हैं, जिनसे कि एक में वह इन्दिरा गाँधी को चुनाव-फंड के लिये चँदा दे रहा है तो दूसरी में राजीव गाँधी को।) इसके अलावा जिस दल की सत्ता में आने की उम्मीद होती है, उसकी मदद के लिए वे अपनी फ़ौज भी भेजते हैं।

केवल हाकिमों के ही नहीं, चुनाव के समय छोटे माफियाओं के भी द्वार सरकार खटखटाती आयी है, यह बात आम है।

इमरजेंसी के पहले हाजी मस्तान ने उर्दू पत्रिका 'आईना' के सम्पादक शमीम अहमद 'शमीम' को दिये अपने साक्षात्कार में स्पष्ट कहा था, "पोलिटीशियन दिन में मुझे गालियाँ देते हैं और रात में चन्दे के लिए मेरे पैरों में लोटते हैं।"

इस साक्षात्कार को पढ़कर इन्दिरा सरकार में खलबची मच गयी। मस्तान टार्गेट बन गया। सरकार कड़वा सच नहीं सह सकती! तिस पर बीच के स्तर के दूसरे माफियाओं के भी पर फूटने लगे थे। इमर्जेंसी घोषित होने पर उन सभी को पुलिस ने घेरकर जेल में ठूँस दिया।

सरकार और माफिया के बीच की कड़ी अटूट है। सायन-कोलीवाड़ा के दादा वरदराजन मुदालियर उर्फ वरदाभाई ने भी सरेआम क़बूल किया था कि महाराष्ट्र के मुख्यमन्त्री (भूतपूर्व) वसन्तराव पाटिल ने चुनाव के समय उसकी मदद माँगने के लिए उससे सम्पर्क किया था।

वरदाभाई के शब्दों में (1980) कहूँ तो "काँग्रेस आई के केंडीडेट शरद दीघे तथा गुरुदास कामत को जिताने के लिए मैंने खुद सक्रिय भूमिका निभाई थी और वे दोनों जीते थे।"

इतना ही नहीं, उसने यह दावा भी किया था कि भूतपूर्व वित्तमन्त्री श्री सुब्रह्मण्यम उसकी ही मदद से जीते थे।

मस्तान की तरह वरदाभाई ने भी बड़ी भूल की, यानी सरकार को ललकारा।

(हाकिम लोग ऐसी बेवकूफी कभी नहीं करते और इसीलिए वे हाकिम कहलाते हैं।)

उस समय वरदा अपने पेशे के उच्च शिखर पर बैठा था। मस्तान का उसे पूर्ण समर्थन था। (दोनों की जुगलबन्दी डॉक में से शुरू हुई थी।) उसके इलाक़े में किसी की मजाल नहीं थी कि उसकी ओर उँगली उठाये। और वरदा भाई की बदकिस्मती से उसके इलाक़े में एक ईमानदार अफ़सर ने क़दम रखा। वह था डिप्टी कमिश्नर वी. सी. पवार।

वरदाभाई ने उसे शिकंजे में लेने के लिए ठोस सबूतों के साथ पुलिस को बेनक़ाब कर डाला और कड़वा सच पुलिस तन्त्र से भी बर्दाश्त नहीं हुआ। वरदाभाई को अन्त में बम्बई छोड़कर मद्रास चले जाना पड़ा और कुछ वर्षों के बाद उसकी वहीं मृत्यु हो गयी।

एक वरदा के चले जाने पर उसका स्थान दूसरा वरदा ले लेता है। एक मस्तान के संन्यास लेते ही उसका रिक्त स्थान दूसरा मस्तान भर देता है। एक सरकार के गिरने पर दूसरी सरकार सत्ता ग्रहण कर लेती है। यह सिलसिला अपराध-जगत में भी चलता है।

ये दोनों ताक़ते एक-दूसरे के समर्थन पर निर्भर करती हैं। परस्पर सहयोग के बिना दोनों टिक नहीं सकतीं। यह स्थिति कई वर्षों से पनप रही है। वर्षों से पर्दे के पीछे रहकर हाकिम कठपुतलियों को नचाते आये हैं।

ये हाकिम कभी उद्योगपति के रूप में हमारे सामने आते हैं, तो कभी समाज-सुधारक के रूप में। कभी चुनाव जीतकर गद्दी पर विराजमान होते हैं, तो कभी सफ़ेद कुर्ते-पाजामे में हमारे बीच बैठे होते हैं।

हम 'भ्रष्टाचार-विरोध' मोर्चा निकालें तो उसका सारा ख़र्च वे नम्रतापूर्वक अपने ज़िम्मे ले लेते हैं। बम्बई में शराबबन्दी थी, तब गाँधी जयन्ती के दिन शराब की बुराइयाँ दर्शाने वाला सबसे विशाल जुलूस शराब बनाने वालों के हाकिम निकालते थे।

कॉफ़ी खत्म होने के बाद सिंघ ने अपना ख़ाली प्याला टेबल पर रखा और मौन बैठे डी. के. और इक़बाल की ओर देखा। इक़बाल की नज़र फ्लैट की साज-सज्जा पर घूम रही थी। फ्लैट का पुराना फर्नीचर हटाकर उसे नये सिरे से सजाया गया था। आन्तरिक सज्जा बिल्कुल नये ढंग से की थी।

"सिंघ!" अन्त में डी. के. ने मौन तोड़ा, "तुम्हारे पास पाँच सौ रुपये होंगे?"

सिंघ ने फौरन सौ-सौ के पाँच नोट गिनकर उसके सामने रखे। डी. के. ने ये नोट इक़बाल के आगे धर दिये।

"किसलिए?" स्वीकार करने से पहले उसे पूछना पड़ा।

डी. के. मुस्कुराया, फिर कहा, "हमीद को फाँसी के तख़्ते से वापस लाने के लिए।"

नोट इक़बाल ने जेब में सरका दिये। यहाँ की चकाचौंध में वह बिल्कुल भूल गया था, उसने खुद ही हत्या के मामले में फँसे हमीद को फाँसी के तख़्ते से छुड़ाने के लिए पाँच सौ रुपयों की माँग की थी।

"कम पड़ें तो और माँगने में संकोच नहीं करना।" आख़िर में डी. के. ने व्यंग्य किया।

इक़बाल ने उँगलियों पर कुछ हिसाब जोड़ा, फिर बताया, "सारा खर्च निकालकर इसमें से कुछ रुपये बचेंगे, घटेंगे नहीं।"

डी. के. के चेहरे पर फैला व्यंग्य हैरानी में बदल गया। अदालत में एक दिन हाज़िर रहने का पचास हज़ार रुपये लेने वाले बैरिस्टरों ने जहाँ उम्मीद छोड़ दी थी, वहाँ कल का यह छोकरा क्या चमत्कार दिखाएगा, यह रहस्य उसकी बुद्धि भी सोच न सकी। फिर भी उसे इतना विश्वास ज़रूर था, उसके सामने बैठा जवान झूठी शेख़ी बघारने वालों में से नहीं था।

दूसरे, इक़बाल ज़रूरत से ज्यादा बोलता नहीं था और जीभ पर अंकुश रखने वालों को डी. के. विशेष आदर की नज़र से देखता था, वर्ना बॉस से मुलाक़ात का अवसर मिलने पर उसने अपना सिक्का जमाने के लिए अब तक अपनी बड़ाई के बिगुल दो-चार बार ज़रूर फूँके होते।

"डी. के.!" इक़बाल ने उसे पहली बार सम्बोधित किया, "आपको यह नहीं जानना है कि हमीद को मैं पाँच सौ रुपये में कैसे छुड़वाऊँगा?"

उसकी रहस्यमय योजना जानने के लिए सिंघ पिछले कई दिनों से कुलबुला रहा था। डी. के. अपने जज्बात पर क़ाबू रखना जानता था। इक़बाल तो सिर्फ़ उसे आज़मा रहा था, वह 'हाँ' में उत्तर दे तो इक़बाल मुस्कुराने वाला था।

"हमीद दस लाख की ज़मानत पर बाहर है।" धीरज खोकर सिंघ बोल उठा, "उसे बजरे पर चढ़ाकर दुबई भेज देने की तुम्हारी योजना हो तो उसे भूल जाना। डी. के. इसे पसन्द नहीं करेंगे।"

इक़बाल ने उसके शब्द नहीं सुने हों, ऐसे उसकी नज़र डी. के. पर पड़ी। डी. के. ने 'हाँ' भी नहीं कहा और 'ना' भी नहीं। बल्कि मन ही मन वह मुस्कुरा रहा था।

इक़बाल से यह छिपा न रहा। डी. के. को वह जितना ढीठ समझा था, उससे कुछ ज़्यादा ही गहरा वह साबित हुआ।

"एक बात जान लो!" सिंघ के साथ वह खड़ा हो, इसके पहले डी. के. ने बता दिया, "हमीद को नयी ज़िन्दगी देने में तुम कामयाब रहोगे तो मैं तुम्हें अपने धन्धे में पार्टनर बनाऊँगा।"

इक़बाल को आश्चर्य नहीं हुआ, पर सिंघ की आँखें ज़रूर चौड़ी हो गयीं।

23

नैनीताल में पहला क़दम रखते ही मैंने आकाश की ओर देखा। इतना स्वच्छ और नीला आकाश मैंने आज से पहले कभी नहीं देखा था। उसका प्रतिबिम्ब ताल में पड़ने पर पानी भी बिल्लोरी लग रहा था।

चार की हमारी टोली थी। मैं और सुरैया तथा अनिल और लुबयना। सफ़र में हमने उतना ही सामान लिया था, जितना उन दिनों हिप्पी रखते थे।

हमारे हाथ खुले थे, पर हमारी पीठ पर ज़रूरी चीज़ों से खचाखच भरे बस्तों जैसे बेकपैक मोटे पट्टों के सहारे टिके हुए थे। अनिल के बेकपैक के साथ एक गिटार भी था।

गर्मी की छुट्टियों के वे दिन थे। स्कूल और कॉलेज बन्द होने के कारण सैलानियों से नैनीताल छलक रहा था। हम वहाँ न रुककर एस. टी. द्वारा थोड़ी दूर एक गाँव भवाली पहुँचे और एक सराय में डेरा डाला।

यहाँ से हम रोज़ सुबह बस में बैठकर नैनीताल जाते, पूरा दिन वहाँ गुज़ारते और देर शाम को आख़िरी बस से ठिकाने पर लौटते। दिन भर की भटकन की थकान के बावजूद सोने से पहले अनिल अपने गिटार पर एकाध गीत ज़रूर छेड़ता। और उस समय सराय के नीचे ढाबे में काम करते लड़के उसका गीत सुनने के लिए बरबस दौड़ आते।

दूसरे दिन हम फिर नैनीताल जाते। वहाँ मैं और सुरैया वाटर-कलर में प्रकृति के मंज़रों को अपने काग़ज़ पर उतारने का प्रयास करते, जबकि अनिल तथा लुबयना अलग-अलग रेस्तरां तथा होटलों में घूमना पसन्द करते थे।

"आबिद!" एक दिन सुरैया ने कहा, "दिन के उजाले की बजाय नैनीताल रात के अँधेरे में ज़्यादा हसीन लगता है।"

मैं उसका संकेत समझ गया। नैनी झील में डोलते रंगीन प्रतिबिम्ब अद्‌भुत लग रहे थे। वास्तव में मैं खुद नैनीताल का रात का यह रूप अपने काग़ज़ पर उतारने के लिये बेचैन था, पर समस्या समय की थी।

यहाँ से हमारी सराय पैदल जाने के लिए काफ़ी दूर थी और आख़िरी बस रात के ग्यारह की थी। यह बस चूक जाये तो हमें सारी रात किसी होटल में बितानी पड़े और हमारा बजट हमें इसकी इजाज़त नहीं देता था। दूसरे, टूरिस्ट सीजन होने के कारण सारे होटल भी भरे हुए थे। यहाँ की धर्मशाला में भी पाँव धरने की जगह नहीं थी।

इस समस्या का समाधान सुरैया ने पहले से सोच रखा था, "हम रात में आठ बजे तस्वीर बनाना शुरू करें तो दस के पहले उसे बेशक पूरा कर सकते हैं।"

हमने एक पहाड़ी पर उचित स्थान चुना और दूसरी समस्या खड़ी हुई। जिस स्थान से नैनीताल का सम्पूर्ण रूप नज़र आता था, वह अँधेरा था। यानी हम दोनों एक साथ पेंट नहीं कर सकते थे।

"सुरैया!" मैंने कहा, "पहले तुम तस्वीर बनाओ, मैं टार्च लेकर बैठूँगा।"

"लेकिन..."

"मैं एक दिन बाद बनाऊँगा तो क्या फ़र्क़ पड़ेगा?"

वह राज़ी न हुई, "आज तुम बनाओ, कल मेरी बारी।"

"नहीं सुरैया, असल ख़याल तुम्हारा है।"

"मेरे विचार सिर्फ़ तुम्हारे ख़यालों की गूँज हैं।" वह बोली, "सच कहो, क्या तुम खुद नहीं चाहते थे कि यह मंज़र तुम्हारे ब्रश से तुम्हारे काग़ज़ पर उतरे?"

हस्त-उद्योग में बने काग़ज़ों की गड्डी, पानी के रंग, मोम के रंगों की खड़िया का डिब्बा आदि खोलकर मैं चित्र बनाने में खो गया। सुरैया टार्च थामे मेरे पीछे खड़ी थी। मुझे चित्र बनाते हुए वह ग़ौर से देख रही थी।

शुरुआत में मैंने पेंसिल से हलकी रेखाएँ खींचीं। उनमें से कुछ को काली वाटरप्रूफ स्याही से गहरा किया और मोम के रंगों की खड़िया से आवश्यक रंग भरे। आख़िर में गहरे नीले रंग का पतला मिश्रण तैयार किया और मोटे ब्रश से क़रीबन पूरे काग़ज़ को बड़ी तरतीबी से रंग डाला। जहाँ-जहाँ मोम के रंग थे, वहाँ ब्लू रंग का असर न हुआ। बल्कि मोम के रंग तालाब में झिलमिलाते रंगीन अक़्स की तरह चमक उठे। चित्र बड़ा ही खूबसूरत बना था।

(इस चित्र की ट्रेजेडी यह हुई कि बम्बई आकर मैंने उसे एक 'ग्रुप-शो' में प्रदर्शित किया और जो पहला कला-प्रेमी वह प्रदर्शनी देखने आया, उसी ने उसे पसन्द कर लिया। मेरा सीना चौड़ा हो गया। प्रदर्शनी सात दिन की थी। इस पूरे सप्ताह में अन्य कई कला-प्रेमियों को भी यही चित्र पसन्द आया। उन सबको मुझे बड़ी नम्रता के साथ 'सॉरी' कहकर निराश करना पड़ा। त्रासदी यह हुई कि जिस कला-प्रेमी ने वह चित्र 'बुक' किया था और जो प्रदर्शनी के आख़िरी दिन उसकी क़ीमत अदाकर 'डिलीवरी' लेने के लिए आने वाला था, दिखायी नहीं पड़ा।)

चित्र ख़त्म होते ही मुझे वक़्त का एहसास हुआ। रात के साढ़े दस बज चुके थे। आख़िरी बस पकड़ने के लिए हमारे पास सिर्फ़ आधा घंटा बचा था। अनिल और लुबयना भी हमें वहाँ मिलने वाले थे। यह हमारा रोज़ का कार्यक्रम था।

जल्दी से सबकुछ समेटकर हम पहाड़ी से उतर, बस के अड्डे की तरफ़ दौड़े। वक़्त कम था, इस सच से हम दोनों वाक़िफ़ थे। जी तोड़ कोशिश करना भी ज़रूरी था।

"तुमने मुझे सही वक़्त पर चेतावनी क्यों नहीं दी?" राह में मैंने सुरैया पर गुस्सा निकाला, "क्या मैंने नहीं कहा था कि मुझे दस से पहले रोक देना?"

वह बोली, "तस्वीर इतनी सुन्दर बन रही थी कि तुम्हें डिस्टर्ब करने की मेरी हिम्मत नहीं पड़ी।"

हम बस अड्डे पर पहुँचे, तब आख़िरी बस निकल चुकी थी। थोड़ी देर हम खड़े-खड़े हाँफते रहे, एक-दूसरे को ताकते रहे। अब? यह सवाल हम दोनों की आँखों में झलक रहा था। ऊपर आकाश, नीचे धरती और रात अँधेरी थी।

मैं अकेला होता तो किसी दुकान के ओटले पर या पेड़ के साये में सो जाता, लेकिन सुरैया का क्या? मेरी उलझन समझ लेते हुए सुरैया ने पूछा, "यहाँ से भवाली पैदल जाने पर कितना समय लगेगा?"

"रात के इस वक़्त?"

"अभी तो ग्यारह बजे हैं। बातें करते-करते दो-चार घंटों में पहुँच जायेंगे।" कहते हुए उसने जोड़ा, "चाँदनी रात में कई बार चहलक़दमी की है, अमावस की रात का मजा भी आज लूट लें।"

उसके शब्दों में थोड़ा व्यंग्य था, लेकिन सुझाव बुरा न था। वैसे इसके सिवा कोई उपाय भी तो नहीं था।

हाथ में हाथ लिये हम चल पड़े। मेरे दूसरे हाथ में टार्च थी, जिसका प्रकाश अँधेरी सड़क को रोशन करता हमारे आगे-आगे चल रहा था।

दोनों ओर पहाड़ियाँ थीं, झाड़ियाँ थीं, पेड़ थे। जहाँ-जहाँ टार्च की रोशनी पड़ती, अचानक सब कुछ जैसे ज़िन्दा हो उठता। कभी सूखे पेड़ की शाखें जगमगाते हुए भुतहा मायाजाल जैसी लगती थीं तो कभी पहाड़ियों में छिपी शिलाओं के आकार भी डरावना रूप अपना लेते थे। तिस पर झींगुर की निरन्तर आवाज़ों के साथ किसी आदमख़ोर जानवर की दहाड़ सुनायी देती तो हमारे बदन में सिहरन दौड़ जाती।

जैसे कुदरत का यह सितम कम हो, हमारी टार्च भी हमसे रूठ गयी। बस अड्डे से हमने चलना शुरू किया, तभी से उसकी बैटरी कमज़ोर लग रही थी। आधा रास्ता तय करने के बाद रोशनी कम होते-होते ख़त्म हो गयी। हम दोनों घने अन्धेरे में डूब गये। अब हमें रात की भयानकता का पूरा अन्दाज़ा हुआ। हाथ को हाथ नहीं दिखायी पड़ रहा था। सुरैया के क़रीब होते हुए भी प्रश्न हो रहा था कि वह कहाँ होगी?

मैंने तुरन्त सुरैया की कमर में हाथ डालकर उसे अपने क़रीब खींच लिया। यहाँ से अब हम न आगे बढ़ सकते थे, न पीछे मुड़ सकते थे। अब न हमारे सामने पहाड़ियाँ थीं, न पेड़। न चट्टानें थीं, न रास्ता। बस, अँधेरे के महासागर में धड़कते हुए दिल के साथ हम वीराने में खड़े थे।

"सुरैया!" सन्नाटे में मैंने होंठ खोले, "लगता है रात यहीं बितानी पड़ेगी।"

"यहाँ यानी कहाँ?"

उसका सवाल भी ग़लत नहीं था। जहाँ कुछ भी दिखायी नहीं पड़ रहा हो, वहाँ रात कैसे गुज़ारी जाये? सड़क के बीच जहाँ हम खड़े थे, वहाँ सो नहीं सकते थे। शायद कोई ट्रक ग़लती से गुज़रे तो यहीं पर हमारी क़ब्र बन जाये। वैसे अभी तक कोई वाहन यहाँ से गुजरा नहीं था।

मैंने कुछ सोचकर कहा, "आख़िर में तुम्हारे दाहिनी तरफ़ एक पेड़ दिखायी पड़ा था। उसके नीचे भले ही हम न सोयें, रात-भर जाग तो सकते हैं।"

हम कुछ तय करें, इससे पहले दूर-दूर टार्च का प्रकाश दिखायी दिया। मेरे मन में आशा की किरण जागी। हमारे जैसा कोई बदनसीब इनसान कहीं पैदल जा रहा होगा! दूसरे पल यह शुबहा भी हुआ, कोई चोर-डाकू हुआ तो?

सुरक्षा के लिए मेरे पास कोई हथियार नहीं था। पीठ पर लदे हुए झोले में चित्रकारी के साधनों के अलावा कुछ और नहीं था। दौड़ने के लिए रास्ता नहीं था और पनाह लेने को जगह नहीं थी। रात के गहरे अँधेरे में दिशा का ज्ञान नहीं हो पा रहा था।

कुछ देर बाद एक-दूसरे से चिपककर खड़े हुए हम दोनों टार्च के प्रकाश में जगमगा उठे। हमारे दिल एक साथ धड़क उठे। आगन्तुक का चेहरा देखना मुमकिन नहीं था। धीरे-धीरे वह क़रीब आया, तब ही हमारी रुकी साँसें चलने लगीं।

नाक-नक़्शे से वह आदिवासी लगता था। उसके एक हाथ में टार्च थी तो दूसरे में भाला। लिबास में उसने बंडी के नीचे गमछा बाँधा था। उसके कन्धे पर कम्बल भी था। हैरानी से वह हमें देख रहा था और हम उसे। भय दूर होते ही मैंने उससे कहा, "हमारी टार्च फेल हो गयी है और हमें भवाली पहुँचना है।"

उसने थोड़ा सोचा, फिर कहा, "लेकिन टार्च के बिना आप लोग यहाँ से कहीं भी जा नहीं सकोगे, वैसे मेरे साथ ताल चलना हो तो आइये।"

मैंने सुरैया की तरफ़ देखा। वह मुझे देख रही थी। आधी रात को नैनीताल वापस जाकर क्या करेंगे? बाक़ी आधी रात कैसे कटेगी? ऐसे कई प्रश्न मेरे मन में उमड़-घुमड़ रहे थे। आदिवासी ने बीड़ी सुलगाने के लिए अपनी टार्च कुछ पल के लिए मुझे थमायी तथा भाला अपनी बगल में दबा लिया।

मुझे एक उपाय सूझा, "अरे भाई!" मिनट-भर बाद टार्च लौटाते हुए मैंने कहा, "यह माचिस तुम हमें दे सकते हो?"

थोड़ा झिझककर उसने माचिस मुझे दे दी। हम उसका आभार मानकर आगे बढ़ें, इससे पहले उसने पूछा, "तुम्हारे पास कोई हथियार है?"

"नहीं, क्यों?"

"रास्ते में कोई साँप-बिच्छू आड़े आ गया तो क्या करोगे? जंगली जानवरों का भी डर है यहाँ।"

"लेकिन यह सड़क पक्की है।" मेरे उत्तर में झलकती मूर्खता का असर उसके चेहरे पर हुआ और वह मुस्कुराया, "सड़क पक्की है, लेकिन पहाड़ी और जंगल के बीच से गुज़रती है।"

"क्या कभी मुसाफिरों पर यहाँ किसी आदमखोर ने हमला किया है?"

"साल में एकाध-दो हादसे होते हैं, अगर राहगीर ख़ाली हाथ हो तो।"

मेरे हाथ में सुरैया का हाथ था, जवानी के दिन थे, साहस था। मैंने भवाली की दिशा में आगे बढ़ने का निश्चय किया।

अलग होने से पहले आदिवासी ने आख़िरी धमाका किया, "ज़रा सँभलकर चलना। कुछ दिन पहले यहाँ एक बाघ दिखायी दिया था, ऐसी ख़बर है।"

हम देखते रह गये और वह नैनीताल की दिशा में आगे बढ़ गया। फिर घना अँधेरा उतरकर हम दोनों को निगल गया। यह अन्धेरा मुझे आशीर्वाद-सा लगा। एकाएक मेरे माथे पर पसीने की बूँदें उभर आयी थीं और मैं नहीं चाहता था कि सुरैया उन्हें देखे।

उलझन, भय, हैरानी और बेचैनी... सब कुछ भूलकर मैं सुरैया के साथ आगे बढ़ा। कुछ दूर तक यह रास्ता सीधा जाता था, इतना मैंने आदिवासी की टार्च के प्रकाश में नोट किया था। उसके बाद थोड़े-थोड़े अन्तर पर एक-एक दियासलाई सुलगाते हुए मैं आगे बढ़ने वाला था।

"सुरैया!" मन की बेचैनी दूर करने के लिए मैंने बातें शुरू कीं, "अनिल और लुबयना हमारे बारे में क्या सोचते होंगे?"

"उन्होंने मान लिया होगा कि हम दोनों नैनीताल में रुके हैं।" कहते हुए उसने अपनी नाराज़गी जतायी, "उन्हें हमारे बिना नहीं जाना चाहिए था।"

"वे भी आख़िरी बस चूक गये होते, तो हमारी तरह परेशान होते।"

मैंने पहली दियासलाई जलाई। सीमित दायरे में उसका प्रकाश फैला। हम लगभग मोड़ तक आ पहुँचे थे।

सलाई सुलगती रखकर हम मोड़ से गुज़रे और फिर सीधी सड़क पर आ पहुँचे। अब हम अँधेरे में कुछ क़दम इत्मीनान से चल सकते थे। सुरैया कह रही थी, "क्या उनका फ़र्ज़ नहीं था कि वे हमारा साथ देते?"

"लेकिन..."

"दोस्तों को बेसहारा छोड़कर कोई यूँ चलता नहीं बनता।"

"अभी तो तुमने कहा कि उन्होंने मान लिया होगा कि हम नैनीताल में रुके हैं।"

वह ख़ामोश हो गयी।

चलते-चलते मैंने एक और दियासलाई जलाकर आगे कहा, "तुम एक बात भूल रही हो सुरैया! हमारी और उन दोनों की फितरत में ज़मीन-आसमान का फ़र्क़ है। हमारी पसन्द दादरा, ठुमरी, ग़ज़ल है। वे दोनों घिसी-पिटी हिन्दी फ़िल्मों के डिस्को गीत पसन्द करते हैं। हम तितलियों में, फूलों में, पहाड़ों में खूबसूरती तलाशते हैं, वे कांक्रीट के जंगलों में ढूँढ़ते हैं। हमारी चर्चा के विषय दिग्दर्शक सत्यजित रे, सितारवादक रविशंकर आदि होते हैं तो वे राजकपूर और नर्गिस के प्रेम-प्रकरण के बारे में चर्चा करते हुए घंटों गुज़ार देते हैं।"

सुरैया ने पूछा, "तुम्हें कहना क्या है?"

"सिर्फ़ इतना कि जो जज़्बात हमारे हैं, उसकी उम्मीद हम दूसरों से नहीं रख सकते।"

क़रीब आधी माचिस ख़त्म होने को आयी थी। साथ आधी रात भी। रात का क़रीब एक बजा था। और रात की गहराई में थोड़ा फ़र्क़ महसूस हो रहा था। धीरे-धीरे अँधेरा पिघलता जा रहा हो, ऐसा लगता था।

अब हम पेड़ के छायाचित्र-समान आकार देख सकते थे, पहाड़ी और आकाश को अलग करती टेढ़ी-मेढ़ी लकीर भी उभर रही थी। हम लगभग बेफ़िक्र हो चुके थे; बल्कि आधी रात की इस वॉक का लुत्फ़ लेने की हमने अनजाने ही शुरुआत कर दी थी।

मैंने कहा, "सुरैया, मुझे एक गीत गाने की इच्छा हो रही है।"

वह हँसी।

"मैं मज़ाक़ नहीं करता। ऊँची आवाज़ में सचमुच गाने की मेरी इच्छा है।"

"गा लो," वह बोली, "यहाँ तुम पर सड़े-गले अंडे फेंके जाने का ख़तरा नहीं है।"

"क्या मेरी आवाज़ इतनी घटिया है?"

"किसने कहा? वैसे जब तुम नहीं गाते, तब तुम्हारी आवाज़ और मधुर लगती है।"

सुरैया भी मस्ती में आ गयी थी।

"ठीक है।" उसकी आलोचना को स्वीकार करते हुए मैंने कहा, "नहीं गाता। वह नीला आकाश, ये पेड़, इन पहाड़ों की क़िस्मत में शायद मेरी आवाज़ में गीत सुनना नहीं लिखा होगा, लेकिन तुम्हें एतराज़ न हो, तो मैं एक ग़ज़ल सुनाऊँ?"

"किसकी लिखी है?"

"अहमद हमदानी की।"

"मैंने नाम नहीं सुना।"

"हैं तो शायर मेरठ के, लेकिन बँटवारे के बाद कराची में जा बसे।"

उत्साहित होते हुए मैंने थोड़ी और जानकारी दी, "हाल ही में उनका एक संकलन 'प्यासी ज़मीं' प्रकाशित हुआ है।

"इरशाद!"

"ग़ज़ल पसन्द न आये, तो मुझे बीच में टोकने की इजाज़त है।"

उसने और ऊँची आवाज़ में हरी झंडी दिखायी, "इरशाद!"

"मैं राहें न क्या-क्या बदलता रहा?
मगर साथ सहरा तो चलता रहा।"

सुरैया की उर्दू कुछ कमज़ोर होने के कारण मैंने उसे कठिन शब्द का अर्थ बताया, "सहरा यानी मरुस्थल।"

"उतनी उर्दू मैं जानती हूँ।" वह बोली।

"सॉरी।" कहकर मैंने दूसरा शेर सुनाया–

"दीये तो बहुत कुछ जलाये मगर,
मेरे घर में एक ख़ौफ़ पलता रहा।"

"वाह!"

"घटा आयी है तो बरस जायेगी,
यूँ ही उम्र भर मैं बहलता रहा।"

इस बार सुरैया ने जोशो-खरोश के साथ दाद दी, "वाह-वाह!"

"तेरे लुत्फ़ पर भी कोई क्या जिए
ये सूरज तो हर रोज़ ढलता रहा।"

अब राह देखने के लिए मुझे सलाई जलाने की ज़रूरत नहीं थी। रात निखरती जा रही थी। हम रास्ता देख सकते थे। माचिस जेब में डालते हुए मैंने ग़ज़ल आगे बढ़ाई–

"गिला क्या किसी का यहाँ हर तरफ़
बस एक आग थी, जिसमें जलता रहा।"

वह उछल पड़ी, "आबिद, यह शेर दुबारा सुनाओ!"

फ़रमाइश पर वही शेर दोहराकर मैंने आख़िरी शेर ललकारा–

"बुझा दिल तो कुछ ज़ख़्म की लौ बढ़ी,
मैं कुछ इस तरह भी सँभलता रहा।"

इस शेर की दाद सुरैया ने दी या नहीं, यह मैं नहीं जानता, लेकिन कहीं छिपे हुए बाघ ने हड्डियाँ बज उठें, ऐसी गर्जना करके दाद ज़रूर दी। हम रास्ते के बीच ठिठक गये। रात के सन्नाटे में कुछ पल तक उस गर्जना की गूँज हमारे कानों से टकराती रही।

आवाज़ की कठोरता से इतना साफ़ ज़ाहिर था कि यहाँ क़रीब में ही कहीं बाघ छिपा होगा। कुछ पलों का जिन्दगी और मौत का खेल था। सुरक्षा के लिए जो कुछ करना था, वह अभी सोचना था और हमारे पास न कुछ सोचने को था, न करने को।

मेरी स्थिति दोहरी दयनीय थी। मैं काँप भी नहीं सकता था। भय के कारण सुरैया मुझसे प्रेत की तरह चिपक गयी थी। जब तक वह अलग न हो, हम यहाँ से भाग भी नहीं सकते थे। भागकर कितने क़दम जा सकेंगे, यह अलग बात थी।

बड़ी मुश्किल से उसे अलग करते हुए मुझे परम ज्ञान हुआ हो, ऐसे माचिस याद आयी। जानवर आग से दूर रहते हैं, ऐसा इल्म हुआ। जेब से मैंने तुरन्त माचिस निकाली और एक सलाई जलाकर नीचे पड़े सूखे पत्तों में दाग़ दी।

अब सुरैया थोड़ी स्वस्थ लगती थी।

"मैं यह अलाव जलाये रखता हूँ।" कहते हुए मैंने उसे एक काम सौंपा, "तुम झाड़ी से सूखी लकड़ियाँ इकट्ठी कर लो।"

वह भी जुट गयी। आसपास से थोड़े और सरकंडे उठाकर मैंने अलाव में डाले। सुरैया ने लाकर कुछ डालियाँ डालीं। अलाव ज़ोरों से भड़क उठा। उसी वक़्त सड़क के दूसरी ओर पहाड़ी पर बाघ दिखायी पड़ा।

हम सबकुछ भूलकर कोई अनोखा मंज़र देख रहे हों, ऐसे उसे देखते रहे। गर्दन उठाकर जिस अदा से पहाड़ी पर एक भरा-पूरा बाघ खड़ा था, उसके प्रभाव तले हम मानो मन्त्रमुग्ध हो गये थे।

अब बाघ ने गर्दन घुमाकर हमारी ओर देखने की ज़हमत ली और हालात की गम्भीरता का हमें ख़याल आया। जब तक अलाव जल रहा था, हम सुरक्षित थे। अंगारे हमारे प्राण थे। आग बुझने पर हमारा जीवन भी बुझने वाला था।

सुरैया को अलाव के पास बिठाकर मैंने झाड़ियों में से कुछ और सूखी लकड़ियाँ तोड़ीं। बाघ को भी कहीं जाने की जल्दी न हो, ऐसे जहाँ खड़ा था, वहीं बैठ गया। हम पर टिकी हुई उसकी दो आँखें अँधेरे में अंगारों की तरह चमक रही थीं, हमारी नज़र भी उस पर ठहरी हुई थी।

दबी हुई आवाज़ में मैंने सुरैया से कहा, "लगता है, सुबह तक हमें यहीं सजग बैठना होगा।"

"उसे भगा नहीं सकते?"

"वह कोई कुत्ता या बिल्ली नहीं है।"

"हम उस पर सुलगती लकड़ियाँ फेंकें तो?"

"वह शायद कुछ देर के लिए हमारी नज़रों से दूर हो जायेगा। लेकिन हम यहाँ से बेफिक्र होकर आगे नहीं बढ़ पायेंगे। हो सकता है वह पट्ठा पहाड़ियों में ही

कहीं दुबका बैठा रहे और जैसे ही हम अलाव छोड़कर आगे बढ़ें कि तुरन्त धावा बोल दे।"

सुरैया स्थिर नज़रों से मुझे देख रही थी। मैंने आगे कहा, "यहाँ से एक भी क़दम भरना हमारे लिये ख़तरे से खाली नहीं। अलबत्ता, अगर तुम चाहो तो बाघ के कुछ रेखाचित्र बना सकती हो। ऐसा अवसर फिर नहीं मिलेगा।"

"मेरी हिम्मत नहीं हो रही।" बाघ की ओर नज़रें घुमाकर वह बोली।

दोनों तरफ़ मोर्चा लग गया था। पहाड़ियों पर बैठा हुआ मौत का फ़रिश्ता अपनी जगह से हिलने को राज़ी नहीं था और हम हमारी जगह से खिसक नहीं सकते थे।

मैंने घड़ी देखी। रात के दो बजे थे। अब तक रात की सियाही में पचास फ़ीसदी से ज़्यादा फ़र्क़ हो चुका था। चान्दनी रात हो, ऐसे उजियारा फैलता जा रहा था। बाघ का रंग और उसके बदन के पट्टे हम पहचान सकते थे।

रात के तीन के बाद बाघ ने एकबारगी खड़े होकर दहाड़ मारी और हम दोनों फड़फड़ा गये। दूसरे पल मैं भी खड़ा हो गया। मेरे हाथ में जलती हुई मशाल-सी एक लकड़ी थी।

सुरैया जहाँ बैठी थी, वहीं ठिठक गयी। बाघ को घूरती उसकी आँखें खुली-की-खुली रह गयीं। दोनों हाथों से उसने मेरे एक पैर को भी जकड़ रखा था। ऐसा लगता था, जैसे अभी बाघ पहाड़ से उतरेगा और आग की परवाह किये बिना हमें स्वाहा कर जायेगा।

हमें दीदे दिखाते हुए थोड़ी देर वह अपने स्थान पर अटल खड़ा रहा, फिर पीठ दिखाकर पहाड़ियों के पीछे उतर गया। क्या उसने उम्मीद छोड़ दी थी? तंग आकर वह चला गया था?

जवाब के लिए मुझे ज़्यादा इन्तजार नहीं करना पड़ा। दूर से आती हुई एक ट्रक की घरघराहट मेरे कानों से टकरायी। यह आवाज़ हमसे पहले बाघ ने सुनी थी। शायद पहाड़ पर से उसने ट्रक की हेडलाइट का प्रकाश भी देखा हो।

वह समझ गया, आज उसकी दाल नहीं गलने वाली थी। इसीलिए उसने गर्जना की, अपना क्रोध जताया और पहाड़ियों के पीछे के जंगल में उतर गया।

पहले हमने थोड़ी दूर के मोड़ पर हेडलाइट का प्रकाश देखा और बाद में खटारा भी। मैं दौड़कर रास्ते के बीच खड़ा हो गया। खटारे को रोकने का इशारा करते हुए मैंने अपने दोनों हाथ फैला दिये। मेरे एक हाथ में सुलगती हुई लकड़ी थी।

धीरे-धीरे खटारा मेरे आगे आकर रुक गया। लकड़ी फेंककर मैंने सुरैया का हाथ थामा और हम दोनों तुरन्त उस पर चढ़ गये।

चार बजे भवाली पहुँचकर सराय में दाख़िल हुए तो हमारी हैरत के बीच हमें

पता चला, अनिल और लुबयना नैनीताल से लौटे नहीं थे। हमारी तरह वे भी बस चूक गये हों तो अचरज नहीं!

मैंने सुरैया से पूछा, "अब बताओ, वे हमारे बारे में क्या सोचते होंगे?"

"वे सोचते नहीं, हम पर लानतें बरसाते होंगे कि उनको नैनीताल में बेसहारा छोड़कर हम दोनों आख़िरी बस से छिटक गये।"

बात ग़लत न थी।

24

इक़बाल तैयार हो सौ-सौ रुपयों के पाँच नोट जेब में डालकर बाहर निकलने को हुआ कि गुलबानू ने उसे रोक दिया, "कहाँ जा रहा है?"

"ज़रूरी काम है।" कहते हुए उसे ख़याल आया कि किसी रोज़ नहीं, आज ही माँ ने क्यों सवाल किया?

"रात को कोई तुमसे मिलने आया था।"

"अपना कुछ नाम बताया था उसने?"

"कहता था कि लोग उसे भड़क के नाम से जानते हैं।"

दो दिन पहले उसने हमीद भड़क को सन्देश भेजा था—क़त्ल के केस से उसे छुड़ाने से पहले एक मुलाक़ात ज़रूरी थी।

"अच्छा।" इक़बाल ने माँ को बताया, "पहले मैं उसके घर जाऊँगा।"

आध घंटे बाद उसने डोंगरी के क़रीब 'दो टांकी' के इलाक़े में क़दम रखा और टीनकर गली में आगे बढ़ा। यह वही रास्ता था, जहाँ आज का बम्बई का डॉन दाऊद इब्राहीम अपने चार भाइयों के साथ रहता था।

तस्करी के धन्धे में अभी उसने पहला क़दम नहीं रखा था। अभी उसकी उमर ने भी किशोरावस्था से जवानी की दहलीज में प्रवेश नहीं किया था। अलबत्ता, तस्करी की घड़ी या सोने का बिस्कुट ख़रीदकर वह अपना मुनाफ़ा रखकर बेचता था।

"तुम उससे परिचित थे?" सूफ़ी को रोकते हुए मैंने बीच में पूछा और मेरी हैरानी के बीच उसने चौंका देने वाली हक़ीक़त पेश की।

"मेरे मातहत वह काम करता था।"

मेरी दिलचस्पी बढ़ी, "क्या काम? कैसा काम?"

"तस्करी में कभी जापान से कपड़ा आता। दाऊद मुझसे थान-भर ख़रीदकर ले जाता।"

"फिर?"

"क्राफर्ड मार्केट के निकट वाले मुसाफ़िरख़ाना मार्ग पर वह छाबडे में कपड़े का थान लेकर बेचने के लिए बैठता था।"

यह मुसाफ़िरख़ाना मार्ग तस्करी के माल की मंडी के लिए मशहूर है। दाऊद जैसे कई छोकरे यहाँ छाबडे में माल लेकर बेचने के लिए बैठते और दो जून की रोटी कमाते। साल में एकाध बार दिखावे के लिए पुलिस छापा मारती। आज भी (1989) विदेशी माल का मोह रखने वाले ग्राहकों के लिए यहाँ सरेआम तस्करी का माल बिकता है।

मैंने फिर पूछा, "उन दिनों दाऊद कैसा था?"

"टपोरी जैसा।"

"यानी?"

"जैसे दूसरे छोक़रे मेरे साये में पल रहे थे, उनमें वह भी एक था।"

"उसकी कोई ख़ासियत?"

"स्वभाव से वह कायर था," कहते हुए सूफ़ी ने जोड़ा, "कई बार छोकरो को उसे फटकारते हुए मैंने देखा है। लेकिन किसी को उसने एक चाँटा भी मारा हो, ऐसा मुझे याद नहीं।"

उन्हीं दिनों 'दो टांकी' के उस इलाक़े में अय्यूब लाला जेबकतरों की गैंग का सरदार था। वह नहीं चाहता था कि उसकी हद़ में कोई दूसरा ठग सिर उठाये।

दाऊद ने डरते-डरते तस्करी में घुसपैठ की थी। उसकी तरक़्क़ी रोकने के लिए अय्यूब लाला उसको अपमानित करने का एक भी अवसर चूकता नहीं था।

दूर से ही लाला को देख दाऊद रास्ता काट क़रीब की गली में घुस जाता। कभी रूबरू हो जाने पर लाला उसे रास्ते के बीच दो-चार झापड़ रसीद कर पूरे दिन की उसकी कमाई छीन लेता। दाऊद यह ज़िल्लत भूलने वाला नहीं था।

इक़बाल एक पुरानी इमारत की सीढ़ियाँ चढ़कर दूसरी मंज़िल पर आया और बन्द दरवाज़े पर दस्तक दी। वह इन्तज़ार करता गलियारे में खड़ा था, तभी एक अनजाने सवाल ने उसके भीतर सिर उठाया—क्या एक हत्यारे को फाँसी के तख़्ते से छुड़ाना मुनासिब है?

उसी वक़्त दरवाज़ा खुला न होता तो शायद वह लौट जाता। हमीद की अधेड़ उमर की पत्नी सलमा उसके सामने दयनीय चेहरा लिये खड़ी थी। पहचान में इक़बाल ने सिर्फ़ अपना नाम बताया। तुरन्त सलमा दरवाज़े के बीच से हट गयी। वह अन्दर गया।

यह इमारत इक़बाल की अब्बासी मंज़िल की तरह चाली सिस्टम वाली थी। एक-एक कमरे में एक-एक परिवार रहता था। लेकिन हमीद के पास दो कमरे थे।

वैसे हम कह सकते हैं कि दो कमरों का यह एक छोटा-सा फ्लैट था।

घर की सजावट और कबाड़खाने में ज़्यादा फ़र्क़ नहीं था। पहले कमरे में सोफासेट, कुर्सियाँ, दो अलमारी और एक शो-केस जैसे ठूँस-ठूँसकर भरे हों, ऐसा लगता था। तिस पर सजावट को निखारने के लिये एक मछलीघर भी शामिल किया गया था। दीवार का रंग गुलाबी था।

इक़बाल एक सोफे पर बैठ गया। सलमा ने पंखे का बटन दबाया, "चाय लेंगे या ठंडा?"

औरतों के साथ बात करने पर वह हमेशा संकोच महसूस करता था। इसीलिए उसने पूछा, "घर पर कोई नहीं है?"

"बच्चे स्कूल गये हैं। बड़े का आज जल्दी कॉलेज था। आपके भैया को वकील ने बुलाया है। उनको लौटने में वक़्त लगेगा।" कहते हुए उसे याद आ गया, "क्या रात में वह आपके वहाँ नहीं आये थे?"

"मैं घर पर नहीं था।"

वह बगलवाले कमरे में जाने के लिए मुड़ी तो इक़बाल ने उसे रोकते हुए कहा, "मैं अभी-अभी चाय-नाश्ता करके आया हूँ।"

"पहली बार आप हमारे घर तशरीफ़ लाये हैं।"

"हमीद भैया की कोई तस्वीर घर में होगी?" औपचारिकता को भुलाने के लिए उसने मतलब की बात की।

सलमा ने इशारे से 'हाँ' कहा।

कुछ ही देर में वह रूह-अफ़ज़ा का शर्बत बनाकर लायी। साथ में उसके एक अलबम भी था, "इसमें हमारी शादी की तस्वीरें हैं।" गिलास बीच की तिपाई पर रखते हुए उसने अलबम इक़बाल के आगे बढ़ाया।

शर्बत के घूँट लेते हुए इक़बाल अलबम में सजी तसवीरें देखने लगा। सलवार-कुर्ते में दुल्हन बनी हुई सलमा और सामने झोले जैसे लिबास में खड़ी सलमा में वर्षों का अन्तर था। कहाँ वह पहली रात की नाज़ुक, कमसिन, धीमे-धीमे मुस्कुराने वाली तरुणी और कहाँ यह थुलथुल शरीरवाली मोहतरमा।

अभी उसे सिर्फ़ हमीद के हुलिए से परिचित होना था, तीस साल पहले के जवान हमीद से नहीं, बल्कि आज के अधेड़ हमीद से।

शर्बत का गिलास उठाकर एक घूँट भरते हुए उसने थोड़ा अन्तर रखकर खड़ी हुई सलमा से पूछा, "हमीद भैया की कोई मौजूदा तस्वीर नहीं होगी?"

"अलबम के आख़िर में एक लिफ़ाफ़ा है, उसमें कुछ नयी तस्वीरें भी हैं।"

गिलास नीचे रखकर उसने अलबम के बाक़ी पन्ने एक साथ पलटे, वह लिफ़ाफ़ा खोला और हमीद की हाल ही में खींची गयी तस्वीरें देखने लगा। उसके काम की

तस्वीर चौथे नम्बर पर थी, जिसमें हमीद टी-शर्ट और पैंट पहने किसी बग़ीचे में खड़ा था।

ग़ौर से देखकर उसने हमीद के क़द का अन्दाज़ लगाया। उसका बदन कसा हुआ था। उमर पचास से ज्यादा होने के बावजूद उसका एक भी बाल पका नहीं था।

तस्वीरें लिफ़ाफ़े में डालकर उसने अलबम बन्द किया। सलमा अभी भी उसके सामने खड़ी थी।

"इक़बाल भाई!" वह बोली, "क्या सचमुच मेरे ख़ाविन्द को आप बचा लेंगे?"

"किसी को जिलाना या मारना खुदा के हाथ में है।" शर्बत के गिलास की ओर हाथ बढ़ाते हुए उसने बताया, "कोशिश करना इनसान का फ़र्ज़ है।"

"मुझे तो यक़ीन नहीं होता।"

"क्यों?"

"सिंघ साब ने फ़ोन पर बताया था कि मेरी चूड़ियों को टूटने से अगर कोई रोक सकता है तो वह आप हैं।"

अन्दर के कमरे से किसी बच्चे के रोने की आवाज़ उठी। शर्बत का एक और घूँट लेकर इक़बाल खड़ा हो गया, "मेरा काम ख़त्म हुआ। अब मैं चलूँगा।"

"यह शर्बत तो पूरा कर लो!"

वह दरवाज़े की आरे बढ़े, इससे पहले एक नन्हा-सा मासूम बच्चा घुटनों के बल चलता हुआ दो कमरों के बीच चौखट पर दिखायी पड़ा, "अब्बा! अब्बा!" बोलता हुआ वह जहाँ था, वहीं रोने लगा।

इक़बाल को एक पल ऐसा, लगा जैसे हमीद फाँसी के तख़्ते पर था और बच्चा उसके झूलते हुए शरीर को आँखों के सामने देखकर पुकार रहा था। इक़बाल से देखा न गया। वह बाहर निकल गया।

वह नगर निगम के अस्पताल पहुँचा, तब तक बच्चे के रोने की आवाज़ उसके कानों में गूँजती रही। साथ में एक पुराना सवाल भी पाँव में फँसी काँच की किरच की तरह चुभता रहा। क्या एक हत्यारे को उसके किये की सज़ा नहीं मिलनी चाहिए?

अस्पताल के मुर्दाघर की ओर डग भरते हुए वह इस विषय पर गहराई से सोचने लगा। वह मन-ही-मन दलील देने लगा—ज़िन्दगी और मौत का मालिक खुदा है। हमीद की तक़दीर में मौत लिखी होगी तो किसी भी मसीहा की लाख कोशिशें काम नहीं आयेंगी। शायद इक़बाल कामयाब हो भी जाये तो यह कहने का उसे हक़ नहीं होगा कि हमीद को उसने नया जीवन बख़्शा है।

सूफ़ी की दलील ठोस होने के बावजूद मेरे गले से नहीं उतरी। मुझे उसे फिर रोकना पड़ा, "तुम्हारे विचार को मैं कुबूल करूँ तो उसका मतलब यह होगा कि

गुनहगार को सज़ा देने का अधिकार सरकार को नहीं है।" मैंने बताया।

उसने एक नया सवाल उछाला, "सज़ा-ए-मौत के बारे में तुम्हारा क्या ख़याल है?"

"मैं उसके पक्ष में नहीं। कई विद्वान भी मेरे मत के हैं। लेकिन कई ऐसे पंडित भी हैं, जो सज़ा-ए-मौत के लिए इसरार करते हैं।"

उसने फिर पूछा, "तुम क्यों विरोध करते हो?"

"हत्यारे ने एक खून किया है, सज़ा की आड़ में उसके प्राण लेकर दूसरी हत्या की जाये तो दोनों में फ़र्क़ क्या रहेगा?"

सूफ़ी ख़ामोशी से सुनता रहा। मैंने आगे कहा, "दूसरे, खून के केस में कभी कोई बेगुनाह भी फँस जाता है, ज़्यादा नहीं तो कुछ ऐसे वाक़िए सामने आये हैं, जिनमें बेगुनाहों को फाँसी दी गयी हो।"

"यानी कि सज़ा-ए-मौत से किसी को बचाना ग़लत नहीं है।"

"हमीद बेगुनाह नहीं है।" मैं बोला।

"क़ानून ऐसा नहीं मानता।"

"हत्या करने के बाद भी?"

"हत्या तो एक इल्ज़ाम है। कोई भी किसी पर भी लगा सकता है। जब तक इल्ज़ाम साबित नहीं होता, क़ानून खुद मुजरिम को निर्दोष मानता है। इसलिए तो सरकार उसे खुद को बचाने का अधिकार देती है।"

मैंने उत्तेजित होकर बताया, "वह हक़ क़ानून के मातहत होता है। तुम क़ानून से परे जाकर किसी को बचाओगे?"

"आबिद भाई, इन्साफ़ के हाथों किसी की हत्या हो, यह तुम्हें मंजूर नहीं। उस हत्या को रोकने के लिए मैं क़ानून तोड़ूँ, यह भी कुबूल नहीं। आख़िरकार तुम चाहते क्या हो? क्या तुम्हारी तरह मैं भी हाथ पर हाथ धरे सरकारी हत्या के तमाशे देखता रहूँ?" ठंडे कलेजे से वह जवाब दे रहा था, "दूसरे, खुदा पर मुझे भरोसा है, यह तुम जानते हो। तुम नमाज़ नहीं पढ़ते, रोज़ा नहीं रखते, क़ुरान नहीं पढ़ते, फिर भी तुम ईश्वर या खुदा में तो यक़ीन रखते होगे।"

"सच।"

"अब यह बताओ, अगर खुदा की मर्जी के बग़ैर एक पत्ता भी नहीं हिल सकता तो हमीद को बचाने वाला मैं कौन?"

मैं ख़ामोश हो गया। सूफ़ी के तर्क प्रभावपूर्ण होते हुए भी वे मेरे हलक़ से नहीं उतरे।

मुर्दाघर के गेट के सामने खड़े हवलदार ने इक़बाल को रोका, ''ए... अन्दर कहाँ जा रहा है?''

"मेरा एक पड़ोसी ग़ायब हो गया है।" उसने बहाना बनाया, "हफ़्ते-भर पहले पुलिस में शिकायत दर्ज की थी। अब तक पता नहीं लगा। सोचा शायद किसी हादसे में जान गँवाकर यहाँ आया हो।"

"इजाज़त लाया है?"

"किसकी?"

"साहब की। सामने दफ़्तर दिख रहा है? वहाँ पुलिस में दर्ज की हुई शिकायत की नक़ल दिखाएगा, तो वे तुझे एक फॉर्म देंगे। वह भरकर..."

इक़बाल ने सौ का नोट निकालकर उसके हाथ में थमाया। मुस्कुराकर उसे जेब में डालते हुए हवलदार ने कहा, "ज़रा रुको। मुर्दाघर का इंजार्च चाय पीने गया है। पाँच मिनट में आना चाहिए।"

"मुझे उससे काम नहीं।"

तुरन्त उसके लिए दरवाज़ा खुल गया। जैसे ही उसने अन्दर क़दम रखा, उसे लगा, मानो वह एक विशाल रेफ्रिजरेटर में दाख़िल हुआ हो। (लाशों को सड़ने से बचाये रखने के लिए यहाँ का तापमान बहुत कम रखा जाता है।) वातावरण में दवाइयों की तेज़ गन्ध थी।

स्वस्थ होकर उसने विशाल कमरे में लावारिस लाशें देखनी शुरू कीं। लगभग सभी लाशें लम्बी पेटियों में रखी हुई थीं। मेज की दराज की तरह ये पेटियाँ खींचकर अन्दर देखा जा सकता था।

दो-चार लाशें फर्श पर भी पड़ी थीं—शायद जगह की कमी के कारण। हर लाश पर कार्ड के रूप में एक पहचान-पत्र था, जिसमें लाश का नम्बर और संक्षेप में जानकारी थी।

इक़बाल को ऐसी किसी लाश की तलाश थी, जो हमीद के क़द की हो। उसके शरीर का रंग भी हमीद से मिलता-जुलता हो तो इससे बढ़िया और क्या हो सकता है; लेकिन यहाँ जितनी लाशें थीं, उनमें से कुछ कुचली हुई, बिना हाथ की, बिना पैरों की थीं। एक का तो सिर्फ़ धड़ था, सिर ग़ायब था।

अन्य लाशों के चेहरे इतने भयानक थे, जैसे रामसे ब्रदर्स की फिल्म के किरदार हों, लेकिन ऐसी एक भी लाश अभी तक उसके सामने नहीं आयी थी, जो हमीद से कुछ हद तक मिलती लगे।

उसे वैसी लाश न मिले तो वह अपनी योजना को भी सफ़ल नहीं बना सकता था। वह एक के बाद एक पेटी को खोलता जा रहा था। अन्त में उसने आख़िरी पेटी देखी, बन्द की और उसे ख़याल आया—अब तक उसने फर्श पर पड़ी हुई लाशें नहीं देखी थीं।

थोड़ा झुककर उसने पैरों के पास पड़ी पहली लाश पर से कपड़ा हटाया और

उसकी आँखें चौड़ी हो गयीं। वह घूर-घूरकर देखता रहा। बाली की लाश उसके सामने नंगी पड़ी थी। यह कैसे हुआ?

बाली भेसाड़िया का ख़बरी था। क्या किसी ने उसकी हत्या की होगी? किसी गैंग ने उससे बदला लिया होगा? क्या उसकी मौत के लिए डी. के. ज़िम्मेदार हो सकता है?

हाल ही में बाली ने डी. के. के ढाई करोड़ के सोने की तस्करी की ख़बर भेसाड़िया को पहुँचाई थी। लेकिन यह राज़ कोई यक़ीन के साथ नहीं जानता था। इक़बाल ने उस समय कल्पना की थी कि शायद बाली ने ऐसा किया हो!

हो सकता है कि डी. के. ने भी वैसा ही अनुमान लगाया हो और हमेशा के लिये बाली का काँटा बीच से निकाल दिया हो! सँभावना अनेक थीं, फिर भी डंके की चोट पर कुछ कहना मुश्किल था।

बाली का कोई एक शत्रु नहीं था। ख़बरी का काम उसका पेशा था। उसकी निगाहें जिस गैंग पर ठहरतीं, उसे वह निशाने पर लेता। जहाँ से दो पैसे कमाने का अवसर मिलता, वह पुलिस को फ़ोन लगा देता।

वह सिर्फ़ डी. के. का दुश्मन होता तो और बात थी। उसने तो गुप्त रूप से बम्बई के न जाने कितने ठगों की गतिविधियों पर नज़र रखी थी! न जाने कितनों की ख़बर उसने पुलिस विभाग को पहुँचाकर उन्हें अन्दर करवाया था!

इक़बाल को ताज्जुब इस बात का हो रहा था कि लाश पर पोस्टमार्टम के निशान के सिवाय ज़ख़्म का सिर्फ़ एक निशान था। उसका सिर फट गया था। जिसने भी इस ख़बरी की हत्या की थी, एक ही वार में की थी।

अलबत्ता, बाली की लाश उसके काम की नहीं थी। लेकिन उसके बगल में पड़ी हुई किसी मुसलमान की लावारिस लाश का इस्तेमाल वह अपने मक़सद के लिए कर सकता था, क्योंकि उस लाश की ऊँचाई साढ़े पाँच फुट यानी कि हमीद के क़द के बराबर थी। चमड़ी का रंग भी लगभग हमीद जैसा था।

उसने बाहर आकर हवलदार को बताया, "यहीं है।"

"कौन?"

"जिस पड़ोसी की तलाश में मैं यहाँ आया हूँ।"

"तुम्हें यक़ीन है?"

"सौ फ़ीसदी।"

"लाश का क़ब्ज़ा लेने के लिए तुम्हें एक फॉर्म भरना होगा।"

इक़बाल ने सौ का एक और नोट निकालकर उसके हाथ में रखते हुए कहा, "एक कार्ड मिलेगा?"

अब तक मुर्दाघर का इंचार्ज बीड़ी फूँकता आ पहुँचा था। हवलदार ने तुरन्त

उसे अस्पताल के दफ्तर में भेजकर एक कार्ड मँगवाया।

उस कार्ड पर इक़बाल ने हमीद का पूरा नाम और ठिकाना लिखा। वही कार्ड लावारिस लाश पर पड़े हुए बिना नाम के कार्ड की जगह लग गया। असल काम निपट गया था। अब जो कुछ विधियाँ निपटानी थीं, वे थोड़ी अटपटी ज़रूर थीं, मुश्किल नहीं थीं। सबसे पहले लाश का क़ब्ज़ा लेकर उसे दफ़नाना था। यह काम उसने आफ़ताब और दूसरे साथियों की सहायता से शाम तक निपटा लिया।

दूसरे दिन टैक्सी से वह नगर-निगम के दफ़्तर पहुँचा। यहाँ उसने हमीद का डेथ-सर्टिफिकेट पाने के लिए एक फार्म भरा। ख़र्चा हुआ, पहली कॉपी के रुपये तीन, दो डुप्लीकेट का एक रुपया। मूल कॉपी और दो नक़लें लेकर वह बाहर निकला और पीसीओ से डी. के. को फोन जोड़ा।

"मैं इक़बाल बोल रहा हूँ," बॉस के लाइन पर आते ही उसने बताया, "आपका काम हो गया है।"

"हूँ..."

"हमीद का फ़ैसला सोमवार को आने वाला है, सही?" सोमवार के बीच अभी तीन दिन थे, "उससे पहले मुझे आपसे एक बार मिलना होगा।"

"अभी क्या कर रहे हो?"

"कुछ नहीं।"

"घंटे-भर बाद मैं ताज के पूल-साइड पर रहूँगा।" डी. के. ने बताया, "वहाँ मैं तुम्हारा इन्तज़ार करूँगा।"

इक़बाल की टैक्सी ताज होटल के नीचे रुकी, तब दोपहर के दो बजे थे। मीटर चुकाकर उसने एक नज़र सामने लहराते समुद्र पर बिछायी। वक़्त ज्वार का था। गेटवे ऑफ इंडिया की दीवारों पर अपना सिर पछाड़ती लहरें हवा में उछलकर फुटपाथ पर पसर रही थीं।

होटल में दाख़िल होकर इक़बाल ने ताज आर्ट गैलरी पार की और लॉबी में आकर सीधा आगे बढ़ा। लॉबी और स्वीमिंग पूल के बीच काँच के विशाल दरवाज़े थे। पूल-साइड की झलकें वह यहाँ से देख सकता था।

दरवाज़ा पार कर भीतर जाते हुए उसकी आँखें डी.के. को तलाशने लगीं। उसके सामने साफ़ पानी का स्वीमिंग पूल था, जिसके चारों ओर बेंत की कुर्सियाँ और मेज सजे हुए थे।

यह समय खाने का होने के कारण यहाँ भीड़ कम थी। सिर्फ़ थोड़े विदेशी सैलानी विश्राम करते या तैरते नज़र आ रहे थे। बिकनी में सूर्यस्नान करती हुई सफ़ेद चमड़ी वाली तीन महिलाएँ हरे-भरे लांन पर तौलिया बिछाकर औंधी लेटी थीं।

इक़बाल डी. के. को ढूँढ़ सके, इससे पहले डी. के. ने उसे ढूँढ़ लिया। अचानक

उसके कानों से एक आवाज़ टकराई। किसी ने उसे पुकारा था। आवाज़ की दिशा में उसने गर्दन घुमायी तो देखता रह गया। तैरने के बाद शावर लेकर स्वच्छ कुर्ता-पाजामा पहने डी. के. उसके सामने खड़ा था। पैरों में कोल्हापुरी चप्पल, गले में सोने की पतली चेन थी। लेकिन इक़बाल के चौंकने का कारण वह नहीं था।

डी. के. की बगल में चूड़ीदार में लिपटी किरण खड़ी थी। उसके चेहरे से यह स्पष्ट था कि वह भी डी. के. के साथ तैरकर अभी-अभी निकली थी, कुछ उलझी-सी लग रही थी। शायद उसने भी इक़बाल से इस तरह अचानक मुलाक़ात होने की कल्पना नहीं की होगी।

"तुम इस लड़की को जानते हो?" डी. के. ने पूछा।

वह किरण से कई बार मिल चुका था। शायद डी. के. इस हक़ीक़त से वाक़िफ़ हो। शायद न भी हो। किसी युवती के जीवन के निजी पन्नों को उलटने से उसे कोई लाभ नहीं होने वाला था, बल्कि इससे सामने वाले के हृदय को ठोकर ही लगने वाली थी।

उसकी ख़ामोशी का अर्थ किरण से छिपा न रहा। उसके दिल में इक़बाल के प्रति जो आदर था, और बढ़ गया। डी. के. के प्रश्न का उत्तर भी उसी ने दिया, "वह मुझे नहीं जानता, लेकिन मैं उससे वाकिफ़ हूँ।"

"वह कैसे?" डी. के. ने आश्चर्य जताया।

"सिंघ के कमरे पर मैंने उसे देखा है।"

"और उसने तुम्हें नहीं देखा?"

"बिल्कुल सही।"

डी. के. के होंठो पर मुस्कुराहट तैर गयी, "क्या तुम यह सोचती हो कि मैं तुम्हारी बात मान लूँगा?"

"माननी पड़ेगी।" किरण ने अपने शब्दों पर ज़ोर देते हुए कहा, "इक़बाल औरतों के सामने आँख उठाकर नहीं देखता।"

डी. के. ठहाके के साथ हँस दिया। फिर कहा, "किरण तुम्हारे रूप की यहाँ कद्र नहीं होगी। तुम कमरे में बैठो, मैं आध घंटे में काम निपटाकर आता हूँ।"

डी. के. ने जिस खूबी से किरण को बीच से हटा दिया, वह इक़बाल से अनजान नहीं रहा। किरण के जाने के बाद दोनों क़रीब की कुर्सियों पर एक-दूसरे के आमने-सामने बैठ गये। बीच में मेज़ थी।

"कुछ लोगे?" सामने से गुज़रते हुए एक बैरा को रोककर डी. के. ने इक़बाल से पूछा।

"मैं खाना खाकर आया हूँ।"

"सच कह रहे हो न? मुझे ज़ोर-जबर करने की आदत नहीं।"

"तैरने के बाद आपको भूख लगी होगी, यह मैं सोच सकता हूँ। आप ऑर्डर लिखवाइये, मैं नींबू-पानी लूँगा।"

शायद डी. के. को किरण के साथ लंच लेना था, इसलिए उसने अपने लिए सिर्फ़ एक बीयर का ऑर्डर दिया।

"क्या कहना है तुम्हें?" बैरा के जाते ही अपने आसपास एक सरसरी निगाह डालकर उसने हौले से पूछा।

इक़बाल ने तीन काग़ज़ निकालकर उसके सामने मेज पर रखे, "ये हैं हमीद के डेथ-सर्टिफिकेट।" उसने बताया, "एक मूल कॉपी, बाक़ी दो डुप्लीकेट हैं।"

पहले तो डी. के. की समझ में कुछ नहीं आया। हमीद ज़िन्दा है, सोमवार को उसके केस का फ़ैसला आने वाला है और इक़बाल कहता है कि...!

उसने एक नक़ल उठाकर आँखें टिकाईं। तारीख़ और नगर निगम के सही सिक्के स्पष्ट थे। डेथ-सर्टिफिकेट असली था।

"इसका क्या करना है!" चेहरे को गम्भीर रखते हुए डी. के. ने फिर पूछा।

"सोमवार को कोर्ट खुले, तब हमीद के बेटे को इस डेथ-सर्टिफिकेट के साथ खड़ा करना होगा।"

इक़बाल के चेहरे को वह स्थिर नज़रों से देखता रहा। उसकी बुद्धि ने बिजली की रफ़्तार से इक़बाल के खेल को जान लिया। पलभर के लिए उसके दिमाग़ को लक़वा मार गया। आज तक इक़बाल के साहस और क़ाबिलियत के क़िस्से वह सिंघ द्वारा सुनता आया था। आज इक़बाल ने जैसे उसके सामने चमत्कार कर दिखाया था।

जो आदमी मरा हुआ हो, उसे फाँसी नहीं दी जा सकती—यह साफ़ था। जज के आगे डेथ-सर्टिफिकेट पेश करने पर केस अपने आप ख़ारिज हो जाने वाला था। फाइल ताक पर चढ़ा दी जाने वाली थी। कुछ मुद्दत हमीद बम्बई से बाहर रहकर हमेशा की तरह अपना काम शुरू कर सकता था।

बैरा ने आकर टेबल पर बीयर का एक 'मग' और नींबू-पानी का गिलास रखा, तब डी. के. को ख़याल आया, काफ़ी वक़्त से वह ख़ामोश बैठा है।

"यह डेथ-सर्टिफिकेट तुमने कैसे पाया?" बीयर का घूँट भरते हुए उसने नये सिरे से शुरुआत की।

"मॉर्ग में गया था।" इक़बाल ने संक्षेप में बताया, "वहाँ एक लावारिस लाश कुछ हद तक हमीद से मिलती-जुलती थी। उस पर मैंने ज़रूरी इन्फोरमेशन दर्ज करके कार्ड रख दिया।"

इससे अधिक बताना उसे उचित नहीं लगा, "अब हमें सिर्फ़ फाइल नदारद करनी होगी।"

"कौनसी फाइल?"

"केस ख़त्म होने पर हमीद की फाइल सरकार अपने गोदाम में रख देगी। जब तक वह फाइल सलामत रहेगी, हमीद के सिर पर तलवार लटकती रहेगी।"

इक़बाल बात भी कर रहा था और बीच-बीच में नींबू-पानी के घूँट भी भर रहा था, "वह फाइल गायब कर दी जाये, तो भविष्य में भी फिर कभी हमीद का केस नहीं खुल सकेगा। क्योंकि उस फाइल के साथ सभी सबूत भी गायब हो जायेंगे।"

"यह काम मुश्किल नहीं।" डी. के. ने बीयर का गिलास ख़ाली करते हुए कहा, "कोर्ट के चपरासी को सौ का पत्ता थमाने पर वह एक फाइल तो क्या, पूरे गोदाम को दियासलाई लगाने को तैयार हो जायेगा।"

सौ रुपये की बात निकलने पर इक़बाल को याद आया, अब तक उसने बॉस को पाँच सौ रुपयों का हिसाब नहीं दिया। नींबू-पानी का गिलास ख़त्म कर उसने जेब से कुछ नोट निकाले, "मॉर्ग के हवलदार को दो सौ रुपये दिये, लाश दफ़न करने का खर्चा ढाई सौ रुपये, घर से म्युनिसिपल ऑफिस तक का टैक्सी भाड़ा चार रुपये हुआ, दो नक़ल के साथ, डेथ-सर्टिफिकेट के पाँच रुपये चुकाये, जिसकी यह रसीद है। बाक़ी के इकतालीस रुपये गिन लो।"

इस बार डी. के. इतनी जोर से हँसा कि थोड़ी दूर बिकनी में उलटी लेटी हुई तीन विदेशी महिलायें मुड़कर उसकी ओर देखने लगीं। डी. के. को किसी की परवाह नहीं थी।

जी भर कर हँस लेने के बाद उसने बताया, "इक़बाल, तुम्हें ऐसे छोटे-मोटे हिसाब देने की ज़रूरत नहीं, अब तुम मेरे पार्टनर हो।"

"लेकिन..."

"भूल जाओ काग़ज़ के इन टुकड़ों को," इक़बाल के हाथ में धरे हुए नोटों की ओर संकेत करते हुए उसने जोड़ा, "मेरी तरह तुम भी करोड़ों में खेलने के लिए पैदा हुए हो।"

हमारी आज की मुलाक़ात का इतनी जल्दी ख़त्म होना मुझे अखरा। फिर भी मैंने सूफ़ी से पूछ लिया, "मॉर्ग में तुमने जो लाश चुनी थी, उसका क़द और रंग हमीद से मिलता-जुलता था, चेहरा नहीं। क्या इतना बड़ा फ़र्क़ किसी की नज़र में नहीं आया?"

"पूछताछ हुई होती तो यह सवाल ज़रूर उठता," उसने कहा, "लेकिन हमारे सरकारी महकमों में इतना समय किसके पास है कि वह ये सब जाँच-पड़ताल करें।"

मुझे सहज ही विचार आया, विदेश से महँगे कम्प्यूटर आयात करने के बजाय अगर सरकार इक़बाल जैसे ज़िन्दा कम्प्यूटरों को ख़रीदकर अपने फ़ायदे में उनका इस्तेमाल करे तो?

25

डी. के. की ओर से तोहफ़े में मिले हुए दो बेडरूम के फ्लैट में इक़बाल दो-चार दिन रहने वाला था। फिर कुछ बहाना बनाकर चुपचाप चाबी लौटा देने का उसका फ़ैसला अटल था। लेकिन घर पर घटी एक छोटी-सी घटना ने तोप के गोले द्वारा क़िले की दीवार में किये गये गड्ढे की तरह उसके फ़ैसले को हिला डाला।

रज़्ज़ाक़ को उसने स्कूल से उठाकर पड़ोसी की जूतों की दुकान पर बैठाया था। रज़्ज़ाक़ की शरारतें अपने आप बन्द हो गयी थीं; बल्कि उसमें ऐसा सुन्दर परिवर्तन नज़र आया, जो सच को भी झुठलाता था।

रोज़ सुबह ख़ुशी-ख़ुशी तैयार होकर वह पड़ोसी नूर मुहम्मद के साथ निकल जाता और देर शाम को दुकान बन्द होने पर उसके साथ ही लौटता।

इक़बाल खुश था। इस साल फ़ीरोज़ भी एस.एस.सी. में सत्तर फ़ीसदी मार्क पाकर कॉलेज में दाख़िल हुआ था। एक सपना सच हुआ था। इस परम कृपा के बदले नमाज़ में उसने कई बार खुदा का शुक्रिया अदा किया।

ख़ासकर उस दिन उसके दिल में ख़ुदा की याद दुगुनी तेज़ी से दौड़ आती, जब महीने की पहली तारीख़ को रज़्ज़ाक़ पगार लेकर गुलबानू के हाथ में सौंपता। रज़्ज़ाक़ की यह कमाई पसीने की कमाई थी।

पूरी ईमानदारी के साथ वह पूरा दिन कोल्हू के बैल की तरह काम करके छह सौ रुपये माहवार कमाता था। उसकी तनख़्वाह की रक़म उसके नाम से ही बैंक में जमा करवाने की व्यवस्था इक़बाल ने की थी, ताकि भविष्य में वह ख़ुद का धन्धा शुरू करना चाहे, तो उसकी ख़ुद की मेहनत की पूँजी उपलब्ध हो।

आज भी उसने तनख़्वाह लाकर माँ के हाथ में रखी। इक़बाल मग़रिब-इशा की नमाज़ पढ़कर तस्बीह के दाने घुमा रहा था। उसके चेहरे पर स्नेह उभर रहा था।

तस्बीह ख़त्म कर उसने अपना हाथ बढ़ाया और रज़्ज़ाक़ की कलाई थामकर उसे बगल में बैठाया। फिर कहा, "यूँ ही मेहनत से काम करता रहेगा, तो एक दिन तू ख़ुद मालिक होगा और तेरे मातहत दस लोग काम करते होंगे।"

"सच भाईजान?"

"इसीलिए तो हम तेरी तनख़्वाह में से एक पैसा भी घर के ख़र्च के लिए नहीं लेते।"

"तब घर कैसे चलता है?"

इक़बाल चौंका।

"आप कॉलेज में हैं," उसे ख़ामोश देखकर रज़्ज़ाक़ ने जोड़ा, "इस साल फ़ीरोज़ भाईजान कॉमर्स में गये हैं। नौकरी मैं अकेला करता हूँ और मेरी तनख़्वाह जमा हो रही है, तो हमारे घर का ख़र्चा कौन चलाता है?"

इक़बाल को ख़याल आया, उसके छोटे भाई अब नादान नहीं रहे थे और वह ख़ुद भी नहीं चाहता था कि उसका रहस्य भाइयों को पता चले, तुरन्त उसने एक जवाब सोच निकाला, "मैं पार्ट-टाइम नौकरी करता हूँ।"

"कैसी?"

"मुझे कार चलाना आता है।"

रज़्ज़ाक़ को याद आ गया। कुछ साल पहले एक सुबह इक़बाल (भेसाड़िया की) कार लेकर आया था और फ़ीरोज़ के साथ उसे बैठाकर सैर कराने ले गया था।

उसने मान लिया, वह कार ज़रूर बड़े भैया के मालिक की होगी। वह चुप हो गया। लेकिन उस रात इक़बाल चैन से सो न सका। बरसात के बादलों की तरह कई विचार उमड़-घुमड़ करते हुए आकर उसके चेहरे का रंग गहराते हुए चले गये।

दोनों छोटे भाई उसे प्यार से भाईजान कहकर पुकारते थे। अगर उन्हें यह पता चले कि जिसकी वे पूजा करते हैं, वह खोटा सिक्का है, तो वे क्या सोचेंगे?

दूसरे दिन सुबह वह नये फ्लैट पर जाने के लिए निकला। अभी तक उसने यह फ्लैट देखा भी नहीं था। टैक्सी में बैठते हुए उसने एक पर्चे पर लिखा पता पढ़ा। मकान का नाम था 'उषा सदन'। कोलाबा डाकघर के क़रीब वह रिहाइशगाह थी।

परिवार के साथ यहाँ न रहने के लिए जो निर्णय लिया गया था, उसका एक कारण यह था कि हर तीसरे-चौथे दिन कोलाबा का नाम अख़बारों में सुर्ख़ियों में होता था। कभी यहाँ के फ्लैटों पर छापा मारकर पुलिस शराब के अड्डे ढूँढ़ निकालती थी, तो कभी डांसिंग स्कूल या मसाज पार्लर के नाम से चलने वाले अनीति के धाम। किसी अजनबी के लिए यह जानना वास्तव में मुश्किल था कि कौन से मकान में सज्जन रहते हैं और कौन से मकान में दुर्जन?

टैक्सी पोस्ट ऑफिस के पास आकर रुकी। मीटर चुकाकर इक़बाल मकान का नाम पढ़ते हुए आगे बढ़ा। उषा सदन क़रीब ही था। वह दाख़िल होकर तीसरी मंज़िल पर आया और सात नम्बर के फ्लैट के दरवाज़े में चाबी घुमाई। दरवाज़ा न खुला। उसने पते वाले पर्चे को फिर एक बार देखा। कहीं कोई भूल नहीं थी। फिर वह चाबी घुमाने गया और जैसे चमत्कार हुआ हो, ऐसे दरवाज़ा अन्दर से खुल गया।

उसके सामने पारदर्शी नाइटी में किरण खड़ी थी। इक़बाल एकटक उसके चेहरे को देखता रहा। किरण की आँखों में भी हैरत थी, "आओ!" स्वस्थ होकर वह मुस्कुराई और बीच से हट गयी, "अन्दर आओ।"

भीतर क़दम रखते ही उसे लगा कि सागरदर्शन इमारत के फ्लैट की तुलना में

यह फ्लैट ग़रीब लगता था। फिर भी इसमें ज़रूरत की सारी सुविधाएँ सुघड़ता से रखी हुई थीं। झरोखे की चौखट पर एक सुनहरे रंग का पिंजरा भी टँगा था। उसमें रंगीन पंखों वाली एक चिड़िया उदास-सी बैठी थी। वह उदासी दीवारों पर लगे फीके रंगों से भी झाँक रही थी।

"मुझे नहीं पता था कि फ्लैट के साथ तोहफे में तुम भी मिलोगी!" सोफे पर बैठते हुए इक़बाल ने कहा।

किरण ने कुछ नहीं सुना, वह तो अपने जज़्बातों के साथ बह गयी थी, उसके हृदय के तार इक़बाल को देख झनझना उठे थे। आख़िर भगवान ने उसकी मौन प्रार्थना सुन ली थी। जिसे उसने मन-ही-मन दूर से चाहा, वह इक़बाल आज उसका मेहमान था।

"चाय लोगे? कॉफी?" उसने पूछा। फिर अचानक जैसे कुछ याद आया हो, ऐसे अपनी भूल सुधारी, "नहीं-नहीं, मैं जानती हूँ, बीयर भी तुम नहीं पीते। देखती हूँ, फ्रीज में नींबू होगा, तो नींबू-शरबत बनाके लाऊँगी, वर्ना तुम्हें मिल्क-शेक पीना पड़ेगा।"

इक़बाल कुछ कहता, इसके पहले वह किचन में चली गयी। किरण के नींबू-पानी के ज़िक्र ने उसे सोच में डाल दिया। डी. के. के साथ उसने ताज होटल में एक बार नींबू-पानी पिया था। उस समय किरण उसी होटल के एक कमरे में डी.के. का इन्तज़ार करती बैठी थी। डी. के. ने ज़रूर उससे इस विषय में ज़िक्र किया होगा।

जब वह लौटकर आयी, पारदर्शी नाइटी के ऊपर उसने हरी धारियों वाली चादर ओढ़ ली थी। हाथ में एक ट्रे के साथ एक गिलास में नींबू-पानी था।

ट्रे तिपाई पर रखकर वह सामने के सोफ़े पर बैठ गयी, दोनों की नज़रों के वार एक-दूसरे के चेहरे पर से बार-बार फिसल रहे थे।

कुछ देर बाद किरण की आँखें उस पर ठहरीं।

गिलास उठाते हुए वह बोला, "तुम्हें पता नहीं था?"

"क्या?"

"यह फ्लैट मेरा है।"

किरण को शरारत सूझी, "और मैं किसकी हूँ?"

"मैं समझा, तुम जानती होगी?"

"जी नहीं, मैं नहीं जानती?"

"तब जान लो कि इस फ्लैट में जो कुछ भी है, सब मेरा है..."

किरण की धड़कनें अपनी रफ़्तार चूक-सी गयीं। इक़बाल ने इससे पहले कभी उससे इतनी स्पष्ट और सीधी बात नहीं की थी। आज से पहले उसने आँखें मिलाकर आँखों में झाँका भी कहाँ था?

"सिर्फ़ उस रंगीन पंखों वाली चिड़िया को छोड़कर।" इक़बाल ने अपना अधूरा वाक्य पूरा किया।

किरण ने पूछा, "अगर इस फ्लैट की सभी चीज़ों को तुम अपनी समझते हो, तो वह चिड़िया क्यों नहीं?"

"क्योंकि वह पिंजरे की पंछी है!"

इक़बाल का इशारा वह समझ गयी। उसने किरण की तुलना उस पंछी से की थी, जो पिंजरे में क़ैद था। वह पंछी जो मेहमानों के दिल बहलाता था, मर्द उससे दो घड़ी खेलते, उसे बहलाते, सहलाते और लौट जाते थे।

कुछ पल ख़ामोश रहकर उसने एक अजीब प्रश्न किया, "इक़बाल, तुम मर्द हो?"

"तुम्हें शक है?"

उसने 'हाँ' में सिर हिलाते हुए कहा, "मेरी ज़िन्दगी में आने वाला हर पुरुष खुद को मर्द समझता है।"

"और तुम किसे मानती हो?"

"उसे जो पिंजरा खोलकर पंछी को नीला आकाश दे सके।"

"इसका क्या भरोसा कि पंछी फिर पिंजरे की तलाश में लौटेगा नहीं?"

"यह मुमकिन नहीं, क्योंकि आकाश खुला भी है और नीला भी।"

"पिंजरा सोने का है।"

"सोने का हो या चाँदी का, पिंजरा आख़िर पिंजरा होता है और अगर उसे खोलने वाला मर्द सोने का सौदागर हो तो पन्छी को पिन्जरे का मोह क्यों रहेगा?" कहते हुए वह खड़ी होकर इक़बाल की बगल में आ गयी। "और तुम सोने के सौदागर हो। डी. के. बता रहा था, तुम महलों में रहने को पैदा हुए हो। करोड़ों के तुम मालिक बनोगे। मगर तुम्हारे प्यार के आगे ये सब बेमानी हैं। मैं न महल चाहती हूँ न ऐशोइशरत। तुम कहो तो मैं तुम्हारे साथ झोंपड़ी में भी रहने को तैयार हूँ। तुम्हें शायद मेरे शब्दों पर यकीन न हो, पाँचसितारा होटलों में घूमने वाली किरण का जन्म खुले आकाश तले हुआ था।"

सुनहरे पिंजरे में पंख फड़फड़ाते पंछी को वह निहारता रहा। उसकी परेशानी यह थी कि वह अपना घर छोड़कर यहाँ निपट अकेला रहना चाहता था।

अब उसे ख़याल आया, उसे उपहार में मिला फ्लैट डी. के. का है तो यह किरण कौन है? क्या इस फ्लैट के साथ डी.के. ने उसे भी ख़रीद लिया था? आख़िर उसने पूछा, "डी. के. से तुम्हारा क्या रिश्ता है?"

"तुम क्या जानना चाहते हो?"

"डी. के. जानता है कि मुझे औरतों में कोई दिलचस्पी नहीं। क्या वह मुझे

परखना चाहता है।"

किरण समझी नहीं, "क्या मतलब?"

"कोई मुझे फ्लैट उपहार में दे, यह तो समझ में आता है। फ्लैट की साज-सज्जा में सोफासेट, डबलबैड, फ्रिज, रेडियो हो, ये भी नयी बात नहीं। लेकिन तुम भी उसका एक हिस्सा हो, यह राज़ मेरी समझ से परे है।"

"नहीं, मैं उसका हिस्सा नहीं हूँ।"

"तब तुम यहाँ क्या कर रही हो?"

"अजीब सवाल किया तुमने, मेरे घर में मैं क्या कर रही हूँ?" वह हँसी, "तुम्हारी मेहमाननवाज़ी कर रही हूँ।"

अब बारी इक़बाल के चौंकने की थी, "क्या यह फ्लैट सचमुच तुम्हारा है?"

"राशन कार्ड दिखाऊँ, पासपोर्ट दिखाऊँ या तुम किराये की रसीद देखना चाहोगे?"

"तो क्या डी. के. ने मेरे साथ मज़ाक़ किया?"

"डी. के. चुटकुले पर ठहाका मारकर हँसना जानता है, मज़ाक़ करना नहीं।"

इक़बाल ने जेब में से पते वाली पर्ची निकालकर देखा, "इलाक़ा—कोलाबा, मकान—उषा सदन, तीसरी मंज़िल, फ्लैट नम्बर सात।"

"हो ही नहीं सकता। ये तो मेरा अपना पता है।" कहते हुए उसने इक़बाल के हाथ से पर्ची झपट ली।

पता देख उससे बिना हँसे न रहा गया। धीरे-धीरे हँसते-हँसते वह पेट पकड़कर हँसने लगी, फिर एकाएक इक़बाल का हाथ अपने हाथ में लेकर मुबारकबाद दी, "कांग्रेचुलेशन इक़बाल। आज से तुम मेरे पड़ोसी हो। आओ, मैं तुम्हारा फ्लैट दिखाऊँ।"

हाथ में लिया हुआ इक़बाल का हाथ अभी उसने छोड़ा नहीं था। उसके पीछे घिसटता हो, ऐसे इक़बाल साथ चला। चन्द कमरे पार कर किरण एक बन्द दरवाज़े के सामने आकर खड़ी हो गयी।

"तुम्हारे पास चाबी तो होगी!"

जेब में से चाबी निकाल किरण को सौंपते हुए उसने दरवाज़े पर नम्बर देखा। वह 'एक' था। इक़बाल की समझ में भूल आ गयी। पते वाले पर्चे पर जल्दबाज़ी में लिखा गया अंग्रेजी का अंक एक, दिखने में उसे सात जैसा लगा था! और सात नम्बर का फ्लैट किरण का था।

दरवाज़ा खुलते ही इक़बाल बौखलाया-सा देखता रहा। टाटा-बिड़ला के आवास जैसे शानदार वातानुकूलित कमरे में उसने प्रवेश किया था। बगल में पारदर्शक नाइटी पर हरी धारियों वाली उजली चादर डाले किरण खड़ी थी। पीठ पीछे दरवाज़ा

अपने आप बन्द हो गया।

किरण ने उसके आगे आते हुए उसकी कमर में हाथ डाल दिये। फिर उसकी आँखों में आँखें पिरोते हुए कहा, "अपने पड़ोसी से प्यार करना पड़ोसी का धर्म होता है, ऐसा मैंने कहीं पढ़ा था।"

"कहीं और नहीं, बाइबिल में और वह भी अलग मायने में।"

"क्या करूँ, जब कोई इशारा न समझे, तब शब्दों का सहारा लेना पड़ता है। तुम चुप क्यों हो?"

"कभी ख़ामोशी बोलती है तो कभी होंठ।"

किरण के लिए इतना दिलासा काफ़ी था। उसने अपना सिर इक़बाल की छाती पर टिका दिया। उसे लगा, जैसे आज उसका नया जन्म हुआ हो। जैसे इक़बाल के प्यार की पवित्रता में उसके सारे पाप धुल गये हों।

इक़बाल ने उसके सिर पर हाथ फेरते हुए उसे हौले से अलग किया और देखा, उसका चेहरा भीगा हुआ था।

"रोओ नहीं किरण।"

कन्धे पर पड़ी चादर से आँखें पोंछते हुए वह बोली, "खुशी के आँसू हैं ये, छलक गये।"

"इतने कि पूरा चेहरा ही भीग जाये?"

"इतनी खुशी भी तो जीवन में पहले कभी नहीं मिली।" कहते हुए वह थोड़ा हँसी, "और मैं यह साबित कर सकती हूँ।"

वह नहीं समझा तो किरण ने जोड़ा, "आज मैं बढ़िया डिश पकाऊँगी और तुम्हें खिलाऊँगी।"

थोड़ी देर बाद वह किरण के फ्लैट के झरोखे में खड़ा था और किचन में खाना पक रहा था। इक़बाल खुले आसमान की तरफ़ देखता रहा। बदलियों के झुरमुट के कारण सारा शहर एक साया-सा जान पड़ता था।

वह सोच रहा था... उसके सिद्धान्त, उसकी श्रद्धा उसके विश्वास को भेदकर आख़िर प्रेम ने उसके जीवन में प्रवेश किया था, धीरे-धीरे उसके दिल में उतरा था, उसकी रग-रग में दौड़ने लगा था। यह कैसे हुआ? इससे अधिक आश्चर्य इस बात का था कि उसे किसके साथ प्रेम हुआ था?

वह जानता था, किरण एक कॉलगर्ल है। टेलीफोन पर जिस्म के सौदे करती है। कोई दमदार ग्राहक थोड़े सिक्के फेंककर उसे एक रात के लिऐ ख़रीद सकता है।

सिंघ के कमरे में वह किरण को कई बार देख चुका था। डी. के. ने भी उसके साथ ताज होटल में चन्द घंटे गुज़ारे थे। कितने ही पुरुष उसके जीवन में समुद्र की लहरों की तरह आये और चले गये होंगे! फिर भी वह इक़बाल के मन की गहराई

में उतर आयी थी; और मन के भेद आज तक कौन समझ पाया है।

इतना वह निश्चित रूप से कह सकता था, किरण के जिस्म की तरफ़ नहीं, उसके निर्मल मन की तरफ़ वह आकर्षित हुआ था। शहर में जिस्म तो टके दाम ख़रीदे जा सकते हैं, मगर मन का मोल नहीं होता। दुनिया की कोई ताक़त उसे ख़रीद नहीं सकती। इक़बाल को एक अनमोल मोती बिन माँगे मिल गया था। उसने उसे स्वीकार कर लिया।

उसे स्वीकार कर उसने कोई भूल तो नहीं की?

अपराध की जिस डगर पर वह आगे बढ़ रहा था, वह उसने खुद नहीं चुनी थी। बचपन से जवानी तक उसने नेकी की राह पर चलने के लिए सारे प्रयास किये थे। अन्त में 'खुदा की मरज़ी' मानकर इस दलदल को उसने स्वीकार कर लिया था।

किरण की ज़िन्दगी भी कुछ हद तक उसके समानान्तर चली थी। वह एक बंजारन की बेटी थी। उसके पूर्वज कौन थे? कहाँ के थे? उसे कुछ मालूम न था। बचपन की यादों का उसे सिर्फ़ इतना स्मरण था—सजीसजायी एक बहली (छकड़ागाड़ी) उसका घर था।

वह घर कभी कश्मीर के चिनार के दरख़्तों के नीचे पनाह लेता, तो कभी कन्याकुमारी के किनारे पड़ाव डालता। कभी हफ़्तों तक वे एक ही शहर में तम्बू तानते, कभी महीनों किसी गाँव में रुक जाते। उसकी माँ बहली के बाहर बैठ तरह-तरह के धूप के चश्मे बेचती और बाप लुहार का काम करता।

ये यादें उसके छह वर्ष के होने तक की हैं। इसके बाद क्या हुआ? किसी ने उसे फुसलाया था? उसका अपहरण किया गया था? कुछ भी स्पष्ट न था। कोई पुरुष उसे एक कोने से उठाकर दूसरे कोने में ले आया था।

पहनावा बदला था। इनसान बदले थे। इनसानों के रंग बदले थे। पेड़ बदले थे, मौसम बदला था। रेल की यात्रा काफी लम्बी थी (उस यात्रा के दौरान वह निरन्तर रोयी थी), मगर अन्त सुखद हुआ था।

वह दिल्ली में थी। एक शानदार कोठी में थी। खेलने को ढेर सारे खिलौने थे। स्नेह छलकाती ममतामयी एक माँ थी, पिता थे। निःसन्तान दत्त परिवार में उसे बेचा गया था। श्रीमती तथा श्री दत्त की वह गोद ली हुई बेटी थी।

श्रीमती दत्त ने उसे इतना स्नेह दिया कि एक-दो वर्षों में वह अपने माँ-बाप को लगभग भूल गयी। रह गयीं सिर्फ़ दो धुँधली स्मृतियाँ, जिनमें प्रवेश करने पर कोहरा बन सब कुछ बिखर जाता था। अपना मूल नाम भी वह बिसरा चुकी थी।

श्रीमती दत्त की पहली समस्या यह थी कि अभी तक वह अपनी गोद ली हुई बेटी के लिए योग्य नाम ढूँढ़ने में सफल नहीं रही थीं। श्री दत्त को न तो बेटी में कोई दिलचस्पी थी, न उसके नाम में। वह व्यापारी था। प्लास्टिक के खिलौने

बनाने का उसका कारोबार था। अपनी फैक्टरी थी। वह सुबह नौ बजे दिल्ली से शाहदरा चला जाता। रात नौ बजे जब वह लौटता, तब बिला नागा शराब के नशे में लड़खड़ाता हुआ घर में दाख़िल होता।

शराब की ऐसी लत उसे लगी थी कि दोपहर के खाने से पहले वह अपनी केबिन में पीना शुरू करता। घंटों पीता रहता। बीच-बीच में कुछ नमकीन खाता। अन्त में दो-तीन पेग बच जाते। वे फैक्टरी से घर के रास्ते में पूरे करता।

उसने ग़ैर-कानूनी बच्चा गोद लेने के बारे में कभी नहीं सोचा था, अगर उसकी बाँझ पत्नी के दिमाग में खलल पैदा न आई होती। शादी के पाँच वर्षों तक तरसती रही पत्नी आख़िर अपना धैर्य खो बैठी। दिन-रात घर में कलह शुरू हो गयी।

आख़िर तंग आकर पति को एक जीता-जागता खिलौना पत्नी की गोद में डालना पड़ा। इस खिलौने को ख़रीदने के लिए उसे एक ठग को पाँच हज़ार रुपये नक़द देने पड़े थे।

कभी स्नेह उभरने पर श्रीमती दत्त अपनी गोद ली हुई बेटी से कहतीं, “मेरी वीरान ज़िन्दगी में तू सुनहरी किरण बनकर आयी है,” एक दिन ‘किरण’ शब्द उसके चित्त पर चिपक गया। बंजारन की बेटी की वह पहचान बन गया।

किरण पढ़ाई में बहुत तेज़ थी। स्कूल में दाख़िला मिलते ही उसने अपने ज्ञान की चमक से छात्रों के साथ अध्यापकों को भी अचम्भित कर दिया।

उसने स्कूल के बाहर जो कुछ सीखा था, समझा था, उसके लिए उसे प्रयास नहीं करना पड़ा था। किताबों के पन्ने याद नहीं करने पड़े थे।

यायावरी में प्रकृति ने सब कुछ उसके सामने धर दिया था। कुदरत की गोद उसकी प्रयोगशाला थी, कॉलेज थी, यूनिवर्सिटी थी।

बहली वन में से गुज़रती और वह बैलों की डोर सम्भाले बापू की बगल में बैठ नये-नये पेड़-पौधों, फूल-पत्तों, रंग-बिरंगे परिन्दों, जन्तुओं को मार्ग में देखती। कभी कोई अनजाना प्राणी नज़र आने पर वह पूछ भी लेती, “बापू यह क्या है?”

“उसे नेवला कहते हैं। साँप और नेवले की लड़ाई खूँखार होती है।”

“उनमें जीतता कौन है?”

“जो बलवान हो वह। अजगर जैसे बड़े साँप नेवले का कलेवा कर जाते हैं।”

बैलगाड़ी फूलों की वादी से गुज़रने पर किरण के सामने इन्द्रधनुषी तितलियाँ तथा फूल रंगों की होली खेलते। गुलबहार, कुमुदिनी, गेंदा, नरगिस, बनफ़्शा जैसे फूल, जिनके नाम भी शहरी बच्चे नहीं जानते थे, वे किरण के मन पर अंकित थे।

जैसे-जैसे किरण की उम्र बढ़ती गयी, वह अपने नये माता-पिता के निजी जीवन को समझती गयी। श्री दत्त और उनकी पत्नी के बीच एक खाई थी। वह दस वर्ष की हुई, तब तक यह रहस्य जान गयी। अब पति-पत्नी बेडरूम में साथ नहीं सोते

थे। श्रीमती दत्त किरण के साथ अलग कमरे में सोती थीं।

पति के घर लौटने का समय भी बदल चुका था। रात के नौ तक घर पहुँचने वाला पति अब पी-पीकर रात-बेरात कभी भी घर आता और तब वह अकेला नहीं होता। कोई-न-कोई स्त्री उसके साथ रहती। किराये की औरत के साथ वह उसी छत तले, उसी बिस्तर पर रात गुज़ारता, जहाँ अभी दो वर्ष पहले श्रीमती दत्त सोया करती थीं।

जब पहली बार पति किसी पेशेवर महिला को लेकर आया, तब घर में महाभारत मचा था। अब श्रीमती दत्त ने नज़रअन्दाज करना सीख लिया था। मगर उसकी व्यथा किरण से छिपी न थी।

वह मन-ही-मन घुटती रहती थी। दिन-ब-दिन सिकुड़ती जाती थी। कमज़ोर होती जा रही थी। वह इतनी कमज़ोर हो गयी कि उसे साँस लेने में भी तकलीफ़ होने लगी। यह उसके अन्तिम दिन थे। किरण की जवानी की शुरुआत के, कॉलेज के दिन थे।

मरने से पहले श्रीमती दत्त ने पति को अपने पास बुलाकर किरण का हाथ उसके हाथ में सौंपते हुए सिर्फ़ एक ही विनती की, "इस लड़की को तुमने चाहे अपनी बेटी न माना हो, वह तुम्हें पापा कहकर पुकारती है। मेरे मरने के बाद इसकी ज़िम्मेदारी तुम्हारी है। इसकी पढ़ाई पूरी करवाके इसके मनपसन्द लड़के से इसकी शादी करवाना। यह फ़र्ज़ भी तुम्हारा है।"

श्री दत्त ने किरण का हाथ छोड़ पत्नी का हाथ अपने हाथ में लिया और कहा, "तुम मुझे हिदायत न देतीं, तब भी मैंने अपना फ़र्ज़ निभाया होता।"

जब श्रीमती दत्त की साँसें ख़त्म हुईं, उसके होंठों पर परम शान्त मुस्कान थी। किरण की आँखों में आँसू थे। माहौल में उदासी...

बीस कमरों वाली कोठी में सन्नाटा छा गया। ख़ाली-ख़ाली दीवारों पर फिसलती हवा साँय-साँय करती बहने लगी, खिड़कियों से झूलते पर्दे लहराने लगे। उस रात किरण न सो सकी। उस रात के बाद भी किरण चैन से सो नहीं पायी। अकेले सोने की उसे आदत नहीं थी। क़भी आधी रात को वह चौंककर उठ बैठती, फिर सूनी दीवारों को डरी-डरी आँखों से ताकती रहती।

ऐसे ही एक रात को वह दीवारों को घूर रही थी और धड़ाम से दरवाज़ा खुल गया। चौखट के बीच श्री दत्त खड़ा था। आज वह आधी रात गये लौटा था, पर अकेला।

किरण उसे एकटक देख रही थी कि उसने पूछा, "अभी जाग रही हो?"

"जब से मम्मी की मौत हुई है, मेरा जी इस कमरे में नहीं लगता।"

"तो मेरे बेडरूम में चली आओ।"

"आप कहाँ सोयेंगे पापा?"

"मेरा बिस्तर इतना बड़ा है कि एक साथ तीन लोग आसानी से सो सकते हैं।"

किरण ने कुछ सोचकर कहा, "आज की रात मैं यहीं सोऊँगी। कल किसी दूसरे कमरे में इन्तज़ाम कर लूँगी।"

"क्या तुम्हें मुझ पर भरोसा नहीं?"

वह चौंकी, "ये आप क्या कह रहे हैं?"

"जो तुम्हारे मन में घुल रहा है, वह।"

"नहीं-नहीं पापा, मैं नहीं चाहती कि मेरी वजह से आपको परेशानी हो।" न चाहते हुए भी किरण ने बहुत कुछ कह दिया।

इसका अर्थ श्री दत्त ने उलटा लिया, "तुम्हारी मम्मी के स्वर्गवास के बाद क्या मैं दूसरी स्त्री को कभी घर लाया हूँ?" उसने प्रश्न किया। किरण चुप रही तो उसने आदेश दिया, "चलो, खड़ी हो जाओ!"

वह फटी आँखों से देखती रही। श्री दत्त की आँखों में सपोलिये खेल रहे थे। किरण को सोचने का अधिक समय न देते हुए उसने दरवाज़ा बन्द कर दिया। पन्छी शिकारी के पंजे में फँस गया। पंछी ने बहुत पंख फड़फड़ाये, बहुत चीखा-चिल्लाया, पर उसका वश न चला।

यह क्रम लगातार एक महीने तक चलता रहा। शिकारी पिंजरा बन्द कर रोज़ाना फैक्टरी जाता और नशे में चूर आकर पिंजरा खोलता। किरण झुँझला उठी। किरण तड़प उठी।

इस क़ैद से उसे निकलना था। समस्या यह थी कि जाये तो जाये कहाँ? दूसरा और आखिरी उपाय था गले में फन्दा डालने का और वह आत्महत्या करने में यक़ीन नहीं करती थी। आत्महत्या करने वाली स्त्रियों को वह कायर समझती थी।

उसे गर्भ रहने पर श्री दत्त के लिए समस्या खड़ी हुई। पंछी को पिंजरे में से बाहर निकालकर गर्भपात के लिए कहीं ले जाना ज़रूरी था।

दूसरे सप्ताह ही वह एक डॉक्टर के साथ सब तय कर किरण को नर्सिंग होम ले आया। अबॉर्शन के दो दिन बाद किरण वहाँ से चुपचाप खिसक गयी।

उसके पास पैसे नहीं थे, पर गले में सोने की चेन तथा हाथ में महँगी घड़ी थी। उन्हें बेचकर उसने बम्बई का टिकट कटवाया और फ्रंटियर मेल में जा बैठी।

उसी गाड़ी में एक औरत उसके साथ यात्रा कर रही थी। किरण ने जाना होता कि वह औरत जिस्मफरोशी के धन्धे में गले तक डूबी हुई है तो बम्बई उतरकर वह कभी उसके घर नहीं जाती। वह इस पेशे में नहीं आती। आज वह बम्बई की टॉप कॉलगर्ल भी न होती। सचमुच ऐसा हुआ होता तो वह शायद इक़बाल के सम्पर्क

में भी न आती।

खाना पकाकर किरण किचन से निकल झरोखे के दरवाज़े तक आयी। इक़बाल अभी जहाँ का तहाँ खड़ा था।

"इक़बाल!"

उसने किरण की तरफ़ देखा, तो उसका चेहरा दमक रहा था। व्यंग्य में वह कह रही थी, "तुमने अपना बीमा तो करवाया होगा?"

"क्यों, खाने में ज़हर मिलाया है क्या?"

"मुझे खाना पकाना नहीं आता और तुमने मेरी दावत स्वीकार की है," वह हँसी, "तुम अपने जोखिम पर खाना खाओगे, यह बतला देना मेरा फ़र्ज है।"

उसके साथ बेडरूम की तरफ़ बढ़ते हुए इक़बाल ने कहा, "मैंने तो सुना था, मेरे सामने आज लाजवाब खाना परोसा जायेगा।"

"इसका पता तुम्हें पहले कौर के बाद ही चलेगा। सोच लो, अब भी देर नहीं हुई है।"

बेडरूम में क़दम रखते ही वह थम गया। एक लम्बी तिपाई पर गर्म खाने की बानगियाँ उसका इन्तज़ार कर रही थीं। चाइनीज़ फ्राइड राइस, स्वीट कॉर्नसूप, रशियन सलाद और तीन तरह के सॉस। साथ में दो गिलास कोकाकोला के थे।

भोजन की महक से इक़बाल ने सोच लिया कि आज वह उँगलियाँ चाटता रह जायेगा। वह एक कुरसी पर बैठा। किरण पलंग की पाटी पर बैठ गयी। बीच में तिपाई थी।

"बिस्मिल्लाह" कहते हुए इक़बाल पहला कौर उठाने गया और टेलीफ़ोन की घंटी बज उठी। इक़बाल का हाथ रुक गया। किरण ने आगे बढ़कर रिसीवर उठाया।

"हैलो!"

सिंघ का फोन था। कह रहा था, "बॉस ने तुम्हें शाम को बुलाया है।"

रिसीवर से आने वाली आवाज़ इतनी स्पष्ट थी कि इक़बाल भी सुन सकता था।

किरण ने जवाब दिया, "आज नहीं आ सकूँगी।"

"किसकी बुकिंग है?"

"किसी की नहीं।"

"फिर नखरे क्यों दिखा रही हो!" सिंघ बड़बड़ाया, "बॉस आज बढ़िया मूड में हैं, तुम्हें हीरे की अँगूठी उपहार में दे तो ताज्जुब नहीं।"

"तुम्हारा बॉस कोहेनूर दे, तब भी मैं नहीं आ सकती।" रिसीवर रखने से पहले किरण ने बहाना बनाया, "हफ़्ते की छुट्टी पर हूँ।"

इक़बाल समझ गया। पहला कौर लेते हुए उसने पूछा, "तुमने झूठ क्यों कहा?"

"सच कहने का अभी समय नहीं आया है।"

"कब आयेगा?"

"जब तुम मुझे अपनी दुल्हन बनाओगे।"

किरण के शब्दों में लहराती सच्चाई ने उसे ख़यालों में डुबो दिया।

26

सुरैया कसमसा उठी।

"आबिद!" वह बोली, "मुझसे शादी कर लो।" हम हैंगिंग गार्डन की पहाड़ी पर एक ईरानी रेस्तरां में बैठे थे। यहाँ से बम्बई शहर पर नज़र बिछाई जा सकती थी।

शादी करना मेरे लिए उतना ही आसान था, जितना कि मन्दिर में जाकर भगवान को साक्षी मान एक-दूसरे के गले में फूलमाला डालना। यानी मुझे किसी क़ाज़ी को ढूँढ़कर दो गवाहों की मौजूदगी में सुरैया को क़बूल करना था। लेकिन दूसरी ज़िम्मेदारियों का क्या?

मेरे पास अपना घर भी नहीं था कि शादी के बाद मैं सुरैया के साथ नया जीवन शुरू कर सकूँ। डोंगरी पर सुलतान मेन्शन के जिस कमरे में मैं रहता था, वहाँ मेरे साथ छोटा भाई, मेरी माँ, दो चाचा तथा दादी माँ रहते थे।

उनमें से एक चाचा मोहम्मद हुसैन का ब्याह होने पर उस कमरे का भी बँटवारा हो गया। आधा हिस्सा चाचा-चाची ने घेर रखा था। बाक़ी आधे में हम सब सोते थे। इस घुटन से तंग आकर मैंने खुले टेरेस पर सोना शुरू कर दिया था।

समस्या सिर्फ़ घर की नहीं थी, नकद की भी थी। कार्टूनों से जो मेरी आमदनी थी, वह मेरे अकेले के लिए क़ाफी थी। जेब-ख़र्च निकाल दें तो कला सामग्री ख़रीदने में मेरी धुनाई हो जाती थी। ऐसी स्थिति में ब्याह कर मैं वैवाहिक जीवन की ज़िम्मेदारियाँ पूरी ईमानदारी से कैसे निभा सकता था?

सुरैया शादी के लिए बेचैन हो रही थी, इसकी भी वजह थी, कॉलेज के प्रथम वर्ष में छुट्टियों में वह अपने घर मोम्बासा नहीं जा सकी। दूसरे वर्ष की छुट्टियों में हम लोग नैनीताल गये थे। तीसरे वर्ष भी वह अपनी मम्मी से मिलने नहीं गयी तो उसकी माँ उसके बड़े भाई अब्बास अली के साथ बम्बई आ पहुँची। वे ताज में ठहरे थे।

सुरैया चहकते हुए बोली, "आबिद, मेरी मम्मी से तुम्हारा परिचय करवाने का

इतना बढ़िया मौक़ा फिर नहीं मिलेगा।"

"परिचय क्या दोगी?" थोड़ा सोचकर मैंने पूछा।

"फ्रेंड, फिलॉसफर और गाइड के रूप में।"

"उन्हें शंका नहीं होगी?"

"तो क्या हुआ?" सुरैया ने चुनौती के अन्दाज़ में कहा, "भविष्य में वे खुश हों या नाराज़, हम शादी करने वाले हैं; लेकिन इससे पहले मेरा फ़र्ज बनता है कि मैं तुम्हारा परिचय मम्मी से करवाऊँ। वक़्त आने पर ब्याह की बात पर ज़ोर देने के लिए भी यह ज़रूरी है।"

"वह तो है, मगर..."

"मगर क्या?"

"न जाने क्यों मेरा मन कचोट रहा है।"

सुरैया मुझे जबरन ले गयी। यह उसकी पहली भूल थी। उसकी माँ तथा बड़े भाई अब्बास अली अनुभवी थे। सुरैया के चेहरे पर खिलते गुलाब देख उन्होंने तुरन्त भाँप लिया कि हमारा रिश्ता मित्रता की सीमा से कोसों आगे था।

अब्बास अली का वाक्य गहरा था, "सुरैया," उसने सहज कहा था, "इतनी खुशी मैंने तुम्हारे चेहरे पर पहले कभी नहीं देखी।"

"नहीं होनी चाहिए?"

"मैंने सोचा था, दो सालों से तुम मम्मी से नहीं मिलीं। तुम्हारी सूरत मुर्झा गयी होगी।"

"बिल्कुल सच।" सुरैया ने चतुराई से जवाब दिया, "मम्मी के आने की ख़बर जानकर यह चेहरा फिर से खिल उठा है।"

मैं चुपचाप बैठा रहा। मेहमानों के चेहरे पढ़ने का प्रयास करता रहा। सुरैया की माँ ने मुझे सिर से पाँव तक देख, एक नज़र में तौल लिया था। मुझे यक़ीन है कि मेरे कैनवास के जूतों के छेद में से झाँकती मेरे पाँव की उंगली भी उनकी नज़र से छिपी नहीं रही होगी।

औपचारिकता पूर्ण होने पर अब्बास अली ने मेरी तरफ़ देखा। उसकी आँखें कह रही थीं कि अब कुछ निजी बातें होने वाली हैं और उसमें मेरी मौजूदगी की आवश्यकता नहीं। सुरैया से भी यह संकेत अनजान न रहा।

इससे पहले कि मैं उठता, वह बोल उठी, "भाईजान! आबिद कोई पराया नहीं है। इस अजनबी शहर में हर क़दम पर वह मेरे साथ रहा है, उससे क्या छिपाना।"

यह सुरैया की दूसरी ग़लती थी। हमारे रिश्ते के बारे में उन्हें जो शक था, वह यक़ीन में बदल गया, फिर भी वे कुछ नहीं बोले।

उन दोनों की तरफ़ बारी-बारी देखते हुए सुरैया ने मौन तोड़ा, "क्या बात है?"

उसकी मम्मी ने पर्स खोलकर एक तस्वीर निकाली। अब्बास अली ने उसे सुरैया को दिखाया। मैंने कनखियों से देखा, तो एक युवक की तस्वीर थी। सूट-बूट में वह किसी होटल की लॉबी में खड़ा था।

"कौन है यह?" फोटो से नज़र हटाकर सुरैया ने मम्मी से पूछा।

"लन्दन के एक होटल का मालिक।"

"तो?"

"तुम्हारे लिए रिश्ता भेजा है।"

सुरैया पर मानो बिजली गिरी हो, ऐसे उसके चेहरे का रंग फक हो गया, पर दूसरे की पल उसने अपनेआप को सँभाल लिया, "मैं उसे जानती तक नहीं!" वह बुदबुदाई।

"वह तुम्हें जानता है।" कहते हुए उसकी माँ ने जोड़ा, "तुम्हारी तस्वीर के साथ तुम्हारे बारे में हमने थोड़ी जानकारी भेजी थी। उन्होंने तुरन्त हाँ कर दी। इस बात को भी छह महीने बीत गये। उसके बाद उनके चार ख़त आये। हम उनको क्या जवाब दें?"

हमारे बीच ख़ामोशी छा गयी। सुरैया की माँ ने फिर एक बार मुझ पर नज़रें बिछायीं। इस बार उनकी नज़र मेरे कैनवास के जूते में पड़े छेद पर ठहर गयी।

मैंने भी पाँव के पीछे पाँव लेकर उसे छिपाने की नाकाम कोशिश नहीं की। वह छेद, उसमें से झाँकती एक उँगली मेरा जीवन था। सामने बैठे लखपति परिवार के बड़े-बूढ़ों के लिए यह मेरा सही परिचय था।

"समझो मम्मी!" सुरैया ने आख़िर एक जवाब खोज निकाला, "जब तक मेरी पढ़ाई पूरी नहीं हो जाती, मैं शादी के बारे में सोचना भी नहीं चाहती।"

"तुमसे कौन कहता है कि तुम आज ही शादी कर लो," उसकी माँ बोली, "इस वक़्त सिर्फ़ तुम्हारी राय का सवाल है। तुम हाँ कर दो तो शादी तुम्हारी मरज़ी के मुताबिक़ होगी।"

"बेहतर होगा, अगर आप पहले उससे पूछ लें कि वह दो साल मेरा इन्तज़ार करने को राज़ी है या नहीं।"

"अगर वह हो जाये तो?"

"तब मुझे पत्र लिखिएगा, मैं आपको अपना फैसला बता दूँगी।"

"एक बात याद रहे, अगर उसने हाँ कह दी तो ना कहने का तुम्हें हक़ नहीं रहेगा।"

एक सप्ताह बम्बई रुककर उसकी मम्मी वापस मोम्बासा लौट गयी। हमारे रिश्ते में सन्नाटा छा गया। भविष्य की भयानकता के भोंपू हमारे कानों में गूँजने लगे थे। चौथे वर्ष की परीक्षा पूरी हो चुकी थी और मोम्बासा से अचानक पत्र आया।

लन्दन वाला लड़का सुरैया के लिए सिर्फ़ दो नहीं, दस वर्ष इन्तज़ार करने को तैयार था। वह चाहता था कि बम्बई से डिप्लोमा लेकर सुरैया लन्दन की 'रॉयल एकेडमी ऑफ आर्ट्स' में एक वर्ष और गुज़ारे।

जब तक हम एक-दूजे के क़रीब थे, निश्चिन्त थे। जब तक सुरैया बम्बई में थी, हमें कोई जुदा नहीं कर सकता था। इतनी तसल्ली होने के बावजूद हमारे दिलों में धड़का क्यों होता था?

सुरैया मुझसे शादी करने को इतना अधीर क्यों हो रही थी? क्या उसका आत्मविश्वास डगमगा गया था? या उसने भविष्य में झाँककर आने वाली मनहूस घड़ी को देख लिया था?

"सुरैया!" मैंने यहाँ से दिखते बम्बई शहर पर से नज़रें समेट लेते हुए कहा, "सवाल सिर्फ़ शादी का नहीं, शादी के बाद क्या, यह है। और उसकी तैयारी के लिए मुझे कुछ महीनों का समय चाहिए।"

"शादी कर मैं तुम्हें साथ रहने को नहीं कहती," यह उसका सुझाव था, "जब तक तुम सारा इन्तज़ाम न कर लो, मैं हॉस्टल में रहूँगी और तुम अपने घर रहना।"

"तब इस शादी का क्या मतलब?"

इसका जवाब सुरैया के पास न था। कुछ सोचकर वह बोली, "ठीक है, तुम्हें कितना समय चाहिए?"

"फाइनल को अभी आठ महीने बाक़ी हैं।"

"नहीं!" वह लगभग चीख पड़ी, "तब तक तो बहुत देर हो जायेगी।" रेस्तरां में आसपास बैठे कुछेक चेहरे भी चौंक पड़े।

"मेरी पूरी बात तो सुन लो।" मैंने चिढ़कर कहा, "मैं आज से ही ज्यादा काम पाने की शुरुआत कर देता हूँ। एकाध-दो महीनों में मेरी आमदनी दुगुनी-तिगुनी हो जायेगी। साथ ही मित्रों से कहकर मैं उपनगर में एक वन-रूम किचन का इन्तज़ाम भी कर लूँगा। मगर याद रहे, शादी के बाद लगभग एक साल तक खच्चर की तरह तुम्हें भी मेरे साथ जुटना होगा।"

"और एक साल बाद?"

"डिप्लोमा में फर्स्ट क्लास मिलते ही एयर इंडिया जैसी किसी बड़ी कम्पनी के कला विभाग में मुझे अच्छी तनख़्वाह वाली नौकरी मिल जायेगी।"

ख़ुश होकर उसने अपनी दोनों बाँहें मेरे गले में डाल दीं। यह हमारा आख़िरी चुम्बन था और वह भी सरेआम।

इक़बाल तथा किरण के प्रेम में चुम्बन के लिये कोई गुंजाइश नहीं थी। बुजुर्गों की दृष्टि से देखें तो वह प्रेम विशुद्ध था। कभी भावावेश में आकर किरण उसकी छाती पर सिर झुका देती और इक़बाल उसे दिलासा देने के लिए उसके माथे पर

स्नेह से हाथ फेरता। किरण की कमर में हाथ डाल उससे लिपट जाने की कल्पना भी उसके लिए गुनाहे-कबीरा थी।

इसका मुख्य कारण इक़बाल का धर्म हो सकता है। परायी स्त्रियों को माँ-बहन समझना उसका संस्कार था। इस्लाम के गहरे अध्ययन से उसकी श्रद्धा की जड़ें और गहरा गयी थीं।

उसी धर्म तथा श्रद्धा को भेदकर प्रेम ने उसके हृदय के किवाड़ खटखटाये थे। किरण पहली और आख़िरी युवती थी, जो उसके दिल तक पहुँच सकी थी।

इस सच्चाई से किरण भी वाक़िफ़ थी। इक़बाल का स्वभाव उसने अच्छी तरह से जान लिया था। दूसरे पुरुषों की तरह वह वासना का भूखा नहीं था, वरना उसके एक इशारे पर किरण ने निर्वस्त्र होकर अपना जिस्म उसे सौंप दिया होता।

डी. के. से उपहार में मिले फ्लैट को स्वीकारने के लिए अब इक़बाल के पास एक से अधिक कारण थे। वह अकेला यहाँ रहने आया था। अपने कपड़े और ज़रूरत की चीज़ों के साथ कॉलेज की किताबें भी वह ले आया था।

वह एक नम्बर के अपने फ्लैट में रहता था, कुछ दूरी पर किरण उसी मंज़िल पर सात नम्बर के अपने फ्लैट में रहती थी। इन दोनों घरों के बीच कड़ी के समान एक टेलीफ़ोन था। यह फ़ोन किरण के फ्लैट में था और इक़बाल के सन्देश और फ़ोन वहीं आते थे।

दोनों के बीच की दूसरी कड़ी थी दोपहर का खाना। रोज़ किरण भोजन पकाती और कभी उसे अपने फ्लैट पर बुला ले जाती तो कभी उसके व्यस्त रहने पर खाना लेकर उसके कमरे में आ जाती। वहीं ए. सी. में बैठकर दोनों साथ भोजन लेते।

संक्षेप में कहें तो उनका रिश्ता सूर्योदय से सूर्यास्त तक का था और शाम में जैसे मनुष्यों की परछाइयाँ मनुष्यों से जुदा हो जाती हैं, वैसे वे दोनों एक-दूसरे से अलग हो जाते थे।

उन दिनों इक़बाल की मुख्य व्यस्तताएँ दो थीं—कॉलेज की पढ़ाई और सोने का कारोबार। जैसे एक रिटायर सास अपनी नयी नवेली बहू को चाबी का गुच्छा सौंपती है, डी. के. ने अपने तस्करी के धन्धे का पूरा चार्ज उसे सौंप दिया था।

ब्योरेवार उसने सोने के व्यापार का अध्ययन किया। अलबत्ता, आज दिन तक उसके दिमाग़ में छिपे कम्प्यूटर ने कई जानकारियाँ इकट्ठा की थीं; जिनमें से एक थी—सोने के पेशे में अहम भूमिका निभाने वाले मिडलमैन यानी कि दलाल। यह बिचौलिये तस्कर और व्यापारियों (ख़ासकर जौहरियों) के बीच अटूट कड़ी के समान थे।

मसलन दस तोले के एक बिस्कुट की बिक्री पर दलाल अपना कमीशन रुपये 50 रखता। एक जाकिट में सौ बिस्कुट होते हैं। उसका मुनाफा 5,000 रुपये होता

और तस्करी के बाज़ार में रोज़ जाकिटों का अम्बार लगता था।

कोई दलाल सूफ़ी से पाँच जाकिट ख़रीदता तो कोई पच्चीस। जैसी जिसकी औक़ात। पाँच जाकिट ख़रीदने वाला एक दिन में 25,000 बनाता तो पच्चीस ख़रीदने वाले का मुनाफ़ा सवा लाख पहुँचता।

दूसरे, ये बिचौलिये दोनों तरफ़ अपना कमीशन रखते। यानी दुगुनी आमदनी। कभी उससे भी अधिक और इसका कारण था।

सोने के दाम की रोज़ की चढ़ती-पड़ती का आधार लन्दन तथा अमरीका के बाज़ार पर निर्भर है। सबसे पहले दोपहर बारह बजे इंग्लैंड की मुद्रा पाउंड में लन्दन का बाज़ार खुलता है और पाउंड के दाम के आधार पर सोने का दाम विश्व के अलग-अलग देशों की राशि में तय होता है।

ये दाम दोपहर तीन बजे तक स्थिर रहते हैं, क्योंकि ठीक तीन बजे डॉलर में अमरीकन बाज़ार खुलता है और फिर एक बार सोने के दाम बढ़ते हैं, घटते हैं या स्थिर रहते हैं। अगर दाम ऊपर गये तो क़ीमत में उतना मुनाफ़ा बढ़े। कभी सोने के बाज़ार में कमी पैदा होने पर एकाएक दाम बढ़ जाते हैं। इसका लाभ भी दलाल उठाते हैं।

एक दिन किरण शॉपिंग करके लौटी तो मकान के नीचे पार्क की हुई बिल्कुल नयी इम्पोर्टेड कार पर उसकी नजर पड़ी। किसकी होगी? यह सोचते हुए वह ऊपर आयी और किचन में व्यस्त हो गयी।

थोड़ी देर के लिए वह कार को भूलकर इक़बाल की मनपसन्द डिश पकाने लगी। दिल से वह इक़बाल का वरण कर चुकी थी। उसकी लगभग सारी ज़िम्मेदारियाँ किरण ने अपने सिर ले ली थीं। यह उसका निष्पाप आनन्द था।

पन्द्रह दिन बाद इक़बाल उसके फ्लैट में दाख़िल होकर बेडरूम के दरवाज़े पर आया (बेडरूम तथा किचन एक-दूसरे से जुड़े थे), "किरण!" उसने चौखट पर से ही कहा, "इजाज़त हो तो एक फ़ोन लगा लूँ?"

"सॉरी। इजाज़त नहीं।" नाराज़गी का ढोंग करते हुए वह बोली।

"तब तो मुझे कहीं दूसरा फ़ोन ढूँढ़ना होगा।"

गैस की लौ धीमी कर किरण उसके सामने आयी, "इक़बाल! क्या मैं परायी हूँ?"

"नहीं।"

"ये घर पराया है?"

उसने फिर 'ना' कहा।

"तब इजाज़त क्यों माँगी? क्या मैंने तुमसे नहीं कहा था कि..."

"यह मेरी पुरानी आदत है।" उसने बीच में कहा।

"तो उसे बदलना होगा।"

"काम थोड़ा मुश्किल है।"

"मैं नाराज़ हो जाऊँगी।"

"मुझे मनाना आता है।"

"ऐसा..."

"आज़माकर देख लो।"

नौटंकिया अन्दाज़ में पाँव पटककर वह पलँग पर जा बैठी, "मैं रूठ गयी हूँ।" चौकड़ी मारते हुए वह बोली, "अब तुम रोओगे, गिड़गिड़ाओगे, मेरे पाँव पड़ोगे, तब भी मैं अपना मौन नहीं तोड़ूँगी। गुड लक।" कहते हुए उसने अपने दोनों हाथ भी मुँह पर रख लिये।

इक़बाल से हँसे बिना न रहा गया, "ऐ..." वह बोला, "आज तो मैं तुम्हें लंच के बाद सैर कराने ले जाने वाला था और तुम..."

किरण को भूली हुई विदेशी गाड़ी याद आ गयी। तुरन्त मुँह पर से अपने हाथ उठाते हुए वह बोली, "क्या नीचे पार्क की हुई मर्सिडीज तुम्हारी है?"

"है तो मेरी, मगर अफ़सोस कि मैं तुम्हें नहीं ले जा सकता।"

वह दौड़ आयी, "मगर क्यों नहीं?"

"तुम नाराज़ जो हो।"

"लुच्चे..." कहते हुए वह उसके गले में अपनी बाँहें डालने गयी और कुकर की सीटी बज उठी।

वह किचन की तरफ़ भागी और इक़बाल फ़ोन की तरफ़ बढ़ गया। कल रात उसके फ्लैट पर बेचने के लिए 300 जाकिट आयी थीं, उसके बारे में बॉस को सूचना देना आवश्यक था।

हक़ीक़त में दो दिन पहले वह डी. के. के साथ ही था। दोनों सी. सी. आई. क्लब में शाम बिताने साथ जा रहे थे। क्लब के आगे गाड़ी रुकने पर इक़बाल बाहर निकला। शायद यहीं के किसी सदस्य की पार्क की हुई मर्सिडीज-190 पर उसकी नज़र ठहरी।

डी. के. ने उसके क़रीब आते हुए पूछा, "क्या देख रहे हो?"

"गाड़ी बढ़िया है।"

"हूँ..."

"डीज़ल पर चलती है, सत्तर-अस्सी हज़ार की होगी।"

"होगी।" जैसे उसे कोई दिलचस्पी न हो, ऐसे कहते हुए वह उसे लेकर क्लब में दाख़िल हो गया।

कल रात जब वह घर लौटा तो कार के साथ सिंघ मकान के नीचे खड़ा था,

"लगता है बॉस पर तुमने कुछ टोना कर दिया है। तुम्हारे मुँह से बात निकलती नहीं कि उस पर अमल हो जाता है।" कार की चाबी उसे सौंपते हुए सिंघ बोले जा रहा था और अँधेरे में भी दप-दप होती उस नयी गाड़ी को वह एकटक देखे जा रहा था।

"माल निकल गया?" डी. के. ने लाइन पर आते हुए रिसीवर में पूछा।

उसने 'ना' कहते हुए बताया, "कल शाम में निकालूँगा।"

पलभर दोनों के बीच ख़ामोशी रही। कुछ घंटों के लिए भी माल रोके रखना ख़तरा मोल लेना था। एक तरफ़ पुलिस के छापों का डर रहता था, तो दूसरी तरफ़ दाम कें गिरने की चिन्ता भी थी।

"तुम्हें लगता है कि डॉलर खुलने पर दाम ऊपर जायेंगे?"

"नहीं। पर कल लन्दन-बाज़ार खुलने पर दाम ज़रूर बढ़ेगा।"

"वह कैसे?"

"वहाँ की मुद्रा में बाढ़ आयी है। पाउंड गिरेगा यानी कि सोने के भाव यकीनन उछलेंगे।"

"ठीक है।" कहते हुए डी. के. ने रिसीवर रख दिया।

लंच के बाद इक़बाल किरण को नयी गाड़ी में बिठाकर सैर कराने निकला।

"कितने में ख़रीदी?" किरण ने पूछा।

"डी. के. ने गिफ्ट दी है।"

"किस खुशी में?"

"सोने के धन्धे में से मैंने बिचौलियों का पत्ता काट डाला।"

दलाल को बीच से हटा देने से सोने के धन्धे में इक़बाल को एक जाकिट पर रुपये पाँच हज़ार का लाभ हुआ था। यानी एक फेरे में अगर कम-से-कम सौ जाकिट आती हों तो पाँच लाख का फ़ायदा हो।

"तब... अब तुम माल किसे बेचोगे?" उसने फिर इक़बाल से पूछा।

"बिचौलियों को ही।"

किरण की आँखें चौड़ी हो गयीं, फिर भी उसकी समझ में कुछ नहीं आया। फुल स्पीड से मरीन ड्राइव पार कर हाजी अली के मुख्य मार्ग पर से दौड़ती गाड़ी में उसके बाल लहरा रहे थे।

उन दिनों यानी कि सोने की तस्करी के स्वर्णयुग में बम्बई बाज़ार डी. के. के कब्जे में था। बड़ी तादाद में वह तस्करी द्वारा जाकिट आयात करता था। बिचौलिये माल लेने इक़बाल के सामने घुटने नहीं टेकते तो जाते कहाँ?

सोने के बाज़ार में जितना माल आता था, वह बाज़ार की माँग के मुक़ाबले बहुत कम था। अलबत्ता अब वही बिचौलिये अपना कमीशन लिये बिना इक़बाल

से जाकिट ख़रीदते थे।

"बिना कमीशन के कोई दलाल धन्धा नहीं करता।" कुछ समझ में आने पर किरण ने अपनी शंका जताई।

"तुम्हारी बात ग़लत नहीं।" ड्राइव करते हुए इक़बाल ने कहा, "मगर एक बात तुम भूल रही हो। दूसरी पार्टी से मिलने वाला उसका कमीशन अभी सलामत है। डबल कमीशन के बजाय अब वह एकतरफ़ा कमीशन से सन्तोष कर लेता है। इससे दूसरा लाभ हमें यह हुआ है कि लन्दन या अमेरिका का बाज़ार खुलने के बाद दाम बढ़ जाये और कोई बिचौलिया हमसे माल ख़रीदने आये, तब उस बढ़ी हुई क़ीमत का लाभ हमें ही मिलता है।"

"और पहले?"

दोनों बाज़ार खुलने से पहले वह हम से सौदा करता था और दाम बढ़ जाने पर ऊपर की मलाई भी वही चट कर जाता था।

"कभी दाम गिरते भी होंगे!"

"ज़रा-सी सूझ-बूझ से उसका अन्दाज़ा लगाया जा सकता है।"

"कैसे?"

"टाइम (अंग्रेजी) साप्ताहिक रिसाले में हर देश की मुद्रा के दाम तथा बाज़ार छपते हैं। सोने के व्यापारियों को उसे समझना ज़रूरी है।"

बम्बई शहर में घूमघामकर कार 'सन एन सैंड' होटल तक आयी और रुक गयी। दोनों लॉबी में प्रवेश कर पूल-साइड के एक इन्द्रधनुषी छाते तले कुर्सी पर बैठ गये।

इक़बाल ने घड़ी की तरफ़ देखा। शाम ढल रही थी। उसने किरण की तरफ़ देखा, "कहो, क्या लोगी?"

उसने मस्ती में कहा, "जिसके साथ तुम हो, उसे दूसरा क्या चाहिए?"

"मिल्क-शेक।" इक़बाल ने भी हँसकर कहा और बैरा को दो गिलास के लिए ऑर्डर दिया।

इक़बाल रोज करोड़ों की हेराफेरी करता था, फिर भी उसके हाथ में एक पैसा नहीं आता था। हाँ, वह जब चाहे जितना चाहे नगद उठा सकता था और जो इनसान सिगरेट या बीड़ी न पीता हो, शराब से दूर रहता हो, औरतों की तरफ़ आँख उठाकर न देखता हो, उसकी ज़रूरतें कितनी होंगी?

"सूफ़ी!" मैंने थोड़ी स्पष्टता चाही, "आपने बताया कि आप रोज़ करोड़ों की हेराफेरी करते थे, पर आपके हाथ में एक पैसा भी नहीं आता था। तो इस पार्टनरशिप का क्या मतलब?"

"करोड़ो रुपये पार्टनरशिप में जमा होते थे।"

"आप कितने पार्टनर थे?"

"पाँच। मैं, डी. के., सिंघ तथा दूसरे दो।"

"उन दोनों का ज़िक्र आपके इंटरव्यू में पहले कभी नहीं आया।"

"ऐसा समझ लो कि वे दोनों स्लीपिंग पार्टनर थे। वे कभी खुलकर सामने नहीं आते थे, फिर भी उनका शामिल होना धन्धे की हिफाज़त के लिए बहुत ज़रूरी था।"

"क्या वे दोनों मन्त्रियों के सचिव थे?" मैंने अपना दिमाग़ चलाया।

"वे काफ़ी पहुँच वाले थे, इसलिए डी. के. ने उन्हें अपने साथ रखा था।" इससे पहले कि मैं कुछ आगे पूछता, उसने थोड़ा खुलासा किया, "मसलन उन दोनों में से एक मुख्यमन्त्री का बेटा था।"

सूफ़ी को और कुछ कहने की ज़रूरत नहीं थी। सब कुछ दीये की तरह साफ़ था। जहाँ तक करोडों की हेराफेरी का प्रश्न था, उसने तस्करी की रीढ़ समान 'बैंकर्स' के बारे में बताया।

सामान्यतः बैंकों द्वारा व्यापारी लेन-देन करते हैं, मगर वह पैसा सफ़ेद होता है। दो नम्बर की पूँजी बैंकों में जमा नहीं करवाई जा सकती, ये तो बच्चे भी जानते होंगे। फिर ये काला धन कहाँ रखा जाता है? उसकी हेराफेरी कैसे की जाती है?

थोड़ी और स्पष्टता करना चाहूँगा। डी. के. करोड़ों का सोना ख़रीदता था। ये करोड़ों रुपये वह कैसे चुकाता था? करोड़ों का सोना जो वह भारत के बाज़ार में बेचता था, उसकी वसूली वह कैसे करता था? क्या वह एक हाथ से चुकाकर दूसरे हाथ से लेता था।

जी नहीं।

उसका यह काम करती थीं—व्यापारिक पेढ़ियाँ, जिन्हें माफ़िया 'बैंकर्स' के नाम से जानते हैं। बम्बई में ऐसी छोटी-बड़ी कई पेढ़ियाँ हैं, मगर उनमें की जानी-मानी हैं पाँच।

कालबादेवी की एक पेढ़ी की आप मुलाक़ात लेंगे तो आपको निश्चित ही ताज्जुब होगा। इस भीड़-भड़क्कम वाले इलाक़े में खड़े हुए एक बूढ़े मकान की कोठरी में यह ऐसी ही एक पेढ़ी है।

उसमें बिछी हुई एक गद्दी, तीन गावतकिये, एक टेलीफ़ोन तथा 'रहमतुल्लाह' ब्रांड की सालों पुरानी तिजोरी के सिवाय कुछ दूसरा आपको नज़र आयेगा तो वह होगा देवी-देवताओं के चित्रों वाला कैलेंडर।

ये पेढ़ियाँ सरकार की इजाज़त से पैसे कर्ज देने का धन्धा करती हैं, जिसके लिए उनके पास लाइसेंस भी होता है। मगर लाइसेंस होगा बीसेक लाख की लेनदेन का और होती है करोड़ों की हेराफेरी।

मैंने सूफ़ी से पूछा, "बैंकरों के इस काले धन्धे के बारे में क्या हमारा आयकर विभाग अनजान है?"

मानो मैंने कोई चुटकुला सुनाया हो, ऐसे वह मुस्कुरा दिया। फिर प्रति-प्रश्न किया, "सरकार को अँधेरे में रखकर क्या इतने बड़े पैमाने पर गोलमाल किया जा सकता है?"

"तब इन पेढ़ियों पर छापे क्यों नहीं पड़ते?"

"इतनी हिम्मत किसी अधिकारी में है? दूसरे उन्हें फँसाना भी आसान नहीं।"

"यानी कि वे भी माफ़ियाओं जितने ताक़तवर हैं।"

"करोड़ों में खेलनेवाले कभी कमज़ोर नहीं होते। तिसपर उन्हें माफ़ियाओं का सहारा होता है। फिर भी कभी-कभार आयकर वाले छापे मारते हैं।" कहते हुए सूफ़ी ने जोड़ा, "हाल ही (1989) में बैंकरों की एक पेढ़ी पर धावा बोला गया था। मामले को रफ़ा-दफ़ा करने के लिए उस पेढ़ी को पैंतालीस लाख रुपये चुकाने पड़े।"

"मान लो कि उस अधिकारी ने रिश्वत स्वीकार न की होती तो?"

"स्वाभाविक है कि वह उखड़ जाता या उसका तबादला हो जाता।"

आगे सूफ़ी बताता है कि ये पेढ़ियाँ वैसे तो बैंकर्स के नाम से जानी जाती हैं, लेकिन यहाँ न तो स्लिपबुक की ज़रूरत होती है, न चेकबुक की। प्रामाणिकता को कोई उसके कंचन रूप में देखना चाहे तो वह उसे यहाँ दिखायी देगी। सिर्फ़ मुँहज़बानी रातोंरात करोड़ों रुपये एक शख्स के नाम से दूसरे के नाम पर ट्रांसफर हो जाते हैं।

एक बात का ध्यान रहे। उन दोनों शख़्स के हाथ में नक़द कुछ भी नहीं होता, अलबत्ता उन दोनों की पूँजी बैंकर्स के पास जमा होती है।

और एक उदाहरण लें। डी. के. एक करोड़ का सोना बाज़ार में बेचता है। एक जौहरी उसे ख़रीदकर बैंकर्स को सौदे की जानकारी देता है। बैंकर्स डी. के. को फोन पर सूचित कर देते हैं कि उसके खाते में एक करोड़ रुपये जमा किये गये हैं।

सामान्य पाठक वर्ग के मन में फिर एक सवाल उठेगा कि बैंकर्स स्वयं काला धन कहाँ रखते होंगे? हक़ीक़त में थोड़े लाख रुपयों से ज़्यादा वे भी अपने पास तरल-नक़द नहीं रखते। उस पूँजी को वे ब्याज पर दे देते हैं या खुद के दूसरे किसी कारोबार में लगाते हैं।

"आपका रुपया सँभालने की वे कुछ फीस भी लेते होंगे?" मैंने थोड़ा सोचकर पूछा।

"एक पेटी (लाख रुपये) सम्भालने के एक दिन के तीस रुपये तब लेते थे। आज (1989) डेढ़ सौ रुपये लेते हैं।"

छोटे तस्करों के सौदों में कभी किसी को दो-पाँच लाख नक़द चुकाकर माल

ख़रीदने की आवश्यकता पड़े तो वह भी बैंकर्स से सम्पर्क करेगा और एक 'पेटी' के एक दिन के सौ रुपये ब्याज से बैंकर्स उसे देगा भी। वह तस्कर दोपहर तक माल उठाकर लाख के सवा लाख बना, क़र्ज़ लिया हुआ रुपया शाम तक लौटा देगा।

"कभी किसी को एक साथ बड़ी राशि और वह भी नक़द में ज़रूरत पड़े तो बैंकर्स क्या करते हैं?" मैंने सूफ़ी से फिर पूछा।

"बड़ी यानी कितनी?"

"मान लो कि पाँच करोड़।"

"इसके लिए बैंकर्स को चौबीस घण्टे की मोहलत देनी पड़ती है, ताकि वे अपने अलग-अलग धन्धों में लगी करोड़ों की राशि में से एक-एक टुकड़ा निकालकर भरपाई कर सकें।" उसने बताया, "कभी वह भी सम्भव न हुआ तो वे दूसरे बैंकर्स से सम्पर्क करेंगे। ये मुख्य पाँच बैंकर्स एक हाथ की पाँच उँगलियों के समान हैं। ज़रूरत पड़ने पर वे एक-दूसरे को सँभाल लेते हैं।'' मेरी जानकारी में इज़ाफ़ा करते हुए उसने आगे बताया, ''कभी ऐसा भी होता है कि तस्करी में करोड़ों का सोना आये और दलाल के पास पर्याप्त राशि न हो तो वह बैंकर्स को अपना पार्टनर बना लेगा। मसलन सोना दस करोड़ का हो और बिचौलिए के पास सिर्फ़ दो करोड़ की पूँजी है तो वह बैंक जिसके लिए भी एक साथ आठ करोड़ की रक़म निकालना सम्भव न हो तो वह दूसरे बैंकर्स से सम्पर्क करेगा और इस प्रकार बनी सिंडीकेट माफ़ियाओं से माल ख़रीदकर बाज़ार में बेचेगी।"

"ये तो हुई भारतीय मुद्रा में लेनदेन की बात," मैंने नया पॉइंट छेड़ा, "विदेशों में जो सौदे होते हैं, उसका क्या?"

"कौनसे सौदे?"

"डी. के. दुबई से सोना ख़रीदता था। मैं यह जानना चाहता हूँ, वहाँ के व्यापारियों को वह पैसे कैसे चुकाता था? हमारी करेंसी तो वहाँ नहीं चलती न?"

इस पर प्रकाश डालते हुए सूफ़ी ने बताया, "कभी-कभी सोने के आयात के सामने उतनी ही क़ीमत की चाँदी निर्यात होती है, बशर्ते कि चाँदी तेज़ी पर हो, वर्ना बैंकर्स भारतीय मुद्रा को विदेशी मुद्रा में बदलना जानते हैं।"

"वह कैसे?"

"उनकी शाखाएँ विदेशों में भी होती हैं। यहाँ से उन्हें सिर्फ़ फोन पर अपनी शाखा को सूचित करना होता है कि ट्रांसफर के फलाँ दाम से कुछ पेटियाँ फलाँ पार्टी के खाते में जमा करनी हैं।"

सोने के कारोबार का इतिहास देखें तो हमें पता चलेगा कि आज तक दाम लगभग बढ़े हैं, घटे नहीं। कभी-कभार लड़खड़ाते ज़रूर हैं, मगर चन्द हफ़्तों या महीनों के लिए ही।

सूफ़ी ने बताया, "अब इस धन्धे में अधिक दम नहीं रहा। दीपावली से पहले दाम थोड़े बढ़ेंगे और जनवरी के बाद घटकर स्थिर हो जायेंगे या फिर मार्च में ज़ाहिर होने वाले बजट के कारण शायद थोड़े डाँवाडोल भी हों।"

दशहरे के अवसर पर बहन को सोने का गहना भेंट देने की प्रथा कुछ हिन्दू जातियों में है। दूसरे, अक्टूबर महीना शादी-ब्याह का भी होता है। आज भी क़ाफी तादाद में लोग ऐसा मानते हैं कि पास सोना हो तो वक़्त-बेवक़्त काम आता है। यह सोच दो दशक पहले बिलकुल सही थी, क्योंकि हर साल सोने के दाम बढ़ते थे और उसमें लगी हुई राशि दुगुनी होती थी।

आज घर-घर में सोने के गहनों में फँसी पूँजी बिल्कुल बेकार पड़ी है। अगर ज़रा-सी सूझबूझ से लोग घर का सोना बेचकर फिक्स डिपॉजिट या नेशनल सेविंग्स सर्टिफिकेट में रुपया लगायें तो थोड़े सालों में वह पूँजी यकीनन दुगुनी हो जायेगी और इससे देश को भी लाभ होगा। कहते हुए सूफ़ी ने बताया, "मेरी यह सलाह मेरी बीवी के ही पल्ले नहीं पड़ती, तुम्हारे पाठकों के दिमाग़ में भी नहीं उतरे तो मुझे कोई हैरत नहीं होगी।"

आज सूफ़ी विवाहित है, दो बच्चों का पिता है। बेटे का नाम मुजाहिद है और बेटी को घर पर सभी प्यार से गुड्डी कहकर पुकारते हैं। मुजाहिद अभी स्कूल में होने के बावजूद उसकी रुचि कम्प्यूटर है।

मगर तब इक़बाल 'सूफ़ी' कुँवारा था। सन एन सैंड के पूल साइड पर रंगीन छाते तले किरण के साथ बैठ मिल्क-शेक पी रहा था। धीरे-धीरे भीड़ बढ़ रही थी। किसी रईस ने यहाँ शादी का रिसेप्शन रखा था।

"इक़बाल," किरण ने अपना ग़िलास ख़त्म करते हुए पूछा, "फिर तुमने क्या सोचा?"

"किस बारे में?"

"हम दोनों बालिग़ हैं..."

"तो?"

"चाहें तो शादी करके घर बसा सकते हैं।"

"इस बारे में अभी मैंने नहीं सोचा।"

"मैं तुम्हें एक सप्ताह और देती हूँ।" कुछ पल सोचकर उसने कहा, "मगर इतना याद रखना, मेरे आगे सिर्फ़ दो ही रास्ते हैं, एक शादी और दूसरा..."

उसे जुमला पूरा करने की ज़रूरत नहीं थी। इक़बाल समझदार था, समझ गया। वह शादी नहीं करेगा तो किरण अपनी पुरानी डगर पर फिर आगे बढ़ जायेगी।

27

सुबह कॉलेज जाने से पहले इक़बाल ने एक सरसरी नज़र अख़बार की सुर्ख़ियों पर डाली और उसके चेहरे पर मुस्कान फैल गयी। लन्दन के बाज़ार में पौंड के भाव गिरने की शुरुआत हो चुकी थी। वहाँ की 'वॉल-स्ट्रीट' का थोड़ा-बहुत असर अलग-अलग देशों के सट्टा बाज़ारों पर होने वाला था। सोने का भाव उछलने वाला था। तीन सौ जाकिट की बिक्री पर एक रात में तीस लाख तक का अतिरिक्त लाभ तय था।

बगल में पाठ्यपुस्तकें दबाकर वह फ्लैट को लॉक करने जा रहा था कि उसे किरण के स्लीपर्स की आहट सुनायी दी। उसने मुड़कर देखा तो लम्बी मैक्सी पहने किरण कुछ अन्तर पर खड़ी थी।

"तुम्हारा फ़ोन है," कहते हुए वह लौटी।

इक़बाल पीछे चला, "किसका है?"

"बॉस का।"

बेडरूम में आकर उसने पुस्तकें डबलबेड पर रखीं और फ़ोन उठाया। चाय नाश्ते की तैयारी में लगी किरण किचन में से उसे देख रही थी।

"कार पसन्द आयी?"

रिसीवर में से डी. के. का प्रश्न सुनाई पड़ते ही उसे ख़याल आया। बॉस ने अस्सी हज़ार की कार उसे उपहार में दी और उसने धन्यवाद कहने की दरकार भी नहीं की थी।

"जी... अच्छी है।"

"सच कह रहे हो न?"

"सचमुच टॉप क्लास है।"

"किसी महाराजा की एक रोल्स बिकने आयी है। वह कार आज भी संसार की बेहतरीन कारों में मानी जाती है। मर्सिडीज पसन्द न हो तो शाम में हम दोनों साथ चलकर वह मॉडल देख आयें।"

इक़बाल का सीना चौड़ा हो गया, मगर उसने उत्तर व्यंग्य में दिया, "डी. के., रोल्स में तो राजा-महाराजा जँचते हैं, ख़ादिम नहीं।"

इसमें हँसी की कोई बात नहीं थी, मगर आदत के अनुसार डी. के. ठहाका मारकर हँस दिया। फिर बड़ी नम्रता से उसने मूल विषय छेड़ा, "अगर ख़ादिम की इजाज़त हो तो कुछ रुपये उठाना चाहता हूँ।"

"जो कुछ भी है आप ही का है।"

"ना, इस धोखे में मत रहना," इक़बाल की भूल सुधारते हुए उसने चेतावनी दी, "जो कुछ भी है वह हमारा है, भागीदारी का है। विशेष में तुम ख़ज़ांची नियुक्त किये गये हो। तुम्हारी इजाज़त के बग़ैर कोई पार्टनर एक फूटी कौड़ी भी नहीं उठा सकता। पिछली बैठक में सबकी राय से यह तय हुआ था और मैं भी अपवाद नहीं।"

इक़बाल बॉस नहीं था, मगर उसे लगा—वह बेताज बादशाहों का बादशाह है। रिसीवर के दूसरे छोर पर मानो डी. के. भिक्षापात्र लेकर खड़ा हो, गिड़गिड़ा रहा हो। तभी उसके कानों में सवाल पड़ा, "जमा में कितने होंगे?"

"लगभग तीस करोड़।"

डी.के. ने मन-ही-मन कुछ गिनती कर पूछा, "इस हफ़्ते दूसरे किसी पार्टनर ने रुपया उठाया था।"

"पाँच लाख रुपयों की अरजंट ज़रूरत सिंघ को पड़ी थी।"

"चंडीगढ़ में उसने एक प्रॉपर्टी का सौदा किया है, शायद उसी में लगाये होंगे।" कहते हुए उसने अपनी माँग पेश की, "पचास लाख रुपये मेरे स्विस के खाते में ट्रांसफर करने पड़ेंगे।"

इक़बाल की आँखें चौड़ी हो गयीं। डोंगरी की मानसिकता सतह पर आ गयी थी। जिसने रस्ते पर बैठकर पाँच-पाँच पैसे की खट्टी-मीठी गोलियाँ बेची हों, जिसने अब्बासी मंज़िल के तल मंज़िल से हंडे उठाकर ऊपरी मंज़िलों के किरायेदारों को पाँच-दस पैसे पर घर-घर पानी पहुँचाया हो, उसके लिए पचास लाख बहुत बड़ी राशि थी।

वह पूछने जा रहा था कि इतने सारे...? तत्क्षण उसे अपनी भूल का एहसास हुआ। अब वह 'चिक्की' नहीं बेचता था, सोने के बिस्कुटों का व्यापार करता था। करोड़ों में खेलता था। तीस करोड़ की पूँजी में से थोड़े लाख कम हो जाने से कोई आकाश नहीं टूटने वाला था।

दूसरे, विदेश से आते तस्करी के माल का भुगतान बॉस को करना पड़ता था। कभी यह लेन-देन स्विस-बैंक के खाते द्वारा भी होता था।

"हमारे बैंकर्स को मैं सूचना दे दूँगा।" अन्त में उसने रिसीवर में कहा।

"थैंक्स इक़बाल, वैसे अगले इतवार का तुम्हारा क्या प्रोग्राम है?"

"फाइनल की तैयारी शुरू कर दी है।"

डी. के. ने फोन रखने से पहले प्यार से याद दिलाया, "पूरा सप्ताह जमकर तैयारी करना, मगर रविवार की शाम मेरे साथ रेसकोर्स पर गुज़ारनी है, यह मत भूलना।"

लाइन कट जाने पर इक़बाल रिसीवर को ऐसे देखता रहा, जैसे पहले कभी देखा ही न हो!

किचन से हाथ पोंछते हुए आकर किरण ने पूछा, "क्या उसमें फूल खिले हैं?"

"किरण!" मुस्कराते हुए इक़बाल ने रिसीवर क्रेडिल पर रख दिया। "यह डी. के. भी अजीब शख़्स है। बैंकर्स को फोन करके चाहे जितने रुपये खुद उठा सकता है, फिर भी मेरी इजाज़त के बिना वह एक पैसे को भी हाथ नहीं लगाता।"

"इसलिए तुम मेढक की तरह फूल गये।"

"खुश न होऊँ?"

"तुम जितना समझते हो, डी. के. उतना सीधा नहीं है।"

"तुमसे किसने कहा?"

"तजुर्बा," कहते हुए उसने जोड़ा, "उसके गर्दन नहीं है।"

"क्या मतलब?" इक़बाल को गुदगुदी-सी हुई।

"तुमने कभी उसकी गर्दन देखी है?"

उसे अचरच हुआ। अपने जीवन में आने वाले पुरुषों का किरण इतनी बारीकी से अध्ययन करती होगी, यह उसके लिए ताज्जुब की बात थी।

"यानी जिस शख़्स की गर्दन न हो, वह गहरा होता है।"

"साफ़ कहूँ तो सूव्वर होता है।"

"और जिसकी गर्दन लम्बी हो वह?"

"बेवक़ूफ़।"

"मेरी गर्दन कैसी है?"

"यही तो समझ में नहीं आता।" किरण बोली, "तुम्हारी गर्दन लम्बी नहीं है, फिर भी तुम काठ के उल्लू हो।"

"वह कैसे?"

किरण ने अब उसकी कमर में बाँहें डालीं, "सच बताओ, अगर तुम समझदार होते तो मुझसे प्यार करते?"

इशारे से 'हाँ' कहते हुए उसने बताया, "मेरी मूर्खता का कारण अब मैं समझ सकता हूँ। मैं तुमसे प्यार करने लगा, तब तक मैं सचमुच अक़्लमन्द था।" यह स्पष्ट करने की उसे आवश्यकता न लगी कि किरण से हुए प्रेम के कारण उसकी सूझ-बूझ जाती रही थी।

"उत्तर बढ़िया है। अब ये बताओ, आज नाश्ता किये बग़ैर ही कॉलेज जाना है या..."

"मैं तो भूल ही गया था।" अचानक याद आने पर उसने किरण को अलग कर डबलबेड पर पड़ी हुई पाठ्यपुस्तकें उठायीं और बाहर निकल गया।

मकान के नीचे आते ही उसके पाँव कार के आगे रुक गये। मर्सिडीज जैसी

महँगी कार में कॉलेज जाकर छात्रों पर रोब जमाने के लालच को रोकने में उसे थोड़ा समय लगा। उसने कुछ अन्तर पर खड़ी हुई टैक्सी ली और चौपाटी की तरफ़ आगे बढ़ गया। भवंस कॉलेज वहीं था। प्रवास पन्द्रह मिनट का था। यह समय उसने किरण के प्रस्ताव के बारे में सोचने के लिए इस्तेमाल किया।

किरण उससे ब्याह करना चाहती थी। वह भी किरण से विवाह कर घर बसाने के सपने देख रहा था। फिर भी मन के किसी अज्ञात कोने में कुछ खटक क्यों रहा था? मस्तिष्क में फिट कम्प्यूटर से कुछ स्पष्ट उत्तर क्यों नहीं मिल रहा था? क्या इसकी वजह समाज का डर हो सकता है?

वेश्या चाहे कमाठीपुरा की हो या अल्टामाउंट रोड की, उससे शादी करने पर इक़बाल की बदनामी ज़रूर होने वाली थी। मित्र, परिचित उसके मुँह पर चाहे कुछ कहने का साहस न करें, पीठ पीछे ज़रूर उस पर हँसने वाले थे।

इससे अधिक बुरी हालत उन मित्रों की उपस्थिति में होने वाली थी, जो कम-से-कम एक रात किरण के साथ गुज़ार चुके थे। मसलन, वह अपनी वेश्या पत्नी के साथ डी. के. या सिंघ से टकराये तो शर्म से ज़मीन में न गड़ जाये?

इक़बाल को इसकी परवाह न थी, बल्कि ये सब सोच-समझ-जानकर उसने प्रेम किया था। दिल से वह किरण को चाहता था, फिर भी उसकी बुद्धि उसके अंकुश में थी। वह हर मुद्दे को उलट-पुलटकर जाँच रहा था।

वह कोई सन्त-महात्मा नहीं था, न ही वेश्याओं का उद्धार करने के लिए मैदान में उतरा था। किरण को वह अपनी पत्नी बनाना चाहता था। क्योंकि आज दिन तक उसके सम्पर्क में आयी युवतियों में से किरण ही एक ऐसी लड़की थी, जो उसकी भावना को समझ सकी थी; जिसका स्वभाव उससे मेल खाता था। तब फिर वह अज्ञात भय क्या था?

क्या उसे सन्देह था कि कई मर्दों की सेज सजाने वाली किरण को एक पति से सन्तोष न हो और भविष्य में वह फिर शिकार की तलाश में कंक्रीट के जंगल में निकल पड़ेगी?

नहीं। इस विषय में उसे पूरी श्रद्धा थी। खुद में और किरण में भी। एक अवसर मिलते ही किरण पलटकर अपने अतीत की ओर कभी नहीं देखेगी, यह वह विश्वास के साथ कह सकता था। बल्कि पतिव्रता और देवी कहलाने वाली स्त्रियों में वह कहीं ज़्यादा वफ़ादार साबित होगी—ऐसा इक़बाल का मन कहता था।

कहीं उसे यह भय तो नहीं था कि किरण को पत्नी बनाकर वह सुख नहीं दे पायेगा, कुछ हद तक यह सच भी था। इक़बाल के जीवन का कोई भरोसा नहीं था। किस घड़ी वह कहाँ होगा, यह वह खुद भी नहीं जानता था। कब वह कस्टम्स या पुलिस की गिरफ़्त में आकर जेल की सलाखों के पीछे धकेल दिया जायेगा, यह

भी नहीं कहा जा सकता था।

वैसे इसकी सम्भावना कम ही थी। डी. के. का फौलादी हाथ उसके सर था। पर डी. के. कोई ख़ुदा नहीं था। होता तो हमीद फाँसी के फन्दे तक नहीं पहुँचता। इक़बाल ने युक्ति से उसे बचा न लिया होता तो शत-प्रतिशत वह लटक गया होता।

मूल प्रश्न पर थोड़ा और सोचते हुए उसे लगा कि यह डर भी बेकार है। किरण उसके जीवन के बारे में सब कुछ जानती थी। इक़बाल की तरह वह भी सब कुछ सोच-समझकर उससे शादी करने को तैयार हुई थी।

एक डर यह भी हो सकता है, इक़बाल मुसलमान था और किरण हिन्दू। दोनों अलग-अलग धर्मों के मानने वाले थे। शादी का निर्णय लेते ही समस्याओं का अम्बार खड़ा होने वाला था। सबसे पहले सवाल यह उठेगा कि शादी किस विधि के अनुसार की जाये? क्या किरण अपना धर्म बदलने को राज़ी होगी? क्या इक़बाल आर्य समाज में शादी करने को तैयार होगा?

इसका उत्तर आसान था। दोनों बुद्धिमान थे। अगर सचमुच ऐसी कोई समस्या खड़ी हो तो न किरण को मुसलमान बनना पड़ेगा, न इक़बाल को हिन्दू। रजिस्ट्रार के कार्यालय में जाकर दोनों सिविल मैरिज कर सकते थे।

विवाह के विषय को कण-कण कर उसके हर पहलू पर तवज्जो देने के बाद भी भीतर चुभती हुई सुई की नोक को वह ढूँढ़ नहीं सका। उसे जल्दी भी न थी। किरण ने उसे एक सप्ताह का समय दिया था और अभी दूसरा दिन शुरू हुआ था। यदि आख़िरी दिन तक उत्तर नहीं मिला, तो किरण से विवाह कर लेने का उसने निर्णय ले लिया था।

जो गुत्थी इक़बाल की थी, वह मेरी नहीं थी। मैंने और सुरैया ने इस बारे में जो निर्णय लिया था, उसे दो महीने हो चुके थे। इन साठ दिनों में मैंने अपनी आय 500 रुपये से बढ़ाकर 1000 रुपये तक पहुँचा दी थी। अलबत्ता सारी-सारी रात काम करते हुए मेरी रीढ़ चीख़ उठती थी।

एक घर का भी इन्तज़ाम मैंने कर लिया था। उपनगर सान्ताक्रुज स्टेशन के पास बनी नयी हाउसिंग सोसायटी में मेरे एक मित्र ने छोटा-सा फ्लैट बुक करवाया और उसे रॉकफेलर स्कॉलरशिप मिली।

अपने नये फ्लैट में वह आर्ट स्टूडियो खोले, इससे पहले उसे एक वर्ष के लिए अमेरिका जाना था। मैंने उसके आगे अपनी समस्या रखी। वह खुश हो गया। मानो मैं ही उस पर कोई उपकार कर रहा होऊँ, ऐसे वह गद्गद हो गया।

वास्तव में उसका झंझट यह था कि लम्बे अरसे तक वह नया फ्लैट बन्द रखे और कोई गुंडा ताला तोड़कर भीतर घुस जाये तो आफ़त खड़ी हो। दूसरे, वह किसी अजनबी को किराये पर दे और एक साल बाद मकान ख़ाली न करे, तब भी मुसीबत खड़ी हो सकती है।

मेरे हाथ में नये घर की चाबी आ गयी। किराये के तौर पर मुझे सिर्फ़ सोसायटी तथा बिजली का बिल भरना था और वे दोनों मिलाकर दो सौ रुपयों से अधिक नहीं होंगे, यह निश्चित था। सभी कुछ इतनी सरलता से हो रहा था कि मुझे अपने ही भाग्य पर शंका होने लगी।

एक बात का हमें सुख था। हम दोनों एक जाति, एक धर्म के थे। एक मत, एक विचार के थे। एक जान थे। हमारे बीच दौलत की दीवार न होती तो हमें यह क़दम भी नहीं उठाना पड़ता।

मैं जानता था, हमारे साहस से दोनों पक्षों के बड़े-बूढ़ों के दिलों पर साँप लोट जाने वाला था। दोनों ओर हाहाकार मचने वाला था। मेरे परिवार वाले शायद कम दुःखी हों, मगर उस तरफ़ बम फटने वाला था।

झोंपड़ी में रहने वालों की नज़र हमेशा महलों पर लगी रहती है—यह संवाद नया नहीं है। आर्थिक दृष्टि से मैं निम्न तबक़े का था। सुरैया के माता-पिता अगर यह सोचें कि मैंने उनकी दौलत को मद्देनज़र रखकर सुरैया को पसन्द किया है, तो मैं उन्हें दोष नहीं दूँगा। अमीर घरानों में ऐसा सोचा जाना कोई अनोखी बात नहीं है।

उन्हीं दिनों (1957) गुजराती के आज के जाने-माने नाटककार शैलेश दवे के स्वर्गस्थ बड़े भाई भरत दवे का हमारे कॉलेज की एक मुसलमान लड़की (नन्नू साजन) से इश्क़ हुआ था और उन दोनों के छिपकर शादी कर लेने पर आकाश कैसे टूटा था, वह याद आने पर आज भी दिल दहल जाता है।

मैं भी उसी राह पर आगे बढ़ रहा था। सब कुछ तय था और अचानक मुझे एक उपाय सूझा, बल्कि सुरैया का मूल सुझाव (चुपचाप शादी कर फाइनल की परीक्षा तक किसी को हवा न लगने दें) मेरे नये विचार के साथ मुझे अधिक योग्य लगा।

"सुरैया!" दूसरे दिन आर्ट-स्कूल के बग़ीचे में मैंने उसे बताया, "अगर क़िस्मत ने साथ दिया तो बुजुर्गों का दिल दुखाए बिना हम धूमधाम से शादी करेंगे।"

"वह कैसे?"

"हमारी गुप्त शादी को हथियार बनाकर।"

वह नहीं समझी। मैंने थोड़ा और स्पष्ट किया, "हम शादी करेंगे, मगर ढिंढोरा नहीं पीटेंगे।"

"तो?"

"फाइनल के बाद अपने परिवार को बताना कि तुम अपनी मरजी के लड़के यानी कि मुझसे शादी करना चाहती हो।"

"वे राज़ी नहीं होंगे, यह हम दोनों जानते हैं।"

"तुम वजह पूछना।"

इसका उत्तर देना सुरैया की माँ के लिए मुश्किल था, क्योंकि वह मुँह पर यह

नहीं कह सकती कि लड़का ग़रीब है, इसलिए हमने रिजेक्ट किया है।

"और अगर कहा तो?" सुरैया ने फिर पूछा।

"तुम दलील देना कि तुम्हारी शादी धन को देखकर हो रही है या लड़के को?"

"शायद उनका उत्तर यह होगा, उन्होंने वे दोनों देखकर लन्दन वाला लड़का पसन्द किया है।"

"तब तुम ज़ोर देकर यह कह सकती हो कि उसे तुमने देखा तक नहीं है, जब कि मुझे तुम साढ़े तीन साल से जानती हो।"

"फिर भी वे न मानें तो?"

"प्रेम का पत्ता फेंकना। मेरे चरित्र के बारे में उन्हें विश्वास दिलाना। मेरे बारे में जाँच-पड़ताल करने के लिए कहना।"

"कहूँगी कि लड़का मुसलमान है, पर न नमाज़ पढ़ता है, न रोज़े रखता है।" मेरी संजीदगी को व्यंग्य में उड़ाते हुए सुरैया बोली, "आगे जाँच करने के लिए मैं धर्मेन्द्र का पता दूँगी। कहूँगी कि उससे पूछ आयें कि लड़के को शराब पीना किसने सिखाया। और हाँ, इस बड़े व्यसन की शुरुआत बचपन में सिगरेट पीने से हुई थी।"

"मैं अपने भविष्य के लिए चिंतित हूँ और तुम्हें मज़ाक़ सूझ रहा है?" मैं बोल उठा।

"मैंने गलत क्या कहा?"

"फिल्म लाइन छोड़ने के बाद रोज़ रात में जो एक पेग पीता था, वह भी तुमसे मुलाक़ात होने के बाद छोड़ दिया है," व्यंग्यबाण चलाने का अवसर मैं भी नहीं चूका, "वैसे तुम्हें लन्दन वाला लड़का पसन्द हो, तो मुझमें मीन-मेख निकालने की ज़रूरत नहीं है।"

सुरैया मुस्कुरायी, "फोटो में तो वह बाँका जवान लग रहा था।" मेरे चेहरे का भाव नहीं बदला तो उसने जोड़ा, "अमीर भी है। लन्दन के एक होटल का मालिक है। शादी के बाद खाना पकाने की झंझट तो नहीं।"

"और मेरे घर क्या तुम्हें चूल्हा फूँकना पड़ेगा?"

"पकाने को घर में कुछ होगा तब ना?"

"मज़ाक़ में कभी-कभी तुम सच उगल देती हो," मैंने फिर गम्भीर होते हुए कहा, "हम दोनों चित्रकार हैं और चित्रकारों के घर चूल्हा मुश्किल से जलता है। अब भी देर नहीं हुई है सुरैया! तुम अगर उससे शादी करना चाहो, तो तुम्हें रोकने का मुझे हक़ नहीं है।"

"तुम्हें दुःख नहीं होगा?"

"बचपन से लेकर जवानी तक मैंने सिर्फ़ दुःख देखा है। थोड़ा और सही। क्या

फ़र्क पड़ेगा? कम-से-कम तुम तो सुखी हो जाओगी।"

"आबिद!" उसका चेहरा तमतमा उठा, "मुझे अफ़सोस है कि मुझसे इतने क़रीब होते हुए भी तुम इतने दूर हो। तुम ये सोच ही कैसे सकते हो कि बिना तुम्हारे मैं सुखी हो सकूँगी?"

"मैं तुम्हारी भलाई चाहता हूँ।"

"और मैं?" उसकी आवाज़ और तेज़ हो गयी, "ऐशोआराम का मुझे मोह होता तो इस वक़्त मैं तुम्हारे साथ यहाँ बग़ीचे में नहीं बैठी होती। यह मत भूलो कि मैंने अपनी सगी माँ से भी ज़्यादा तुम्हें चाहा है। तीन-तीन साल तक मैंने उसका मुँह नहीं देखा था और तुम मुझे किसी दूसरे से शादी करने की सलाह देते हो! तुम्हें शर्म नहीं आयी?"

मैंने तुरन्त अपनी भूल स्वीकार कर ली। फिर भी उसे शान्त करते-करते मेरे और पन्द्रह मिनट निकल गये। आख़िर मैंने मूल विषय का सूत्र पकड़ आगे कहा, "तुम्हें अपनी मम्मी और भाइयों को मनाने की हर मुमकिन कोशिश करनी होगी। फिर भी वे अपनी ज़िद पर अड़े रहें तो अन्त में हमारी गुप्त शादी के हथियार का तुम इस्तेमाल करना। निकाहनामा उनके आगे रख देना। वे लाचार हो जायेंगे।"

थोड़ी देर शान्तिपूर्वक विचार करने के बाद सुरैया ने एक वाजिब मसला उठाया, "मान लो कि वे निकाहनामा दिखाने से पहले मान गये तो?"

"तो?"

"फिर से निकाह पढ़ने को कहेंगे हमें।"

ये बात मुझे सूझी नहीं थी। अगर वे शादी के लिए मान जायें और तब उन्हें पता चले कि हमने निकाह कर लिया है, तो वे हमारे बारे में क्या सोचेंगे? और उन्हें न बतायें तो दोबारा निकाह पढ़ना होगा। यह भी ग़लत था।

"हम सिविल मैरिज कर लें तो?" मैंने बीच का मार्ग ढूँढ़ निकाला। सुरैया ने उसे तुरन्त स्वीकार कर लिया।

शादी करने के लिए मुझे अब किसी काज़ी की नहीं, वकील की ज़रूरत थी और दूसरे दिन एक मित्र के ज़रिए मैं वकील के घर जा पहुँचा। मामूली फीस लेकर उसने ओल्ड कस्टम्स हाउस में क़ानूनन हमारी शादी करवा देने का वादा किया। हमने शुक्रवार का दिन चुना।

उस शुभ दिन के लिये मैंने टेरिलीन की नयी पैंट तथा हैंडलूम का एक शर्ट ख़रीदा था। कैनवास के मेरे फटे जूतों की जगह चमड़े के चमचमाते जूतों ने ली थी। अलमारी के आदमक़द आईने के सामने मैं अप-टु-डेट होकर खड़ा था।

खिड़की के पास बैठी माँ ने रज़ाई सीते हुए टोका, "किसकी शादी में जाने की तैयारी हो रही है?"

"मेरी।" मैंने तंज किया, पर था सच।

"पिछले तीन-चार रोज़ से गुपचुप नयी-नयी चीजें ख़रीदकर ऐसे इकट्ठा कर रहा था, जैसे यहाँ सब आँख के अन्धे हों। सच बता, कहाँ जा रहा है?"

मुझे झूठ बोलना पड़ा, "एक मित्र कोर्ट में शादी कर रहा है। वहाँ मुझे गवाह बनकर दस्तख़त करने हैं।"

मेरी बात माँ को पची होगी या नहीं, यह मैं नहीं जानता। मगर कुछ आगे कहने से पहले मुझे चन्द पल देखती रही, "कहीं तुम भी वैसा न करना," अन्त में वह बोली, "वर्ना मेरा कलेजा फट जायेगा।"

मेरे चेहरे पर की चाँदी उखड़ गयी। जिस माँ ने कोल्हू के बैल की तरह कष्ट सहकर मुझे पाला-पोसा, उसके बारे में मैंने तनिक भी विचार नहीं किया था। मेरे चोरी-छिपे शादी कर लेने से बेटे को दूल्हे के रूप में देखने का उसका सपना चकनाचूर हो जायेगा, उसका मुझे ख़याल ही नहीं आया था।

भीतर से मैं हिल गया। एक तरफ ममता थी, दूसरी तरफ प्रेम। मेरी त्रासदी यह थी कि मैं जिस मुक़ाम पर आ खड़ा हुआ था, वहाँ से लौटने की अब कोई गुंजाइश नहीं थी।

मैं बाहर निकल गया। मुझे अभी सोने की एक अँगूठी खरीदनी थी। वहाँ से सीधे गर्ल्स होस्टल जाकर सुरैया के साथ रजिस्ट्रार के दफ़्तर पहुँचना था। मेरा वकील तथा दो गवाह भी वहीं मिलने वाले थे।

टैक्सी लेकर मैं सबसे पहले ऑपेरा हाउस जौहरी की एक दुकान पर पहुँचा। मैंने पहले कभी सोना नहीं ख़रीदा था। मेरे चेहरे पर झलकी परेशानी को दूर करने के लिए एक सेल्समैन ने आकर मुस्कुराहट बिखेरी।

मैंने अँगूठियों की नयी डिज़ाइनें देखनी चाहीं तो उसने मेरे सामने एक केटलॉग रखा। उसमें की एक डिज़ाइन पर मेरी नज़र पड़ी। क़ीमत थी सत्रह सौ रुपये।

सेल्समैन ने बताया, "और तैयार होने में ज़्यादा नहीं, तो दो-तीन दिन लग ही जायेंगे।"

निराश होकर मैंने शो-केस में सजाई अँगूठियों के नमूनों पर आँखें बिछायीं।

"विवाह की अँगूठी चाहिए?"

मैंने इशारे से 'हाँ' कहा।

"नाप के नमूने के तौर पर कुछ लाये हो?"

मैं फिर उलझ गया। थोड़ा सोचकर मैंने अन्दाज़ से एक अँगूठी पसन्द की। काउंटर पर चौदह सौ का बिल चुकाया और मेरी प्रतीक्षा करती टैक्सी में बैठ सीधा गर्ल्सहोस्टेल पहुँचा। वह समय सुबह के ग्यारह का था।

सुरैया से मैंने ठीक ग्यारह बजे तैयार रहने को कहा था। साढ़े ग्यारह बजे हमें रजिस्ट्रार के दफ़्तर पहुँचना था।

फाटक पर सुरैया दिखायी न पड़ी तो मेरी आँतों में गाँठें बँधने लगीं। ऐसा पहले कभी नहीं हुआ था। हम दोनों समय के इतने पाबन्द थे कि निश्चित समय से पहले ही पहुँच एक-दूसरे की बाट जोहना पसन्द करते थे। फाटक के बाहर मैंने बेचैनी से पाँच मिनट इन्तज़ार कर अन्दर खड़े वाचमैन को इशारे से बुलाया। उसे कमरे का नम्बर देकर सुरैया को बुलाने को कहा तो वह बोला, "वह तो नहीं है।"

मुझे भरोसा नहीं हुआ, "उसने मुझे समय दिया है," मैंने इसरार करते हुए कहा, "ज़रूर वह यहीं कहीं होगी।"

इस बार वाचमैन भड़क उठा, "बोला ना, वह नहीं है।"

"तब कहाँ गयी?"

"वो हम नहीं जानता।"

"मगर..."

"कल रात से वह वापस नहीं लौटी।"

"शाम में मैं खुद उसे यहाँ छोड़ गया था।"

मुझसे अधिक बहस न करते हुए उसने मुझे संचालिका से मिलने को कहा। मैं भी उसके मुँह नहीं लगना चाहता था। इसलिए सीधा अन्दर चला गया। संचालिका का नाम था मिस बस्तीकर। अधेड़ उमर की वह मराठन थी। शरीर स्थूल था, मगर उसका चेहरा प्रभावशाली था।

गर्ल्स होस्टल की तल मंज़िल के उसके कार्यालय में मैंने प्रवेश किया। उसने रजिस्टर में से चश्मेवाला अपना चेहरा उठाते हुए मुझे देखा।

"येस?"

"सुरैया से मिलने आया हूँ।"

"आप?"

"मैं उसका बॉयफ्रेंड हूँ।"

"बैठिये।"

मैं यहाँ बैठने नहीं आया था। हमारे बीच मेज़ थी। मैं मुलाक़ातियों के लिए रखी एक कुर्सी के पीछे खड़ा था।

"मैं ज़रा जल्दी में हूँ।" मैंने बताया।

उसने फिर अनुरोध किया, "आप बैठिये तो।"

मैं परेशान हो उठा। हमारे बीच ख़ामोशी उतर आयी। मुझे लगा, जब तक मैं इस मैडम की आज्ञा का पालन नहीं करूँगा, यह अपना मुँह भी नहीं खोलेगी। तुरन्त मैं आगे वाली कुर्सी खींचकर बैठ गया।

कुछ जवाब देने से पहले उसने अपना चश्मा उतारकर नाजुक-से रूमाल से पोंछा। फिर धीरे से कहा, "सुरैया रात की फ्लाइट से मोम्बासा चली गयी है।"

अगर मैं कुर्सी पर बैठा न होता, तो गश खाकर वहीं गिर पड़ता।

28

सुरैया मुझे छोड़कर नहीं गयी थी, उसका भाई अब्बास अली उसे गुमराह कर ले गया था। ऐसा भी कह सकते हैं कि बड़ी सफ़ाई से उसका अपहरण किया गया था।

लुबयना के बताये अनुसार कल मैं सुरैया को होस्टल छोड़कर शादी के सपने संजोता हुआ फाटक से जब लौटा था, तब स्वागत-कक्ष में अब्बास अली बहन की प्रतीक्षा करता बैठा था।

स्वाभाविक था कि बिना किसी पूर्व सूचना के बड़े भैया को बम्बई में और वह भी होस्टल में देखकर सुरैया को हैरत हो।

"अचानक!" वह सिर्फ़ इतना ही कह सकी।

"कारोबार के सिलसिले में एक दिन के लिए आना पड़ा।" अब्बास अली ने बताया, "सोचा, तुमसे भी मिलता चलूँ। तुमने डिनर लिया?"

"नहीं।"

"चलो, हम ताज में खाना खायेंगे और कुछ देर गपशप भी लड़ायेंगे।"

"होस्टल का फाटक आठ बजे बन्द हो जाता है।" कहते हुए उसने अपनी घड़ी में देखा, "और इस वक़्त आठ बजने में तीन मिनट बाक़ी हैं।"

"उसकी चिन्ता तुम मत करो। तुम्हारी संचालिका से मैंने लेटपास ले लिया है।"

सुरैया ने तुरन्त निर्णय ले लिया। अगर वह अभी उसके साथ नहीं गयी तो सुबह उसे समय देना पड़ेगा और सुबह का समय अधिक क़ीमती था। वह भाई के साथ चली गयी।

लुबयना ने इतना बताया, बाक़ी राज़ मुझे संचालिका से जानने को मिला। अब्बास अली ने इजाज़त यानी कि लेटपास लिया ही नहीं था। उसने तो संचालिका को यह बताया था कि सुरैया की माँ बहुत बीमार है, डॉक्टरों ने उम्मीद छोड़ दी है और रात में हवाई जहाज़ से वह उसे ले जाने बम्बई आया है।

परिवार का बुजुर्ग सदस्य खुद उसे इतने ठोस कारण के साथ लेने आया हो, तब संचालिका किसी भी लड़की को कैसे रोक सकती थी?

इतनी जानकारी के आधार पर मैं कल्पना कर सकता हूँ कि सुरैया को टैक्सी में बिठाकर उसका भाई उसे ताज होटल ले जाने के बजाय सीधे हवाई अड्डे ले गया होगा। प्लेन के टिकट का इन्तजाम उसने पहले ही कर रखा होगा।

ये भी सोचा जा सकता है कि राह में जब सुरैया को षड्यन्त्र का पता चला होगा, उसने अब्बास के शिकंजे से निकलने का भरपूर प्रयास किया होगा, मगर उसकी एक न चली होगी।

शादी की रात मेरे जीवन की अविस्मरणीय रात बन गयी। मैं खुले आसमान के नीचे टैरेस पर लेटा था। मैं अपनी वेदना किसी से कह नहीं सकता था, सह नहीं सकता था। बस, सिर्फ़ बिस्तर पर तड़प सकता था।

जैसे-जैसे रात घनी होती जा रही थी, मेरी वेदना भी बढ़ती जा रही थी। तिस पर हवाएँ चलने लगीं। आने वाले तूफ़ान की यह चेतावनी थी। कहीं खिड़कियाँ टकराने से आवाज़ें उठने लगीं। किसी की खिड़की का शीशा टूटने पर उसकी स्पष्ट गूँज रात के सन्नाटे में उठी।

टैरेस पर मैं अकेला नहीं सोया था। गटर के कीड़ों की तरह कुलबुलाते हमारे पाँच मंज़िले मकान के कुछ और किरायेदार भी मेरी तरह टैरेस पर गुदड़िया या चारपाई बिछाते थे।

एक के बाद एक किरायेदार अपने-अपने बिस्तर लपेटकर मौसम पर लानतें-मलामतें बरसाते चले गये। मैं अकेला लेटा रहा। आधी रात के बाद वर्षा भी शुरू हुई। मेरे जीवन में लगी आग को बुझाने का ख़ुदा का यह बालिश प्रयास था।

मेरा तथा सुरैया का प्रेम पागलपन था। इसकी जड़ें गहरी थीं। और जहाँ हृदय सर्वोपरि होता है, वहाँ वेदना भी कष्टकारी होती है।

इक़बाल तथा किरण के प्रेम की शुरुआत चाहे हृदय से हुई हो, मगर उसकी प्रगति तो व्यावहारिक जीवन के हर पहलू को मद्देनज़र रखकर हुई थी। उसका अन्त भी बुद्धि के दायरे में होने वाला था।

हमारा प्रेम नादीदा था, क्योंकि हमारी बुद्धि पर हमारे हृदय का प्रभाव था। उनका प्रेम 'दीदावर' था, क्योंकि उनका दिमाग़ उन्हें अच्छे-बुरे का फ़र्क़ बताता था। अंकुश में रखता था।

इन दोनों प्रकार के प्रेम के बीच अन्तर सिर्फ़ इतना है—कुएँ में दोनों मर्द की छलाँग लगाते हैं, मगर उनमें से एक आँखें बन्द करके कूदता है, जबकि दूसरे की आँखें खुली होती हैं। और जहाँ आँखें खुली होती हैं, विरह या जुदाई की घड़ी उतनी दुःखदायी नहीं होती। न दिल पर छुरी चलती है, न सिर पर आसमान टूटता है।

सोमवार को शुरू हुआ सप्ताह ज्यों-ज्यों रविवार की ओर बढ़ता जा रहा था, इक़बाल का हृदय किरण से विवाह करने को अधीर होता जा रहा था और उसकी बुद्धि उसे रोक रही थी। क्या वजह थी इसकी? इसका उत्तर उसे अपनी ही एक पाठ्यपुस्तक के जेनेटिक्स के अध्याय में से मिला।

अपने निर्णय के बारे में बतलाते हुए सूफ़ी ने सरल भाषा में जेनेटिक्स का सिद्धान्त मुझे समझाया—"एक रंग में दूसरा रंग मिलाने पर दोनों के मिश्रण से जो तीसरा रंग तैयार होता है, उसमें मूल दोनों रंगों के गुण होते हैं। मसलन लाल रंग में श्वेत मिलाने से गुलाबी रंग बनता है। यह नया गुलाबी रंग यानी कि पचास

प्रतिशत श्वेत और पचास प्रतिशत लाल रंग। यही उसूल स्त्री-पुरुष के समागम द्वारा पैदा होने वाली सन्तानों पर लागू होता है।"

सूफ़ी के कहने का तात्पर्य यह था कि यदि एक वेश्या के साथ कोई विवाह करे तो उसकी सन्तान में वेश्या के तत्त्व भी रहेंगे। अगर वह सन्तान लड़की हुई तो हो सकता है, भविष्य में वह माँ के क़दमों पर चलने को लालायित हो। सूफ़ी यही नहीं चाहता था।

सूफ़ी के उछाले जेनेटिक्स के इस प्रश्न को हम ज़रा हटकर देखें तो यह निष्कर्ष निकलता है कि वेश्याओं का उद्धार उचित नहीं। जो जांबाज़ पतिताओं को पत्नी का पवित्र दर्जा देते हैं, वह ग़लत हैं। कम-से-कम उन्हें सन्तान-प्राप्ति की लालसा नहीं रखनी चाहिए।

जेनेटिक्स के मानने वाले एक बात चूकते हैं। विज्ञान की कसौटी से गुज़रा हुआ उत्पत्ति विषयक यह शास्त्र लगभग सही है, शत-प्रतिशत नहीं। क्योंकि सन्तान के चरित्र का आधार उसके आसपास के वातावरण, लालन-पालन पर निर्भर करता है। एक बालक को जैसा माहौल मिलेगा, वैसी उसकी परवरिश होगी। दूसरे, स्त्री-पुरुष समागम के समय के 'मूड' पर भी काफ़ी कुछ निर्भर करता है।

एक स्त्री समागम से पहले और बाद में भी भले पतिता हो, लेकिन उन चन्द पलों में उसके मन में ईश्वर जागे तो उसका प्रभाव उसके गर्भ पर ज़रूर पड़ेगा। इसी कारण यह ज़रूरी नहीं कि एक माफ़िया का बेटा माफ़िया ही हो। इसी तरह एक पंडित का बेटा डाकू भी बन सकता है।

अंगुलिमाल खूँखार डाकू था। मनुष्यों की उँगलियाँ काट वह उनकी माला बनाकर गर्व से गले में पहनता था। लेकिन उसके हृदय में ईश्वर जागा, वह पाप का मार्ग छोड़कर भगवान बुद्ध की शरण में आया। उसके जेनेटिक्स का क्या?

कहा जाता है कि रामायण के रचयिता वाल्मीकि भी एक समय डाकू थे। लुटेरे जेसल और उसे नयी राह दिखाने वाली ईश्वरभक्त तोरल की प्रेम-कथा से कौन गुजराती परिचित नहीं?

मेरी मेग्डिलीन, जो अपने समय की एक प्रसिद्ध वेश्या थी, उसके अन्तर्मन में ईसा मसीह ने ईश्वर को जगाया था। जब ईसा को सलीब पर चढ़ाया गया तो इसी स्त्री को उनके पाँव धोने का पवित्र काम सौंपा गया था, क्योंकि अब वह पतिता नहीं रही थी, सन्तों की तरह उसकी आत्मा भी परमात्मा से मिलकर एक हो गयी थी। उसके जेनेटिक्स का क्या?

यह सच है कि जींस (स्त्री-पुरुष के शरीर में बसने वाले सूक्ष्म जीवाणु) सन्तानोत्पत्ति में महत्त्वपूर्ण भूमिका निभाते हैं, मगर जींस का सीधा सम्बन्ध दिमाग़ से है, अतः समागम के समय के विचारों का असर जींस पर होता है और जींस के

मिश्रण से उत्पन्न होते गर्भ पर भी उसका प्रभाव पड़े बिना नहीं रह सकता।

निर्णय की उस घड़ी में सूफ़ी ने अगर थोड़ी गहराई में जाकर जेनेटिक्स के बारे में अध्ययन किया होता तो शायद आज उसकी पत्नी मासूमा न होती, किरण होती। इसे हम सूफ़ी के पुस्तकीय ज्ञान का परिणाम कह सकते हैं, लेकिन वह कहता है—क़िस्मत का खेल।

अपना फ़ैसला सुनाने से पहले किरण को उसने 'पामग्रोव' होटल में डिनर पर आमन्त्रित किया। दिन रविवार का था। सप्ताह की डेडलाइन आज पूर्ण हो रही थी। डी. के. के साथ रेसकोर्स पर शाम बिताने के कारण वह थका हुआ था। फिर भी कोलाबा से ड्राइव कर वह जुहू तक आया।

"क्या लोगी?" समुद्र के क़रीब वाले टेबल-कुर्सी पर बैठते हुए इक़बाल ने पूछा।

"यह तो तुम्हारे जवाब के बाद ही बता सकूँगी।" थोड़ा सोचकर किरण ने जोड़ा, "पोज़िटिव होगा तो तुम्हारी ज़ेब में इस वक़्त जितने रुपये हैं वे भी कम पड़ेंगे।"

बटुवा निकालकर सौ-सौ के नोटों पर उँगली फिराते हुए वह थोड़ा हँसा। "तीनेक हज़ार तो होंगे ही।"

"मेरी पसन्द उससे अधिक महँगी है।"

"और जवाब नेगेटिव हुआ तो।"

"सिर्फ़ एक बोतल शराब पिऊँगी।"

"पूरी बोतल।"

"हाँ।"

अपने लिए इक़बाल ने चाइनीज़ खाने का ऑर्डर लिखवाया और किरण के लिए स्कॉच की बोतल मँगवायी। उत्तर दिये बिना उसने उत्तर दे दिया था। किरण के चेहरे पर उसका कोई असर नज़र नहीं आया, मगर भीतर से वह लरज़ गयी थी।

"कभी पूरी बोतल पी है?" ऑर्डर आने से पहले इक़बाल ने पूछा।

"नहीं।"

"तो आज क्यों?"

"आज बेहोश होना ज़रूरी है!" वह बोली, "वर्ना नींद में सपने सताते रहेंगे।"

"मैंने सोचा था, तुम्हारा मनोबल ठोस होगा।"

"है, मगर तुम्हारे जैसा फौलादी नहीं।"

"ऐसा तुम सोचती हो?"

"निर्णय तुमने लिया है।"

"यह मेरी लाचारी है।" वजह बतलाना उसे ज़रूरी नहीं लगा। "यह सच है कि मैंने तुम्हें दिल से चाहा है। इस वक़्त हम दोनों के चेहरे हँस रहे हैं, लेकिन जितना

दुःख तुम्हें हो रहा है, उससे अधिक नहीं तो उतना ही दुःख मुझे भी है। और यह भी सच है कि थोड़े दिनों में हम इस सदमे से उबर जायेंगे।"

बैरा ने आकर पहले स्कॉच की बोतल और गिलास किरण के सामने रखे। उसने तुरन्त पीना शुरू किया। थोड़ी देर बाद इक़बाल के सामने स्वीट-कार्न सूप आया।

पहला चम्मच लेते हुए उसने नये सिरे से शुरुआत की, "किरण! मुझे तुमसे एक गुजारिश करनी है।"

"कहो।"

"आज हम बतौर प्रेमी के अलग होंगे, क्या भविष्य में हम दोस्ती का रिश्ता नहीं रख सकते?"

"हम दोस्त थे और आज दोस्तों की तरह अलग हो रहे हैं।"

"तुम नशे में नहीं बोल रही हो न?"

"अभी तो दूसरा पेग शुरू किया है।"

"तब ऐसा क्यों कहती हो?"

"जिस प्यार में चुम्बन का भी स्थान न हो, उसे प्यार कहो या दोस्ती, क्या फ़र्क़ पड़ता है?" कहते हुए उसने जोड़ा, "मैं नहीं चाहती कि तुम मेरे करीब रहो।"

"क्या मुझे इतना भी हक़ नहीं?"

"हक़ है, मगर मैं तुम्हारे मनोबल का इम्तिहान नहीं लेना चाहती।" जैसे-जैसे नशा चढ़ता जा रहा था, किरण की आवाज़ में तल्ख़ी बढ़ती जा रही थी, "तुम्हारी आस में मैंने अपने अतीत का गला घोंट डाला। उस मुर्दे में मुझे फिर से जान फूँकनी होगी। फिर एक बार मेरे जीवन में मर्दों का सिलसिला शुरू होगा और अब तुमसे वह नहीं देखा जायेगा।"

"तुम चाहो तो नये जीवन की दिशा में भी आगे बढ़ सकती हो।" सूप ख़त्म कर इक़बाल ने स्प्रिंग-रोल की डिश अपनी तरफ़ ली, "कॉलेज की तुम्हारी पढ़ाई अधूरी है, तुम उसे पूरी करो। दोस्त होने के नाते तुम्हारी माली ज़िम्मेदारी लेते हुए मुझे ख़ुशी होगी।"

"फिर?"

"डिग्री पाकर तुम अपनी पसन्द की नौकरी कर सकोगी।"

"और फिर?"

"अपनी पसन्द के लड़के से शादी कर लेना।"

"कौन राज़ी होगा एक वेश्या का हाथ थामने को?"

"डिग्री और नौकरी मिलने पर सब कुछ भुला दिया जाता है। अतीत भी..."

"ऐसा तुम मानते हो। और मैं कोई मीराबाई नहीं कि सारा जीवन भक्ति में गुज़ार दूँ! मैं औरत हूँ। मेरे भी एक दिल है और वह दिल जब पुरुष चाहेगा तब?"

किरण का स्वर अब थोड़ा ऊँचा हुआ, "तब देह की भूख मिटाने के लिए क्या मैं किसी लड़के को किराये पर रख लूँ? नहीं इक़बाल, चोरी-छिपे ऐयाशी कर समाज में देवी होने का ढोंग मैं नहीं कर सकती। मैं जो कुछ करूँगी खुलेआम करूँगी और मुझमें उतना साहस है। मैं समाज से टक्कर ले सकती हूँ।" उसके लहज़े में अब नशे का असर नज़र आने लगा, "और ये समाज है कौन? वही मर्द, जिसे मैंने बाप माना और एक महीने तक जिसने हर रात मुझ पर बलात्कार किया? वही मर्द, जो अपनी पत्नी को अन्धेरे में रखकर रंडी के सामने नंगे होते हैं और दिन के उजाले में आदरणीय कहलाते हैं? इक़बाल, मेरे चेहरे पर मुखौटे नहीं हैं। मेरी आँखों पर पर्दे नहीं हैं। छह पेग पीने के बाद भी मैं साफ़ देख सकती हूँ। साफ सोच सकती हूँ।"

सातवाँ पेग पूरा करते हुए उसने आगे कहा, "एक मौक़ा ज़िन्दगी में आया था। सोचा, अँधेरे से हटकर उजालों को गले लगा लूँगी। शायद ऐसा कुछ मेरी किस्मत में नहीं लिखा होगा। मैं खानाबदोश की सन्तान हूँ। हमारे लिए घर कैसा? ऊपर आकाश, नीचे धरती, वही हमारे खुले मकान। वही हमारी ज़िन्दगी। ज़रा मेरी नादानी तो देखो! चारदीवारी के बीच मैंने घर बसाने के सपने सँजोये।"

वह हँसने लगी। जैसे खुद ने कोई शगूफ़ा छोड़ा हो और खुद ही समझी हो, ऐसे वह खुलकर हँसी। फिर इक़बाल की तरफ़ उँगली से इशारा करते हुए बोली, "तुम सोचते होगे कि तुम्हारे फ़ैसले से मुझे चोट लगी होगी। इस ग़लतफ़हमी में मत रहना। याद रहे, शादी का प्रस्ताव तुम्हारा नहीं, मेरा था। मैंने तुमसे गुज़ारिश की थी। वह मेरा हक़ था और जब मैं अपने हक़ का इस्तेमाल करती हूँ, तब कभी भी मैं यह नहीं भूलती कि सामने वाले के भी कुछ अधिकार होते हैं। मेरा हाथ थामना या ठुकरा देना, ये दोनों अधिकार मैंने तुम्हें दिये थे और... और नतीजे के लिए मैं पहले से तैयार थी। अगर मैंने ऐसा न किया होता तो इस वक़्त मुझे शायद बेहद दुःख होता। प्यार में चोट खाकर आत्महत्या करने वाली बेवकूफ़ लड़कियों की तरह मैंने भी खुदकुशी कर ली होती या फिर पागलखाने में पहुँच जाती। मगर मैं उनमें से नहीं हूँ। मैंने तब भी आत्महत्या नहीं की थी, जब मेरे हरामी बाप ने मुझे पहली बार रेप किया था।"

अचानक उठकर उसने हाथ मिलाने के लिए हाथ बढ़ाया, "गुडलक इक़बाल।"

इक़बाल ने अब तक सिर्फ़ सूप पिया था। फिर स्प्रिंग-रोल की प्लेट अपनी ओर ली थी। मगर किरण के हँसते मुखौटे के पीछे से सिसकते चेहरे ने उसे सुन्न कर दिया था, एक कौर भी वह तोड़ नहीं सका था।

किरण से हाथ न मिलाते हुए वह भी उठ खड़ा हुआ, "चलो, मैं तुम्हें घर छोड़ दूँ।"

अपना हाथ खींच लेते हुए वह बोली, "इसकी ज़रूरत नहीं है।" और लड़खड़ाते हुए प्रवेश की तरफ़ आगे बढ़ गयी। वह अधिक दूर न जा सकी। थोड़े डग भरकर ढह पड़ी।

जिगर चाहे कितना ही ठोस क्यों न हो, प्रेम की डोर टूटने पर उसका थोड़ा-बहुत असर होता ही है। इस झटके से एकाध सप्ताह में उभरकर किरण फिर से अपने धन्धे में लग जाने वाली थी। उसका 'बाबे-इश्क' अतीत का एक गुलाबी लम्हा बनकर रह जाने वाला था।

सुरैया की स्थिति क्या हुई होगी, यह मैं सोच सकता हूँ। वज्रघात से बाहर निकलने में उसे मेरी तरह बरसों लगने वाले थे। वह मछली की तरह तड़पेगी, रोयेगी, सिर पीटेगी; पर उसकी एक भी नहीं चलेगी। अन्त में विवश होकर वह परिवार के सदस्यों की मर्जी के आगे हथियार डाल देगी। उसका शरीर विवाह के मण्डप में बैठेगा, उसकी आत्मा मुझे पुकारती हुई भटका करेगी।

सुरैया की तरह मैं रो नहीं सकता था। आँसू बहाना मेरे स्वभाव में नहीं था। दीवार में सिर नहीं मार सकता था, सिर्फ़ मौन वेदना भुगत सकता था। दिन-रात दिल में एक आग-सी जलती रहती थी। शराब की बोतल मेरी बाँह थामे मुझे अपनी तरफ़ बुला रही थी—देवदास को यहाँ शान्ति मिली है, तुम्हें भी मिल जायेगी।

नर्कागार जैसे उन दिनों में मैंने अगर अक़्लमन्दी का कोई काम किया हो तो वह यह एक ही था। शराब की शरण में मैं नहीं गया। जिस दिन पहला पेग लेकर पहली बार खुमार महसूस किया था, उसी दिन मैंने एक निश्चय भी कर लिया था। दुःख में कभी बोतल को हाथ नहीं लगाना। और ज़िद्दी बालक की तरह मैं अपने वायदे को निभाता रहा। न जाने कितने महीनों तक मैं मौन वेदना सहता रहा।

किसी से मन की बात कर लेने से जी हलका हो जाता है, इस हक़ीक़त से मैं वाक़िफ था। मगर मेरे जीवन में सुरैया के आने के बाद कोई ऐसा मित्र भी नहीं बचा था, जिसके साथ दो घड़ी बैठकर मन बहला सकूँ।

लुबयना और अनिल मेरे मित्र थे। वे ज़ेवियर कॉलेज तथा हमारी आर्ट स्कूल को जोड़ती गली में से वॉक लेते रोज़ाना शाम में मुझसे मिलने आते। कभी किसी नाटक या फिल्म के टिकट भी ले आते। मगर उनके साथ कहीं जाने की कभी मेरी इच्छा न हुई। जैसे आर्ट स्कूल के वातावरण में ज़हर घुला हो, ऐसे मैं उसकी इमारत से भी दूर रहने लगा।

रोज़ सुबह उठकर एक सवाल पैदा होता—आज का दिन कहाँ गुजारा जाये? और मोहर्रम के दिन शुरू हुए। ये दस दिन करबला के अमर शहीदों की याद में शोक मनाने के होते हैं। दसवीं को आग पर चलने की विधि का भी आयोजन होता है। उन दिनों वह विधि पालघर में हुआ करती थी।

एक मित्र के साथ में वहाँ पहुँचा। लगभग एक क़ब्र जितने लम्बे तथा चौड़े गड्ढे में अंगारे दहक रहे थे। श्रद्धालु मातम करते हुए उसमें कूद पड़ने को अधीर हो रहे थे।

इसमें बालक भी थे और वृद्ध भी। जवान भी थे और प्रौढ़ भी। वातावरण को और रोमांचक बनाने के लिए एक तरफ़ नगाड़े बज रहे थे तो दूसरी तरफ़ जुनून में आकर 'हुसैन : हुसैन' के नारों के साथ सीने पीटे जा रहे थे।

एक के बाद एक श्रद्धालुओं ने आग पर चलने की शुरुआत की। मैं स्थिर नज़र से देख रहा था। तभी मेरे मन में एक पुराने प्रश्न ने सिर उठाया, अगर ये बच्चे आग पर चल सकते हैं तो मैं क्यों दूर खड़ा रहकर तमाशा देख रहा हूँ? क़तार में चलते, मातम करते अज़ादारों के पीछे मैं भी अंगारों पर उतर गया। लगभग बारह फुट लम्बे गड्ढे में डग भरता हुआ बेहिचक पार निकल गया।

दूसरे दिन मुझे पता चला, उस रात अधिकतर श्रद्धालुओं के तलवे झुलस गये थे। अब मुझे याद आया। कुछ साल पहले मेरे चाचा मुहम्मद हुसैन ने आग पर चलने की मन्नत मानी थी। उनके दोनों पाँव के तलवों की चमड़ी जलकर उधड़ गयी थी। मेरे पाँव क्यों नहीं जले, इसका सन्तोषजनक उत्तर मैं आज तक नहीं खोज पाया हूँ।

फिर भी एक सवाल और उठा। क्या इस तरह अंगारों पर चलना उचित था? क्या जाने-अनजाने यह आत्महत्या का प्रयास नहीं था? ऐसे मैं कब तक जी सकता हूँ?

आखिर मुझे एहसास हुआ, मेरी पीड़ा मेरे पतन का कारण बनेगी। मैं मन-ही-मन घुटता रहूँगा तो निश्चित ही एक रोज़ टूट जाऊँगा। अपनी इस पीड़ा को कहीं व्यक्त करना मेरे लिए अत्यन्त ज़रूरी था। और मैंने तूलिका को छोड़ क़लम उठा ली।

मैं चित्रकार था। साहित्य से मेरा दूर का भी वास्ता नहीं था। उस समय के जाने-माने गुजराती साहित्यकार चुनीलाल मडिया, उमाशंकर जोशी तथा धूमकेतु के मैंने नाम तक नहीं सुने थे। वैसे वाल्ट डिज़्नी के अंग्रेजी कॉमिक्स पढ़कर मैंने बच्चों के लिए कहानियाँ लिखना स्वयं सीखा था। उर्दू के लेखक मुश्ताक़ जलीली से मैंने पटकथा लिखने की कला जानी थी। अन्तर-कॉलेज नाटक स्पर्धाओं के लिए एक-दो एकांकी भी लिखे थे।

शायद नाटक लिखने की मैं जुर्रत नहीं करता, अगर मुश्ताक़ जलीली ने मुझे पूर्ण सहयोग दिया होता। हर साल वे हमारे कॉलेज के लिए एक नाटक लिखते थे। उनसे वह लिखवाते मेरी नाक में दम आ जाता था।

टालमटोल करना उनका पुराना स्वभाव था। काफ़ी धक्के उनके घर खाने के बाद नाटक की पांडुलिपि मेरे हाथ में आती। आख़िर मैं तंग आ गया। किसी के घर रोज़ाना जाकर उससे मिन्नतें करना, यह मेरा भी स्वभाव नहीं था।

चौथे वर्ष की स्पर्धा के लिए मैंने ज़िन्दगी में पहली बार नाटक लिखा। (यहाँ भी ख़ुद को चुनौती देने की आदत ने मेरी सहायता की थी।) नाटक का नाम था 'बस-स्टॉप'। इसकी मुख्य भूमिका मैंने निभाई थी। इस हिन्दी नाटक को अनपेक्षित सफलता मिली। श्रेष्ठ अभिनय के लिए मुझे पुरस्कार भी मिला। दिग्दर्शक थे स्वर्गीय श्री भरत देव।

दर्शकों में आज के फिल्मी दुनिया के जाने-माने कलाकार राजेश खन्ना तथा कादर खान भी बैठे थे (तब वे मेरी तरह छात्र थे)। इसके अलावा के. आसिफ़ के मुख्य सहायक सुलतान अहमद भी पधारे थे। मेरे अभिनय से प्रभावित हो, मुझसे मिलने वह बैकस्टेज आ पहुँचे।

"आबिद!" अपना परिचय देते हुए उन्होंने प्रस्ताव रखा, "बिल्कुल नये कलाकारों को लेकर फ़िल्म बनाने की आसिफ़ साहब की एक योजना है और मेरी दिली ख़्वाहिश है कि उसमें कॉमेडियन का किरदार तुम अदा करो।"

मैंने हँसकर कहा, "मियाँ, यह तो मेरा शौक़ है। मैं अगर इसे पेशा बना लूँगा तो मेरे हाथ से मेरी तूलिका फिसल जायेगी।"

उन्हें गहरी निराशा के साथ आश्चर्य भी हुआ। जिस दिग्दर्शक ने 'मुग़ले आज़म' जैसी सदाबहार सुपरहिट फिल्में बनायी हों, उसके मातहत काम न करने की धृष्टता कोई कर भी सकता है, यह वह मान नहीं सका।

मैं अपने इरादे पर अटल था। मुझे न तो अभिनेता बनना था, न साहित्यकार। फिर भी सुरैया की जुदाई ने मुझे मुंशी बना दिया। जिस वेदना को मैं किसी से कह न सका, उसे मैंने पाँच सौ से अधिक पन्नों पर घसीट डाला।

उन्हीं दिनों हमारे पड़ोस में पुरानी किताबों का एक ठेलेवाला रहता था। नाम था मोहम्मद हुसेन मेघाणी। हम उसे प्यार से राटा कहते थे। (शायद इसलिए कि वह टाटा या बाटा नहीं था।)

रोज़ सुबह 'भात-बाज़ार' में ठेला लगाने जाते समय वह मेरे कमरे में झाँक लेता। उसे सहज ही आश्चर्य होता। यह कलाकार दिन-रात क्या लिखता होगा? मगर उसकी हिम्मत नहीं होती थी कि वह अन्दर आकर मुझे डिस्टर्ब करे।

एक शाम सीढ़ियों पर मुलाक़ात हो गयी तो उसने पूछ लिया, "रोज़-रोज़ क्या लिखते रहते हो?"

"पता नहीं।" मैंने कहा।

"कितने पन्ने लिखे हैं?"

"पाँच सौ से ज़्यादा ही होंगे।"

"और तुम ही नहीं जानते कि तुमने क्या लिखा है?"

"मैंने क्या लिखा है, यह मैं जानता हूँ। उसे क्या कहेंगे, यह नहीं जानता।"

आत्मकथा? उपन्यास? या कुछ और? तब मैं यक़ीन के साथ नहीं कह सकता था।

पल-भर मेरे सामने देखकर उसने फिर पूछा, "उसका क्या करोगे?"

मैंने हँसकर कहा, "तुम चाहो तो तुम ले जाओ।"

वह गम्भीर था, "तुम जानते हो न मैं रद्दी काग़ज़-किताबों का धन्धा करता हूँ।"

"यह भी जानता हूँ कि तुम ईमानदार ठेले वाले हो। माप-तोल में मुझसे बे. ईमानी नहीं करोगे।"

उसी दिन मैंने काग़ज़ों का ढेर उसे सौंप दिया। तब मैं नहीं जानता था कि हमारा मित्र मेघाणी गुजराती प्रकाशकों के सम्पर्क में होगा और वह भी कलात्मक पुस्तकों के प्रकाशन के लिए प्रसिद्ध 'स्वाति प्रकाशन' के मालिक शिवजी आसर के (जिनके यहाँ सिर्फ़ चुनिंदा साहित्यकारों की रचनाएँ छपती थीं।)

पहले मेघाणी ने मेरी पांडुलिपि खुद पढ़ी, फिर स्वाति प्रकाशन के सुपुर्द कर दी। एक पखवाड़े के बाद सवेरे-सवेरे वह मेरे कमरे पर आया और हैरत से मुझे देखने लगा। मुझे लगा शायद रात में मेरे माथे पर सींग उग आये होंगे! मैंने सिर पर हौले से हाथ फेरा।

"साले..." यकायक वह बोल उठा, "इतना ज़बर्दस्त नॉवेल लिखा है और कहता है कि पता नहीं, क्या लिखा है।"

अब हैरत से उसका चेहरा देखने की बारी मेरी थी। वह लगातार बकझक किये जा रहा था, जिसका सार यह था कि शिवजी आसर मेरा उपन्यास प्रकाशित करने को राज़ी हैं और मुझे रद्दी का भाव नहीं, साहित्यकार की रॉयल्टी मिलेगी और वह भी कम-से-कम पाँच सौ रुपये।

मेरी गणना नयी पीढ़ी के साहित्यकारों में हुई। 'टूटे हुए फरिश्ते' मेरा पहना उपन्यास छपते ही चर्चा का विषय बन गया। मगर उससे पहले मैं अपनी फाइनल की परीक्षा में अनुत्तीर्ण हुआ था।

पढ़ाई में इक़बाल भी मेरी तरह फर्स्ट-क्लास छात्र था। उसकी ट्रेजेडी कुछ अलग हुई।

किरण से नाता तोड़ने के बाद वह उषा सदन वाला फ्लैट छोड़कर 'सागर दर्शन' में रहने चला आया। उन्हीं दिनों बम्बई में 'कंजेक्टीवाइटिस' (आँखों का रोग) की हवा चली।

फाइनल को सिर्फ़ दो दिन बचे थे और वह उस रोग का शिकार हो गया। फिर भी उसने हिम्मत न हारी। डॉक्टर बनने का पिता का सपना साकार करने के लिये वह आँखों में दवाई डाल परीक्षा देने बैठा, मगर एक भी प्रश्न का उत्तर वह दे नहीं सका। एक भी प्रश्न को वह पढ़ ही नहीं सका था।

29

कॉलेज के प्रथम वर्ष से अन्तिम वर्ष तक जो विद्यार्थी पहले पाँच नम्बरों में रहा हो, उसी की विकेट फाइनल में उड़ जाये तो उसकी क्या हालत हुई होगी, यह आप सोच सकते हैं। तिस पर मित्रों ने खेद प्रकट करने का मौका नहीं गँवाया। कोई बोला, "आबिद, तुम्हारे साथ अन्याय हुआ है। तुम्हें लड़ना चाहिए।" किसी ने कहा, "परीक्षक बुढ़ऊ थे। उन्हें नये दृष्टिकोण वाला तुम्हारा मॉडर्न-आर्ट समझ में नहीं आया होगा।" किसी ने परीक्षा पद्धति को दोष दिया, किसी ने क़ौमवाद को।

मुझे न तो उनके दिलासों में कोई रुचि थी, न उनके बताये हुए कारणों में। मेरी सबसे बड़ी चिन्ता थी—मेरी माँ। वह बेचारी मानो आशा के सिर्फ़ एक तार पर जी रही हो, वैसे कभी पड़ोसिन से कहती, "इस साल मेरा बेटा पहले नम्बर पर आकर कम-से-कम हजार रुपये की नौकरी पायेगा और हमारे दुःख के दिन टल जायेंगे।"

वह सपनों में भी मुझे सूट-बूट में ब्रीफकेस लिये किसी बाबू की तरह दफ़्तर जाते हुए देखती थी।

उस माँ से मैं नज़रें कैसे मिला सकूँगा? सच बताऊँगा तो उस पर गाज गिरेगी और झूठ मेरी फ़ितरत में नहीं था। वैसे भी मेरे बदले हुए सलूक से माँ के दिल में शंका जागी थी।

पहले मैं हँसता-गाता, सीटी बजाते हुए घर आया करता था। सुरैया के गायब होने के बाद जैसे मैं किसी प्रियजन को कब्रिस्तान में दफ़न कर अभी-अभी लौटा होऊँ, ऐसा मेरा चेहरा लगता। इस बात को लेकर माँ ने कई बार मुझे टोका, मगर मैंने हर बार उसकी बात टाल दी।

नतीजे के दिन मैंने घर जाने से पहले गम्भीरता से सोचा और अन्त में अपने जीवन का सर्वोत्तम झूठ बोलने का फ़ैसला किया, साथ ही मेरी अभिनय कला की कसौटी होने वाली थी।

मंच पर श्रेष्ठ अभिनय करना अलग बात होती है, ज़िन्दगी में करना बिल्कुल दूसरी बात। मंच पर मैंने कभी भी परवाह नहीं की थी कि मेरे अभिनय से कोई प्रभावित होगा या नहीं।

मैं प्रोफेशनल अभिनेता नहीं था। कहीं भी मैंने अभिनय की तालीम नहीं ली थी। इसलिए मुश्किल यह थी कि मुझे एक दर्शक के सामने सिर्फ़ नाटक नहीं खेलना था। उस पर गहरा प्रभाव भी डालना था।

चौराहे से मैंने खोये के पेड़ों का एक डिब्बा खरीदा और जैसे मंच की चकाचौंध रोशनी में क़दम रखता होऊँ, वैसे मैं मुस्कुराते हुए नीम अँधेरे कमरे में दाख़िल हुआ, "माँ, माँ! मैं पास हो गया।"

उस वक़्त माँ चौके में बैठी मैले बरतन माँज रही थी। तुरन्त चेहरा घुमाकर उसने मेरे सामने देखा। कुछ पल वह सिर्फ़ देखती रही। मुझे लगा, होंठों पर टिकी मेरी मुस्कुराहट बिखर जायेगी, मैं खुद गिर पड़ूँगा। मेरे शब्दों का मतलब देर में मगर उसकी समझ में आया। हाथ धोकर ओढ़नी से पोंछती हुई वह मेरे सामने आयी, "अरे पास क्यों न होता, रोज़ाना नमाज़ पढ़ मैंने तेरे लिए दुआ जो माँगी थी।"

इससे पहले कि वह आगे कुछ कहे, मैंने एक पेड़ा उसके मुँह में ठूँस दिया, उसने भी एक पेड़ा मुझे खिलाया और मेरे हाथ से डिब्बा लेकर पड़ोसियों में बाँटने चली गयी।

मैं उसी पल कुर्सी पर ढह गया। इतना टेंशन मैंने मंच पर भी कभी महसूस नहीं किया था। इस एकाध मिनट के परफॉरमेन्स ने जैसे मेरी ज़िन्दगी का एक साल निचोड़ लिया था। माथे से पसीने की बूँदें धारा बनकर गले में उतर रही थीं। सन्तोष सिर्फ़ इस बात का था कि अपने प्रयास में मैं सफल रहा था। मैंने माँ को दुखी होने से बचा लिया था।

इक़बाल एक के बाद एक सफलता के शिखर सर कर रहा था। पहले, जो एक धुँधली आशा थी कि वह डॉक्टर बनकर तस्करी के पेशे से संन्यास लेगा, वह भी मिथ्या हो गयी थी। अब उसे रोकने वाला कोई न था। उसकी उड़ान के लिए आकाश भी छोटा था, कश्मीर से कन्याकुमारी तक उसने अपना जाल फैला दिया था।

इसका मतलब यह भी नहीं होता कि खान तथा रुस्तमजी जैसे ईमानदार अधिकारी मर-खप गये थे, बल्कि उनकी चौकन्नी नज़रें हमेशा इक़बाल का पीछा किया करतीं। उनकी लाचारी यह थी कि बिना किसी सुबूत के वे उसे गिरफ़्तार नहीं कर सकते थे।

कस्टम्स अधिकारियों तथा तस्करों के बीच चूहे-बिल्ली का खेल निरन्तर चलता रहता था। इक़बाल की चाल को भाँपकर खान और रुस्तमजी मिलकर चूहेदानी लगाते और उन्हें पता चलता कि उस पट्ठे ने पुराना खेल समेटकर नयी बिसात बिछायी है।

तस्कर चाहे कितने ही सुरक्षित रहकर धन्धा करते हों, मगर समुद्र की सीमाओं का रक्षण करने वाले हमारे नेवी शिप का भय उन्हें हरदम लगा रहता है। कस्टम तटरक्षक दल से भी बचना होता है।

तटरक्षक दल के काफी कुछ अधिकारी तस्करों की जेब में होते हैं, मगर नेवी-शिप के कैप्टन को हथेली में चाँद दिखाकर किसी ने कैरियर बनाया हो, ऐसा

न मैंने कहीं सुना, न पढ़ा है।

जब सूफ़ी ने यह विषय छेड़ा, तब न जाने क्यों मुझे पहली बार उस पर शंका हुई कि वह शेखी बघार रहा है। अब तक मेरे सम्पर्क में आये छोटे-बड़े कई तस्करों में यह कमज़ोरी मैंने देखी है। मुझे भरोसा न हुआ, इसलिए मैंने सवालों की झड़ी बरसायी :

"उस कैप्टन से आपकी मुलाक़ात कहाँ हुई?"

"सी. सी. आई. क्लब पर।"

"फिर?"

"फिर क्या?"

"आपने उसे कैसे पटाया?"

"जिस तरह कस्टम्स के और अधिकारियों को पटाया था।"

"मुझे तरीक़ा जानना है।"

"तरीक़ा!" सूफ़ी ने थोड़ा रुककर बताया, "इस बारे में मैंने कभी सोचा नहीं।"

"नोटों से भरे ब्रीफकेस के साथ जाकर आप यह तो नहीं कहते होंगे कि यह रख लो, हमारा काम कर दो।"

"नहीं-नहीं।"

"तब?"

"हरी नोटें इसमें अहम भूमिका निभाती हैं, यह सच है; लेकिन उनका इस्तेमाल कैसे किया जाये, वह एक कला है।"

कुछ याद आने पर उसने आगे बताया, "आम तौर पर इनसान की पहचान उसका चेहरा होती है। थोड़ी और गहराई में जायें तो इनसान की आँखों में उसकी पूरी शख़्सियत समायी होती है। सबसे पहले मैं सामने वाले आदमी की आँखों में झाँककर यह तय करता हूँ कि चिड़िया जाल में फँसेगी या नहीं? जरा-सी भी उम्मीद बँधने पर मैं दाने डालने की शुरुआत करूँगा।"

लम्बी चर्चा के बाद मेरे सामने एक पद्धति ने आकार लिया। उसे हम 'आने वाले कल का डर' कह सकते हैं। मसलन पाँचतारा होटल या क्लब में किसी बड़े अफसर से परिचय होने पर इक़बाल प्रामाणिकता का ज़िक्र छेड़ेगा और सावधानी से उसे ललकारेगा भी।

सरकारी अफसर सारी ज़िन्दगी ईमानदारी से नौकरी करे तो उसके एवज़ में सरकार उसे क्या देती है? मामूली पेंशन, जिसमें उसका घर-खर्च भी नहीं चल सकता। दूसरे, नौकरी से अवकाश प्राप्त होने पर वह जिस सरकारी मकान में रहता होगा, वह भी उससे छीन लिया जायेगा।

नौकरी के दौरान अगर उसने दूसरे किसी आवास का इन्तजाम न किया हो तो वह फुटपाथ पर नज़र आयेगा। और बम्बई जैसे शहर में एक ईमानदार अफसर का घर-खर्च ही मुश्किल से चल पाता है, फिर मकान के लिए वह अलग से लाखों रुपये कहाँ से जुटाये?

बम्बई की पुलिस इसकी आदर्श मिसाल है। उनकी मामूली तनख्वाह जैसे उन पर अत्याचार करने के लिए काफ़ी न हो, लिहाज़ा कई पुलिस-परिवार यहाँ ऐसे हैं; जिन्हें रहने के लिए सरकार एक घर तक नहीं दे सकी है। इनमें से काफ़ी कुछ अस्तबल जैसे जर्जर बैरेक्स में रहते हैं, कुछ तन्दूर जैसे तपते घरों में, तो कुछ झुग्गी-झोंपड़ियों में।

इन पुलिसवालों को खरीदने के लिए भविष्य का डर भी बतलाने की ज़रूरत नहीं रहती। उनका वर्तमान उनके आगे तांडव मचाये रहता है।

संक्षेप में माफिया लोग सरकारी कर्मचारियों की इस कमजोरी से अच्छी तरह वाकिफ़ होते हैं और इसका भरपूर लाभ वे अपना उल्लू सीधा करने के लिए उठाते हैं। इसके अलावा माया का भी तो अपना मोह होता है।

प्रामाणिक अधिकारी के घर टी. वी. न हो, लेकिन उसी के रिश्वतखोर साथी के घर टी. वी. के साथ वी. सी. आर. भी हो तो वह उसे कहीं न कहीं अखरता रहेगा, और एकाध निर्बल पल में वह भी अपने सिद्धान्तों को ताक पर चढ़ाकर इस युग के मूल्यों को स्वीकार कर लेगा।

नेवी शिप के कैप्टन को इक़बाल ने एकबारगी चित नहीं किया था। पहली मुलाकात में उसने सिर्फ़ दोस्ती का हाथ बढ़ाया था। कैप्टन को उसका सुझाव पसन्द आ गया था, क्योंकि इक़बाल पैसे बनाने के सौ तरीके जानता था—एक नम्बर के और दो नम्बर के भी और इस विषय में किसे दिलचस्पी नहीं होगी?

डी. के. को भी उसने कुछ नये टोटके सिखाये थे, जिनमें एक था, 'बिल ऑफ एक्सचेंज'। यह लाइन कुछ हद तक शेयर बाजार की तेजी-मन्दी से मिलती-जुलती है, मगर सट्टाबाज़ार की अपेक्षा अधिक सुरक्षित है। (ऐसा सूफ़ी का मानना है।)

स्विस-बैंक में जिसका खाता हो, वह घर बैठकर सिर्फ़ फोन द्वारा अपनी जमा पूँजी दिन दूनी रात चौगुनी कर सकता है। यह लाइन सीखने के लिए भी अंग्रेज़ी के 'टाइम' साप्ताहिक में प्रकाशित होते अलग-अलग देशों की मुद्रा के भाव जानने ज़रूरी होते हैं। (अब बीबीसी आदि चैनलों द्वारा भी जाने जा सकते हैं।)

इक़बाल ने 'टाइम' साप्ताहिक की आखिरी छह माहों की प्रतियाँ ढूँढ़कर उनका अध्ययन किया था। किन हालातों में किन देशों में करेन्सी (मुद्राएँ) कमजोर पड़ती हैं, इसका लगभग अन्दाज़ा उसे आ गया था।

मसलन जापान का 'येन' मजबूत होगा, तब अमरीकन डालर लड़खड़ाएगा और

इसका थोड़ा-बहुत असर दूसरे मुल्कों की करेन्सी पर भी पड़ेगा।

इस अध्ययन के बूते पर इक़बाल डी. के. को बताता कि किस देश की मुद्रा के भाव चढ़ने की सम्भावना है। तुरन्त डी. के. बम्बई से स्विट्ज़रलैंड फ़ोन लगाकर अपने बैंक को सूचना देता, 'मेरे खाते में से पचीस प्रतिशत राशि डालर में से येन में तब्दील कर दी जाये।' दो-चार दिन में येन के भाव बढ़ने पर डी. के. के खाते में भी दो-चार लाख रुपये बढ़ जाते।

इक़बाल बताता कि जर्मनी का 'मार्क' सिर उठाएगा तो डी. के. तुरन्त अपने बैंक को सूचना देता, "करेन्सी येन में से मार्क में बदल दो।"

धीरे-धीरे कैप्टन तथा इक़बाल क़रीब आते गये। कैप्टन को लगा, अब इक़बाल की परीक्षा लेनी पड़ेगी। क्योंकि इक़बाल ने अन्त में कहा था कि वह गिनती करके यह भी बता सकता है आने वाली रेस में कौन-सा घोड़ा जीतेगा।

"इतवार की रेस में तुम मेरे साथ चलोगे।" कैप्टन ने सवाल नहीं किया था, आदेश दिया था, "और जिस घोड़े पर तुम खेलोगे, उस पर मैं भी रुपया लगाऊँगा।"

"वेरी सॉरी," वह बोला, "मैं रेस नहीं खेलता।"

कैप्टन को सहज ही अचरज हुआ। "तुम यकीन के साथ बता सकते हो कि कौन-सा घोड़ा जीतेगा और..."

"सर, रेस जुआ है और हमारे मजहब ने जुए को हराम ठहराया है।"

"ठीक है।" कैप्टन ने कुछ सोचते हुए आँखें झपकायीं, "मैं अकेला खेलूँगा, लेकिन तुम मेरे साथ रहोगे। याद रहे, मैं हारा तो तुम से एक-एक पैसा उगलवाऊँगा।"

"दुगुने लेना सर।" उसने इतनी सहजता से कहा कि कैप्टन हलाल हो गया।

हक़ीक़त में इक़बाल घुड़दौड़ के बारे में अधिक कुछ नहीं जानता था। वह एक-दो बार डी. के. के साथ रेसकोर्स गया था, बस; लेकिन उन दोनों बार डी. के. जीता था, तभी उसे कुछ भनक लगी थी।

बाद में डी. के. ने ही उसे रहस्य बताया। रेस से पहले डी. के. का जॉकी जिस घोड़े को गुड़ के साथ कोई पुड़िया मिलाकर खिला देता, वह रेस वह निश्चित रूप से जीतता। उस पुड़िया में चूरा किसका होता था, इस बारे में सूफ़ी को कोई विशेष जानकारी नहीं है।

"क्या रेस के बाद घोड़े के पसीने की जाँच कर पता नहीं लगाया जा सकता?" मैंने पूछा।

"सही। शक होने पर कभी घोड़े की डॉक्टरी जाँच भी होती है, लेकिन उन दिनों उतनी सजगता नहीं थी। दूसरे, डी. के. सयाना था, सभी रेस में वह अपने घोड़े को नहीं जिताता था।"

रेस के दिन भी कैप्टन को इक़बाल पर पूरा भरोसा नहीं था। शायद इक़बाल

की गणना सही हो, शायद न भी हो। उसने डरते-डरते हज़ार रुपये लगाये।

"यह क्या सर?" इक़बाल बोल उठा, "जीतने का ऐसा मौका बार-बार नहीं आता। लाख लगाकर करोड़ बना लो।"

वह थोड़ा हँसा, "मेरे पास इतनी दौलत कहाँ? मैं तो जहाज का एक मामूली कैप्टन हूँ।"

"मैंने सोचा था, आप घर-ज़ेवर गिरवी रखकर बड़ा दाँव खेलेंगे।"

"घर सरकार का है और ज़ेवर पत्नी के।" निःश्वास छोड़ते हुए उसने सच बताया, "वैसे मुझे अब भी यकीन नहीं हो रहा है कि तुम्हारे भरोसे मैं डूब जाऊँगा या..."

इसका फ़ैसला घंटे-भर में हो गया। कैप्टन के रुपये जैसे जादुई डंडा घूमा हो, हजार से तीन हजार हो गये। अब वह इक़बाल के प्रभाव में पूरा आ गया। दूसरे, रेस का उसे चस्का भी लगा था। जैसे कुत्ता अपने मालिक के पीछे दुम हिलाता चलता है, वह भी इक़बाल के पीछे चलने लगा।

शनि-रवि तथा छुट्टी के दिन दोनों सी. सी. आई. क्लब में मिलते। कैप्टन बियर पीता, इक़बाल नींबू-पानी लेता। दोनों घंटों बातें करते बैठे रहते। डी. के. दूर-दूर से यह तमाशा देखता रहता। वास्तव में सी. सी. आई. का सदस्य वह था। इक़बाल उसका मेहमान बनकर आता था और इक़बाल का नया मुर्गा यानी कैप्टन भी अनजाने उसी का ही गेस्ट था।

एक ही रात में लखपति बनने के मोह में लोभी मनवा एक बात भूल जाता है कि बिना स्वार्थ के माँ भी बच्चे को दूध नहीं पिलाती।

दुबारा घोड़े का नाम बताने से पहले इक़बाल ने चाल चली, "सर, मेरी थोड़ी-सी मदद करेंगे?"

"गुज़ारिश करना तुम्हें शोभा नहीं देता, हुक्म करो। किसी को नेवी में नौकरी दिलानी है या किसी का प्रमोशन करवाना है?"

"नहीं-नहीं, सरकारी कामों में दखल देना ठीक नहीं।"

कैप्टन प्रसन्न होकर बोला, "तुम्हारे जैसे समझदार लोग थोड़े और हों तो यह देश जापान से टक्कर ले सकता है।"

अब वह अस्ल मुद्दे पर आया, "अगर आप एक पार्सल की डिलीवरी ले सकें तो मैं आपका आभारी होऊँगा।"

कैप्टन एकटक उसे देखता रहा। इक़बाल को यह स्पष्ट करने की ज़रूरत नहीं थी कि वह पार्सल जाकिटों का बोरा होगा। कैप्टन समझदार था, समझ गया। मगर उसकी दुविधा यह थी कि रातोंरात लखपति बनना था या अपने सिद्धान्तों से चिपके रहना?

दुविधा यानी कमजोर पल। इक़बाल ने अपनी धारदार बुद्धि से यह पल पैदा

किया था, "सर," काँटे तक आयी मछली को उसने चारा डाला, "अगली रेस में दाव लगाने के लिए आपको न घर गिरवी रखना होगा, न गहने। वैसे दिल न मानता हो तो स्पष्ट 'ना' कहना, मुझे ज़रा भी बुरा नहीं लगेगा।"

कैप्टन हलके से मुस्कुराया। मछली के गले में काँटा बराबर उतरा था, लेकिन यहाँ मुश्किल यह खड़ी हुई कि अगले इतवार को डी. के. का घोड़ा रेस में उतरने वाला नहीं था।

(अभी पिछले सप्ताह वह अपने घोड़े को जिता चुका था।)

अगले इतवार की रेस सीज़न की आखिरी रेस थी और उस रेस में कैप्टन को जिताना उतना ही ज़रूरी था, क्योंकि उसके दूसरे ही दिन सवा करोड़ रुपये के सोने के बिस्कुट लेकर दुबई से बजरे से आने वाला माल नेवी शिप पर उतरने वाला था।

कैप्टन रेस में हारे तो शायद बाज़ी ही पलट जाये, अपने साथ हुई धोखाधड़ी की उसे भनक लग गयी और गुस्से में आगबबूला होकर वह इक़बाल से वैर ले तो कोई हैरत नहीं।

उस रात उसने यह समस्या डी. के. के आगे रखी। डी. के. आखिर तो गुरु घंटाल था। इक़बाल के सामने ही उसने आने वाले कल की रेस के दो जोकियों को फोन लगाया और इक़बाल को एक घोड़े का नाम दिया, वह था वंडर प्रिंस, "कैप्टन को उस पर खेलने के लिए कहना। निन्यानबे प्रतिशत कल वही जीतेगा।"

यह कैसे मुमकिन हो सकता है? इक़बाल की जीभ पर यह सवाल आये, इससे पहले ही जवाब मिल गया, "आख़िरी रेस जीतने की बारी उस घोड़े की है।"

रेसकोर्स के मैदान में खेले जाते करोड़ों के जुए तथा बम्बई के जाने-माने 'मटका' के जुए में होते गोलमाल में अधिक अन्तर नहीं, इसका ख़याल इक़बाल को आया।

बम्बई का 'मटके' का जुआ शून्य से नौ के अंकों पर खेला जाता है। उन दिनों रतन खत्री 'मटका-किंग' का बोलबाला था। रोजाना शाम में वह ताश के तीन पत्ते खोलता। (ताशसें में गुलाम, बेगम और बादशाह नहीं रहते थे।)

खुले हुए तीन पत्तों के आँकड़े जोड़कर (मसलन : 7+3+5=15=5+1=6) अन्त में जो एक आँकड़ा बचता है, उसे घोषित किया जाता। उस पर जिसने एक रुपया लगाया हो, उसे नौ रुपये मिलते। बम्बई के निम्न वर्ग के लोगों, खासकर मजदूरों को इसका रोग था। और रोजाना लाखों रुपयों का जुआ खेला जाता था।

मान लो कि पाँच के अंक पर अधिकतर लोगों ने जम कर खेला हो और वही अंक खुले तो मटकेवालों के मुकद्दर की मटकी फूट जाये। स्वाभाविक है कि ऐसी परिस्थिति में मुख्य अंक वह नहीं खुलेगा।

यही उसूल घुड़दौड़ के जुए पर भी लागू होता है। रेस के तजुर्बेकार खिलाड़ी

घोड़ों के इतिहास तथा भूगोल को मद्देनज़र रखकर किसी एक घोड़े को चुनें और यह हवा फैले कि वही जीतेगा तो दूसरे सैकड़ों शौकीन उस पर दाँव लगाएँ। अगर वह सचमुच जीत जाये तो क्लब के साथ बूकियों (दाँव खाने वालों) के भी बारह बज जायें।

अलबत्ता, जिस घोड़े की 'विन' में आने की सभी सम्भावनाएँ हों, उस पर दाँव लगाने वाले को 'रेट' कम मिलता है, यानी कि डेढ़ या दो का। जिस घोड़े की दूसरे नम्बर पर आने की उम्मीद हो और वह पहले नम्बर पर खड़ा रहे तो तीन का 'रेट' मिलेगा। इसी तरह जिसको तीसरे नम्बर पर सोचा गया हो, और वह पहला स्थान हथिया लेता है तो आठ या नौ का रेट मिलेगा। यानी जिसने हज़ार रुपये खेले हों, उसे आठ या नौ हजार रुपये मिलेंगे।

मान लें कि 'अफलातून' नाम का घोड़ा जीतने वाला है। यह राज़ जानने के बाद कौन मूरख दूसरे या तीसरे नम्बर पर आने वाले घोड़े पर दाँव खेलेगा? फिर भी कुछ नौसिखिए या जमाने से उलट चलने वाले ऐसे ही किसी घोड़े को आज़माकर एक ही रात में लखपति (कभी करोड़पति भी) बन जाते हैं।

डी. के. ने जॉकियों से यह जानकारी हासिल की थी। जिस घोड़े पर लगभग सभी जुआरी खेलने वाले थे, उसके जॉकी को गुप्त सन्देश मिल गया था। रेस में आखिर तक उसे सभी घोड़ों से दो कदम आगे रहना था। अन्तिम मोड़ आने पर वह लगाम को थोड़ी ढीली छोड़कर हलका-सा झटका देगा। हवा के साथ बातें करता हुआ उसका घोड़ा कुछ डग चुक जाये, यह स्वाभाविक था। इसका लाभ लेकर दूसरे नम्बर पर दौड़ता हुआ घोड़ा आगे निकल सकता है।

हुआ भी वैसा ही।

इक़बाल ने घोड़े के नाम के साथ कैप्टन को खेलने के लिए 50,000 नकद दिये थे। (हक़ीक़त में ये रुपये कैप्टन को अपनी भावी सेवाओं के लिए पेशगी थे।)

अभी उसमें इतना साहस नहीं था कि वह एक साथ सारे रुपये घोड़े पर लगा दे। डरते-डरते उसने आधे लगाये और उसका घोड़ा जीतने पर रुपये 25,000 के सीधे लाख हो गये।

अब मैंने सूफ़ी से पूछा, "यह तो समझ में आया कि कैप्टन साहब कैसे फँसे, लेकिन अभी तक यह साफ नहीं हुआ है कि आपने नेवी शिप का इस्तेमाल अपने लाभ में कैसे किया?"

उसने तस्करी की चौंका देने वाली कार्य पद्धति के बारे में बतलाया, "दुबई के बजरे ने सवा करोड़ के सोने के बिस्कुटों का गट्ठर लेकर अँधेरे में भारतीय सीमा में प्रवेश किया और नेवी शिप पर माल उतारकर लौट गया। यह गट्ठर कैप्टन ने अपने दो भरोसेमन्द सहायकों की मदद से अपने कैबिन में छिपा लिया।"

शिप पर काम करने वाले नेवी अफसरों में से कुछ के आवास मढ़ द्वीप पर भी हैं, यहाँ उनके परिवार बसते हैं। ये नेवी अफसर सनीचर-इतवार, छुट्टी के दिन अपने बीवी-बच्चों के साथ गुज़ारने मोटर-बोट से अपने घर आते हैं।

कैप्टन और उसके दो सहायक गैंग के 'कैरियर' बन गये। शिप से मढ़ द्वीप जाते समय वे अपने बैग में ठूँस-ठूँसकर जाकिट ले जाते। वहाँ से गैंग के सदस्य डिलीवरी लेकर सागर-दर्शन के मकान पर पहुँचा देते। उषा सदन छोड़ने के बाद इक़बाल ने यहाँ के फ्लैट को अपना अड्डा बनाया था।

इक़बाल ने अपनी सीमाएँ कश्मीर से लेकर कन्याकुमारी तक फैला दी थीं, यह हक़ीक़त मैं बता चुका हूँ। यह फैलाव बेवजह नहीं था। पिछले कुछ सप्ताह से सोने के भाव में जबर्दस्त उथल-पुथल होने की अफवाहें जोर पकड़ रही थीं। तस्करों को अपना भविष्य धुँधला नज़र आने लगा था।

छोटे-बड़े तस्कर मानो आखिरी दाँव खेल रहे थे। इक़बाल भी अपवाद न था। कस्टम्स अधिकारी रुस्तमजी और खान उसके हर क़दम पर कड़ी नजर रखे हुए थे।

"इक़बाल," डी. के. ने उसे आगाह करते हुए कहा, "हमारी वजह से कहीं कैप्टन किसी मुसीबत में न फँस जाये, इसका ख़याल रहे।"

"हमारी वजह से नहीं, वह अपनी लालची फितरत की वजह से ही डूबेगा।" इक़बाल ने बताया, "आज ही उसका फोन था। पूछ रहा था, यह महीना कोरा क्यों गया?"

"धन का लोभ बड़े-बड़े साधु-सन्तों को भी डिगा देता है, पर अभी तुम नहीं डिगे।"

वह चौंका, "क्या मतलब?"

"जमा पूँजी से तुम कभी कुछ उठाते ही नहीं?"

"किसने कहा? हर महीने मैं पूरे पाँच हजार उठाता हूँ।"

आदत के अनुसार डी. के. ठहाके के साथ हँस दिया। करोड़ों के खेल में पाँच हज़ार ऊँट के मुँह में जीरा बराबर थे।

उसने कुछ रुककर इक़बाल से कहा, "अरे कभी तो पाँच पच्चीस लाख उठाकर खुले हाथ उड़ाओ।"

"कहाँ?" उसने पूछा।

ये भी सच था। इक़बाल की ज़रूरतें ही कितनी थीं? उसे न तो कोई व्यसन था, न कोई शौक़। किरण के प्यार में पड़ने पर जेब-खर्च थोड़ा बढ़ा था। कभी वह किरण को पाँचसितारा होटल में खाने पर ले जाता। अब उसके जीवन में प्यार भी नहीं रहा था।

जो पाँच हज़ार उठाता था, उसमें से ढाई हज़ार घर-खर्च के लिए अपनी माँ को भिजवाता, पाँच सौ रुपये वह कॉलेज में पढ़ते अपने छोटे भाई के जेबखर्च के लिए अलग रखता, बाकी दो हज़ार उसके पास रहते, जिसमें से भी महीने के अन्त में कुछ बचत हो जाती थी।

"ठीक है!" डी. के. ने कहा, "जब भी तुम्हें ज़रूरत हो, जितने भी चाहिए हों, बेझिझक उठा लेना। तुम्हें किसी से इजाज़त लेने की भी ज़रूरत नहीं। और हाँ, इस महीने तुमने कैप्टन को कोई काम क्यों नहीं सौंपा?"

"सुना है उसका तबादला होने वाला है।"

"यानी कि सरकार को उस पर शक हो गया है!"

"शायद, और उस बेवकूफ़ को होश तक नहीं है कि उसके सिर पर तलवार लटक रही है।" कहते हुए इक़बाल ने उसके सामने एक केटलॉग रखा, "एक नज़र जरा इसे देख लें।"

डी. के. ने उस रंगीन पुस्तिका को उठाकर उसके पन्ने उलटे तो उसे ख़याल आया। केटलॉग हेलिकॉप्टर बनाने वाली किसी विदेशी कम्पनी का था। अन्दर हेलिकॉप्टर की अलग-अलग डिजाइनों के नमूने थे। उसे यक़ीन नहीं हो रहा था, फिर भी पूछा, "तुम्हें हेलिकॉप्टर खरीदना है?"

इक़बाल ने इशारे से 'हाँ' कहा।

डी. के. का दिमाग़ चकरा गया। जिस इनसान ने साझेदारी की जमा राशि से कभी एक साइकिल तक नहीं खरीदी हो, वह हेलिकॉप्टर का क्या करेगा?

30

कुछ सोच लेते हुए डी. के. ने केटलॉग पर फिर एक नज़र घुमाते हुए कहा, "हेलिकॉप्टर के ये मॉडल पुराने हैं।"

"इन्हें दूसरे महायुद्ध का कबाड़ कहा जा सकता है, इसलिए सस्ते भी हैं। सबसे सस्ता और आठ सीटों वाला हेलिकॉप्टर सिर्फ़ सात लाख का है।"

"सवाल सात लाख का नहीं," डी. के. ने केटलॉग तिपाई पर रख दिया, "उसे खरीदने का है।"

"उसकी चिन्ता आप मुझ पर छोड़ दें।"

"मगर यह केटलॉग जर्मनी का है और सरकार की इजाज़त के बिना हम सौदा नहीं कर सकते।"

"ऐसा किसने कहा?"

"चोरी-छिपे खरदीकर तुम उसे रखोगे कहाँ?"

"उसे रखकर मैं क्या करूँगा?"

"तब खरीदने से क्या मतलब?"

इक़बाल को ध्यान आया कि डी. के. इस धोखे में है कि हेलिकॉप्टर वह खुद के निजी इस्तेमाल के लिए खरीदना चाहता है। उसे हँसी आयी, मगर वह नहीं हँसा, बल्कि गम्भीरतापूर्वक अपनी नयी योजना समझायी।

एक तरफ़ सोने के दाम मुँह के बल गिरने की खबर को पर लगे थे, तो दूसरी तरफ़ तस्करों पर कस्टम विभाग का फन्दा कसता जा रहा था।

वे दिन साहस के थे, कमाने के थे। चूहे को सफाई से रोटी का टुकड़ा झपट लेना था और चूहेदानी में फँसना भी नहीं था।

कस्टम्स की अन्तिम चूहेदानी नेवी शिप पर लगायी गयी थी। ठोस सबूतों के आधार पर अधिकारियों ने जाल बिछाया था। बस, अब सबूतों के साथ सभी को घेर लेना था।

जिस तरह हिरन को ख़तरे की बू लग जाती है, इक़बाल को भी फन्दे की भनक लग गयी। मढ़ द्वीप पर स्थित नेवी अधिकारियों के आवासों के करीब, जहाँ से तस्करी के माल की डिलीवरी ली जाती थी, नये और अनजाने चेहरे नज़र आने लगे थे। हमेशा सजग रहते इक़बाल के लिए जोखिम का एक संकेत ही काफ़ी था। करोड़ों की हेराफेरी कर वह खिसक गया।

पिछले एक महीने से शिप की उपयोगिता भी ख़त्म हो चुकी थी। कैप्टन को उसने अकेला छोड़ दिया, मगर इससे पहले उसने दो नये रास्ते ढूँढ़ निकाले। एक था हेलिकॉप्टर से अंडमान टापू पर माल उतारना। दूसरा, मद्रास कस्टम्स की आँखों में धूल झोंककर वहाँ से तस्करी शुरू करना।

पहला उपाय हम पहले देखें। अंडमान-निकोबार के कुल मिलाकर लगभग पैंतीस टापू हैं, जिनमें से आठ पर की बस्तियों को छोड़कर शेष सभी लावारिस पड़े हैं, यानी कि निपट वीरान। इनमें कुछ टापू ऐसे हैं, जहाँ मद्रास से पर्यटक आज भी पिकनिक मनाने जाते हैं।

(बम्बई के क़रीब ऐलिफेंटा, उरण आदि टापुओं का एक दिन की पिकनिक के लिए इस्तेमाल होता है, लेकिन उन टापुओं पर बस्ती है।) अंडमान के उजड़े, वीरान टापुओं पर सिर्फ़ ऊँची-ऊँची घास, जंगल, टीले और चारों तरफ लहराता हुआ समुद्र है।

इक़बाल का यह अनोखा विचार डी. के. पचा न सका। वह अनुभवी था, सतर्क था, गुजराती बनिया था और फूँक-फूँककर छाछ पीने वाला भी।

"इक़बाल," उसने गले में झूलती सोने की महीन चेन से खेलते हुए कहा, "माल लेकर हेलिकॉप्टर आयेगा और टापू पर छोड़कर चला जायेगा, सही?"

"जी..."

"तब रडार यन्त्र रुकावट नहीं बनेगा।"

उसका यह सवाल गलत नहीं था। आकाश मार्ग से भारत में प्रवेश करने वाला हर जहाज़, चाहे वह छोटा हो या बड़ा, हमारे सुरक्षाकर्मियों द्वारा लगाये गये इलेक्ट्रॉनिक यन्त्रों में दिखे बिना नहीं रहता।

"नहीं।" इक़बाल ने टके-सा उत्तर दिया। "रुकावट नहीं बनेगा।"

"कैसे?"

"रडार उन जहाज़ों को नहीं पकड़ पाता, जो समुद्र की सतह से चार फुट ऊपर उड़ते हों। हमारा हेलिकॉप्टर भारत की सीमा में घुसने से पहले डुबकी लगाकर समुद्र की सतह से चार फुट पर उड़ेगा, और उसके लिए एक जर्मन पायलट को भी राजी कर लिया गया है। वह दूसरे महायुद्ध का काबिल पायलट है।"

मन-ही-मन प्रसन्न होते हुए डी. के. ने दूसरा प्रश्न दागा, "टापू पर से माल पहले मद्रास लाना होगा। उसका क्या इन्तजाम किया है?"

"मद्रास से पिकनिक की भीड़ लेकर स्टीम लांचें रोज़ाना टापुओं पर आती-जाती रहती हैं। हमारे काम के लिए वहाँ की एक लांच के टंडेल से सौदा तय किया गया है। सिर्फ़ उसे ही पता होगा कि टापू पर हमारी 'ड्रोप' (माल उतारने) की जगह कौन-सी है। लौटते समय वह हमारा माल लेता आयेगा। वहाँ से ट्रक से बम्बई लाना मुश्किल नहीं।"

इक़बाल का दूसरा उपाय मद्रास कस्टम्स को चतुराई से बेवक़ूफ़ बनाकर माल की हेराफेरी करने का था।

कस्टम्स विभाग सिर्फ़ बम्बई में ही नहीं, मद्रास, कालिकट, कलकत्ता आदि अन्य बन्दरगाहों पर भी चौकन्ना हो गया था। भारत में आयातित माल लेकर कानूनन आने वाले जहाज़ों में ग़ैर-कानूनी माल आता था, उसे छिपाना अब मुश्किल हो गया। बारम्बार इन जहाज़ों पर छापे पड़ते और कैप्टन से पूछताछ होती।

मसलन किसी जहाज़ पर दर्जन-भर डिब्बे भरकर कलाई-घड़ियाँ हों और वे कस्टम्स के अधिकारी ढूँढ़ निकालें तो उस जहाज़ के कैप्टन को उस बारे में सन्तोषजनक उत्तर देना पड़े। किस-किस कम्पनी का माल उस कार्गो शिप में है, उसकी तालिका भी पेश करनी पड़े। उसमें घड़ियों के बारे में ज़िक्र न हो तो कैप्टन की छुट्टी हो जाये।

डी. के. का गैंग सिर्फ़ सोने की तस्करी नहीं करता था, स्कॉच व्हिस्की, घड़ियाँ, ट्रांजिस्टर-रेडियो, जापानी कपड़ा आदि अनेक वस्तुएँ बाज़ार की माँग के अनुसार मँगवाता। ये चीज़ें सोने के बिस्कुटों से भरी जाकिटों की तरह कभी अरबों के बजरे

में आतीं तो कभी मालवाहक जहाज़ों में। कस्टम्स विभाग की निगरानी कड़ी होने के कारण मालवाहक जहाज़ों में तस्करी का माल मँगवाना लगभग नामुमकिन हो गया था।

इक़बाल ने सोचा, जो जहाज़ भारत के लिए आयात किया गया माल लेकर आते थे, कस्टम्स अधिकारी उन्हीं की तलाशी लेते थे। यदि कोई मालवाहक जहाज़ ईंधन ख़त्म हो जाने की वजह से या किसी अन्य कारण से बन्दरगाह में रुकता है तो उसमें भरे हुए माल की तलाशी नहीं ली जाती, क्योंकि उसमें भरे माल से हमारी सरकार को क्या लेना-देना?

डी. के. ने इस योजना को भी हरी झंडी दिखायी। इक़बाल ने छलाँग लगा दी। बम्बई को अड्डा बनाकर लाखों में लोटता हुआ वह अब बम्बई के बाहर अधिक रहने लगा। कभी उसकी ज़रूरत कलकत्ता में होती, तो कभी पोरबन्दर में। कभी कन्याकुमारी की तरफ़ चल देता, तो कभी जगन्नाथपुरी की तरफ़।

सैकड़ों मीलों की यात्रा कर कभी-कभी वह स्वयं ट्रक चलाकर तस्करी का माल बम्बई ले आता।

इक़बाल की सीमाओं का विस्तार हुआ था, मेरी सीमाएँ सिकुड़ती चली गयी थीं। कॉलेज की पढ़ाई पूरी होते ही मेरी माँ के साथ परिवार के बाकी सदस्य भी, मेरी तरफ़ आशाभरी नज़रों से देखने लगे थे।

'एयर इंडिया' या 'विवर्स सर्विस सेंटर' के कला विभाग में नौकरी पाना अब मेरे लिए सम्भव नहीं था। मेरे पास डिप्लोमा नहीं था, (फाइनल में मैं फेल हुआ था) और सरकारी संस्थाओं में पहले डिग्री देखी जाती है, फिर क़ाबिलियत।

सुरैया के गम में मेरे हाथ से अधिकतर काम निकल गये थे। 'रमकडुं' (गुजराती बाल पत्रिका) तथा 'पराग' (हिन्दी) के कार्टून फीचर कब के बन्द पड़े थे। केवल 'धर्मयुग' साप्ताहिक में 'ढब्बूजी' चित्रपट्टी अब भी प्रकाशित हो रही थी। तब एक पट्टी के मुझे पन्द्रह रुपये मिलते थे। माहवार साठ रुपये मेरी आमदनी थी।

धीरे-धीरे परिवार के सभी सदस्यों ने न चाहते हुए भी सच्चाई को स्वीकार कर लिया। उन्होंने उम्मीद छोड़ दी, बल्कि बुजुर्गों को यकीन हो गया कि उन्हें ज़िन्दगी-भर मेरा बोझ ढोना होगा। अलबत्ता, मैं अपने जेब खर्चे जितना कमा लेता था। कभी मेरी ज़रूरतों से अधिक काम मिलने पर मैं थोड़ा-बहुत रुपया घर पर भी देता, पर उससे किसी को सन्तोष नहीं होता।

कहाँ वह सपूत जो गले में टाई बाँधकर दफ़्तर जाये और महीने के अन्त में हजार रुपये तनख़्वाह लाकर माँ के हाथ में रखे और कहाँ वह कपूत जो क़सम खाने को सौ रुपये देकर घर-खर्च में हाथ बँटाये।

स्टूडियो के लिए मुझे जगह मिलने पर मैंने वह भी देना बन्द कर दिया। मैं

चित्रकार था और बतौर चित्रकार के जीवन में आगे बढ़ने का मेरा निश्चय दृढ़ था। उसे निभाना सरल भी नहीं था। सफ़ेद हाथी पालना शायद उससे अधिक आसान होगा।

फिर एक बार मुझे अपनी आमदनी बढ़ानी पड़ी। कार्टून कला तथा लेखन, जिनमें मुझे तनिक भी दिलचस्पी नहीं थी, आमदनी के जरियों के रूप में मैंने बेमन अपना लिये।

चित्रकारी के लिए मुझे जो जगह मिली थी, वह दस बाई दस की एक खोली थी। यह वही हबीब अस्पताल की तल मंज़िल पर थी, जहाँ चन्द साल पहले टायफाइड का शिकार होने पर मैं एक महीना रहा था।

मेरी खुशी का ठिकाना न रहा। मैंने चित्रकारी का अपना सारा सामान सहेजकर कमरे में सजा दिया। सामान में मेरे पास तीन पाँव वाला लकड़ी का 'इजल' (जिस पर कैनवस रखकर चित्र बनाया जाता है), रंग के डिब्बे, काग़ज़ के रोल्स, कूचियाँ तथा कोरे कैनवस थे।

जोशो-खरोश के साथ जल्द सवेरे आकर मैं काम शुरू करता और जाने-अनजाने मेरे विचारों का उत्साह निराशा में बदल जाता। मैं कुछ सुन्दर, पॉजिटिव सोचने की कोशिश करता और मेरे ख़यालों में नरकंकाल नाचने लगते। काल्पनिक स्वर्ग का चित्र बनाना मैं शुरू करता और पूरा होने पर मुझे ख़याल आता, जो कैनवस मैंने रंग भरकर तैयार किया है वह स्वर्ग का नहीं, नर्क का है।

ऐसा क्यों हो रहा था? मेरे विचारों की चाबी किसके हाथ में थी? कौन था वह गैबी शत्रु, जो मेरे स्वप्न की सुरैया के सुन्दर चेहरे पर भी चेचक के दाग लगा देता था?

मेरे दूसरे कैनवस का शीर्षक था—खून के आँसू। उसमें एक मजदूर की दोनों आँखों से टपकता लहू दर्शाया गया था, मानो किसी हॉरर फिल्म का वह छायाचित्र हो, ऐसे उसे देखता हुआ मैं देर तक सोचता रहा।

रात में टेरेस पर सोने से पहले बीते हुए दिन की घटनाओं की जुगाली करना मेरा स्वभाव तब भी था, आज भी है। एक रात देर तक मैंने उस विषय में गम्भीरता से सोचा और कोई जवाब न मिलने पर आँखें मूँद लीं।

उस रात मैंने एक अजीब स्वप्न देखा। उसमें इनसान जितनी बड़ी एक चींटी सिर पर टीला उठाये पहाड़ चढ़ने का प्रयास कर रही थी, गहरी साँसें ले रही थी। अचानक ठोकर लगने पर गिर पड़ी, टीला उसके सिर पर गिरा और वह कुचल गयी। उसी समय बादल का एक श्वेत टुकड़ा आकाश से लहराता हुआ आकर उस पर क़फन की तरह बिछ गया।

सुबह जगा तो आदमकद चींटी की कुचली हुई लाश मेरी आँखों में नाच रही

थी। चाय पीते हुए मैंने उसमें प्रतीक ढूँढ़े : चींटी यानी कि मैं स्वयं। सिर पर बोझ लेकर पहाड़ चढ़ने का प्रयास यानी मेरा संघर्ष। अपने निराशावाद के कारण उस संघर्ष का परिणाम शायद दुखदायी आये, स्वप्न का अन्त ऐसा इशारा करता हो तो हैरत नहीं।

सही हो या गलत, इस विश्लेषण से मुझे सन्तोष ज़रूर हुआ। फिर भी मैं अपने स्टूडियो के लिए निकला, तब बादल का सफ़ेद क़फन ओढ़े सोई हुई चींटी की लाश मेरे साथ चल रही थी।

थोड़ी देर बाद मैं अस्पताल की अपनी खोली पर पहुँचा और झेंप गया। सामने की दीवार के पास सफ़ेद चादर ओढ़े कोई लेटा था। मैंने मान लिया, कुचली हुई आदमकद चींटी की वह लाश होगी!

पलभर में मैंने अपने विचारों को लगाम दी और अगले पल दूसरा सवाल उठा—उस चादर तले कोई ज़िन्दा आदमी होगा या मुर्दा? मैंने धीरे से चादर हटायी। मुझे लगा, अपने पैरों तले से जैसे मैंने ही क़ालीन खिसका ली थी। मेरे सामने सचमुच एक लाश पड़ी थी।

उस दिन सच्चाई अपने बेबाक रूप में मेरे सामने आ गयी। जो जगह मुझे इस्तेमाल करने को मिली थी, वह अस्पताल की एक अतिरिक्त खोली थी, जो लगभग खाली पड़ी रहती थी, यानी जब तक अस्पताल में किसी की मौत न हो। कभी हफ्तों किसी की मौत न होती, तो कभी एक ही दिन में दो-चार मरीज़ दम तोड़ देते थे।

मृत मरीज़ों की लाश वार्ड में से हटाकर मेरे कमरे में लायी जाती। उसके रिश्तेदार लाश का क़ब्जा न लेते, तब तक वह वहीं पड़ी रहती और मैं चित्रकारी करता रहता।

नयी जगह खोजने का प्रश्न नहीं था। मैंने पहले बता दिया है... इस शहर में एक खाट-भर जगह ढूँढ़ते हुए कइयों की खटिया तक खड़ी हो जाती है। खैराती अस्पताल में पैदा होना और 'वन-रूम-किचन' के सुनहरे स्वप्न देखते हुए सारी उमर फुटपाथ पर बिता देना यहाँ कोई नयी बात नहीं है।

इसी मुर्दाघर में मैंने अपनी पहली चित्र-प्रदर्शनी की जोरदार तैयारी की थी। दिन-रात मैं उसी में लगा रहता। दिन-ब-दिन मुझ पर माहौल का प्रभाव भी बढ़ता जा रहा था।

यहाँ मैंने जितने भी चित्र खींचे, उन सभी से जैसे शव बदबू फैला रहे थे। चित्रों के रंग तथा विषय बिल्कुल निराशावादी थे, खासकर गहरे रंगों का प्रभाव देखने वाले पर तुरन्त पड़ता। मानो उसने वॉमिट देखी हो, ऐसे उसके चेहरे के भाव बदल जाते।

प्रदर्शनी के खुलने पर आलोचकों ने मेरे इन कहलाते नये प्रयोगों की तारीफ

के पुल बाँधे। लेकिन बिकी एक भी नहीं। मैंने पहला सबक सीखा।

चन्द रंगों के मिश्रण का प्रभाव ख़तरनाक होता है। घिन आये ऐसे रंगों वाला कैनवस खरीदकर कोई ग्राहक अपने घर में नहीं लगाता। अलबत्ता, विषयवस्तु का चुनाव भी अहमियत रखता है, लेकिन एक आम कला-प्रेमी, जिसको मॉडर्न-आर्ट की समझ नहीं, फिर भी वह अमूर्त कैनवस खरीदता है, यह हकीक़त है। इसका एक मुख्य कारण मन के तार को छेड़ता, उजले, मनभावन रंगों का मेल होता है।

इसी तरह मैं अपनी हर फ्लॉप प्रदर्शनी से एक-एक सबक सीखने वाला था। हर नाकाम प्रदर्शनी के बाद गुरबत के दलदल में गहरा उतरते जाने वाला था। अन्त में कंगाल होकर हारे हुए जुआरी की तरह आखिरी दाँव खेलने वाला था। इस पार या उस पार, यानी कला-क्षेत्र में सफलता या सृजन के सभी क्षेत्रों से संन्यास लेकर अपने गाँव में पान-बीड़ी की दुकान खोलना।

पहली नाकाम प्रदर्शनी के बाद मैं गले तक कर्ज़ में डूब चुका था, तब इक़बाल क़ारून के ख़ज़ाने पर बैठा था। छप्पर फाड़के रुपये आते थे और बैंकर्स की तिजोरियों में जमा होते थे। वहाँ से स्विस के खाते में, दुबई तथा हांगकांग के बैंकों में ट्रांसफर भी होते थे। वह काम डी. के. का था।

इक़बाल के पास अब इतना भी समय नहीं था कि वह जमा-उधार का हिसाब देखे। उसका काम था दो नम्बर का पैसा बनाने की नयी-नयी तरकीबें खोज प्रयोग करना और वह उसमें इतनी तेज़ी से तरक्की कर रहा था कि गैंग के चारों प्रधान पार्टनरों की आँखें चौंधिया गयी थीं।

इक़बाल से हिसाब-किताब की माथापच्ची वापस लेकर डी. के. ने उसे जंगली घोड़े की तरह छोड़ दिया। किरण के शब्दों में कहें तो वह मूरख-मेंढक की तरह फूल गया। मगर वह नहीं जानता था कि उसकी लगाम डी. के. के हाथ में है।

घोड़ा जब लँगड़ा हो जाता है, तो उसे शूट कर दिया जाता है। डी. के. उसे गोली नहीं दागने वाला था, मगर अपाहिज ज़रूर बनाने वाला था। मानसिक रूप से टूट जाने पर ही उसे एहसास होने वाला था।

ये सब उसने किसके लिए किया? क्यों किया? उसकी ज़रूरतें उसकी मान. सिकता के अनुरूप थीं और वह मानसिकता डोंगरी की थी। पैसे-पैसे को जोड़कर रुपया बनाना। पैदल जा सके तो बस में भी न बैठना और बस में बैठ सके तो टैक्सी में न बैठना। डी. के. की उसे मुफ्त में दी हुई महँगी कार सागर-दर्शन के अहाते में धूल खा रही थी।

आज भी सूफ़ी पैदल या बस से यात्रा करता है। आज भी कोई पुराना साथी उसके आगे साझेदारी में तस्करी का धन्धा शुरू करने का सुनहरा प्रस्ताव रखता है, तो सूफ़ी यह सवाल दोहराता है—किसके लिए? और उत्तर में कभी वह कुरान-पाक

की आयतें पेश करता है तो कभी गीताबोध के वचन।

न ये शरीर मेरा है, न मैं शरीर का हूँ। यह तो अग्नि, जल, वायु, पृथ्वी तथा आकाश, इन्हीं पंच तत्त्वों से बना है। अन्त में उसी में मिल जायेगा, मगर आत्मा अमर है। तब मनुष्य क्या है? क्यों निन्यानबे के चक्कर में खुद को उलझाये हुए रहता है?

जवानी के उन दिनों की बात और थी। उसका पूरा ध्यान तस्करी की दुनिया में कुछ नया कर दिखाने की, कुछ बनने की आशा में रमता था।

सबसे पहले उसने सोने के बिस्कुटों से भरा हुआ बोरा समुद्र में डालने की तरकीब आजमाकर क्रासिंग का भय दूर किया था। क्रासिंग के समय में भी कटौती कर उसने घंटों समय बचाया था।

चालीस बाम गहरे पानी में पड़े बोरे को एक स्थान से दूसरे स्थान तक सरलता से ले जाने के उपाय का उसने उसमें शुमार किया था। दूसरे, फाँसी के तख्ते तक पहुँचे हुए गैंग के एक सदस्य हमीद भड़क को नया जीवन देने का उसका टोटका सफल सिद्ध हुआ था।

जैसे नयी विचारधारा, नये दृष्टिकोण वाला कोई युवा मैनेजर फैक्टरी में नियुक्त होते ही अपना करिश्मा दिखाने लगता है, वैसे इक़बाल ने डी. के. की गैंग से जुड़ते ही न जाने कितने परिवर्तन किये थे। इनमें सबसे प्रभावशाली तबदीली सोने की दलाली में बिचौलिए का पत्ता काटने की थी। बिचौलिया न रहने पर गैंग को हर नये सौदे पर लाखों का अतिरिक्त लाभ हुआ था।

(हमारी बैठक के दौरान सूफ़ी 'गैंग' की जगह 'कम्पनी' शब्द का प्रयोग करता है। उसके कहने के अनुसार उसके सभी पार्टनर कुलीन थे। सिर से पाँव तक व्यापारी थे। 'आज के दौर में कौन ऐसा व्यापारी है, जो सरकार को हथेली में चाँद नहीं दिखाता।')

इक़बाल का हेलिकॉप्टर वाला उपाय शत-प्रतिशत सफल रहा, मगर मद्रास कस्टम्स की आँखों में धूल झोंककर शिप पर से माल उतारने वाली उसकी दूसरी तरकीब ज्यादा दिन तक टिक नहीं पायी।

अन्त में सेसिल्स से आया हुआ एक जहाज़ हांगकांग जाने से पहले इंजन में खराबी का बहाना बनाकर मद्रास के बन्दरगाह में नवाब की तरह घुस आया।

उस समय डिलीवरी लेने के लिए इक़बाल स्वयं मौजूद था। डॉक की कैन्टीन में अपने एक साथी दगडू के साथ वह चाय पीता बैठा था। दोनों बे-पर की उड़ाते इडली-डोसा का नाश्ता ले रहे थे। इससे पहले बड़ा-सांभर की एक-एक प्लेट दोनों ने साफ कर दी थी।

"बॉस!" जबड़े फाड़कर मुँह में डोसा लेने से पहले दगडू ने पूछा, "आखिरी कुछ

हफ्ते से अपने धन्धे में खौफ का माहौल क्यों फैला है?"

"वह तू नहीं समझेगा।"

"तू समझाये और मैं नहीं समझूँ?" उसने चुनौती देकर एक कौर और लिया।

"मेरी ही समझ में नहीं आ रहा है तो तुझे क्या समझाऊँ?" कहते हुए इक़बाल को थोड़ा खुलासा करने की ज़रूरत महसूस हुई, "अन्तरराष्ट्रीय बाज़ार में सोने का दाम बढ़ेगा और हमारे बाज़ार के रेट से ऊँचा जायेगा। इसका असर सचमुच कैसा पड़ेगा इस बारे में कुछ भी साफ नहीं, फिर भी इतना समझ में आता है—हमारे धन्धे की चूलें हिल जायेंगी। जौहरियों के साथ हमारा बॉस भी टूट जाए तो हैरत नहीं। यानी अपना धन्धा चौपट हो सकता है।"

डोसे का आखिरी कौर मुँह में डालने के लिए दगडू ने जबड़े खोले और उसका ऊपर का होंठ ऊपर और नीचे का नीचे रह गया। उसकी नज़र डॉक में प्रवेश कर रही एक कार पर पड़ी थी।

"बॉस!" अन्तिम कौर वापस प्लेट में रखते हुए वह सिर्फ़ एक ही शब्द बोल सका, "मारे गये!"

कार आगे बढ़कर कैंटीन के सामने रुकी। अन्दर से चौड़े कन्धे और फौलादी सीने वाला बम्बई कस्टम्स का अधिकारी खान उतरा। उसने काला चश्मा पहना हुआ था, फिर भी दगडू ने उसे पहचान लिया।

दगडू भागने लगा, तभी इक़बाल ने उसकी कलाई थाम ली। वह आधा खड़ा हुआ था, वापस बैठ गया। अब इक़बाल खड़ा हुआ।

"हैलो खान साब!" उसके साथ हाथ मिलाने के लिए मुस्कुराकर आगे बढ़ते हुए इक़बाल ने कहा, "आपको देखकर सचमुच खुशी हुई।"

खान ने भी मित्रता का ढोंग करते हुए उससे हाथ मिलाया, "खुशी तो मुझे भी हुई।"

फिर चूहे-बिल्ली का खेल शुरू हो गया। एक-दूसरे की मौजूदगी की सही वजह दोनों जानते थे, इक़बाल का पीछा करते हुए खान मद्रास आया था। उसे उम्मीद न थी कि यूँ अचानक ग़लत समय और स्थान पर दोनों की मुलाक़ात होगी। वह इक़बाल को सबूत के साथ गिरफ़्त में लेना चाहता था और अब वह सम्भव नहीं था।

"चाय लेंगे साब?" इक़बाल ने उससे पूछा।

खान ने कैंटीन को एक नज़र देखा, "वो... वो तुम्हारा साथी दगडू है ना?"

"जी साब।"

"उसने क्या प्रेत देखा है?"

"आपको देखकर डर गया है।" इक़बाल बेफिक्री से कह रहा था, "मैंने उसे समझाया कि बिना किसी सबूत के साब हमें छुएँगे भी नहीं, मगर उसको भरोसा

ही नहीं होता।"

"वह जानता है कि उसे गिरफ़्तार करने के लिए मुझे सबूत की ज़रूरत नहीं।" कहते हुए वह कैंटीन की तरफ़ बढ़ा। उसे मिली जानकारी के अनुसार इक़बाल मद्रास में सक्रिय था, लेकिन यहाँ तस्करी की कौन-सी नयी गोट खेला होगा, इस बारे में खान बिल्कुल अनजान था।

मद्रास कस्टम्स के एक अधिकारी से फोन पर हुई चर्चा से उसे सचमुच ताज्जुब हुआ था। उसके बताये अनुसार इक़बाल मद्रास में था ज़रूर, मगर तस्करी में नहीं, ट्रांसपोर्ट के धन्धे में।

बेवक़ूफ़ो! खान मन-ही-मन बड़बड़ाया, उस धन्धे में इक़बाल हो तो उसका मतलब तस्करी ही होगा।

खान के पीछे इक़बाल चला। दो लम्बे डग भरकर वह उसके साथ हो लिया। उन दोनों को पुराने मित्रों की तरह बातें करते हुए देख दगडू थोड़ा आश्वस्त ज़रूर हुआ, मगर उसका दिल अब भी फड़फड़ा रहा था। वह भय उसके चेहरे पर अब भी मौजूद था।

खान ठीक उसके सामने बैठा। बीच में मेज़ थी। दोनों के बीच लेकिन तीसरी कुर्सी पर इक़बाल ने जगह ली। मेज़ पर अधूरी पड़ी डोसा की प्लेटों पर कहीं से आकर मक्खियाँ भिनभिनाने लगीं। खान की नज़र दगडू के चेहरे पर टिकी थी।

"खान साब!" इक़बाल ने उसका ध्यान अपनी ओर खींचते हुए बताया, "यहाँ का डोसा सचमुच टेस्टी होता है।"

"इन मक्खियों को देखकर यह सोचा जा सकता है।" बीच में कहते हुए उसने एक प्याली चाय पीने की इच्छा जताई।

आधी लुंगी वाले एक छोकरे को दो चाय और एक नींबू पानी का ऑर्डर देकर इक़बाल ने खान की तरफ़ देखा, "साब! एक सवाल पूछूँ?"

"पूछो।"

"आपके रिटायरमेंट को और कितने साल बचे हैं?"

"क्यों, तुम्हें चिन्ता हो रही है?"

"नहीं-नहीं साब!" वह थोड़ा हँसा, "मैंने दूसरे मतलब से पूछा और आपने अलग मायना लगाया। मैं तो सिर्फ़ इतना बताना चाहता था कि हाल ही में नेवी का एक बड़ा अफसर रिटायर हुआ। आप मानेंगे? उसे सिर्फ़ 400 रुपये पेंशन मिलेगी।"

"तुम कहना क्या चाहते हो?"

"उसके चार बच्चे हैं, बीवी है, बूढ़े माँ-बाप हैं। 400 रुपये में उनका गुज़ारा कैसे होगा? तिस पर उन्हें सरकारी मकान खाली करने का हुक्म दिया गया है।"

"इसमें नया क्या है?"

"क्या आप रिटायर होंगे तो आपकी ईमानदारी का भी यही हश्र होगा?"

"नहीं," कहते हुए खान ने विस्तार से जवाब दिया, "मैं रिटायर होने के बाद अपने गाँव चला जाऊँगा, जहाँ हमारा पुश्तैनी मकान है और वहाँ 400 रुपये में महीना गुजारना मुश्किल नहीं। दूसरे, एक अधिकारी के रिटायर होने तक उसके बच्चे बालिग होकर कमाने लगते हैं, इसलिए उनकी ज़िम्मेदारी मेरे माथे नहीं होगी, बल्कि ज़रूरत पड़ने पर वे मेरे क़रीब खड़े रहेंगे।"

थोड़ा रुककर उसने इक़बाल की चाल उसी के सामने खोलकर रख दी।

"ये सारे डर बताकर अगर तुम मुझे खरीदने की उम्मीद रखते हो तो एक बात जान लो, चाय पीने के बाद इसे (दगडू को) मैं अपने साथ ले जाऊँगा।"

मानो कैंटीन की छत पर अचानक बिजली गिरी हो, सामने बैठा दगडू हिल गया। इक़बाल की अक़्ल उसे धोखा दे गयी। यकायक बाज़ी यूँ पलट जायेगी, इसकी उसे कल्पना नहीं थी।

कैंटीन का छोकरा दो प्याली चाय के साथ एक गिलास नींबू पानी ले आया, तब बन्दरगाह में खड़े हांगकांग के जहाज़ का कैप्टन डैक पर आया। उसे मिली सूचना के अनुसार इस समय शिप पर से अपना एक आदमी कैंटीन भेजकर इक़बाल से सम्पर्क करना था। इक़बाल उसे बतलाने वाला था कि सेसिल्स से आयी हुई घड़ियों की डिलीवरी वह कितने बजे और कैसे लेगा।

उसने डेक पर से दूरबीन घुमाया और कैंटीन में कस्टम्स के अधिकारी को इक़बाल और दगडू के साथ चाय पीते देखा। उसने सोच लिया, वह इक़बाल का पालतू कबूतर होगा, वरना साथ बैठकर चाय न पीता। उसने तुरन्त एक खलासी को इक़बाल का परिचय देकर नीचे भेजा।

इक़बाल ने उसे दूर से आते हुए देखा तो उसके भी पाँव लरज़ गये।

31

चाय समाप्त कर बम्बई का कस्टम्स अधिकारी खान उठा। साथ ही उसने अपनी नज़र दगडू की आँखों में गाड़ी। दगडू के लिए यह उठने का आदेश था। उसने डरते-डरते इक़बाल की तरफ़ देखा।

"साब," पल-पल क़रीब आ रहे शिप के ख़लासी पर नज़र का आख़िरी वार करते हुए इक़बाल बोला, "उसके बदले मुझे ले चलो, मैं आपके साथ चलने को तैयार हूँ।"

"आज नहीं," खान ने दगडू की कलाई पर अपनी पकड़ जमायी, "थोड़ा धीरज रखो, बहुत जल्द तुम्हारी बारी भी आयेगी।"

दगडू इच्छा न होने पर भी खड़ा हुआ।

"मगर साब!" इक़बाल ने फिर कहा, "जिन जानकारियों की उम्मीद आप रखते हैं, वे इससे नहीं मिलेंगी।"

"डंडा-बेड़ी के बाद यह मुझे तय करना है।"

डंडा-बेड़ी यानी अपराधी के मुँह से राज़ उगलवाने का तरीका, जिसमें उसे लम्बी मेज़ पर लिटाकर उसके पाँवों के तलवों पर डंडे से धुनाई की जाती है।

सूफ़ी के बतलाये अनुसार, पहले दो-तीन फटकों का असर पाँव में होता है, फिर तलवों की चमड़ी सुन्न पड़ जाने पर असर सीधा दिमाग में पहुँचता है। ऐसा लगता है मानो दिमाग पर हथौड़े पड़ रहे हों।

इस बारे में विशेष जानकारी देते हुए सूफ़ी बताता है कि इस मार से मुल्ज़िम के पैरों के तलवे सूजकर गेंद बन जाते हैं। अगर वह दिन कोर्ट में पेशी का हो और मुल्ज़िम अपना पैर मजिस्ट्रेट को दिखा दे तो अधिकारी की छुट्टी हो जाये, मजिस्ट्रेट उसकी मिट्टी पलीद कर रख दे।

ये अधिकारी भी बड़े सयाने होते हैं। कोर्ट जाने से पहले वे मुल्ज़िम को मेज से उतारकर फिर डंडा दिखायेंगे, उसे जमीन पर बन्दर की तरह उछलने-कूदने का हुक्म दनदनाएंगे। ऐसी हालत में कूदना बड़ा दर्दनाक होता है, मगर इससे पैरों की सूजन उतर जाती है।

'डंडा-बेड़ी' शब्द सुनते ही दगडू ठंडा पड़ गया। खान उसकी कलाई के साथ उसे घसीटता हुआ कैंटीन से बाहर निकला ही था कि ख़लासी आ पहुँचा।

शिप के कैप्टन ने जहाज़ के दूरबीन से इक़बाल और खान को यारी में देखा था, चीनी खलासी ने यहाँ तक आते-आते कुछ और ही देखा।

वह जैसे किसी को नहीं जानता हो, कैंटीन में आकर एक कुर्सी पर बैठ गया। इक़बाल ने उसकी सूझ-बूझ की मौन दाद दी।

बाहर जा चुके खान ने एक नज़र उस पर डाली और दगडू को अपने साथ कार में बैठाकर चला गया। अब इक़बाल अपनी कुर्सी से उठकर चीनी के पास आया और उसके सामने बैठा।

"क्या हुआ?" दूध के एक गिलास का ऑर्डर देते हुए चीनी खलासी ने पूछा।

"कस्टम्स वालों को शक हुआ है।" इक़बाल ने बताया, "मेरे साथी के सब कुछ उगल देने पर उन्हें यक़ीन हो जायेगा।"

"अब?"

"शिप वापस ले जाओ।"

"यह मुमकिन नहीं है।" दूध का गर्म गिलास उसके आगे आने पर उसने फूँक मारकर एक घूँट लिया, "शिप ने अभी-अभी लंगर डाला है।"

शिप के बन्दरगाह में प्रवेश के लिए पोर्ट ट्रस्ट से अनुमति लेनी होती है। अनुमति के लिए कारण बताना पड़ता है। यह जहाज़ तस्करी का माल लेकर आया था। कारण में कैप्टन ने बॉयलर के कुछ स्पेअर पार्ट्स मद्रास से ख़रीदने की इजाज़त माँगी थी। अब अगर जहाज़ अचानक चलने लगे तो किसी को भी शक हो सकता है।

कुछ सोचकर इक़बाल ने फिर कहा, "कैप्टन की तालिका में अपनी घड़ियाँ दर्ज हैं?"

"आज तक उसकी ज़रूरत नहीं पड़ी।"

"आज पड़ेगी। तुम तुरन्त जाकर घड़ियों की एंट्री करवा दो।"

"किसके नाम से?"

एक परची पर इक़बाल ने सीलोन की किसी पार्टी का पता लिख दिया। अब तक आधे हुए दूध के गिलास को एक ही साँस में गटककर चीनी खलासी शिप की दिशा में दौड़ गया।

इक़बाल को अब दगडू का ख़याल आया।

दगडू मेहनतकश था। मूलतः वह वी. टी. स्टेशन का कुली होने के कारण बोझा उठाने में काफी उपयोगी था। इक़बाल या गैंग के दूसरे सदस्य साथ हों तो वह हाथापाई करने में भी कम नहीं था। मगर अकेले में वह भीगी बिल्ली बन जाता। पुलिस और कस्टम्स वालों से वह बिना वजह डरता। उसकी इसी कमज़ोरी का लाभ खान ने उठाया।

मद्रास कस्टम्स के दफ्तर के एक कमरे में धकेल खान ने उसे टेबल पर लेट जाने को कहा। वह समझ गया, डंडा-बेड़ी का प्रयोग शुरू होगा। इसका उसे अनुभव भी था।

कुछ वर्षों पहले एक यात्री का सूटकेस उसने जादूगर के खरगोश की तरह गायब कर दिया था। फिर भी वह गिरफ़्तार हो गया। कारण स्पष्ट था। अपना टोटका वह पहले भी कई बार आज़मा चुका था।

तिलस्म का एक ही प्रयोग अपने सामने बार-बार होते हुए देखकर कोई चोटी-चतुर दर्शक उसके राज़ की कल्पना कर ले, वैसे रेलवे-पुलिस ने उसकी तरकीब समझ ली। वह फँस गया। वह उसका पहला तजुर्बा था।

वह मर्द-मराठा था, जवान था। तब अपने आपको रुस्तम समझता था, इसलिए उसने कुछ भी नहीं क़बूला। रेलवे पुलिस ने उस पर डंडा-बेड़ी का प्रयोग किया। वह टिक न सका। बल्कि सात फटकार में टें... हो गया। तुरन्त उसने सब कुछ क़बूल

कर लिया। छह महीने की सजा भुगतने वह जेल चला गया।

जेल उसके लिए आशीर्वाद सिद्ध हुई। चोरी करने की वह एक तरकीब जानता था, वहाँ इसने दस गुर सीखे। विशेष में सेंध लगाने, डाका डालने, बैंक लूटने के तरीक़े जाने।

मानो वह जेल बाहर के स्कूल से पास होकर कॉलेज में आया हो, ऐसे उसने जितना ज्ञान हासिल हो सकता था, किया। छह महीनों के बाद वह बाहर आया, तब स्नातक बन चुका था। गोरखधन्धों की उसके पास डिग्री थी। मगर डंडा-बेड़ी के आगे कोई डिग्री काम नहीं आती।

इस बार खान उसके तलवे पर पहला वार करे, उससे पहले ही, जो कुछ वह जानता था, उसने बता दिया। खान चौंक उठा। उसने सपने में भी नहीं सोचा था कि कोई बदमाश तस्करी का ऐसा अफलातून तरीका खोज सकता है और वह भी एक बार भी बिना जेल की रोटी तोड़े।

दगडू को रोके रखने का अब कोई मतलब नहीं था, क्योंकि उसके खिलाफ़ खान के पास कोई सबूत न था। ठोस सबूत के बगैर केस दर्ज कर वह कोर्ट तथा अपना समय बरबाद करने में यकीन नहीं रखता था। वह यह भी जानता था, दगडू को छुड़ाने के लिए इक़बाल ने अब तक श्रेष्ठ बैरिस्टर का इन्तज़ाम कर लिया होगा।

फिर भी एक उम्मीद थी, अगर इसी समय शिप पर वह छापा मारे तो तस्करी की ढेर सारी घड़ियाँ हाथ लगें, कैप्टन को गिरफ्तार किया जा सके और साथ ही लाखों रुपयों के जहाज़ को कानूनी कार्रवाई में फँसाकर उसका धन्धा भी ठप्प किया जा सके। तस्करी रोकने के लिए यह ज़रूरी भी था। एक बार धाक बैठ गयी तो माफियाओं से साँठ-गाँठ करने वाले कैप्टनों की नियुक्ति करने से पहले जहाज़ के मालिक सौ बार सोचेंगे।

मद्रास के सात अधिकारियों को दो गाड़ियों में बिठाकर खान तुरन्त निकला। रास्ते में उसे ख़याल आया, जो डॉक्टर रोग जानता है, वह उसका इलाज भी जानता है। जो शख्स अपराध की ब्लूप्रिंट तैयार करता है, वह अपनी सुरक्षा के लिए उसमें से छिटक जाने का गलियारा भी जानता है। इक़बाल उन्हीं उस्तादों में से एक था।

वह जो भी योजना बनाता, उसके हर पहलू पर गौर से सोचता। उसमें जो छेद नज़र आते, उन्हें भर लेता। साथ उसमें से बच निकलने के लिए कुछ रोशनदान भी तैयार रखता।

इस प्रकार फुलप्रूफ योजना तैयार होने के बाद ही वह प्रयोग करता। यही वजह थी, वह आज तक पुलिस और कस्टमवालों के छक्के छुड़ाये हुए था। और चूहे-बिल्ली के इस खेल में आज भी वह विजेता सिद्ध हुआ।

खान का दस्ता जब तक शिप पर पहुँचता, कैप्टन की मेनिफेस्ट (तालिका)

में तस्करी की घड़ियाँ दर्ज हो चुकी थीं। कैप्टन ने वह सूची कस्टम्स अधिकारियों को पेश की। खान समझ गया, यही वह रोशनदान था, कानून की बेबसी थी। वह मायूस हो गया।

प्रधान कार्यालय पहुँचने पर उसे सहज विचार आया। सीलोन की जिस पार्टी के नाम तस्करी की घड़ियाँ दर्ज थीं, वह पार्टी और उसका पता सही था या गलत? इस बारे में छानबीन करने पर दो दिन बाद उसे पता चला, सीलोन में उस नाम की न कोई कम्पनी थी, न उस नाम का मकान, जिसमें कम्पनी का दफ्तर होना चाहिए, मगर तब तक शिप भारत की समुद्री सीमा से बाहर निकल चुका था। और इक़बाल?

अंडमान टापू पर हेलिकॉप्टर द्वारा उतारे हुए माल को ट्रक में लादकर वह बम्बई के लिए रवाना हो गया। दगड़ू उसकी बगल मैं बैठा था। तीन घंटे तक उसने चुपचाप ट्रक चलाया था

अब बारी इक़बाल की थी। वह भी मौन बैठा ट्रक चला रहा था। वह जानता था, इस समय दगड़ू का मन उसे कुतर रहा होगा। मगर उस बारे में कुछ ज़िक्र करना उसे उचित नहीं लगा।

आखिर दगड़ू ने ही मुँह खोला, "बोस, तू नाराज़ तो नहीं है न?"

"किसलिए?" अनजान बनते हुए उसने प्रतिप्रश्न किया।

"मैंने भांडा फोड़ डाला।"

"नहीं रे!"

"सच बोलता है न?"

इक़बाल ने इशारे से 'हाँ' कहा। समय रात का था। ट्रक अँधेरे में जंगलों से गुज़र रहा था। हेडलाइट में रास्ते के साथ आसपास के पेड़-पौधे भी जगमगाकर दौड़ जाते थे।

"तब तू चुप क्यों है?" दगड़ू को उसके जवाब से तसल्ली नहीं हुई तो उसने फिर पूछा।

"लगता है तूने रेडियो नहीं सुना।"

"बिनाका गीतमाला के अलावा रेडियो में सुनने को दूसरा होता ही क्या है? अलबत्ता कभी-कभार 'हवामहल' सुन लेता हूँ।" थोड़ा रुककर उसने जोड़ा, "तुमने क्या सुना?"

"डॉलर और पाउंड के भाव लड़खड़ाये हैं। विदेश में सोने का दाम बढ़ा है।"

"तुझे क्या लगा है?"

"थोड़े महीनों के लिए हमें सोने का धन्धा बन्द करना होगा। शायद एकाध साल के लिए संयास लेना पड़े, तो कोई हैरत नहीं।"

इस वक़्त इक़बाल को उसकी चिन्ता नहीं थी, बल्कि नारियल की बोरियों से भरे ट्रक में दबे अस्सी लाख के सोने के बिस्कुटों को रफा-दफा करने की थी।

कल बम्बई पहुँचकर सारा माल मुमकिन हो उतने अधिक लाभ से बेचना था। अधिक दाम न भी मिले तो मूल कीमत से निकाल देने की उसकी तैयारी थी।

इस वक़्त मेरी अपनी चिन्ता पहली नाकाम प्रदर्शनी के कमरतोड़ कर्ज में से किसी तरह निकलकर नयी प्रदर्शनी की तैयारी शुरू करने की थी। कुल मिलाकर कर्ज पाँच हजार से अधिक था। इस साल चित्र प्रदर्शनी के आयोजन में छह हजार से अधिक खर्च (या कर्ज) होने वाला था।

देश में आयात होती कलासामग्री पर प्रतिबन्ध लगने पर रंग तथा कैनवसों के दाम बढ़े थे और कलासामग्री-निर्माता भारतीय कम्पनियों ने अभी इस क्षेत्र में उतनी तरक्की नहीं की थी। यहाँ बनते रंगों की ट्यूब से कूड़ा निकलता था और कोरे कैनवसों को देखकर सिर पीटने को जी चाहता था। फिर भी मुझे एहसास हुआ, मेरी किस्मत बदल रही है।

आर्ट स्कूल में मेरे साथ अभ्यास कर बाहर निकली एक महिला श्रीमती नीसा बन्दूक़वाला का फ्लैट ज़रूरत से बड़ा था और चित्रकला के लिए उसने एक कमरा अलग रखा था।

एक दिन जहाँगीर आर्ट गैलरी में मुलाक़ात होने पर मैंने अपनी समस्या उसके सामने रखी।

"मेरा स्टुडियो काफ़ी बड़ा है।" वह बोली, "आबिद, तुम मेरे साथ रहोगे तो मुझे भी काम करने की प्रेरणा मिलेगी।"

मैंने तुरन्त उसका प्रस्ताव स्वीकार कर लिया। दूसरे दिन हबीब अस्पताल के मुर्दाघर से मैंने अपना सामान समेटकर श्रीमती नीसा के हवादार और सूरज के प्रकाश में दमकते कोलाबा स्थित विशाल फ्लैट में सजा दिया।

मेरी एक जटिल समस्या हल हो गयी। तब वहाँ घर पर नयी मुसीबत खड़ी हुई। मेरी गैर-मौजूदगी में मेरे घर के बुजुर्गों ने यानी कि मेरी माँ, चाचा-चाची तथा दादी माँ ने मेरे भविष्य के बारे में साजिश कर एक निर्णय लिया—जितनी जल्द हो सके मेरी शादी कर दी जाये।

इस फ़ैसले से सबसे ज़्यादा खुशी मेरी माँ को हुई। उसकी राय के मुताबिक अब मैं कुलीन बेटा कहलाने के क़ाबिल नहीं रहा था। ललित कला के क्षेत्र को (चाहे वह चित्रकला हो या नृत्यकला) अपने समाज में आज भी वह स्थान नहीं मिल सका, जो उसका जायज हक है। मेरी माँ कोई अपवाद न थी। उसने सोचा, लड़के के माथे ज़िम्मेदारी आने पर उसकी गाड़ी पटरी पर चढ़ जायेगी।

बड़ों का यह दूसरा मुग़ालता है और संसार में इसका भी कोई उपाय नहीं। मैं

लाचार था। शादी के ख़याल मात्र से मेरे रोंगटे खड़े हो जाते थे। इसकी एक से ज़्यादा वजहें थीं।

सबसे बड़ी वजह थी ज़िम्मेदारी। मैं विवाह करूँ तो मुझ पर पत्नी का बोझ भी आन पड़े। ग़लती से कहीं उसे बच्चा-वच्चा रह जाये तो मुझे अपने क्षेत्र से संन्यास लेकर नौकरी तलाशनी पड़े। चाहे वह नौकरी सौ रुपये की ही क्यों न हो, घर का खर्च तो मुझे ही चलाना होगा। कितने ही कलाकारों के बेशकीमती जीवन दो सिरे मिलाने में ही नष्ट हो जाते हैं।

दूसरे, कलाकार आमतौर पर स्वभाव से सनकी होते हैं, क्योंकि वे अपनी सृजन-सृष्टि में खोए रहते हैं। कोई भी पत्नी चाहे वह स्नातक ही क्यों न हो, यह बर्दाश्त नहीं करेगी। एक स्त्री पत्नी बनने पर मानो उसे पति नहीं, जागीर मिल गयी हो, ऐसे अपने हक लादने को लालायित होगी और कलह की शुरुआत भी।

सुरैया के साथ घर बसाना और बात थी। वहाँ झगड़ों की गुंजाइश कम थी। एक-दूसरे पर बोझ बनने का भी प्रश्न नहीं था। हम दोनों एक ही स्वभाव के, एक ही पेशे से जुड़े हुए थे। दोनों एक-दूसरे की भावनाओं को समझ सकते थे। ऐसी लड़की सिर्फ़ किस्मत वालों को नसीब होती है। मैं उतना खुशकिस्मत नहीं था।

मेरा निश्चय अटल था, शादी के फन्दे में नहीं फँसना। जो भी प्रस्ताव सामने आये, उनमें कुछ न कुछ नुक़्स निकालकर ताक पर चढ़ा देना। और पहला प्रस्ताव आने पर मैंने वही किया।

लड़की किसी स्कूल में टीचर थी। उसका पासपोर्ट साइज़ फोटो मेरे हाथ में रखा गया। बुजुर्ग लोग बेसब्री से मेरा चेहरा तकने लगे। मैं मानो गहरे विचार में होऊँ, ऐसे खामोश बैठा रहा।

माँ से खामोश नहीं रहा गया, "इसमें इतना सोचने की क्या बात है?" वह बोल उठी, "हमने लड़की देखी है, तुम्हारी बगल में खड़ी रहे तो जँचे ऐसी है। माहवार तीन सौ रुपये भी कमाती है। तुम हाँ कह दो तो उसे घर पर बुलवाएँ।"

मैंने धीरे से कहा, "है तो अच्छी।"

"तो पक्का?"

"मगर..."

"अब क्या हुआ?"

उस लड़की को मुहल्ले में मैंने आते-जाते एक दो बार देखा था। अनजान होते हुए मैं बोला, "इस फोटो में उसका हुलिया ठीक से पता नहीं चलता। दिखने में कैसी है?"

"थोड़ी काली ज़रूर है, मगर बदसूरत नहीं है।"

इस चर्चा के अन्त में मुझे निर्णय लेने के लिए एक हफ्ते का समय दिया गया

और उसे मैंने बखुशी स्वीकार कर लिया। सप्ताह का पखवाड़ा और पखवाड़े का महीना बनाने के गुर से मैं वाक़िफ़ था।

इक़बाल नहीं जानता था, उसके भाग्य में क्या लिखा होगा? मद्रास से अस्सी लाख के सोने के बिस्कुट लाने के दो दिन बाद वह डी. के. से उसके आवास पर मिला।

"सारा माल बिक गया?" पहला सवाल डी. के. ने यही किया।

उसने 'हाँ' कहा।

"क्या दाम मिला?"

"अपनी लगायी हुई पूँजी निकल आयी।"

डी. के. को उसकी भी उम्मीद नहीं थी। उसने एक गहरी साँस लेते हुए बताया, "ये अस्सी लाख अगर डूबते तो हम सचमुच मुसीबत में पड़ जाते।"

"क्यों?" इक़बाल के मुँह से अनायास निकल गया।

"दुबई की हमारी पार्टी रात की फ्लाइट से बम्बई आयी है, उसने इस बार थोड़े नकद की माँग की है।"

दुबई की पार्टी, अर्थात् वहाँ का शेख जो सोना भेजता था। साल में एकाध बार वह हिसाब निपटाने बम्बई आता और ताज के तीन 'स्विट' यानी कि आलीशान कमरे बुक करवाता। बीच के कमरे में वह खुद रहता। बगल के दो खाली रहते, ताकि उसके रहने तक दूसरा कोई उन कमरों में न ठहर सके।

'सजग व्यक्ति सदा सुखी'—शेख़ के प्रिय सुख़न दो थे। दूसरा था : 'दीवारों के भी कान होते हैं।'

इक़बाल यह समझ नहीं पाया कि जहाँ करोड़ों का रोलिंग होता हो, वहाँ कुछ लाख के लिए चिन्ता कैसी? उस बारे में डी. के. से प्रश्न करना उसे उचित न लगा। आख़िर तो वह बॉस था।

उसे ज़्यादा सोचने का समय न देते हुए डी. के. ने पूछा, "तुम्हें यहाँ से कहीं जाना तो नहीं है न?"

उसने 'नहीं' में सिर हिलाया।

"चलो मेरे साथ, हम शेख़ से मिल आयें।"

मरीन ड्राइव के फ्लैट से निकलकर वे कार से ताज पहुँचे और लिफ्ट में दूसरी मंज़िल पर आ गये। उस समय शेख़ लम्बे नर्म सोफे में आधा धँसकर इजिप्ट की लोकप्रिय गायिका उम्मे लैला की कैसेट सुन रहा था और अंगूर चख रहा था।

डी.के. के साथ इक़बाल को दरवाज़े पर देख उसने कैसेट रेकार्डर का बटन दबा दिया। डी. के. ने दरवाजा बन्द किया और दोनों चुपचाप शेख़ के सामने वाले सोफे पर बैठ गये।

यहाँ एक बात स्पष्ट कर दूँ। दुबई में सोने के आयात या निर्यात पर कोई प्रतिबन्ध नहीं है, यानी शेख़ सोने का व्यापारी था। वह अपनी सरकार को कोई धोखा नहीं दे रहा था, क्योंकि वह अपने देश के किसी कानून को नहीं तोड़ता था।

पिछले चार महीने का हिसाब निपटाना था। इन चार महीनों में सात करोड़ से ज़्यादा का सोना भारत में घुसाया गया था और वह भी सिर्फ़ जीभ के बोल पर।

दोनों पक्षों के बीच न कोई लिखित क़रार था, न कोई खत-किताबत। जो कुछ भी तय होता था, उसमें लोंग डिस्टेन्स कॉल खास भूमिका निभाती। चन्द मिनटों में फ़ोन पर बात तय हो जाती। इसमें 'पेटी' शब्द लाख रुपये का सूचक रहता और 'खोखा' करोड़ रुपये का।

मसलन करोड़ रुपयों का सोना मँगवाना हो तो डी. के. फ़ोन पर सिर्फ़ इतना ही कहेगा—एक खोखा आने दो। ये दोनों प्रतीकात्मक शब्द आज भी चलन में हैं।

औपचारिकता पूरी होने पर डी. के. ने अपनी जेब से दो पर्चियाँ निकालीं। शेख़ ने अपनी जेब-डायरी खोली। दोनों ने अपनी तारीखें मिलाकर देखीं। कौन-सी तारीख को कितनी पेटी या खोखे माल आया था, वह भी मिलाया।

दोनों पक्षों के बीच कोई भूल होने का सवाल ही नहीं था। विश्वासघात का प्रश्न नहीं था। अलग दृष्टि से देखें तो दोनों सच्चे व्यापारी थे, वरना चार महीनों का हिसाब चार मिनटों में निपट नहीं जाता।

हिसाब की पर्चियाँ फाड़ते हुए डी. के. ने कहा, "कहिए शेख साहब! इस बार बम्बई में क्या देखने का इरादा है"

"सुना है पैरिस की तरह यहाँ भी स्ट्रिप प्रोग्राम शुरू हुए हैं।"

"जी हाँ।"

"कैसे हैं?"

"मैं कभी नहीं गया, मुझे उनमें कोई दिलचस्पी भी नहीं।"

यह सच ही था, नाचते-नाचते सरेआम नग्न हो उन स्त्रियों में उसे रुचि नहीं थी। अलबत्ता, कोई खूबसूरत लड़की अकेले में उसके सामने लहँगा-चोली उतारे तो उसमें उसे तनिक भी ऐतराज नहीं था।

"सुना है मरीन लाइन्स पर नयी खुली होटल ब्लू नाइल (अब नहीं रही) का स्ट्रिप प्रोग्राम देखने के क़बिल होता है।"

डी. के. ने 'हाँ' में सिर हिला दिया।

"आज रात डिनर मैं वहीं लूँगा।" कहते हुए शेख़ ने पेशे की मूल बात का छोर फिर से पकड़ा, "हमारे बिजनेस का आने वाला कल अब पहले जैसा उजला नहीं दिखता।"

"कम-से-कम चार-छह महीने धुँधला रहेगा।" डी. के. ने बतलाया, "मेरे ख़याल

से ये छुट्टी ज़रूरी थी।"

"क्या करोगे?"

"थोड़े महीने आराम कर कुछ नया सोचूँगा।"

"तुम चार पार्टनर थे।"

"अब वह पार्टनरशिप कैसी?"

इक़बाल परेशान हो उठा। उसकी दो वज़हें थीं। एक : डी. के. ने शेख़ से उसका परिचय करवाना ज़रूरी नहीं समझा था। यह हक़ीक़त उसे किरच की तरह पल-पल चुभ रही थी कि डी. के. ने साझेदारी टूटने का नया धमाका किया, फिर भी वह शान्त रहा। अभी तीसरी और गहरी चोट उसे लगनी शेष थी।

मुलाकात पूरी होने पर डी. के. खड़ा हुआ, "शाम पाँच बजे से मेरी कार नीचे खड़ी होगी, डिनर पर जाने के लिए आप इत्मीनान से निकलें।"

इक़बाल भी उसके साथ खड़ा हो गया था। दोनों दरवाज़े की तरफ़ आगे बढ़े। तभी शेख़ को अंगूर का एक दाना तोड़ते हुए हुस्ने-मुजस्सम का ख़याल आया, "उम्मीद करता हूँ, कार खाली नहीं होगी।"

"ओह!" डी. के. के साथ इक़बाल भी रुक गया, "यह तो मैं भूल ही गया था। किसे भेजूँ?"

"पिछली बार मेरे साथ एलिफेंटा कौन आयी थी?"

डी. के. की डायरी में दर्जन-भर कॉलगर्ल्स के नाम थे। अब अपने किस ग्राहक के साथ किस लड़की को उसने कहाँ भेजा था, ऐसी फालतू बातें याद रखना उसके लिये थोड़ा मुश्किल था।

उसने सोचने का ढोंग किया तो शेख़ ने उसे याद दिलाया, "उसके घर पिंजरे में सुनहरे पंख वाली एक चिड़िया है।"

"किरण?"

"वही।"

इक़बाल को लर्ज़िश आ गयी। हालाँकि रिश्ता तोड़ने के बाद दुःखी होने के लिए उसके पास कोई कारण न था।

32

शेख़ दोनों को जाते हुए देखता रहा।

"पट्ठे ने वही लड़की चुनी, जो सबसे ज़्यादा महँगी है।" लिफ्ट के नीचे जाते

हुए डी. के. ने इक़बाल से कहा, "डॉलर के दाम गिरे, मगर उसके बढ़े हैं। एक रात के अब वह पूरे पाँच हजार माँगती है।"

लॉबी में से होकर दोनों कार तक आये। डी. के. चालक की जगह बैठा। इक़बाल ने उसकी बगल में स्थान लिया।

कार शुरू कर दौड़ा जाते हुए डी.के. ने नया विषय छेड़ा, "तुमने भविष्य के बारे में कुछ सोचा है?"

इक़बाल ने 'ना' में जवाब दिया।

"हकीक़त में तुम्हें कुछ सोचने की ज़रूरत ही नहीं है..."

इक़बाल चुपचाप सुनता रहा।

"क्योंकि तुम्हारे होंठों पर अभी खून नहीं लगा। कभी सोचता हूँ, दो नम्बर के धन्धे में रहकर एक नम्बर का जीवन जीना कैसे मुमकिन है?"

"मुझे कुछ तो करना होगा न?"

"शायद नहीं। पार्टनरशिप में से तुम्हें इतने रुपये ज़रूर मिलेंगे कि तुम बाकी जीवन लेटे-लेटे खा सको।"

"वो तो ठीक, मगर एक मेहनतकश आदमी बेकार नहीं बैठ सकता।" कहते हुए इक़बाल को ख़याल आया, कार मरीन लाइन्स के बजाय विरुद्ध दिशा में जा रही थी।

"तुम्हारी बात सेंट-पर्सेंट सही है।" आगे बढ़ती हुई गाड़ी की गति स्थिर रखते हुए डी. के. बोला, "खाली दिमाग़ शैतान का घर। बोलो, तुम्हें कोई दुकान खोलनी है? फैक्टरी शुरू करनी है? बता दो यार, मेरा पूरा सहयोग तुम्हें मिलेगा। कोई नया धन्धा करना चाहो तो वह ख़याल भी बुरा नहीं है।"

कुछ कहने से पहले उसने मूल प्रश्न उठाया, "मेरे हिस्से में कितने करोड़ आयेंगे?"

आदत के अनुसार डी. के. ठहाका मारकर हँस दिया। गाड़ी आगे बढ़ती रही, "कितने करोड़?" हँसते-हँसते बीच में बोलकर वह फिर थोड़ी देर हँसा, "इक़बाल यार, पहली बार मैं अपनी सोच, अपने क़यास में गलत साबित हुआ। और यह इक़रार करते हुए मुझे ज़रा भी अफ़सोस नहीं। तुम्हारा मासूम चेहरा देखकर अच्छे-अच्छे अफ़सर भी गच्चा खा गये हैं।"

इक़बाल परेशान हो उठा। डी. के. का इशारा वह समझ नहीं पाया, इसलिए पूछा, "कैसी सोच? कैसा क़यास?"

"तुम्हारें होंठों पर भी ख़ून लग चुका है, तुम करोड़ों के सपने देखने लगे हो।"

अब उसकी समझ में आया।

“मैं अपनी मेहनत, अपने हक़ का हिस्सा माँग रहा हूँ।” उसने दृढ़ता से कहा।

“तब आज तक कहाँ सोये थे?” डी. के. अभी हलके मूड में था, “कितनी बार तुमसे कहा कि पाँच-पचीस लाख उठाते रहो। कहा था या नहीं? तुमने हर महीने पाँच हज़ार से ज़्यादा एक पैसा नहीं लिया और आज जब तिजोरी साफ़ हो गयी तो...”

इक़बाल झेंप गया। अलबत्ता डी. के. ने एक-दो बार मज़ाक़ में यह ज़रूर कहा था कि पाँच-पचीस लाख उठाकर फूँक डालो। मगर यह नहीं बताया था कि सभी साझेदार हर महीने तगड़ी रक़म उठा रहे हैं और उतनी ही रक़म उठाने का उसे भी अधिकार है।

शुरू में जब इक़बाल के हाथों में लगाम थी, तब पार्टनर्स किसी-न-किसी बहाने लोन के रूप में लाखों उठाते रहे थे (ऐसा उसने सोचा था)। वह स्वयं तो इसी भ्रम में था कि साझेदारी यानी कि कुल मुनाफ़े के पाँच समान भाग और उसका अपना हिस्सा जमा होता रहेगा।

“तुम नाराज़ हो गये।” डी. के. गाड़ी चलाते हुए कनखियों से उसके चेहरे के उतार-चढ़ाव देख रहा था।

उसने डी. के. की तरफ़ देखा।

“सोने का घर अभी मिट्टी नहीं हुआ।” डी. के. ने आगे कहा, “तुम्हारे हिस्से में इतना ज़रूर बचा है कि तुम चाहो तो अपने बल पर दो नम्बर का धन्धा शुरू कर सको।”

इस वक़्त इक़बाल को न दो नम्बर के धन्धे में दिलचस्पी थी, न एक नम्बर के। कुत्ते से भी ज़्यादा वफादारी उसने जताई थी और निभाई थी। अपने दिन-रात एक किये थे। पसीने के साथ उसने अपना लहू भी बहाया था। बदलने में उसे क्या मिला?

धोखा? जालसाज़ी?

डी. के. ने बिना छुरी चलाये उसे काटकर रख दिया था। इतने प्यार से ज़िबह किया था कि उफ़ तक करने की गुंजाइश नहीं रखा। तिस पर अपनी मूर्खता के लिये टोका गया सो अलग।

“कितने हैं?” अपने बिखरे हुए विचारों को समेटते हुए उसने पूछा।

“दस लाख नकद और अल कबीर।” गैंग की स्टीम लांच का वह नाम था, “इसके अलावा तुम्हें दी गयी अस्सी हज़ार की गाड़ी और सागर-दर्शन का फ्लैट तुम्हारा ही रहेगा।”

इक़बाल का दूसरा भ्रम भी आज टूट गया। उसे कार तथा फ्लैट उपहार में

नहीं दिये गये थे, वे साझेदारी के थे और वह बेवक़ूफ़ यह मान बैठा था कि बॉस ने उस पर प्रसन्न होकर उसे इनाम में दिये हैं। इस बार उसे अपनी ही नादानी पर गुस्सा आया। अब क्या फ़ायदा, जब चिड़िया चुग गयी खेत।

कार उषा सदन के नीचे रुकते ही वह अपने ख़यालों से जाग उठा। किरण अब भी यहाँ रहती थी।

"इक़बाल!" डी. के. ने अपनी जगह बैठे-बैठे कहा, "मैं ऊपर जाऊँगा तो चुड़ैल मुँह फाड़ेगी। तुम जाओगे तो एकाध हजार कम करेगी। तीन हज़ार तक उसे पटाने की कोशिश करना।"

इक़बाल ने सीधे उसकी आँखों में देखते हुए बताया, "जाने-अनजाने इस जिन्दगी में मैंने कई पाप किये होंगे, मगर आज तक किसी लड़की की दलाली नहीं की।"

यकायक पटाखा फूटे, ऐसे फिर एक बार डी. के. ठठाकर हँस पड़ा।

"सूफी!" उसे दास्तान आगे बताने से रोकते हुए मैंने प्रश्न किया, "मान लें कि मुनाफ़े में तुम्हारा हक़ था। लगभग दस करोड़ जितनी रकम तुम्हें मिलनी चाहिए थी। मगर जब तुम्हारी ज़रूरत महीने के पाँच हजार से ज़्यादा की नहीं, तब वह पूँजी मिले या नहीं, इससे क्या फ़र्क़ पड़ता?"

"बहुत।"

"कैसे?"

"दो नम्बर के धन्धे से हटकर मुझे एक नम्बर के धन्धे में आना था।" वह कह रहा था, "मन-ही-मन मैंने योजना भी बना रखी थी। पीपे बनाने की बन्द पड़ी हुई एक फैक्टरी मुझे खरीदनी थी। चालीस लाख तो उसी में लगने वाले थे। दूसरे..."

मैंने टोका, "जो इनसान तस्करी के दलदल में नाक तक डूबा हो, उसे संन्यास लेने का विचार कैसे आ सकता है?"

"लगातार टेंशन में जीते हर शख्स को यह ख़याल कभी-न-कभी आता ही है। चम्बल के डाकुओं की मिसाल लें। मौक़ा मिलते ही सब आत्मसमर्पण करने जयप्रकाश नारायण के चरणों में क्यों लोट गये? क्या निर्दोष जनता को लूटकर वे बेहिसाब कमाई नहीं कर रहे थे?"

सूफ़ी का जवाब मेरी समझ में आने पर उसने कहा, "आबिद भाई, हमारी क़ौम की माली हालत ठीक नहीं है। इसी वजह से तालीम के हलक़े में भी हमारे लड़के पिछड़े हुए हैं और जहाँ तालीम की कमी हो, वहाँ जहालत होती है, बेरोज़गारी होती है। मेरी दिली ख़्वाहिश यह बेरोज़गारी, भुखमरी दूर करने की थी। मैंने दो-तीन धन्धे शुरू किये होते तो कई लड़कों को नौकरी दे पाता, उन्हें बदी की राह पर जाने से रोक पाता।"

मुझे लगा, यह सूफ़ी नहीं, उसका भूखा बचपन बोल रहा था। जो भूख और

प्यास उसने देखी थी, वह बोल रही थी; नेकी की राह पर चलने के उसने जो प्रयास किये थे, वे बोल रहे थे।

सूफ़ी मुसलमान है, मगर कट्टरपन्थी नहीं। वह नमाज पढ़ता है तो उसका एक-एक शब्द समझकर। (अधिकतर मुसलमान आज भी नहीं जानते कि नमाज में पढ़ी जाने वाली कुरान शरीफ़ की अरबी आयतों का अर्थ क्या होता है?)

मजलिसों, क्रियाकांडों में रुपये सर्फ़ करने के बजाय यतीम बच्चों की सहायता करने से खुदा अधिक खुश होता है, ऐसा वह मानता है। उसके इन साफ़ विचारों के कारण कभी-कभी मौलाना भी उससे भिड़ जाते हैं।

इस्लाम धर्म, जो समाजवाद के काफ़ी क़रीब है, उसने मुसलमानों पर 'ज़क़ात' वाजिब किया है। सरल शब्दों में कहें तो ज़क़ात यानी वार्षिक आय पर ढाई प्रतिशत कर। यह ढाई प्रतिशत कर अनिवार्य रूप से अलग निकालकर ज़रूरतमन्दों के बीच बाँट देने का फ़रमान है।

दूसरा कर है 'खुम्स'। इस बारे में मतभेद हैं। सूफ़ी के अनुसार इसकी शुरुआत इस्लाम के उदय पर हुए धर्मयुद्धों के कारण हुई। हजरत मोहम्मद और उनके बाद के खलीफाओं के काल में धर्मयुद्ध पानीपत जैसे मैदानों में होते और जिस फ़ौज की जीत होती, वह शत्रु फ़ौज के सैनिकों के पास जो कुछ होता उसे लूट लेती।

यह सिलसिला इस्लाम के जन्म के पहले से चला आ रहा था। लेकिन किसी धर्म ने उस पर कर नहीं लगाया था। क्योंकि किसी धर्म को इसकी ज़रूरत ही नहीं पड़ी थी। इस्लाम को पड़ी। क्यों?

सूफ़ी आगे बताता है।

नये मुसलमान यानी इस्लाम की नयी फ़ौज के सैनिक ग़रीब थे। उनमें से कुछ ऐसे भी थे, जिनके पास लड़ने के लिए तलवार तक नहीं थी। 'माले-ग़नीमत' याने लूट के माल पर लगे इस नये कर 'खुम्स' से इन ग़रीब सैनिकों को विशेष लाभ पहुँचा।

यहाँ यह भी जानना ज़रूरी है कि युद्धभूमि में लूट में शस्त्र और प्राणी (ऊँट या घोड़ा) अधिक मिलते और नक़द कम। क्योंकि महाजे-जंग पर जाने वाला सैनिक अपने प्राण दाँव पर लगाने जाता है, न कि शॉपिंग करने।

लूट में मिला हुआ ये सारा माल सरदार के सामने पेश किया जाता। अन्दाज़न उसकी क़ीमत आँकी जाती। उसका अस्सी प्रतिशत सैनिकों में बाँट दिया जाता, बाकी बीस प्रतिशत सरदार अपने पास रख लेता। यह बीस प्रतिशत यानी शस्त्र और सवारी इस्लाम की फ़ौज में शामिल होने वाले नये और ग़रीब रंगरूटों को भेंट दिये जाते। इस तरह फ़ौज लैस होती।

आज के कुछ मौलानाओं ने यह 'खुम्स'-कर मुसलमानों पर जबरन ठोक

बिठाया है। यही नहीं, उसमें से कुछ हिस्सा खुद उन्हें भी मिलना चाहिए, ऐसा उनका आग्रह है।

एक बार जब हमारी क़ौम (खोजा शिया) के एक मौलाना ने सूफ़ी से खुम्स माँगने की नादानी की तो उसने सीधा सवाल किया, "मौलाना, खुम्स यानी क्या?"

"कुरान शरीफ़ में ज़क़ात तथा खुम्स देने का फ़रमान है," मौलाना समझे उनके सामने कोई गँवार बैठा है, इसलिए थोड़ी और स्पष्टता की, "माले-ग़नीमत पर यह कर लगता है।"

"और माले-ग़नीमत यानी क्या?"

"जिहाद करने वाली फ़ौज द्वारा मैदाने-जंग से लूटा हुआ माल।"

सूफ़ी तुरन्त बोला, "न मैं किसी जंग में शामिल हुआ हूँ, न आज तक मैंने किसी सैनिक को लूटा है, तब यह कर मुझ पर कैसे लगेगा?"

मौलाना थोड़ा अकुलाये। इससे पहले किसी ने उनसे इस तरह बहस नहीं की होगी, "बिरादर, खुम्स तो सभी मुसलमानों पर लगता है।"

"कैसे?"

"ऐसा खुदा का हुक्म है।"

"कुरान शरीफ़ के किस पन्ने पर?"

यह सवाल सुनकर मौलाना की बुद्धि में गुत्थी पैदा हुई। सूफ़ी को यह जँचा। जब कोई शख़्स उसे उल्लू बनाने की कोशिश करता है तो वह उसे साफ़-साफ़ मूर्ख कहने के बजाय उसी के शब्दों द्वारा उसे महसूस करवा के चलता बनता है। यह उसका मनोरंजन भी है।

मौलाना कोई जवाब खोज निकाले, इससे पहले सूफ़ी ने बिल्कुल नया मसला छेड़ा, "खुम्स के हक़दार कौन हैं?"

"गरीब, यतीम, आलिम वगैरह।"

आलिम शब्द 'इल्म' यानी कि ज्ञान से बना है। यानी ज्ञानी। यहाँ उसका मतलब धर्मज्ञान रखने वाले मुल्ला से है।

सूफ़ी ने फिर पूछा, "क्या यह भी कुरान शरीफ़ में लिखा है कि खुम्स के हक़दार आलिम होते हैं?"

"देखो बिरादर," अब मौलाना की परेशानी बढ़ी, "तुम्हें खुम्स देना हो तो दो, नहीं देना हो तो तुम्हारी मर्ज़ी। खुदा के दरबार में गुनहगार तुम होगे।"

"मैंने कब कहा कि मुझे नहीं देना? मगर देने से पहले मुझे सब कुछ समझ तो लेना चाहिए ना?"

"क्या समझना है तुम्हें?"

"खुम्स में आप कितने की उम्मीद रखते हैं?"

इस सवाल से मौलाना को थोड़ी आशा बँधी। उन्होंने तुरन्त अपनी आवाज़ में नरमी लाते हुए बतलाया, "मेरा साल-भर का घर-खर्च।"

"और वह कितना होता है?"

"एक माह का आठ हज़ार से ज़्यादा, कम नहीं।" फिर थोड़ा और स्पष्ट करते हुए वह बोले, "जिसके घर पाँच बच्चे और एक अदद बीवी हो, वहाँ इतना खर्च तो होगा ही।"

"मेरे घर में भी इतने ही मेम्बर हैं।" सूफ़ी की जिम्मेदारियाँ लगभग सरीखी थीं, "मगर मेरा घरखर्च आपसे कम है।"

"वो तो जैसा जिसका रहन-सहन।"

"यानी?"

"किबला, खाने-पीने में हम कंजूसी नहीं करते।" मौलाना ने बताया, "खासकर सवेरे के नाश्ते में बच्चों को दो अंडों की आमलेट चाहिए, साथ में जेम, मस्का और जूस भी होता है। बच्चों की सेहत के लिए यह ज़रूरी है। दूसरे, हमारे यहाँ डालडा या रिफाइंड तेल में खाना नहीं बनता, खालिस घी में बनता है।"

धीरज से सुनने के बाद सूफ़ी ने पूछा, "पैग़म्बर साहब को हम आलिम कह सकते हैं?"

अचानक उछले प्रश्न से मौलाना भड़क उठे, "इतनी सूझ तो तुममें होनी चाहिए कि वे आलिमों के आलिम थे।"

"उनका खाना क्या था।"

मौलाना चौड़ी आँखों से उसकी तरफ़ देखते रहे। तब उसने पैग़म्बर साहब के जीवन का एक प्रसंग उन्हें याद दिलाया :

—एक दिन पैग़म्बर साहब खाना खाने बैठे तो उनकी बेटी ने उनके सामने तीन चीज़े रखीं—नमक, दूध और रोटी। पैग़म्बर साहब ने यह देखकर हैरत से अपनी बेटी से पूछा, "आखिर किस खुशी में आज तीन चीजें परोसी गयी हैं? क्या तुम नहीं जानतीं कि दो से ज्यादा चीज़ें मेरे दस्तरख़्वान पर नहीं होनी चाहिए?"

बेटी कुछ कहती, इससे पहले उन्होंने दूध का प्याला उठाकर उसे थमा दिया और खुद ने नमक के साथ रोटी का भोजन किया।

सूफ़ी को यह कहने की ज़रूरत नहीं थी कि उसके सामने बैठे हुए मौलाना खुद को आलिम कहलाने के क़ाबिल भी न थे।

सूफ़ी जब बोलता है तो घंटों बोलता रहता है। वह एक पॉइंट उठाकर बात शुरू करता है। उसे साबित करने के लिए वह एक के बाद एक नये मुद्दे छोड़ता जाता है। उसमें नये विषय भी शामिल होते रहते हैं।

इस दौरान कभी मैं मूल विषय के सूत्र को भूलकर नयी चर्चा में उलझ जाता

हूँ। मसलन, आज की बहस, इसका प्रारम्भ साझेदारी में उसे दस करोड़ रुपये मिलने चाहिए थे इस विषय से हुआ था। इस विषय पर से फिसलकर 'ज़क़ात' पर आया, 'खुम्स' पर आया, मौलाना पर आया।

मगर जब चर्चा पर वह पूर्णविराम लगाता है, तब मूल मसला ही उसका लक्ष्य होता है। संक्षेप में जिस बिन्दू से चर्चा शुरू हो, उसी पर वह मेरी हैरत के बीच शब्दों का सफ़र समाप्त करता है। आज भी ऐसा ही हुआ।

"मैं समाजसेवक नहीं।" मूल बात का छोर उठा लेते हुए उसने बताया, "न मैंने कभी नेता बनने का सपना देखा है। मेरे हाथों अगर किसी की भलाई हो सकती है तो वह करना मैं अपना फ़र्ज़ समझता हूँ।"

"कोई मिसाल दोगे?"

"कैसी?"

"तुमने किसी की भलाई की हो और उस बन्दे का भला हुआ हो।"

"ये सवाल मुझसे करने के बजाय किसी और से पूछेंगे तो बेहतर होगा।"

उसकी यह बात भी सही थी। अगर वह यह कहे कि उसने लाखों रुपये दान में दिये हैं तो कौन मानेगा? दूसरे, अपनी ज़बानी उसने अपनी सखावत के बिगुल मेरे सामने कभी नहीं बजाये।

बाहर से मिली जानकारी के अनुसार सूफ़ी ने ज़क़ात के पैसों में से खोजा क़ौम के ग़रीबों को आर्थिक सहायता, ग़रीब छात्रों को शिक्षा, विधवाओं को रोज़गार देने वाली संस्थाओं को अब तक दस लाख रुपये दिये हैं।

प्रार्थना समाज स्थित जैन विद्यालय को दो लाख।

ईद के त्योहार पर वह कोढ़-पीड़ितों को भी नहीं भूलता। अपनी सूची में दर्ज नामों के अनुसार वह हर एक रोगी को पचीस-पचीस रुपयों का मनीऑर्डर भेजता है। (पहले पचहत्तर भेजता था) कुल मिलाकर लगभग तीन हज़ार की राशि इसमें बंट जाती है।

सूफ़ी के गुप्तदान की सूची काफ़ी लम्बी है। (वह कहीं भी अपना नाम नहीं दर्ज करवाता, न अपने नाम की तख़्ती ही लगवाता है) अगर उसे डी. के. से साझेदारी के दस करोड़ मिले होते तो उसका उपयोग उसने सही व्यवसाय में किया होता और उस उद्योग द्वारा ग़रीबों के लिए काफ़ी कुछ किया गया होता, यह सोचा जा सकता है।

फिर भी वह हताश नहीं हुआ। नये सिरे से ज़िन्दगी शुरू करने का उसे फिर एक उजला असवर मिला था। वह उसने सूझपूर्वक हथिया लिया। साझेदारी में मिली स्टीम लांच 'अलकबीर' उसने मछुआरों को किराये पर चलाने के लिए दी। अब उसका उपयोग मछली पकड़ने के लिए किया जाता था। माहवार चार हजार रुपये

उसे किराये में मिलने वाले थे।

दस लाख जो उसे नक़द मिले थे, उनमे से दो लाख कोई नया पेशा शुरू करने के लिए अलग रखे और उपनगर खार में आठ लाख का एक नया फ्लैट खरीदकर परिवार को उसमें बसाया।

डोंगरी पर 'अब्बासी मंज़िल' वाली अपनी खोली बेचने पर उसके हाथ में और डेढ़ लाख रुपये आये। वे उसने दोनों भाइयों के नाम बैंक में जमा करवा दिये।

अभी उसके पास सागरदर्शन का फ्लैट और एक कार बची थी। फ्लैट बेचने की उसे जल्दी नहीं थी। वॉर्डन रोड के उस इलाक़े के मकानों के रेट रोज-बरोज बढ़ रहे थे। गाड़ी अभी बिकी नहीं थी। कुछ दिनों में उसका भी सौदा हो जाने पर लगभग साठ हजार मिलने की उम्मीद थी।

अब उसे परिवार से अलग रहने की भी ज़रूरत नहीं थी। तस्करी उसका अतीत बन गया था। वह फिर अपने स्वजनों के बीच आ गया था। साथ माँ थी, छोटा भाई रज़्ज़ाक़ था, जो फुटवेयर में अभी भी ईमानदारी से नौकरी कर रहा था। मगर वह अब छोटा नहीं था, सत्रह वर्ष का जवान हो गया था।

मँझला भाई फ़ीरोज़ 'कॉमर्स' में था। उसका मन नहीं लगा, इसलिए उसने कॉलेज छोड़कर एक केमिस्ट की दुकान में नौकरी कर ली। भविष्य में वह दवाइयों की दुकान खोलने का इरादा रखता था।

ज़िन्दगी में मानो नया सूर्योदय हुआ था। साहस, टेंशन और चूहे-बिल्ली के खेल के वे दिन और कहाँ ये दिन, पूर्ण शान्ति के। बरसों बाद उसके जीवन में छुट्टियाँ आयी थीं। शुरू के कुछ दिन तो उसकी समझ में यही नहीं आया कि वह क्या करे? कौन-सा कारोबार करे? कहाँ से बिसमिल्लाह करे?

चार पखवारे नयी-नयी योजनाएँ बनाने और मिटाने में बीत गये। तीसरे माह अचानक कारोबार का एक अवसर उसके सामने उपस्थित हुआ और वह भी उसके अपने साथी दगड़ू द्वारा।

धन्धा टूटने पर गैंग के सदस्य बिखर गये थे। विशेष रूप से निचले तबके के सदस्य बेकार हो गये थे। उनमें से किसी ने जेबकतरों की टोली खड़ी कर ली तो किसी ने तीन पत्तियाँ 'मटके' में डुबकी लगायी। कोई कैरियर बन गया तो कोई घड़ियों की तस्करी में जुट गया। दगड़ू फिर कुली बनकर वी. टी. स्टेशन में गोरखधन्धे का नया टोटका आजमाने की सोच रहा था।

"उसकी सलाह मैं तुझे नहीं दूँगा।" इसी सिलसिले में इक़बाल से चर्चा करते हुए उसे जवाब मिला।

"लेकिन क्यों?"

"वहाँ तेरी बदनामी हो चुकी है। किसी भी यात्री का बोरिया-बिस्तर नदारद होते

ही पुलिस तेरे दरवाज़े पर आ खड़ी होगी, चाहे वह चोरी किसी ने भी की हो।" कहते हुए इक़बाल ने जोड़ा, "मेरा मन कहता है, वहाँ तुम सुखी नहीं हो सकेगा।"

"तो क्या करूँ?"

"नौकरी।"

"कौन देगा।"

"छोटा-मोटा कारोबार भी शुरू किया जा सकता है।"

"उसके लिए पूँजी चाहिए।"

"तूने कुछ बचत की है?"

"जिसकी दो बीवियाँ और नौ बच्चे हों, वह बचत करेगा क्या?" उसने प्रतिप्रश्न किया, "फिर भी आठ-दस हज़ार जमा होंगे, मगर इतने में एक टेम्पो भी खरीदा नहीं जा सकता।"

इक़बाल ने उसका जुमला पकड़ लेते हुए कहा, "मान लो, आठ हज़ार में एक टेम्पो खरीदा जा सकता हो, तब तू क्या करेगा?"

"बॉस," उसका चेहरा खिल उठा, "मैं सासून डॉक के पास रहता हूँ और वहाँ टेम्पो वालों की बड़ी माँग है।"

इक़बाल की दिलचस्पी बढ़ी, "शहर में टेम्पो वाले मक्खियाँ मारते हुए घूमते हैं और वहाँ काम की भरमार हो, यह मैं कैसे मानूँ?"

"यह मैं नहीं जानता, मगर वहाँ से कोई टेम्पोवाला खाली नहीं लौटता है।"

"ठीक है," अन्त में उसने कहा, "दो दिन बाद तू मुझसे मिलना।"

तब वह नहीं जानता था कि झींगा-दादाओं की नयी दुनिया में वह श्रीगणेश करने जा रहा था।

33

इक़बाल ने स्वयं 'सासून डॉक' जाकर दो दिन पूछताछ की तो उसे पता चला, टेम्पोवालों की यहाँ सचमुच माँग थी, लेकिन कई टेम्पोवाले वहाँ का काम करना पसन्द नहीं करते थे। कारण?

कोलाबा इलाके के इस बन्दरगाह में मछलियों की मंडी थी। दूर-दूर के किनारों से अपनी नावें लाकर कोली मछुआरे यहाँ माल उतारते। टनों के हिसाब से यहाँ मछलियाँ आतीं। मौसम के अनुसार अलग-अलग क्वालिटी की मछलियों के अलग-अलग रेट तय होते, छोटे-बड़े दलाल टनों में खरीददारी करते।

मछली अधिक समय पानी के बाहर रहे तो वह सड़ जाती है, इसी कारण जल्द-से-जल्द माल का वितरण करना पड़ता है। इसका आसान तरीका बम्बई के दूसरे छोर, थाणे के वागले इंडस्ट्रिअल स्टेट की सी-फूड विक्रेता कम्पनियों की फैक्टरियाँ थीं। (आज भी हैं।)

केसल रॉक, बॉम्बे फिशरीज, ब्रिटानिया आदि कम्पनियाँ मछलियों को टिन के हवा-बन्द डिब्बों में पैककर विदेशों में निर्यात करती हैं।

ट्रांसपोर्ट वाले अपने टेम्पो में मछलियाँ भरकर ले जाना पसन्द नहीं करते थे, इसके मुख्य कारण दो थे—जो लोग शाकाहारी थे और साथ अहिंसक भी, वे मछलियाँ न उठायें यह समझा जा सकता है।

दूसरे, टेम्पो में मछलियाँ भरने से टेम्पो की आयु घटती थी। नमक वाले पानी के कारण टेम्पो के अन्दर के हिस्सों पर घिसाई का असर होता और समय से पहले उसके रंग उखड़ने लगते। खुले भागों पर तेज़ी से जंग भी लगता। अगर टेम्पो की देखभाल में टालमटोल की गयी तो उसकी अकाल-मृत्यु होने की पूरी सम्भावना रहती। पर यह भी सच था कि इस पेशे में काफ़ी लाभ था।

ये सब जानकर इक़बाल ने कुछ गणना की। तीसरे दिन दगडू के साथ सब कुछ तय हो गया। उन दिनों एक टेम्पो बत्तीस हजार में मिलता था। आठ हजार दगडू ने लगाये। उतने ही इक़बाल ने अपनी ओर से जोड़े। बाकी सोलह हजार की बैंक लोन लेकर उसने दगडू को एक टेम्पो दिला दिया। दगडू की गाड़ी पटरी पर चढ़ गयी।

रोज़ाना वह सासून डॉक से मछलियाँ उठाता और थाणे की फैक्टरी में टेम्पो खाली कर आता। जो कुछ आमदनी होती, उससे दाल-रोटी चलती, बैंक लोन के हफ़्ते कटते और शाम में पीने के लिए शराब की एक बोतल भी मिल जाती। वह खुश था।

ऐसे एकाध महीने काम चला होगा कि उसकी बंजर खोपड़ी में कुलबुलाहट शुरू हुई। सासून डॉक में रोज सवेरे मछलियों की नीलामी देख उसे बॉस याद आया।

इक़बाल ने अभी भी कोई कारोबार शुरू नहीं किया था। अभी भी कुछ निश्चित नहीं था। दगडू की तरह कोई उससे सलाह-मशविरे के लिए या मदद माँगने आया तो कुछ दिनों के लिए वह उसमें जुट जाता। (वह अन्धों की तरह दान करने में बुद्धिमानी नहीं मानता) वह स्वयं पूछताछ करता और उचित लगने पर ज़रूरी सहायता देता।

"बॉस!" एक शाम दगडू ने घर आकर उसे बतलाया, "तेरे लिए मैंने एक धाँसू धन्धा सोचा है।"

इक़बाल को मन-ही-मन हँसी आयी, "बोल।"

"कल से तू सासून डॉक आकर थोक में मछलियाँ खरीदना शुरू कर दे।"

"ऐसा?"

"हाँ, ऐसा।"

"फिर?"

"फिर क्या? मेरे टेम्पो में डालकर हम थाणे की फैक्टरी में बेच आयेंगे।" कहते हुए दगडू ने जोड़ा, "इतना सरल काम भी तेरे भेजे में नहीं उतरता?"

"कितनी पूँजी लगानी पड़ेगी?"

"आं...?"

"रोज़ के कितने हज़ार डालने पड़ेंगे?"

उसने सिर खुजलाया।

"मछलियों के कारोबार में फायदा कितने पर्सेंट होता है, यह तो तू जानता होगा!"

"वो सब मैं नहीं समझता।" उसने स्वीकार कर लिया।

"तब क्या सोचकर मेरी गरदन फँसाने आया?"

"मैंने सोचा, रोज़ाना मछलियों के दलाल टनों माल उठाते हैं, तो उसमें मलाई ज़रूर होगी, वरना तड़के उठकर मछलियों की बू का मज़ा लेने कौन आयेगा?"

दगडू का यह तर्क बिल्कुल सही था। इक़बाल को लगा, इसमें लाभ का पलड़ा ज़रूर भारी होगा और इस विषय में छानबीन करने के लिए उसके पास काफी समय था। उसने वैसा ही किया।

अब वह चाय-नाश्ता निपटाकर रोज सवेरे सासून डॉक पहुँच जाता। दगडू उसे वहीं मिलता। जैसे वह वहाँ का गाइड हो, ऐसे इक़बाल को समझाता।

"यहाँ बड़ी माँग झींगा मछली की है, इसलिए दलाल लोग सबसे पहले उसी पर लपकेंगे। सौ-सौ किलो झींगे आँखें झपकते ही बिक जायेंगे। उस पाटी (चौड़ा टोकरा) को देख। अरे, वही जिस पर कौवे बैठे हैं, उसमें लगभग पाँच किलो माल है।"

"तूने बताया कि यहाँ टनों के हिसाब से माल उतरता है।" इक़बाल ने मंडी पर नजर बिछाते हुए पहले दिन पहला प्रश्न किया, "और यहाँ तो चन्द पाटी माल के सिवा कुछ भी नहीं!"

"ये तो नमूने का माल है।"

"क्या मतलब?"

"जो मछुआरा माल लाया हो, उसका मालिक पोतघाट पर लंगर डाल सिर्फ़ पाटी-भर माल मंडी में लाता है। इस तरह सभी मछुआरों के मालिकों ने नमूने के तौर पर दो-दो पाटी माल पेश किया है। अब बोली लगेगी।"

धीरे-धीरे इक़बाल की समझ में बात आने लगी। दो पाटी माल देखकर यह

अनुमान लगाया जा सकता है कि बाकी माल की गुणवत्ता कैसी होगी। मसलन उत्तम क्वालिटी के झींगे 'टाइगर' कहलाते हैं।

यह एक-एक झींगा लगभग पाव भर का होता है, यानी कि एक किलो में सिर्फ़ चार या पाँच झींगे होंगे। श्रेष्ठ क्वालिटी के ये झींगे हमारे पाँच-सितारा होटल ख़रीदते हैं। एक्सपोर्ट मार्केट में भी इसके ऊँचे दाम मिलते हैं।

दूसरी कक्षा के झींगे 'व्हाइट' या 'मीडियम' कहलाते हैं। व्हाइट शायद उनकी सफ़ेदी के कारण और मीडियम का अर्थ होता है साधारण, न बहुत बड़े, न बहुत छोटे।

सबसे आख़िर में आते हैं 'टाइनी' यानी कि छोटे। इन झींगों को सूखाकर उनमें नमक-मिर्च मिलाकर तला जाता है। शराबी लोग पीते वक्त टेस्ट से इसे नमकीन की तरह खाते हैं। नमकीन चिवड़ा तथा सूखे तले झींगे के दिखने और ज़ायके में अधिक फ़र्क़ नहीं।

झींगों की इस होलसेल मार्केट में बोली लगने पर उस दिन आठ रुपये किलो बाज़ार खुला। यहाँ इक़बाल ने यह भी नोट किया कि जो दलाल दो पाटी माल देखकर सौदा करता है, उसके लिए बाक़ी सारा माल खरीदना अनिवार्य हो जाता है।

"दगडू।" उसे खिसकता देख इक़बाल ने पूछा, "तू कहाँ चला?"

"मेरे सेठ ने सौदा निपटा लिया है।" वह बोला, "माल चढ़ाकर मुझे यहाँ से जाना होगा।"

"मेरा इन्तज़ार करना।"

"क्या तू मेरे साथ चलेगा?" उसे अचरज हुआ।

"नहीं चलूँ?"

"सारे रस्ते में तुझे नाक पर कसकर रूमाल बाँधना होगा, वरना बदबू से तेरा माथा फट जायेगा।" कहते हुए वह सिर पर माल की पाटियाँ उठाये हुए गुज़रती मछेरनों के साथ आगे बढ़ गया।

इक़बाल ने एक आख़िरी नज़र मंडी पर डाली। यहाँ जितने भी दलाल थे, वे सब मराठे थे, अनपढ़ थे। दगडू की तरह सासून डॉक के छोटे-बड़े काम करते-करते दलाल बन बैठे थे। काफ़ी कमाई करते थे, फिर भी उनके हुलिये, व्यवहार तथा संस्कार में तनिक भी फ़र्क़ नहीं आया था।

उनमें से दो ने मैली-कुचैली धोती और वैसी ही चीकट लम्बी कमीज पहनी थी। एक ने घुटनों तक की लम्बी तथा चौड़ी ख़ाकी चड्ढी पर बुशर्ट पहना था। फिर भी वे सभी एक ही थैली के चट्टे-बट्टे लगते थे।

इन बिचौलियों के बीच श्वेत, कांजी किये हुए सफ़ारी सूट में इक़बाल बिल्कुल अलग नज़र आता था।

दगड़ू टेम्पो स्टार्ट करे, इससे पहले इक़बाल आ पहुँचा। दगड़ू का सेठ दत्ताराम (जिसका हुलिया दगड़ू जैसा ही था) टेम्पो के पिछले हिस्से में एक मछेरन के साथ खड़ा था।

दगड़ू के करीब बैठते ही झींगे की बदबू ने मानो इक़बाल पर धावा बोल दिया हो, ऐसे भाग निकलने को उसका जी ललचाया, लेकिन टेम्पो चल पड़ने पर उसे तुरन्त राहत मिली। हवा सामने से चल रही थी और वह आगे बैठा था।

दनदनाता हुआ टेम्पो उछलता-कूदता बम्बई पूर्व के उपनगर थाणे की दिशा में आगे बढ़ा। इक़बाल को सहज विचार आया, दगड़ू का सेठ दत्ताराम बीड़ी का कश लेता हुआ झींगों के ढेर के बीच खड़ा था। क्या उसे दुर्गन्ध परेशान नहीं करती होगी?

शायद वह पट्ठा भी शुरू में उसकी तरह परेशान हुआ हो, बाद में आदत-सी हो गयी होगी। दगड़ू भी तो आखिर आदी हो गया था। 'मियाँ', उसके मन में आवाज उठी, 'एक दिन तुम भी आदी हो जाओगे।'

टेम्पो थाणे पहुँचकर बॉम्बे फिशरीज के कारखाने के सामने रुका। तुरन्त माल उतारने और उसे हौज में डालने का काम शुरू हो गया। हौज में धुलने के बाद माल वजन के काँटे पर आया और वज़न नोट होने के बाद अन्दर के भाग में चला गया, जहाँ झींगों के सिर काटकर उन्हें टिन के हवाबन्द डिब्बों में पैक किया जाता है।

इक़बाल ने मन-ही-मन हिसाब लगाया, आठ रुपये में खरीदा गया माल, फैक्टरी के पर्चेज़ ऑफिसर ने नौ रुपये किलो खरीदा। एक किलो पर एक रुपया फायदा और माल था दो टन। फ़ायदा हुआ दो हज़ार। पचास रुपये टेम्पो का किराया और मज़दूरी काटने के बाद रोज़ की आय एक हज़ार नौ सौ पचास रुपये और वह भी एक ही दलाल की।

खुद की जमा पूँजी के बल पर वह इस मंडी में प्रवेश करे और दस टन माल खरीदे तो रोज़ाना वह नौ हज़ार रुपये अतिरिक्त कमा सकता था, ऐसा उसे लगा। सावधानी बरतकर उसने शुरुआत एक टन से की और टेम्पो में झींगा भरकर जब वह फैक्टरी पहुँचा तो वहाँ झींगों के साथ उसकी अपनी भी धुलाई हो गयी।

यह तो शुरुआत थी। साफ-सुथरा कहलाने वाले इस पेशे में दो नम्बर के धन्धे की तरह जबान की कोई कीमत नहीं थी। यह गलाकाट व्यापार था। जिन्हें वह असंस्कारी, अनपढ़ मराठा समझा था, वे थे 'प्रॉन्स माफिया'। चाहे तो आप उसे झींगा-दादा भी कह सकते हैं।

इक़बाल को लगा, उसने माफियाओं की दुनिया से संन्यास लेकर नये माफियाओं के संसार में क़दम रखा था। यहाँ से पीछे हटने का सवाल नहीं था। एक बार कूद पड़ने के बाद युद्धभूमि से पीठ दिखाकर भाग खड़े होने में वह यक़ीन नहीं रखता था।

हर क़दम पर माफियाओं से लड़ लेने का उसने निर्णय लिया। मगर वह लड़ाई बन्दूक़ से नहीं दिमाग़ से लड़ी जानी थी, यहाँ शतरंज खेली जानी थी। एक भी बाल बाँका किये बिना विरोधियों को परास्त करना था। बिना छुरी चलाये बकरा ज़िबह करने का यह अनोखा खेल था।

इसकी शुरुआत पहले ही दिन हुई। इक़बाल को दलाल के रूप में आया देखकर झींगा-दादाओं ने उसका मीठी मुस्कान के साथ स्वागत किया। जैसे वह उन्हीं में से हो, ऐसे उसे साथ लिया। श्रेष्ठ क्वालिटी के माल से भरी दो पाटियाँ उसे उदारता से खरीदने दीं। ये दो पाटियाँ नमूने की थीं। उसके साथ का बाकी माल एक टन था।

यह माल दगडू के टेम्पो में लादकर वह सीधा थाणे की फैक्टरी पहुँचा। पर्चेज़ ऑफिसर ने सारा माल हौज में डालकर काँटे पर चढ़ाया और टन भर झींगा पौना टन हो गया। उसे ताज्जुब हुआ, साथ ही उसे वजन की सूई पर शंका हुई।

"आपका यह वजन सही है? इसकी क्या गारंटी है?"

पर्चेज़ ऑफिसर रंगाचार्य ने उसके सामने देखा, "आपको कैसे शक हुआ?"

"खरीदी एक टन की थी।"

पर्चेज़ ऑफिसर को इस नौसिखिए पर हँसी आयी, "आप क्या समझते हैं? माल पहले पानी में डाल हम बाद में क्यों तौलते हैं?"

"साफ करने के लिए"

"वह तो हम वज़न करने के बाद भी कर सकते हैं।"

"तो?"

"देखिये, ये झींगे बरफ में जमाकर मछुआरे लाते हैं और जमे हुए झींगों में बर्फ की मात्रा अधिक होती है, जो हमारी आँखें स्पष्ट देख नहीं सकतीं।" पर्चेज़ ऑफिसर कह रहा था, "हौज में झींगे डालते ही उसमें से बर्फ पिघल जाती है। साथ ही झींगों का वजन भी थोड़ा घटता है। मगर आपके साथ तो धोखा हुआ है। पाटियों में ऊपर-नीचे झींगे थे और बीच में बेकार का बर्फ का चूरा।"

आठ हजार रुपये का माल घटकर छह हजार का रह गया। दूसरे, नमूने की दो पाटियाँ और शेष माल की गुणवत्ता में भी फ़र्क़ था। पहले सौदे में मुनाफा करना तो दूर रहा, मूल राशि भी न निकल सकी।

फिर भी दूसरे दिन वह मंडी में आ खड़ा हुआ। दलालों को इसकी उम्मीद नहीं थी। उन्होंने सोचा था, झींगों के साथ इक़बाल की भी धुलाई हो जाने के बाद वह फिर कभी पलटकर इस ओर देखने की नादानी नहीं करेगा।

यह उनकी खुशफहमी थी। क़रीब लाख रुपये गँवाने की तैयारी के साथ इक़बाल ने नये धन्धे में छलाँग लगायी थी। दूसरे, अब वह ज़िद पर आया था। ईंट का

जवाब पत्थर से देने का उसने तय किया था।

प्रॉन्स-माफिया अगर उससे चाल न चलते तो शायद वह खुद ही बोर होकर हट जाता। बचपन से जवानी तक उसका जीवन रोमांचकारी रहा था। यहाँ न टेंशन था, न रोमांच था। ऐसा शुष्क जीवन जीने का उसका स्वभाव न था।

वह तो निर्दोष पेशे में भी थ्रिल ढूँढ़ रहा था और वह उसे यहाँ मिल गया। उसके दिमाग़ का कम्प्यूटर फिर कुलाँचे भरने लगा। मगर वह यन्त्र कोई नतीजा दे, इससे पहले फेल हो गया।

दलालों ने साजिश कर सिंडिकेट बनायी और एक भाव घोषित किया, वह भी बाज़ार भाव से पचास पैसे कम। इसमें चक्कर यह था कि उसी रेट पर मछुआरे अपना सारा माल सिंडिकेट को बेच दें, वरना सिंडिकेट के सारे सदस्य बिना माल खरीदे ही वापस लौट जाएँगे।

एक तरह से यह ब्लेकमैल था। लेकिन गलाकाट पेशे में यह सब नहीं देखा जाता। सिंडिकेट ने एक कंकड़ में दो चिड़ियाएँ मारी थीं। इक़बाल का पत्ता काटा था और दाम भी घटाये थे।

इक़बाल दूध का जला था। सिंडिकेट की चुनौती स्वीकारने के लिए सारा माल खरीद लेना मूर्खता थी और यहाँ अधिक सोचने का समय नहीं था। मछुआरों ने अपनी भलाई सोचकर सारा माल सिंडिकेट को सौंप दिया। इक़बाल मुँह लटकाये वापस गया।

पूरा एक सप्ताह वह मैदाने जंग में दिखायी नहीं दिया। इन सात दिनों में उसने नये सिरे से आकलन किया और फिर पानीपत में आ खड़ा हुआ। सिंडिकेट के सदस्यों को अब सचमुच आश्चर्य हुआ।

इस बार उन्होंने इतना अनुमान लगा लिया था, यह बला आसानी से टलने वाली नहीं।

सिंडिकेट के सदस्यों ने आपस में तय कर मछुआरों के सामने आज का भाव ज़ाहिर किया—साढ़े सात रुपये। मछुआरों के पास इस एकाधिकार को नकारने की कोई तजवीज़ न थी। वे चूँ-चपड़ करें और सिंडिकेट वाले माल बिना खरीदे चलते बनें तो उनकी छुट्टी हो जाये, सारा माल सड़ जाये।

जैसे ही सिंडिकेट वाले माल लेने आगे बढ़े, इक़बाल ने ललकारा, "मेरे आठ रुपये।"

नये सिरे से उसने बोली शुरू की। सिंडिकेट के एक किलो भाव पर उसने पचास पैसे बढ़ाये थे। मछुआरों के साथ सिंडिकेट के सदस्य भी चौंक उठे।

"साढ़े आठ," आपस में कानाफूसी कर सिंडिकेट के मुखिया दत्ताराम ने बोली आगे बढ़ाई।

“नौ रुपये।”

एक तरफ इक़बाल था, दूसरी तरफ सिंडिकेट थी। इक़बाल भी जानता था और वे भी जानते थे कि नौ रुपये बिक्री भाव है। उस भाव से माल खरीदकर उसी भाव से बेचने पर मुनाफा तो नहीं होगा, बल्कि टेम्पो का किराया तथा मजदूरी सिर पड़ेगी।

नौ से आगे बढ़ने पर भारी घाटा होने वाला था। ऐसी बेवक़ूफ़ी सिंडिकेट नहीं कर सकती, मगर वे बाजी हारना भी नहीं चाहते थे। उन्होंने आपस में शीघ्र चर्चा की और अन्त में दत्ताराम ने मछुआरों को अप्रत्यक्ष रूप से धमकी दी।

“साढ़े आठ रुपये किलो से माल सिंडिकेट को दो या नौ रुपये किलो से इक़बाल सेठ को बेचो, यह तुम्हारी मर्जी है। मगर इतना याद रखना, हम यहाँ बरसों से हैं और इक़बाल सेठ आज है, कल नहीं होंगे।”

इस चेतावनी में थोड़ी सच्चाई ज़रूर थी। इक़बाल से पहले कई लोगों ने मछलियों के इस पेशे में पाँव पसारने की जुर्रत की थी और शार्क मछलियों जैसे इन दलालों ने उन्हें ऐसा फँसाया था कि आज तक किसी ने पलटकर नहीं देखा।

इक़बाल चुपचाप देखता रहा। पट्ठों ने उम्दा चाल चली थी। बोली आगे नहीं बढ़ाई, मगर खेल बराबर आगे बढ़ाया था। इतना ही नहीं, उनके शब्दों का असर भी हुआ। मछुआरे सन्नाटे में आ गये।

दो-चार दिन में इक़बाल अगर सचमुच इस धन्धे में से निकल जाये तो सिंडिकेट बदला लिये बिना नहीं रहेगी। रोज़ के भाव अब आठ के बजाय सात खुलते थे, भविष्य में इससे भी कम खुलें!

मछुआरे आपस में उलझ गये। मछलियाँ तथा झींगों से भरी पाटियों पर उड़ते और अवसर मिलने पर चोंच मारते कौओं की तरह काँय-काँय करने लगे। इन मछुआरों में दो मुसलमान थे, और जहाँ अनपढ़ मुसलमान शामिल हों, वहाँ कल की चिन्ता नहीं होती। कल की चिन्ता आज करने से क्या फ़ायदा? कल का खुदा है। “इतना ऊँचा दाम हमें फिर कभी नहीं मिलेगा।” बाक़ी के मछुआरे उनसे सहमत होने से डर रहे थे।

वे कोई फ़ैसला करते, इससे पहले इक़बाल ने आखिरी छक्का मारा, “साढ़े नौ।”

सिंडिकेट के सदस्य झेंप गये। मछुआरों का आपसी विवाद मिट गया। सभी ने एकमत होकर माल इक़बाल को सौंप दिया। इस बार सिंडिकेट के सदस्य मुँह लटकाये वापस गये।

माल था सवा टन, यानी कि 1250 किलो। एक किलो पर इक़बाल ने पचास पैसे का घाटा सहा था। मगर जिसने सप्ताह भर गम्भीरता से सोचकर इस कारोबार

में से पचास लाख पैदा करने की योजना बनायी हो, उसके लिए यह राशि बिल्कुल मामूली थी।

दूसरे, यह घाटा उठाकर उसने धन्धे की लगाम अपने हाथ में ले ली। जो एकाधिकार बरसों से दलालों का था, वह अब उनका न रहा। इक़बाल झींगा-दादाओं का बाप सिद्ध हुआ था।

यह क्रम थोड़े दिन चलता रहा। रोज सुबह दलालों की सिण्डिकेट भी सासून डॉक आती और इक़बाल भी आता। दोनों प्रतिस्पर्धियों के बीच बोली शुरू होती। इक़बाल नौ रुपये तक आकर खामोश हो जाता। वह जानता था, नौ की बोली के ऊपर सिंडिकेट नहीं जायेगी।

अब हम इक़बाल के खेल को विस्तार से समझें। पहले दिन उसने मुद्दल पर मामूली घाटा उठाया (लगभग सात सौ रुपये)। दूसरे दिन से एक सप्ताह तक सिर्फ़ टेम्पो का भाड़ा और मजदूरी माथे पड़ी, तीसरे सप्ताह में वह मुनाफ़े में आ गया।

आश्चर्य की बात यह है कि उसने बोली के वक्त भाव भी नहीं घटाया था। वैसे भाव उतार सकने की स्थिति में वह था भी नहीं, फिर यह चमत्कार कैसे हुआ?

वागले इंडस्ट्रियल एस्टेट स्थित फैक्टरियों को अलग-अलग आठ दलाल माल पहुँचाते थे, जिनमें से मुख्य पाँच थे। इक़बाल तथा सिंडिकेट के इन सदस्यों के बीच खींचातानी शुरू होने से छोटे सप्लायरों ने झींगा मछली के पेशे से हटकर प्रॉम्फ्रेट (पापलेट) आदि जैसी दूसरी मछलियाँ स्थानीय बाज़ार के लिए खरीदकर सन्तोष माना। इसके बाद इक़बाल ने सिंडिकेट की कन्नी ही काट डाली। झींगों के कारोबार में अब एक ही सप्लायर बचा था और वह था, वह खुद।

कम्पनियाँ थीं चार, माँग दुगुनी थी। यह सब सोच-समझकर उसने सिर्फ़ एक कम्पनी को माल बेचा। स्वाभाविक था, बाकी तीन कम्पनियों में घबराहट फैल जाये। इक़बाल अगर रोज़ एक ही कम्पनी को माल दे तो बाकी तीनों में ताले न लग जायें!

फैक्टरी के पर्चेज़ ऑफिसर उलझन में पड़ गये। दलालों ने जैसे सिंडिकेट बनाकर मछुआरों को फाँसा था, उसी तरह इक़बाल ने बड़ी-बड़ी कम्पनियों को शिकंजे में लिया था। दो दिन बाद बाकी तीनों कम्पनियों के पर्चेज़ ऑफिसर उसके सामने हाथ जोड़े खड़े थे।

"वहाँ मुझे नौ रुपये किलो का भाव मिलता है," इक़बाल ने टके-सा जवाब दिया, "आप साढ़े नौ दें तो माल आपको बेचूँगा।"

उनके पास दूसरा कोई उपाय न था। फैक्टरी चलानी हो, ग्राहकों को नियमित माल पहुँचाना हो, निर्यात बाज़ार में स्थान बनाये रखना हो तो इक़बाल को उसका भाव भी देना होगा।

तीसरे दिन से चारों कम्पनियों को उनकी ज़रूरत के अनुसार माल वह एक ही दाम पर देने लगा।

यहाँ दलालों की हालत खस्ता हो गयी। रोज़-रोज़ खाली हाथ लौट जायें तो फ़ाक़ाकशी के दिन आ पड़ें। पूरा एक महीना बेकारी में गुज़रा था। एक पखवाड़ा और बीतते-बीतते उन्हें दिन में तारे नज़र आने लगे। इक़बाल सेठ की शरण में जाये बिना अब चारा न था।

वहाँ पर्चेज़ ऑफिसरों ने अचानक थोपे गये भाव की बढ़ी हुई कीमत स्वीकार तो ली थी, साथ ही उन्होंने दूसरे बन्दरगाहों से सम्पर्क साधना शुरू किया था। बरसों से चल रहे सिलसिले में अचानक ब्रेक लग जाये तो नये सिरे से शुरू करने में थोड़ा समय लग ही जाता है।

नये दलालों से सम्पर्क साधकर पर्चेज़ ऑफिसर उनसे नौ रुपये किलो माल खरीदने का इन्तजाम करने की तैयारी में थे कि इक़बाल ने खुद के माल-से पचास पैसे घटाने का उन्हें आश्वासन दिया।

इसमें भी वह चाल चला था। वह जान गया था कि एक-दो दिनों में सिंडिकेट आत्मसमर्पण करने वाली है और एक बार सिंडिकेट घुटने टेक दे तो फिर उसे कम्पनियों से पचास पैसे ज़्यादा लेने की ज़रूरत नहीं पड़ेगी।

जिस दिन उसने पर्चेज़ ऑफिसरों को आश्वासन दिया, उसके दूसरे ही दिन सिडिन्केट के मुखिया दत्ताराम ने उसके सामने प्रस्ताव रखा, "इक़बाल सेठ, हम साथ मिलकर धन्धा करें।"

"क्या मतलब?"

"हम पाँच साझीदार हैं, आप छठवें।"

"नहीं?" इक़बाल ने कुछ सोचकर कहा, "मैं आपका पार्टनर नहीं बनूँगा, मगर मुझे आपके साथ धन्धा करने में भी कोई एतराज नहीं है।"

"वो कैसे?"

"आप बोली बोलना, बाज़ार भाव तय करना, मगर वह सारा माल आप मेरे सिवा किसी और को नहीं बेच सकेंगे।"

चन्द मिनट उन्होंने आपस में सलाह-मशविरा किया। वैसे उस चर्चा का कोई मतलब नहीं था, उनकी गर्दनें झुकी हुई थीं। सौदा बिल्कुल स्पष्ट था। झींगा मछली का बाज़ार इक़बाल अपने अंकुश में रखना चाहता था, ताकि भविष्य में कभी वे अपना सिर उठाने का साहस न कर सकें। इस शर्त के आगे इक़बाल उन्हें कमाने का वाजिब अवसर भी दे रहा था।

उन्होंने प्रस्ताव स्वीकार कर लिया। सी-फूड, समुद्रीय आहार निर्यात करने वाली कम्पनियों पर इक़बाल का एकाधिकार बरक़रार रहा। अब समय-समय पर वह खुद

भाव बढ़ा-घटा सकता था और असली कमाई (दगडू के शब्दों में मलाई) यहीं पर थी। उसे इस कारोबार में लाखों कमाने थे और एकाधिकार उस दिशा में पहला क़दम था। दूसरा क़दम था, ब्रिटानिया नाम की भारत की अन्तर्राष्ट्रीय सी-फूड कम्पनी के साथ सौदा करना। इस मामले में वह ज़बर्दस्त मात खा गया। यही नहीं, झींगा मछली के व्यवसाय में से उसके पाँव भी उखड़ गये।

34

इक़बाल ने समय लेकर ब्रिटानिया कम्पनी के महाप्रबन्धक से मुलाकात तय की और नरीमन पॉइंट के कार्यालय पर जा पहुँचा। मैनेजर करकरे उसका स्वागत करते हुए हैरत से उसे देखता रहा।

सी-फूड (समुद्रीय आहार) के धन्धे में काम करने वाले सप्लायर अनपढ़ मराठा थे, इसलिए टिपटॉप आये हुए इक़बाल को देखकर उसे हैरानी हो तो वह स्वाभाविक था। वैसे भी इक़बाल अपने हुलिये पर विशेष ध्यान देता था।

जब किसी से खास मुलाकात तय की गयी हो, तब वह एक अतिरिक्त शर्ट अपने ब्रीफकेस में लेकर निकलता, ताकि वस्त्रों में ज़रा-सी भी मछली की बू हो तो वह टैक्सी में शर्ट बदल सके।

"यस, मि. रूपाणी!" मैनेजर करकरे ने उसे बैठने का संकेत करते हुए पूछा, "क्या चाहते हैं आप?"

"सप्लाई का पूरा कोटा।"

"आप जानते हैं, हमारी कम्पनी अलग-अलग सप्लायरों से कितना माल खरी. दती है?"

"लगभग आठ टन और आपकी ज़रूरत है दस टन।"

"बिल्कुल ठीक।" करकरे समझ गया, उसके सामने कुर्सी पर बैठा हुआ युवक होमवर्क करके आया है, "किस रेट पर देंगे?"

"साढ़े नौ रुपये किलो।"

करकरे ने पलभर गिनती की। रोज के आठ टन के बजाय दस टन माल मिलता हो तो मुनाफा बढ़े और उस मुनाफे से थोड़ा घाटा काटकर कम्पनी लाभ में ही रहती हो, तब सौदा करने में झिझक कैसी? दूसरे, दस अनपढ़ दलालों से रोज़ माथापच्ची करने से बेहतर यही था कि एक सुलझे हुए सप्लायर से लेन-देन हो।

"आपका रेट हमें मंजूर है।" कहते हुए उसने जोड़ा, "मगर आपको हमारी एक शर्त माननी होगी।"

"कहिए।"

"रोज के दस टन माल की हमें गारंटी देनी होगी।"

"मुझे मंजूर है।"

दोनों पक्षों के बीच एग्रिमेंट हुआ।

कारोबार आगे बढ़ाने के लिए इक़बाल ने कर्नाक बन्दर पर एक दफ्तर किराये पर लिया था। दगडू को 25 प्रतिशत का साझी बनाकर उसने अपने साथ लिया। फिलहाल उसका काम बाबू की तरह सिर्फ़ मेज-कुर्सी पर बैठना था। उसका टेम्पो अब इक़बाल की शुरू ही हुई कम्पनी 'किंग्स-सी-फूड' के लिए काम करने वाला था। दफ्तर के लिए एक रिशेप्सनिस्ट तथा टेम्पो के लिए एक ड्राइवर की नियुक्ति भी की गयी थी।

सुबह की नमाज के बाद इक़बाल खरीदी करने के लिए चल देता। बम्बई के बाहर का माल उसने 'भाउचा धक्का' बन्दरगाह पर प्राप्त करने की व्यवस्था की थी।

(इक़बाल ने एक विशेष जानकारी भी दी। मछली के धन्धे में मूलतः कोली लोग हैं। कोली गुजराती भी होते हैं और मराठा भी। इन दोनों कौमों के बीच मुसलसल चलती होड़ के परिणामस्वरूप डॉक पर से गुजराती कोलियों के पाँव उखड़ गये। अब वे सिर्फ़ भाउचा धक्का पर माल उतारते हैं।)

इक़बाल एक के बाद एक हर किनारे से माल की डिलीवरी लेकर टेम्पो पर चढ़ाता और ब्रिटानिया फैक्टरी पर भिजवा देता। वहाँ नजर रखने के लिए दगडू मौजूद रहता। पर्चेज़ ऑफिसर झींगा हौज में धोकर वजन के काँटे पर चढ़ाता, वजन दर्ज करता और तुरन्त माल अलग-अलग विभागों में से गुज़रता हुआ टिन के हवाबन्द डिब्बों में पैक हो जाता।

सब काम योजनानुसार चल रहा था। खर्चा काटकर इक़बाल की 'किंग्स-सी-फूड कम्पनी' माहवार तीन लाख रुपये मुनाफा करती थी। 25 प्रतिशत के हिसाब से पचहत्तर हज़ार दगडू को मिलते। बाकी इक़बाल के हिस्से में आते।

जिस कारोबार में इक़बाल कूदा हो, वहाँ दो-तीन लाख की आय तो भोजन में चटनी के बराबर कहलायेगी। उसका लक्ष्य करोड़ों कमाने का था। वह जानता था, सी-फूड का क्षेत्र विशाल था। इसे टटोलने की भारत ने अभी शुरुआत की थी।

थोड़ी-सी दूरदर्शिता, थोड़ी पूँजी हो तो इस क्षेत्र में व्यापारी लाखों नहीं, करोड़ों पैदा कर सकते थे। वह दृष्टि इक़बाल के पास थी। अपने दिमाग़ का कम्प्यूटर आज तक वह अपराध जगत के लिए इस्तेमाल करता था। अब उसे रचनात्मक क्षेत्र मिल गया।

इक़बाल ने सोचा, आमों का राजा हापुस कहलाता है, वैसे मछलियों की रानी को पापलेट (पॉम्फ्रेट) कह सकते हैं। भारतीय पापलेट का चस्का अगर विदेशियों

को लग जाये तो हर वर्ष करोड़ों का टर्नओवर हो सकता है। तिस पर विदेशी मुद्रा भारत में आने पर सरकार माई-बाप भी खुश हों।

ब्रिटानिया कम्पनी के मैनेजर करकरे के आगे उसने एक नया प्रस्ताव भी रखा। करकरे मराठा था, डबल ग्रेजुएट था और दूरदर्शी भी। इक़बाल का प्रस्ताव स्वीकार करते हुए उसने नमूना पेश करने को कहा।

दूसरे दिन इक़बाल ने श्रेष्ठ क्वालिटी की दो पापलेट मछलियाँ बतौर नमूना पेश कीं। इसमें एक-एक मछली का वजन डेढ़ किलो था। यह नमूने करकरे ने बर्फ में डालकर लन्दन कार्यालय को भेज दिये।

इक़बाल बताता है कि वह दो पापलेट सी-फूड (समूद्रीय आहार) के क्षेत्र में क्रान्ति लाने वाली थीं। इस व्यवसाय में वह पहला व्यापारी था, जिसने उस दिशा में पहल की थी। अगर वह उसमें टिक गया होता, तो करोड़ों में खेला होता।

(आज लगभग पचास करोड़ रुपयों का टर्नओवर सिर्फ़ पापलेट मछलियों के निर्यात में होता है। 1989)

लन्दन से एक्सपोर्ट आर्डर (निर्यात-आदेश) आता, उससे पहले इक़बाल की पड़ती शुरू हो गयी। इस पड़ती का कारण वह स्वयं था। ब्रिटानिया कम्पनी को रोज दस टन माल उपलब्ध कराने की गारंटी देकर वह खुद ही शीशे में उतर गया था।

कैसे?

अगस्त-सितम्बर में वह झींगा मछली के धन्धे में उतरा था। तब वह नहीं जानता था कि फल-फूल की तरह झींगा मछलियों का भी मौसम होता है। यह मौसम सितम्बर माह से पहले शुरू होता है और हर बन्दरगाह पर एक-दो टन माल उतरता है।

नवम्बर में उसने ब्रिटानिया कम्पनी से सौदा किया, तब झींगे का मौसम बहार पर था। इक़बाल ने सोचा, उसे हर महीने यों ही, आसानी से पूरा कोटा मिलता रहेगा।

फरवरी आते-आते झींगों की सप्लाई गिरने लगी। जिस किनारे से उसे एक टन माल मिलता था, अब पौना टन ही मिलने लगा। वह हिम्मत नहीं हारा। उसने क़रीब के बन्दरगाहों से सम्पर्क किया, गोवा से माल प्राप्त कर कमी पूरी की।

मार्च-अप्रैल आते-आते इक़बाल की जान आफत में पड़ गयी। सप्लाई पौने टन से घटकर पाव टन यानी ढाई सौ किलो हो गयी। यही स्थिति बम्बई तथा उसके आसपास के हर किनारे की थी।

अनुबन्ध के अनुसार पूरा माल उपलब्ध करने के लिए अब उसने रत्नागिरि, मालवण तथा वेंगुर्ला बन्दरगाहों पर नजरें ठहराईं। इसके लिये उसने एक एम्बेसेडर कार भी खरीदी। कार उसका घर बन गयी। रोज़ाना वह मीलों यात्रा करता। जिस बन्दरगाह से माल मिलता, वह ख़रीद लेता, तुरन्त उसमें बर्फ डालकर ट्रक में चढ़ाता

और बम्बई की ओर रवाना कर देता।

इस छोर पर सारे काम की ज़िम्मेदारी दगडू के माथे पर आन पड़ी। वह प्रामाणिक था, मगर आयोजन जैसे संजीदा काम सँभालने की उसमें काबिलियत न थी। जब तक इक़बाल बम्बई में होता, दगडू को उसका मार्गदर्शन मिलता रहता। अब वह अकेला हो गया था।

फैक्टरी में समय पर पहुँचते माल की डिलीवरी में अब ढील होने लगी। एक दिन ब्रिटानिया के पर्चेज़ ऑफिसर ने दगडू को डाँटा तो दगडू ने अचानक उसे चाँटा रसीद कर हिला दिया।

सप्ताह के बाद इक़बाल बम्बई आया तो उसे इस घटना का पता चला। वह समझ गया। कार में वह दिन-रात एक बन्दरगाह से दूसरे बन्दरगाह मारा-मारा फिरता था, उसका कोई मतलब न था। कोई अनुभवी मैनेजर नियुक्त करने के लिए अब उसके पास समय नहीं था।

कोटा पूरा करने में भी उसका दम निकल जाता, फिर भी पचास किलो जितनी कमी रह जाती। काम असम्भव था, क्योंकि वह उसके अंकुश से बाहर था। अन्त में उसने अपनी 'किंग्स-सी-फूड' कम्पनी समेट ली।

उस माह दो घटनाएँ घटीं।

लन्दन भेजी गयी पापलेट मछली के दो नमूनों का अनुमानानुसार प्रभाव पड़ा था। वहाँ से पचास टन माल का ज़बर्दस्त आर्डर आया। करोड़पति बनने का यह सुनहरा अवसर था और इक़बाल ने इस क्षेत्र से संन्यास ले लिया था।

दूसरी घटना उसे फिर तस्करी की तरफ ले जाने वाली थी।

इक़बाल सिर्फ़ एक साहस में नाकाम रहा था, मैं चार में। एक के बाद एक मेरी चार प्रदर्शनियाँ फ्लॉप हो जाने पर मेरी हालत रास्ते पर बैठे भिखारी से भी अधिक दयनीय हो गयी। उसमें और मुझमें फ़र्क़ सिर्फ़ इतना था कि वह भीख माँग सकता था, मैं क़र्ज भी नहीं ले सकता था।

क़र्ज के बोझ तले मैं पिस गया था। अब मेरे मित्र मुझे आता हुआ देख दूर से ही कतराकर रास्ता काट जाते थे। भूल से कभी किसी मित्र से मुलाकात हो जाती तो वह दो-पाँच रुपये फेंककर मुझसे पिंड छुड़ाता। इन थोड़े रुपयों से दिन में एक वक्त की रोटी खाकर मैं जैसे-तैसे दो-तीन दिन गुज़ार लेता।

अपने घर से अब मेरा रिश्ता सिर्फ़ रात में टैरेस पर सोने-भर का रह गया था। कभी चाय पिये-बग़ैर ही बाहर निकल जाता। जिस घर को चलाने में मैं एक फूटी कौड़ी भी योगदान नहीं दे सकता, उसमें भोजन लेने का मुझे हक तक नहीं था। दूसरे, मेरे विवाह के लिए आने वाले प्रस्तावों से बचने का सर्वोत्तम उपाय घर से दूर रहना था।

विवाह के बारे में इक़बाल भी परेशान था। तस्करी का धन्धा समेट लेने के बाद उस पर दबाव बढ़ रहा था। हर माँ की तरह उसकी माँ की इच्छा भी उसे दूल्हा बना देखने की थी। मेरी तरह इक़बाल भी अपने तरीके से शादी के प्रस्ताव ठुकरा रहा था। मगर जो मनोबल उसमें था, उसका मुझमें अभाव था।

मानसिक तनाव दिन-ब-दिन बढ़ता गया। इसका असर मेरे शरीर पर भी नज़र आने लगा। इतना ही नहीं, मैं रास्ता चलते अचानक ग़श खाकर सड़क पर, फुटपाथ पर, प्लेटफार्म पर गिर पड़ता।

त्रासदी यह होती कि मेरी आँखें खुलने पर सबसे पहले मेरी नज़र में चमड़े के असली जूते आते। मैं साँस लेने के लिए छटपटाता और दो-चार भले मानुष मुझे जूता सुँघाने का हर मुमकिन प्रयास करते। मेरे चारों तरफ इकट्ठा हुई भीड़ यह तमाशा देखती रहती।

उनके अनुसार मैं मिर्गी (हिस्टीरिया) का मरीज़ था। खुदा जाने किसने उनके दिमाग़ में ठुँसाया होगा कि मिर्गी का मरीज़ गश खाकर बीच रास्ते में गिर पड़े तो उसे चमड़े का जूता सुँघाने से वह तुरन्त उठ बैठेगा। अलबत्ता मैं मिर्गी का नहीं, मानसिक तनाव (डिप्रेशन) का मरीज़ था।

थोड़े मिनटों की बेहोशी के बाद उठने पर एक फायदा यह होता कि जैसे मैं एक महीने की नींद से उठा होऊँ। समूचा शरीर ताजगी महसूस करता, संसार अधिक सुन्दर लगता। यह प्रभाव ज़्यादा देर न टिकता। थोड़े घंटों के बाद बेचैनी के घने बादल फिर घिरने लगते। थोड़े दिनों के बाद फिर मैं गश खाकर कहीं भी ढह जाता।

उन दिनों विपश्यना साधना शिविर की शुरुआत हुई थी। उन्हीं दिनों स्वर्गीय रजनीश 'आज़ाद मैदान' में तम्बू तानकर अपनी बुलन्द आवाज़ में प्रवचन दिया करते थे।

एक दिन क़रीब के कामा अस्पताल से गुज़रते हुए वह आवाज़ मेरे कानों से टकराई। मैं जा रहा था वी. टी. स्टेशन और बैठ गया प्रवचन सुनने। उनका व्याख्यान सचमुच प्रभावशाली था, मगर मन की जिस शान्ति की मुझे तलाश थी, वह उसमें नहीं मिली।

दूसरे सप्ताह मेरी मुलाकात 'अनन्त' और 'आक्रान्त' कला-फिल्मों के निर्माता-दिग्दर्शक गिरीश वैद्य से हुई। मैं उसके आगे हाथ फैलाता, इससे पहले वह बोला, "आबिद! कम-से-कम दस दिन तक तुम्हें मुफ्त खाने को मिले, इसका इन्तज़ाम मैंने कर दिया।"

मुझे लगा, वह मज़ाक़ कर रहा है। फिर भी मैंने पूछा, "कैसे?"

उसने एक पर्ची पर मुझे पता लिख दिया। वह था विपश्यना शिविर का।

शुरुआत के उन दिनों में साधना शिविर 'गोल देवल' के निकट बनी एक धर्मशाला में आयोजित होते थे।

पर्ची पर से नज़र हटाकर मैंने फिर पूछा, "इन शिविरों का आयोजन कौन करता है?"

"एक मारवाड़ी।"

मुझे अचरज हुआ।

हमारी हिन्दी फिल्मों ने जाने-अनजाने हर क़ौम का अलग-अलग चेहरा हमारे मस्तिष्क पर अंकित किया है। मसलन फिल्म में कोई पारसी किरदार होगा तो वह सनकी-सा विदूषक पात्र होगा। सत्य यह है कि पारसी क़ौम को उद्योग में जो सफलता प्राप्त हुई है, वह सचमुच ईर्ष्या के क़ाबिल है।

इसी तरह जब कोई मारवाड़ी किरदार बड़े परदे पर हमारे सामने आता है, तब वह ग़रीबों का लहू चूसने वाला होता है। अध्यात्म के क्षेत्र में कोई मारवाड़ी घुसा हो, यह सच मेरे पल्ले न पड़े, इसमें हैरत नहीं।

मैंने सोचा, दस दिन खाना-पीना मुफ़्त मिल सकता हो तो जाने में क्या हर्ज़ है? दूसरे, मुझे बचपन से अध्यात्म में रुचि थी। मेरे पिता प्रेतात्माओं को वश में करते समय अपना मानसिक सन्तुलन खो बैठे थे, इस हक़ीक़त से पाठक भलीभाँति परिचित हैं।

एक जोड़ी कपड़े लेकर मैं शिविर में पहुँचा। पहली बार मेरी मुलाक़ात विपश्यना गुरु श्री सत्यनारायण गोयनका से हुई। उनकी सादगी, उनका ओजस्व, उनका सत्य मुझे छू गया।

दस दिन बाद शिविर पूरा कर मैं बाहर निकला, तब मैं बिल्कुल नया इनसान था। जैसे मन का सारा मैल धुल गया था। ईर्ष्या, द्वेष तिरोहित हो गये थे। मानवता पूर्ण रूप से जागकर सतह पर आयी थी। नज़र के सामने अब सब कुछ स्पष्ट था। अपनी परेशानी का हल ढूँढ़ने के लिए मेरे पास नयी दृष्टि थी।

पहले जो समस्याएँ मानसिक तनाव बन मुझे बीच रास्ते पर पछाड़ देती थीं, अब बोझ नहीं रहीं। जिन्दगी के हर सवाल के अब मेरे पास एक से अधिक उत्तर थे।

जो मित्र मुझसे नजरें चुराकर खिसक जाते थे, वे ही धीरे-धीरे फिर क़रीब आने लगे। इसकी वजह थी, दस दिन के तप के बाद मेरा बदला हुआ स्वभाव।

पहले कोई मित्र मुझे कर्ज़ न देता तो मैं उसकी ऐसी की तैसी कर डालता। अब मैं उनके लिए भय का कारण नहीं रहा था। मेरे क्रोध का स्थान मेरे स्मित ने लिया था और जहाँ मुस्कुराहट हो, वहाँ सहयोग भी होता है। मैं पाँचवीं चित्र प्रदर्शनी की तैयारी में जुट गया।

अब हम इक़बाल की खाताबही में झाँक लें। झींगा-मछली के कारोबार में उसने

करोड़ों का माल ब्रिटानिया कम्पनी को सप्लाई किया और उसमें उसे इक्कीस लाख का मुनाफा हुआ था। मगर सीज़न पूरा होते-होते झींगों की उपज घटती गयी और भाव बढ़ते गये।

कम्पनी के साथ हुए अनुबन्ध के अुनसार वह भाव नहीं बढ़ा सकता था और कम्पनी का दस टन का कोटा पूरा करने के लिए कभी-कभी उसे खरीदी के समय दुगुने-तिगुने दाम चुकाने पड़ते थे।

इक़बाल के लिए लिखा-पढ़ी का कोई महत्त्व न था। वह चाहता तो उसे फाड़कर चलता भी बन सकता था। मगर अपनी जबान का क्या? माफियाओं के संसार में उसने पहला सबक यही सीखा था। आज तक वह जबान देकर मुकर नहीं गया था।

मुनाफ़े में छेद पड़ने की शुरुआत हुई। आखिर उसका दफ्तर, पार्टनरशिप में डी. के. से मिली विदेशी गाड़ी, नयी अम्बेसेडर कार और दगडू का टेम्पो भी बिक गया।

झींगों में वे जो कुछ कमाये थे, वह सब झींगे लील गये। दोनों फिर बेकार हो गये। इक़बाल का आमदनी का एक ज़रिया अभी बाक़ी था और वह था स्टीम लांच 'अलकबीर'। माहवार रुपये 4000 उससे किराया मिलता था।

"बॉस!" दगडू ने कहा, "तेरे साथ बिजनेस करके मैं तो पिट गया।"

"धन्धे में कभी ऐसा भी होता है।"

शुक्रवार का दिन था। डोंगरी छोड़ बम्बई के उपनगर 'खार' में नया घर लेने के बाद भी हर शुक्रवार को इक़बाल डोंगरी की खोजा मस्जिद में नमाज पढ़ने ज़रूर आता था। (उसका यह सिलसिला आज भी जारी है।) आज जुमे की नमाज के बाद वह दगडू के साथ करीब के होटल काफेनाज में बैठा था।

"मुझे पहले मालूम होता तो मैं धन्धे में पड़ता ही नहीं।" आगे कहते हुए दगडू ने एक बीड़ी सुलगाई, "टेम्पो चलाकर मैं कितना खुश था। शाम ढली कि हाथ में सौ रुपये का एक पत्ता आ जाता। सारा खर्च काटने के बाद रोज एक बोतल तो पीने को मिलती थी।"

"खुदा जो भी करता है, इनसान के भले के लिए होता है।" इक़बाल ने उसे आश्वासन दिया, "सच बताना, अब तू एक बोतल पर से पव्वे पर आ गया है या नहीं?"

"कल छटाँक-भर भी नहीं मिलेगी, उसका क्या?" वह बोल उठा, "रोज़ दो नम्बर की बीवी के ताने-तिश्ने सुनने पड़ते हैं, सो अलग।" अपनी रखैल को वह दो नम्बर की बीवी कहता था, "घरवाली तो खैर पतिव्रता है, मगर वह साली चुड़ैल मुझे चैन से सोने भी नहीं देती। कुछ कर बॉस! नहीं तो..."

"क्या करूँ?"

"अपना पुराना धन्धा।"

"वह मुमकिन नहीं।"

बीड़ी का कश खींचते हुए उसने इक़बाल को याद दिलाया, "धीरे-धीरे सोने का बाज़ार फिर गर्म हो रहा है। अब तो छोटे-छोटे टपोरी भी जेब में बिस्कुट (सोने के) लेकर ज़वेरी बाज़ार में घूमते नज़र आते हैं।"

"तुझे किसने रोका है?" इक़बाल चिढ़ गया, "तू भी काम पर लग जा।"

"बॉस!" वह तुरन्त ठंडा पड़ा, "तेरेकू छोड़कर और किसी के साथ काम करने का अब मन नहीं करता।"

"सोचने के लिए मुझे एक हफ्ते का वक़्त दे।" इक़बाल ने खड़े होते हुए कहा, "मैं कोई नया धन्धा खोज निकालूँगा।"

"एक नम्बर का या दो नम्बर का?"

"दो नम्बर का धन्धा अब भूल जाने का दगडू।" कहते हुए वह काफे नाज से बाहर निकल रहा था कि कस्टम्स के अधिकारी खान की गाड़ी आकर उसके सामने रुकी।

"बैठ जाओ।" अगली सीट का दरवाज़ा खोल खान ने मुस्कुराते हुए अन्दर से ही कहा।

इक़बाल ने कोई गुनाह नहीं किया था। उसने सोचा, खान साहब किसी अपराध के सिलसिले में शायद उससे कोई जानकारी हासिल करने आये होंगे। बिन्दास आगे बढ़कर वह खान की बगल में बैठ गया।

पैर तले बीड़ी कुचलते हुए दगडू हैरानी से देखता रहा, उसकी नज़र के सामने गाड़ी स्टार्ट होकर कोलाबा की तरफ़ दौड़ गयी।

इक़बाल को मौन देखकर खान ने शुरुआत की, "तुम जानना नहीं चाहोगे कि मैं तुम्हें कहाँ ले जा रहा हूँ?"

"अभी-अभी मैंने जुमे की नमाज पढ़कर खाना खाया है," उसने व्यंग्य किया, "इसलिए आप मुझे किसी होटल में लंच के लिए नहीं ले जाओगे, यह तय है।"

"तब यूँ समझ लो कि थोड़ी देर बाद तुम अन्दर होओगे और तुम्हारा खाना बाहर।"

उसे यक़ीन नहीं आया। बोला, "आप मज़ाक़ कर रहे हैं!"

खान ने एक हाथ से कार चलाते हुए दूसरे हाथ से सीट पर पड़ा अपना ब्रीफकेस खोला और उसमें से दो काग़ज़ निकाले, "पढ़ लो।"

इक़बाल ने वे पढ़े और हैरान रह गया, "ये... ये... सब सरासर झूठ है।"

"क्या अलताफ़ तुम्हारा साथी नहीं है?" खान ने पूछा।

इक़बाल सोने की तस्करी में था, तब उसके मातहत दगडू, माइकल के साथ

दूसरे पाँच लोग काम करते थे। अलताफ़ उनमें से एक था। तस्करी बन्द होते ही गैंग बिखर गयी थी।

अलताफ़ ने लालाओं के सहारे एयर-पार्सल द्वारा स्वयं तस्करी शुरू की। इसके लिए उसने हवाई अड्डे के दो कर्मचारियों को विश्वास में लिया। छह महीनों तक किसी को शक नहीं हुआ। सातवें महीने सरकार को बू लग गयी। वह कस्टम्स के जाल में फँस गया।

इक़बाल का न तो उसमें कोई मतलब था, न उसके रैकेट के साथ, फिर भी कस्टम्स को दिये गये बयान में अलताफ ने उसे फाँस लिया था। उसके बताये अनुसार एयर पार्सल रैकेट का रिंगलीडर (सरदार) इक़बाल था। उसके मार्गदर्शन में लाखों रुपयों की घड़ियों की तस्करी हुई थी।

"यह सच है कि एक साल पहले अलताफ मेरे साथ काम करता था।" इक़बाल ने इक़रार किया, "मगर इस एयर पार्सल रैकेट से मेरा कोई ताल्लुक़ नहीं।"

"फ़िलहाल क्या करते हो?"

"कुछ नहीं।"

"तुम्हारे सभी साथी काम पर लग गये और एक तुम ही बेकार रह गये?"

"साब मैं..." वह कहने गया कि अभी झींगों के धन्धे से निवृत्त हुआ हूँ और कार डी. आर. आई. के प्रधान कार्यालय के सामने रुकी।

खान ने बाहर निकलते हुए कहा, "बाक़ी बातें हम ऊपर चलकर करेंगे।"

इक़बाल की कलाई थाम वह सीढ़ियाँ चढ़ने लगा। वह उसे दफ्तर के उसी कमरे में ले आया, जहाँ पहले एक बार पूछताछ के सिलसिले में इक़बाल आ चुका था। तब सिंघ उसके साथ था और दोनों ने मिलकर खान और रुस्तमजी को खूब बेवकूफ़ बनाया था।

आज की बात और थी। आज वह बिल्कुल बेकसूर था। बेवजह फँसा था। खान आज उसे छोड़ने वाला भी न था। वह इक़बाल से गिन-गिनकर बदला लेने वाला था।

इक़बाल ने देखा, कमरे में वही लम्बी मेज़ थी, एक कुर्सी थी। खान ने उसे मेज़ पर बैठने का इशारा करते हुए धमकी से शुरुआत की, "इक़बाल, आज तुम्हारी एक भी चाल नहीं चलेगी। तुम्हारी भलाई इसी में है कि तुम सब कुछ क़बूल कर लो।"

"मगर साब..."

"दोबारा नहीं कहूँगा।"

"मैं बेगुनाह होकर भी गुनाह क़बूल कर लूँ?" सवाल करते हुए उसने जोड़ा, "कम-से-कम आप इतना तो सोचिए कि जो ब्लूप्रिंट मैं बनाता हूँ, उसमें कोताही

की कहीं कोई गुंजाइश नहीं होती, वरना मैं बरसों पहले कस्टम्स के जाल में फँस गया होता।"

"ठीक है।" उसने दरवाज़े से किसी को आवाज़ दी, "अलताफ़ को ले आओ।"

इक़बाल ने सोचा, उसे फँसाने के लिए अलताफ़ के पास कोई वजह नहीं थी। हो सकता है खान उसे शिकंजे में लेने के लिए आज भी उसके साथ चूहे-बिल्ली का खेल खेल रहा हो, मगर इसकी सम्भावना कम थी।

रुस्तमजी के साथ अलताफ़ के अन्दर आने पर खान ने उससे पहला सवाल किया, "इसे पहचानते हो?" अलताफ़ ने इक़बाल के सामने देखा। आँखें चार हुईं। तुरन्त अलताफ़ की नज़रें झुक गयीं। उसके होंठ खुल गये, "जी साब, यही इक़बाल है।"

"इसे तुम कब से जानते हो?"

"सोने की तस्करी में हम साथ थे।"

"फिर?"

"उस धन्धे में दम न रहने पर हमें बदलना पड़ा।"

"नया धन्धा कौन-सा शुरू किया?"

"एयर पार्सलों के ज़रिए तस्करी का।"

"किसके मातहत?"

"इक़बाल के।"

इक़बाल स्तब्ध रह गया। इसमें खान की कोई चाल नहीं थी, इस बात का उसे यक़ीन हो गया। अलताफ़ ने जो कुछ अपने बयान में लिखा, वही उसने इक़बाल के सामने दोहराया था, मगर किसलिए?

अचानक उसे याद आया, कुछ वर्षों पहले की बात थी। एक रात क्रॉसिंग के समय नेवी शिप पर से प्रकाश की लकीर उछलते ही स्टीम लांच दीवाली की तरह जगमगा उठी थी। इक़बाल के साथी घबरा गये थे। वे लांच से कूदकर तैरते हुए फ़रार होने की तैयारी में थे। अलताफ़ उनमें सबसे आगे था।

अगर वह पहल करे तो दूसरे साथियों की भी हिम्मत टूट जाये, इसलिए इक़बाल ने उसे लांच की मुंडेर पर से खींचकर सिर्फ़ एक पंच (घूँसा) मारा था। उसकी नाक फूट गयी थी।

उस समय वह अपमान का घूँट पीकर रह गया, मगर उसने मन-ही-मन सौगन्ध ली थी—इसका बदला एक दिन मैं ज़रूर लूँगा। वह दिन आज का था।

खान ने इशारा किया। रुस्तमजी बाहर से तीन हवलदारों को बुला लाया। फिर चारों ने मिलकर इक़बाल को मेज पर उलटा लिटा दिया। खान ने उसके तलुवों पर डंडे फटकारना शुरू किया।

"बताओ!" हर फटकार के साथ खान एक ही सवाल पूछता था, "इक़रार

करते हो या नहीं?”

और हर फटकार पर इक़बाल भी चीख-चीखकर अपनी निर्दोषता की घोषणा करता था।

आध घंटे में उसके पैर के तलवे सूज कर गेंद बन गये, मगर वह डिगा नहीं।

“खान!” अन्त में रुस्तमजी ने अनुरोध किया, “लड़का कहता है कि वह झींगा-मछलियों के कारोबार में था। ब्रिटानिया कम्पनी के मैनेजर का वह हवाला भी दे रहा है। एक बार फ़ोन लगाकर पूछ लेने में क्या हर्ज़ है?”

खान को भी यह दलील उचित लगी। डंडा फेंककर वह रुस्तमजी के साथ बाहर निकल गया। हवलदार दरवाज़े पर पहरा देते खड़े रहे। इक़बाल अभी भी गूँगे जानवर की तरह मेज पर पड़ा कराह रहा था। इन कुछ पलों में उसने तय कर डाला। घड़ियों की तस्करी का उस पर झूठा इल्जाम लगाया गया था। अब वह सचमुच घड़ियों की तस्करी शुरू करने वाला था, खान को छठी का दूध याद दिलाने वाला था।

पन्द्रह मिनट के बाद उसके सामने खान नहीं, रुस्तम जी आया और वह भी चाय-नाश्ते के साथ। नाश्ते में सैंडविच थे। इक़बाल धीरे-धीरे उठ बैठा।

रुस्तमजी ने कहा, “अभी करकरे साहब से खान ने बात की, उन्होंने तुम्हारी बात कनफर्म नहीं की होती, तो तुम ज़रूर अन्दर हो जाते। लो, यह नाश्ता कर लो।”

इक़बाल ने हाथ के एक ही झटके से नाश्ते की प्लेट के साथ चाय की प्याली भी उड़ा दी।

35

कस्टम्स अधिकारी खान को इक़बाल ने एक बात सच कही थी। जब कभी वह खुद तस्करी का नया रास्ता खोज निकालता है, तो उसमें एक भी छेद नहीं रहता। उसकी योजना की ब्लूप्रिंट को ‘वाटर-टाइट’ कहा जा सकता है।

तस्करी के अलावा अन्य बातों में भी उसका दिमाग़ अफ़लातून सिद्ध हुआ। डी. के. के आदमी हमीद भड़क को फाँसी के फन्दे से वापस लाने वाला वही था।

किसी अपराधी को कुछ वर्षों की सजा हुई हो और वह जेल न जाना चाहे तो उसका भी इलाज इक़बाल के पास है।

आयात-निर्यात में क़ानूनन टेक्स कैसे बचाया जा सकता है, उसकी गिनती वह कुछ पलों में कर मार्गदर्शन दे सकता है।

तब स्टेनलेस स्टील पर 240 प्रतिशत ड्यूटी थोप दी गयी थी। स्वाभाविक है कि जिस आइटम पर शुल्क बढ़ेगा, उसके दाम भी बढ़ेंगे और कीमतें भी बढ़ेंगी तो तस्करी भी शुरू होगी। कभी-कभार सरकार खुद चाहती है कि तस्करों को थोड़ा लाभ हो।

(सरकार और माफियाओं की जुगलबन्दी वर्षों से चली आ रही है।)

उन्हीं दिनों एक मित्र व्यापारी ने आकर इक़बाल के आगे प्रस्ताव रखा, "अगर तुम स्टेनलेस स्टील की तस्करी करने को राज़ी हो तो मैं सारा माल खरीदने को तैयार हूँ।"

इक़बाल ने नया बजट देखा था, उसकी बारीकियों पर उसने ग़ौर किया था। इसलिए हँसकर उसने बताया, "आपको स्टेनलेस स्टील स्मगल करने की ज़रूरत नहीं।"

"दो सौ चालीस पर्सेंट ड्यूटी भरते हुए मेरी रीढ़ टूट जायेगी।"

"वह भी भरने की क्या ज़रूरत है?"

"कस्टम्स वाले मेरे बाप नहीं लगते कि बिना ड्यूटी भरे मुझे माल मँगवाने दें।"

"हाँ, ये तो है।" इक़बाल ने शान्तिपूर्वक बताया, "थोड़ी सूझ-बूझ से काम लें तो सिर्फ़ चालीस पर्सेंट ड्यूटी भरकर आप माल ला सकते हैं।"

व्यापारी का कौतूहल जागा, "वह कैसे?"

इक़बाल ने बजट में से झाँक रहा सुराग़ बतलाया। 240 पर्सेंट ड्यूटी स्टेनलेस स्टील की शीट पर थी, उसके ऐंगल पर नहीं। इस बारे में बजट में इतना कहा गया था कि ऐंगल 45 डिग्री का होना चाहिए। यानी सपाट चद्दर जैसी शीट को आप ऐंगल यानी कि 45 डिग्री के कोण में बदलकर आयात करें तो जक़ात घटकर चालीस प्रतिशत हो जाये। अलबत्ता, इस काम के लिए पूरी शीट आवश्यकतानुसार मोटी-मोटी पट्टियों में काटनी पड़ें और आयात किये जाने के बाद आप उसे फिर सपाट कर दें। फौलाद के बर्तन बनाने वाले व्यापारियों के लिए यह नुस्खा रामबाण सिद्ध हुआ।

"दो सौ प्रतिशत की बचत होगी या नहीं?" अन्त में उसने पूछा।

व्यापारी हैरानी से उसे देखता रहा।

इक़बाल के बताये रास्ते को अपनाकर उसने लाखों रुपये बनाये और उसके बदले इक़बाल ने क्या फीस ली? कुछ भी नहीं। मित्रों को सलाह देने का कमीशन वह नहीं लेता।

"ये तो समझ में आया," अब मैंने सूफ़ी से पूछा, "अगर कोई अपराधी जेल की सज़ा भुगतना न चाहे तो उसे जेल से बाहर कैसे रखा जा सकता है?"

“बिल्कुल आसान है।” उसने बताया, “अपराधी की जगह किसी दूसरे को अन्दर भेज दो।”

“किसी की सज़ा कोई दूसरा भुगतने को कैसे राज़ी होगा?”

“हमारे देश में ग़रीबी इतनी है कि नोट फेंकने पर इनसान फाँसी पर चढ़ने को तैयार हो जायेगा।”

“इससे उसे क्या लाभ होगा?”

“उसके परिवार, बीवी-बच्चों को फायदा होगा या नहीं?”

मैंने थोड़ा सोचकर फिर पूछा, “मान लो, कोई शख्स जेल की सज़ा भुगतने को राज़ी हो तो वह कितने रुपये लेगा?”

“माहवार सिर्फ़ हज़ार रुपये।” सूफ़ी ने उत्तर दिया, “जिसमें से सात सौ उसके परिवार को मिलेंगे और तीन सौ उसके नाम जेल में भेजे जायेंगे।”

अब सूफ़ी ने विस्तार से समझाया–“जिस अपराधी को सज़ा होने का ख़तरा हो, उसे फ़ैसले के दिन ही बदली वाले का इन्तजाम कराना पड़ता है। मामला तस्करी का हो तो अपराधी का मुक़दमा चीफ मेट्रोपॉलिटन मजिस्ट्रेट (आज़ाद मैदान) की अदालत में चलाया जाता है।

अदालत की तल मंज़िल में लॉक-अप का भी इन्तज़ाम है। फ़ैसला सुनाये जाने के बाद अपराधी को थाने का हवलदार उसी लॉक-अप में बन्द करता है। अदालत उस लॉक-अप के हवलदार को चार्ज सौंपती है।

अदालत के हवलदार को पटा लेना माफियाओं के लिए मुश्किल बात नहीं। यानी यहाँ से मूल अपराधी बाहर खिसक ले और उसकी जगह बदली वाला ले ले।

“शायद वह हवलदार बेईमान न भी हो!” मैंने मसला उठाया।

पहले वह ऐसे मुस्कुराया मानो मैंने कोई बेतुकी बात की हो, फिर आगे बतलाया, “अदालत की लॉक-अप में रखे गये सज़ायाफ़्ता सभी अपराधियों को जेल में ले जाने के लिए शाम को पाँच बजे पुलिस की वैन आती है।”

उस गाड़ी में सामान्यतः एक इंस्पेक्टर, एक ड्राइवर तथा दो हवलदार होते हैं। उस पुलिस इंस्पेक्टर को भी माफिया लोग खरीदकर जेब में रखते हैं।

आज़ाद मैदान से आर्थर रोड जेल जाते हुए रास्ते में निश्चित किये गये स्थान पर पुलिस की गाड़ी रुकेगी। असली अपराधी बाहर कूद पड़ेगा और नक़ली उसमें चढ़ जायेगा। पलक झपकते ही काम निबटाकर गाड़ी फिर चल देगी।

“कोई क़ैदी बदल गया हो तो उसका पता जेलवालों को भी नहीं चलता?”

“कैसे चलेगा?” सूफ़ी ने प्रतिप्रश्न किया, “उन्होंने मुल्ज़िम को नहीं देखा है। जेल के चीफ को फ़ेहरिस्त के साथ जो हुक्म मिलता है, उसमें मुल्ज़िमों के सिर्फ़ नाम होते हैं। बदली वाला उस शख्स का नाम धारण कर लेता है।”

सूफ़ी के बतलाये अनुसार सरकारी तन्त्र के अधिकारी नाम तक जानने की परवाह नहीं करते। यदि शुरू में, अदालत के लॉक-अप में अपराधी बदल गया हो और शाम को पुलिस की गाड़ी जब अपराधियों को लेने आयेगी, तब पुलिस इंस्पेक्टर उनके सिर गिनेगा।

उस दिन पाँच मुल्ज़िमों को सजा हुई हो तो इंस्पेक्टर पाँच सिर गिनकर सन्तोष मान लेगा। इसी तरह जेल में भी सिर गिनने की प्रथा है। तन्त्र की इन खामियों का माफिया वाले लाभ उठायें, इसमें कोई नयी बात नहीं।

इस चर्चा के दौरान सूफ़ी ने एक सच ये भी बतलाया कि बदलीवाले सभी ग़रीब और लाचार नहीं होते। इनमें से कुछ तो जेल पहुँचकर 'ठेला' लगाते हैं। कोई चरस चाहता हो, किसी भी ब्रांड की शराब की बोतल चाहता हो या 'लड़का', वे आसानी से इन्तजाम कर देते हैं। बदलीवाले के रूप में उन्हें रुपये 300 के अलावा यहाँ महीने के दो से तीन हज़ार की ऊपर की कमाई होती है।

बदलीवाले तय करने जैसे छोटे-मोटे काम करना इक़बाल के बायें हाथ का खेल है, मगर जहाँ लाखों रुपयों की तस्करी का मामला हो, वहाँ पूरी सावधानी बरतनी पड़ती है। उसकी ब्लूप्रिंट फुल-प्रूफ हो, तभी उसमें आगे बढ़ा जा सकता है।

खान की नाक में दम करने के लिए उसने एक सप्ताह तक गम्भीरतापूर्वक विचारकर एक बिल्कुल नयी योजना गढ़ डाली। वह थी ट्रांज़िट पोस्ट पार्सलों द्वारा तस्करी।

नया कारोबार शुरू करने के लिए पहले काफी तैयारियाँ करनी पड़ती हैं, वैसे ही तस्करी के क्षेत्र में नया प्रयोग आज़माने से पहले भी शतरंज का नक्शा बनाना ज़रूरी होता है।

एक महीना और बीत गया। इस माह के दौरान उसने अपने तीन पुराने साथियों को वापस बुला लिया। उनमें दगडू के साथ माइकल तथा सदरू थे।

तस्करी घड़ियों की होनी थी। दुबई से क़ीमती घड़ियों का प्रपात भारत में गिरने वाला था। तीन दिन पूर्व दुबई में रहकर उसने एक शेख से सौदा तय किया। घड़ियों के बदले भारत से चाँदी भेजी जानी थी। (अन्तर्राष्ट्रीय बाज़ार में चाँदी के दाम में तेज़ी आ रही थी।)

दूसरे महीने से बम्बई में विदेशी घड़ियों की बरसात शुरू हो गयी।

विश्व की जानी-मानी कम्पनियाँ सिटीजन, सीको, ट्रेसा, हेनरी सेंडोज, फावरे ल्यूबा आदि की हज़ारों कलाई घड़ियाँ बाज़ार में खुलेआम बिकने लगीं। खान की आँखें चौड़ी हो गयीं। तस्करी के बाज़ार में विदेशी घड़ियों के बहते इस दरिया को देख वह हैरान रह गया। उसे अपनी लाचारी का भी ख़याल आया, जहाँ बाँध टूटा हो, वहाँ एक अकेला इनसान अपने हाथ खोलकर उसे कैसे रोक सकता है?

इतना स्पष्ट था कि इस तस्करी में बड़े-बड़े अधिकारी शामिल थे, वरना इतने बड़े पैमाने पर कोई साहस नहीं कर सकता। दूसरे, खुदरा घड़ियाँ बेचने वाले टपोरियों को गिरफ्तार कर खान को कोई लाभ नहीं होने वाला था। ये टपोरी तो किसी बूढ़े बरगद के पत्तों जैसे थे। एक पत्ता तोड़ने पर उसकी जगह दूसरा उगने वाला था। वैसे भी वह कितने पत्ते तोड़ सकता था?

हक़ीक़त में आवश्यकता थी बरगद की जड़ों को काटने की, ताकि पूरा पेड़ ही धराशायी हो जाये। न तना रहे, न शाखाएँ रहें, न पत्ते। पर इस बूढ़े बरगद की जड़ें कहाँ थीं?

साठ के दशक के ये अन्तिम महीने थे। मुनाफ़े में बड़ी भारी कटौती होने के बावजूद मस्तान अभी भी सोने की तस्करी में टिका हुआ था। यूयुफ़ पटेल उसका पार्टनर बना था। मस्तान सोने की तस्करी करता और पटेल उसके बदले में दुबई भेजने के लिए चाँदी सप्लाई करता।

नारंग ब्रदर्स मन्दिरों की प्राचीन मूर्तियाँ चुराने में व्यस्त थे। रहस्यमय हालातों में भारत से ग़ायब हुई नटराज की एक अलभ्य मूर्ति नोर्टन साइमन नामक अमरीकन करोड़पति के संग्रह में दिखायी दी, तब सारे भारत में खलबली मच गयी थी।

डोंगरी पर लालाओं का शिकंजा था। धीरे-धीरे दाऊद सिर उठा रहा था। लाला पेशावर के थे तो दाऊद कोंकण का था। इन कोंकणियों का गैंग लालाओं से टकराने को बेचैन हो रहा था। पहला वार दाऊद ने किया। डोंगरी के चार पहलवानों को भेजकर उसने पुराने दुश्मन अय्यूब लाला की हड्डियाँ तुड़वा दीं।

दमण के क़रीब एक पूरा द्वीप सुकर नारायण बखिया ने तस्करी के लिए रोक रखा था। यही नहीं, 'मीना ट्रेडिंग एजेंसी' के नाम से उसने दुबई में अपना दफ्तर खोला था, जिसकी शाखाएँ थीं हांगकांग तथा कोवालून में। उसका एक साला कांग्रेस का एम.एल.ए. था तो दूसरा दुबई के कार्यालय का कारोबार सँभालता था।

तस्करी का ज्वालामुखी फट पड़ा हो, तब खान का दम घुटे, यह स्वाभाविक था। वह समझ नहीं पा रहा था कि घड़ियों की बाढ़ के पीछे किस गैंग का हाथ होगा? उसके लिए यह सोचना भी मुश्किल था कि तस्करी की घड़ियाँ किस रास्ते से, यानी कि हवाई मार्ग, जल मार्ग या सीमा पार से ट्रकों द्वारा भारत में आ रही हैं?

वह इसी उधेड़बुन में छटपटा रहा था, तभी कस्टम्स कलेक्टर सोनावले की केबिन में डरा-डरा-सा एक युवक दाख़िल हुआ।

"बोल छोकरे!" सोनावले ने टेबल पर पड़ी फाइल बन्द करते हुए एक लम्बी उबासी ली, "क्या खबर लाया है?"

"घड़ियों की साब..."

"आगे बोल!"

"तस्करी की घड़ियों की...!"

"हाँ-हाँ, मैं समझ रहा हूँ, आगे..."

युवक थोड़ा हिचकिचाया। उससे कोई प्रश्न किया गया होता तो उसने तुरन्त उत्तर दिया होता। पलभर उसकी समझ में नहीं आया कि वह आगे क्या कहे? इतने बड़े साहब के सामने वह पहले कभी नहीं आया था।

''घड़ियों की तस्करी बढ़ी है, यह बात तो सारा शहर जानता है।'' उसे चुप देखकर सोनावले ने बताया, ''तेरे पास कोई ठोस जानकारी हो तो...''

"है न साब!" युवक को कुछ कहने के लिए बल मिला, "डोंगरी का एक पूरा गैंग इसमें शामिल है।"

न जाने क्यों कस्टम्स कलेक्टर सोनावले मूड में नहीं था। जमुहाई पर जमुहाई ले रहा था। शायद सुबह की चाय का पहला प्याला उसे न मिला हो या फिर पिछली रात पत्नी करवट बदलकर सो गयी होगी, ऐसा उसकी आज की हरकतों से स्पष्ट ज़ाहिर होता था।

युवक को उसकी तरफ मुँह बाये देखते हुए पाकर उसने फिर पूछा, "बस?"

"ट्रांज़िट पोस्ट पार्सल विभाग का इस्तेमाल तस्करी के लिए होता है।"

"कैसे?"

"वह मैं नहीं जानता, मगर खबर बिल्कुल पक्की है।"

"इतनी कम जानकारी के सहारे हम कोई क़दम नहीं उठा सकते।"

युवह के चेहरे पर निराशा उतर आयी। यहाँ आने के उसके पास दो कारण थे। उनमें से एक था तस्करी का माल पकड़े जाने पर मिलने वाला कमीशन।

वह उठकर जाने लगे, इससे पहले सोनावले ने मेज़ पर पड़े हुए टिन के डिब्बे में से एक सिगार चुनकर होंठों के बीच फँसाया और उसे सुलगाते हुए थोड़ी और दिलचस्पी ली, "माल पोस्ट पार्सल से ही आता है?"

"जी हाँ!"

"कहाँ से आता है?"

युवक खामोश रहा, इसलिए उसने सिगार का कश लेकर धुएँ का गुबार छोड़ते हुए इंगित किया, "हांगकांग, दुबई, जापान?"

वह नहीं जानता था।

"कौन-सी शिप में आता है?"

वह अनजान था।

"माल माफिया का है, इसलिए असली नाम से नहीं आता होगा।"

"जी।"

"तब किसके नाम से आता है?"

"युवक सिर खुजाने लगा।"

"तेरा नाम क्या है?"

"अली।"

"समझो अली, ट्रांज़िट विभाग में सैकड़ों पार्सल आते हैं। अगर तस्करी के पार्सल के बारे में तुम्हारे पास कोई ठोस सबूत हो तो हम कोई ऐक्शन ज़रूर ले सकते हैं।"

"मगर..."

"इतनी कच्ची जानकारी के सहारे छानबीन करने के लिये मैन पॉवर (जन-बल) चाहिए। न तो मेरे पास उतनी तादाद में लोग हैं, न उतना समय।" कहते हुए उसने थोड़ा आश्वासन दिया, "फिर भी मैं सोचूँगा।"

अली मुँह लटकाये उठ खड़ा हुआ। मन-ही-मन वह बड़बड़ाया—साले, सभी हराम की कमाई खाते हैं, किसी को काम नहीं करना।

बस में वह वापस जा रहा था कि उसकी नज़र सी.बी.आई. कार्यालय पर पड़ी। (रिटायर होने से पहले भेसाड़िया यहीं बैठता था।) अली के मन में फिर आशा जगी। वह चलती बस से कूदकर सीधा अन्दर पहुँच गया।

यहाँ इंस्पेक्टर कानेटकर ने उसकी बात ग़ौर से सुनी। उसी समय फोन पर उन्होंने डी.आर.आई. से सम्पर्क साधा। (खान तथा रुस्तमजी डी.आर.आई के चुनिंदा अधिकारी थे।) डी.आर.आई. कस्टम्स विभाग की अनुसन्धान करने वाली सर्वोच्च संस्था है।

इंस्पेक्टर कानेटकर ने डी.आर.आई के चीफ वाधवन से संक्षेप में बात कर रिसीवर क्रेडिल पर रखा और एक काग़ज़ पर कुछ नोट किया, फिर उसे एक लिफ़ाफ़े में डालकर अली को देते हुए कहा, "इस पर डी.आर.आई. का पता है, वहाँ पहुँचकर किसी भी चपरासी को यह लिफ़ाफ़ा दिखाओगे तो वह तुम्हें बड़े साहब से मिलवा देगा।"

अली कोलाबा की ओर जाने वाली बस में चढ़ा। बस आगे बढ़ी, वह अतीत में पीछे खिसका।

यह वही अली था, जो इक़बाल के साथ हबीब हाई स्कूल में पढ़ता था। इक़बाल को तस्करी के क्षेत्र में लाने वाला वह स्वयं था। उसके ज़रिए इक़बाल मोगल नामक शातिर के सम्पर्क में आया था और शराब के अड्डे पर ऐथिल अल्कोहल की बोतलें पहुँचाने की उसने ज़िम्मेदारी ली थी।

इसके बाद अली मस्तान की गैंग में शामिल हो गया, मगर वह इक़बाल की तरह तरक़्क़ी नहीं कर पाया। तस्करी की दुनिया में वह केवल कैरियर बनकर रह गया था। अन्त में अतिरिक्त आय के लिए वह खबरी बना।

खबरी का काम ख़तरनाक होता है। (बाली ख़बरी था और उसका अन्जाम कैसा करुण आया, यह हम जानते हैं।) इसलिए खुद की सुरक्षा को ध्यान में रखते हुए वह छोटे-छोटे ठगों पर नज़र रखता। कोई गुप्त जानकारी मिलने पर वह पुलिस को इत्तला देता।

इक़बाल अब टपोरी नहीं था, डॉन बन गया था। उसकी अपनी गैंग थी, अपने पटाये हुए सरकारी अधिकारी थे, अपना इन्तज़ाम था। पूरा नेटवर्क उसने खुद के बूते पर खड़ा किया था। साथ में इस बात का भी उसे एहसास था कि अंडरवर्ल्ड का वह गायब इनसान बना रहे। डी. के. भी उसी के मिज़ाज का था। (आज तक अख़बार में उसके नाम पर कहीं भी ठप्पा नहीं लगा।) फिर भी अली ने इक़बाल को निशाना बनाया, इसका दूसरा कारण ईर्ष्या था।

अली ने जब कोलाबा स्थित डी.आर.आई. के कार्यालय में प्रवेश किया, तब चीफ उसकी राह देख रहा था। पहली बार मुस्कान के साथ उसका स्वागत हुआ, उसके मुँह में पानी आ गया। यह पानी इनाम के लालच का था। उसकी आँखें कुछ और कह रही थीं। यह चीफ़ ज़रूर क़ानूनी कार्रवाई करेगा और इक़बाल कम-से-कम पाँच साल के लिए अन्दर हो जायेगा।

चीफ ने अपनी पीठ पुश्त पर टिका देते हुए शुरुआत की, "क्या नाम है तुम्हारा?"

अली ने अपना पूरा नाम बताया।

"क्या काम करते हो?"

"बेकार हूँ।" उसने झूठ बोलते हुए जोड़ा, "इसलिये सोचा, आपको माफियाओं की खबर दूँगा तो इनाम भी मिलेगा और देश की सेवा भी होगी।"

चीफ मूँछों में मुस्कुराया।

चपरासी दो प्याली चाय ले आया तो उसका आत्मविश्वास और बढ़ा। उसकी बची-खुची शंका भी जाती रही। नये सिरे से सोचते हुए उसे लगा, इक़बाल अब कम-से-कम दस साल के लिए जेल की हवा खाने वाला है।

वजन में हलके फूल-सी और साफ-सुथरी प्याली में चीफ के साथ गर्म चाय की चुस्कियाँ लेते हुए उसने जो कुछ जानकारी कस्टम्स कलेक्टर और सी.बी.आई. के अधिकारी को दी थी, उसी को वह जोशो-खरोश के साथ दोहरा गया। तिस पर उसने इक़बाल का नाम भी दिया।

चीफ ने चाय की प्याली नीचे रख रफ पैड पर नोट लिखते हुए उसके सामने देखा, "बहुत खूब, अब बताओ, यह इक़बाल कौन है?"

"पतली।"

"पतली?"

"वह इकहरा है, इसलिए डोंगरी पर इसी नाम से जाना जाता है।"

"अली," कुछ सोचकर फिर से चाय की प्याली उठाते हुए चीफ ने कहा, "घड़ियों की तस्करी में उसके मातहत कितने साथी हैं?"

"बहुत हैं साहब, पूरी गैंग उसके मातहत काम करती है।"

"गैंग यानी दो, पाँच, पच्चीस, पचास... कितने?"

चाय खत्म कर प्याली तश्तरी में रखते हुए वह थोड़ा झिझका, "गैंग यानी... टॉप पर इक़बाल, उसके मातहत तीन लोग, उन तीन के नीचे तेईस और तेईस के नीचे और कितने टपोरी काम करते होंगे, यह मैं नहीं जानता।"

"एकाध का नाम तो तुम बता सकते हो?"

तपाक से एक नाम उसके मुँह से फिसल गया, "गणपत चालके।"

"और यह गणपत चालके कौन है?"

"डाकखाने में काम करता है।"

"कहाँ बैठता है?"

"जी.पी.ओ. (प्रधान कार्यालय) में।"

"तुम्हें पक्का मालूम है?"

"सैंट पर्सेंट साब।" अली ने थोड़ा और ऊँची आवाज़ में बताया, "इक़बाल के साथ उसे एक होटल में चाय पीते हुए मैंने देखा था।"

चीफ के लिए इतनी जानकारी काफी थी। पूछताछ के लिए उसे एक कड़ी मिली थी। इस कड़ी के साथ दूसरी कड़ियाँ जोड़कर वह इक़बाल को गिरफ़्त में ले सकता था। शतरंज के राजा तथा उसके तीन घोड़ों को मारने पर बाजी उलट जाने वाली थी। बाकी मोहरे अपने आप उखड़ जाने वाले थे।

अली के जाने के बाद चीफ ने अपने रफ पैड के पन्ने पर एक सरसरी निगाह डाली। सारे नोट्स वह एक नज़र देख गया। संक्षेप में यह समझ में आया कि डाक विभाग के एक कर्मचारी गणपत चालके की सहायता से इक़बाल 'पतली' नाम का कम्प्यूटर ट्रांज़िट विभाग का उपयोग अपने लाभ में कर रहा था।

सवाल पहला—"कैसे?"

इतना स्पष्ट था कि ट्रांज़िट पोस्ट पार्सलों द्वारा घड़ियों की तस्करी होती थी। यानी विदेश से पार्सल जहाज़ में बम्बई आते थे, फिर भी वे पार्सल बम्बई के लिए नहीं होते थे, इसी कारण वे 'ट्रांज़िट' कहलाते।

अब हम डाक के ट्रान्ज़िट विभाग को एक नज़र देख लें।

दुबई से कोई पार्टी अपना पार्सल अफ्रीका भेजना चाहे तो वहाँ से कोई जहाज़ सीधे अफ्रीका नहीं जाता। इसलिए दुबई से बम्बई जाने वाले जहाज़ में अफ्रीका के पार्सल चढ़ाये जायेंगे।

इस जहाज़ की यात्रा बम्बई में समाप्त होने पर अफ्रीका के पोस्ट पार्सल उतारकर जी.पी.ओ. के एक खास विभाग 'ट्रांज़िट पोस्ट पार्सल' में रखकर ताला लगा दिया जायेगा।

एकाध सप्ताह में बम्बई से अफ्रीका जाने वाला कोई दूसरा जहाज़ अगर लंगर डालता है तो ट्रान्ज़िट पार्सल फिर उसमें चढ़ा दिये जाते हैं।

चीफ के मन में सवाल उठा कि सीलबन्द ट्रांज़िट पार्सल, जिन्हें खोलने का अधिकार कस्टम्स विभाग को भी नहीं है (क्योंकि वे पार्सल बम्बई के लिए नहीं होते), उनमें किसी तरह का घोटाला कैसे मुमकिन है?

मान लें कि उनमें से कुछ पार्सलों में तस्करी का माल हो और वे ट्रान्ज़िट विभाग से चुरा लिये जाते हैं, तब दुबई से बम्बई आये जहाज़ में से पार्सल उतारते समय जो गिनती की गयी हो, उसमें फ़र्क़ आना लाज़िमी था।

अफ्रीका के जहाज़ में चढ़ाते समय उन्हीं पार्सलों की फिर से गिनती की जाये, तब चन्द पार्सल कम होने चाहिए। आज तक इस तरह की कोई शिकायत दर्ज हुई हो, ऐसा डी.आर.आई. चीफ की जानकारी में नहीं था।

फिर भी उन्होंने कस्टम्स कलेक्टर को फ़ोन लगाया, "मिस्टर सोनावले!" उन्होंने पूछा, "आपके ध्यान में कोई ऐसा मामला आया है, जिसमें ट्रांजिट पार्सलों की चोरी हुई हो?"

"नहीं।"

"तब तस्करी की जो जानकारी मुझे मिली है, वह झूठी है?"

सोनवाले समझ गया। जो युवक खबर लेकर उसके पास आया था, वह डी. आर.आई. के कार्यालय में पहुँचा होगा।

"खबर सही हो तो कार्रवाई करने के लिये हमारे पास कोई सुराग़ नहीं है।"

"है।" उसकी भूल सुधारते हुए चीफ ने डाक विभाग के भ्रष्ट अधिकारी गणपत चालके का नाम बताया, "अब आपसे एक रिक्वेस्ट है।"

"कहिए?"

"इस मामले में आप अपनी टाँग नहीं अड़ाएँगे।"

सोनावाले ने रिसीवर वापस क्रेडल पर रखते हुए घबराहट महसूस की। उसके माथे पर पसीना आ गया। अली से वह ज़रूरी जानकारी निकलवाने में नाकाम रहा था, जबकि डी.आर.आई. के चीफ ने बखूबी अली के मुँह से एक महत्त्वपूर्ण कड़ी उगलवा ली थी। तिस पर अपमानित होना पड़ा, सो अलग। अब वह अगर अपनी टाँग न अड़ाये तो हारी हुई बाज़ी कैसे जीत सकता है?

यहाँ डी.आर. आई. के चीफ़ ने मेज़ पर पड़ी हुई घंटी बजायी। बाहर खड़ा

चपरासी तुरन्त भीतर आया।

"खान साहब को मेरे केबिन में भेजो।"

उस समय खान रुस्तमजी के साथ चाय पी रहा था। चपरासी ने आकर उसे चीफ का सन्देश दिया। वह चौंका। बाक़ी चाय एक ही घूँट में गटककर वह उठ खड़ा हुआ।

"खान!" चीफ ने उसे बैठने का इशारा करते हुए बतलाया, "इक़बाल नाम के युवक से तुम परिचित हो, सच?"

"बिल्कुल सच।" वह बोला, "अगर आप उसे फाँसने की सोच रहे हैं तो प्लीज... भूल जाइये। जस्ट फर्गेट इट, सर।"

"क्यों?"

"वह लोमड़ी है। बाड़ में से कब खेत में घुसकर कैसे निकल जाता है, कोई नहीं जान पाता।"

"मैं तुम्हें एक सुराग़ देता हूँ।" चीफ ने रफ पैड के पन्ने पर दर्ज किये हुए नोट्स पर एक नज़र डालते हुए जोड़ा, "शायद इस बार वह बच के नहीं निकल सकेगा।"

सारी हक़ीक़त जानकर खान का दिल खुशी से नाच उठा। कार्रवाई शुरू करने के लिये यह एक कड़ी हज़ार के बराबर थी, क्योंकि गणपत चालके द्वारा वह इक़बाल तक पहुँच सकता था।

36

मेरी पाँचवीं चित्र-प्रदर्शनी 'लय और रंग' न सफल रही, न फ्लोप। इस प्रदर्शनी का खर्च मेरे कुछ चित्रों की बिक्री से निकल आया था, मगर उससे क्या फायदा?

एक चित्रकार महीनों काम करता है, उसके समय का क्या? दिन-रात तपकर वह चित्र प्रदर्शनी तैयार करता है, उसकी मज़दूरी का क्या? इस एक प्रदर्शनी को छोड़कर अब तक मैं लगभग पच्चीस हजार रुपये डुबो चुका था। विशेष में तीन साल की मेहनत अलग।

इतना ही श्रम और पूँजी मैंने किसी दूसरे व्यवसाय में लगायी होती तो मैं आर्थिक रूप से सम्पन्न होता। समाज में मेरी इज्जत होती। (फटीचर कलाकार समाज की नज़रों में अछूत समान होता है।) यहाँ प्रश्न यह उठता है कि जीवन में मैं क्या चाहता हूँ? आर्थिक सुख या मानसिक शान्ति?

तब हमारे घर के नीचे चने और मुरमुरे (परमल) बेचने वाला एक 'भैया' टोकरी लेकर फुटपाथ पर बैठता था। मैंने पाँच चित्र-प्रदर्शनियाँ कीं, तब तक उसने दुकान खरीद ली थी, करीब में बने नये मकान में एक फ्लैट भी बुक करवाया था, जबकि मैं वहीं का वहीं एक कमरे में संयुक्त परिवार के साथ रहता था। टेरेस पर खुले आकाश तले चारपाई बिछाकर सोता था।

सम्पन्नता में मेरे लिए मानसिक सुख नहीं था, इतना मेरे लिए स्पष्ट था, लेकिन बतौर कलाकार अस्तित्व को टिकाये रखने के लिए पूँजी चाहिए। वह मैं कहाँ से लाऊँ?

सामान्यतः हर कलाकार की कामयाबी के पीछे एकाध उद्योगपति या राजनीतिक पार्टी का हाथ होता है। मेरे पीछे कोई हाथ नहीं था। किसी की उँगली थाम आगे बढ़ना मेरा स्वभाव नहीं था, क्योंकि उँगली थामने पर अपने सिद्धान्तों के साथ समझौता करना पड़ता है, यह मैं जान चुका था।

उदाहरण के लिए चित्रकार हुसैन। उसने काँग्रेस की छत्रछाया स्वीकार ली तो आपात्काल में उसे हाई कमांड का हुक्म आया, इमरजेन्सी को सही ठहराने के लिए चित्र बनाओ। सरकार माईबाप का आदेश स्वीकार कर उसने एक विशाल कैनवस रंग डाला। शीर्षक था—'दुर्गा-अम्बा-काली,' यानी इन्दिरा गाँधी के तीन रूप।

संक्षेप में मेरी समस्या यह थी कि कला को व्यवसाय बनाया जाये या नहीं? और व्यवसाय बनाने पर कला वह नहीं रहेगी, जिसके झरने मेरे अन्तर्मन में बह रहे थे। मेरी आत्मा कुछ कहती हो और मेरा ग्राहक कुछ और चाहता हो। मसलन साम्यवादी विचारधारा वाला चित्रकार पूँजीपतियों का दिल बहलाने के लिए चित्र नहीं बना सकता।

कुछ विषय और रंगों के मिश्रण से तैयार किये गये कैनवस हाथोंहाथ बिक जाते हैं, यह राज मुझसे छिपा नहीं था। अब घोड़े की ही मिसाल लें। उसे आकर्षक रंगों में पेश करूँ तो उन चित्रों को बेचने के लिए मुझे प्रयास नहीं करना पड़ेगा। मैं जितने भी बनाऊँगा, उतने बिक जायेंगे।

हुसैन ने शुरू में ऐसा ही किया था। एक के बाद एक घोड़ा बनाकर वह बाज़ार में रखता गया।

दूसरा टोटका था, स्टिल-लाइफ। दूसरे शब्दों में फूलों से सजे गमले। स्वर्गीय आरा ने उसमें महारत हासिल की थी। कड़की आने पर वह एकाध प्रदर्शनी गुलदस्तों की आयोजित करता। रंग-बिरंगे फूलों से छलकते कैनवस कोई भी अपनी बैठक की दीवार पर सजाना पसन्द करेगा।

मुझे न तो फूलों का धन्धा करना था, न घोड़े बेचने थे। (वही करना होता तो मैं अपने मकान तले बैठते 'भैया' की तरह चने-मुरमुरे बेचता।)

मैं समाधान न करूँ तो क्या करूँ?

इटली के मशहूर चित्रकार सल्वाडॉर डाली की एक प्रकाशित डायरी अगर मुझे जवानी के दिनों में पढ़ने को मिली होती तो आज मेरा जीवन कुछ और ही होता। उसने लिखा है, चित्रकार बनने से पहले मैंने (डाली ने) लखपति बनने का निर्णय लिया।

वह लखपति कैसे बना यह राज़ उसने अपनी डायरी में नोट नहीं किया है, लेकिन लखपति बनने के निर्णय के पीछे के कारण उसने क्रमवार बताये हैं, जिनमें से प्रमुख हैं :

1. कैनवस तथा रंग खरीदने के लिए किसी मित्र से भीख नहीं माँगनी पड़े।
2. अपने सिद्धान्तों से समझौता नहीं करना पड़े।
3. चित्र प्रदर्शनी का उद्घाटन हो, तब कला-विवेचकों को कॉकटेल (शराब की) पार्टी दी जा सके।
4. मीडिया को खरीदकर अपनी जेब में रखा जा सके, यानी अख़बार, पत्रिकाएँ, रेडियो तथा आज का टी. वी. भी।

अब पट्ठा बीस वर्ष की आयु में जीवन की सफलता का राज़ जान गया था। यह भी जान गया था कि निन्यानबे प्रतिशत विवेचक खरीदे जा सकते हैं। नोट फेंककर अख़बारों में इंटरव्यू तथा फोटो छपवाये जा सकते हैं।

लगभग चालीस साल पहले कही गयी डाली की बातें आज भी उतनी ही सही हैं। प्रेस कान्फ्रेंस बुलाकर पत्रकारों और आलोचकों को शराब पिलाने पर कौन आलोचक यजमान को भला-बुरा कहने का साहस करेगा?

साथ ही उपस्थित पत्रकारों की जेबों में उनके रेट के अनुसार एक-एक लिफाफा भी डाल दिया जाये। इसे कोई रिश्वत न समझें, क्योंकि इसका नया नाम है 'टैक्सी-फेर।'

मेरी चित्र-प्रदर्शनी की विवेचना उसकी गुणवत्ता के आधार पर होती थी। प्रदर्शनी का स्तर आलोचकों के मानदंड से जरा भी कम हो तो वे मेरी धज्जियाँ उड़ा देते। कभी ऐसा लगता जैसे पुलिसिया की तरह ये क्रिटिक अपना कोटा पूरा करने की फ़िराक़ में रहते हैं और अधिकतर ट्रैफिक पुलिस वाले इसी कारण कार के नम्बर नोट कर उनके मालिकों को परेशान करते रहते हैं। (यह हक़ीक़त एक परिचित ट्रैफिक पुलिसवाले ने बतायी थी।)

कला के क्षेत्र में इतना कूड़ा होने के बावजूद जगमोहन जैसे प्रामाणिक कला-आलोचक आज तक मेरे क़रीब खड़े हुए हैं, यह भी सच है।

उस साल (1960) फेल्ट-पेन के सेट नये-नये बाज़ार में आये थे। मुझे उसके रंगों की चमक अच्छी लगी। अतः मैंने एक सेट अपने साथ यात्रा में लिया। यात्रा

थी मथुरा-वृन्दावन की। वहाँ की कुंजगलियों में जो रेखाचित्र मैंने फेल्ट-पेन से बनाये थे, उसी की प्रदर्शनी मैंने बम्बई में आयोजित की थी।

निस्सीम इजिकाइल जैसे टाइम्स के प्रतिष्ठित कला-आलोचक को उसमें टीका-टिप्पणी के लिए कोई नुक्स न मिला तो उसने एक कॉलम भरकर इस बात पर गालियाँ दीं कि पेन के जिस नये सेट का इस्तेमाल कर मैंने चित्र बनाये थे, वह कला-प्रयोग के लिए निकम्मा था। यानी रेखाचित्र घटिया थे।

विपश्यना की साधना ने मुझे मानसिक रूप से शॉकप्रूफ बनाया था, इसलिए मैंने यह मानकर सन्तोष कर लिया कि टाइम्स जैसे प्रतिष्ठित अख़बार ने एक कॉलम भर कर गालियाँ दी हैं, कुछ दिया ही है ना!

उसके दूसरे महीने उन्हीं फेल्ट-पेन के सेट का इस्तेमाल कर हुसेन ने अपने रेखाचित्रों की प्रदर्शनी आयोजित की, तब उसी आलोचक ने उसकी भरपूर सराहना की, वह भी मोटे शीर्ष के साथ—'कला-प्रयोग में नयापन।'

उस दिन मैं डी. के. की तरह ठहाके के साथ हँसा था। रोने से मेरी समस्या हल नहीं होने वाली थी। अपना पानीपत मैंने स्वयं चुना था। मेरी बेचारगी यह थी कि लड़ने के लिए मेरे पास न धनुष था, न तलवार। फिर भी उम्रभर जूझना था। इसी कारण तक़दीर या परिस्थिति को दोष देना बेमानी था। अपनी क़िस्मत मैं खुद बना रहा था।

विपश्यना शिविर के बाद मेरे घर, मेरे परिवार के साथ भी सम्बन्ध सुधरे थे। (आख़िरी कई महीनों से घरवालों के साथ मैंने रात में सोने जाने-भर का रिश्ता रखा था।) अब जहाँ तक सम्भव हो सकता, रोज़ाना मैं अपना थोड़ा समय घर की समस्याओं को सुलझाने के लिए देता था। साथ ही जितना योगदान दिया जा सके देता था और वे चाहते थे—मेरी शादी।

फिर एक बार किसी नयी लड़की की तस्वीर मेरे आगे पेश की गयी। मेरे ख़याल में यह तेरहवीं थी। अब तक घर के सभी मुझसे तंग आ चुके थे। यह स्पष्ट था और यह भी तय था कि तेरह का आँकड़ा मुझे फाँसकर रहेगा।

हमेशा की तरह मैंने पासपोर्ट साइज की फोटो देखी। "लड़की अच्छी है।" कहते हुए छिटकने के लिए मैंने एक नया रोशनदान खोज निकाला। "लेकिन शादी करके मैं इसे रखूँगा कहाँ?" मेरा प्रदर्शन ग़लत नहीं था।

एक कमरे में हम सात लोग रहते थे। उसमें एक पार्टीशन बनाकर मेरे चाचा-चाची ने आधा हिस्सा घेर रखा था। मुझे खुद सोने के लिए टेरेस पर जाना पड़ता था।

मेरे प्रदर्शन का उत्तर देने के बजाय मेरी माँ ने मुझे अपने ही शब्दों के घेरे में फँसाया, "लड़की तुम्हें पसन्द है ना?"

"हाँ, वो तो है, मगर..."

"बस, तो बाकी सब अल्लाह पर छोड़ दो।"

"छोड़ दिया!" मैंने हँसते हुए बताया, "माँ, जब तक रहने को मुझे अलग घर नहीं मिलता, मैं शादी नहीं करूँगा।"

मैं जानता था, हमारा बैंक बैलेन्स शून्य था। (बैंक में हमारा खाता ही नहीं था।) हर महीने चाचा की तनख्वाह आती और घर जैसे-तैसे चलता। ऐसे में एक घर और वह भी बम्बई शहर में ढूँढ़ना असम्भव था। (उन दिनों एक कमरे की पगड़ी रुपये 50,000 थी।)

मन-ही-मन खुश होता हुआ मैं कोलाबा जाने के लिए चल दिया। मेरा स्टूडियो अब भी रेडियो क्लब के करीब था। डी.आर.आई. का कार्यालय भी वहीं था (वोल्ड्रोफ होटल के ऊपर)। खान उसमें से निकलकर जीप में बैठा और सीधा जी.पी.ओ. पहुँचा। आधे घंटे के बाद वह तीसरी मंज़िल पर एक क्लर्क के सामने बैठा था। उसकी नज़र वेतन-रजिस्टर के नामों की सूची पर से फिसल रही थी।

वेतन के आँकड़ों से खान को निस्बत नहीं थी। वह सिर्फ़ एक नाम ढूँढ़ रहा था। इस काम में अब तक वह चार पन्ने पलट चुका था।

"साब!" पाँचवें पन्ने पर नज़र के साथ उँगली घुमाने की शुरुआत करे, इससे पहले क्लर्क ने पूछा, "मैं आपकी कुछ मदद कर सकता हूँ?"

कुछ सोचकर उसने बताया, "गणपत चालके।"

"उसका क्या?"

"वह यहाँ मुलाज़िम है?"

"हाँ, क्यों?"

रजिस्टर बन्द करते हुए उसने क्लर्क के सामने देखा, "उसके बारे में तुम क्या जानते हो?"

"बारह साल की उसकी नौकरी है।"

"और?"

"आप क्या जानना चाहते हैं?"

"पहले कभी उस पर कोई इल्ज़ाम कोई चार्ज-शीट?"

क्लर्क ने 'ना' में सिर हिलाया।

"किस पद पर है?"

"हमारे निर्यात अनुभाग में अधिकारी के पद पर उसकी नियुक्ति पिछले साल हुई है।"

"उस विभाग में दस अधिकारी और हैं।" खान ने स्पष्ट करते हुए पूछा, "उसकी विशेष जिम्मेदारी क्या है?"

"अफ्रीका के पार्सलों का काम वह सँभालता है।"

"इस वक्त वह कहाँ होगा?"

क्लर्क ने उँगली से इशारा किया।

खान ने चेहरा घुमाकर देखा तो विशाल खंड के लगभग बीसेक मेज़-कुर्सियाँ तथा पार्सलों के ढेर पड़े थे। एक्सपोर्ट बुकिंग के कर्मचारी अपने-अपने काम में व्यस्त थे। गणपत चालके बीड़ी पीते हुए फाइल में कुछ दर्ज कर रहा था।

"सांगा (बोलिये)।" गणपत ने सिर उठाकर सामने देखने की परवाह भी नहीं की। जैसे कोई साधारण मुलाक़ाती आया हो, ऐसे वह काम में खोया रहा।

खान ने हाथ बढ़ाकर अपना पहचान-पत्र उसकी आँखों तथा फाइल के बीच धर दिया। मेज़ के पीछे छिपे गणपत के पाँव हिल गये। झटके से उठे उसके चेहरे पर से एक गहरा बादल गुज़र गया। खान से वह छिप न सका।

गणपत के चेहरे को ग़ौर से देखते हुए उसने अन्दाज़ा लगाया, उम्र पैंतालीस, साधारण क़द, काली पट्टी जैसी मूँछें तथा गहरा रंग। पोशाक में उसने बुश्शर्ट तथा पैंट पहनी थी।

"गणपत चालके आपका नाम है?"

उसने फ़ौरन 'हाँ' कहा।

"पिछले साल यानी पाँच महीने पहले आपकी नियुक्ति ट्रांज़िट विभाग में हुई, ये सच है?"

उसने फिर 'हाँ' में सिर हिला दिया।

"मुबारक हो।" अचानक खान ने मुसकान के साथ उससे हाथ मिलाने को हाथ बढ़ाया। गणपत फटी आँखों से उसे देखता रहा।

खान ने बिना हाथ मिलाये हाथ वापस लेते हुए अपने आने की झूठी वजह बतलायी, "आपके काम से सरकार प्रसन्न है। आपके डबल प्रमोशन के लिए सिफारिश हो, इससे पहले जाँच की ज़िम्मेदारी मुझे सौंपी गयी है। अलबत्ता यह सिर्फ़ औपचारिकता है।"

गणपत मानो अचानक होश में आया हो, यूँ बोल उठा, "साब, चाय... कॉफी..."

खान मुस्कुराहट तैरती छोड़कर खड़ा हुआ और दरवाज़े की तरफ़ बढ़ गया।

एक साफ़ काग़ज़ पर टाइप होकर डी.आर.आई. के चीफ के सामने गणपत चालके के विषय में जानकारी आयी और उनकी आँखें चमक उठीं। अली की दी हुई जानकारी के बारे में अब कोई सन्देह नहीं रहा। उनकी धारणा सच निकली थी।

दुबई से आने वाले और तस्करी की घड़ियों से भरे ट्रांज़िट पार्सलों की हेराफेरी गणपत के सहयोग से हो रही थी। फिर वही पुराना प्रश्न सिर उठा कर सामने आया... कैसे? इसका उत्तर जानने के लिए गणपत पर कड़ी नज़र रखने

की ज़रूरत थी।

दुबई के जहाज़ को आने में चार दिन बाक़ी थे। इन चार दिनों में ठोस कड़ियाँ हासिल कर गणपत के ज़रिए इक़बाल को घेरना था। बहुत सावधानी बरतनी थी। ज़रा-सी भी भनक मिलने पर दोनों चिड़ियाँ एक साथ उड़ जाने वाली थीं।

उसी दिन से खान गणपत की परछाई बन गया। हक़ीक़त में इक़बाल पर भी नज़र रखने की ज़रूरत थी। चीफ यही चाहते थे। मगर इस चरण में खान को उसकी आवश्यकता नहीं लगी। इसके कारण भी थे।

इक़बाल सयाना था। चौबीसों घंटे कोई उसका पीछा करे तो इस बात का उसे पता चले बिना न रहे। अगर सचमुच ऐसा हो तो डी.आर.आई. का पूरा खेल गुड़गोबर हो जाये।

(अपमानित हुए कस्टम्स कलेक्टर सोनावले को इस मामले में टाँग न अड़ाने की स्पष्ट चेतावनी दी जाने के बावजूद श्रेय पाने के लिए उसने वैसा ही किया। इक़बाल को शेडो करने के लिए अपना एक चुनिन्दा अफसर उसने शिकारी कुत्ते की तरह छोड़ दिया था।)

खान की दूसरी गणना यह थी कि गणपत तस्करी के मैदान में नया खिलाड़ी था, नातजुर्बेकार था। उसकी हरकतों से इक़बाल की गतिविधियों को सरलता से जाना जा सकता था, इसलिए उसने अपना समग्र ध्यान गणपत पर केन्द्रित किया।

सुबह उपनगर की ट्रेन पकड़ने के लिए वह घर से निकलता, तब से खान साधारण पोशाक में उसके पीछे पड़ जाता। गणपत कुर्ला में रहता था। स्टेशन तक आते हुए रास्ते में वह पानवाले की दुकान पर रुकता। थोड़ी दूरी रखकर खान भी रुक जाता। वह चूना ले, तम्बाकू बँधाकर आगे बढ़ता, ख़ान फिर पीछे हो लेता।

काले चश्मे में खान का व्यक्तित्व प्रभावशाली लगता था। मगर शेडो (परछाई) का काम करते समय वह अपना हुलिया बदल लेता। ज़रूरत होने पर चेहरे में भी वह मेकअप द्वारा तबदीली कर लेता, ताकि कोई उसे पहचान न सके। मगर गणपत को शेडो करना इतना मुश्किल न था।

गणपत की ट्रेन कुर्ला से चलकर वी. टी. (बोरीबन्दर) स्टेशन पर रुकती। खान भी गणपत के पीछे क़रीब के किसी डिब्बे में से निकलकर भीड़ में शामिल हो जाता। (जी. पी. ओ. की इमारत यहाँ क़रीब में ही है।)

गणपत पैदल चलता हुआ सीढ़ियाँ चढ़ जाता। उचित स्थान ढूँढ़कर खान किसी चबूतरे पर या पेड़ के पीछे जगह लेता। लंच के समय तक वह उसी जगह चिपका रहता। दोपहर की छुट्टी में गणपत चाय पीने या किसी से मिलने निकलता तो खान फिर सावधान हो जाता।

रात में जैसे परछाई इनसान से अलग हो जाती है, वैसे खान उससे अलग हो

अपने घर चला जाता। जाने से पहले गणपत की दिनचर्या के आधार पर वह दैनिक रिपोर्ट चीफ के लिए तैयार करता।

दो दिनों तक उसने गणपत का पीछा किया। परिणाम शून्य आया। यह कैसे हो सकता है? गणपत तस्करी में शामिल हो तो उसके जरिये एकाध और कड़ी मिलनी चाहिए थी। इक़बाल का कोई साथी उससे सम्पर्क साधे, इसकी पूरी सम्भावना थी, जबकि अब तक गणपत के करीब कोई फटका तक नहीं था।

दुबई का जहाज़ आने में अब 48 घंटे बचे थे। अब इक़बाल के लिए गणपत से मिलना आवश्यक था। आवश्यक सूचनाएँ देनी थीं, आवश्यक इन्तज़ाम करने थे।

उपनगर खार के रेलवे स्टेशन से इक़बाल ने ठीक ग्यारह बजे जी. पी. ओ. फोन लगाया। वह सार्वजनिक टेलिफ़ोन का इस्तेमाल कर रहा था। गणपत दूसरे छोर पर आये, इस इन्तज़ार में वह था कि कुछ अन्तर पर टिकट के क्यू में खड़े एक शख़्स पर उसकी नज़र ठहरी। उस शख़्स ने दो बार पलटकर उसकी दिशा में देखा था। इक़बाल ने उसे अहमियत नहीं दी।

"क्या खबर?" गणपत की आवाज़ सुनायी देने पर उसने पूछा।

"सब ठीक ही है।"

"कुछ नया?"

"ना।" कहते हुए उसे अचानक याद आया, "शीघ्र ही मेरा डबल प्रमोशन होगा। मेरी तनख्वाह बढ़ेगी।"

"सच!"

"डी.आर.आई के एक अफसर ने खुद आकर मुझे यह शुभ समाचार दिया था।"

इक़बाल चौंका, "डी.आर.आई को तुम्हारे प्रमोशन से क्या मतलब?"

"भूल गये? पोस्ट पार्सल कस्टम्स से होकर यहाँ आते हैं।" वह रिसीवर में कह रहा था, "और कस्टम्स डी.आर.आई के मातहत है। वे लोग मेरी सिफारिश करें, इसमें हैरत कैसी?"

इसलिए कि तुम सिफारिश के काबिल नहीं... इक़बाल उसे कहना चाहता था, पर चुप्पी साध गया। थोड़े क्षणों के लिए टेलिफ़ोन के दोनों छोरों पर खामोशी छा गयी।

"इक़बाल!"

"कहो!"

"मुझे लगा कि लाइन कट गयी।" कहते हुए गणपत ने जोड़ा, "तुम्हें कुछ शक है?"

"लंच अवर में तुमसे मिलूँगा, तब बताऊँगा।" उसने कहा, "एक बात ध्यान में

रखना, तुम्हें देखकर मैं मुँह मोड़ लूँ तो तुम मेरे क़रीब न आना।"

रिसीवर रखते हुए गणपत को ताज्जुब हुआ, साथ प्रश्न भी उठा। क्या जानकारी झूठी होगी? उसे फँसाने के लिए कोई जाल बिछाया गया होगा? ट्रांज़िट विभाग में हो रहे गोलमाल की भनक किसी को लगी होगी?

दोपहर का एक बजने पर उसने अपने तोशे से भोजन लिया और इक़बाल से मिलने के लिए खड़ा हुआ। मेज-कुर्सियों के बीच वह रास्ता बनाता हुआ सीढ़ियों तक आया। यहाँ उसकी मुलाक़ात एकाउंट सैक्शन के क्लर्क से हुई।

"कहाँ चले गणपत?" उसके साथ सीढ़ियाँ उतरते हुए क्लर्क ने पूछा।

"चाय पीने।"

"अपने कैंटीन की चाय अच्छी नहीं लगती?"

"आजकल बिल्कुल पानी जैसी बनती है।"

"तुम्हारी बात ग़लत नहीं। मैंने भी अपने कैंटीन की चाय पीनी छोड़ दी है। पिछले एक महीने से सामने की मद्रासी होटल में चाय पीता हूँ। मगर आज तुम्हें पिलानी होगी।"

गणपत की आँखें थोड़ी फैलीं, "कुछ खास?"

"चाय पिलाने का वायदा करो तो बताऊँ।"

"चाय के साथ बिस्कुट भी खिलाऊँगा, लेकिन मामला क्या है?"

"तुम पर जाँच चल रही है।"

जी. पी. ओ. इमारत से बाहर आकर दोनों फुटपाथ पर रुक गये। गणपत अपने सामने खड़े क्लर्क को हैरत से देख रहा था। जाँच के दो मतलब थे, शुभ और अशुभ।

"तुम्हें किसने बताया?" गणपत का चेहरा गम्भीर था।

"डी.आर.आई. का एक आदमी आया था।" कहते हुए उसने हौले से पूछा, "कुछ हेराफेरी तो नहीं की ना?"

गणपत हँस देते हुए बुदबुदाया, "मेरी तरक़्क़ी होने वाली है।"

"सच!" क्लर्क की आँखों के साथ मुँह भी चौड़ा हो गया, "तब तो सिर्फ़ बिस्कुट से काम नहीं चलेगा।"

"वेतन बढ़ने दो, फिर केक भी खिलाऊँगा।"

बातें करते हुए दोनों फिर आगे बढ़े। गणपत को अब शंका हुई। सावधानी बरतनी ज़रूरी थी।

रास्ता पार करते हुए उसने एक बार मुड़कर पीछे देख लिया। कोई उसका पीछा कर रहा हो, यह जान पाना मुमकिन नहीं था। यहाँ लोगों की भीड़ काफ़ी थी।

क्लर्क के साथ सामने के फुटपाथ की ओर जाते हुए उसने देखा तो रास्ते के

बीच की आड़ में इक़बाल खड़ा था।

दोनों की आँखें चार हुईं और इक़बाल ने मुँह फेर लिया। गणपत को यकीन हो गया, कोई उसे शेडो कर रहा है। वह क्लर्क के साथ चुपचाप आगे बढ़कर होटल में चाय पीने बैठ गया।

इक़बाल की नज़र खान पर थी और खान के दीदे गणपत पर टिके थे। इससे पहले इक़बाल ने कस्टम्स कलेक्टर सोनावले के अधिकारी को पहचान लिया था, क्योंकि स्टेशन से वी. टी. जाने के लिए ट्रेन बदलनी ज़रूरी थी। (तब सीधी गाड़ियाँ नहीं थीं।)

वह बान्द्रा उतरा और उस अधिकारी ने फिर दर्शन दिये। फिर भी उसने तवज्जो नहीं दी थी। वह पुल पार कर सैंट्रल लाइन के प्लेटफॉर्म पर आया और अधिकारी उससे कुछ अन्तर रखकर चाय के स्टॉल के पास रुक गया।

अब इक़बाल को दाल में कुछ काला नज़र आया। तिस पर उस अधिकारी ने तिरछी नज़र से उसे देखने की बेवकूफ़ी की। वह सजग हो गया। पीछा करने वाले अधिकारी से पिंड छुड़ाने के लिये उसने तुरन्त उपाय भी खोज निकाला।

वी. टी. जाने वाली ट्रेन आने पर इक़बाल ठाठ से एक डिब्बे में चढ़ा, अधिकारी उसके बगल वाले डिब्बे में घुसा। थोड़ी देर बाद ट्रेन शुरू हुई। इक़बाल धीरे से उतर गया। अब ट्रेन से जाना सुरक्षित नहीं था।

बान्द्रा स्टेशन के बाहर से बस पकड़कर वह यहाँ तक आया था।

थोड़ी देर बाद चाय पीकर गणपत और क्लर्क वापस लौटे। उनसे थोड़ी दूरी रखकर उन पर नज़र रखते हुए खान भी पीछे चला गया। इक़बाल क़रीब के शेरे-पंजाब होटल में लस्सी का एक गिलास लेकर बैठा था, तेजी से सोच रहा था।

कल दुबई से जहाज़ आने वाला था। उसमें नौ पोस्ट-पार्सल आने वाले थे और उन पार्सलों में तस्करी की घड़ियाँ थीं। भाँडा फूट गया था, फिर भी ये घड़ियाँ हासिल करनी थीं।

37

डोंगरी पर किराये पर लिये हुए गोदाम में बैठकर इक़बाल गम्भीरता से सोच रहा था। वह जानता था कि कस्टम्स और डी.आर.आई. का फन्दा उसके आसपास कसा हुआ है। इसमें कस्टम्स से अधिक अपराध संशोधन शाखा डी.आर.आई. खतरनाक थी।

अभी कुछ महीनों पहले वह खान के हाथों डंडे खा चुका था। मगर यह आख़िरी वजह उसके लिए भय बनने के बजाय आह्वान बन गयी। अगर खान ने ग़लती से उसकी पिटाई न की होती तो झींगा मछली के कारोबार से हटकर उसने दूसरा कोई कारोबार शुरू किया होता।

"क़िस्मत का खेल।" आज भी सूफ़ी उन दिनों को याद कर आह भरते हुए आकाश की तरफ़ देखता है।

जिस गोदाम में वह बैठा था, उसमें एक मेज़ तथा तीन कुर्सियों के अलावा कुछ और हो तो वह एक टेलीफ़ोन था। तस्करी की घड़ियाँ आने पर उनके डिब्बों का यहाँ अम्बार लगता, मगर थोड़े समय के लिए ही। (इस काम के लिए अपने दौर में डी. के. ने फ्लैट रखे हुए थे)। ज़्यादा-से-ज़्यादा यानी कि चौबीस घंटे में सारा माल रफ़ा-दफ़ा कर दिया जाता। यह सारा काम बाक़ायदा होता।

उदाहरण के लिए हम डाकघर को लें। उसमें देश-विदेश से चिट्ठियाँ, अख़बार, पार्सलों के ढेर आते हैं। तुरन्त उनकी छँटनी कर डाकिये अपने-अपने क्षेत्र की डाक उठाकर बाँटने के लिए निकल पड़ते हैं। कुछ ऐसी ही व्यवस्था इक़बाल ने तस्करी की घड़ियों के वितरण के लिए बना रखी थी। (सोने की तस्करी में वह इसका अनुभव कर चुका था।)

अपनी क़ौम के दो बुज़ुर्गों को गोदाम की तरफ़ आते देखकर वह विचारों से जाग उठा। पलभर वह सोच नहीं पाया कि वे बड़े-बूढ़े सज्जन कौन हो सकते हैं? इससे पहले इक़बाल ने उन्हें कभी नहीं देखा था।

"बैठिए।" कहते हुए उसके दिमाग़ में रोशनी हुई।

पिछले कुछ महीनों से उस पर शादी के लिए दबाव बढ़ रहा था और वह अपने तरीक़ों से ब्याह के प्रस्तावों को टालमटोल कर ठुकराता आया था। मगर आज तक किसी भी लड़की के घरवाले इस तरह उससे रूबरू नहीं हुए थे।

इसकी भी वजह थी। जैसे मेरे बुज़ुर्ग मेरी उदासीनता से तंग आ चुके थे, वैसे उसके घरवाले भी उसके बहानों से आजिज़ आ गये थे। उनकी दलील यह थी कि इक़बाल शादी नहीं करेगा तो उसके दोनों भाइयों की बारी नहीं आयेगी।

अपने स्वभाव के अनुसार समाज तो उसमें कुछ-न-कुछ नुक्स ढूँढ़ेगा। 'ज़रूर लड़के में कोई कमी होगी, वरना ऐसा कड़ियल जवान शादी से क्यों कतराएगा?' (एक छोटा भाई होने के कारण यह प्रश्न मेरे सामने भी उछाला गया था।)

घर की बदनामी हो तो छोटे भाइयों को भी सारा जीवन कुँवारा रहना पड़े। खुशक़िस्मती से उनके लिए कोई रिश्ता आये भी तो वह ऊँचे घर का कभी नहीं हो सकता।

शादी के बारे में इक़बाल की माँ ने बड़ों से चर्चा की थी। एक लड़की तय

की थी। फिर बेटे को बतलाया, "लड़की टीचर है, अच्छे घर की है। ऐसी हीरे जैसी लड़की तो किसी किस्मतवाले की ही अँगूठी का नग बन सकती है। खुदा के वास्ते अपने हाथों अपने पाँव पर कुल्हाड़ी मत मारना।"

माँ के शब्द याद आने पर इक़बाल मूँछों में हँसा। कुल्हाड़ी मार लेने का उसका इरादा अटल था।

उसे मुस्कुराता हुआ देखकर सामने बैठे दोनों सज्जनों ने चौंककर एक-दूसरे की तरफ़ देखा। (लड़का कहीं नीम-पागल तो नहीं है न?) उन दोनों में से एक लड़की के पिता थे, दूसरे उनके परिचित।

दोनों बुजुर्गों ने फिर उसकी तरफ़ देखा। मानो वह अचानक होश में आया हो, ऐसे उसने विनम्रता से कहा, "कहिए! आप क्या लेंगे? ठंडा या गरम?"

लड़की के पिता ने जवाब में सिर हिला दिया।

"आप पहली बार मेरे यहाँ पधारे हैं, कुछ तो लेना पड़ेगा।"

"हमने अभी चाय पी है।"

"तो ठंडा लीजिए।" कहते हुए उसने गोदाम के बाहर खड़े एक टपोरी को दो फालूदा लाने को कहा।

इक़बाल की इस दरियादिली से वे दोनों प्रभावित हुए। हक़ीक़त में यहाँ उन्हें चाय से ज़्यादा और कुछ मिलने की उम्मीद नहीं थी, जबकि पाँच मिनट में फालूदे के दो गिलास उनकी सेवा में हाज़िर हो गये। दोनों बुजुर्गों ने एक-एक घूँट लिया और इंटरव्यू की शुरुआत हुई।

"क्या काम करते हो?" लड़की के पिता ने पहला सवाल किया।

इक़बाल को इसी का इन्तज़ार था कि कब पूछताछ शुरू हो और कब वह अपना करिश्मा बतलाये। उसने आश्चर्य जताते हुए प्रतिप्रश्न किया, "सारा शहर जानता है, क्या आपको किसी ने बताया नहीं?"

दोनों बुजुर्गों ने फिर एक बार एक-दूसरे की तरफ़ देखा। सत्य को परखने के लिए उनकी सठियाई हुई बुद्धि शायद कुछ और वक़्त चाहती थी।

"सारा शहर क्या जानता है?"

"मेरा धन्धा।"

"किस चीज़ का है?"

उसी समय उसका एक साथी माइकल हवा के झोंके-सा अन्दर आया, "बॉस!" यहाँ मेहमानों की मानो मौजूदगी न हो, ऐसे उसने उत्साहपूर्वक बताया, "पला चल गया।"

"किस बात का?"

"डी.आर.आई. को हमारे बारे में किसने ख़बर दी।"

"किसने?"

"तुम्हारे बचपन का वह साथी है।"

"लेकिन कौन?"

"अली।"

तुरन्त निर्णय लेते हुए इक़बाल ने मेज़ की दराज़ खोली। अन्दर एक रामपुरी चाक़ू था। उसके खुलते-खुलते सात बार आवाज़ होती थी। दोनों सज्जनों के सामने उसने वही चाक़ू खोलकर माइकल को थमाया, "साले की अन्तड़ियाँ बाहर खींच निकाल, ताकि फिर कभी किसी दूसरे की पीठ में वह छुरा न घोंप सके!"

दोनों सज्जनों के साथ-साथ माइकल भी भौंचक्का रह गया। इक़बाल ने इस तरह कभी जल्दबाज़ी में कोई फ़ैसला नहीं लिया था। दूसरा, माइकल यहाँ इनाम के लालच में आया था, और बदले में उसे हत्या का आदेश मिला। बॉस के आदेश का पालन करना उसका धर्म था। चाक़ू बन्द कर अपनी जेब में सरकाते हुए वह बाहर निकल गया।

अब इक़बाल को यह स्पष्ट करने की ज़रूरत न थी कि उसका कारोबार क्या है। उसने बिन्धास्त बुज़ुर्गों की तरफ़ देखा। उन्होंने नज़रें झुका लीं। उन निगाहों में परेशानी के सिवा और कुछ नहीं था।

अभी फालूदा का आधा गिलास भी खत्म नहीं हुआ था कि फ़ोन की घंटी बज उठी। उसने फ़ोन उठाया, "हैलो!"

फ़ोन दगडू का था, वह कह रहा था, "बॉस, अपना एक ट्रक माहिम पुलिस ने अन्दर कर लिया है। केस बनने से पहले ड्राइवर और ट्रक दोनों बाहर निकालने होंगे!"

"ड्यूटी-ऑफ़िसर कौन है?"

"भोंसले।"

"दस मिनट बाद तुम वहाँ पहुँच जाना।" कहते हुए लाइन काटकर उसने माहिम पुलिस चौकी का नम्बर घुमाया। ड्यूटी ऑफिसर ने बतलाया कि उसके ट्रक ड्राइवर ने एक राहगीर को कुचल डाला था।

इक़बाल ने रिसीवर में बताया, "मरनेवाला तो अब वापस नहीं आ सकता, मगर हमें तो इस फ़ानी दुनिया में मिल-जुलकर रहना है।"

ड्यूटी-ऑफिसर समझदार था, समझ गया।

फालूदा अधूरा छोड़ दोनों बुज़ुर्ग उठकर जाने ही वाले थे कि इक़बाल के तीसरे साथी सदरू ने हिन्दी फ़िल्म के विलेन की तरह प्रवेश किया।

"वो सिन्धी पैसा नहीं निकालता," उसका काम हफ्ते वसूली का था। "समझ में नहीं आता बॉस, उसका क्या करूँ!"

"साले की टाँग तोड़ दे!"

इक़बाल ने सोचा समझदार के लिए इशारा काफ़ी होता है। वास्तव में वे संकेत नहीं, पोस्टर थे। फिर भी दोनों सज्जन दूल्हे के बारे में कोई निर्णय नहीं ले पाये। उनको मिली विश्वसनीय जानकारी के अनुसार इक़बाल कारोबारी और परहेज़गार था।

उन्हें जाते हुए देखकर इक़बाल ने याद दिलाया, "अरे! ये फालूदा तो पूरा कीजिए।"

पलभर को वे दोनों दरवाज़े की चौखट पर रुके और जवाब न सूझने पर फिर आगे बढ़ गये। इक़बाल ठहाके के साथ हँस पड़ा। (यह हँसी उसे महँगी पड़ने वाली थी। उसी लड़की से उसका ब्याह होने वाला था।) मन-ही-मन अपनी पीठ थपथपाते हुए उसने मूल और गम्भीर समस्या पर फिर एक बार विचार केन्द्रित किये।

'ट्रांज़िट पोस्ट-पार्सल' द्वारा घड़ियों की तस्करी का आज तक का इक़बाल का तरीक़ा बिल्कुल आसान था। उसने गणपत चालके को पट्टी पढ़ाई थी तो गणपत ने अपने दो साथियों को इसमें फँसाया था। इस तरह जी.पी.ओ. (डाक प्रधान कार्यालय) में तीन सदस्यों की सिंडिकेट बनी थी।

दुबई से आने वाला शिप बम्बई बन्दरगाह पर आकर ठहरता। पोस्ट-पार्सल पहले यहीं उतरते थे। यहाँ से डाक के वाहन द्वारा विदेश डाकभवन के 'इम्पोर्ट सेक्शन' में भेजे जाते। यहाँ स्थानीय पार्सल अलग करके ट्रांज़िट-पार्सलों को जी.पी.ओ. की तीसरी मंज़िल पर 'एक्सपोर्ट सेवा' में ले जाया जाता। निर्यात बुकिंग विभाग यहीं है। उसमें बीसेक कर्मचारियों का स्टाफ काम करता है।

यहाँ अलग-अलग देश के ट्रांज़िट-पार्सलों को अलग-अलग ढेर में रखा जाता है। अफ्रीका के सेसिल बन्दरगाह के पार्सलों का इंचार्ज गणपत चालके था और इसी बन्दरगाह के पार्सलों में तस्करी का माल आता था। किसी को शक न हो, इसलिए तस्करी के माल से भरे पार्सलों पर 'चिकित्सा औजार' की सूचना छपी होती थी। यह पार्सल यहाँ तब तक पड़े रहते, जब तक सेसिल जाने वाला जहाज़ बम्बई बन्दरगाह पर नहीं आता था। इसमें कभी-कभी एक सप्ताह भी लग जाता।

इस दौरान प्रबन्धकर्ता की इजाज़त से ओवरटाइम करने के बहाने गणपत चालके तथा उसके दो साथी इतवार को हाज़िर हो जाते। बड़े साहब को इसमें क्या एतराज़ हो सकता है? बल्कि वे तो गणपत और उसके जोड़ीदारों पर प्रसन्न थे। कभी अन्य कर्मचारियों के सामने उन तीनों की प्रशंसा भी करते, "देखो, इन्हें कहते हैं आदर्श कमचारी।"

इतवार को चालके अपने साथियों की सहायता से फटाफट काम में जुट जाता। पूर्ण शान्ति में काम भी तेज़ी से होता। सबसे पहले तस्करी के हर पार्सल पर से पेकिंग

की पट्टियाँ सफाई से निकाल ली जातीं। अधिक समय भी इसी में लगता। क्योंकि इन पट्टियों पर सीसे की सील रहती। इस सील को सलामत रखकर पट्टियाँ निकालना, यह भी एक कला है। 'सील टूटे तो करम फूटे,' राज0क्क ही खुल जाये।

यह नाजुक काम पूरा होने के बाद पार्सलों पर से कपड़ा फाड़, भीतर का डिब्बा खोलकर तस्करी की घड़ियाँ निकाल ली जातीं। फिर उसी डिब्बे में उतने ही वज़न के पत्थर भरकर पार्सलों पर सीसे के सील के साथ पट्टियाँ भी चढ़ा दी जातीं, फिर शिप आने पर यही पार्सल पत्थरों के साथ सेसिल के लिए रवाना हो जाते।

अपने दोनों साथियों के साथ गणपत चालके डाक की बोरियों में तस्करी की घड़ियाँ भरकर इक़बाल को उसके गोदाम पर पहुँचा आता (होम डिलीवरी)। डाकिया अपना झोला या बोरा कन्धे पर डालकर जी.पी.ओ. से बाहर निकले तो किसे शक होगा?

अब हम यह देखें कि सेसिल भेजे गये पत्थरों के पार्सलों का अन्त कहाँ होता है। वास्तव में इन पार्सलों पर के पते पहले से ही बोगस रहते। इसलिए सेसिल का डाक विभाग उस पर 'अधूरा पता' या ऐसा ही कोई ठप्पा मारकर फिर से पार्सलों को उनके दुबई के मूल मालिक के पते पर रवाना कर देता। ये पार्सल वापसी सफ़र में फिर एक बार बम्बई आते।

इस बार इक़बाल की देखरेख में उनमें से पत्थर निकालकर उतने ही वज़न (एक पार्सल में नौ किलो) के चाँदी के टुकड़े भर दिये जाते और पार्सल दुबई पहुँच जाते। वहाँ का शेख यानी कि इक़बाल का पार्टनर पचास दिरहम जुर्माना भरकर सारे पार्सल वापस छुड़वा लेता।

इक़बाल कुछ आगे सोचे, इससे पहले उसकी नज़र सड़क के उस पार एक मलबारी की चाय की गुमटी पर बैठ बीड़ी के कश लेते माइकल और सदरू पर पड़ी।

वे दोनों अब तक सोच नहीं पाये थे कि इक़बाल द्वारा दिये गये आदेशों का पालन करना चाहिए या नहीं। अन्त में बीड़ी फेंककर दोनों गोदाम में आये।

"बेवकूफो, हम भी वैसा काम करेंगे तो हम में और दूसरे डामिसों में क्या फ़र्क़ रहेगा?" इक़बाल ने उनकी उलझन भाँप लेते हुए हँसकर बताया, "याद रहे, न किसी को चाकू मारना है, न किसी की टाँग तोड़नी है।"

"तब..." माइकल जानना चाहता था कि उसके आदेश का क्या मतलब?

"वह नाटक था। वैसे अली को मैं खुद समझा लूँगा।" कहते हुए उसने जोड़ा, "कोई ऐसा टोटका आज़माऊँगा कि वह कम-से-कम पाँच साल के लिए अन्दर हो जाये। रही बात रुपयों की वसूली की तो इसके लिए सिन्धी को सिर्फ़ एक चिमकी (धमकी) देने की ज़रूरत है।"

दोनों फिर बाहर आकर चाय की गुमटी पर बैठ गये। इक़बाल ने भूली हुई बात

का सिरा फिर से पकड़ा। उसकी समस्या यह थी कि कस्टम्स तथा डी.आर.आई. के दीदे उस पर टिके थे और सेसिल के नौ पार्सल लेकर जहाज़ बन्दरगाह की सीमा में आ पहुँचा था, कल पोत घाट पर लंगर डालने वाला था। आकाश-पाताल एक कर उन पार्सलों में से घड़ियाँ निकालनी थीं और शिकंजे में भी नहीं आना था।

अचानक कुछ सूझने पर उसने रिसीवर उठाकर गणपत चालके का नम्बर घुमाया। वह दूसरे छोर पर आया तो इक़बाल ने सिर्फ़ इतना कहा, "सीधे घर जाना। तुमसे मुलाक़ात मैं अपनी सुविधा से करूँगा।"

फ़ोन रखकर वह जी.पी.ओ. पहुँचा। दफ्तर छूटने का वक़्त हो चुका था। कुछ दफ्तर बन्द हो चुके थे। गणपत चालके ठीक साढ़े पाँच बजे बाहर निकलने वाला था। अभी पाँच मिनट बाक़ी थे।

खान जी.पी.ओ. के सदर दरवाज़े से सुरक्षित अन्तर रखकर एक छायादार पेड़ के तने के पीछे खड़ा था। उस पर अपनी नज़रें गड़ाये इक़बाल सड़क के उस पार एक खम्भे की आड़ लिये हुए था।

रोज़ के वक़्त गणपत जी.पी.ओ. की इमारत से भीड़ के रेले के साथ बाहर निकला। खान उसके पीछे चला। इक़बाल खान की परछाई बन गया।

क़रीब के वी. टी. स्टेशन पहुँचकर गणपत ने उपनगर की पाँच-चालीस की फास्ट ट्रेन पकड़ी। वह रेल के डिब्बे के एक दरवाज़े से दाखिल हुआ था तो खान दूसरे से। इक़बाल बगल वाले डिब्बे में चढ़ गया। ट्रेन आध घंटे में पहले कुर्ला स्टेशन पहुँच गयी।

गणपत डिब्बे में से प्लेटफॉर्म पर उतरा। सिर पर तैरते ख़ौफ़ के बादलों के बारे में जैसे कुछ जानता ही न हो, ऐसे वह आगे बढ़कर स्टेशन से बाहर आया। थोड़ी देर बाद वह घर भी पहुँच गया।

उसके घर से ज़रूरी फ़ासला रखकर खान ने दो घंटे और इन्तज़ार किया। गणपत अब घर से बाहर नहीं निकलेगा, इस बात का भरोसा हो जाने पर उसने एक टैक्सी को रोका। वह नहीं जानता था कि इक़बाल उसे 'शेडो' कर रहा है।

कल तस्करी के पार्सल खोलने के लिए आज यह जानना आवश्यक था कि खान यहाँ से निकलकर कहाँ जाता है। इक़बाल ने दूसरी टैक्सी रोकी, "कहाँ जाना है साब?" ड्राइवर ने झंडी गिराते हुए पूछा।

इक़बाल ने सौ का नोट थमाते हुए अभी-अभी शुरू हुई आगे वाली टैक्सी की ओर इशारा किया। ड्राइवर समझ गया। खान की टैक्सी का पीछा करते हुए वह घाटकोपर आ पहुँचा। तब रात के नौ बजे थे।

खान की टैक्सी कॉलोनी के एक मकान के आगे रुकी। मीटर चुकाकर वह बाहर निकला और धीरे-धीरे आकर मकान में दाख़िल हो गया। थोड़ी देर बाद पहली

मंज़िल के एक फ्लैट की बत्ती जली।

इक़बाल ने सुरक्षित अन्तर से देखा तो खिड़कियाँ खुल रही थीं। तीसरी खिड़की खोलकर खान ने यों ही अँधेरे आकाश को देखा और वापस अन्दर चला गया।

अब इक़बाल को तसल्ली हुई, यहा रुकने की उसे ज़रूरत नहीं थी। खान अपने ठौर पर पहुँच गया था।

दूसरे दिन सुबह इक़बाल ने गणपत के दफ्तर में फ़ोन खड़काया, "सुनो," उसने थोड़े में बताया, "जहाज़ आ गया है। आज भी तुम सीधे घर जाना, लेकिन सो मत जाना। दूसरे, इस बार तुम्हारे दोनों साथियों की ज़रूरत नहीं।"

उत्तर में उसने सिर्फ़ "जी" कहा, और रिसीवर रखकर सोच में पड़ गया—आख़िर इक़बाल की चाल क्या है?

डी.आर.आई. को शक है, मन-ही-मन वह बुझक्कड़ी करने लगा, यानी किसी अपने ने ग़द्दारी की होगी। अगर यह सच है तो डी.आर.आई. के एक से ज़्यादा अधिकारी घेरा डाले होंगे।

खान उसका पीछा कर रहा था, यह तो ज़ाहिर था। और कितनी परछाइयाँ कहाँ-कहाँ दुबकी होंगी? क्या अब जोखिम लेना ज़रूरी है? यह प्रश्न महत्व रखता था। धन के लालच में शायद नौकरी गँवानी पड़े और जेल की हवा खाने की नौबत आने पर इज़्ज़त-आबरू भी मिट्टी में मिल जाये सो अलग।

महत्त्व के प्रश्न पर उसने निर्णय लिया। साहस का अर्थ 'अन्धे कुएँ में छलाँग लगाना' होता है। इक़बाल से अब मुँह मोड़ लेने में उसकी भलाई थी, उसका सुख था, उसकी शान्ति थी। लेकिन यह निर्णय मकड़ी के जाल में फँसी हुई मक्खी का था।

दोपहर के बाद ट्रांज़िट-पार्सल गणपत चालके के एक्सपोर्ट सेक्शन यानी निर्यात अनुभाग में आये और सेसिल के पार्सलों का ढेर उसके आगे लगा। उसके दोनों साथियों ने तिरछी नजरों से उसकी तरफ़ देखा। उसने मुँह फेर लिया। फिर सन्देह हुआ। क्या वे दोनों डी.आर.आई. से मिले होंगे? (इक़बाल ने उन दोनों को शामिल नहीं करने को कहा था।)

दोपहर के खाने के बाद अपनी आदत के अनुसार गणपत ने जी.पी.ओ. के सामने के मद्रासी होटल में चाय पी और वापस अपने अनुभाग में आया। काम से उसका जी उचट गया था। अकुलाहट पसीना बनकर उसके माथे पर छा रही थी। जो कोई भी शख़्स उसके सामने से गुज़रता, उसे अहसास होता, जैसे वह डी.आर.आई. का जासूस हो।

मेज़ पर पड़े हुए टेलीफ़ोन की घंटी दनदना उठी। वह काँप उठा। मानो रिसीवर के बजाय वह साँप को उठाता हो, ऐसे डरते-डरते उसने हाथ बढ़ाया। जिसका ख़ौफ़ था, वही आवाज़ उसके कानों से टकराई—

"गणपत!"

"जी!"

"मैं इक़बाल बोल रहा हूँ। पाँच मिनट बाद दूसरी मंज़िल के शौचालय में आकर मुझसे मिलो।"

गणपत की साँस रुक गयी। उसे कुछ कहने का अवसर ही नहीं मिला। वह कुछ सोचे, कुछ कहे, इससे पहले तो लाइन कट चुकी थी।

असली दुविधा अब शुरू हुई। जाना चाहिए या नहीं? विचारों का बवंडर चला। चैन से वह यहाँ बैठ भी कहाँ सकता था? मिनट-मिनट पर वह कुर्सी पर पहलू बदलता था।

आखिर उसी दुविधा में खड़े होकर वह सीढ़ियाँ उतरकर दूसरी मंज़िल पर आया। सारा मनोबल समेटकर उसने तय किया, इक़बाल से स्पष्ट 'ना' कह दूँगा। चाहे कुछ भी हो, साफ़-साफ़ शब्दों में 'ना' कह दूँगा।

वह शौचालय में दाखिल हुआ, तब इक़बाल वहाँ नहीं था। (ऐसा उसने माना।) उसके सिर पर से मानो मनों बोझ हट गया। शरीर हल्का हो गया। थोड़ा और हल्का करने के लिए पेशाब करते एक डाकिये से थोड़ा अन्तर रखकर वह भी खड़ा रह गया।

डाकिया पेशाब कर बाहर गया और हौले से लेटरिन का दरवाज़ा खुला, गणपत ने चेहरा थोड़ा मोड़कर पीछे देखा तो इक़बाल खड़ा था। उसकी हालत विचित्र हो गयी।

तेजी से पतलून के बटन बन्द कर वह इक़बाल से मुख़ातिब हो, इससे पहले इक़बाल ने कहा, "इस वक्त चार बजे हैं। ठीक पाँच बजकर चालीस मिनट पर मैं वापस आऊँगा। तुम्हें कुछ भी करना नहीं है। सिर्फ इतना ख़याल रहे कि तुम्हें सब से आखिर में निकलना है।"

अब उसने पलटकर इक़बाल को देखा, "क्या कहा?"

"इस बार सारी ज़िम्मेदारी मेरी है।"

"यानी...?"

"तुम सबसे आखिर में निकलोगे, तब मैं अन्दर होऊँगा।" इक़बाल ने उसे समझाया, "और सारी रात अन्दर गुज़ारूँगा। जो काम तुम अपने दो साथियों के साथ मिलकर करते थे, वह मैं अकेला निपटा लूँगा।"

"मगर तुम बाहर कैसे निकलोगे?" जाने-अनजाने अब तक गणपत की दुविधा दूर हो गयी थी। वापस इक़बाल के जुर्म में शामिल होने से पहले वह पूरी तसल्ली चाहता था।

"जाने से पहले तुम चपरासी से गुज़ारिश करना कि कल तुम्हें ओवरटाइम करना

है, इसलिए तुम जल्दी आओगे। वह तुम्हें चाबी देगा।"

"और न दे तो?"

"सुबह आठ बजे उसे आने को कहना और दरवाज़ा खुलवाकर उसे चाय पीने के लिए छोड़ देना, समझे?"

गणपत ने सिर हिला दिया।

ठीक पाँच बजकर चालीस मिनट पर इक़बाल गणपत चालके के अनुभाग में दाखिल हुआ। उसके पीछे दो टपोरी नौ पार्सल छोड़ गये। इन सारे पार्सलों में पत्थर भरे थे और एक-एक पार्सल का वज़न पैकिंग के साथ दस किलो था।

विदेश भिजवाने के पार्सल यहाँ लिए जाते थे, इसलिए इक़बाल पर किसी को शक होने का प्रश्न नहीं था। वह व्यापारी बनकर पार्सलों के साथ यहाँ आया था। दूसरे, दफ्तर बन्द होने के समय सभी कर्मचारी घर निकलने की तैयारियाँ शुरू कर देते हैं।

गणपत भीतर-ही-भीतर अपने आपको छलावा दे रहा था। इसमें जोखिम ही क्या है? कुछ नहीं। इसमें मुझे करना क्या है? कुछ भी नहीं। डी.आर.आई. के पास सबूत क्या है? कुछ भी नहीं।

मानो इक़बाल सचमुच व्यापारी हो, ऐसे गणपत ने रजिस्टर खोला। अब तक इकबाल की चौकन्नी नज़रों ने छिपने के लिए सुरक्षित स्थान खोज निकाला था। थोड़े फासले पर हांगकांग के पार्सलों का ढेर सबसे ऊँचा था। उसके पीछे भरा-पूरा हाथी छिप जाये, तब भी किसी को पता न चले।

वह धीरे-धीरे खिसकता हुआ बादलों के पीछे दुबकते हुए सूरज की तरह पार्सलों के ढेर के पीछे ग़ायब हो गया। थोड़ी देर में निर्यात विभाग के कर्मचारी भी घर जाने के लिए रुख़्सत हो गये।

चपरासी को घर जाने की जल्दी थी, पर वह लाचार था। वह गणपत की मेज़ के पास आया, "काय (क्यों) साब! आज ओवरटाइम करने का विचार है?"

"नहीं रे," कहते हुए उसने अपनी मेज़ साफ की, "मगर कल ज़रूर करना पड़ेगा।"

प्यून के साथ आगे बढ़कर वह दरवाज़े तक पहुँचे, इससे पहले उसे ध्यान आया, बड़े साहब अब भी अपने काम में उलझे थे। उनकी मेज़ पर पड़ी फ़ाइलों के ढेर को देखकर ऐसा लगता था कि आज वे शायद रात पाली करेंगे।

गणपत के पाँव फूल गये। इस वक़्त उसकी स्थिति साँप के मुँह में छछून्दर जैसी थी। वह न बाहर जा सकता था, न अन्दर। इक़बाल को बेसहारा छोड़कर बाहर कैसे जाये? बड़े साहब किसी कारणवश पार्सलों की चेकिंग करने खड़े हों तो? और मेज़ साफ कर एक बार उठ जाने के बाद फिर से काम करने बैठे तो

चपरासी क्या सोचेगा? चपरासी ने उसके चेहरे की परेशानी भाँप लेते हुए पूछा, "साब, तबीयत ठीक है ना?"

"हाँ, हाँ!"

"तो ऐसे खड़े क्यों हैं?"

"सोच रहा हूँ, बड़े साब अभी बैठे हैं।" उसने जवाब सोच निकाला, "मैं भी थोड़ा और काम निपटा लूँ, वरना सुबह सात बजे मुझे आना पड़ेगा।"

दिमाग़ी गुत्थियों में उलझता हुआ वह वापस लौटा, तो बड़े साब ने नज़रें उठायीं। आँखें चार होने पर गणपत ने अपराधी को शोभा दे, ऐसी धुँधली मुसकान फैलायी।

अपनी कुर्सी पर बैठते हुए उसने फिर बही खोल ली। सुबह के शिप से आये हुए पार्सलों को वह दर्ज करने लगा। यह उसका काम था, उसकी ज़िम्मेदारी थी।

इक़बाल पार्सलों के क़िले के पीछे दुबककर बैठा था। उसे लगा, आज उसकी तक़दीर उसके साथ नहीं थी।

साँझ ढली, बड़े साहब की मेज पर का लैम्प जल उठा। गणपत ने उठकर बिजली का बटन दबाया। उसके माथे पर ट्यूब लाइट दप-दप होने लगी। साथ ही वह काँप गया, दरवाज़े के पीछे से उसने किसी को झाँकते हुए देखा था। क्या वह खान था? उसका अन्दाज़ा बिल्कुल सही था।

38

गणपत चालके का घर जाने का रोज़ का समय साढ़े पाँच का था। जी.पी.ओ. की आलीशान इमारत से निकलकर वह वी. टी. स्टेशन से कुर्ला के लिए गाड़ी पकड़ता था। लेकिन आज वैसा नहीं हुआ। स्वाभाविक था कि उसे 'शेडो' कर रहे खान को शंका हो।

खान ने तीसरी मंज़िल पर आकर दरवाज़े से एक नज़र देख लिया। गणपत मेज पर पड़ी बही में नोट्स दर्ज करने में व्यस्त था। थोड़े अन्तर पर टेबल-लैम्प के प्रकाश में बड़े साहब अपनी फ़ाइलों में खोये थे।

दोनों प्रामाणिकता से ओवरटाइम कर रहे थे, यह देखकर खान को थोड़ी निराशा हुई। उसने सोचा था, कम-से-कम गणपत पार्सलों से छेड़खानी करता हुआ दिखाई देगा। अगर ऐसा हुआ होता तो उसे जैकपॉट हाथ लगने की खुशी होती।

अब खान के मन में नयी गुत्थियाँ पैदा हुईं। क्या गणपत घड़ियों की तस्करी

में सीधे शामिल नहीं होगा? या वह बिल्कुल निर्दोष है? इन प्रश्नों के उत्तर आसान नहीं थे। वह फिर नीचे आया और मसलों को जोड़ता और जवाबों को तोड़ता हुआ एक कोने में खड़ा रहा।

ठीक नौ बजकर चालीस मिनट पर बड़े साहब का टेबल लैम्प बुझा। प्रकाश का दायरा सिमट गया। वे अपनी कुर्सी से उठकर बाहर जाने से पहले गणपत की मेज़ के पास रुके।

"काम बहुत है क्या?"

अदब से खड़े होकर उसने 'हाँ' कहा।

"कल सुबह जल्दी आ जाना।"

गणपत आज पहली बार मन-ही-मन बुदबुदाया, "साब, आप ही ने मेरी आदत बिगाड़ी है।"

"वह कैसे?"

"आज का काम कल पर न डालो, ये शब्द किसके हैं?"

"मेरे!" बड़े साहब थोड़ा हँसे, "मगर वे तुम्हारे लिए नहीं, तुम अपवाद हो गणपत।" कहते हुए उन्होंने उसकी पीठ भी थपथपाई, "अब उठो भी, बहुत देर हो चुकी है।"

"एक शर्त पर," उसने मौका हथिया लिया, "कल सुबह मुझे आठ बजे से काम करने की इजाज़त दी जाये।"

इस बार साहब ने पूरी मुसकान फैलाई।

गणपत बही तथा पेन बन्द कर उनके साथ आगे बढ़ा। दरवाज़े पर स्वयं साहब ने चपरासी को सूचना दी, "कल चालके साहब आठ बजे आयेंगे।" फिर कुछ याद आने पर उन्होंने पूछा, "गणपत! तुम विक्रोली के करीब कहीं रहते हो ना?"

"जी साब, कुर्ला में।"

"तुम्हारा घर मेरे रास्ते में पड़ेगा, मैं तुम्हें छोड़ दूँगा।"

बातें करते हुए दोनों सीढ़ियाँ उतरने लगे। इसी दौरान चपरासी ने दरवाज़ा बन्द किया और दूसरी मंज़िल पर आते हुए उसकी नजर गणपत पर पड़ी। उस समय साब शौचालय में गये हुए थे।

"कहाँ रहते हो?" गणपत ने उसे रोकते हुए पूछा।

"विरार।"

"वह तो बहुत दूर है।" गणपत ने अफ़सोस जताते हुए कहा, "कल समय पर आ सकोगे?"

"समय पर तो आ जाऊँगा, मगर आपके समय पर आना ज़रा मुश्किल है। अगर आपको ऐतराज़ न हो तो..."

"तो?"

"ये चाबी अपने पास रख लें।"

गणपत ने तुरन्त चाबी अपनी जेब में डाल ली।

खान ने देखा, चपरासी जी.पी.ओ. के प्रवेशद्वार से बाहर निकला और 'मेरा जूता है जापानी' गुनगुनाता हुआ, विरार लोकल पकड़ने के लिए चर्चगेट की तरफ़ निकल गया।

एक मिनट बाद गणपत बड़े साहब के साथ दिखाई दिया। बड़े साहब ने उसे अपनी कार में स्नेहपूर्वक आगे की सीट पर बिठाया और खुद ड्राइवर की सीट पर बैठ गये। तुरन्त कार शुरू होकर दौड़ गयी।

खान को अपना ही सिर पीट लेने की इच्छा हुई। इस वक़्त दिन का उजाला होता तो उसे तारे नज़र आते। मगर रात अँधेरी थी, मटमैली थी। न उसमें कहीं चन्द्रमा था, न तारे। उसमें कुछ हो तो वह गहरी मायूसी थी।

दुबई का जहाज़ आ चुका था। पार्सल आ गये थे, और अभी तक किसी ठग ने न गणपत से सम्पर्क किया था, न गणपत ने ही ऐसी कोई हरकत की थी, जिससे उस पर शंका दृढ़ हो। बल्कि आज तो शंका लगभग नदारद हो गयी। अब गणपत का पीछा करने का भी कोई मतलब नहीं था।

घर जाने से पहले खान ने पहला क़दम बढ़ाया और सामने के फुटपाथ पर कुछ हरकत हुई, पेड़ की आड़ में खड़ा कोई शख़्स फुर्ती से खिसक गया था।

रास्ता पार कर खान पेड़ तक आया और हैरानी से देखता रहा। उसके सामने कस्टम्स कलेक्टर का चुना हुआ अधिकारी डिसूजा खड़ा था। भेद खुल जाने की परेशानी उसके चेहरे पर साफ नज़र आ रही थी।

"तुम यहाँ क्या कर रहे हो डिसूजा?" खान ने सीधा प्रश्न किया।

"तुमसे झूठ नहीं बोलूँगा।" उसने स्वीकार किया, "इक़बाल को शैडो करने का मुझे आदेश है।"

"मगर कलेक्टर साहब को स्पष्ट सूचना दी गयी थी कि वे इस मामले में अपनी टाँग न अड़ाएँ।"

"सच, मगर अपने चीफ के आदेश का पालन करना मेरा कर्तव्य है।"

अब तक खान अपनी नाकामी के लिए स्वयं की बुद्धि एवं भाग्य को दोष दे रहा था। अब उसे समझ में आया कि कलेक्टर की यश पाने की बेवक़ूफ़ी की वजह से डी.आर.आई. की चाल इक़बाल ने भाँप ली थी। मगर अब क्या?

अपने गुस्से को क़ाबू में रखते हुए उसने नये सिरे से शुरुआत की, "इक़बाल को तुमने आख़िरी बार कब देखा था?"

"शाम पाँच बजे से पहले वह यहीं था।"

"यहाँ, मतलब?"

"उस कबूतरख़ाने के पास।"

"फिर?"

"अचानक ग़ायब हो गया।"

"तब तुम यहाँ क्या कर रहे हो?"

"मुझे शक है, वह यहीं कहीं होना चाहिए।"

"इस वक़्त रात के पौने दस बजे हैं।" खान ने कलाई-घड़ी देखते हुए बताया, "वह यहाँ क्यों होगा?"

"सेसिल से पार्सल आ गये हैं।"

"सही।"

"उसके पास एक्सपोर्ट सेक्शन के दरवाज़े की चाबी होनी चाहिए," कहते हुए उसने एक शब्द और जोड़ा, "डुप्लीकेट।"

खान चौंका। ये बात उसके ध्यान में नहीं आयी थी। गणपत तथा बड़े साहब के जाने के बाद इक़बाल जी.पी.ओ. में घुसे, इसकी पूरी सम्भावना थी।

"ठीक है।" तेजी से सोच लेते हुए खान बोला, "तुम यहीं रुको, मैं तीसरी मंज़िल पर बैठता हूँ।"

खान सीढ़ियाँ चढ़कर फिर ऊपर आया और उसने सीधे दरवाज़े की तरफ़ देखा। बाहर अलीगढ़ का मजबूत ताला झूल रहा था। अन्दर हांगकांग के पार्सलों के पीछे इक़बाल इत्मीनान से बैठा था। उसे अपना काम निपटाने की तनिक भी जल्दी नहीं थी। सारी रात उसकी थी।

गणपत और बड़े साहब के जाने के बाद वह और दो घंटे चुपचाप बैठा रहा। सावधानी के लिए यह ज़रूरी भी था। शायद कोई कुछ भूल गया हो और वापस आये। शायद बड़े साहब ही लौट आयें। उनके पास अतिरिक्त चाबी हो, तो वह एक मामूली चोर की तरह फँस जाये।

और आध घंटे तक इन्तज़ार कर रात के बारह बजे के बाद वह बाहर निकला। उसके पास उँगली जितनी छोटी टार्च थी। उसका बटन दबाते ही सीमित क्षेत्र में फीका प्रकाश फैल गया। धीरे-धीरे आगे बढ़कर वह सेसिल के पार्सलों के ढेर तक पहुँचा।

उस समय खान बन्द दरवाजे के बाहर अँधेरे पैसेज के एक कोने में इक़बाल के आने की प्रतीक्षा में उबासियाँ ले रहा था। उसका दिल कहता था, चूहा चूहेदानी में नहीं आयेगा, क्योंकि चूहेदानी की बू चूहे को लग गयी है। खान की कल्पना सही थी, फिर भी वह गलत था।

इक़बाल ने एक के बाद एक सभी पार्सलों पर से पट्टियाँ सील के साथ हटाकर

उनमें से घड़ियाँ निकालीं और पत्थर भरे। जिन पार्सलों में वह पत्थर भरकर लाया था, उनमें घड़ियाँ भर दीं और सभी पार्सल फिर से बन्द कर उनमें सिर्फ़ सेसिल के पार्सल उनके स्थान पर लगा दिये।

खान अभी तक कई बार घड़ी देख चुका था। उसने अन्तिम बार देखी, सुबह के पाँच बजे थे। उसने उम्मीद छोड़ दी। चुपचाप वह नीचे चला गया।

इक़बाल के लिए यह समय फ़जर की नमाज़ का था, और नमाज़ पढ़ने से पहले हाथ-पैर और मुँह धोना यानी कि वुज़ू करना ज़रूरी होता है। वुज़ू करने के लिए पानी चाहिए।

मिनी टार्च के सहारे वह विशाल खंड में पानी की तलाश में निकला। थोड़ी देर बाद उसने कोने में पड़ी पीने के पानी की मटकी देखी। उसी के पानी से उसने वज़ू किया और स्वच्छ जगह ढूँढ़कर नमाज़ अदा की।

धीरे-धीरे खिड़कियों के काँच उजले होने लगे। कहीं सूरज सिर उठा रहा था। अँधेरा छँट रहा था।

ठीक आठ बजे दरवाज़ा खुला, तब वह हांगकांग के पार्सलों के क़िले के पीछे सुरक्षित बैठा था। उसने दो पार्सलों के बीच की दरार में देखा तो गणपत उसी की दिशा में तेजी से क़दम बढ़ा रहा था।

"इक़बाल!" अन्त में उसने सामने आकर कहा, "यहाँ से पार्सल बाहर कैसे ले जाओगे?"

"मेरे आदमी नीचे खड़े होंगे।"

"जल्द बुला लो।"

इक़बाल तुरन्त बाहर निकलकर नीचे आया। उसके तीन साथी आठ बजे से पहले ही टैक्सी रोककर उसकी राह तकते बैठे थे। इक़बाल को प्रवेश में से आता हुआ देखकर वे बाहर निकले।

इक़बाल ड्राइवर की बग़ल में बैठ गया। तीनों साथी ऊपर दौड़ गये। इनमें एक था दगड़ू, दूसरा था माइकल और तीसरा सदरू था। उन तीनों ने इस वक़्त डाकियों की पोशाक पहन रखी थी। उनके कन्धों पर डाकियों के झोले थे, हाथ में खाली बोरियाँ थीं।

हर एक ने एक-एक बोरे में तीन-तीन पार्सल डाले और पन्द्रह मिनट में वापस नीचे आकर टैक्सी में घुस गये। एक बोरा कैरियर पर तथा दूसरे दो डिक्की में बन्द थे। टैक्सी डोंगरी के गोदाम की तरफ़ तेजी से आगे बढ़ गयी।

डी. आर. आई. के चीफ चक्कर खा गये।

खान ने एक और सप्ताह तक गणपत पर नज़र गड़ाये रखी थी। आखिर सेसिल जाने वाला जहाज़ बम्बई के बन्दरगाह में आने पर शंकास्पद पार्सल सीलबन्द चढ़ा

दिये गये थे। (अलबत्ता इस बार उनमें पत्थर भरे थे।)

एक भी पार्सल टूटा न था। एक भी पार्सल कम नहीं हुआ था, सारी सीलें ज्यों-की-त्यों थीं। नामुमकिन! चीफ मन-ही-मन झुँझला रहे थे। तस्करों ने ज़रूर कोई अद्‌भुत तरकीब आज़माई होगी, इस बारे में उन्हें शंका नहीं थी।

महीने में दुबई से दो जहाज़ आते थे। करीब एक पखवाड़ा राह देखनी थी। मगर इस बार वे स्वयं मैदान में उतरने वाले थे। अपना वातानुकूलित केबिन छोड़कर वे निर्यात अनुभाग की जाँच शुरू करने वाले थे, क्योंकि अली से जो जानकारी मिली थी, वह पक्की थी। खान का विश्वास डगमगाते हुए देखकर उन्होंने यही दलील दी।

वह बोल उठा, "सर, आपकी बात सच भी मान लें तो गणपत चालके कहीं तो ग़लती करता! पूरे बारह दिन मैंने उसे शैडो करने में गुजारे हैं। न वह किसी से मिला, न किसी उचक्के ने उससे सम्पर्क किया, न ही वह किसी ऐसी-वैसी जगह पर पाया गया।"

"शायद वह जान गया हो कि कोई उस पर नज़र रख रहा है, वह सावधान हो गया हो।"

"यह भी मान लें कि आपकी बात सही है, तब पार्सलों का क्या? एक भी पार्सल की सील क्यों नहीं टूटी है?"

"इसलिए कि वह सील मैं तोड़ने वाला हूँ।" व्यंग्य में उत्तर देते हुए चीफ ने मेज़ पर हाथ पछाड़ा।

खान चौड़ी आँखों से उनकी तरफ़ देखता रहा।

कभी किसी पार्टी या जलसे में शादी के बारे में प्रश्न पूछे जाने पर मेरा उत्तर सुनकर लोग पलभर मेरा चेहरा वैसे ही देखते रहते हैं। प्रश्न होता है—आबिद भाई, आपने लव-मैरेज की है या अरेंज-मैरेज। मेरा उत्तर होता है, "सरप्राइज-मैरेज।"

हक़ीक़त में मेरी शादी के विषय में कुछ वैसा ही हुआ था। दिनभर चित्रकारी का काम कर शाम में मैं घर लौटा तो डोंगरी के चौराहे पर एक परिचित से पता चला कि मेरी सगाई हो चुकी है।

मुझे यक़ीन नहीं आया, क्योंकि मेरी शादी सम्भव नहीं थी, मेरी शर्त—जब तक मुझे अलग कमरा नहीं मिलता, मैं शादी नहीं करूँगा—पूरी करना परिवार के लिये नामुमकिन था।

वहाँ से आगे बढ़ मैं अपने मकान के नीचे आया तो दूसरे एक मित्र ने बधाई दी। इस बार मैं चौंका, क्या घर पर किसी को डरबी की लॉटरी लगी होगी? अगर ऐसा हुआ हो, तभी मेरे लिए एक कमरा खरीदा जा सकता था।

हुआ भी कुछ वैसा ही था। मेरे चाचा डॉक में काम करते थे। भ्रष्टाचार के लिए मशहूर घड़ियाल गोदी (भाऊचा धक्का) में उन्होंने ईमानदारी से दस वर्ष की

नौकरी की थी। उनके सेठ जी ने प्रसन्न होकर उन्हें धन्धे में 'चार आनी' भागीदार बनाया था। यह राज़ कोई नहीं जानता था।

उसी महीने पूरे वर्ष का हिसाब होने पर उनके हिस्से में साठ हज़ार रुपये आये और उन्होंने सबसे पहले मेरी शादी के लिए एक अलग कमरा खरीदा।

मेरे बुजुर्गों ने मेरी शर्त पूरी की थी। अब मेरे लिए शादी के चंगुल से निकलने का कोई उपाय नहीं था। सीढ़ियाँ चढ़ते हुए बुजुर्गों द्वारा बतायी गयी आख़िरी लड़की की तस्वीर मेरी आँखों के सामने तैर गयी। पलभर रुककर मैंने उसी समय निर्णय लिया—मुझे अपनी ज़िम्मेदारी को पूरी प्रामाणिकता के साथ निभाना है।

ठीक एक पखवाड़े के बाद दुबई से ब्रिटिश इंडिया कम्पनी का जहाज़ एम. वी. डमरा बम्बई आ पहुँचा। सभी पोस्ट पार्सल विदेश डाकभवन के आयात अनुभाग से होकर जी.पी.ओ की तीसरी मंज़िल पर निर्यात अनुभाग में आ पहुँचे। इसके पहले डी.आर.आई. के चीफ के साथ खान भी आकर बड़े साहब (प्रबन्धकर्ता) से गपशप लड़ाते हुए बैठा था।

पार्सलों की छँटाई शुरू हुई। अलग-अलग देशों के पार्सलों के अलग-अलग ढेर तैयार होने लगे। एक तरफ सिंगापुर के ट्रांज़िट-पार्सलों का ढेर बढ़ रहा था, तो दूसरी तरफ जापान के। तीसरी तरफ हांगकांग के पार्सलों का ढेर सिर उठा रहा था तो चौथी तरफ सेसिल के।

सेसिल के पार्सलों की ज़िम्मेदारी गणपत चालके की थी। वह पार्सलों के लेबल जाँच रहा था और पतलून में उसके पैर काँप रहे थे। डी.आर.आई. के चीफ की मौजूदगी ने उसे भीतर तक हिला दिया था।

दो घंटे में छँटनी हो जाने पर चीफ खान के साथ उठकर गणपत के सामने आया। जैसे कुछ जानते ही न हों, ऐसे उन्होंने पूछा, "कहाँ के पार्सल हैं?"

"दुबई से आये हैं सर, सेसिल के हैं।"

"अन्दर क्या है?"

"सर्जिकल इन्स्ट्रूमेंट।"

"पार्टी कौन है?"

"शेख अब्दुल मलिक।" गणपत ने लेबल पढ़कर नाम बतलाया।

"अब ये बताओ कि इसी शेख ने पिछले महीने कुछ भेजा था या नहीं?"

गणपत ने टेबल पर पड़ा हुआ रजिस्टर खोला और अनजान होने का ढोंग करते हुए प्रविष्टियों पर उँगली घुमाई। थोड़ी देर बाद सिर उठाकर बताया, "पिछले महीने नौ-नौ पार्सल दो बार आये थे।"

"उसमें क्या था?"

उसने फिर रजिस्टर में देखने का ढोंग किया, "वही साहब, जर्राही में इस्तेमाल होने वाले औज़ार।"

अब तक अपना काम निपटाकर बड़े साहब भी चीफ तथा खान के बीच आ खड़े हो गये थे। पिछली प्रविष्टियाँ एक के बाद एक खुल रही थीं। चीफ का कुतूहल पल-पल बढ़ रहा था। पिछले डेढ़ वर्षों से दुबई का शेख सेसिल की एक पार्टी को जर्राही के औज़ार निर्यात कर रहा था।

"लगता है सेसिल के डॉक्टर एक बार ऑपरेशन करने के बाद अपने औज़ार कचरे की टोकरी में डाल देते होंगे!" चीफ ने गणपत की तरफ देखते हुए करारा व्यंग्य किया, "वर्ना हर महीने अठारह पार्सल भरकर सर्जिकल औज़ार आयात नहीं करेंगे।"

गणपत चुप रहा, मगर बड़े साहब ने नया धमाका किया, "यह मामला आप समझ रहे हैं, उससे कुछ ज़्यादा ही पेचीदा है।"

चीफ ने उनकी तरफ देखा "मतलब?"

"सेसिल की जिस पार्टी के नाम यह पार्सल जाते हैं, वह बोगस है।"

"आपका मतलब है, उन पार्सलों को सेसिल्ल में कोई स्वीकार नहीं करता?"

"सही, और हर महीने सेसिल से फिर बम्बई होते हुए ये वापस अपने असली मालिक के पास पहुँच जाते हैं।"

"फैंटास्टिक!" कहते हुए चीफ ने आदेश दिया, "खोल डालो!"

गणपत के साथ बड़े साहब भी चौंक गये, "क्या कहा आपने?" आखिर बड़े साहब ने पूछा।

"मुझे देखना है कि इनमें क्या है?"

"ट्रांज़िट पार्सल खोलने का हमें अधिकार नहीं है, ये आपके ध्यान में होगा ही।"

"यह जानकर ही मैं नियम को तोड़ रहा हूँ।" फिर ज़ोर देते हुए दोहराया, "पार्सल खोलो, ज़िम्मेदारी मेरी है।"

गणपत ने काँपते हाथों से एक पार्सल की सील तोड़कर पट्टियाँ हटाईं और उसे खोला। ठूँस-ठूँसकर अन्दर भरी हुई क़ीमती घड़ियों को देखकर गणपत के अलावा सभी की आँखें चौड़ी हो गयीं। (चीफ से यह अनजान न रहा।)

यह तो अभी शुरुआत थी। एक के बाद एक नौ पार्सलों के खुलते ही अलीबाबा का ख़ज़ाना खुल गया। एक-एक पार्सल में लगभग दो सौ घड़ियाँ थीं। इन घड़ियों के साथ उनके पट्टे नहीं थे, लेकिन दो पार्सल ऐसे भी थे, जिनमें सौ-सौ घड़ियाँ और सौ-सौ पट्टे थे।

सूफ़ी बताता है कि वह दिन पहली अगस्त का था। उसी समय डी.आर.आई. ने विशेष पंचनामा करके वहाँ से तीन अधिकारियों के हस्ताक्षर लिये।

तीन अगस्त को दोपहर साढ़े तीन बजे कस्टम्स ऐक्ट-108 (1962) की धारा का

उपयोग कर गणपत चालके को वहीं घेर लिया गया। (इस धारा के अनुसार शंका के आधार पर किसी भी व्यक्ति को समन्स भेजकर गिरफ़्तार किया जा सकता है।)

दूसरी बारी इक़बाल की थी। डी.आर.आई ने साढ़े चार बजे उसके गोदाम पर छापा मारा, उस समय वहाँ टेलीफ़ोन सन्देश लेने के लिए केवल एक टपोरी बैठा था।

डी.आर.आई को वहाँ से कुछ भी नहीं मिला, अलबत्ता खान को ज़रूर निराशा मिली, क्योंकि इक़बाल शादी करके हनीमून पर निकल गया था।

शादी टालने के लिए इक़बाल ने प्रभावशाली नाटक खेला था, फिर भी ऐसा कैसे हुआ? पाठकों के मन में यह सवाल उठना स्वाभाविक है। अपने होने वाले ससुर के सामने स्पष्ट रूप से अपनी धौंस एक 'दादा' के रूप में जमाई थी और गली के दादा को कोई अपनी बेटी नहीं देता।

सूफ़ी बतलाता है कि गोदाम में उसका साक्षात्कार लेकर वे दोनों बुजुर्ग परेशान ज़रूर हुए, मगर कोई निर्णय नहीं ले पाये थे। इसकी वजह थी–सिक्के का दूसरा पहलू। इक़बाल का एक पहलू अन्धकारमय था तो दूसरा उतना ही उजियारा।

उसके इन दो पहलुओं के बीच दीवार-घड़ी के पैंडुलम की भाँति झूलते वरिष्ठों ने कुछ और पूछताछ करने का निश्चय किया। इक़बाल ने मानो उनकी आँखों में विचार पढ़ लिये हों, ऐसे उसने डोंगरी के अपने एक मित्र को फ़ोन लगाया।

"सफ़दर! जो मैं कहूँ वह ध्यान से सुनो।" मित्र को उसने रिसीवर में बताया, "दसेक मिनट में दो सज्जन तुम्हारे यहाँ आयेंगे।"

"उनका क्या?"

"वे मेरे बारे में तुमसे चन्द सवाल करेंगे, जवाब में तुम्हें सिर्फ़ यह बताना है कि लड़का एक नम्बर का डामिस है।"

"यार, तुम जानते हो कि मैं झूठ नहीं बोलता।" मित्र सत्यवादी था। इक़बाल को दिलासा देते हुए उसने जोड़ा, "इतना यक़ीन रखना, मुझसे जो सवाल पूछेंगे, उनके मैं सही-सही जवाब दूँगा।"

"उसमें थोड़ा मिर्च-मसाला छिड़कने की मैं तुम्हें इजाज़त देता हूँ।"

मित्र ने अब मूल प्रश्न उठाया, "मगर क्यों?"

"शादी कर किसी लड़की की ज़िन्दगी मैं बरबाद नहीं करना चाहता।"

"तो क्या ताउम्र ब्रह्मचारी बने रहने का इरादा है?"

"शायद।"

"मगर इस्लाम ब्रह्मचर्य का तरफ़दार नहीं है।"

"तो यूँ समझ लो कि मौजूदा हालात में मैं शादी नहीं कर सकता।" कहते हुए उसने ज़ोर देकर जोड़ा, "अब तो तुम मेरे कमजोर पहलू पर धुआँधार भाषण दोगे ना?"

मित्र ने हँसते हुए रिसीवर रखा और दोनों बुजुर्गों ने उसके चौखट पर दर्शन दिये।

"सफ़दर भाई आप ही हैं?"

उसने 'हाँ' कहते हुए दोनों का आदरपर्वूक स्वागत किया, बैठने के लिए कुर्सियाँ दीं। औपचारिकता ख़त्म होने पर दूसरे साक्षात्कार की शुरुआत हुई। लड़की के पिता ने पहला सवाल किया, "क्या यह सच है कि आपका दोस्त इक़बाल पाँचों वक़्त की नमाज़ पढ़ता है?"

"जी।"

"हर जुम्मे की नमाज़ पढ़ने के लिए मस्जिद जाता है?"

"जी... जी।"

"रमज़ान के मुबारक महीने में उसका एक भी रोज़ा नहीं चुकता?"

"जी हाँ!"

"मोहर्रम के दस दिन वह शोक मनाता है?"

"सही।"

"क़ुरान मजीद तथा इस्लाम का उसने गहराई से अध्ययन किया है?"

"बिल्कुल सच।"

"अब ये बताइये, उसमें पान, बीड़ी, सिगरेट, शराब या जुए जैसी कोई बुराई है?"

"जी नहीं।"

दोनों सज्जनों ने एक-दूसरे के सामने देखा और सन्तोष प्रकट करते हुए उठ खड़े हुए। सफदर तुरन्त बोल उठा, "और कुछ नहीं पूछना है?"

उसका आभार मानते हुए दोनों बुजुर्ग बाहर निकल गये।

जिस कुल में इक़बाल की शादी हुई, उस कुल में मेरी भी हुई।

इक़बाल की पत्नी का नाम मासूमा है।

मेरी पत्नी का नाम भी मासूमा है।

हम दोनों एक ही माहौल में पलकर बड़े हुए हैं, एक ही स्कूल में पढ़े हैं। दोनों के हालात भी समान थे। ग़रीबी के सामने दोनों निरन्तर जूझे हैं, फिर भी दोनों के रास्ते विपरीत दिशाओं में दौड़ गये।

इक़बाल मानता है—क़िस्मत का खेल।

मैं बता चुका हूँ, जिस मार्ग पर मैं खड़ा हूँ, वह रास्ता मैंने खुद चुना है। वही मेरा पानीपत है और मेरा स्वर्ग भी।

आप क्या मानते हैं?

❑❑

परिशिष्ट

‘महानगर’ सान्ध्य दैनिक (बम्बई) ने यही उपन्यास ‘डोंगरी की भूलभुलैया’ के नाम से धारावाहिक रूप में प्रकाशित किया था (1992)। उसके अन्त में कथाकार तथा इक़बाल दोनों के साक्षात्कार भी प्रकाशित किये गये थे, ताकि पाठकों के मन में उभरते चन्द प्रश्नों के उत्तर मिल सकें। वे दोनों साक्षात्कार भी हमने यहाँ दिये हैं।

–प्रकाशक

आबिद सुरती से लम्बी बातचीत : प्रणव प्रियदर्शी

प्रश्न–यह उपन्यास लिखने की प्रेरणा आपको कैसे मिली?

उत्तर–सबसे पहले मैं एक बात साफ़ कर दूँ कि दरहक़ीक़त यह उपन्यास नहीं, मेरी आत्मकथा है। सिर्फ़ इसे उपन्यास का फॉर्म दिया गया है। प्रायः आत्मकथाएँ बड़ी शुष्क होती हैं और लोग उसमें रुचि नहीं ले पाते। इसलिए मैंने इसे उपन्यास का रूप देकर रोचक बनाने की कोशिश की, वरना इसमें कहीं भी कल्पना शामिल नहीं है। सिर्फ सुरैया (उपन्यास में आबिद की प्रेमिका) का नाम काल्पनिक है, ताकि उसके वैवाहिक जीवन पर कोई असर न पड़े। बाक़ी सभी पात्र, उनके नाम, समय, तारीख आदि घटनाएँ सच हैं।

वैसे आत्मकथा लिखने की मैं काफी दिनों से सोच रहा था। तभी एक दिन किसी जलसे में इक़बाल (सूफ़ी) से मेरी मुलाकात हुई। उनसे परिचय हुआ। धीरे-धीरे घनिष्ठता बढ़ने पर उन्होंने मुझे अपनी आपबीती सुनायी और मुझे एक अच्छा प्लॉट मिल गया। इसमें आत्मकथा और उपन्यास की रोचकता, दोनों का एक साथ निर्वाह किया जा सकता था। इसलिए मैंने सोचा कि यही वक़्त है आत्मकथा का एक बाब लिखने का।

प्रश्न–लेकिन इस आत्मकथा में आपने एक तस्कर के चरित्र को उतारने का फ़ैसला क्यों किया?

उत्तर–देखिए, मेरी परवरिश डोंगरी इलाक़े में हुई है। 1940 से 1976 तक मैं वहाँ रहा। वहाँ मैंने मुस्लिम बच्चों को अनायास तस्करी की ओर बढ़ते देखा है। फिर मुस्लिम समाज का जो यथार्थ है–अशिक्षा, अन्धविश्वास आदि के कारण उसकी जो बदतरी है, वह भी मेरे सामने स्पष्ट थी। मैं डोंगरी के उस माहौल और मुस्लिम समाज के हालात दोनों का चित्रण उपन्यास के जरिये करना चाहता था, लिहाज़ा मुझे लगा कि तस्कर के इस किरदार के माध्यम से ये दोनों बाते साफ़ हो जायेंगी।

प्रश्न–क्या आपको नहीं लगता कि यह उपन्यास तस्करी और तस्कर को ग्लोरिफ़ाई (महिमामंडित) करता है?

उत्तर–ग्लोरिफ़ाई करने का मेरा कोई इरादा नहीं था। मैंने हर जगह इक़बाल के तर्क से, अल्लाह पर सारी ज़िम्मेदारी थोप देने के उनके नजरिये से अपनी असहमति जतायी है। लेकिन उनके चरित्र के दो पहलू हैं। एक तरफ वे तस्कर हैं तो दूसरी तरफ वे पाँचों वक़्त की नमाज़ भी पढ़ते हैं, सादगीपूर्ण जीवन बिताते हैं। क़ुरान का उन्होंने अच्छा अध्ययन किया है। चूँकि यह बायोग्राफी है, कल्पना नहीं, इसलिए उनके चरित्र के किसी भी पहलू को मैं नज़रअन्दाज़ नहीं कर सकता। हो सकता है, इसी कारण उनका पात्र कुछ ग्लोरिफ़ाई हुआ हो, जैसा कि आप कहते हैं; वरना ऐसा करना मेरा मक़सद नहीं था।

प्रश्न–'डोंगरी की भूलभूलैया' उपन्यास है, जीवनी है और एक रिपोर्ताज भी। क्या आपको पत्रकारिता का भी अनुभव रहा है?

उत्तर–पत्रकारिता को पेशे के रूप में तो मैंने कभी नहीं अपनाया, लेकिन किसी-न-किसी रूप में उससे जुड़ा रहा हूँ। हाँ, आप लोगों की तरह रिपोर्टिंग नहीं की।

प्रश्न–अभी आपने कहा कि आप मुस्लिम समुदाय के यथार्थ का चित्रण इस उपन्यास में करना चाहते थे। आपके विचार से इस समुदाय की मूल समस्याएँ क्या हैं?

उत्तर–मैं व्यक्तियों को दो श्रेणियों में बाँटता हूँ–मानकर चलने वाले और जानकर चलने वाले। हमारे समुदाय के लोग मूलतः मानकर चलने वाले हैं। इसके अलावा शिक्षा का प्रसार भी यहाँ कम है। इन दोनों के सम्मिलित प्रभाव से स्थिति और गम्भीर हो जाती है। जो मुल्ला-मौलवियों ने कह दिया, वही ये मान लेते हैं। जो तथाकथित मुस्लिम नेतृत्व इन्हें समझाता है, उसी को सच समझ लेते हैं। शिक्षित और जागरूक न होने के कारण ये खुद असली मुद्दों को पहचान नहीं पाते। अगर एक बार यह क़ौम शिक्षित और जागरूक हो गयी तो जो तथाकथित मुस्लिम नेतृत्व है, उसकी तो रोज़ी-रोटी ही बन्द हो जायेगी।

इस समुदाय के साथ एक बद्किस्मती यह भी है कि इसका नेतृत्व इसके बीच से नहीं उभर पाता। इसलिए जो इक्का-दुक्का वास्तव में इनकी भलाई चाहते हैं, उन्हें आसानी से भाजपा के एजेंट, क़ौम के दुश्मन आदि बताकर लोगों की नजरों से गिरा दिया जाता है। इसलिए इस समाज को आज एक ऐसे मसीहा की ज़रूरत है, जो उसके बीच से उभरा हो।

प्रश्न–क्या मुस्लिम युवकों का तस्करी जैसे पेशे की ओर मुड़ने का कारण भी अशिक्षा है?

उत्तर–अशिक्षा, इसका एक महत्त्वपूर्ण कारण है। अन्य कारण भी हैं। जैसे ग़रीबी, महँगाई, अपूर्ण रहनुमाई, सम्पूर्ण समाज के नैतिक स्तर में गिरावट आदि।

प्रश्न–अच्छा आबिद भाई, आपने थोड़ी देर पहले बताया कि इस उपन्यास में कुछ भी काल्पनिक नहीं है। तो क्या आप संकेत करेंगे कि आपके उपन्यास का डी. के. कौन है? क्या वह जानी-मानी हस्ती है?

उत्तर–मैंने पहले यह भी कहा था कि उपन्यास के सारे नाम (सुरैया को छोड़कर) सही हैं। इसलिए क्यों न पाठकों को भी अपनी अक़्ल के घोड़े दें? एक कड़ी और दूँगा। उसके नाम के पहले अक्षर डी. के. के बजाय के. डी. होना चाहिए और साठ-सत्तर के दशक में वह पहचाना गया था, पर अपने बाप के वसीले के कारण गिरफ़्तार कभी नहीं हुआ।

प्रश्न–अगर यह आपकी आत्मकथा है तो निश्चय ही यह पूरी नहीं हुई। क्या इसे पूरी करने की आपकी योजना है?

उत्तर–सही फ़रमाया आपने। इस उपन्यास में मैंने जन्म (1935) से लेकर शादी (1965) तक की अवधि को लिया है। अगले खंड में मैं शादी से लेकर अब तक की अवधि लेना चाहता हूँ।

प्रश्न–क्या उसमें भी हमें ये पात्र–इक़बाल, किरण, सुरैया आदि देखने को मिलेंगे?

उत्तर–इक़बाल तो ज़रूर रहेंगे, क्योंकि उनकी और मेरी जीवनी साथ-साथ चल रही है। लेकिन अन्य पात्र बदलेंगे। यह तो काल्पनिक उपन्यासों में होता है कि एक बार प्रेम हुआ, फिर बिछुड़े और अन्त में मिल गये। वास्तव में तो एक बार बिछुड़ने के बाद शायद ही दुबारा मिलना सम्भव होता है। आज हमें थोड़े ही मालूम है कि सुरैया कहाँ होगी? किरण कहाँ होगी? भेसाड़िया का स्वर्गवास हो चुका है, पर खान का तबादला कहाँ हुआ होगा? इसलिए दूसरे नये पात्र आयेंगे। पुराने पात्रों की गुंजाइश बहुत कम है।

प्रश्न–अन्त में आप हमारे पाठकों से क्या कहना चाहेंगे?

उत्तर–बस यही कि जानकर चलें, मानकर नहीं।

–आबिद सुरती

www.aabidsurti.in

इक़बाल रूपाणी सूफ़ी से बातचीत : प्रणव प्रियदर्शी

प्रश्न–'डोंगरी...' के अन्त से ही शुरुआत करते हैं। उपन्यास में सिर्फ़ गणपत के पकड़े जाने तक का ज़िक्र है। उसके बाद क्या आप भी गिरफ़्तार हुए थे?

उत्तर–गिरफ्तार हुआ, लेकिन सजा नहीं हुई।

प्रश्न–कैसे?

उत्तर–डी.आर.आई. को मेरे खिलाफ़ कोई सबूत नहीं मिला, न ही मैंने कुछ क़ुबूल किया। वैसे भी अपने देश में कभी किसी दोषी को सजा मिलती है क्या? बल्कि मैं कहूँगा कि वर्तमान हालात में मिल ही नहीं सकती। दोषियों के नाम पर उनके हलक़े के कुछ लोगों को सज़ा हो जाती है। उनमें भी ज़्यादातर तो सिर्फ़ निर्दोष होते हैं, क्योंकि बिला वजह वे अपराधी के निकट साथी समझे जाते हैं। अलावा इसके अपराध में मुख्य अपराधी का साथ देने वाले कुछ टपोरी (छुटभैये) भी फँस जाते हैं, लेकिन मुख्य अपराधी कभी गिरफ़्त में नहीं आता।

प्रश्न–इस स्थिति का कारण क्या है?

उत्तर–सबसे पहले तो अफ़सर उन्हें पकड़ना नहीं चाहते। फिर बड़े अपराधों के मामले में अगर पकड़ना चाहें भी तो पकड़ नहीं सकते, क्योंकि वे उनकी पहुँच के बाहर होते हैं। अन्त में अगर वे किसी तरह अपवाद-स्वरूप किसी को पकड़ने में सफल भी होते हैं तो उसे सज़ा नहीं दिला सकते। वे कुछ साबित ही नहीं कर पाते। गवाह के अभाव में मामला खारिज हो जाता है।

प्रश्न–लेकिन गवाह क्यों नहीं मिलते?

उत्तर–कौन गवाह होना चाहेगा? एक बार गवाह होने के बाद बार-बार अदालत के चक्कर शुरू होते हैं तो वह बेचारा तो उसमें पिस जाता है। एक केस कितने दिन चलेगा, यह कोई नहीं जानता। दूसरे, उसकी सुरक्षा का भी सवाल है। धमकियाँ मिलने पर वह पुलिस के पास जाता है तो पुलिसवाले कहते हैं, "जब कुछ हादसा हो, तब आना, धमकियाँ तो हमें भी रोज़ मिलती हैं।"

आप गवाह की बात करते हैं, यहाँ तो खबरी (सूचनाएँ देने वाले) तक की सुरक्षा की न कोई गारंटी होती है, न ही उसकी गोपनीयता बरक़रार रहती है। खुद कस्टम्स कलेक्टर के दफ्तर से हमें पता चल जाता है कि फलां व्यक्ति हमारे खिलाफ़ जानकारी दे रहा है। अगर कलेक्टर स्वयं नहीं बताता तो पर्ची लिखकर चपरासी को दे देता है और चपरसी राज़ उगल देता है। फिर उस व्यक्ति से निपटना क्या मुश्किल होता है?

मैं एक ऐसे आदमी को जानता हूँ, जिसने 14 करोड़ रुपये का सोना आने की सूचना कस्टम्स विभाग को दी। उसे पूरा भरोसा दिलाया गया था कि उसका नाम एकदम गुप्त रहेगा। उसकी सूचना के आधार पर सोना पकड़ लिया गया। पुरस्कार के रूप में उसे 70 लाख रुपये नक़द मिले, लेकिन जिस अफ़सर को चेक देना था, उसने चपरासी के हाथ भिजवाया। चपरासी ने बड़ी आसानी से दो रुपये में उसकी ज़ेराक्स करवा कर गैंग को पहुँचा दी और कुछ ही दिन बाद पुरस्कार प्राप्त करने वाला वह व्यक्ति मृत पाया गया। इस हालत में आप कैसे उम्मीद कर सकते हैं कि कोई गवाह सामने आयेगा?

प्रश्न–तो क्या आप मानते हैं कि तस्करी को रोकना असम्भव है?

उत्तर–वर्तमान नियमों तथा कार्यशैली के चलते तो असम्भव है। मेरा एक भाई एक बार ड्रग्स ले जाते हुए पकड़ा गया। मैं सम्बद्ध अफ़सर से मिला। मैंने कहा कि देखिये, अभी इसके मन में जेल का डर बैठा हुआ है। अगर आप इसे एक बार जेल भेज देंगे तो वह डर निकल जायेगा। फिर उसे पकड़ने से ड्रग्स का यह व्यापार तो नहीं रुकेगा। इससे बेहतर यह है कि आप अवैध व्यापार रुकवाने की कोशिश करें।

उन्होंने पूछा, "कैसे?" मैंने कहा कि आप उसे माल-सहित छोड़ दीजिए। वह नियत स्थान पर माल पहुँचा देगा तो उसे उसका पैसा मिल जायेगा और उस पर किसी को शक नहीं होगा। माल आप यहाँ ये जाने दीजिए और हॉलैंड की सीमा पर (माल को हॉलैंड भेजना था) पकड़वा दीजिए। पार्टी को हॉलैंड तक का खर्च भी लगेगा और माल बाज़ार में आने से पहले ज़ब्त भी हो जायेगा। आपका उद्देश्य भी पूरा होगा। चूँकि माल हॉलैंड के पास ज़ब्त होगा, इसलिए पार्टी बम्बई की तरफ़ तो निश्चिंत रहेगी। वह दोबारा माल भेजेगी। इस बार उसे कलकत्ता में पकड़वा दीजिए। इसी तरह दो-तीन बार हमले होंगे तो पार्टी झख मारकर अपना कारोबार समेट लेगी। आखिर उसके पास भी पैसे असीमित नहीं हैं। वह कब तक और कितना घाटा झेलेगी? अगर उसने यह अवैध व्यापार बन्द किया तो कैरियरों, टपोरियों का काम अपने आप बन्द हो जायेगा।

लेकिन वह अफ़सर राज़ी नहीं हुआ, "हम ऐसा कैसे कर सकते हैं? हमारे ऊपरी अफ़सर हमारा साथ नहीं देंगे कि हम गिरफ़्तार हुए अपराधियों को छोड़ दें।"

मैंने कहा, "फिर आप सौ साल में भी तस्करी नहीं रोक सकते, राष्ट्रपति पदक चाहे दस ले लें।"

प्रश्न–अच्छा, आपने अभी ड्रग्स की बात की। आजकल ड्रग्स की तस्करी की बड़ी चर्चा है। क्या आप बता सकते हैं, ये तस्करियाँ कैसे की जाती हैं?

उत्तर–इसके कई तरीक़े हैं। फिर नये-नये तरीक़े ईजाद भी होते रहते हैं।

प्रश्न–फिर भी, आजकल कौन-सा तरीक़ा प्रचलित है?

उत्तर–मूर्तियों के रूप में तस्करी का अनोखा तरीक़ा आजकल ज्यादा चल रहा है।

प्रश्न–थोड़ा और स्पष्ट करेंगे?

उत्तर–यह पूरी तरह से केमिकल्स (रसायनों) पर आधारित है। केमिकल्स का प्रयोग कर रासायनिक प्रक्रिया से ड्रग्स को सुन्दर कलाकृतियों का, मूर्तियों का रूप दे दिया जाता है। उसे देखकर या छूकर आप नहीं सोच सकते कि ये मूर्तियाँ पलास्तर से नहीं बनी हैं। बाद में फिर केमिकल्स की ही मदद से मूर्तियों को गलाकर पुराने रूप में बदल लिया जाता है।

प्रश्न–ड्रग्स का व्यापार रोकने के जो प्रयास सरकार की ओर से किये जा रहे हैं, उनके बारे में आपके क्या विचार हैं?

उत्तर–वही, जो तस्करी रोकने के प्रयासों के बारे में हैं, बल्कि ड्रग्स के मामले में तो स्थिति और भी बुरी है। नियमों के मुताबिक़ नशीले पदार्थों के व्यापार के दोषी पाये जाने पर आपको दस साल की सज़ा होगी। अब क़ानून में न तो मात्रा का कोई भेद किया गया है और न ही ड्रग्स की क़िस्म का। हाई ड्रग्स, जैसे हेरोइन आदि में भी दस साल की सज़ा और सॉफ्ट ड्रग्स में भी दस साल। 10 ग्राम माल पकड़े जाने पर भी दस साल की सजा और 100 टन पकड़े जाने पर भी दस साल की सज़ा। यह कैसी मूर्खता है।

फिर नशीले पदार्थ व्यापार उन्मूलन एक्ट के अनुसार इन मामलों की सुनवाई सिर्फ़ स्पेशल कोर्ट में हो सकती है। अब देखिये, अभी तक सिर्फ़ चार स्पेशल कोर्ट बने हैं। इनके लिए भी अलग से किसी जज की नियुक्ति नहीं हुई हैं। पुराने जजों के डेजिग्नेशन के साथ स्पेशन लगाकर उन्हें कचहरियों में बैठा दिया गया। मतलब यह कि जजों की कुल संख्या तो उतनी ही रही और सिर्फ़ बम्बई में ही ड्रग्स के 5000 मामले लम्बित हैं। यह भी जान लें कि एक महीने में अधिकतम दो केस की सुनवाई हो सकती है, तो 5000वें केस का नम्बर कितने साल में आयेगा? (तक़रीबन 50 साल) इसे क्या कहा जाये? क़ानूनन जिस अपराध की सज़ा 10

साल की क़ैद है, उसमें आपको 50 साल सिर्फ़ इस कारण क़ैद में रहना पड़ता है कि आप निरपराध हैं या दोषी?

दूसरी बात, ड्रग्स के मामले में पकड़े गये लोगों में से सिर्फ़ बम्बई में 1000 विदेशी हैं। चूँकि यह अपराध नॉन बेलेवल (ग़ैर-ज़मानती) होता है, इसलिए सब-के-सब जेल में सड़ रहे हैं और ये सभी अपनी आर्थिक कठिनाइयों के कारण मजबूरी में इस काम से जुड़े कैरियर होते हैं। इन्हें पकड़कर आप ड्रग्स का व्यापार रोक नहीं रहे है, उलटे उन पर सरकार के बेहिसाब रुपये खर्च कर रहे हैं और अगले 50 सालों तक करते रहेंगे। मेरा सुझाव है कि इन सबको 50-50 हज़ार की ज़मानत पर छोड़ दिया जाये, ताकि बैठे-बिठाये 5 करोड़ रुपये सरकार की तिजोरी में आ जायें और उन्हें दुबारा कभी वीज़ा न दिया जाये, ताकि वे फिर से नशीले पदार्थ लेकर यहाँ न आ सकें। मगर यहाँ किसको पड़ी है कि अक़्ल से काम ले?

प्रश्न–यह तो विदेशियों की बात हुई, लेकिन अपने देश में जिस तरह से नशीले पदार्थों का व्यापार जड़ें फैलाता जा रहा है...

उत्तर–(बीच में काटते हुए) आपको एक दिलचस्प बात बताऊँ? आप यक़ीन नहीं करेंगे, लेकिन यह सच है कि जिस ड्रग्स के व्यापार के नाम पर इतना हंगामा मचा है, वह कहीं है ही नहीं। अपने देश में ड्रग्स का व्यापार होता ही नहीं।

प्रश्न–फिर वी. टी. स्टेशन से आगे रेलवे लाइन के किनारे बैठकर जो लोग नशा करते दिखते हैं, वह क्या है? अगर ड्रग्स अपने देश में आता ही नहीं तो वह उन्हें कहाँ से मिलता है?

उत्तर–वह ड्रग्स के नाम पर दिया गया कोई अन्य पदार्थ होता है। ड्रग्स तो उसमें नाम मात्र का या कई बार तो बिल्कुल नहीं होता। ड्रग्स इतना महँगा होता है कि हमारे यहाँ के सामान्य लोग उसे खरीद ही नहीं सकते। आप ही बताइये, जिस तबक़े से ये नशेड़ी आते हैं, वे 100 रुपये ग्राम के हिसाब से ड्रग्स कैसे खरीद सकते हैं और कोई भी व्यक्ति घाटे का व्यापार क्यों करेगा? दरअसल इन्हें मिलावटी माल मिलता है और वह भी इतना मिलावटी कि उसमें असली माल के गुण न के बराबर रह जाते हैं।

प्रश्न–अच्छा अब कुछ व्यक्तिगत सवाल। उपन्यास में आपके दो भाइयों का जिक्र आया है, वे आजकल क्या करते हैं?

उत्तर–सभी अपने-अपने धन्धे में लगे हैं।

प्रश्न–दो नम्बर या एक नम्बर के?

उत्तर–(मुस्कुराते हुए) एक नम्बर के।

प्रश्न–आप आजकल क्या करते हैं?

उत्तर–सट्टा बाज़ार में हूँ।

प्रश्न–आपके सट्टा बाज़ार में तो बड़ी गड़बड़ चल रही है। हर्षद मेहता वग़ैरह, वग़ैरह...?

उत्तर–हर्षद मेहता तो मूर्ख है। उसने बेकार बात इतनी बढ़ने दी। मैं उसकी जगह होता तो सारा दोष स्वीकार कर लेता। बस, बात बढ़ती ही नहीं। ज़्यादा-से-ज़्यादा यही होता कि मुझे जेल हो जाती। जेल में क्या होता है, यह तो सबको मालूम है।

प्रश्न–क्या होता है?

उत्तर–जेलें आजकल फ्री गेस्ट-हाउस (मुफ़्त का विश्रामगृह) हो गयी हैं। ऐसी कोई सुविधा नहीं, जो आपको बाहर मिलती हो और जेल में न मिले; बशर्ते कि आप थोड़े पैसे खर्च करें।

प्रश्न–यह आप सुनी-सुनायी बात कह रहे हैं या अपने अनुभव से?

उत्तर–बिल्कुल अपने अनुभव के आधार पर कह रहा हूँ। एक बार तस्करी के एक मामले में मुझे जेल हुई। सावधानी के तौर पर मुझे बम्बई में न रखकर बाहर भेज दिया गया। अब मैं क्या बताऊँ आपको, वहाँ जेल में रहते हुए मैंने उतना कमाया, जितना बाहर नहीं कमाया था। बल्कि बाहर तो फोन करने पर मुझे अपना रुपया डालना पड़ता है, लेकिन अन्दर मेरे कॉल्स का भुगतान भारत सरकार करती थी। जेल सुपरिंटेंडेंट के केबिन में बैठकर मैं ठाठ से फोन का इस्तेमाल करता था।

प्रश्न–अच्छा, यह बताइये कि आप ये सारी बातें सार्वजनिक क्यों करना चाहते हैं?

उत्तर–मुझे लगता है कि सारा सच सामने आने से शायद हालात में सुधार की उम्मीद बँधे और लोगों का कुछ भला हो जाये। आपको अगर लगता है कि आपके लिखने से फ़ायदा होगा तो मैं एक महीने तक आपके साथ बैठने को तैयार हूँ, लेकिन मुझे नहीं लगता इन बेवक़ूफ़ अधिकारियों को इतनी जल्द अक्ल आयेगी! ये सारी बातें मैं अलग-अलग अफ़सरों को कई बार समझा चुका हूँ, लेकिन किसी ने कुछ नहीं किया। फिर भी यह मेरी ओर से एक और प्रयास है। शायद अख़बार में छपने का कुछ असर हो!

प्रश्न–लेकिन ये बातें तो आप गुप्त रहते हुए भी किसी और उपाय से सार्वजनिक कर सकते थे। क्या नाम के साथ सब कुछ कहना आपके लिए परेशानी का कारण नहीं बन सकता?

उत्तर–देखिये, पहली बात तो यह है कि मैं बुरी-से-बुरी स्थिति से भी नहीं घबराता, क्योंकि आज भी मेरा यह विश्वास है कि खुदा की मर्ज़ी के बग़ैर एक पत्ता भी नहीं हिल सकता। दूसरी बात यह है कि जब मैं तस्करी करता था, तब ये अफ़सर मेरा कुछ नहीं बिगाड़ सके, तो अब क्या उखाड़ लेंगे?

प्रश्न–लेकिन मान लीजिए, कभी किसी ईमानदार अफ़सर से पाला पड़ गया तो?

उत्तर–फिर भी मैं निश्चिन्त रहूँगा। मुझे मालूम है, कोई भी अफ़सर मेरा कुछ बिगाड़ नहीं सकता।

प्रश्न–अन्त में एक सवाल, 'अल्लाह की मर्ज़ी' वाले आपके दृष्टिकोण पर क्या आप आज भी अपने कर्मों की ज़िम्मेदारी ऊपर वाले पर थोप देते हैं?

उत्तर–बिल्कुल, इस बारे में मेरे विचार आज भी वही हैं, जो पहले थे। देखिये, यह सच है कि मुझे अपनी ज़िन्दगी से सब कुछ मिला, लेकिन यह भी सच है कि मुझे वह नहीं मिला, जो मैं चाहता था। अगर मेरी मर्ज़ी चलती, तो शायद मैं कहीं अच्छा-भला डॉक्टर बनकर मरीज़ों का इलाज कर रहा होता। लेकिन मेरे लाख प्रयास करने के बावजूद भी वह नहीं हो सका। तब मैंने खुदा की मर्ज़ी को सबसे ऊपर मानकर उसे क़बूल कर लिया।

–इक़बाल रूपाणी

रीन लॉज, तीसरी मंज़िल,
ो.पी. एस. 4, बान्द्रा (पश्चिम)
म्बई–400050